CHINA MIÉVILLE

A CICATRIZ

Série Bas-Lag, v. 2

Tradução
José Baltazar Pereira Júnior

BOITEMPO

Traduzido do original em inglês *The Scar* (Londres, Pan Books, 2002)

Direção-geral Ivana Jinkings
Edição Tiago Ferro
Coordenação editorial Thais Rimkus
Coordenação de produção Juliana Brandt
Assistência editorial Marcela Sayuri
Assistência de produção Livia Viganó
Tradução José Baltazar Pereira Júnior
Preparação Caco Ishak e Frank de Oliveira
Revisão Lígia Alves
Capa Livia Viganó (sobre capa original de Crush)
Diagramação Antonio Kehl

Equipe de apoio Ana Beatriz Leal, Ana Slade, Artur Renzo, Bruno Ferreira, Carolina Peters, Davi Oliveira, Elaine Ramos, Giovanna Corossari, Higor Alves, Ivam Oliveira, João Lucas Z. Kosce, Letícia Akutsu, Luciana Capelli, Marina Valeriano, Mateus Rodrigues, Maurício Barbosa, Pedro Davoglio, Raí Alves, Renata Carnajal, Sofia Perseu, Tatiane Carvalho, Thais Caramico, Tulio Candiotto

CIP-BRASIL. CATALOGAÇÃO NA PUBLICAÇÃO
SINDICATO NACIONAL DOS EDITORES DE LIVROS, RJ

M575c

Miéville, China, 1972-
A cicatriz / China Miéville ; tradução José Baltazar Pereira Júnior. - 1. ed. -
São Paulo : Boitempo, 2025. (Bas-lag ; 2)

Tradução de: The scar
Sequência de: Estação perdido
ISBN 978-65-5717-498-2

1. Ficção inglesa. I. Pereira Júnior, José Baltazar. II. Título.
III. Série.

25-99803.0 CDD: 823
CDU: 82-3(410.1)

Gabriela Faray Ferreira Lopes - Bibliotecária - CRB-7/6643

1ª edição: setembro de 2025

BOITEMPO
Jinkings Editores Associados Ltda.
Rua Pereira Leite, 373
05442-000 São Paulo SP
Tel.: (11) 3875-7250 | 3875-7285
editor@boitempoeditorial.com.br | boitempoeditorial.com.br
blogdaboitempo.com.br | youtube.com/tvboitempo

Para Claudia, minha mãe

AGRADECIMENTOS

Com amor e gratidão profundos a Emma Bircham, mais uma vez e sempre.

Gratidão enorme a todos da Macmillan e da Del Rey, especialmente aos meus editores, Peter Lavery e Chris Schluep. E, como sempre, mais gratidão do que posso expressar a Mic Cheetham.

Agradeço a todos que leram rascunhos e me ofereceram conselhos: minha mãe, Claudia Lightfoot; minha irmã Jemima Miéville; Max Schaefer; Farah Mendelsohn; Mark Bould; Oliver Cheetham; Andrew Butler; Mary Sandys; Nicholas Blake; Jonathan Strahan; Colleen Lindsay; Kathleen O'Shea; e Simon Kavanagh. Este livro seria muito pior sem eles.

No entanto, a memória não se poria no pôr do sol, aquele olhar verde e congelado para o amplo mar azul onde corações partidos estão naufragados, longe de suas feridas. Um céu cego desbotou o intelecto do osso humano, descamando da fratura as emoções para revelar o pesar subjacente. E o espelho revela a mim, um fato nu e vulnerável.

Dambudzo Marechera, *Black Sunlight*

Um quilômetro e meio abaixo da mais baixa nuvem, rocha invade água e o mar começa.

Deram-lhe vários nomes. Classificaram cada enseada, baía e canal como se fossem distintos. Porém, é tudo uma coisa só, na qual fronteiras são absurdas. Ele preenche os espaços entre pedra e areia, crispando-se em torno das costas litorâneas e enchendo as fossas entre os continentes.

Nos limites do mundo, a água salgada é fria o suficiente para queimar. Enormes placas de mar congelado imitam a terra e se rompem, colidem e se reformam, cruzadas por túneis, lares dos caranguejos-do-gelo, filósofos com carapaças de gelo vivo. Nos baixios ao sul, há florestas de anêmonas, algas e corais predadores. Peixes-lua movem-se com graça muda. Trilobitas fazem ninhos em ossos e em ferro que se dissolve.

O mar prolifera.

Há os habitantes da superfície, sempre flutuando à deriva, que vivem e morrem sem jamais ver a areia no fundo. Ecossistemas complexos florescem em planícies e poças neríticas. Deslizam sobre cascalho orgânico até as beiradas de plataformas rochosas e caem na zona abaixo da luz.

Há ravinas. Presenças, algo entre moluscos e divindades, escondem-se pacientes sob doze quilômetros de água. Em meio ao frio sem luz, persiste a brutalidade da evolução. Criaturas rudes emitem secreções e fosforescências, e se movem com o ondular de membros imprecisos. A lógica de suas formas deriva dos pesadelos.

Há poços sem fundo. Há lugares em que a base de granito e lodo do mar se solta e forma túneis verticais de quilômetros a prumo, que se derramam para dentro de outros planos, sob pressão tão intensa que a água flui lenta e espessa. Jorra pelos poros da realidade e escorre de volta em perigosas torrentes, deixando fissuras através das quais forças antes deslocadas podem emergir.

Nas geladas profundidades médias, fontes hidrotermais irrompem por entre rochas e cospem nuvens de água superaquecida. Criaturas intricadas se banham naquele calor ambiente durante todo o seu curto período de vida, sem jamais se desgarrar para além de poucos metros da água morna e rica em minerais, sem chegar perto do frio que as mataria.

A paisagem sob a superfície é de montanhas, cânions e florestas, dunas móveis, cavernas e cemitérios de gelo. A água é densa de matéria. Ilhas flutuam inacreditavelmente nas profundezas, à mercê de marés encantadas. Algumas são do tamanho de ataúdes, pequenas lascas de sílex e granito que se recusam a afundar. Outras são rochas retorcidas com quase um quilômetro de comprimento, suspensas a milhares de metros de profundidade, movendo-se sobre correntes lentas e arcanas. Há comunidades nessas terras que nunca afundam: há reinos desconhecidos.

Há heroísmo e guerras brutais sobre o leito do oceano, despercebidos pelos habitantes de terra firme. Há deuses e catástrofes.

Embarcações intrusas passam entre o mar e o ar. Suas sombras salpicam o fundo onde ele é raso o suficiente para que a luz alcance. Navios mercantes, cocas e baleeiros passam sobre carcaças de outras naus. Corpos de marinheiros fertilizam a água. Peixes necrófagos alimentam-se de olhos e lábios. Há saliências na arquitetura dos corais onde mastros e âncoras foram assimilados. Navios perdidos são pranteados ou esquecidos, e o leito vivo do mar toma-os para si e os esconde sob cracas. Dá-os como cavernas a moreias, quimeras, lagostins proscritos e outras coisas mais selvagens.

Nos lugares mais profundos, onde as leis da física desabam sob a água esmagadora, corpos ainda caem com suavidade em meio à escuridão, dias depois de suas embarcações terem virado de quilha.

Eles se decompõem durante a longa jornada até o fundo. Nada além de ossos cobertos de algas atingirá a areia negra no leito do mundo.

Nas beiradas das plataformas de rochas, onde a água leve e fria dá lugar à escuridão espreitadora, um lagostim macho se apressa. Vê a presa e emite estalidos e chocalhos do fundo de sua garganta, enquanto remove o capuz de sua lula de caça e a liberta.

Ela dardeja para diante, rumo ao cardume de gordas cavalas que se dissipa e reagrupa, como nuvem, seis metros acima. Os tentáculos de trinta centímetros se abrem e fecham como chicotes. A lula retorna ao seu dono, arrastando um peixe moribundo, e o cardume se reúne outra vez atrás dela.

O lagostim corta a cabeça e a cauda da cavala e guarda a carcaça dentro de uma rede que lhe pende do cinto. Oferece a cabeça sangrenta do peixe para a lula mastigar.

A parte superior do corpo do lagostim, a seção sem carapaça, é sensível a mínimas variações de maré e temperatura. Ele sente formigar sua pele macilenta, devido a complexas torrentes de água que se encontram e interagem. Com um espasmo abrupto, a nuvem de cavalas se adensa e desaparece para além do arrecife encrostado.

O lagostim ergue o braço, chama a lula para perto de si e a acalenta com gentileza. Sopesa seu arpão.

Está sobre uma crista de granito, onde algas e samambaias roçam-no, acariciando-lhe o longo ventre. À direita, cômoros de rocha porosa erguem-se acima dele. À esquerda, o aclive desaparece rapidamente na água disfótica. Sente o frio que emana lá de baixo. Olha para a abrupta gradação de azul. Bem mais acima, na superfície, há ondulações de luz. Abaixo os raios se dissipam rápidos. Ele está apenas um pouco mais alto que o limiar da escuridão perpétua.

Caminha com cuidado, à beira do platô. Costuma caçar aqui onde as presas são menos cuidadosas, longe dos baixios mais quentes e luminosos. Algumas vezes, caça graúda emerge do poço, curiosa, desacostumada a táticas astutas e lanças farpadas. O lagostim agita-se nervoso em meio à corrente e perscruta o mar aberto. Outras vezes não são presas, mas predadores, que emergem da zona crepuscular.

Redemoinhos gélidos rodopiam em torno dele. Seixos deslocam-se a seus pés e descem o aclive, quicando para longe da vista. O lagostim firma-se nos rochedos escorregadios.

Em algum lugar abaixo dele ouve-se uma suave percussão de rochas. Um calafrio que não foi trazido por nenhuma corrente rasteja por sua pele. Pedras realinham-se e uma torrente de vazamentos taumatúrgicos lança-se através de novas fissuras.

Algo nefasto emerge na água fria, no limite da escuridão.

A lula caçadora começa a entrar em pânico, e, quando ele a liberta outra vez, ela imediatamente se impele aclive acima com um jato d'água, na direção da luz. Ele perscruta outra vez o escuro, procurando pela origem do som.

Ouve-se uma vibração agourenta. Enquanto o lagostim tenta ver através da água tingida de areia e plâncton, algo se move. Lá embaixo, um cilindro de rocha, maior do que uma pessoa, estremece. O lagostim morde os lábios ao ver a grande pedra irregular desprender-se de súbito e iniciar uma descida derrapante.

O trovejar daquela passagem continua reverberando muito depois de a pedra tornar-se invisível.

Há agora um fosso no aclive, que mancha de escuridão o mar. Permanece silencioso e imóvel por algum tempo, e o lagostim manuseia ansioso a lança, agarrando-a, brandindo-a e sentindo-se tremer.

Então, suavemente, algo descorado e frio desliza buraco afora.

Confunde a visão e paira com grotesca rapidez orgânica, que parece desmentir a própria intenção, como sangue escorrendo de um ferimento. O lagostim fica imóvel. Seu medo é intenso.

Outra forma emerge. Novamente ele não consegue defini-la: escapa-lhe, como uma memória ou impressão, não se deixa especificar. É rápida, corpórea e friamente aterrorizante.

Há outra, e mais outras, até que um fluxo veloz e constante comece a emanar da escuridão. As presenças se deslocam, não de todo invisíveis, reunindo-se e separando-se em movimentos obscuros.

O lagostim continua imóvel. Ouve nas correntes estranhos discursos sussurrados. Seus olhos arregalam-se ao vislumbrar imensos dentes retorcidos bocas adentro, corpos recobertos de dobras. Coisas musculosas e sinuosas flutuando na água congelante.

O lagostim sobressalta-se e recua, seus pés escorregam sobre as pedras inclinadas, e ele tenta acalmar-se, porém é lento demais; pequenos sons entrecortados emergem dele.

Com um único gesto, um espasmo preguiçoso e predatório, as coisas escuras que se reúnem em conselho abaixo dele se movimentam. O lagostim vê as pupilas de dezenas de olhos, e sabe que vigiam.

De repente, com graça monstruosa, elas se erguem e se abatem sobre ele.

PARTE 1

CANAIS

CAPÍTULO 1

Apenas dezesseis quilômetros além da cidade, o rio perde impulso e escoa para dentro do estuário salobro que alimenta a Baía de Ferro.

Os barcos que viajam para o leste, saindo de Nova Crobuzon, entram numa paisagem mais baixa. Ao sul, há casebres e pequenos atracadouros pútridos onde trabalhadores rurais pescam para suplementar sua dieta monótona. Seus filhos acenam para os viajantes, com cautela. Às vezes, há um outeiro de rochas ou um pequeno bosque de madeira-negra, lugares que desafiam o cultivo. Porém, a maior parte da região é livre de pedras.

Dos conveses, os marinheiros conseguem ver, para além das sebes, das árvores e dos espinheiros na margem, um trecho de campos cultivados. É a extremidade atarracada da Espiral dos Grãos, o longo meandro de terras aráveis que alimenta a cidade. Pode-se ver homens e mulheres entre as plantações, arando a terra negra ou queimando o restolho, de acordo com a estação. Barcas trafegam estranhamente entre os campos, navegando sobre canais ocultos por margens de terra e vegetação. Circulam sem cessar entre a metrópole e as fazendas. Trazem para o campo substâncias químicas e combustível, pedras, cimento e produtos supérfluos. Retornam à cidade passando por acres de lavoura cravejados de vilarejos, vivendas e moinhos, carregando sacas e mais sacas de grãos e carne.

O transporte nunca para. Nova Crobuzon é insaciável.

A margem norte do Grande Piche é mais selvagem.

É uma longa extensão de mato rasteiro e brejo. Espalha-se por bem mais de cem quilômetros, até ser completamente coberta pelos sopés e montanhas baixas que se esgueiram sobre ela a partir do oeste. Cercado pelo rio, pelas montanhas e pelo mar, o matagal pedregoso é um lugar vazio. Se há habitantes ali além dos pássaros, mantêm-se fora de vista.

Bellis Vinhofrio pegara carona numa embarcação que partira rumo ao leste no último quarto do ano, época de chuva constante. Os campos que viu eram lama fria. As árvores seminuas gotejavam. Suas silhuetas pareciam aquarelas pintadas nas nuvens.

Mais tarde, ao pensar em retrospectiva sobre aquele período infeliz, Bellis sentiu-se abalada pelos detalhes de suas memórias. Conseguia recordar a formação de uma revoada de gansos que passara grasnando acima do barco; o fedor de seiva e solo; o matiz ardósia do céu. Lembrava-se de perscrutar a sebe, sem ver ninguém. Apenas linhas de fumaça no ar encharcado, e casas atarracadas, trancafiadas contra o mau tempo.

O movimento comedido de folhagens ao vento.

Ela se havia demorado no convés, embrulhada no xale, a observar e escutar crianças brincando ou pescadores, ou alguém a cuidar de uma das hortas maltratadas que avistava. Mas apenas ouviu pássaros selvagens. As únicas formas humanas que viu foram espantalhos de impassíveis feições rudimentares.

A jornada não havia sido longa, mas a memória de Bellis tomava conta dela como uma infecção. Sentia-se atada pelo tempo à cidade que ficara para trás, de modo que os minutos se retesavam ao máximo à medida que ela se afastava, e retardavam-se cada vez mais com a distância, refreando sua pequena viagem.

Haviam rompido afinal, e agora ela se encontrava catapultada até ali, sozinha e longe de casa.

Muito mais tarde, quando estava a milhas de tudo o que conhecia, Bellis despertara atônita por não ser a cidade, seu lar durante mais de quarenta anos, o objeto de seus sonhos. Era, em vez disso, aquele pequeno trecho de rio, aquele pequeno corredor de campina, que a haviam cercado durante menos que meio dia.

Numa tranquila extensão de água, a algumas dezenas de metros da costa rochosa da Baía de Ferro, estavam atracados três navios decrépitos. As âncoras enraizavam-se profundamente no sedimento. As correntes que os fixavam estavam encobertas de cracas longevas.

Eram inavegáveis, manchados de negro betuminoso. Traziam, na proa e na popa, grandes estruturas de madeira, precariamente construídas. Os mastros eram cotos. As chaminés estavam frias e recobertas de guano antigo.

Os navios se encontravam ligados. Cingidos por boias atadas com correntes farpadas, abaixo e acima da superfície da água. As três velhas naus estavam cercadas dentro de seu próprio trecho de mar, sem serem tocadas por corrente alguma.

Atraíam olhares. Eram vigiadas.

Em outro navio, um pouco mais distante, Bellis ergueu-se até a escotilha e olhou para elas, como havia feito várias vezes ao longo das últimas horas. Cruzou os braços com firmeza sobre o peito e inclinou-se adiante, junto ao vidro.

Seu alojamento parecia bastante estável. O movimento do mar sob ela era lento e suave o suficiente para ser imperceptível.

O céu estava azul-sílex e saturado de umidade. A linha costeira e as colinas rochosas que circundavam a Baía de Ferro pareciam desgastadas e muito frias, espargidas de milhã e de pálidas samambaias salinas.

Aqueles cascos de madeira na água eram as mais escuras coisas visíveis.

Bellis sentou-se devagar no beliche e apanhou a carta. Estava escrita como um diário; linhas ou parágrafos separados por data. Enquanto relia o que escrevera havia pouco, abriu uma lata de cigarrilhos já enrolados e fósforos. Acendeu um e inalou profundamente. Sacou do bolso uma caneta-tinteiro e adicionou várias palavras de sucinta caligrafia, antes de exalar fumaça.

Craniado, 26 de Rinden, 1779. A bordo do *Terpsichoria*.

Faz quase uma semana que levantamos âncora em Pichefoz, e estou feliz em partir. É uma cidade feia e violenta.

Passei as noites em meu alojamento, conforme me foi recomendado. Porém, tirei os dias só para mim. Vi o que havia para ver no lugar. É estreito como uma fita, uma faixa de atividade que se projeta ao norte e ao sul do estuário, separada em duas pela água. Todos os dias, multidões deixam a cidade ao nascer do sol, vindas de Nova Crobuzon para trabalhar, e se juntam aos poucos milhares de residentes, abarrotando barcos ou carroças. Todas as noites, os bares e bordéis ficam cheios de marujos estrangeiros que aproveitam breves licenças de desembarque.

Contaram-me que a maioria dos navios respeitáveis navega as milhas extras até a própria Nova Crobuzon para descarregar nas docas de Troncouve. As docas de Pichefoz deixaram de funcionar a mais do que meia capacidade já faz duzentos anos. Apenas paquetes errantes e flibusteiros descarregam lá; suas cargas chegam à cidade da mesma maneira, mas eles não têm o tempo nem o dinheiro para as milhas extras e as tarifas pesadas impostas pelos canais oficiais.

Sempre há navios. A Baía de Ferro é cheia deles. Descansam de longas viagens, abrigam-se do mar. Barcos mercantes de Gnurr Kett, Khadoh e Shankell, que chegam a Nova Crobuzon ou dali partem, atracados perto o suficiente de Pichefoz para que suas tripulações fiquem tranquilas. Algumas vezes, ao longe, no meio da baía, vi serpentes marinhas brincando e caçando, libertadas dos arreios de seus navios-carruagens.

A economia de Pichefoz é mais que prostituição e pirataria. A cidade é repleta de terrenos e tapumes industriais. Vive do mesmo modo há séculos, da construção de navios. A costa é pontuada por dezenas de estaleiros que constroem docas secas, como bizarras florestas de traves verticais. Em algumas, assomam fantasmagóricas naus semicompletas. O trabalho é incessante, ruidoso e imundo.

As ruas são cruzadas por pequenas ferrovias privadas, que levam lenha, combustível, ou o que for, de um lado a outro de Pichefoz. Cada empresa construiu uma linha própria para ligar seus vários empreendimentos, e cada uma das linhas é zelosamente vigiada. A cidade é um emaranhado estúpido de linhas férreas, que fazem as mesmas trajetórias de outras.

Não sei se você sabe disso. Não sei se já visitou a cidade.

As pessoas daqui têm uma relação ambivalente com Nova Crobuzon. Pichefoz não sobreviveria um único dia sem o patrocínio da capital. Elas o sabem e isso as ofende. Sua rude independência é apenas afetação.

Tive de permanecer aqui por quase três semanas. O capitão do *Terpsichoria* ficou chocado quando eu lhe disse que me juntaria a ele na própria Pichefoz, em vez de navegar desde Nova Crobuzon, mas insisti, como deveria. Minha posição neste navio dependia do conhecimento da língua lagostim de Salkrikaltor, algo que aleguei falsamente. Tive menos de um mês, até que zarpássemos, para tornar verdade minha mentira.

Tomei providências. Passei meu tempo em Pichefoz na companhia de um certo Marikkatch, um lagostim idoso que concordou em ser meu tutor. Todos os dias eu caminhava até os canais salinos do bairro lagostim. Sentava-me na sacada baixa que cercava seu quarto, e ele acomodava a parte inferior blindada de seu corpo sobre algum móvel submerso, e coçava e repuxava seu esquelético peito humano, dando-me sermões na água.

Foi difícil. Ele não sabe ler. Não é professor qualificado. Permanece na cidade apenas porque algum acidente ou predador o deixou aleijado, arrancando-lhe todas as pernas do lado esquerdo, com exceção de uma, de modo que já não pode caçar nem mesmo os peixes mais lentos da Baía de Ferro. A história ficaria melhor se eu dissesse que me afeiçoei a ele, que é um velho cavalheiro, rabugento e adorável. Mas ele é um merda e um chato. No entanto, não pude me queixar. Não tive escolha a não ser me concentrar, lançar alguns feitiços de atenção, e obrigar-me a entrar no transe de linguagem (ah! como foi difícil! eu o abandonei por tanto tempo que minha mente se tornou gorda e asquerosa!) e sorver cada palavra que ele dizia.

Tudo foi apressado e desordenado (uma bagunça, uma maldita bagunça), porém, quando o *Terpsichoria* lançou amarras no porto, eu tinha conhecimento prático do idioma de cliques dos lagostins.

Abandonei o velho desgraçado à sua amargura e à sua água estagnada, deixei os alojamentos que tinha lá e mudei-me para minha cabine, essa cabine onde escrevo.

Zarpamos lentamente do porto de Pichefoz na manhã de pó-feira, rumo às costas desertas ao sul da Baía de Ferro, a vinte milhas da cidade. Dispostos em formação cuidadosa, em pontos estratégicos na orla da baía, em locais tranquilos próximos de terra acidentada e florestas de coníferas, avistei navios. Ninguém fala sobre eles. Sei que são os navios do governo de Nova Crobuzon. Corsários e outros.

Hoje é craniado.

Em corrente-feira, consegui persuadir o capitão a me deixar desembarcar e passar a manhã na praia. A Baía de Ferro é enfadonha, mas qualquer coisa é melhor que o maldito navio. Começo a duvidar de que seja diferente de Pichefoz. Fico demente com a batida incessante e imbecil das ondas.

Dois tripulantes taciturnos remaram o barco que me levou à praia, e sem piedade ficaram me observando saltar para fora da pequena embarcação e caminhar os poucos metros que faltavam em meio às vagas congelantes. Minhas botas ainda estão rígidas e manchadas de sal.

Sentei-me sobre os seixos e joguei pedras na água. Li um pouco de um romance longo e ruim que achei a bordo. Observei o navio. Está atracado perto das prisões, e nosso capitão pode facilmente receber os tenentes-carcereiros e com eles confabular. Observei os próprios navios-prisões. Não havia movimento nos conveses, ou por trás das escotilhas. Nunca há qualquer movimento.

Juro que não sei se consigo. Sinto falta de você. E de Nova Crobuzon.

Lembro-me de minha jornada.

É difícil acreditar que há apenas quinze quilômetros entre a cidade o mar desolado.

Ouviu-se uma batida na porta da pequena cabine. Os lábios de Bellis comprimiram-se e ela sacudiu a folha de papel para que secasse. Sem pressa, dobrou-a e a recolocou no baú que continha seus pertences. Ergueu um pouco mais os joelhos e brincou com a caneta, enquanto via a porta se abrir.

Ali estava uma freira, com os braços apoiados em cada lado do corredor.

– Senhorita Vinhofrio – disse ela, hesitante. – Posso entrar?

– A cabine também é sua, irmã – disse Bellis com suavidade. A caneta girava sobre seu polegar e em volta dele. Era um truquezinho neurótico que aperfeiçoara nos tempos de universidade.

Irmã Meriope entrou arrastando os pés e sentou-se na cadeira solitária. Alisou em torno de si o hábito avermelhado e ajustou a touca.

– Faz alguns dias que nos tornamos colegas de cabine, senhorita Vinhofrio – começou Irmã Meriope –, e não sinto... que a conheço de modo algum. E não desejo que essa situação continue. Já que temos de viver e viajar juntas por muitas semanas... qualquer companheirismo, qualquer proximidade, simplesmente tornaria mais tranquilos estes dias... – Sua voz fraquejou, e ela entrelaçou os dedos das mãos.

Bellis a observava com indiferença. Mesmo sem querer, sentia um laivo de piedade e desprezo. Imaginava-se como Irmã Meriope a via. Angulosa, hostil e muito magra. Pálida. Lábios e cabelos tingidos da púrpura fria dos hematomas. Alta e implacável.

Você não sente que me conhece, Irmã, pensou, *porque não lhe dirigi vinte palavras em uma semana, e não olho para você a não ser que fale comigo, e meu olhar a intimida.* Suspirou. Meriope era tolhida por sua vocação. Bellis podia imaginá-la escrevendo em seu diário: "A senhorita Vinhofrio é calada. No entanto, sei que virei a amá-la como a uma irmã". *Não me envolverei com você*, pensou Bellis. *Não me tornarei sua caixa de ressonância. Não a redimirei de qualquer tragédia banal que a tenha trazido aqui.*

Bellis olhou para Irmã Meriope, e não disse nada.

Quando se apresentara pela primeira vez, Meriope dissera que estava viajando às colônias para estabelecer uma igreja, fazer prosélitos, pela glória de Darioch e Falastrão. Disse aquilo com uma pequena fungada e um olhar furtivo, idiota e nada convincente. Bellis não sabia por que Meriope havia sido enviada a Nova Esperium, mas deveria ser por causa de algum infortúnio ou desgraça, a transgressão de algum estúpido voto monástico.

Olhou para o ventre de Meriope, procurando por um volume sob aqueles mantos proibitivos. Seria a explicação mais provável. As filhas de Darioch deviam abdicar dos prazeres sensuais.

Não lhe servirei de confessora substituta, pensou Bellis. *Já tenho de lidar com meu próprio maldito exílio.*

– Irmã – disse ela –, infelizmente estou trabalhando. Lamento não ter tempo para amenidades. Talvez outra hora. – Irritou-se consigo mesma por aquela mínima concessão, que, porém, de nada adiantou. Meriope estava arrasada.

– O capitão deseja vê-la – disse a freira, entrouxada e inconsolável. – Na cabine dele, às seis horas. – Arrastou-se porta afora como um cão afugentado.

Bellis suspirou e praguejou baixo. Acendeu outro cigarrilho e fumou até o fim, beliscando com força a pele acima do nariz, antes de sacar outra vez sua carta.

– Ficarei doida de pedra – rabiscou – se o diabo da freira não parar com os obséquios e me deixar em paz. Deuses me guardem. E apodreçam este maldito barco.

Estava escuro quando Bellis obedeceu ao chamado do capitão.

A cabine era seu escritório. Era pequena e agradavelmente revestida de madeira escura e latão. Havia algumas pinturas e gravuras nas paredes, e Bellis precisou apenas vê-las para saber que não pertenciam ao capitão, tinham vindo com o navio.

O Capitão Myzovic indicou-lhe, com um gesto, a cadeira.

– Senhorita Vinhofrio – disse, enquanto ela se acomodava. – Espero que suas acomodações sejam satisfatórios. E a comida? A tripulação? Ótimo, ótimo. – Olhou brevemente para os papéis sobre a mesa. – Quero tratar de algumas questões com a senhorita – disse, e recostou-se na cadeira.

Ela esperou, com os olhos fixos nele. Era um homem belo e de rosto severo, na casa dos cinquenta anos. Seu uniforme estava limpo e passado a ferro, o que não era costumeiro de todos os capitães. Bellis não sabia se lhe seria mais vantajoso encará-lo com tranquilidade ou desviar o olhar modestamente.

– Senhorita Vinhofrio, não chegamos a discutir seus deveres – disse ele, em voz baixa. – Por certo farei a cortesia de tratá-la como uma dama. Devo dizer-lhe que não estou acostumado a contratar pessoas de seu sexo e, caso as autoridades de Esperium não estivessem impressionadas com seu currículo e suas referências, poderia assegurar-lhe que... – Deixou a frase dissipar-se.

– Não tenho nenhuma intenção de causar-lhe desconforto. A senhorita está alojada no setor dos passageiros. Come no refeitório dos passageiros. No entanto, sabe que não é passageira pagante. É contratada. Foi admitida pelos agentes da colônia de Nova Esperium e, durante esta viagem, sou o representante deles. Embora isso faça pouca diferença para a Irmã Meriope, para o dr. Tearfly, para os outros e para a senhorita... significa que sou seu empregador.

– É claro que a senhorita não faz parte da tripulação – prosseguiu. – Não posso dar-lhe ordens como dou a eles. Se preferir, digamos que apenas *solicitarei* seus serviços. Mas devo insistir para que obedeça a tais solicitações.

Avaliaram um ao outro.

– Ora – disse ele, em tom menos tenso. – Não prevejo nenhuma exigência onerosa. A maior parte da tripulação é de Nova Crobuzon, e aqueles que não são falam ragamina perfeitamente bem. Precisarei da senhorita somente em Salkrikaltor, e chegaremos lá daqui a uma semana ou mais, de modo que terá muito tempo para se entreter, conhecer os outros passageiros. Partiremos cedo pela manhã. Sem dúvida, já estaremos longe quando a senhorita acordar.

– Amanhã? – disse Bellis. Era a primeira palavra que dizia desde que entrara na cabine.

O capitão lançou-lhe um olhar severo.

– Sim. Algum problema?

– No início – disse ela sem inflexão –, o senhor disse que zarparíamos em pó-feira, capitão.

– É verdade, senhorita Vinhofrio, porém mudei de ideia. Terminei a parte burocrática bem mais cedo do que esperava, e meus colegas oficiais estão prontos para transferir os detentos hoje à noite. Partiremos amanhã.

– Eu esperava voltar à cidade para enviar uma carta – disse Bellis. Manteve a voz firme. – Uma carta importante, a um amigo em Nova Crobuzon.

– Fora de questão – disse o capitão. – Não será possível. Não desperdiçarei nem mais um dia aqui.

Bellis permaneceu imóvel. Não estava intimidada por aquele homem, mas não tinha qualquer poder sobre ele. Tentou descobrir algo que pudesse despertar-lhe simpatia, fazê-lo ceder.

– Senhorita Vinhofrio – disse ele de repente e, para surpresa de Bellis, com voz um pouco mais gentil –, infelizmente os preparativos já estão em andamento. Se desejar, entrego sua carta ao tenente-carcereiro Catarrs, mas não posso, de boa-fé, garantir que isso seja inteiramente confiável. A senhorita terá a oportunidade de entregar sua mensagem em Salkrikaltor. Mesmo que não haja navios de Nova Crobuzon atracados por lá, há um armazém cuja chave todos os capitães têm, para acesso a informações, carga extra e correspondência. Deixe lá sua carta. Será recolhida pelo próximo navio de volta. Não atrasará demais.

– Aprenda esta lição, senhorita Vinhofrio – acrescentou. – No mar, não se desperdiça tempo. Lembre-se: não se demore.

Bellis ainda permaneceu sentada por algum tempo, mas não havia nada que pudesse fazer. Assim, deu um sorriso forçado e saiu.

Ela ficou por muito tempo sob o céu frio da Baía de Ferro. As estrelas estavam invisíveis; a lua e suas filhas; as duas pequenas satélites estavam pouco nítidas. Bellis caminhou, encolheu-se contra o ar gelado e subiu a pequena escada até a proa elevada do navio, rumo ao gurupés.

Agarrou-se às amuradas de ferro e apoiou-se sobre as pontas dos pés. Conseguiu olhar para fora, para a vastidão do mar soturno.

Atrás dela, os sons da tripulação cessavam. Ao longe, ela viu dois pontos crepitantes de luz vermelha: uma tocha no passadiço de um navio-prisão, e sua gêmea sobre as ondas negras.

Vinda da gávea, ou de algum lugar no cordame, de algum ponto indistinto trinta metros, ou mais, acima dela, Bellis ouviu a melodia de uma canção vocal. Não era como as cantilenas imbecis que ouvira em Pichefoz. Era lenta e complexa.

Terá de esperar por sua carta, Bellis balbuciou em silêncio para o outro lado do mar. *Terá de esperar por notícias minhas. Terá de esperar um pouco mais, até a terra dos lagostins.*

Ela observou a noite até que se apagassem as últimas linhas que dividiam a praia, o mar e o céu. Logo depois, afagada pela escuridão, caminhou lentamente rumo à proa, até os corredores estreitos e passagens inclinadas que levavam à sua cabine. Um fragmento de espaço, como se fosse uma falha no projeto do navio.

(Mais tarde o navio se moveu inquieto, na hora mais fria, e ela se agitou sobre o beliche e puxou o cobertor até o pescoço e percebeu, em algum lugar sob seus sonhos, que se começava a embarcar a carga viva.)

Estou cansado aqui no escuro e cheio de pus.

Minha pele está distendida de pus, retesada até estriar-se e não posso tocá-la sem que arda. Estou infeccionado. Dói onde toco e toco em tudo para ter certeza de que dói, de que ainda não estou insensível.

Ainda assim graças a seja lá o que for que tenha feito estas minhas veias estou cheio de sangue. Toco sem parar em minhas chagas e elas transbordam eu transbordo com elas. E isso é um pequeno alívio, mas a dor persiste.

Vêm nos pegar quando o ar está tão morto e negro nem um grito de gaivota. Abrem nossas portas e nos expõem sob as luzes. Quase tenho vergonha de ver como nos rendemos, nos rendemos à escória.

Não consigo ver além de suas luzes.

Onde jazemos juntos nos separam a pontapés, e protejo com meus braços a matéria espástica que se retorce em meu ventre enquanto nos arrebanham.

Serpenteamos por passagens escuras e câmaras de motores e estou morto para saber por que isso. E sou mais ansioso, mais rápido do que alguns dos velhos dobrados tossindo e vomitando e com medo de se mover.

Então há um engolimento, sou comido pelo frio tragado pela escuridão e puta que me pariu ah deuses estamos do lado de fora.

Fora.

Estou mudo. Mudo de espanto.

Já faz tanto tempo.

Nós nos amontoamos, cada um junto ao outro como trogloditas como tróus míopes. Estão apavorados os velhos, pela falta de paredes e limites e pelo movimento do frio na água e no ar.

Talvez eu grite deuses me ajudem. Talvez.

Tudo negro sobre negro mas ainda posso ver colinas e água e posso ver nuvens. Posso ver prisões por todos os lados oscilando como boias de pesca. Falastrão nos carregue posso ver nuvens.

É foda cantarolo como se acalentasse um bebê. É para mim esse murmúrio confortador.

Então nos empurram adiante como gado arrastando os pés chocalhando correntes, pingando peidando resmungando perplexos, pelo convés alquebrados sob o peso de corpos e plumas, até uma ponte de corda balouçante. Forçam-nos a atravessá-la, todos nós, e cada homem se detém por um momento no meio da passagem pendurada frouxa entre as naus, seus pensamentos visíveis e brilhantes como uma explosão química.

Pensam em saltar.

Na água da baía.

Mas a amurada de cordas da ponta é alta e há arame farpado que nos cerca e nossos pobres corpos doem e fraquejam e cada homem se acovarda e continua, e cruza a água até o novo navio.

Eu me detenho como os outros, por minha vez. Como eles, tenho medo demais.

Depois pisamos em outro convés, ferro escovado liso e limpo vibrante de motores e mais corredores e o ruído de chaves e depois de tudo outra sala longa e sem luz onde desabamos exaustos e trasladados e nos erguemos devagar para ver quem são nossos vizinhos. Em torno de mim, começam as discussões sussurradas e querelas e brigas e seduções e estupros que formam nossa política. Novas alianças se formam. Novas hierarquias.

Fico à parte por algum tempo, nas sombras.

Ainda estou preso naquele momento em que ingressei na noite. É como âmbar. Sou um verme preso em âmbar que me paralisa, mas, com os diabos, como me torna belo.

Agora tenho um novo lar. Viverei naquele momento por tanto tempo quanto puder, até que as memórias se decomponham e eu emerja, venha a esse novo lugar onde estamos.

Em algum lugar, tubos batem como grandes martelos.

CAPÍTULO 2

Para além da Baía de Ferro, o mar estava revolto. Seus sopapos despertaram Bellis. Ela saiu da cabine, passando com cuidado por Irmã Meriope, que vomitava com o que Bellis não acreditava ser somente enjoo marítimo.

Bellis emergiu em meio à ventania e aos estalos ruidosos das velas que estiravam suas amarras como animais encoleirados. A enorme chaminé exalava um pouco de fuligem, e o navio zumbia com a força do vapor no porão.

Bellis sentou-se sobre um contêiner. *Agora zarpamos*, pensou, nervosa. *Rumo ao mar aberto. Estamos longe.*

O *Terpsichoria* parecera atarefado enquanto estivera ancorado: sempre havia alguém escovando algo, ou içando maquinário, ou correndo de um lado a outro do navio. Mas agora a sensação de atividade se havia multiplicado enormemente.

Bellis perscrutou a extensão do convés principal. Ainda não estava pronta para ver o mar.

O cordame se tornava apinhado. A maior parte dos marinheiros era humana, mas aqui e ali um hotchi espinhoso corria por escadas de corda até as gáveas. Nos conveses, homens arrastavam contêineres e manobravam enormes paus de carga, gritando instruções em código incompreensível, enrolando correntes em espessos carretéis. Havia cactáceos gigantes, pesados e ineptos demais para escalar as cordas, o que compensavam com suas atividades lá embaixo, com sua força, seus bíceps fibrosos e vegetais que se avolumavam imensos enquanto rebocavam e atavam.

Oficiais, vestindo uniformes azuis, passeavam entre eles.

O vento soprava por todo o navio, e os chapéus periscópicos das chaminés no convés trinavam como flautas lamentosas.

Bellis terminou o cigarrilho. Pôs-se devagar em pé e andou rumo ao costado, de cabeça baixa até chegar à amurada e olhar para o mar.

Não se via terra firme.

Ah, deuses, vejam o tamanho disso, pensou, chocada.

Pela primeira vez na vida, Bellis olhava a distância e enxergava apenas água.

Sozinha sob o céu elevado e colossal, sentiu a ansiedade subir-lhe à garganta como bile. Quis muito estar de volta aos becos de sua cidade.

Faixas de espuma espalhavam-se rápidas em torno do navio, desaparecendo e reaparecendo sem cessar. A água se alvoroçava em intricadas vagas de mármore. Abria-se para o navio, como se abriria para uma baleia, canoa ou folha caída, acordo tácito que poderia se desfazer com qualquer exaltação súbita.

Era uma criança gigantesca e palerma. Poderosa, estúpida e caprichosa.

Bellis lançou olhares nervosos em torno, à procura de qualquer ilha, qualquer projeção de linha costeira. Naquele momento, não havia nenhuma.

Uma nuvem de aves marítimas os seguia, mergulhando em busca de carniça no rastro do navio, salpicando com guano o convés e a espuma.

Navegaram sem parar por dois dias.

Bellis sentia-se quase estupefata de ressentimento por sua jornada que se encaminhava. Perambulava pelos corredores e conveses, trancava-se em sua cabine. Assistia indiferente ao *Terpsichoria* passar por rochedos e pequenas ilhas a distância, iluminados pela luz cinzenta do dia ou pelo luar.

Marinheiros perscrutavam o horizonte, lubrificando os canhões de grosso calibre. Com centenas de ilhotas não mapeadas e cidades mercantes, com um número interminável de navios que supriam, numa das extremidades, a insaciável goela comercial de Nova Crobuzon, o Canal do Basilisco era infestado de piratas.

Bellis sabia que um navio daquele tamanho, com casco blindado e bandeira de Nova Crobuzon, quase certamente não se tornaria presa. A vigilância da tripulação era apenas um pouco enervante.

O *Terpsichoria* era um navio mercante. Não fora construído para abrigar passageiros. Não havia biblioteca, salão de estar nem salão de jogos. O refeitório dos passageiros era mal-ajambrado, com paredes nuas a não ser por umas poucas litografias baratas.

Bellis fazia ali suas refeições, sozinha, monossilábica diante de qualquer amenidade, enquanto os outros passageiros ficavam sentados sob as janelas sujas e jogavam cartas. Bellis os observava intensa e furtivamente.

De volta à cabine, Bellis inventariava constantemente suas posses.

Havia partido da cidade com súbita pressa. Tinha pouquíssimas roupas, no estilo austero que preferia: sóbrias, negras e cor de carvão. Tinha sete livros: dois volumes de teoria linguística; uma cartilha de lagostim de Salkrikaltor; uma antologia de contos em várias línguas; um caderno de notas, espesso e vazio; e cópias de duas monografias de sua própria autoria, *Gramatologia do alto kettai* e *Códices do Mato de Olhelminto.* Tinha algumas joias de azeviche, granada e platina; uma pequena sacola de cosméticos; tinta e canetas.

Passava horas adicionando detalhes à sua carta. Descrevia a feiura do mar aberto, os íngremes rochedos que se projetavam como armadilhas. Escrevia longas descrições satíricas dos oficiais e passageiros, divertindo-se com as caricaturas. Irmã Meriope, Bartol Gimgewry, o mercador; Viúva e senhorita Cardomium, uma tranquila dupla de mãe e filha, transformada pela pena de Bellis num par ardiloso de caçadoras de maridos. Johannes Tearfly tornara-se o bufão profissional ridicularizado no teatro de variedades. Ela inventava motivos para todos eles, especulando sobre o que os teria enviado ao outro lado do mundo.

De pé na popa, no segundo dia, em meio à aglomeração de gaivotas e gaviões-pescadores que ainda disputavam os dejetos do navio, Bellis procurou por ilhotas, mas viu apenas ondas.

Sentia-se rejeitada. Então, enquanto examinava o horizonte, ouviu um ruído.

Perto dela o naturalista, dr. Tearfly, observava os pássaros. Bellis ficou séria. Preparou-se para sair dali tão logo ele lhe dirigisse a palavra.

Quando ele olhou para baixo outra vez e viu que ela o observava friamente, sorriu distraído e sacou um caderno de notas. De imediato, sua atenção foi desviada. Bellis o viu desenhar gaivotas, ignorando-a por completo.

Tinha quase sessenta anos, ela supôs. Seus cabelos escassos estavam firmemente penteados para trás, e ele usava pequenos óculos retangulares e um colete de lã. Porém, apesar do uniforme acadêmico, ele não parecia fraco ou absurdamente livresco. Era alto e tinha boa postura.

Com linhas rápidas e precisas, traçava recurvadas garras aviárias e a brutal pugnacidade dos olhos das gaivotas. A estima de Bellis pelo naturalista aumentou, muito ligeiramente.

Após algum tempo, ela falou.

Aquilo tornava a viagem mais fácil, teve de admitir para si mesma. Johannes Tearfly era encantador. Bellis suspeitava de que ele seria amigável da mesma maneira com todos a bordo.

Almoçaram juntos, e ela achou fácil separá-lo dos outros passageiros, que os observavam com atenção. Tearfly era adoravelmente livre de intrigas. Mesmo percebendo que estar em companhia da rude e distante Bellis Vinhofrio poderia gerar rumores, não se importava.

Tearfly tinha prazer em discutir seu trabalho. Falava entusiasmado sobre a fauna inexplorada de Nova Esperium. Contou a Bellis sobre seus planos de publicar uma monografia, quando afinal retornasse a Nova Crobuzon. Estava cotejando desenhos, disse, heliótipos e observações.

Bellis lhe descreveu uma ilha escura e montanhosa que tinha visto ao norte, nas horas mortas da noite anterior.

– Era Morin do Norte – disse ele. – Cancir está além, provavelmente a noroeste de nossa posição atual. Atracaremos na Ilha do Pássaro Dançarino depois do crepúsculo.

A posição e o progresso do navio eram assuntos constantes das conversas entre os outros passageiros, e Tearfly olhava para Bellis com curiosidade, perplexo com sua ignorância. Não estava interessada. Importante para ela era o lugar de onde fugia, não onde estava ou aonde chegaria.

A Ilha do Pássaro Dançarino foi avistada assim que o sol se pôs. Suas rochas vulcânicas eram de cor vermelho-tijolo e dobravam-se em pequenos cumes, como clavículas. Qé Banssa subia pelos aclives da baía. Era um porto pesqueiro, pequeno, pobre e feio. A ideia de pôr os pés em outra cidade ressentida e aprisionada pela economia marítima deprimia Bellis.

Os marinheiros sem licença de desembarque observavam mal-humorados seus colegas e passageiros que desapareciam ao descer a escada do portaló. Não havia nenhum outro navio de Nova Crobuzon atracado ali: lugar nenhum onde Bellis pudesse entregar sua carta. Perguntou-se por que tinham parado naquele porto insignificante.

Com exceção de uma árdua viagem de pesquisa ao Mato de Olhelminto, fazia anos, aquilo era o mais longe que Bellis estivera de Nova Crobuzon. Observava a pequena multidão no cais. Pareciam velhos e ansiosos. Ouvia uma saraivada de dialetos ao vento. A maioria dos gritos era em sal, o calão dos marinheiros, um idioma fortuito, ajambrado com os mil vernáculos do Canal do Basilisco, ragamina e perriquês, as línguas dos Piratas e das Ilhas Jheshull. Bellis viu o capitão Myzovic escalar as ruas íngremes rumo às ameias da embaixada de Nova Crobuzon.

– Por que você ainda está a bordo? – disse Johannes.

– Não tenho grandes desejos por comida gordurosa ou bugigangas – disse ela. – Estas ilhas me deprimem. – Johannes sorriu devagar, como se encantado por aquela atitude.

Ele deu de ombros e olhou para o céu.

– Vai chover, e tenho trabalho a fazer a bordo – disse ele, como se Bellis tivesse-lhe feito a mesma pergunta.

– Por que paramos aqui, afinal de contas? – disse ela.

– Suspeito de que sejam negócios do governo – disse Johannes, com cautela. – Este é o último posto avançado de alguma importância. Para além daqui, a esfera de influência de Nova Crobuzon se torna muito mais... atenuada. É provável que haja todos os tipos de assunto a serem tratados aqui.

– Por sorte – disse ele após uma pausa –, não é da nossa conta.

Observaram o oceano que escurecia ainda mais.

– Você viu algum prisioneiro? – disse Johannes de repente.

Bellis olhou para ele, tomada de surpresa. – Não. E você? – Sentia-se na defensiva. A carga senciente do navio a perturbava.

O momento em que Bellis percebeu que tinha de deixar Nova Crobuzon, quando chegou, chegou urgente e assustador. Fez planos em estado de pânico silencioso. Precisava partir para o mais longe possível, e rápido. Margaivota e Myrshock pareciam próximos demais, e ela pensara febrilmente em Shankell e Yoraketche, Neovadan e Tesh. Mas eram perigosos demais ou distantes demais, ou muito estranhos, ou muito difíceis de alcançar, ou muito atemorizantes. Não havia nada em nenhum deles que pudesse se tornar seu lar. E Bellis constatara, horrorizada, que esquecer era difícil demais, que ela vinha se apegando a Nova Crobuzon, àquilo que a definia.

Enfim, pensara em Nova Esperium. Ávida por novos cidadãos. Não fazia perguntas. Do outro lado do mundo, uma pequena bolha de civilização em terras desconhecidas. Um lar longe do lar, uma colônia de Nova Crobuzon. Por certo mais agreste, mais dura e menos mimada – Nova Esperium era jovem demais para gentilezas excessivas –, mas era uma cultura baseada naquela de sua própria cidade.

Deu-se conta de que Nova Crobuzon pagaria sua passagem, mesmo que estivesse em fuga, mesmo que para aquele lugar. E um canal de comunicação permaneceria aberto – contato regular, ainda que ocasional, com navios da cidade. Assim, saberia quando poderia retornar em segurança.

Mas as naus que empreendiam a longa e perigosa jornada, que começava na Baía de Ferro e atravessava o Oceano Bravio, carregavam com elas a força de trabalho de Nova Esperium. O que significava um porão abarrotado de prisioneiros: servos, trabalhadores forçados e Refeitos.

A comida azedava no estômago de Bellis quando ela pensava nos homens e mulheres trancafiados lá embaixo, longe da luz, de modo que não pensava neles. Se tivesse escolha, não se envolveria com tal viagem e com um tráfico tão brutal.

Bellis olhou para Johannes, tentando sondar-lhe os pensamentos.

– Devo admitir – ele disse, hesitante – que estou surpreso por não ouvir *nenhum* som vindo deles. Achei que seriam trazidos para tomar sol com maior frequência.

Bellis nada disse. Aguardou que Johannes mudasse de assunto, de modo que ela pudesse continuar tentando esquecer o que jazia abaixo deles.

Podia ouvir a bonomia dos bares nas docas de Qé Banssa. Soava urgente.

Sob alcatrão e aço, nas câmaras úmidas dos porões. Comida jogada e disputada a socos e pontapés. Merda, porra e sangue coagulados. Gritos e violência. E correntes como pedras, e sussurros por toda parte.

– Que pena, garoto. – A voz estava áspera por falta de sono, mas a compaixão era genuína. – É bem provável que tome umas chibatadas por conta disso.

Diante das barras da coberta-prisão, o grumete olhava triste para cacos de cerâmica e sopa derramada. As tigelas que vinha enchendo de comida para os prisioneiros escorregaram-lhe das mãos.

– Essa louça parece dura como ferro, até que a gente deixe cair. – O homem atrás das grades estava imundo e cansado como todos os outros prisioneiros. Como bolha em seu peito, visível sob a camisa rasgada, havia um grande tumor de carne do qual emergiam dois tentáculos compridos e malcheirosos. Pendiam sem vida, pesos mortos, estorvos adiposos. Como a maioria dos transportados, ele era Refeito, esculpido em novo formato por ciência e taumaturgia, como punição por algum crime.

– Isso me lembra de quando Pé de Corvo foi pra guerra – disse o homem. – Você já ouviu a história?

O grumete catava do chão pedaços de cenoura e carne sebosa, e os jogava num balde. Ergueu os olhos na direção do homem.

– Belo dia, no princípio do mundo, Darioch viu de sua casa da árvore um exército avançando em direção à floresta. E não é que era a Prole Pele-de-Morcego que vinha buscar as vassouras deles? Você sabe como Pé de Corvo roubou as vassouras deles, né?

O grumete tinha uns quinze anos, velho para o posto. Vestia roupas não muito mais limpas que as dos prisioneiros. Olhou nos olhos do homem e riu um *sim*, conhecia a história, e a súbita mudança nele foi tão marcante e extraordinária que parecia haver ganhado, por alguns instantes, um novo corpo. Momentaneamente, pareceu forte e soberbo e, quando o sorriso se foi e ele retornou à lavagem de comida e cerâmica no chão, algo daquele orgulho repentino permaneceu.

– Tá certo, então – prosseguiu o prisioneiro. – Daí Darioch mandou chamar Pé de Corvo e mostrou pra ele que os Peles-de-Morcego estavam chegando, e disse pra ele, “Isso é cagada sua, Pé de Corvo. Você roubou os trastes deles. E calhou de o Salter estar agora lá na beirada do mundo, por isso quem vai ter que lutar é você”, e Pé de Corvo começou a choramingar e reclamar e começou com aquele... – O homem abriu e fechou os dedos imitando uma boca tagarela.

Tentou prosseguir, mas o grumete o interrompeu. – Eu sei – disse ele, com reconhecimento súbito. – Já ouvi a história.

Houve silêncio.

– Tá bom – disse o homem, surpreso com seu próprio desapontamento. – Tá bom. O negócio é o seguinte, garoto, faz tempo que eu mesmo não ouço, então acho que vou continuar e contar ela toda.

O garoto o olhou com curiosidade, como se tentasse decidir se o prisioneiro estava zombando dele.

– Não me importo – disse –, faça o que quiser. Não interessa.

O homem contou a história devagar, interrompido por tosses e suspiros para tomar fôlego. O grumete ia e voltava em meio à escuridão além das grades, limpando a sujeira e servindo mais comida. Estava lá outra vez quando a história terminou, quando a armadura de argila e porcelana de Pé de Corvo estilhaçou-se e ele sofreu cortes mais graves do que sofreria se não tivesse vestido armadura alguma.

O garoto olhou para o prisioneiro cansado que terminara sua história, e sorriu mais uma vez.

– Não vai dizer qual é a lição? – perguntou.

O homem deu um sorriso fraco.

– Calculo que você já saiba.

O garoto assentiu e olhou para cima por um momento, concentrado.

– "Se algo está quase bom, mas não de todo, é melhor não ter nada que se virar só com isso" – recitou. – Sempre preferi essas histórias sem a moral – acrescentou. Agachou-se junto às grades.

– Puta merda, rapaz, tô com você nessa – disse o homem. Interrompeu-se e estendeu a mão através das grades. – Eu me chamo Tanner Sack.

O grumete hesitou por um instante; sem nervosismo, apenas avaliando as possibilidades e vantagens. Tomou a mão de Tanner.

– 'Brigado pela história. Eu me chamo Shekel.

Continuaram.

CAPÍTULO 3

Bellis despertou quando o navio zarpou novamente, embora a baía ainda estivesse escura. O *Terpsichoria* chacoalhava e tremia como um animal com frio, e ela rolou até a escotilha e viu se afastarem as poucas luzes de Qé Banssa.

Naquela manhã, foi proibida de ir ao convés principal.

– Lamento, madame – disse o marinheiro. Era jovem e estava desesperadamente constrangido por lhe bloquear a passagem. – Ordens do capitão: nenhum passageiro no convés antes das dez horas.

– Por quê?

Retraiu-se como se ela o tivesse esmurrado.

– Prisioneiros exercitando-se – disse. Os olhos de Bellis se arregalaram por uma fração de segundo. – O capitão está lhes dando uma dose de ar, e depois teremos de limpar o convés – eles estão sujos de dar medo. Por que a senhorita não toma o café da manhã? Vai ficar pronto num instante.

Fora da vista do jovem, ela parou e ponderou. Não gostava daquela coincidência, tão cedo após a discussão com Johannes.

Bellis queria ver os homens e mulheres que o navio transportava no porão. Não sabia se era movida por bisbilhotice ou por um instinto mais nobre.

Em vez de se dirigir à popa, rumo ao refeitório, serpenteou por passagens laterais através de espaços sombrios, passando por portas estreitas. Sons graves viajavam pelas paredes: vozes humanas soavam como latidos de cães. Onde o corredor terminava, ela abriu a última porta, que dava para uma despensa revestida de prateleiras. Bellis olhou para trás, mas estava sozinha. Terminou seu cigarrilho e entrou. Ao tirar do caminho garrafas vazias e sujas, viu uma antiga janela bloqueada por prateleiras. Removeu delas o entulho e esfregou a vidraça, sem efeito.

Sobressaltou-se quando alguém passou pela janela, lá fora, a menos de um metro de distância. Detendo-se, ela franziu os olhos para ver o navio através da poeira. O enorme mastro da mezena estava diante dela, e Bellis pôde divisar indistintamente o mastro central e o de proa, mais além. Abaixo dela, estava o convés principal.

Os marinheiros moviam-se, escalando, limpando e bobinando, de acordo com seus rituais.

Havia uma multidão de outros, amontoados em grupos. Movendo-se devagar, quando chegavam a se mover. Os lábios de Bellis comprimiram-se. Eram na maioria humanos e homens, porém desafiavam generalizações. Ela viu um homem cujo sinuoso pescoço media um metro, uma mulher com uma meada de braços espasmódicos, uma figura com pernas de lagarta na parte inferior do corpo e outra com cabos de metal sobressaindo dos ossos. Tinham em comum apenas as roupas, que se deterioravam.

Bellis jamais vira antes tantos Refeitos num só lugar, tantos que haviam sido alterados nas fábricas de punição. Alguns foram moldados para a indústria, e outros pareciam formados com propósito nenhum exceto o grotesco, com bocas e olhos deformados, e deuses sabiam mais o quê.

Havia uns poucos prisioneiros cactáceos, assim como de outras raças: um hotchi com os espinhos quebrados; um pequeno grupo de khepris com corpocrânios de escaravelho a vibrar e reluzir sob o sol minguado. Não havia vodyanoi algum, é claro. Numa jornada como aquela, água potável era valiosa demais para que fosse desperdiçada para mantê-los vivos.

Ela ouviu os gritos dos carcereiros. Homens e cactáceos marchavam entre os Refeitos, portando chicotes. Em grupos de dois e três e dez os prisioneiros começaram a caminhar lentamente em círculos pelo convés.

Alguns ficavam parados, e eram punidos.

Bellis afastou o rosto da vidraça.

Aqueles eram seus companheiros ocultos.

Não pareciam muito revigorados pelo ar fresco, ela refletiu com frieza. Não pareciam desfrutar do exercício.

Tanner Sack andava apenas o suficiente para evitar ser espancado. O movimento de seus olhos era ritmado. Para baixo, durante três passos longos, para desviar de si a atenção, e então para cima, por um passo, para ver o céu e o mar. O navio vibrava fracamente por causa do motor a vapor, e as velas estavam enfunadas. Os penhascos da Ilha do Pássaro Dançarino passavam rápidos por eles. Tanner rumou para bombordo, devagar.

Estava cercado pelos homens que partilhavam de seu porão. As prisioneiras formavam um grupo menor, um pouco afastado. Todos traziam os mesmos rostos sujos e olhares frios na direção dele. Tanner não se aproximou.

Ouviu um assovio repentino, dois tons agudos diferentes dos gritos das gaivotas. Olhou para cima e viu que Shekel o observava, empoleirado sobre uma volumosa projeção de metal que estava esfregando. O garoto percebeu o olhar de Tanner e deu-lhe uma piscadela e um rápido sorriso. Tanner sorriu de volta, mas Shekel já tinha desviado o olhar.

Um oficial e um marinheiro, usando dragonas distintas, confabulavam na proa, junto a um motor de latão. Quando Tanner fez um esforço para ver o que faziam, um bastão lhe golpeou as costas sem força, mas com ameaça de algo muito pior. Um guarda cactáceo berrava-lhe para que continuasse andando, e ele apertou o passo. O tecido alheio enxertado em seu peito latejou. Os tentáculos comichavam e descamavam como uma grave queimadura solar. Cuspiu neles e esfregou a saliva como se fosse unguento.

Às dez em ponto, Bellis engoliu seu chá e saiu. O convés fora varrido e esfregado. Não havia sinal de que os prisioneiros tivessem colocado os pés ali.

– É estranho pensar – disse Bellis, enquanto ela e Johannes observavam o mar – que em Nova Esperium talvez comandemos os homens e mulheres que viajam conosco neste mesmo navio, sem que jamais saibamos.

– Isso nunca acontecerá com você – disse ele. – Desde quando uma linguista precisa de assistentes forçados?

– A mesma coisa se pode dizer de um naturalista.

– Não é verdade – disse ele com calma. – Há caixotes a levar para a mata, armadilhas a montar, carcaças drogadas ou mortas a carregar, animais perigosos a subjugar... Saiba você que nem tudo se resume a aquarelas. Qualquer dia, mostro-lhe minhas cicatrizes.

– Sério?

– Sim – tornou-se pensativo –, tenho um corte de trinta centímetros, por conta de um sardula furioso... Uma mordida de chalkydri recém-nascido...

– Um sardula? É mesmo? Posso ver? – Johannes meneou a cabeça.

– Ele me pegou perto de um lugar delicado – disse.

Não olhou para ela, tampouco pareceu recatado.

Johannes dividia a cabine com Gimgewry, o mercador fracassado, homem tolhido pelo entendimento de sua própria inadequação, que fitava Bellis com luxúria miserável. Johannes nunca era lascivo. Parecia sempre pensar em outras coisas antes que pudesse notar os atrativos de Bellis.

Não que ela desejasse aproximação – o rejeitaria rapidamente caso ele a cortejasse. Mas estava acostumada com que homens tentassem flertar com ela (quase sempre por pouco tempo, até perceberem que seu comportamento frio não era uma simulação que ela pudesse ser persuadida a abandonar). A companhia de Tearfly era franca e assexuada, o que ela achava desconcertante. Imaginou brevemente se o naturalista não seria o que o pai dela chamava de invertido, porém não viu sinal algum de que estivesse mais atraído por qualquer homem a bordo do que estava por ela. E então achou-se frívola por pensar tal coisa.

Havia nele um indício de algo parecido com medo, pensou Bellis, sempre que uma insinuação pairava entre eles. *Talvez,* pensou, *ele não tenha interesse em tais assuntos. Ou talvez seja covarde.*

Shekel e Tanner trocavam histórias.

Shekel conhecia muitas das Crônicas de Pé de Corvo, mas Tanner conhecia todas. Sabia variações até mesmo daquelas que o grumete já havia ouvido, e as narrava bem. Por sua vez, Shekel contava-lhe sobre os oficiais e passageiros. Estava cheio de desprezo por Gimgewry, cuja frenética masturbação ouvira através da porta do banheiro. Achava a benignidade vazia de Tearfly enormemente maçante, e tinha medo de Myzovic, porém se vangloriava e contava mentiras sobre o capitão vagar bêbado pelos conveses.

Cobiçava a senhorita Cardomium. Gostava de Bellis Vinhofrio.

– Fria não é a porra da palavra certa – dizia – para a senhorita Negra-e-azul.

Tanner ouvia as descrições e insinuações, rindo e fazendo sons de desaprovação nos momentos certos. Shekel contou-lhe dos rumores e fábulas que os marinheiros narravam uns aos outros – da piasa, das corsárias, dos Marichoinianos e vis-piratas, das coisas que viviam embaixo d'água.

Atrás de Tanner, estendiam-se as longas trevas do porão.

Havia uma constante luta carniceira por comida e combustível. Não apenas por restos de pão e carne: muitos prisioneiros eram Refeitos com partes metálicas e motores a vapor. Caso suas caldeiras esfriassem, ficavam imobilizados. Qualquer coisa que queimasse era amealhada. Num canto distante da câmara, via-se um velho cujo tripé de peltre, sobre o qual caminhava, travara havia muito. Sua fornalha havia esfriado por completo. Comia apenas quando alguém se dava ao trabalho de alimentá-lo, e ninguém esperava que sobrevivesse.

Shekel estava fascinado pela brutalidade daquele pequeno reino. Observava o velho com olhos ansiosos. Via os ferimentos dos prisioneiros. Vislumbrava peculiares silhuetas duplas de homens que copulavam, em consentimento ou estupro.

Havia comandado uma gangue em Portão do Corvo, na cidade, e se preocupava com o que lhes aconteceria agora, sem ele. Seu primeiro roubo, quando tinha seis anos, rendera-lhe uma moeda de um Shekel, e o apelido permanecera. Afirmava que não conseguia lembrar-se de ter outro nome. Arranjara o emprego no navio quando as atividades de sua gangue, que incluíam ocasionais arrombamentos de residências, atraíram atenção demasiada da milícia.

– Mais um mês e eu estaria aí dentro com você, Tanner – disse ele. – Não teria valido a pena.

Mantido pelos taumaturgos e nautomantes, o engenho meteorromântico próximo ao gurupés do *Terpsichoria* deslocava o ar diante do navio. As velas dobravam-se adiante preenchendo o vácuo, e a pressão as enfunava por trás. Navegavam a uma boa velocidade.

A máquina fazia Bellis lembrar das torres das nuvens de Nova Crobuzon. Pensou nos enormes motores que se projetavam acima dos telhados de Ponta do Piche, arcanos e danificados. Sentiu forte saudade das ruas e canais, e do *tamanho* da cidade.

E dos motores. Máquinas. Em Nova Crobuzon, era cercada por elas. Agora, havia apenas o pequeno meteorromante e o constructo do refeitório. O motor a vapor na última coberta fazia de todo o *Terpsichoria* um mecanismo, mas era invisível. Bellis vagava pelo navio como uma engrenagem desgarrada. Sentia falta do caos utilitário que fora forçada a abandonar.

Navegavam num setor movimentado do mar. Passavam por outros navios; nos dois dias após a partida de Qé Banssa, Bellis viu três deles. Os primeiros dois foram pequenas formas alongadas no horizonte, o terceiro foi uma caravela atarracada que chegou muito mais perto. Vinha de Odraline, como anunciavam as pipas empinadas a partir de suas velas. Saltava loucamente sobre o mar agitado.

Bellis podia ver os marinheiros a bordo. Observou-os balançar no complexo cordame e escalar as velas triangulares.

O *Terpsichoria* passou por ilhas de aparência inóspita: Cadann; Rin Lor; Ilha Eidolon. Havia contos folclóricos a respeito de cada uma, e Johannes conhecia todos.

Bellis passava horas a observar o mar. A água ali, no leste longínquo, era muito mais clara que aquela próxima da Baía de Ferro: ela podia ver manchas que eram imensos cardumes. Os marinheiros de folga sentavam-se sobre a amurada com as pernas para fora, pescando com varas grosseiras, entalhando e tingindo gravuras em osso e marfim de narval com facas e fuligem de lamparinas.

De vez em quando, irrompiam a distância os dorsos de grandes predadores, como as orcas. Certa vez, enquanto o sol se punha, o *Terpsichoria* passou perto de um outeiro arborizado, dois ou três quilômetros de floresta que brotavam do oceano. Havia um agrupamento de rochas lisas próximo da costa, e o coração de Bellis pulou quando um dos rochedos se ergueu e um imenso pescoço de cisne desenrolou-se. Uma cabeça arredondada se voltou, e ela assistiu ao plessiossauro nadar preguiçosamente para fora dos baixios e desaparecer.

Ela ficou, por pouco tempo, fascinada por carnívoros submarinos. Johannes a levou à sua cabine e remexeu em seus livros. Ela viu vários títulos com o nome dele na lombada – *Anatomia do sardula; Predadores das poças de maré da Baía de Ferro; Teorias de megafauna*. Quando achou a monografia que procurava, mostrou a Bellis imagens sensacionais de peixes primitivos, de cabeça arredondada e dez metros de comprimento, de tubarões goblins com dentes assimétricos e testas protuberantes; e outros.

Na manhã do segundo dia após zarparem de Qé Banssa, o *Terpsichoria* avistou a terra que rodeava Salkrikaltor: uma linha costeira irregular e cinzenta. Já passava das nove horas, mas o céu, pela primeira vez, estava todo claro, e a lua e suas filhas brilhavam ardentes.

Mesmo sem querer, Bellis ficou abismada com a paisagem montanhosa, entrecortada pelo vento. Ao longe, no interior, nos limites de sua visão, podia ver o escuro da floresta agarrada aos flancos das ravinas. Na costa, as árvores eram cascas mortas e vergastadas pelo sal.

Johannes praguejou de animação.

– É Bartoll! – disse ele. – Cento e cinquenta quilômetros ao norte está a Ponte Cirosina, com quarenta malditos quilômetros de comprimento. Espero que possamos vê-la, mas suponho que isso traria problemas.

O navio tomava o rumo oposto à ilha. Estava frio, e Bellis sacudia com impaciência seu casaco fino.

– Vou entrar – disse, mas Johannes a ignorou.

Ele olhava na direção da qual tinham vindo, para a costa de Bartoll, que desaparecia aos poucos.

– O que está havendo? – murmurou. Bellis voltou-se bruscamente. A reprovação era audível na voz dele. – Para onde vamos? – gesticulou Johannes. – Veja... estamos no curso oposto a Bartoll. – A ilha agora não passava de uma margem pouco nítida, na extremidade do oceano. – Salkrikaltor fica *naquela* direção, para leste. Em algumas horas, poderíamos já estar navegando sobre o território dos lagostins, mas estamos rumando ao sul... para *longe* da Comunidade Lagostim...

– Talvez os lagostins não queiram que navios passem por cima de sua região – disse Bellis, mas Johannes meneou a cabeça.

– É rota padrão – disse ele. – O rumo leste a partir de Bartoll leva à Cidade Salkrikaltor. É assim que se chega lá. Nossa rota agora é diferente – desenhou um mapa no ar. – Aqui fica Bartoll e aqui Gnomon Tor e, entre elas, no mar... Salkrikaltor. Aqui embaixo, para onde rumamos... não há nada. Uma fila de ilhotas pontiagudas. Faremos um desvio enorme até chegarmos à Cidade Salkrikaltor. Pergunto-me por quê.

Na manhã seguinte, vários outros passageiros haviam notado a rota nada costumeira. Em algumas horas, as notícias se espalharam entre os pequenos corredores compartimentados. O capitão Myzovic foi chamado ao refeitório. Havia quase quarenta passageiros, e todos estavam presentes. Até a pálida e patética Irmã Meriope, e outros afligidos por males semelhantes.

– Não há nada com que se preocupar – garantiu-lhes o capitão. Estava visivelmente furioso por ter sido convocado. Bellis não olhou para ele, concentrou-se na paisagem além das janelas. *Por que estou aqui?*, pensou. *Não me importo. Não me importa aonde vamos ou como diabos chegaremos lá.* Mas não se convenceu e ficou onde estava.

– Mas *por que* nos desviamos da rota normal, capitão? – alguém perguntou.

O capitão resfolegou, zangado.

– Certo – disse –, ouçam. Tomei um desvio em torno das Barbatanas, as ilhas na extremidade sul de Salkrikaltor. *Não* estou obrigado a explicar-lhes tal decisão. No entanto... – fez uma pausa, de modo a incutir nos passageiros o quanto eram privilegiados – diante das circunstâncias... devo pedir-lhes que observem certa medida de prudência no que se refere a esta informação.

– Circunavegaremos as Barbatanas antes de chegarmos à Cidade Salkrikaltor, para que possamos passar por algumas empresas de Nova Crobuzon. Certas indústrias marítimas. Que não são de conhecimento público. Ora, eu poderia confiná-los nas cabines. No entanto, poderiam ver algo pelas escotilhas, e prefiro não alimentar os rumores que disso resultariam. Assim, estão livres para ir ao convés, *apenas* ao convés de popa. *Porém*. Porém apelo aos senhores, como patriotas e bons cidadãos, que exerçam discrição sobre o que virem esta noite. Fui claro?

Para desgosto de Bellis, houve um curto momento de silêncio reverente. *Ele os está atordoando com pompa*, pensou, e saiu dali, levando consigo seu desprezo.

As ondas foram interrompidas por ocasionais aguilhões rochosos. Nada de mais dramático aconteceu. A maioria dos passageiros reuniu-se na popa do navio e observou ansiosa o mar. Bellis mantinha os olhos no horizonte, irritada por não estar só.

– Você acha que reconheceremos quando virmos seja lá o que for? – perguntou uma mulher de voz esganiçada, que Bellis não conhecia e a quem ignorou.

Escureceu e o frio piorou muito. Alguns dos passageiros se recolheram aos conveses inferiores. As montanhosas Barbatanas erguiam-se e mergulhavam para dentro e para fora de vista na linha do horizonte. Bellis bebericava vinho quente para combater o frio. Sentiu-se entediada e passou a observar os marinheiros, em vez de olhar para o mar.

Então, por volta das duas da manhã, quando apenas metade dos passageiros permanecia no convés, algo apareceu a leste.

– Deuses do céu – sussurrou Johannes.

Por muito tempo, aquilo permaneceu uma silhueta ilegível e proibitiva. Logo, ao se aproximarem, Bellis viu que era uma imensa torre negra que se elevava do mar. Uma luz oleosa crepitava no topo, uma golfada de chamas sujas.

Estavam quase diante dela. Pouco mais de uma milha de distância.

Era uma plataforma suspensa na superfície do mar. Com mais de sessenta metros de comprimento de cada lado, pairava imensa. Seu peso de concreto repousava sobre três gigantescas pernas de metal. Bellis conseguia escutar-lhe a pulsação.

Ondas quebravam contra os suportes. Tinham um contorno tão intricado e retorcido quanto o de uma cidade. Acima das três pernas-pilares, havia um agrupamento de pináculos, que parecia aleatório. Guindastes se moviam como mãos em garra e, acima de todos eles, um enorme minarete de vigas pairava, babando fogo. Oscilações taumatúrgicas distorciam o espaço acima da chama. Nas sombras sob a plataforma, uma haste gigante de metal mergulhava no mar. Luzes cintilavam em seus patamares sobrepostos.

– O que, em nome de Falastrão, é isso? – exalou Bellis.

Era assombrosa e extraordinária. Os passageiros ficaram boquiabertos, como idiotas.

As montanhas da Barbatana no extremo sul eram sombras a distância. Próximas à base da plataforma, havia silhuetas predadoras: navios blindados, em patrulha. Luzes lampejaram em complexo *staccato* no convés de um deles, e viram-se irrupções semelhantes na ponte do *Terpsichoria*.

Ouviu-se uma sirene no convés da fabulosa estrutura.

O navio a ultrapassava agora. Bellis observava a chama de exaustão, que minguava.

Johannes permaneceu estático de perplexidade.

– Não faço ideia – disse devagar. Bellis precisou de um instante para perceber que ele lhe respondia a pergunta. Mantiveram os olhos fixos na enorme forma sobre o mar, por tanto tempo quanto puderam divisá-la.

Quando desapareceu, caminharam em silêncio rumo ao corredor. Ao chegarem à porta que dava para as cabines, alguém atrás deles gritou.

– Outra!

Era verdade. A milhas de distância, uma segunda plataforma colossal.

Maior que a primeira. Assomava sobre quatro pernas de concreto castigado pelas intempéries. Era mais esparsa. Havia uma torre espessa e atarracada em cada canto, e uma grua colossal na extremidade. A estrutura rosnava como algo vivo.

Mais uma vez, um desafio luminoso foi lançado pelos defensores da coisa e, mais uma vez, o *Terpsichoria* respondeu.

Ventava, e o céu estava frio como ferro. Nos baixios daquele mar lúgubre, o edifício rugia à medida que o navio singrava adiante em meio à escuridão.

Bellis e Johannes esperaram durante uma hora, as mãos dormentes, o fôlego saindo-lhes em espirais visíveis. Porém, nada mais apareceu. Tudo o que podiam ver era água e, aqui e ali, as Barbatanas, serrilhadas e turvas.

Corrente-feira, 5 de Arora, 1779. A bordo do *Terpsichoria*.

Assim que entrei na cabine do capitão hoje pela manhã, percebi com clareza que alguma coisa o enfurecera. Rangia os dentes, e trazia no rosto uma expressão homicida.

– Senhorita Vinhofrio – disse –, em poucas horas chegaremos à Cidade Salkrikaltor. Aos outros passageiros e à tripulação serão concedidas algumas horas de licença, mas temo que a senhorita não possa desfrutar de tal luxo.

Seu tom de voz era neutro e perigoso. Sua mesa estava livre de parafernálias. Aquilo me perturbou, e não sei explicar por quê. Ele costuma estar cercado por uma amurada de trastes. Sem ela, não havia barreira entre nós.

– Irei encontrar-me com representantes da Comunidade Salkrikaltor, e a senhorita traduzirá. Já trabalhou com delegações de comércio, conhece a etiqueta. A senhorita traduzirá *em lagostim* de Salkrikaltor para os representantes, e o tradutor deles verterá suas palavras para mim, em ragamina. A senhorita escutará com cuidado para assegurar-se dele, e ele a escutará do mesmo modo. Assim, garante-se a honestidade de ambos os lados. Mas a senhorita não será *participante*. Fui perfeitamente claro? – repisou a questão, como um professor. – A senhorita não ouvirá nada do que se passar entre nós. Será um conduto, e nada mais. Não ouvirá *nada*.

Olhei o desgraçado nos olhos.

– Serão discutidas questões da mais alta segurança. A bordo de um navio, senhorita Vinhofrio, há poucos segredos. Preste muita atenção... – Inclinou-se na direção dela. – Se mencionar o que será discutido a qualquer um, sejam meus oficiais, sua freira vomitadora ou seu amigo muito íntimo, o dr. Tearfly, ficarei sabendo.

Tenho certeza de que não preciso dizer-lhe o quanto fiquei chocada.

Até então eu evitara confrontos com o capitão, mas sua fúria o tornava caprichoso. Não posso parecer fraca para ele. Meses de ressentimentos são melhores que me acovardar estrategicamente sempre que ele se aproximar.

Além de eu estar enfurecida.

Imprimi um tom de frieza em minha voz.

– Capitão, já discutimos o assunto quando o senhor me ofereceu este posto. Meu currículo e minhas referências são claros. Não é digno do senhor questioná-los neste momento. – Fui muito solene. – Não sou uma adolescente recrutada à força para que o senhor me intimide. Farei meu trabalho como foi contratado, e o senhor não impugnará meu profissionalismo.

Não tenho ideia do que o enfureceu, nem quero ter. Os deuses que apodreçam seu couro miserável.

E agora me sento aqui com a *freira vomitadora* – embora ela pareça um pouco melhor, e tenha até mesmo gemido algo sobre participar do culto de festingo – e termino esta carta. Estamos próximos de Salkrikaltor, onde terei a chance de selá-la e deixá-la para ser apanhada por qualquer navio de Nova Crobuzon que passar.

Chegará até você, este longo adeus, com apenas poucas semanas de atraso. O que não é tão ruim. Espero que esteja bem.

Torço para que sinta minha falta como sinto a sua. Não sei o que farei sem este meio de comunicação com você. Um ano ou mais se passará até que tenha notícias minhas, até que outro navio atraque no porto de Nova Esperium ou de lá zarpe. Pense em mim, então! Meus cabelos longos e trançados com lama, sem dúvida, roupas de penitente, marcadas com sigilos, como uma xamã selvagem! Se ainda me lembrar de como escrever, escreverei a você, então, e contarei de meus dias, e perguntarei como está minha cidade, e talvez você me escreva dizendo que tudo está seguro, que posso voltar para casa.

Os passageiros debatiam animados sobre o que tinham visto na noite anterior. Bellis escarnecia deles. Através do Estreito de Gargalume o *Terpsichoria* chegou até as águas mais calmas de Salkrikaltor. Primeiro, assomou à vista a verdejante ilha de Gnomon Tor e, depois, antes das cinco da tarde, Cidade Salkrikaltor surgiu no horizonte.

O sol estava muito baixo, e a luz espessa. A linha costeira de Gnomon Tor elevava-se, verde e enorme, a algumas milhas ao norte. Sob a forma de uma floresta horizontal de sombras alongadas, as torres e telhados de Cidade Salkrikaltor quebravam as ondas.

Eram formados de concreto, ferro, rocha e vidro, e extensões de robustos corais de águas frias. Passagens subiam em espirais ao longo das colunas, ligadas por pontes finas como espinhas. Intricados pináculos cônicos de trinta metros de altura, fortalezas escuras e quadradas. Um aglomerado de estilos contrários.

Os contornos da cidade eram o exuberante desenho infantil de um arrecife. Torres orgânicas avolumavam-se como cápsulas de vermes tubícolas. Havia análogos feitos de gorgônia, arranha-céus que se ramificavam em dezenas de salas estreitas; arenas atarracadas, de muitas janelas, como megaesponjas descomunais. Faixas de arquitetura adornada, como miléporas.

As torres da cidade submersa projetavam suas formas ininterruptas trinta metros acima das ondas. Corredores imensos abriam-se no nível do mar. Marcas verdes de algas mostravam a altura da maré que os cobriria.

Havia prédios mais novos. Mansões ovoides esculpidas em pedra e cingidas de ferro, suspensas acima da água por escoras que se projetavam dos telhados submersos. Plataformas flutuantes sustentavam terraços de casas quadradas, de tijolos – como as de Nova Crobuzon – empoleiradas absurdamente sobre o mar.

Havia milhares de lagostins, e uma boa quantidade de humanos, sobre as passagens e pontes no nível do mar, e muito acima. Dezenas de barcas de casco chato e botes apressavam-se entre as torres.

Navios de longo curso estavam aportados nas cercanias da cidade, atados a pilares no mar. Cocas, juncos e veleiros mercantes e, aqui e ali, um vapor. O *Terpsichoria* se aproximou.

– Olhe ali – alguém disse a Bellis, e apontou para baixo. A água era absolutamente clara. Mesmo sob a luz que minguava, Bellis conseguia ver lá no fundo as largas ruas dos subúrbios de Salkrikaltor. Estavam delineadas por postes de luz fria. O topo do mais alto edifício não chegava a quinze metros da superfície, de maneira a garantir passagem às embarcações que navegavam acima.

Nos passadiços que ligavam os pináculos submarinos, Bellis viu ainda mais cidadãos, mais lagostins. Submergiam e nadavam rápidos, movendo-se com muito maior facilidade que seus compatriotas na superfície acima deles.

Era um lugar extraordinário. Bellis observou invejosa os botes do *Terpsichoria* serem baixados. A maior parte da tripulação e todos os passageiros formavam filas ansiosas diante das escadas. Riam e troçavam com animação, sem tirar os olhos da cidade.

Já entardecia. As torres de Salkrikaltor eram silhuetas; as janelas iluminadas refletiam-se nas águas escuras. Ouviam-se sons tênues no ar: música, gritos, maquinário rangente, ondas.

– Estejam de volta a bordo às duas da manhã – berrou um subtenente. – Permaneçam nos bairros humanos e em qualquer lugar acima da superfície. Há bastante o que fazer lá sem arriscar os pulmões.

– Senhorita Vinhofrio? – Bellis voltou-se para o tenente-comandante Cumbershum. – Por favor, acompanhe-me, senhorita. O submersível está pronto.

CAPÍTULO 4

Constrita no interior do pequeno submersível, uma estreita confusão de tubos de cobre e painéis, Bellis esticou-se para enxergar além da obstrução de Cumbershum, do capitão Myzovic e do aspirante que operava o leme.

O mar batia no fundo da reforçada escotilha dianteira. De súbito, a embarcação mergulhou, as ondas desabaram sobre o vidro bulboso e o céu desapareceu. Os sons das vagas e o tênue lamento das gaivotas cessaram instantaneamente. O único ruído era o zumbido choroso da hélice que começava a girar.

Bellis estava ansiosa.

O submersível se inclinou e desceu com graça, rumo à rocha e à areia ainda invisíveis. Uma poderosa lâmpada de arco se acendeu sob seu nariz chato, revelando diante deles um cone de água iluminado.

Perto do fundo, inclinaram-se um pouco para cima. A luz da noite penetrava fraca lá embaixo, bloqueada pelas imensas sombras negras dos navios.

Bellis olhou, por sobre o ombro do capitão, a água escura. Seu rosto estava impassível, mas suas mãos agitavam-se de assombro. Peixes se moviam em ondulações precisas, flutuando para a frente e para trás em torno do desajeitado intruso de metal. Bellis ouvia sua própria respiração arfante, alta e pouco natural.

O submersível seguiu um cuidadoso caminho entre as correntes que pendiam como cipós do dossel formado pelos navios acima. O piloto operou alavancas com graça perita, e a embarcação subiu e ultrapassou uma pequena saliência de rochas corroídas. Cidade Salkrikaltor apareceu.

Bellis engoliu em seco.

Por toda parte havia luzes suspensas. Globos de iluminação fria que pareciam luas nevadas. Nenhum traço de sépia, como nas lâmpadas a gás de Nova Crobuzon. A cidade cintilava na água escura como uma rede cheia de luzes fantasmagóricas.

Os limites exteriores da cidade eram prédios baixos feitos de pedra porosa e coral. Havia outros submarinos, trafegando suaves entre as torres e acima dos telhados. Os passeios submersos sob eles escalavam até as muralhas e igrejas no coração da cidade, distantes pouco mais de uma milha e visíveis muito vagamente em meio à água. Ali no núcleo de Cidade Salkrikaltor havia edifícios mais altos que se erguiam bem acima das ondas. Não eram menos intricados sob a superfície.

Em toda parte, havia lagostins. Olhavam distraídos para o submersível que passava acima. Barganhavam diante de lojas adornadas com tecidos coloridos e ondulantes, querelavam em pequenas praças, próximos a arbustos de algas esculpidas, caminhavam ao longo de ruelas emaranhadas. Conduziam carroças puxadas por extraordinárias bestas de carga: lesmas marinhas de dois metros de comprimento. As crianças brincavam de arpoar robalos engaiolados e blênios coloridos.

Bellis viu casas mal remendadas, reformadas pela metade. Longe das ruas principais, as correntes remexiam no lixo orgânico que apodrecia em quintais de coral.

Todos os movimentos pareciam alongar-se embaixo d'água. Lagostins nadavam acima dos telhados, batendo as caudas de modo deselegante. Saltavam de altos terraços e sacadas e afundavam devagar, pernas encolhidas para a aterrissagem.

Do interior do submersível, a cidade parecia silenciosa.

Voaram lentos rumo à arquitetura monumental do centro de Salkrikaltor, importunando peixes e detritos flutuantes. Era uma verdadeira metrópole, refletiu Bellis. Apinhada e movimentada. Como uma Nova Crobuzon amparada e quase oculta por água.

– Casas dos oficiais, ali – Cumbershum indicou a Bellis. – Aquilo é um banco. Fábrica, logo adiante. É por isso que os lagostins fazem tantos negócios com Nova Crobuzon: podemos ajudá-los com tecnologia de vapor. É muito difícil fazê-la funcionar embaixo d'água. E aquele é o conselho central da Comunidade Lagostim de Salkrikaltor.

O prédio era intricado. Arredondado e bulboso como um coral-cérebro de dimensões impossíveis, esculpido com uma cobertura de dobras. Suas torres se erguiam por toda a extensão de água e bem acima, até o ar da superfície. A maioria das alas, entalhadas com serpentes enroladas e composições em hieróglifos, tinha janelas e umbrais abertos, no estilo tradicional de Salkrikaltor, de maneira que pequenos peixes pudessem entrar e sair desimpedidos. Porém, uma seção era selada, com pequenas escotilhas e espessas portas de metal. Dos respiros jorrava um fluxo constante de bolhas.

– É ali que se reúnem com os terrestres – disse o tenente. – É para onde vamos.

– Há uma minoria humana no lado terrestre de Cidade Salkrikaltor – disse Bellis devagar. – E bastante espaço acima d'água, e os lagostins podem respirar o ar da superfície por horas a fio. Por que nos obrigam a encontrá-los aqui embaixo?

– O mesmo motivo pelo qual recebemos o embaixador de Salkrikaltor nas salas de recepção do Parlamento, senhorita Vinhofrio – disse o capitão –, não importa que seja um tanto difícil e inconveniente para ele. Esta é a cidade dos lagostins, somos meros convidados. Isto é, *nós* – voltou-se para ela e fez um gesto que abrangia somente ele e o tenente-comandante Cumbershum – somos convidados. – Virou-se outra vez, devagar.

Seu filho de um porco, pensou Bellis, enfurecida, o rosto rígido como gelo.

O piloto diminuiu a velocidade até quase parar, e manobrou através de uma abertura grande e escura na ala. Navegaram acima de lagostins, que os guiaram, agitando os braços, até o final do corredor de concreto. Uma porta enorme fechou-se vagarosa atrás deles.

De tubos compactos e espessos, alinhados junto às paredes, irrompia uma massiva e incessante explosão de bolhas. O mar era empurrado para fora por meio de válvulas e comportas. Devagar, o nível d'água caiu. O submersível acomodou-se gradualmente no piso de concreto e adernou. A água desceu passando pela escotilha e a respingou de gotículas. No momento seguinte, Bellis encontrou-se em meio ao ar. Com o mar bombeado para fora dali, a sala parecia pobre.

Quando o piloto enfim soltou os parafusos que os trancavam lá dentro, a portinhola se abriu de um só golpe e eles receberam uma misericordiosa lufada de ar frio. Havia poças de água salgada no piso de concreto. A própria sala cheirava a algas e peixe. Bellis desembarcou do submersível e os oficiais endireitaram os uniformes.

Atrás deles havia uma lagostim. Portava uma lança intricada e frágil demais para ser algo além de cerimonial, julgou Bellis, e vestia um peitoral verde luzente, que não era feito de metal. Inclinou a cabeça, em saudação.

– Agradeça-lhe pelas boas-vindas – disse o capitão a Bellis –, diga-lhe que informe o líder do conselho de nossa chegada.

Bellis expirou e tentou se acalmar. Empertigou-se e relembrou o vocabulário, a gramática, a sintaxe, a pronúncia e a alma do lagostim de Salkrikaltor: tudo o que havia aprendido naquelas semanas intensivas com Marikkatch. Ofereceu ao velho uma prece silenciosa, rápida e cínica.

Então formou o vibrato e os cliques ladrados dos lagostins, audíveis na água e no ar, e falou.

Para seu imenso alívio, a lagostim assentiu e respondeu.

– Os senhores serão anunciados – disse ela, corrigindo com cuidado o tempo verbal de Bellis. – Seu piloto aguarda aqui. Venham comigo.

Amplas escotilhas seladas davam para um jardim de extravagantes plantas marítimas. As paredes estavam cobertas de tapeçarias que mostravam famosos momentos da história de Salkrikaltor. Lajes de pedra compunham o piso, bastante seco, aquecidas por um fogo escondido. Havia ornamentos escuros na sala: azeviche, corais negros e pérolas negras.

De cabeças inclinadas, em boas-vindas aos humanos, havia três lagostins machos. Um deles, muito mais jovem que seus companheiros, ficava um pouco para trás, assim como Bellis.

Eram pálidos. Comparados aos lagostins de Pichefoz, passavam muito mais tempo da vida sob a água, onde o sol não podia tingi-los. Tudo o que distinguia a parte superior do corpo dos lagostins daquela dos humanos era o pequeno babado de guelras no pescoço, mas também havia algo alienígena em sua lividez submarina.

Abaixo da cintura, os quartos traseiros blindados dos lagostins eram os de lagostas colossais: enormes carapaças de concha nodosa e somitos sobrepostos. Os abdomens humanos projetavam-se a partir de onde ficariam os olhos e as antenas. Até mesmo em meio ao ar, um ambiente alheio, sua multidão de pernas trabalhava com intricada graça. Produziam sons delicados ao se moverem, gentis percussões de quitina.

Adornavam seus traseiros crustáceos com uma espécie de tatuagem, desenhos entalhados nas carapaças e tingidos com vários extratos. Os dois mais velhos traziam nos flancos conjuntos extraordinários de símbolos.

Um deles deu um passo à frente e falou muito rápido em Salkrikaltor. Houve um momento de silêncio.

– Bem-vindos – disse o jovem lagostim atrás dele, o tradutor. Falava ragamina com pesado sotaque. – Estamos contentes de que tenham vindo falar conosco.

A discussão começou lentamente. O líder do conselho, Rei Skarakatchi, e o conselheiro, Rei Drood'adji, externaram satisfação ritualística e cortês, o que foi correspondido por Myzovic e Cumbershum. Todos concordaram que aquela era uma reunião excelente, que as duas grandes cidades permaneciam em ótimos termos, que o comércio era um modo muito saudável de assegurar boa vontade, e assim por diante.

A conversa logo mudou de tom. Bellis ouviu-se traduzir pormenores com impressionante fluência. O tópico havia mudado para quantas maçãs e ameixas o *Terpsichoria* deixaria em Salkrikaltor, e quantas garrafas de unguento e bebidas destiladas receberia em troca.

Não demorou para que assuntos de estado fossem debatidos. Informações que decerto vinham dos escalões superiores do parlamento de Nova Crobuzon: detalhes sobre se, e quando, embaixadores seriam substituídos, sobre possíveis tratados comerciais com outras potências, e sobre como tais acordos afetariam as relações com Salkrikaltor.

Bellis achou fácil fechar os ouvidos ao que dizia, deixar que as informações passassem indiferentes por ela. Não por causa de patriotismo ou lealdade ao governo de Nova Crobuzon (os quais ela não sentia), mas por tédio. As discussões secretas eram incompreensíveis, e os pequenos retalhos de informação que Bellis proferia eram medíocres e enfadonhos. Pensava, em vez disso, nas toneladas de água acima deles, e ficava intrigada por não estar em pânico.

Trabalhou de modo automático por algum tempo, esquecendo o que dizia praticamente após as palavras lhe saírem da boca.

Até que, de súbito, ela ouviu a voz do capitão mudar, e deu-se conta de que estava escutando.

– Tenho mais uma pergunta, Excelência – disse Myzovic, após um gole de bebida. Bellis tossiu e latiu os sons de Salkrikaltor. – Em Qé Banssa, ordenaram-me que verificasse um bizarro rumor transmitido pelo representante de Nova Crobuzon. Era tão absurdo que tive certeza de que era um mal-entendido. No entanto, modifiquei a rota para contornar as Barbatanas. Por isso chegamos atrasados a esta reunião.

– Durante nosso desvio, descobri, para meu... assombro e minha consternação, que os rumores eram verdadeiros. Menciono o assunto porque se relaciona à nossa amizade com Salkrikaltor. – A voz do capitão tornou-se mais severa. – Tem a ver com nossos empreendimentos em águas de Salkrikaltor. No limite sul das Barbatanas, como sabem os senhores conselheiros, localizam-se... investimentos de importância vital, pelos quais pagamos generosas taxas de permanência. Falo, evidentemente, de nossas plataformas, nossas sondas.

Bellis nunca ouvira a palavra "sonda" usada daquela maneira, e a disse suavemente em ragamina. Os lagostins pareceram entender. Ela manteve a tradução automática e fluente, mas passou a ouvir fascinada cada palavra dita pelo capitão.

– Passamos por elas após a meia-noite. Primeiro uma, depois outra. Tudo estava como deveria, tanto na sonda Pigmeu quanto na Estrelixo. Porém, senhores conselheiros... – Sentou-se na beirada da cadeira, largou o copo na mesa e lançou-lhes um olhar predador. – Tenho uma pergunta muito importante. *Onde está a outra?*

Os oficiais lagostins observavam o capitão. Com simultaneidade lenta e cômica, olharam um para o outro, e outra vez para Myzovic.

– Admitimos que... estamos confusos, capitão. – O tradutor falou suavemente por seus líderes, no mesmo tom de antes. Porém, durante um brevíssimo instante, Bellis trocou com ele um olhar. Algo se passou entre os dois, perplexidade compartilhada, camaradagem de algum tipo.

No que acabamos de nos meter, irmão?, ela pensou. Estava tensa e ansiava por um cigarrilho.

– Não sabemos do que fala o senhor – prosseguiu a contraparte de Bellis. – Não nos preocupamos com as plataformas, desde que sejam pagos os aluguéis de atracação. O que aconteceu, capitão?

– O que *aconteceu* – disse o capitão Myzovic, em tom hirto – foi que a *Sorgo*, nossa sonda de mar profundo, nossa plataforma móvel, desapareceu. – Esperou que Bellis o acompanhasse, e esperou ainda mais um pouco, alongando o silêncio. –

Juntamente, devo acrescentar, com sua comitiva de cinco encouraçados, seus oficiais, tripulação, cientistas e geoempata.

– A primeira notícia de que a *Sorgo* já não estava no ponto de atracação chegou à Ilha do Pássaro Dançarino há três semanas. As tripulações das outras sondas quiseram saber por que não haviam sido informadas da ordem de realocação da *Sorgo*. Nenhuma ordem foi dada. – O capitão largou outra vez o copo e encarou os dois lagostins. – A *Sorgo* deveria permanecer *in situ* por pelo menos outros seis meses. Deveria estar onde a deixamos. Senhores líder do conselho e conselheiro... *o que aconteceu com nossa sonda?*

Quando Skarakatchi falou, o tradutor imitou seus tons suaves.

– Nada sabemos.

O capitão Myzovic entrelaçou os dedos.

– O fato aconteceu a menos de cem milhas daqui, em águas de Salkrikaltor, numa região que sua marinha e caçadores patrulham regularmente. E os senhores não sabem de nada? – Seu tom estava controlado, mas ameaçador. – Conselheiros, essa situação é extraordinária. Os senhores não têm ideia do que aconteceu? Se a plataforma afundou durante uma tempestade anômala, ou se foi atacada e destruída? Como podem me dizer que não ouviram *nada*? Que algo possa ter-nos feito tal coisa a pouca distância de sua costa, sem que os senhores saibam de nada?

Houve um longo silêncio. Os dois lagostins se inclinaram e sussurraram um ao outro.

– Ouvimos muitos boatos... – disse o Rei Skarakatchi. Drood'adji olhou para ele duramente, e também para o tradutor. – Mas não tivemos notícias de nada assim. Podemos oferecer nosso apoio e comiseração aos amigos de Nova Crobuzon. Mas nenhuma informação.

– Devo dizer-lhes – continuou o capitão após uma consulta murmurada a Cumbershum – que estou profundamente insatisfeito. Nova Crobuzon não pode mais pagar direitos de atracação por uma sonda que não está lá. Diante disso, nosso aluguel será reduzido em um terço. E mais: enviarei à cidade um relatório de sua incapacidade de oferecer assistência. O que deverá lançar dúvidas sobre a habilidade de Salkrikaltor em agir como guardiã de nossos interesses. Meu governo desejará discutir o assunto com maior profundidade. Talvez novos acordos tenham de ser feitos. Obrigado por sua hospitalidade – disse ele, e sorveu o que restava no copo. – Ficaremos esta noite no porto de Salkrikaltor. Zarparemos pela manhã, bem cedo.

– Um momento, por favor, capitão. – O líder do conselho ergueu a mão. Murmurou algo rapidamente para Drood'adji, que assentiu e rapidamente deixou a sala. – Há mais um problema a ser discutido.

Quando Drood'adji retornou, os olhos de Bellis se arregalaram. Atrás dele, vinha um humano.

Estava tão deslocado ali que a tomou de surpresa. Ela o encarou, bestificada.

O homem era um pouco mais jovem que ela, e tinha expressão aberta e alegre. Carregava um grande pacote e vestia roupas limpas, mas sovadas. Seu sorriso desarmou Bellis, que franziu um pouco o cenho e desviou o olhar.

– Capitão Myzovic? – O sujeito falava ragamina com sotaque de Nova Crobuzon. – Tenente-comandante Cumbershum? – Apertou-lhes as mãos. – Receio não saber seu nome, madame – disse, com a mão estendida.

– A senhorita Vinhofrio é nossa tradutora – disse o capitão, antes que Bellis pudesse responder. – O senhor tratará comigo. Quem é o senhor?

De seu paletó o homem sacou um rolo de papel de aparência oficial.

– Isto explicará tudo, capitão – disse.

O capitão inspecionou cuidadoso o documento. Após meio minuto ergueu bruscamente os olhos e sacudiu o papel com desdém.

– O que, com todos os diabos, é esta idiotice? – sibilou de repente, assustando Bellis. Empurrou o rolo contra o peito de Cumbershum.

– Creio que isso torne razoavelmente claro o assunto, capitão – disse o homem. – Tenho outras cópias, caso o senhor não consiga controlar sua fúria. Receio que eu deva requisitar seu navio.

O capitão soltou uma gargalhada altiva.

– Ah, é mesmo? – Soava perigosamente tenso. – É verdade, senhor… – inclinou-se e leu o papel nas mãos do tenente. – Senhor Fennec? É *verdade*?

Ao olhar de relance para Cumbershum, Bellis percebeu que o tenente tinha os olhos fixos no recém-chegado, e estava alarmado e perplexo. Ele interrompeu o capitão.

– Senhor – disse com urgência na voz. – Permita-me sugerir que agradeçamos aos nossos anfitriões e os deixemos aos seus afazeres? – Olhou significativamente para os lagostins. O tradutor ouvia com atenção.

O capitão hesitou e assentiu, lacônico.

– Por favor, informe nossos anfitriões que sua hospitalidade é excelente – ordenou a Bellis, de súbito. – Agradeça-lhes pelo tempo que nos cederam. Sabemos onde fica a saída.

Enquanto Bellis falava, os lagostins faziam elegantes reverências. Os dois conselheiros avançaram e apertaram mãos mais uma vez, para fúria mal contida do capitão. Saíram por onde o senhor Fennec havia entrado.

– Senhorita Vinhofrio? – O capitão indicou a porta que levava ao submersível. – Espere-nos aqui fora, por favor. Assuntos governamentais.

Bellis demorou-se no corredor, praguejando em silêncio. Podia ouvir através da porta os rugidos belicosos do capitão. Por mais que se esforçasse, no entanto, não conseguia entender o que era dito.

– Deuses *o esturriquem* – murmurou, e retornou à insípida sala de concreto onde o submersível jazia como uma criatura grotesca e chafurdante. A assistente lagostim aguardava indolente, cacarejando baixo.

O piloto do submersível palitava os dentes. Seu hálito cheirava a peixe.

Bellis encostou-se a uma parede e esperou.

Após mais de vinte minutos, o capitão dardejou pela porta seguido por Cumbershum, que tentava desesperadamente contê-lo.

– Apenas não me dirija a droga de uma palavra no momento, Cumbershum. Certo? – gritou o capitão. Bellis ficou olhando, estarrecida. – Assegure-se de que o *senhor corno Fennec* fique longe de mim, ou *não* serei responsável pelo que aconteça, com ou sem a porra da carta de encargo assinada e selada.

Atrás do tenente, Fennec espiava pelo canto da porta.

Cumbershum fez um gesto rápido para indicar a Bellis e Fennec que entrassem pela traseira do submersível. Parecia estar em pânico. Quando se sentou à frente de Bellis, ao lado do capitão, ela viu que o tenente se esforçava por ficar longe de Myzovic.

Quando o mar começou a derramar-se outra vez pelas paredes da sala de concreto, e o som de motores escondidos fez a embarcação vibrar, o homem do casaco de couro surrado voltou-se para Bellis e sorriu.

– Silas Fennec – sussurrou, e estendeu a mão. Bellis deteve-se, e então a apertou.

– Bellis – murmurou. – Vinhofrio.

Ninguém falou durante o retorno à superfície. Ao chegar ao convés do *Terpsichoria*, o capitão lançou-se a seu escritório.

– Senhor Cumbershum – vergastou. – Traga o senhor Fennec.

Silas Fennec notou que Bellis o observava. Apontou com a cabeça para as costas do capitão e, por um brevíssimo momento, rolou os olhos, acenou em despedida e saiu trotando no rastro de Myzovic.

Johannes já se fora, para algum lugar em Salkrikaltor. Bellis olhou ressentida a distância, para as luzes que demarcavam as torres. Não havia botes nos costados do *Terpsichoria*, e ninguém que os remasse para afastá-la do navio. Transbordou de frustração. Até mesmo a plangente Irmã Meriope havia encontrado forças para sair dali.

Bellis foi procurar por Cumbershum. Ele assistia ao conserto de uma vela rasgada.

– Senhorita Vinhofrio. – Olhou para ela sem amabilidade.

– Comandante – disse ela –, quero saber como depositar a correspondência no almoxarifado de Nova Crobuzon, do qual me falou o capitão Myzovic. Tenho algo urgente a enviar...

Sua voz definhou. Cumbershum meneava a cabeça.

– Impossível, senhorita Vinhofrio. Não posso dispensar ninguém para escoltá-la, não tenho a chave, e *agora* não irei pedi-la ao capitão... Precisa de mais razões?

Bellis sentiu uma pontada de sofrimento, e permaneceu quieta.

– Comandante – disse ela, devagar, mantendo a emoção longe da voz. – Comandante, o capitão em pessoa prometeu-me que eu poderia depositar minha carta. É extremamente importante.

– Senhorita Vinhofrio – ele interrompeu –, se dependesse de mim, eu mesmo a escoltaria, mas *não posso,* e receio que o assunto se deva encerrar por aqui. Porém... – Ergueu os olhos furtivamente, e sussurrou outra vez. – Porém... não fale disso a ninguém... a senhorita não precisará do armazém. Não posso dizer mais nada. A senhorita entenderá em poucas horas. O capitão convocou uma reunião para amanhã, cedo. Ele explicará. Acredite-me, senhorita Vinhofrio. Não será preciso depositar sua carta. Dou-lhe minha palavra.

O que ele está insinuando?, pensou Bellis, com um misto de pânico e euforia. *O que, diabos, ele está insinuando?*

Como a maioria dos prisioneiros, Tanner Sack nunca saía para longe do espaço que havia tomado para si. Um espaço cobiçado por estar próximo da luz infrequente que vinha de cima, e também da comida. Por duas vezes alguém tentara roubá-lo, ocupando seu trecho de piso quando ele se ausentara para cagar ou mijar. Nas duas vezes, havia persuadido o intruso a sair, sem violência.

Permanecia sentado por horas a fio, de costas contra a parede, num canto da cela, Shekel nunca precisava procurar por ele.

– Oi, Sack!

Tanner cochilava, e as nuvens dentro de sua cabeça demoraram a se dissipar.

Shekel sorria para ele por trás das grades.

– Acorde, Tanner. Quero contar para você sobre Salkrikaltor.

– Cale a boca, garoto – grunhiu o homem ao lado de Tanner. – Estamos tentando dormir.

– Vá se foder, seu Refeito cara de boceta – disparou Shekel. – Você vai querer comida na próxima vez em que eu aparecer, né? – Tanner ergueu as mãos num gesto de conciliação.

– Tudo bem, rapaz, tudo bem – disse ele, tentando despertar completamente –, conte pra mim qualquer coisa, mas se acalme, né?

Shekel sorriu. Estava bêbado e animado.

– Você já viu Cidade Salkrikaltor, Tanner?

– Não, rapaz. Nunca saí de Nova Crobuzon, até agora – disse Tanner, suavemente. Manteve a voz baixa, na esperança de que Shekel o imitasse.

O garoto rolou os olhos e recostou-se.

– Você pega um botezinho e rema entre edifícios grandes que saem a prumo direto do mar. Em alguns lugares, eles se amontoam como árvores. E tem as enormes pontes bem lá em cima, e às vezes... às vezes você vê alguém, humano ou lagostim, pular de lá. E mergulhar, se for humano, ou encolher todas as pernas se não for, e bater na água e sair nadando, ou desaparecer no fundo.

– Vim agora de um bar no Bairro Terrestre. Tinha lá... – Suas mãos dançavam descrevendo formas estreitas, para ilustrar o que dizia. – Você sai do bote e entra direto num enorme corredor e depois num enorme salão, com dançarinas, dançarinas humanas. – Riu como criança. – E perto do balcão a porra do chão some... e tem uma rampa, que desce quilômetros dentro do mar. Toda iluminada lá embaixo. E os lagostins vão e vêm, rampa acima e rampa abaixo, entrando no bar ou voltando pra casa, pra fora e pra dentro da água.

Shekel continuou sorrindo e meneando a cabeça.

– Um fulano dos nossos ficou tão bêbado que se atirou lá – riu. – A gente teve de pescar o sujeito, todo encharcado. Não sei, Tanner... Nunca vi nada igual. Agora mesmo eles tão correndo lá embaixo, embaixo da gente. *Agora mesmo*. Parece um sonho. O jeito como se assenta no mar, e tem mais embaixo que em cima. Parece que se reflete na água... mas dá para caminhar para dentro do reflexo. Eu quero ver como é, Tanner – disse, ávido. – No navio tem trajes e capacetes e uns negócios... Eu desceria sem pensar, sabe... Queria ver do jeito que eles veem...

Tanner pensava em algo para dizer, mas ainda estava cansado. Meneou a cabeça e tentou se lembrar de uma das Crônicas de Pé de Corvo que contasse da vida no mar. Antes que pudesse falar, Shekel pôs-se em pé.

– É melhor eu ir, Tanner – disse o grumete. – O capitão colocou avisos por toda parte. Reunião de manhã, instruções importantes e blá-blá-blá. Vou puxar um ronco.

Quando Tanner se lembrou da história de Pé de Corvo e os Caramujos Assassinos, Shekel já havia desaparecido.

CAPÍTULO 5

Quando Bellis despertou no dia seguinte, o *Terpsichoria* estava em mar aberto.

O frio diminuía à medida que viajavam para leste, e os passageiros reunidos para ouvir o anúncio do capitão já não vestiam seus casacos mais pesados. A tripulação estava sob a sombra do mastro da mezena e os oficiais próximos à escadaria que levava à ponte.

O recém-chegado, Silas Fennec, vinha sozinho. Viu que Bellis o observava e sorriu-lhe.

– Você o conhece? – perguntou Johannes Tearfly, atrás dela. Coçava o queixo e contemplava Fennec com interesse. – Você esteve com o capitão, lá embaixo, não? Quando o senhor Fennec apareceu?

Bellis deu de ombros e desviou o olhar.

– Não conversamos – disse ela.

– Você tem alguma ideia do motivo pelo qual mudamos de curso? – indagou Johannes. Bellis franziu o cenho para demonstrar que não entendia. Ele olhou para ela exasperado. – O sol – disse devagar – está à nossa esquerda. Nosso rumo é o sul. Estamos indo para o lado errado.

Quando o capitão apareceu acima deles sobre a escadaria, os murmúrios no convés cessaram. Ele levou aos lábios um funil de cobre.

– Obrigado por se reunirem tão rapidamente – sua voz alta ecoou ínfima no vento. – Tenho notícias perturbadoras. – Baixou o bocal por um instante e pareceu considerar o que diria. Quando falou outra vez, soava belicoso. – Afirmo que não admitirei argumentação ou desacordo. Isso não está aberto a discussão. Respondo a circunstâncias imprevistas, e não serei questionado. Já não vamos para Nova Esperium. Retornaremos à Baía de Ferro.

Houve um fragor de choque e ultraje entre os passageiros, e grunhidos de perplexidade entre a tripulação. *Ele não pode fazer isso!*, pensou Bellis. Sentiu uma onda de pânico; mas nenhuma surpresa. Percebeu que vinha esperando aquilo desde a insinuação de Cumbershum. Percebeu também que, em algum lugar dentro de si mesma, sentia-se alegre ao pensar em retorno. Reprimiu com severidade o sentimento. *Para mim não haverá boas-vindas,* pensou, feroz. *Tenho de fugir. O que farei?*

– *Chega!* – gritou o capitão. – Como eu *já disse,* não tomei tal decisão levianamente. – Sobrepôs a voz aos berros de protesto. – Ainda esta semana estaremos de volta à Baía de Ferro, onde arranjos alternativos serão feitos para os passageiros pagantes. Talvez tenham de embarcar em outro navio. Sei que isso adicionará meses às suas viagens, e apenas posso oferecer minhas desculpas.

Carrancudo e lívido, ele não aparentava nenhum sentimento de culpa.

– Nova Esperium terá de sobreviver por mais alguns meses sem os senhores. Os passageiros ficarão confinados no convés de popa até as três horas. A tripulação permanece para receber novas ordens. – Baixou o megafone e desceu para o convés.

Por um momento, foi a única coisa que se moveu. Logo, o silêncio se rompeu e houve um burburinho, quando vários passageiros avançaram, contra as ordens de Myzovic, exigindo que ele mudasse de ideia. Podia-se ouvir os latidos de ultraje do capitão enquanto os passageiros o cercavam.

Bellis observava Silas Fennec. Juntando as peças.

O rosto dele permanecia imóvel enquanto assistia à agitação. Notou que Bellis o vigiava, encontrou seu olhar por um momento, e depois se retirou sem pressa.

Johannes Tearfly parecia completamente abalado. Estava boquiaberto, numa demonstração quase cômica de consternação.

– O que ele está *fazendo*? – perguntou. – Do que está *falando*? Não posso esperar mais quinze dias sob a chuva da Baía de Ferro! Santa saliva! E por que rumamos ao sul? Ele está seguindo a rota longa outra vez, passando pelas Barbatanas... O que está *acontecendo*?

– Ele procura por algo – disse Bellis, alto o suficiente para que apenas Johannes ouvisse. Tomou-lhe o braço e o guiou lentamente para longe da multidão. – Não desperdice seu fôlego com o capitão. Ele jamais admitirá, mas não creio que tenha qualquer escolha.

O capitão marchava no convés, de amurada a amurada, sacando um telescópio e esquadrinhando o horizonte. Oficiais berravam instruções aos homens nas gáveas. Bellis assistia à perplexidade e aos rumores entre os passageiros.

– O sujeito não tem vergonha – entreouviu ela –, gritando assim com os passageiros.

– Eu estava perto da porta de seu escritório, e ouvi alguém acusá-lo de perder tempo, de desobedecer a ordens – relatou a senhorita Cardomium, atônita. – Como pode ser?

É Fennec, pensou Bellis. *Está zangado porque não voltamos pelo curso direto. Myzovic irá... o quê? Procurar por pistas da Sorgo, no caminho.*

O mar para além das Barbatanas era mais escuro e mais poderoso, livre de rochedos. O céu estava pálido. Haviam passado do Canal do Basilisco. Aquele era o limite do Mar Bravio. Bellis observava com desgosto as infinitas ondas verdes. Sentia vertigem. Imaginou três, quatro, cinco mil milhas de água salgada escancarando-se até o leste, e fechou os olhos. O vento insistia em golpeá-la.

Percebeu que pensava mais uma vez no rio, a lenta extensão de água que ligava Nova Crobuzon ao mar, como um cordão umbilical.

Quando Fennec reapareceu, caminhando rápido pelo convés de popa, Bellis o interceptou.

– Senhor Fennec – disse ela. O rosto dele se iluminou quando a viu.

– Bellis Vinhofrio – disse. – Espero que não esteja incomodada demais por nosso desvio.

Ela lhe indicou que a seguisse, para longe dos ouvidos dos poucos passageiros e tripulantes em torno. Deteve-se à sombra da imensa chaminé do navio.

– Receio que eu esteja, senhor Fennec – disse –, meus planos são muito específicos. É sim um problema sério para mim. Não faço ideia de quando poderei encontrar outro navio que requeira meus serviços. – Silas Fennec inclinou a cabeça, com vaga solidariedade. Estava obviamente distraído.

Bellis depressa retomou a palavra rapidamente.

– Pergunto-me se o senhor poderia esclarecer a mudança forçada de planos que tornou tão zangado nosso capitão – titubeou. – Diga-me o que está acontecendo, por favor.

Fennec ergueu as sobrancelhas.

– Não posso, senhorita Vinhofrio – disse com voz suave.

– Senhor Fennec – murmurou friamente –, o senhor viu a reação de nossos passageiros, sabe o quanto esse desvio é impopular. Não acha que eu... todos nós, mas principalmente eu mereço alguma explicação? Pode conceber o que aconteceria caso eu contasse aos outros de minhas suspeitas... de que toda a confusão foi instigada pelo misterioso recém-chegado... – Bellis falava rápido, na tentativa de obrigá-lo a dizer a verdade por sentir-se pressionado ou envergonhado. Porém, cessou de repente ao ver a reação do homem. Seu rosto mudou de modo repentino e completo.

A expressão amável e um pouco matreira tornou-se severa. Ergueu o indicador para silenciá-la. Olhou rápido em torno, e falou. Soava sincero e imperioso.

– Senhorita Vinhofrio – disse –, entendo sua irritação, mas terá de me escutar. – Ela empertigou-se e o encarou. – A senhorita deve retirar sua ameaça. Não apelo ao seu código profissional ou à sua maldita honra – sussurrou. – É provável que seja tão cínica quanto eu sobre tais coisas. Mas apelo *à senhorita*. Não faço ideia do que concluiu ou adivinhou, mas permita que lhe diga que é *vital*, entende, que eu retorne a Nova Crobuzon rapidamente, sem interrupção ou alarde. – Houve uma longa pausa.

– Há... há inúmeros fatores em jogo, senhorita Vinhofrio. Não espalhe intrigas. Imploro-lhe que mantenha o que sabe em segredo. Confio em sua discrição.

Não fazia ameaças. Seu rosto e voz estavam sérios, mas não agressivos. Como afirmou, implorava-lhe, não tentava intimidá-la. Falava-lhe como companheiro, confidente.

E, impressionada e chocada pelo fervor de Fennec, ela se deu conta de que *manteria* em segredo o que ouvira.

Ele viu essa decisão percorrer a face de Bellis e assentiu num brusco agradecimento, antes de ir embora.

Em sua cabine, Bellis tentou decidir o que faria. Não seria seguro ficar em Pichefoz por muito tempo. Teria de embarcar em outro navio tão logo fosse possível. Pesava-lhe nas entranhas a esperança de chegar a Nova Esperium, porém deu-se conta, com terrível presságio, de que não estava mais em posição de escolher.

Não se sentiu chocada. Apenas percebeu, de maneira lenta e racional, que teria de ir aonde pudesse. Não poderia demorar-se.

Sozinha, longe do sopro de ira e confusão que havia varrido o restante do navio, Bellis sentiu toda a sua esperança fenecer. Sentia-se ressecada como papel velho, como se o ar tumultuoso no convés a pudesse desfazer e soprar para longe.

Seu conhecimento parcial dos segredos do capitão não lhe servia de conforto. Nunca se sentira tão desamparada.

Rompeu o selo da carta, suspirou, e começou a adicionar a ela a última página.

"Craniado, 6 de Arora, 1779. Noite", escreveu. "Bem, meu querido, quem teria pensado nisso? Uma chance para acrescentar um pouco mais".

Aquilo a confortava. Embora fosse apenas afetação, o tom sagaz que utilizava lhe fornecia algum alívio, e ela não parou de escrever até que Irmã Meriope retornasse e fosse dormir. Continuou sob a luz da pequena lamparina, sugerindo conspirações e segredos, enquanto o Mar Bravio roía monótono o ferro do *Terpsichoria*.

Uma gritaria confusa acordou Bellis às sete horas da manhã seguinte. Ainda atando os laços das botas, saiu aos tropeços em direção à luz, juntamente com outros passageiros sonolentos. Comprimiu os olhos diante da claridade.

Marinheiros debruçavam-se na amurada de bombordo, gesticulando e gritando. Bellis seguiu-lhes os olhares e viu que olhavam *para cima*.

Um homem pendia imóvel no céu, sessenta metros acima deles, a distância no mar.

Bellis ofegou, estupefata.

O homem balançava as pernas como um bebê, e olhava fixamente o barco. Parecia caminhar no ar. Estava preso por um arnês, pendurado na parte de baixo de um balão estufado.

Mexeu no cinto e algo caiu, um tipo de lastro, que rodopiou preguiçoso até o mar. Houve um solavanco e ele ascendeu mais de dez metros. Com o ruído tênue de uma hélice, moveu-se numa curva nada elegante. Iniciou um circuito longo e precário em torno do *Terpsichoria*.

– *De volta aos seus malditos postos!* – A tripulação dispersou-se, industriosa, ao som da voz do capitão. Ele marchou até o convés principal e acompanhou com o telescópio o lento giro da figura. O homem pairava perto dos topos dos mastros, de maneira vagamente predatória.

O capitão gritou pelo megafone ao aviador.

– Você aí… – sua voz ressoava bem. Até o mar parecia quieto. – Aqui é o capitão Myzovic do *Terpsichoria*, vapor da Marinha Mercante de Nova Crobuzon. Ordeno-lhe que aterrisse e se dê a conhecer. Considerarei a desobediência a tal ordem como ato hostil. Você tem um minuto para iniciar a descida, ou iremos nos defender.

– Por Falastrão – sussurrou Johannes. – Você já viu algo assim? Ele está longe demais para ter vindo de terra firme. Deve ser batedor de algum navio além do horizonte, fora de vista.

O homem continuava a circular acima deles, e, durante alguns segundos, ouviu-se somente o zumbido de seu motor.

Afinal, Bellis falou.

– Piratas? – sussurrou.

– É possível – Johannes deu de ombros. – Mas os flibusteiros daqui não conseguiriam abordar um navio do tamanho do nosso, ou com nossos canhões. Atacam mercantes menores, com cascos de madeira. E, se forem corsários… – comprimiu os lábios. – Bem, se forem licenciados por Figh Vadiso, ou qualquer outro lugar, talvez tenham poder de fogo para nos enfrentar, mas seriam insanos se arriscassem guerra contra Nova Crobuzon. As Guerras Piratas acabaram, pelo amor de Falastrão!

– Muito bem! – gritou o capitão. – Este é o último aviso. – Quatro mosqueteiros haviam se posicionado na amurada. Fizeram pontaria no visitante aéreo.

De instantâneo, o ruído do motor mudou. O homem sacolejou e começou a afastar-se do navio, erraticamente.

– Fogo, com os diabos! – berrou o capitão, e os mosquetes soaram, mas o homem havia acelerado, para o alto e para além do alcance. Retrocedeu por muito tempo, afundando devagar rumo ao horizonte. Nada era visível na direção em que ia o aeronauta

– Seu navio deve estar a mais de vinte milhas daqui – disse Johannes. – Levará mais de uma hora para alcançá-lo.

O capitão gritava com a tripulação, organizando-a em unidades armadas, posicionadas ao longo do navio. Os homens manejavam nervosos as armas, com os olhos fixos a distância, sobre o mar que se movia lentamente.

Cumbershum marchou rumo aos passageiros reunidos e ordenou-lhes que retornassem às cabines ou ao refeitório. Seu tom foi rude.

– O *Terpsichoria* é adversário mais que adequado a qualquer pirata, e aquele batedor percebeu isso com facilidade – disse. – Porém, até que voltemos para trás das Barbatanas, o capitão insiste que os senhores permaneçam fora do caminho da tripulação. – *Agora*, por favor.

Bellis permaneceu sentada por muito tempo, com sua carta no bolso. Fumou e bebeu água e chá no refeitório quase vazio. No começo, a atmosfera ficou tensa. Porém, depois de uma hora, o medo pareceu se dissipar ligeiramente. Ela começou a ler.

Então, ouviram-se gritos abafados e vibrações de pés que corriam. Bellis deixou cair o cigarrilho e acorreu à janela com os outros passageiros.

Um punhado de formas escuras corria sobre o mar, na direção deles.

Pequenos batedores encouraçados.

– São lunáticos! – sibilou o dr. Mollificatt. – Quantos são? Cinco? Não são páreo para nós!

Ouviu-se um estrondo abalador no convés do *Terpsichoria*, e os metros de mar à frente do barco na vanguarda explodiram em imensa cratera de vapor e água.

– Foi um tiro de aviso – alguém disse –, mas não deram meia-volta.

A pequena embarcação avançou em meio ao esguicho brutal, num ímpeto suicida rumo ao grande navio de ferro. Ouviram-se mais passos apressados no convés principal, mais ordens berradas.

– Isto vai ser horrível – disse o dr. Mollificatt, fazendo uma careta. Enquanto falava, o *Terpsichoria* guinou de repente, e soou o atrito de metal contra metal.

No porão, Tanner Sack caiu violentamente sobre seu vizinho. Ouviu-se um grito coletivo de medo. À medida que os Refeitos se chocavam uns contra os outros, cicatrizes e carne infeccionada se rompiam. Houve berros de dor. Engaiolados no escuro, os prisioneiros sentiram de súbito o navio ser arrancado do mar.

– *O que está acontecendo?* – gritavam na direção das escotilhas. – *O que está acontecendo? Socorro!*

Abriam caminho a unhas e dentes até as grades, esmagando uns aos outros contra o ferro. Ouviram-se mais gritos, e pânico mais ruidoso.

Tanner Sack gritou junto com seus companheiros.

Ninguém veio ajudá-los.

O navio cambaleava como se tivesse sido esmurrado. Bellis foi arremessada contra a janela. Passageiros se dispersavam, gritando ou pedindo ajuda, pondo-se em pé com terror estampado nos olhos, lançando para fora do caminho cadeiras e bancos derrubados.

– São Falastrão! O que foi *isso*? – gritou Johannes. Alguém ali perto rezava.

Bellis lançou-se em meio à confusão dos outros passageiros que subiam até o convés. Os barquinhos blindados ainda singravam a bombordo do *Terpsichoria*. Porém, vindo do nada, a *estibordo*, onde ninguém estivera vigiando, assomou um imenso submersível negro.

Tinha mais de trinta metros de comprimento, estriado de tubos, cravejado de barbatanas de metal segmentadas. A água do mar ainda escorria dele, das junções entre os rebites e dos rebordos abaixo das escotilhas.

Bellis estacou diante da aparência nefasta daquilo. Marinheiros e oficiais gritavam em confusão, correndo de um lado para o outro na tentativa de se reagruparem.

Duas portinholas no topo do submersível começaram a se abrir.

– *Vocês!* – No convés, Cumbershum apontava para os passageiros. – *Para dentro! Agora!*

Bellis voltou ao corredor.

Falastrão me ajude ah deuses puta merda, pensou ela, em fluxo caótico. Olhou ferozmente em torno e viu passageiros que corriam de um lugar para o outro sem nenhum objetivo.

Subitamente, lembrou-se da pequena despensa de onde podia ver o convés.

Através da fina parede, ela ouviu gritos e disparos lá fora. Frenética, esvaziou a prateleira na frente da janela e encostou o rosto contra a vidraça suja.

Explosões de fumaça descoravam o ar. Homens passavam diante da janela, debandando em pânico. Além e abaixo deles, ao longo do convés, pequenos grupos travavam uma batalha sórdida e confusa.

A maioria dos invasores era de homens e cactáceos. Havia poucas mulheres, de aparência implacável, e alguns Refeitos. Seus trajes eram excêntricos e ostentosos, longos casacos e pantalonas coloridas, botas de cano alto e cinturões cravejados. O que os distinguia dos piratas das pantomimas e gravuras baratas era a sujeira e a idade das roupas, a determinação fixa nos rostos e a eficiência organizada do ataque.

Bellis via tudo em detalhes impossíveis. Percebia a cena como uma série de painéis, como heliótipos iluminados, um após o outro, no escuro. O som parecia dissociar-se da visão, era um zumbido rijo e alto na parte de trás de seu crânio.

Viu o capitão e Cumbershum gritarem ordens no castelo de proa, disparando e carregando as pistolas freneticamente. Marinheiros vestidos de azul lutavam com desespero inábil. Um aspirante cactáceo largou sua lâmina partida e abateu um dos bucaneiros com um enorme soco. Gritou de dor quando o companheiro do homem lhe fez um corte profundo no antebraço, provocando um jato de seiva. Um grupo aterrorizado atacou os piratas com mosquetes e baionetas, hesitou e se viu entre dois Refeitos que portavam imensos bacamartes. Os jovens marinheiros morreram gritando, uma chuva de carne despedaçada e de estilhaços.

Bellis viu silhuetas suspensas que zumbiam com tranquilidade entre os mastros, quatro ou cinco delas, atreladas a balões como o primeiro batedor, voando baixo sobre a batalha e disparando pederneiras na multidão.

Sangue manchava o convés.

Os gritos aumentavam cada vez mais. Bellis estremeceu e mordeu o lábio. Havia algo de irreal naquela cena. A violência era grotesca e abominável, mas nos olhos arregalados dos marinheiros Bellis via perplexidade, dúvida de que aquilo pudesse estar acontecendo.

Os piratas lutavam com pesadas cimitarras e pistolas atarracadas. Com suas roupas multicoloridas pareciam ralé, porém eram rápidos e disciplinados, e combatiam como um exército.

– Diabos! – gritou o capitão Myzovic. Então olhou para cima e disparou. Um dos balonistas estremeceu, e sua cabeça saltou para trás, desenhando um arco de sangue. Remexeu espasmodicamente no cinto, soltando lastros como se fossem pesados excrementos. O cadáver começou a subir rápido em espiral, até o meio das nuvens.

O capitão gesticulava frenético.

– Reagrupem-se, *porra*! – gritou. – Peguem aquele desgraçado no convés de popa!

Bellis torceu a cabeça, mas não conseguiu ver direito o alvo do capitão. No entanto, podia ouvi-lo, perto dela, dando ordens concisas. Os invasores reagiram. Interromperam escaramuças e formaram unidades coesas, para alvejar oficiais e tentar romper a fileira de marinheiros que bloqueava o caminho até a ponte.

– Rendam-se! – gritou a voz ao lado da janela. – Rendam-se e tudo termina agora!

– Eliminem o miserável! – berrou o capitão aos tripulantes.

Cinco ou seis marinheiros passaram correndo pela janela de Bellis, brandindo pistolas e espadas. Houve um momento de silêncio, e logo uma pancada e um leve estalo.

– *São Falastrão...* – O berro foi histérico, mas interrompeu-se de súbito com um fôlego regurgitado. Houve uma floração de gritos.

Dois dos homens cambalearam de volta à vista de Bellis, e ela gritou, horrorizada. Desabaram sobre o convés e morreram rapidamente. Suas roupas e corpos estavam brutalizados com uma incrível quantidade de ferimentos, como se cada um houvesse enfrentado centenas de inimigos. Não havia neles espaço de vinte centímetros que não estivesse sulcado por um corte profundo. As cabeças tinham sido retalhadas, na carne e nos ossos.

Bellis estava paralisada. Tremendo, levou as mãos à boca. Havia algo profundamente antinatural naqueles ferimentos. Pareciam cintilar entre estados de existência, fendas profundas, espectrais e oníricas. Porém, o sangue que empoçava sob os homens era bastante real, e eles estavam de fato mortos.

O capitão tinha o olhar fixo, em choque. Bellis ouviu no ar mil sussurros sobrepostos. Dois gritos borbulhantes e duas pancadas úmidas, quando os corpos caíram.

O último marinheiro passou por ela, de volta na direção da qual viera, gritando de horror. Uma pistola arremessada chocou-se sólida contra a nuca do homem, que caiu de joelhos.

– *Seu porco excomungado!* – gritava o capitão Myzovic. Sua voz soava indignada e profundamente assustada. – *Seu bastardo adorador de demônios.*

Sem prestar-lhe atenção, um homem vestido de cinza invadiu lentamente o campo de visão de Bellis. Não era alto. Andava com pose ensaiada, carregando seu corpo de músculos pesados como se fosse bem mais esguio. Vestia armadura de couro, um traje cinza constelado de bolsos, cinturões e coldres, raiado de sangue. Bellis não conseguia ver-lhe o rosto.

Aproximou-se do homem caído, segurando uma espada em riste completamente tingida de vermelho, da qual caíam gotas espessas.

– Renda-se – disse baixo ao marinheiro diante dele, que o encarou aterrorizado e soluçou, tentando estupidamente sacar uma faca.

O homem de cinza girou no ar instantaneamente, os braços e pernas curvados. Deu uma pirueta, como se dançasse, e pisoteou rápido. A sola de seu pé atingiu o rosto do marinheiro, lançando-o outra vez ao chão. Ele se esparramou, sangrando, inconsciente ou morto. Assim que o homem de cinza aterrissou, ficou imóvel outra vez. Como se não houvesse saltado.

– *Rendam-se* – gritou ele, muito alto, e a tripulação do *Terpsichoria* vacilou.

Estava perdendo a luta.

Corpos jaziam como lixo, e os moribundos clamavam por ajuda. A maioria dos mortos vestia o azul da Marinha Mercante de Nova Crobuzon. A cada segundo, mais piratas vinham do submersível e dos rebocadores blindados. Cercaram os homens do *Terpsichoria* e os encurralaram no convés principal.

– Rendam-se – berrou novamente o homem, com sotaque estranho. – Larguem suas armas e terminaremos com isto. Ergam as mãos contra nós e os abateremos um a um, até que aprendam a ter bom senso.

– Deuses o *enrabem e fulminem...*! – gritou Myzovic, mas o comandante pirata o interrompeu.

– Quantos dentre seus homens ainda matará, capitão? – perguntou, impostando a voz como um ator. – Ordene-lhes que larguem as armas agora, e não precisarão sentir-se traidores. Do contrário, ordene-lhes que morram. – Sacou do bolso um espesso chumaço de feltro e começou a enxugar a espada. – Decida, capitão.

O convés silenciara. Ouvia-se apenas o tênue som dos motores dos aeronautas.

Myzovic e Cumbershum confabularam por um instante. Então, o capitão olhou para os perplexos e amedrontados tripulantes, e ergueu as mãos.

– Larguem as armas – gritou. Passou-se um momento antes que os homens obedecessem. Mosquetes, pistolas e espadas curtas despencaram surdamente sobre o convés. – A vitória é sua, senhor – berrou.

– Fique onde está, capitão – disse o homem de cinza. – Irei até aí – falou rapidamente, em sal, com os piratas próximos dele, diante da janela. Bellis ouviu uma palavra, quase sussurrada, que soava como "passageiros", e ficou tonta de adrenalina.

Encolheu-se, silenciosa e imóvel, enquanto ouvia berros vindos dos corredores e os piratas conduziam os passageiros ao convés principal.

Ouviu Johannes Tearfly, as patéticas lágrimas de Irmã Meriope, a amedrontada pompa do dr. Mollificatt. Ouviu um disparo seguido de um grito horrorizado.

Bellis podia ouvir os passageiros apavorados, enquanto eram mandados para fora.

Os piratas foram minuciosos. Ela estava quieta, mas ouviu as portas que batiam durante a revista das passagens. Tentou, em desespero, bloquear a porta da despensa, mas o homem no corredor a empurrou com facilidade. Ao deparar-se com ele, aterrador e manchado de sangue, e com seu alfanje, Bellis perdeu todo ânimo de resistir. Largou a garrafa com que se havia armado e deixou que o pirata a puxasse para fora.

Os tripulantes estavam enfileirados numa extremidade do convés. Quase cem homens, feridos e lastimosos. Os mortos haviam sido lançados ao mar. Os passageiros amontoavam-se ali perto. Alguns deles, como Johannes, tinham narizes sangrando e exibiam contusões.

Em meio aos passageiros, discretamente vestido de marrom e parecendo tão subjugado e infeliz quanto todos os outros, estava Silas Fennec. Mantinha a cabeça baixa. Não retribuiu o olhar furtivo de Bellis.

No centro do convés, encontrava-se a carga fedorenta do *Terpsichoria*: as dezenas de Refeitos trazidos do porão. Estavam todos confusos e míopes sob a luz. Olhavam atônitos para os piratas.

Os exuberantes invasores pendiam do cordame, ou varriam detritos em direção ao mar. Cercavam o convés e mantinham seus cativos sob a mira de arcos e mosquetes.

Levaram muito tempo para trazer à luz os espantados e temerosos Refeitos. Quando os porões fétidos foram inspecionados, vários cadáveres foram localizados. Jogados ao mar, seus membros e anexos metálicos os levaram rapidamente à escuridão do fundo.

O imenso submersível ainda languescia obeso sobre a água, atado ao *Terpsichoria*. As duas naus oscilavam juntas. O homem de cinza, líder dos piratas, voltou-se devagar para encarar seus cativos. Foi a primeira vez que Bellis viu-lhe o rosto.

Tinha quase quarenta anos, ela supôs. Cabelos grisalhos e cortados curtos. Traços fortes. Olhos fundos e melancólicos, boca tensa e triste.

Bellis estava junto de Johannes, próximo aos oficiais silenciosos. O pirata vestido de couro aproximou-se do capitão. Enquanto caminhava entre os passageiros, manteve os olhos fixos em Johannes durante dois ou três passos e depois os desviou lentamente.

– Então – disse o capitão Myzovic, alto o suficiente para ser ouvido por muitos –, o *Terpsichoria* é seu. Presumo que deseje resgate. Devo dizer-lhe, senhor, que qualquer potência que represente cometeu um erro grave, que Nova Crobuzon não deixará passar em brancas nuvens.

O líder pirata estava quieto.

– Não, capitão – disse. Agora que não gritava em batalha, sua voz era suave, quase feminina. Como seu rosto, parecia maculada por alguma tragédia. – Não haverá resgate. A potência que represento não se importa em nada com Nova Crobuzon. – Encontrou o olhar de Myzovic e meneou a cabeça, lento e solene. – Nem um pouco.

Estendeu a mão para trás, sem olhar, e um de seus homens alcançou-lhe uma grande pistola de pederneira. Segurou-a com prática, e semicerrou brevemente os olhos, para verificar a caçoleta

– Seus homens são corajosos, mas não são soldados – disse ele, erguendo a arma. – Por favor, olhe para o outro lado, capitão.

O entendimento atingiu o capitão e os outros ao mesmo tempo. Alguns passageiros engoliram em seco e os olhos de Myzovic se arregalaram. Seu rosto crispou-se de fúria e terror. As duas emoções travavam uma difícil batalha. Sua boca se retorceu, abriu e fechou.

– Não, *não* olharei para o outro lado, senhor! – berrou ele, afinal, e a respiração de Bellis se interrompeu diante daquele som, da histeria e do choque que entrecortavam a voz do capitão. – *Não* olharei, dane-se e foda-se, senhor, seu *covarde* filho da puta, seu *bosta*...

O homem de cinza assentiu.

– Como queira – disse. Apontou a arma e disparou contra o olho de Myzovic.

Houve um curto estalo e uma explosão de sangue e ossos, e o capitão foi jogado para trás. Seu rosto destruído parecia zombeteiro e estúpido.

Assim que caiu sobre o convés, iniciou-se um coro de gritos e suspiros de incredulidade. Atrás de Bellis, Johannes cambaleou, emitindo sons guturais. Bellis lutou contra a náusea, e sua respiração acelerou enquanto assistia às convulsões do morto sobre uma poça de sangue. Curvou-se, com medo de vomitar.

Em algum lugar atrás dela, Irmã Meriope gaguejava o Lamento de Darioch.

O assassino devolveu a arma e recebeu outra, escorvada e carregada. Voltou-se mais uma vez para os oficiais.

– Ah, Falastrão – entoou Cumbershum com voz trêmula. Olhou fixamente para o corpo de Myzovic e depois para o pirata. – Ah, São Falastrão – choramingou, e fechou os olhos. O homem de cinza disparou contra sua têmpora.

– *Deuses!* – alguém berrou histericamente. Os oficiais gritavam e olhavam como loucos de um lado para outro, tentando recuar. Os trovões daqueles dois disparos pareciam assombrar o convés, como sons fantasmas.

Pessoas gritavam. Alguns dos oficiais caíram de joelhos, em súplica. Bellis estava arfando.

O homem de cinza subiu rápido a escadaria até o castelo de proa, e olhou para o convés.

– *A matança* – berrou entre as mãos em concha – *acabou.*

Esperou que cessassem os sons aterrorizados.

– A matança acabou – repetiu –, estas mortes foram necessárias. Entendem? Terminou.

Ele abriu os braços enquanto o burburinho, agora de perplexidade e alívio suspeitoso, começava a crescer novamente.

– Escutem-me – gritou –, tenho um comunicado a fazer. Vocês, de azul, vocês homens da esquadra mercante de Nova Crobuzon. Seus dias de marinha acabaram. Vocês, tenentes e subtenentes, devem reconsiderar seus postos. Não há lugar aonde vamos para aqueles que veneram seus cargos, concedidos por Nova Crobuzon. – Com dissimulação apavorada e desesperada, Bellis lançou um olhar a Fennec, que olhava para os próprios dedos entrecruzados com furiosa intensidade.

– Vocês... – continuou o pirata, apontando para os homens e mulheres do porão – não são mais Refeitos, não são mais escravos. Vocês... – olhou para os passageiros – seus planos de uma nova vida devem mudar.

Apoiou-se na amurada e inspecionou seus estarrecidos prisioneiros. Lentos veios de sangue chegavam até eles, vindos dos cadáveres do capitão e do primeiro imediato.

– Devem vir comigo – disse o homem, elevando a voz apenas o suficiente para que todos pudessem ouvir – para uma nova cidade.

INTERLÚDIO I – OUTRO LUGAR

Coisas indefinidas planam e se agarram às rochas, construindo seu caminho em meio à água.

Movem-se durante a noite através do mar tingido de escuridão, passando por campos cultivados de algas e sargaços, em direção às luzes das aldeias lagostins que permeiam os baixios. Deslizam em silêncio para dentro dos cercados.

Focas enjauladas entreveem e sentem o gosto dos redemoinhos de água distorcida deixados em seus rastros. Em aterrorizado frenesi, giram e se lançam contra as paredes e os tetos trançados de suas jaulas. As intrusas perscrutam, como duendes curiosos, pelas janelas escavadas das cabanas e apavoram os habitantes, que se apressam sobre as pernas segmentadas, brandindo forcados e lanças, atacando por medo.

Os fazendeiros lagostins são rapidamente dominados.

Capturados, imobilizados e interrogados. Aplacados por taumaturgia, persuadidos por violência, os lagostins murmuram respostas a perguntas sibiladas.

Por meio de fragmentos aleatórios de informação, as caçadoras sinuosas aprendem o que precisam saber.

Contam-lhes dos submersíveis blindados de Salkrikaltor, que navegam pelas aldeias do Canal do Basilisco e patrulham mil milhas de mar, vigiando as fronteiras incertas do território de influência da comunidade lagostim. Atentos contra intrusos.

As caçadoras brigam, cismam e confabulam.

Sabemos de onde ele veio.

Mas talvez não retorne.

Há incerteza. Rumo à casa dele, ou leste; para longe?

A trilha bifurca-se, e há somente uma coisa a fazer. As caçadoras se separam em dois contingentes. Um deles parte para sudoeste, rumo às águas rasas, à Baía de Ferro, a Pichefoz e ao sal diluído no estuário do Grande Piche, para observar e escutar, para aguardar notícias, para espionar e se esconder, para capturar notícias.

Desaparecem em meio a um turbilhão de água deslocada.
O outro grupo, cuja tarefa é mais incerta, ruma para o fundo e para longe.
Descem cada vez mais, até as profundezas esmagadoras.

INTERLÚDIO II – BELLIS VINHOFRIO

Ei. Ei, para onde estamos indo?

Trancados em nossas cabines e interrogados descaradamente, como se esses assassinos, esses piratas, fossem recenseadores, ou burocratas ou… Nome? – perguntam e – Profissão? Querem saber meu – Motivo da ida a Nova Esperium? Acho que rirei na cara deles.

Para onde estamos indo, caralho?

Fazem longas anotações, incluem-me como item em seus formulários impressos, e depois fazem a mesma coisa com Irmã Meriope. Reagem da mesma forma à linguista e à freira, com pequenos assentimentos e detalhes a esclarecer.

Por que nos deixam nossas coisas? Por que não me arrancam as joias, não me estupram ou me atravessam com uma espada? Nada de armas, dizem-nos, ou livros, ou dinheiro, mas podemos manter outros pertences. Revistam nossas arcas de marinheiro (de má vontade) e levam os punhais, as cédulas e as monografias. Sujam minhas roupas, mas deixam tudo o mais que encontram. Não tocam em cartas, botas, pinturas e todas as bugigangas acumuladas.

Exijo meus livros. Não posso permitir que os levem, digo. Deixem-me ficar com eles, são meus, alguns eu mesma escrevi. Deixam-me o caderno em branco, mas levam os impressos: as histórias, os manuais e o longo romance. Sem esforço. Não se importam quando mostro que B. Vinhofrio sou eu. Levam também os Vinhofrio.

E não sei por quê. Não consigo ver sentido no que fazem.

Irmã Meriope está sentada e reza, murmurando as suras sagradas. Estou surpresa e contente por ela ter parado de chorar.

Mantêm-nos confinados aqui embaixo e, de quando em quando, trazem-nos comida e chá. Não são rudes ou desagradáveis. Desinteressados como tratadores de zoológico. Quero sair, digo-lhes. Bato com força em minha porta e digo que tenho de visitar a privada, olho pelo canto da porta e o guarda no corredor berra para que eu fique aqui dentro e traz um balde, que Irmã Meriope observa mortificada. Não me importo. Menti, queria encontrar Johannes ou Fennec, queria ver o que está acontecendo em outros lugares.

Por toda parte, sons de passos e discussões indolentes num idioma que quase entendo – nor-nordeste, escuto e – outro lado do convés – Nunca? Não pude determinar, e – para onde foi o Lorde Guardião e então ouço mais coisas indistintas.

Pela escotilha ao meu lado não vejo nada, a não ser ventanias na superfície, escuridão acima e abaixo. Fumo sem parar.

E quando acabam meus cigarrilhos me deito e percebo que não espero a morte, não acredito que morrerei, espero por algo diferente.

Por chegar. Por entender. Por estar em meu lugar de destino.

Noto com alguma surpresa, enquanto assisto à pantomima do sol poente, que meus olhos se fecham, que estou exausta até os ossos e, santa saliva, será? Será que dormirei? Sim, vou cair no sono vou cair no

sono

inquieto, porém longo, olhos adormecidos trêmulos com as lamúrias religiosas de Meriope, abrindo-se às vezes, mas ainda

adormecidos

até que, com uma onda de pânico, sento-me na cama e assisto ao mar iluminar-se.

A manhã está chegando. Perdi a noite, escondi-me na minha cabeça sonhadora.

Visto-me com cuidado. Escovo minhas botas longas, pinto meu rosto, como sempre, e prendo os cabelos para trás.

São seis e meia quando um cactáceo bate em nossa porta e nos traz sopa rala. Enquanto bebemos, ele nos conta o que acontecerá. – Estamos quase lá – diz. – Quando atracarmos, sigam os outros passageiros, esperem ouvir seus nomes e vão aonde lhes mandarem e... perco o fio da meada, perco o fio. Nós o quê? Será que os entenderemos? Saberemos então o que está acontecendo?

Para onde estamos indo?

Recolho meus pertences e preparo-me para desembarcar em algum lugar, algum lugar. Penso em Fennec. O que está fazendo e onde está, tão quieto quando o capitão foi assassinado (jato de sangue)? Não quer que ninguém saiba de sua carta de encargo, que pode confiscar navios, alterar rotas de travessias oceânicas.

(Eu o tenho em minhas mãos.)

Para fora. Em meio ao vento rápido e vivo, que me importuna com insistência.

Meus olhos são como os de uma coisa das cavernas. Aprendi a enxergar sob a luz marrom e desbotada de minha cabine e essa manhã me assusta. Meus olhos lacrimejam e pisco e pisco e as nuvens do mar, lá no alto, fogem de mim. Em toda parte ouço o suave aplauso das ondas. Provo o sal em meu ar.

Em torno de mim estão os outros, Mollificatt, Cardomiums um e dois Murrigan e Ettenry e Cohl Gimgewry e Yoreling e Tearfly meu Johannes olhando para mim furtivo com um súbito sorriso antes de desaparecer na multidão, e Fennec em algum lugar, ainda de cabeça baixa, e todos nós parecemos feitos de papelão sob essa luz. Somos feitos de matéria mais bruta que o resto do dia que nos ignora, o filho da puta, com arrogância de criança.

Quero gritar para Johannes, mas ele foi carregado pela corrente que somos nós e com meus novos olhos límpidos procuro e procuro.

Luto com minha arca, tropeçando, mancando pelo convés. Sinto-me espancada pela luz e o ar e olho outra vez para cima e vejo os pássaros traçando curvas. Esforço-me para avançar e fico olhando-os a rodopiar acima de nós, passando para estibordo, e rumam erráticos até o horizonte e vejo mastros em sua rota de voo. Estive evitando isso. Ainda não olhei para o costado do navio, não vi onde estamos. Meu destino esteve espreitando além do canto de meu olho, mas agora enquanto observo as gaivotas ele me salta à vista.

Está em todo lugar. Como pude não ver?

Alguém grita nomes à medida que passamos, dividindo-nos em grupos e distribuindo instruções, ordens complexas que não escuto porque olho a distância

São Falastrão

Chamam meu nome e estou aqui ao lado de Johannes outra vez, mas não olho para ele porque

contemplo

mastro após mastro e vela e torre e

muito mais, além

Estamos aqui

ao lado desta floresta

Santa saliva São Falastrão e a puta que me pariu

um truque um truque de perspectiva

uma cidade que se move e oscila e aderna perene de lado a lado

– Senhorita Vinhofrio – alguém diz com frieza mas agora não posso, não agora, estou olhando e larguei minha arca e estou olhando.

e alguém aperta a mão de Johannes e ele os encara intrigado enquanto falam-lhe – Dr. Tearfly, seja muito bem-vindo, é uma grande honra –, mas não escuto porque estamos aqui chegamos e veja tudo isso, veja só.

Ah, eu poderia rir ou vomitar meu estômago revira veja estamos aqui estamos aqui

Estamos aqui.

PARTE 2

SAL

CAPÍTULO 6

Havia lâmpadas embaixo d'água. Verdes, cinza, âmbares e brancas frias, globos criados pelos lagostins, delineando o lado submerso da cidade.

A luz aferroava partículas suspensas. Vinha não apenas dos milhares de pontos de iluminação, mas também dos fachos de sol matinal que desciam em ângulo, revelando as passagens que partiam das ondas para as águas profundas. Peixes e krill as circulavam e nadavam silenciosos entre elas.

Vista do fundo, a cidade era um arquipélago de sombras.

Era irregular, extensa e tremendamente complexa. Deslocava correntes marinhas. Quilhas protuberantes se contrapunham umas às outras, em todas as direções. Correntes de âncoras ondulavam como cabelos, rompidas e esquecidas. De seus orifícios escapavam detritos, matéria fecal e particulada, e óleo que torvelinhava inquieto e se elevava em pequenas manchas. Uma constante babugem de lixo poluía a água e por ela era engolida.

Sob a cidade, havia algumas centenas de metros de luz que minguava rapidamente. Em direção ao fundo, quilômetros de água escura.

O lado submerso de Armada era permeado de vida.

Peixes volteavam em meio à arquitetura. Silhuetas fugazes, parecidas com salamandras, moviam-se com intelecto e propósito entre alçapões. Havia gaiolas de tela, encaixadas em cavidades e penduradas em correntes, repletas de gordos bacalhaus e atuns. Moradias de lagostins, semelhantes a tumores de coral.

Além dos limites da cidade, e abaixo dela até onde a luz alcançava, enormes serpentes marinhas, semidomésticas, rodopiavam e caçavam. Submersíveis zumbiam, sombras rígidas. Um golfinho dava voltas de um lado para o outro, em vigilância constante. Política e ecologia móveis ligavam-se à base calcificada da cidade.

O mar em torno dela ressoava com ruídos corporificados: cliques em *staccato* e vibrações metálicas palpitantes, o som deglutido de fricção aquática das correntes que se chocavam. Latidos que se dissipavam ao atingir o ar.

Entre aqueles que aderiam à parte de baixo da cidade, ou dela pendiam, havia dezenas de homens e mulheres. Movimentavam-se com dificuldade, em ritmo arrastado, desajeitados diante das elegantes frondes e esponjas.

A água era fria, e os terrestres vestiam trajes de couro emborrachado, pesados capacetes de cobre e vidro temperado, atrelados à superfície por tubos de ar. Penduravam-se em escadas e tirantes, empoleirados precariamente no espaço inconcebível.

Metidos em capacetes, estavam privados de sons, e cada um deles movia-se lento e bastante solitário entre seus semelhantes. Escalavam um duto que se enfiava no mar sombrio como uma chaminé invertida. Era uma fértil colcha de retalhos, de sargaços e conchas com matizes extraordinários. Algas e filigranas urticantes os sufocavam como heras e balançavam para cima e para baixo, acariciando o plâncton.

Havia um mergulhador de peito nu, do qual sobressaíam dois longos tentáculos que oscilavam ao sabor da corrente, e também ao de suas próprias e fracas inclinações.

Era Tanner Sack.

Batendo a cauda, o golfinho ascendeu para além dos limites da cidade, na direção da luz. Irrompeu, ultrapassando a pressão decrescente da água, até o ar. Dobrou-se, suspenso em meio ao esguicho, mirando a cidade com olhos astutos.

Ao mergulhar outra vez, ondulou por estrias de mar. Imensas formas indefinidas apareceram a distância, encobertas por água e taumaturgia cintilante. Patrulhadas por tubarões atrelados, não podiam ser investigadas. Os olhos não podiam se deter nelas.

Ali não havia mergulhadores.

Bellis despertou ao som de vozes.

Fazia semanas que chegara a Armada.

Todas as manhãs eram iguais. Acordar, sentar-se na cama, esperar, olhar incrédula em torno de seu pequeno quarto. Aquela descrença temerosa nunca cessava. Vinha-lhe ainda mais forte que a saudade que sentia de Nova Crobuzon.

Como cheguei até aqui? A pergunta era constante nela.

Abriu as cortinas, agarrou-se ao peitoril da janela e permaneceu ali observando a cidade.

Após chegarem, no primeiro dia, haviam ficado amontoados, junto com seus pertences, no convés do *Terpsichoria*, cercados por guardas e por homens e mulheres com listas de controle e documentos. Os rostos dos piratas eram severos, as intempéries os faziam cruéis. Por trás de seu medo, Bellis os vigiava cuidadosamente, e não conseguia entendê-los. Eram díspares, uma mistura de etnias e culturas. Suas peles eram todas de cores diferentes. Alguns tinham cicatrizes que formavam desenhos abstratos, outros vestiam mantos de batique. Pareciam ter em comum somente a conduta implacável.

Quando se empertigaram, numa espécie de posição de sentido, Bellis soube que seus superiores haviam chegado. Dois homens e uma mulher detiveram-se perto da amurada do navio. O assassino – o homem de armadura cinza, líder do grupo de ataque – avançou para juntar-se a eles. Sua espada e suas roupas agora estavam bastante limpas.

O homem mais jovem e a mulher deram um passo à frente na direção do espadachim. Quando Bellis os viu, ficou boquiaberta.

O homem vestia um terno cinza escuro: a mulher, um vestido azul, simples. Ambos eram altos e se portavam com imensa autoridade. Ele trazia um bigode aparado e uma arrogância natural. Os traços dela eram pesados e irregulares, mas tinha lábios sensuais, e o formato cruel de seus olhos era imperioso.

O que fizera Bellis encará-los com fascinação e repulsa, o que lhe capturara a atenção, tinham sido as cicatrizes.

Uma serpeava pelo rosto da mulher, do canto do olho esquerdo até o lado da boca. Fina e ininterrupta. Outra, mais espessa, irregular e curta, começava no lado direito do nariz e continuava pela bochecha, curvando-se para cima até sob o olho, como se o sustentasse. Havia outras, que lhe delineavam a face. Desfiguravam-lhe a pele ocre com precisão estética.

Ao desviar os olhos, da mulher para o homem, Bellis sentira algo revolver-se dentro dela. *Que putaria é essa?*, havia pensado, aflita.

Ele estava adornado com marcas idênticas, porém espelhadas. Uma cesura longa e curva no lado direito do rosto, um corte floreado abaixo do olho esquerdo. Como se fosse o reflexo distorcido da mulher.

Enquanto Bellis observava atônita o casal escarificado, a mulher falou.

– Os senhores já devem ter percebido a esta altura – disse ela em correto ragamina, projetando a voz suave de modo que todos pudessem ouvi-la – que Armada não é como outras cidades.

Isso são boas-vindas?, pensara Bellis. Era tudo o que se ofereceria aos traumatizados e perplexos sobreviventes do *Terpsichoria*?

A mulher prosseguira.

Contara-lhes sobre a cidade.

Às vezes fazia silêncio, e o homem continuava sem pausa. Eram quase como gêmeos, terminavam as frases um do outro.

Havia sido difícil para Bellis ouvir o que diziam. Estava apreensiva com os sentimentos que via passar entre o homem a mulher escarificados, sempre que trocavam olhares. Avidez, acima de tudo. Bellis sentira-se encalhada no tempo: como se sonhasse aquela chegada.

Mais tarde, perceberia que absorvera muito do que fora dito, que aquilo a penetrara e fora processado em algum nível abaixo da consciência. Iria dar-se a conhecer durante o período de sua vida em Armada, contra sua vontade.

Naquele momento, tudo o que pôde perceber foi a intensidade compartilhada do casal, e o aturdido entusiasmo que saudou a frase final dita pela mulher.

As palavras tinham alcançado Bellis vários segundos após serem ditas, como se seu crânio fosse um meio denso através do qual o som viajasse lentamente.

Houve espanto coletivo, uma exclamação e depois um coro de exaltações incrédulas, uma imensa onda de alegria das centenas de exaustos prisioneiros Refeitos, que até então apenas tremiam de frio e fediam, parados ali. Ergueu-se mais e mais, hesitante no início, mas logo delirante de triunfo.

– Humanos, cactáceos, hotchi, lagostins... *Refeitos* – dissera a mulher. – Em Armada são todos marinheiros e cidadãos. Em Armada não serão discriminados. Aqui são livres. E iguais.

Ali estavam, afinal, as boas-vindas. E os Refeitos aceitaram-nas com gritos e lágrimas de gratidão.

Bellis tinha sido arrebanhada, com seus companheiros aleatórios, até a cidade, onde os homens e mulheres de negócios e ofícios aguardavam com olhares duros e ansiosos, e contratos.

Ao arrastar os pés para fora do quarto, ela olhou para trás, para o grupo de líderes, e viu perplexa que alguém se havia juntado a eles.

Johannes Tearfly vinha de cabeça baixa, em total confusão, olhando para a mão que o homem escarificado lhe estendia – não como se a recusasse, mas como se não soubesse o que fazer com ela. O velho que estivera em companhia do assassino e do casal escarificado avançou, cofiou a barba branca e luzidia, e saudou Johannes pelo nome, em voz bastante alta.

Aquilo foi tudo o que Bellis pôde ver antes de ser levada embora. Do navio para Armada, para sua nova cidade.

Flotilha de habitações. Cidade construída sobre ossos de antigos navios.

Por toda parte, roupas desbotadas enfunavam-se e secavam em meio ao vento constante. Desfraldavam-se nos becos de Armada, próximo a paredes de tijolos, pináculos, mastros, chaminés e cordames arcaicos. Bellis olhou pela janela a paisagem de mastros e gurupés remodelados. Contornos urbanos formados por castelos de proa e amuradas. Muitas centenas de navios amarrados uns aos outros, espalhados por quase uma milha quadrada de mar, e a cidade construída sobre eles.

Incontáveis arquiteturas navais. Drácares despidos; galés-escorpião; lugres e bergantins; de enormes vapores com dezenas de metros de comprimento a canoas do tamanho de uma pessoa. Havia embarcações exóticas: ur-veleiros, uma barca esculpida num corpo ossificado de baleia. Emaranhadas em cordas e passadiços móveis de madeira, centenas de naus, voltadas para todas as direções, cavalgavam a volubilidade do mar.

A cidade era barulhenta. Cães encoleirados, gritos de verdureiros ambulantes, zumbidos de motores, martelos e tornos, e pedras sendo quebradas. Sirenes de oficinas. Risos e berros, todos na variante de sal, o idioma híbrido dos marinheiros, que era a língua de Armada. E, abaixo dos sons urbanos, o ruído gutural dos barcos. Madeira queixosa e estalos de corda e couro, a percussão de navio contra navio.

Armada movia-se constantemente. As pontes balançavam de lado a lado, as torres adernavam. A cidade inquietava-se sobre a água.

As embarcações foram reocupadas, de dentro para fora. Antigos anteparos e cabines haviam se tornado casas; velhos conveses de canhões eram oficinas. Porém, a cidade não se limitava aos invólucros existentes dos navios, refazia-os. Construía sobre eles. Estavam cobertos de estruturas, estilos e materiais improvisados a partir de uma centena de histórias e estéticas para compor a arquitetura mista.

Pagodes centenários cambaleavam sobre os conveses de trirremes arcaicos, e monólitos de concreto erguiam-se, como chaminés adicionais, sobre vapores de pás roubados dos mares do sul. As ruas entre os prédios eram estreitas. Passavam ao longo das embarcações adaptadas, em pontes, entre labirintos, praças e coisas que pareciam mansões. Áreas verdes ocupavam galeões, acima de armarias em conveses secretos. As casas nos conveses superiores estavam estiradas e rachadas devido ao movimento constante dos barcos.

Bellis podia ver os toldos do Mercado de Palhinverno: centenas de escaleres e balsas, nenhum deles com mais de cinco metros de comprimento, preenchendo os espaços entre naus maiores. Os barquinhos colidiam entre si constantemente, atados uns aos outros com correntes e nós encrostados. Os vendedores agora abriam os pequenos barcos-lojas, adornavam-nos com fitas e letreiros, e penduravam seus artigos. Os primeiros compradores desciam ao mercado por íngremes pontes de corda, saltitando ágeis de barco a barco.

Ao lado do mercado havia uma corveta, tomada de hera e flores trepadeiras. Sobre ela, construíram-se moradias cobertas de belos entalhes. Os mastros não tinham sido derrubados, e neles crescia vegetação que os fazia parecer árvores antigas. Ali perto estava um submersível que não mergulhava fazia décadas. Uma crista de casas estreitas estendia-se em torno do periscópio, como uma barbatana dorsal. As duas embarcações se uniam por oscilantes pontes de madeira que passavam acima do mercado.

Um navio a vapor tornara-se um bloco residencial, novas janelas abertas no casco, um brinquedo de escalada sobre o convés. Um corpulento barco a remo abrigava cogumelos cultivados. Um navio-carruagem tinha a boça polida decorativamente, e estava coberto de sobrados de tijolos, que preenchiam as curvas de suas fundações navais. Anéis de fumaça ascendiam das chaminés.

Prédios ornados de ossos, cores partindo de cinza e ferrugem, até extravagantes clarões de heráldica: uma cidade de formas esotéricas. Sua hibridação era crua e desagradável, maculada de decadência e pichações. A arquitetura se abaixava e se erguia, e outra vez se abaixava, à mercê do mar. Insinuava vaga ameaça.

Havia favelas e mansões nos corpos de navios de frete, e cambaleantes em chalupas. Havia igrejas e sanatórios, casas abandonadas, todas lambidas por umidade constante, contornadas de sal – imersas nos ruídos das ondas e no aroma fresco e podre do mar.

Os navios ligavam-se entre si por uma trama de correntes e traves basculantes. Cada embarcação era um pontão na teia de pontes de corda. Barcos derivavam na direção uns dos outros em meio a barragens de navios amontoados, que cercavam as naus livres de amarras. Eram as Docas Basílio, onde a marinha e os visitantes de Armada podiam aportar, descarregar ou fazer reparos, abrigados das tempestades.

No entanto, navios maiores vagavam em torno dos limites da cidade, afastados dos rebocadores e vapores presos aos costados de Armada. Em mar aberto, encontravam-se frotas de barcos pesqueiros, vasos de guerra da cidade, navios-carruagens e cabrestraineiras, e outros. Era a marinha pirata de Armada. Lançava-se mundo afora, e retornava para aportar, com cargas pilhadas de inimigos ou do mar.

E, além de tudo aquilo, além do céu da cidade, apinhado de pássaros e outras silhuetas, além de todas as naus, havia o mar.

O mar aberto. Ondas como insetos em movimento incessante.

Atordoante e vazio.

Deram a entender a Bellis que estava protegida por seus captores. Era residente do distrito de Aquabelone, governado pelo homem e pela mulher escarificados. Haviam prometido trabalho e um teto a todos os cativos, o que aconteceu rapidamente. Agentes procuraram os aterrorizados e confusos recém-chegados, chamando os nomes nas listas, verificando as qualificações e detalhes dos passageiros e explicando bruscamente num patuá de sal quais trabalhos estavam disponíveis.

Bellis demorara alguns minutos para entender, e mais alguns para acreditar, que lhe ofereciam emprego numa biblioteca.

Assinara os devidos documentos. Os oficiais e marinheiros do *Terpsichoria* foram aprisionados para "análise" e "reeducação", e Bellis não se sentiu nada disposta a complicar a própria situação. Havia rabiscado o nome, tensa de tanto ressentimento. *Isso é contrato que se apresente?*, quis gritar. *Não há escolha aqui, e todo mundo sabe disso.* Porém, havia assinado.

A organização, a paródia de legalidade, deixavam-na confusa.

Tratava-se de piratas. De uma cidade pirata, governada por mercantilismo cruel, que existia nos interstícios do mundo, e sequestrava de navios seus novos cidadãos. Uma zona franca flutuante para compra e venda de mercadorias roubadas, onde a força era lei. A prova disso estava em toda parte: na severidade dos cidadãos, nas armas que portavam abertamente, nos troncos e pelourinhos que Bellis via nas naus de Aquabelone. Armada, pensou ela, era regida por disciplina naval, chibata.

Porém, a cidade-navio não era a torpe brutocracia que ela imaginara. Havia outras lógicas em operação. Havia contratos datilografados, departamentos que geriam as despesas de acolhimento. E oficiais de algum tipo, uma casta administrativa e executiva, idêntica à de Nova Crobuzon.

Em adição à lei do porrete, ou em seu apoio, ou como seu invólucro, havia regras burocráticas. Aquilo não era um navio, mas uma cidade. Bellis ingressara em outra nação tão complexa e organizada quanto a sua.

Os oficiais a tinham levado ao *Cromolito,* um vapor de pás deteriorado havia muito, e ela fora instalada em dois pequenos aposentos redondos, ligados por uma escadaria em espiral, construída dentro do que havia sido a grande chaminé da embarcação. Em algum lugar muito abaixo dela, nas entranhas do navio, estava o motor que costumava exaurir fumaça através daquele seu novo lar. Já estava gélido muito antes de ela nascer.

O quarto era dela, tinham-lhe dito, mas devia pagar por ele, semanalmente, no Departamento de Povoação de Aquabelone. Deram-lhe um adiantamento de salário, um punhado de notas e algumas moedas – "dez *olhos* são um *pendão,* dez *pendões* são um *florão*". A moeda corrente tinha corte e impressão grosseiros. As cores da tinta variavam de nota a nota.

E disseram-lhe, em ragamina rudimentar, que ela jamais deixaria Armada. E partiram em seguida.

Esperava, apenas isso. Estava só na cidade, e a cidade era uma prisão.

Afinal, a fome a levara a comprar comida de rua gordurosa, de um vendedor que lhe tagarelou em sal, rápido demais para que ela entendesse com facilidade. Caminhara pelas ruas, surpresa por não ser abordada. Sentia-se tão alheia, esmagada por um choque cultural tão incapacitante quanto enxaqueca, cercada de homens e mulheres em trajes exuberantes e puídos, crianças de rua, cactáceos e khepris, hotchi, llorgiss, imensos gessin e vu-murt, e outros. Lagostins viviam abaixo da cidade e andavam no lado terrestre durante o dia, vagarosos sobre as pernas blindadas.

As ruas eram pequenos cumes estreitos entre casas amontoadas sobre conveses. Bellis acostumou-se ao balanço da cidade, ao horizonte que oscilava e saltava. Estava cercada de galanteios rudes e conversas em sal.

Aprendia facilmente: o vocabulário era óbvio, roubado de outros idiomas, e a sintaxe era simples. Tinha de falar sal – não podia deixar de comprar comida, pedir informações ou esclarecimentos, comunicar-se com outros armadenses – e, quando o fazia, seu sotaque a distinguia como recém-chegada, estrangeira.

A maior parte daqueles com quem falava era paciente e até mesmo bem-humorada, ainda que vulgar. Desculpavam-lhe a rispidez. Esperavam talvez que se tornasse menos tensa ao fazer de Armada seu novo lar.

Não se tornou.

Naquela manhã, enquanto Bellis saía da chaminé do *Cromolito*, a pergunta *Como vim parar aqui?* invadiu-lhe outra vez a mente.

Estava nas ruas, na cidade dos navios, sob o sol, esmagada numa prensa formada por seus captores. Homens e mulheres e outras raças, de aparência dura. E até mesmo alguns constructos. Todos à sua volta, barganhando, trabalhando, tagarelando em sal. Bellis caminhava por Armada, prisioneira.

Ela rumava para Ponta do Relógio. O distrito vizinho de Aquabelone, conhecido como Biblioburgo, ou bairro khepri.

Pouco mais de trezentos metros separavam as Torres Cromolito da Biblioteca das Grandes Engrenagens. A caminhada até lá passava por pelo menos seis embarcações.

O céu estava cheio de naves. Gôndolas pendiam de dirigíveis que transportavam passageiros por entre a angulosa arquitetura, aterrissando entre casas rentes e baixando escadas de corda. Passavam por aeronaves muito maiores, que içavam mercadorias e maquinário. Eram bem caóticas. Algumas eram improvisadas com bolsas de gás atadas umas às outras. Sobressaíam delas motores e cabines aleatórios, como acréscimos acidentais de material. Mastros eram postes de amarração, dos quais brotavam aeróstatos de todos os feitios, como carnudas frutas mutantes.

Ao sair do *Cromolito*, Bellis cruzou uma pontezinha íngreme até a escuna *Jarvee*, lotada de pequenas barracas que vendiam tabaco e doces. Dali passou à goleta *Lynx Sejant*, cujo convés estava repleto de mercadores de seda a vender os excedentes da pirataria de Armada. Depois, à direita, passando por um pilar marinho llorgiss, partido e oscilante como uma isca perversa, Bellis cruzou a Ponte Tafetá.

Encontrava-se agora no *Severo*, um enorme galeão, limite do distrito de Biblioburgo, dominado pelas khepri. Próximo a carroças puxadas pelos cavalos e bois de Armada, doentios por reprodução consanguínea, ela viu um grupo de três irmãs-da-guarda khepris.

Havia trios semelhantes em Kinken e Beiracórrego, os guetos khepris de Nova Crobuzon. Bellis ficara impressionada na primeira vez que os vira ali. As khepris de Armada, como as de Nova Crobuzon, talvez descendessem das refugiadas dos Navios de Misericórdia. Cultuavam o que havia sobrado, o que recordavam do panteão de Bered Kai Nev. Portavam armas tradicionais. Seus esguios corpos femininos estavam castigados pelo clima, suas cabeças de escaravelhos gigantes cintilavam sob o sol frio.

Com tantos residentes khepris mudos, as ruas de Biblioburgo eram mais silenciosas que as de Aquabelone. O ar era ligeiramente perfumado com os resíduos das névoas quêmicas que faziam parte da comunicação khepri, seu equivalente de um tumulto ruidoso.

Pontuando as ruelas e praças havia esculturas de cuspe-khepri, como aquelas da Praça das Estátuas de Nova Crobuzon. Figuras mitológicas, formas abstratas, criaturas marinhas, executadas com o material opalescente que as khepri metabolizavam em seus corpocrânios. As cores eram tênues, como se as bagas-de-cor em Armada fossem menos abundantes, ou de pior qualidade.

Na avenida sobre o *Poeira Mista,* um navio de relojoaria khepri – Navio de Misericórdia que escapara da Voragem –, Bellis deteve-se um pouco, fascinada pelas engrenagens e pela arquitetura. Insetos e cascas de grãos foram assoprados em seu caminho por rajadas vindas do convés-seara de um navio-fazenda à popa, e o distante balir das reses soava através das tábuas nas cobertas inferiores.

Dali até o enorme navio-fábrica *Laboratório Aronnax,* passando por oficinas e refinarias metalúrgicas até a Praça Kromo, onde uma grande plataforma suspensa estendia-se, atravessando a água, até o convés do *Pinchermarn*, a nau mais à popa entre aquelas que compunham a Biblioteca das Grandes Engrenagens.

– Acalme-se... ninguém se importa de que esteja atrasada, viu? – disse Carrianne, uma das funcionárias humanas, ao ver Bellis entrar apressada. – Você é nova e foi recrutada à força, então é melhor aproveitar como puder. – Bellis a ouviu rir, mas não respondeu.

Os corredores e salões de jantar convertidos estavam abarrotados de prateleiras e lamparinas crepitantes. Eruditos de todas as raças comprimiam os lábios, caso os tivessem, e erguiam olhos melancólicos no rastro de Bellis. As salas de leitura eram amplas e silenciosas. As janelas tinham películas de poeira e insetos ressecados, e pareciam envelhecer a luz que caía sobre mesas comunais e volumes em dezenas de idiomas. Tosses abafadas soaram como desculpas enquanto Bellis entrava no departamento de aquisições. Livros balançavam em armários e carrinhos, e formavam torres frouxas sobre o piso.

Bellis ficou ali por horas, codificando metodicamente. Empilhou livros cuja escrita não conseguia ler, e registrou em cartões os detalhes dos outros volumes. Arquivou-os em ordem alfabética – o alfabeto sal era uma variante daquele de ragamina – de acordo com autor, título, idioma, tema e assunto.

Um pouco antes do intervalo de almoço, ela ouviu passos. Deve ser Shekel, pensou. O garoto era a única pessoa do *Terpsichoria* com quem falava. Sorriu ao pensar naquilo, ela amiga de um grumete. Havia entrado pela primeira vez na biblioteca com seu andar petulante, à procura dela, fazia quase quinze dias. Pura ousadia adolescente, animado com a captura e a nova situação. (Alguém lhe tinha dito que uma mulher altiva e sinistra, vestida de negro e com lábios azuis, trabalhava na biblioteca, explicou a Bellis. Riu ao dizer aquilo, e ela teve de olhar para outro lado de modo a não sorrir em resposta.)

Shekel vivia de inúmeras e vagas ocupações, e dividia uma casa com um Refeito do *Terpsichoria*. Bellis ofereceu-lhe um pendão de cobre para que ajudasse a reorganizar as estantes, o qual ele aceitou. Desde então viera muitas vezes e trabalhara um pouco, conversando com ela sobre Armada e os dispersos remanescentes do navio.

Bellis aprendia muito com ele.

Porém, não era Shekel que agora se aproximava pelo corredor estreito. Era Johannes Tearfly, trazendo um sorriso nervoso e brincalhão.

Foi com algum embaraço que ela, mais tarde, lembrou-se de como saltara ao vê-lo (*com um gritinho de prazer, como uma criança melosa, pelo amor dos deuses*) e o envolvera nos braços.

Ele também se expôs, sorrindo com afeto tímido. Após longo momento de íntima saudação, soltaram-se e olharam um para o outro.

Aquela foi a primeira chance que teve de escapar, disse Johannes, e ela insistiu que ele lhe contasse o que vinha fazendo. Fora enviado à biblioteca e aproveitara a ocasião para procurá-la, e outra vez ela lhe ordenou que contasse o que *fazia*, com todos os diabos. Quando ele respondeu que não poderia ficar, Bellis quase sapateou de frustração. Enquanto isso, ele dizia que *esperasse, esperasse,* que agora tinha mais tempo livre, que ela deveria apenas *escutar* por um instante.

– Se você estiver livre amanhã à noite – disse ele –, quero levá-la para jantar. Há um lugar a estibordo de Aquabelone, no *Tramalíngua*... chamado Tempo Despercebido. Conhece?

– Consigo encontrar – disse ela.

– Eu poderia vir "coletá-la" – ele começou, e ela o interrompeu.

– Consigo encontrar.

Johannes sorriu, com o prazer atônito do qual ela se lembrava. *Se estiver livre, ora essa!,* Bellis pensou sardonicamente. *Será que ele pensa... será possível?* De repente teve dúvidas, e quase medo. *Os outros saem todas as noites? Sou a única exilada? Será que os passageiros do* Terpsichoria *farreiam todos os dias em seu novo lar?*

Naquela noite, quando saiu da biblioteca, os espaços limitados e as ruas estreitas de Armada a oprimiram. Porém, quando ergueu a cabeça e olhou para além do horizonte, o Oceano Bravio pesou-lhe como granito, e ela perdeu o fôlego. Não conseguia acreditar que a massa de ar e água em volta de Armada não afogasse a cidade, não a fizesse desaparecer num instante. Contou as moedas e abordou um condutor de aerococche que reabastecia seu dirigível com gás de um entreposto no *Laboratório de Aronnax.*

Balançava no cesto da aeronave que zumbia mansamente, trinta metros acima do convés mais alto. Bellis podia ver os limites da cidade oscilando aleatórios, movendo-se muito devagar ao sabor de quaisquer correntes. Lá, a distante madeira do bairro assombrado. A arena. A fortaleza do Brucolaco.

E, ao centro do distrito de Aquabelone, algo extraordinário, a cuja visão Bellis jamais se acostumara: a fonte da potência do distrito. Algo que assomava imenso sobre a paisagem de naus em torno dele: o maior navio da cidade, o maior navio que Bellis jamais vira.

Quase trezentos metros de ferro negro. Cinco chaminés colossais e seis mastros desnudos, com mais de cinquenta metros de altura; e, amarrado muito acima deles, um imenso dirigível paralisado. Duas vastas pás, uma em cada lado do navio, como esculturas industriais. Os conveses pareciam quase vazios, livres dos prédios fortuitos que deformavam outras embarcações. A fortaleza dos Amantes, como um titã encalhado: o *Grande Oriental,* jazendo austero em meio aos barroquismos de Armada.

– Mudei de ideia – disse Bellis, de súbito –, não me leve ao *Cromolito.*

Dirigiu o piloto à popa-boreste; todos os rumos da cidade eram relativos ao *Grande Oriental.* Enquanto o homem manobrava gentilmente o leme, Bellis olhou para a multidão lá embaixo. O vento rodopiava à medida que o aeronauta se desviava dos mastros e cordames que se projetavam em torno deles no céu de Armada. Em volta das torres, Bellis viu as aves da cidade: gaivotas, pombos e periquitos. Procriavam sobre telhados e ninhos alcandorados nos conveses, juntamente com outras presenças.

O sol tinha se posto, e a cidade faiscava. Bellis sentiu uma onda de melancolia ao passar por cordames iluminados, ao alcance da mão. Viu seu ponto de chegada, o Bulevar São Carcheri, sobre o vapor *Coração de Glomar,* uma alameda opulenta e decaída, com lâmpadas de rua suavemente coloridas, nodosas árvores de madeira--ferrugem e fachadas de estuque. Enquanto a gôndola descia, Bellis ficou observando a silhueta mais grosseira e escura, além da área verde.

Ao longo de cento e vinte metros de água brilhante de impurezas, elevava-se uma torre de vigas entrelaçadas, tão alta quanto os dirigíveis, cuspindo chamas. Imenso corpo de concreto apoiado sobre quatro pernas semelhantes a pilares partidos, que emergia do mar sujo. Guindastes escuros moviam-se sem propósito visível.

Era uma coisa medonha, assombrosa, sórdida e agourenta. Bellis recostou-se na cesta do aeróstato que descia, e não tirou os olhos da *Sorgo,* a sonda roubada de Nova Crobuzon.

CAPÍTULO 7

Choveu sem piedade durante todo o dia seguinte, gotas cinza e duras como lascas de sílex.

Os vendedores ambulantes estiveram quietos, fizeram-se poucas vendas. As pontes de Armada estavam escorregadias. Houve acidentes: alguns bêbados ou desastrados caíram no mar frio.

Os macacos da cidade sentaram-se recatados sob toldos, e amolaram uns aos outros. Eram pragas, tribos indomadas que corriam pela cidade flutuante, brigando, disputando sobras de comida e territórios, braquiando sob pontes e galgando cordames. Não eram os únicos animais selvagens da cidade, mas eram os rapinantes mais bem-sucedidos. Agrupavam-se, em meio à fria umidade, e catavam-se sem nenhum entusiasmo.

Sob a luz fraca da Biblioteca das Grandes Engrenagens, as placas que exigiam silêncio tornavam-se absurdas pela percussão da chuva.

As aspassangues do distrito de Arenqueiro soavam lamentosas, como era costumeiro quando chovia forte e os escarazelos diziam que o céu estava sangrando. Água acumulava-se sob a forma de estranhas miçangas na superfície do *Uroc,* nau capitânia do distrito de Queda Seca. A matéria negra e podre do bairro assombrado mofava e fulgurava. O povo do distrito vizinho, Tu-e-Teu, sempre apontava aos contornos decrépitos do quarteirão deserto e alertava que, em algum lugar lá dentro, movia-se o sebo-papão.

Na primeira hora após o crepúsculo, no mudo edifício de Salão do Outeiro sobre o *Therianthropus,* coração de Arenqueiro, terminava uma reunião mal-humorada. Os guardas escarazelos no lado de fora podiam ouvir as delegações que saíam. Manuseavam nervosos as armas e passavam as mãos sobre as crostas de suas armaduras orgânicas.

Havia entre eles um humano: faltava-lhe pouco para um metro e oitenta de altura, e sua musculatura era prodigiosa; vestia couro cinza e portava uma espada reta. Falava e movia-se com graça tranquila.

Discutia armamentos com os escarazelos, que lhe tinham mostrado golpes e movimentos do *mortu crutt*, sua ciência marcial. Permitiu que tocassem a filigrana de cabos que serpeavam em torno de seu braço, passando pela lateral da armadura, até a bateria no cinto.

O homem comparava o ataque Prego Obstinado da botinarte ao soco *sadr* do *mortu crutt*. Ele e um parceiro estendiam os braços em lentos ataques de demonstração, quando as portas se abriram no alto da escadaria acima deles e os guardas tomaram posição de sentido. O homem de cinza empertigou-se devagar, e caminhou até o canto do mezanino.

Alguém desceu na direção deles, em estado de raiva contida. Era alto e parecia jovem. Físico de dançarino, pele sardenta e cinza-pálida. Seu cabelo parecia pertencer a outra pessoa: era negro, longo e muito crespo, e pendia-lhe do crânio como um velo embaraçado. Encolhia-se e saltava à medida que o homem descia.

Ao passar pelos escarazelos, inclinou a cabeça de modo discreto e contundente, cumprimento que foi retribuído por eles com maior cerimônia. Deteve-se diante do homem de cinza. Estudaram mutuamente suas fisionomias impenetráveis.

– Entevivo Doul – disse afinal o recém-chegado, em voz sussurrante.

– Entemorto Brucolaco – foi a resposta. Uther Doul observou o rosto largo e belo do Brucolaco.

– Parece que seus empregadores continuam com maquinações idiotas – murmurou o Brucolaco, e calou-se. – Ainda não acredito, Uther – disse afinal –, que você aprove tal loucura.

Uther Doul não se moveu, não desviou o olhar.

O Brucolaco endireitou as costas e mostrou um sorriso torto, que poderia indicar desprezo, ou confiança compartilhada, ou muitas outras coisas.

– Você sabe que não irá acontecer – disse. – A cidade não permitirá. Não é para *isso* que ela existe.

O Brucolaco abriu a boca preguiçosamente, e dardejou a comprida língua bifurcada, provando o ar e os fantasmas do suor de Uther Doul.

Havia coisas que faziam pouquíssimo sentido para Tanner Sack.

Não entendia como suportava o frio do mar. Com seus volumosos tentáculos Refeitos, teve de mergulhar de peito descoberto, e o primeiro contato com a água causara-lhe choque. Havia quase desistido, e untara-se de graxa espessa, porém se aclimatara muito mais rápido que a razão admitiria. Ainda estava consciente da água gelada, mas aquilo era como conhecimento abstrato. Não o impedia.

Não entendia como a água estava curando-lhe os tentáculos.

Desde que tinham sido implantados, por capricho de um magistrado de Nova Crobuzon, supostamente relacionados a seu crime segundo certa lógica alegórica e paternalista que nunca lhe fizera qualquer sentido, pendiam como membros mortos e malcheirosos. Experimentara cortá-los, mas somente um talho fizera com que as camadas de nervos neles implantados disparassem, e quase desmaiara de dor. Dor era tudo o que vivia neles, de modo que Tanner os tinha envolvido em torno dele como pítons podres e tentara ignorá-los.

Porém, imersos em água salgada, eles começaram a se mover.

A multidão de pequenas infecções havia desaparecido, e agora os tentáculos eram frios ao toque. Após três mergulhos, para seu intenso constrangimento, começaram a se mover independentes da corrente.

Curavam-se.

Depois de algumas semanas de mergulhos, novas sensações passavam por eles, e as ventosas flexionavam-se gentilmente e aderiam às superfícies próximas. Tanner aprendia a movê-los por escolha.

Durante os confusos primeiros dias quando os cativos haviam acabado de chegar, Tanner vagara pelos distritos, e ouvira perplexo mercadores e capatazes que lhe ofereciam emprego num idioma que ele aprendia muito rápido.

Quando comprovou que era maquinista, o oficial de ligação da Capitania dos Portos de Aquabelone o encarara com ganância, e lhe perguntara em sal infantil e pantomima se queria aprender a mergulhar. Era mais fácil treinar um maquinista para ser mergulhador que ensinar a um mergulhador as habilidades que Tanner acumulara.

Fora trabalhoso aprender a respirar o ar bombeado do alto sem entrar em pânico dentro do capacete quente e restrito, como se mover sem sobrecompensar e acabar girando fora de controle. Mas havia aprendido a desfrutar do tempo mais lento, da rodopiante claridade da água vista através do vidro.

Agora seu trabalho era semelhante ao que sempre fizera: remendar e consertar, reconstruir, mexer com ferramentas em grandes motores. Só que agora, bem abaixo dos estivadores e dos guindastes, era realizado sob a pressão da água, assistido por peixes e enguias, fustigado por correntes nascidas a milhas de distância.

– Já lhe disse que Rabofrio está trabalhando na biblioteca, não?

– Sim, rapaz – disse Tanner. Ele e Shekel almoçavam sob um toldo nas docas, enquanto o dilúvio continuava em volta deles.

Shekel chegara às docas acompanhado de um grupinho de jovens esfarrapados, todos com idades entre doze e dezesseis anos. Todos os outros, supôs Tanner, eram nativos da cidade; e terem permitido que um forçado se juntasse a eles, ainda mais um que lutava para se expressar em sal, era evidência da adaptabilidade de Shekel.

Deixaram Shekel sozinho para partilhar a refeição com Tanner.

– Gosto daquela biblioteca – disse. – Gosto de ir lá, e não é só por causa da boneca de neve.

– Tem coisas bem piores que enfiar a cara nos livros, rapaz – disse Tanner. – A gente já terminou as Crônicas de Pé de Corvo. Você pode encontrar outras histórias. Podia ler elas pra mim, pra variar. Como você tá de alfabeto?

– Consigo me virar – disse Shekel, vagamente.

– Então tá bom. Você troca umas ideias com a senhorita Fria e pede pra ela recomendar uns livros.

Durante algum tempo, comeram em silêncio, assistindo a um grupo de lagostins de Armada emergir de sua colmeia abaixo.

– Como é lá embaixo? – perguntou Shekel, afinal.

– Frio – disse Tanner – e escuro. Escuro mas... luminoso. Imenso. A gente fica cercado de imensidão. Tem formas que só dá pra ver, formas pretas e enormes. Submersíveis e uns negócios... e às vezes a gente pensa que viu outras. Não dá pra enxergar direito, são vigiadas e não deixam a gente chegar muito perto.

– Eu vi os lagostins debaixo dos naufrágios deles. Serpentes marinhas que de vez em quando puxam navios-carruagens. Os peixomens do distrito de Solameno, que parecem salamandras. Mal dava pra ver, do jeito que se movem. John Filho da Puta, o golfinho. Lá embaixo, ele é chefe de segurança dos Amantes, e você não imagina um puto mais frio e maldoso.

– E tem uma meia dúzia de... Refeitos. – Sua voz foi morrendo aos poucos.

– É estranho, né? – disse Shekel, olhando para Tanner de perto. – Não me acostumo... – Não disse mais nada.

Nenhum dos dois conseguia se acostumar. Um lugar onde os Refeitos eram iguais. Onde um Refeito poderia ser capataz ou administrador, e não somente o trabalhador mais reles.

Shekel viu Tanner esfregar os tentáculos.

– Como estão? – perguntou. Tanner sorriu e se concentrou, e uma das coisas borrachentas contraiu-se um pouco e começou a arrastar-se como cobra moribunda rumo ao pão de Shekel. O garoto bateu palmas de admiração.

À beira do cais de onde emergiam os lagostins, havia um grande homem-cacto, de peito nu e sulcado por fibrosas cicatrizes vegetais. Trazia nas costas uma imensa arcosserra.

– Você o conhece? – perguntou Tanner. – É o Hedrigall.

– Isso não soa como um nome cactáceo – disse Shekel, e Tanner meneou a cabeça.

– Ele não é cacto de Nova Crobuzon – explicou – nem de Shankell. É forçado, como a gente. Veio pra cá faz mais de vinte anos. É de Dreer Samher. Umas boas duas mil milhas de Nova Crobuzon.

– Vou te dizer uma coisa, Shekel, ele sabe umas histórias. Não precisa de livros pra tirar histórias dele.

– Ele era mercador-pirata antes de ser capturado e ter se juntado à cidade aqui, e já viu quase tudo que vive no mar. Corta o cabelo com aquela arcosserra, se ele quiser, de tão bem que atira. Já viu querágoras e homens-mosquito, e deslocados, e qualquer outro bagulho que você imagine. E, pelos deuses, sabe contar sobre essas coisas. Em Dreer Samher eles têm fabulistas que contam histórias, por vocação. Hed era um. Se ele quiser, torna a voz dele hipnagógica, te deixa embriagado com ela, enquanto conta histórias.

O homem-cacto estava imóvel, deixando a chuva golpear-lhe a pele.

– Agora ele é aeronauta – disse Tanner. – Pilota as aeronaves do *Grande Oriental*, batedores e frotas de guerra já faz anos. É um dos principais homens dos Amantes, e um ótimo sujeito. Passa a maior parte do tempo lá em cima, no *Arrogância*.

Tanner e Shekel olharam para cima, atrás deles. Mais de trezentos metros acima do convés do *Grande Oriental*, estava amarrado o *Arrogância*. Um aeróstato imenso e paralítico, com barbatanas de cauda retorcidas e um motor estático havia anos. Atado por centenas de metros de corda alcatroada, cabresteado ao grande navio lá embaixo, servia de gávea à cidade.

– Ele gosta das alturas, o Hedrigall – disse Tanner. – Contou pra mim que hoje em dia prefere a tranquilidade.

– Tanner – disse Shekel devagar –, o que você acha dos Amantes? Você trabalha para eles, né? Já ouviu o que falam e sabe como são. O que acha deles? Por que faz o que mandam?

Tanner sabia, ao começar a falar, que Shekel não o entenderia completamente. Mas a pergunta era tão importante que se voltou e olhou com muito cuidado para o garoto com quem compartilhava a moradia (a bombordo de um velho casco de ferro). O garoto que fora seu carcereiro, plateia e amigo, e que se tornava algo diferente, algo como família.

– Eu ia virar escravo nas colônias, Shekel – disse em voz baixa. – Os Amantes, do *Grande Oriental*, me acolheram e me deram um emprego com salário, e me disseram que tavam pouco se lixando pro fato de eu ser Refeito. Os Amantes me deram minha vida, Shekel, e uma cidade, e um lar. Garanto a você que qualquer coisa que eles queiram fazer tá *cemporcentíssimo*, por mim. Nova Crobuzon pode tomar no cu. Sou cidadão de Armada, de Aquabelone. Tô aprendendo sal. Sou leal.

Shekel o encarou fixamente. Tanner era tranquilo e falava devagar, e o grumete nunca o vira tão determinado.

Ficou bastante impressionado.

A chuva continuava. Por toda Armada, os passageiros do *Terpsichoria* tentavam viver após a libertação.

A bordo de espalhafatosas goletas e ioles, discutiam, compravam, vendiam e roubavam, aprendiam sal. Alguns se lamentavam, debruçados sobre mapas, calculando a distância até Nova Crobuzon ou Nova Esperium. Pranteavam suas antigas vidas, fitavam heliótipos de amigos e amados que tinham ficado para trás.

Num cárcere de reeducação entre Aquabelone e Arenqueiro, estavam os marinheiros do *Terpsichoria*. Alguns gritavam com os guardas-conselheiros, que tentavam acalmá-los, sempre a considerar a possibilidade de que esse ou aquele homem pudesse cortar seus laços, atenuar sua lealdade a Nova Crobuzon, juntar-se a Armada.

E, caso contrário, decidir o que fazer com eles.

Bellis chegou ao Tempo Despercebido com maquiagem e cabelos estragados pela chuva. Parou enlameada à porta, enquanto era saudada por um garçom. Encarou o homem, impressionada por suas maneiras. *Como se fosse um verdadeiro garçom*, ouviu-se pensar, *num verdadeiro restaurante, numa verdadeira cidade.*

O *Tramalíngua* era uma nau enorme e anciã. Era tão encrostado de prédios, sofrera tantas reformas e interferências, que era impossível determinar que espécie de navio já fora. Fazia parte de Armada havia séculos. O castelo de proa estava coberto de ruínas: antigos templos de granito branco, cuja maior parte das estruturas encontrava-se dispersa ou transformada em poeira. O restante estava sufocado por heras e urtigas, que não conseguiam afastar as crianças que vagavam por ali.

Havia estranhos contornos nas ruas do *Tramalíngua*. Nódulos de obscuros materiais resgatados do mar, deixados pelas esquinas, como se esquecidos.

O restaurante era pequeno e acolhedor, revestido de madeira-negra. Não estava lotado. As janelas davam para as Docas de Espinhouriço, segundo porto de Armada, vistas para além da orla de veleiros e canoas.

Bellis notou, com uma pontada de emoção, que do teto do restaurante pendiam pequenos cordões com lanternas de papel. O último lugar onde os vira havia sido o Galo & Relógio, nos Campos Salazes de Nova Crobuzon.

Teve de sacudir a cabeça para livrar-se da melancolia penetrante. Diante de uma mesa no canto, Johannes punha-se em pé e acenava-lhe.

Permaneceram quietos durante algum tempo. Johannes parecia tímido, e Bellis sentia-se ressentida por ter passado tanto tempo sem notícias dele. Desconfiada de que não estava sendo justa, refugiou-se no silêncio.

Ela viu, para seu espanto, que o vinho tinto sobre a mesa era um Galaggi da Casa Predicus, safra de 1768. Olhou para Johannes com olhos arregalados. De boca firmemente fechada, parecia reprová-lo.

– Achei que devêssemos celebrar – disse ele – por termos nos encontrado outra vez, quero dizer.

O vinho estava excelente.

– Por que me abandonaram… nos abandonaram, para seguir em frente ou apodrecer? – exigiu Bellis. Mexeu com o garfo sua mistura de peixe e verduras amargas cultivadas nos navios. – Eu teria achado… teria achado imprudente arrancar de suas vidas algumas centenas de pessoas, e deixá-las à deriva em meio a… isso.

– Não foi o que fizeram – disse Johannes. – Quantos dos outros passageiros do *Terpsichoria* você já viu? Quantos da tripulação? Não se lembra das entrevistas, das perguntas, logo quando chegamos? Houve testes – disse com gentileza. – Eles determinaram quem era seguro, e quem não. Se concluíssem que alguém era problemático demais, ou… apegado demais a Nova Crobuzon… – Sua voz foi esvanecendo.

– Então o quê? – exigiu Bellis. – Como o capitão…?

– Não, não – disse Johannes, rápido. – Creio que eles… trabalhem nas pessoas. Tentem persuadi-las. Quero dizer, você sabe como é o recrutamento forçado. Há um bocado de marujos na marinha de Nova Crobuzon que não faziam nada mais náutico do que farrear nas tavernas das docas na mesma noite em que foram "recrutados". Isso não impede a maioria deles de trabalharem após serem engajados.

– Durante algum tempo – disse Bellis.

– Sim. Não digo que seja a mesma coisa. Essa é a grande diferença: uma vez que se ingresse em Armada, não se pode… sair.

– Foi o que me disseram mil vezes – respondeu Bellis devagar. – Mas e quanto à frota de Armada, aos lagostins lá no fundo? Você acha que não podem escapar? De qualquer modo, se isso fosse verdade, se as pessoas nunca tivessem chance de sair, ninguém que não fosse nativo da cidade estaria preparado para viver nela.

– Óbvio – disse Johannes, sucintamente. – Os flibusteiros da cidade passam meses, talvez anos de cada vez, no mar antes de retornar a Armada. E atracam em outros portos durante essas viagens. Estou certo de que alguns tripulantes desaparecem. Deve haver armadenses espalhados, aqui e acolá.

– Porém, é fato que as tripulações são selecionadas: em parte por sua lealdade, em parte porque, se fugirem, não fará diferença. Para começar, são quase todos nativos: são raros os forçados a quem se dão cartas de passagem. Aqueles como você e eu não podem ter esperança de embarcar com tanta facilidade. Armada *é* onde a maioria de nós forçados terminará os dias.

– Mas, que diabo, pense em quem é atacado, Bellis. Alguns marinheiros, por certo, piratas "rivais", uns poucos mercantes. Mas os navios que os armadenses abordam… Você acha que todos são capturados? A maior parte das naus forçadas é… bem, como o *Terpsichoria. Escravista.* Ou navios de colonização cheios de Refeitos desterrados. Ou navios-prisões. Ou os que transportam prisioneiros de guerra.

– Quase todos os Refeitos do *Terpsichoria* perceberam há muito tempo que jamais voltariam para casa. Vinte anos uma pinoia. É prisão perpétua e sentença de morte, e eles o sabem. Agora aqui estão, com trabalho, dinheiro e *respeito*… É alguma surpresa que aceitem a situação? Segundo o que sei, há apenas sete

Refeitos do *Terpsichoria* em tratamento devido à objeção, e dois deles já sofriam de demência.

E de que jeito, caralho, perguntou-se Bellis, *como, em nome de Falastrão, você sabe disso?*

– E tipos como nós? – continuou Johannes. – Todos nós... já sabíamos que estaríamos longe de casa... longe de Nova Crobuzon por, pelo menos, no mínimo, cinco anos, talvez muitos mais. Veja o grupo heterogêneo que temos aqui. Eu diria que pouquíssimos passageiros têm laços indissolúveis com a cidade. É certo que pessoas chegam até aqui transtornadas; e surpresas, confusas e alarmadas. Mas não destruídas. Isso não é a "nova vida" que prometeram aos colonos de Nova Esperium? Não é o que quase todos buscávamos?

A maioria, talvez, pensou Bellis. *Mas não todos. E, se for contentamento com este lugar que esperam, antes de deixar-nos viver livres aqui, então* sabem os deuses *(eu sei) que podem cometer erros de julgamento.*

– Duvido – disse Johannes, com calma – de que sejam tão ingênuos a ponto de simplesmente deixar que vaguemos sem supervisão. Ficaria surpreso se não mantivessem cuidadosos registros sobre nós. Suspeito de que somos vigiados. O que poderíamos fazer, de qualquer maneira? Isto é uma *cidade*, não um bote que se possa confiscar ou afundar.

– Somente a tripulação representa problemas sérios. Muitos têm famílias que os esperam. Esses são os que talvez nunca aceitem Armada como novo lar.

Somente a tripulação?, pensou Bellis, e um gosto ruim subiu-lhe à garganta.

– E o que lhes acontecerá? O mesmo que ao capitão? – disse, com voz seca. – Que a Cumbershum?

Johannes vacilou.

– Disseram-me que... que apenas os capitães e imediatos dos navios abordados... têm muito a perder, são especialmente ligados a seus portos de origem...

Havia algo adulador e contrito no rosto dele. Com alheamento crescente, Bellis percebeu que estava só.

Fora até lá naquela noite pensando que poderia conversar com Johannes sobre Nova Crobuzon, que ele partilharia de sua infelicidade, que poderia tocar a parte ferida de sua própria mente e falar sobre as pessoas e ruas das quais sentia tanta falta.

E que talvez pudessem tocar no assunto que se vinha insinuando em seus pensamentos havia semanas: fuga.

Johannes, porém, aclimatava-se. Falava em tom cuidadosamente neutro, como se o que dissesse fosse apenas relatório. Mas tentava conciliar-se com os governantes da cidade. Encontrara algo em Armada que o havia preparado para considerá-la seu lar.

O que fizeram para conseguir isso?, ela pensou. *O que ele tem feito*?

– Tem notícias de mais alguém? – perguntou Bellis, após um momento de silêncio frio.

– Mollificatt, lamento dizer, foi um dos que sucumbiram logo que chegamos – disse, demonstrando tristeza genuína. A população vira-lata e mutável de Armada fazia com que a cidade fosse portadora de incontáveis doenças. Os nativos eram resistentes, mas cada leva de forçados era afligida por febres e prostrações, e havia muitas mortes inevitáveis. – Ouvi rumores de que nosso recém-chegado, o senhor Fennec, trabalha em Aquabelone, ou Tu-E-Teu. Irmã Meriope... – disse de repente, e arregalou os olhos. Meneou a cabeça. – Irmã Meriope está... está detida para sua própria segurança. Tem ameaçado violência contra ela mesma, constantemente. Bellis – sussurrou –, *ela está grávida.*

Bellis rolou os olhos.

Não consigo mais ouvir isso, pensou Bellis, e falou apenas o suficiente para manter a conversa. Sentia-se solitária. *Segredos vulgares e clichês. O que vem depois?*, pensou com desprezo, enquanto Johannes tagarelava sobre toda a lista de passageiros e oficiais do *Terpsichoria. Algum leal marinheiro, na verdade uma mulher disfarçada para ir ao mar? Amor e enrabação entre os marujos?*

Havia algo patético em Johannes naquela noite, e ela nunca pensara assim antes.

– Como você sabe de tudo isso, Johannes? – perguntou enfim Bellis, com cuidado. – Onde tem estado? O que faz de verdade?

Johannes pigarreou e fitou sua taça durante muito tempo.

– Bellis... – disse. Em torno dele, o suave burburinho do restaurante pareceu bastante ruidoso. – Bellis... posso fazer-lhe uma confidência? – Suspirou, e ergueu a cabeça para olhar para ela.

– Trabalho para os Amantes – disse –, e não me refiro a trabalhar no distrito de Aquabelone. Trabalho *diretamente* para eles. Tem uma equipe de pesquisadores que trabalha em algo bastante... – Meneou a cabeça e sorriu com satisfação. – Um projeto bem *extraordinário.* Uma oportunidade extraordinária. E convidaram-me a fazer parte dele, por causa de meu trabalho anterior.

– A equipe havia lido algo de minha pesquisa e decidiram que eu seria... que queriam trabalhar comigo. – Bellis percebeu que ele exultava. Como criança, quase exatamente como criança.

– Há taumaturgos, oceanomantes, biólogos marinhos. Aquele sujeito... o sujeito que derrotou o *Terpsichoria,* Uther Doul, é parte da equipe. É vital, de fato. É filósofo. Há projetos diferentes sendo desenvolvidos ao mesmo tempo. Projetos de criptogeografia e teoria de probabilidade, e também... a investigação em que trabalho. A pessoa que coordena tudo é fascinante. Estava com os Amantes quando chegamos: um velho alto e barbudo.

– Lembro-me dele – disse Bellis –, deu-lhe boas-vindas.

Johannes pareceu tomado por algo entre vergonha e entusiasmo.

– É mesmo – disse. – Seu nome é Tintinábulo. É caçador, um forasteiro empregado pela cidade. Mora no *Castor* com sete outros homens, onde Aquabelone encontra-se com Arenqueiro e Biblioburgo. Um navio pequeno, com campanário...

– O trabalho que fazemos é tão *fascinante* – disse de súbito, e, vendo seu puro prazer, Bellis percebeu que Armada o conquistara. – O equipamento é velho e falível, os engenhos analíticos são arcaicos, mas o trabalho é tão mais radical. Tenho meses de pesquisa para estudar até ficar atualizado. Estou aprendendo sal. O trabalho... requer que se leiam as coisas mais variadas.

Sorriu para ela com orgulho incrédulo.

– No meu projeto, há certos textos-chave. Um deles é meu. Dá para acreditar? Não é extraordinário? Os textos vêm do mundo inteiro. De Nova Crobuzon, Khadoh. E há livros misteriosos que não conseguimos encontrar. Estão em ragamina, sal e lunescrita... dizem que um dos mais importantes está em Alto Kettai. Fizemos uma lista com base em referências nos livros que *temos*. Deuses sabem como mantêm uma biblioteca tão fantástica aqui. Bellis, metade desses livros eu não conseguiria encontrar em Nova Crobuzon...

– Roubaram, Johannes – disse ela, e o silenciou. – Foi assim que conseguiram. Cada maldito volume na Biblioteca das Grandes Engrenagens é roubado. De navios, de cidades costeiras que saquearam. De pessoas como *eu*, Johannes. Livros que *eu* escrevi e que foram roubados de mim. Eis como eles obtêm livros.

Algo frio instalava-se nas entranhas de Bellis.

– Diga-me – começou, e se interrompeu. Bebeu um pouco de vinho, respirou fundo e começou outra vez. – Diga-me, Johannes, se não é notável que, em meio ao oceano inteiro, *a porra do oceano inteiro*, à vastidão deserta do mar, eles tenham por acaso escolhido o navio que transportava seu herói intelectual...

Outra vez ela viu nos olhos dele o desconfortável coquetel de vergonha e júbilo.

– Sim – disse ele com cautela. – A questão é essa, Bellis. Era dela que eu queria falar-lhe.

Ela soube de repente o que ele diria, certeza que lhe causou náusea e repulsa. Mas ainda gostava dele, de verdade, e queria tanto estar errada que não se levantou e foi embora, esperou ser corrigida, convicta de que não seria.

– Não foi coincidência, Bellis – ouviu-lhe dizer. – Não foi. Eles têm um agente em Salkrikaltor. Recebem listas de passageiros coloniais. Sabiam que estávamos chegando. Sabiam que eu estava chegando.

As lanternas de papel balançaram quando a porta foi aberta e fechada. Ouviram-se belas risadas vindas de uma mesa próxima. O cheiro de carne recheada os envolveu.

– Foi por isso que tomaram nosso navio. Queriam a mim – disse Johannes com suavidade, e Bellis fechou os olhos, derrotada.

– Ah, Johannes – disse ela, tropegamente.

– Bellis – disse ele assustado, tentando acudi-la. Ela o desencorajou com um gesto brusco. *O quê? Você acha que vou chorar?*, pensou, furiosa.

– Johannes, permita dizer-lhe que há um mundo de diferença entre uma sentença de cinco ou dez anos e... *prisão perpétua*. – Não conseguia olhar para ele. – Talvez para você, para Meriope, para as Cardomiums, para não sei mais quem, Nova Esperium significasse nova vida. *Não para mim*.

– Não para mim. Para mim foi uma fuga, uma fuga necessária e *temporária*. Nasci em Chnum, Johannes. Estudei em Mafaton. Propuseram-me casamento em Brejo do Texugo. Terminei o noivado em Campos Salazes. Nova Crobuzon é meu lar, será sempre meu lar.

Johannes olhou para ela com crescente inquietação.

– Não tenho nenhum interesse nas colônias. Em Nova *cu-do-mundo* Esperium. *Nenhum*. Não quero viver com um grupo de desajustados venais, vigaristas fracassados, freiras desonradas, burocratas fracos ou incompetentes demais para terem sucesso na cidade, nativos ressentidos e aterrorizados... Santa saliva, Johannes, não tenho interesse no *mar*. Congelante, nojento, imundo, repetitivo, fedorento...

– Não tenho interesse nesta cidade. Não quero viver num *circo*, Johannes. Isto aqui é um espetáculo de aberrações! É algo para assustar crianças! "A Cidade Flutuante dos Piratas"! Não a quero! Não quero viver neste imenso parasita balançante, a porra de uma aranha-d'água que suga suas vítimas até o fim. Isto não é uma cidade, Johannes, é um vilarejo provinciano, com um quilômetro e pouco de largura, e não o quero.

– Sempre quis retornar a Nova Crobuzon. Nunca desejei terminar meus dias fora de lá. É suja, cruel, difícil e perigosa, sobretudo para mim, sobretudo agora, mas é meu lar. Nenhum outro lugar no mundo se compara em cultura, indústria, população, taumaturgia, idiomas, arte, livros, política, história... Nova Crobuzon – disse devagar – é a mais grandiosa cidade de Bas-Lag.

Vinda dela, de alguém sem ilusões em relação à miséria, à brutalidade e à repressão de Nova Crobuzon, a declamação foi mais poderosa que tudo o que pudesse vir de qualquer um parlamentar.

– E você me diz – ela concluiu – que fui exilada de minha cidade, *para sempre*... por *sua* causa?

Johannes olhava para ela, embasbacado.

– Bellis – disse ele devagar. – Não sei o que dizer. Apenas posso dizer que... que lamento. Não foi minha escolha. Os Amantes sabiam que eu estava na lista de passageiros, e... Não fui a única razão. Eles precisam de mais canhões, de modo que talvez tivessem capturado o navio de qualquer maneira, mas...

Sua voz hesitou.

– Mas é provável que não. Fui o motivo principal. No entanto... Bellis, por favor! – Inclinou-se na direção dela, desesperado. – Não foi minha escolha. Não provoquei nada disso. Não fazia ideia.

– Mas você está em paz com a situação, Johannes. Teve a sorte de encontrar aqui algo que o faz feliz, Johannes. Entendo que não teve escolha, mas espero que *entenda* que não posso simplesmente ficar sentada aqui como se nada estivesse errado e continuar uma conversa amigável, quando é culpa sua eu não ter mais um lar.

– E não os chame de *Amantes,* como se fosse uma porra de título, como se aqueles dois pervertidos fossem uma constelação celestial ou algo assim. Veja você, se babando todo por eles. São como nós, têm nomes. Você poderia ter dito não, Johannes. Poderia ter se recusado.

Quando Bellis virou-se para ir embora, ele chamou seu nome. Ela nunca o ouvira empregar aquele tom, pétreo e feroz. Assustou-se.

Ele a encarou. Tinha as mãos crispadas sobre a mesa.

– Bellis – disse, no mesmo tom. – Lamento, lamento muito que se sinta sequestrada. Eu não fazia ideia. Porém, o que você desaprova? Viver numa cidade parasita? Duvido. Nova Crobuzon pode ser mais sutil do que Armada no dia a dia, mas tente dizer àqueles nas ruínas de Suroch que Nova Crobuzon não é um estado pirata.

– Cultura? Ciência? Arte? Bellis, você consegue compreender onde *está*? Esta cidade é a soma de *centenas* de culturas. Todas as nações marítimas já perderam naus devido a guerras, recrutamentos forçados, deserções. E as naus estão *aqui*. São os materiais que constroem Armada. Esta cidade é a soma dos navios perdidos em toda a história. Há neste lugar andarilhos e párias e seus descendentes, vindos de culturas das quais Nova Crobuzon nem sequer ouviu falar. Você entende? Percebe o que isso significa? Os renegados de diferentes culturas encontram-se aqui e sobrepõem-se como escamas, e produzem algo novo. Armada tem sulcado o Oceano Bravio desde sempre, recolhendo proscritos e fugitivos de *todos os lugares*. Santa saliva, Bellis, será que você não sabe *nada*, porra?

– História? Durante séculos tem havido lendas e rumores sobre este lugar, entre as nações navegadoras. Você sabia? Você conhece alguma história de marinheiro? A embarcação mais velha daqui tem mais de *mil anos*. Os navios podem mudar, mas a história da cidade remonta às Guerras dos Carnívoros, pelo menos, e alguns dizem que é do tempo do maldito Império Espectral... Vilarejo? Ninguém contou a população de Armada, mas são centenas de milhares, pelo menos. Conte todas as camadas e mais camadas de conveses, e é provável que haja tantos quilômetros de ruas quantos há em Nova Crobuzon.

– Então veja, Bellis, não acredito em você. Não acho que tenha qualquer motivo para não querer viver aqui, qualquer razão objetiva para preferir Nova Crobuzon. Acho que simplesmente tem saudades de casa. Não me leve a mal. Você não precisa dar explicações. Entende-se que goste de Nova Crobuzon. Mas tudo o que diz resume-se, na verdade, a "*eu* não gosto daqui, *eu* quero voltar para casa".

Pela primeira vez, Johannes olhou para ela com algo semelhante a desprezo.

– E, caso seu desejo de retornar pese contra os desejos, por exemplo, das muitas centenas de Refeitos do *Terpsichoria* a quem agora se permite viver na condição de algo mais que animais, receio que suas necessidades me pareçam pouco urgentes.

Bellis tinha os olhos fixos nele.

– Se alguém, por acaso, contasse às autoridades – disse com frieza – que eu poderia ser um caso de aprisionamento e reeducação, juro-lhe que daria cabo de mim mesma.

A ameaça foi ridícula e bastante falsa, e Bellis estava certa de que Johannes o sabia, mas foi o mais perto que pôde chegar de implorar-lhe. Sabia que ele era capaz de causar-lhe problemas sérios.

Era colaborador.

Virou-se e o deixou. Lá fora o chuvisco ainda envolvia Armada. Houvera tantas coisas que quisera dizer-lhe, perguntar-lhe. Quisera falar-lhe sobre a sonda *Sorgo,* o imenso enigma flamejante agora aprisionado numa pequena enseada de navios. Quisera saber por que os Amantes a tinham roubado, do que a sonda era capaz e que planos tinham para ela. Onde está sua tripulação?, quisera perguntar. Onde está o geoempata, a quem ninguém viu? E tinha certeza de que Johannes sabia daquelas coisas. Mas não havia modo de falar-lhe agora.

Não conseguia impedir que as palavras dele continuassem soando em seus ouvidos. Esperava com fervor que as dela ainda o perturbassem.

CAPÍTULO 8

Quando Bellis olhou pela janela na manhã seguinte, viu, para além dos telhados e das chaminés, que a cidade se movia.

Em alguma hora da noite, as centenas de rebocadores que circundavam Armada constantemente, como abelhas em torno da colmeia, haviam atrelado a cidade. Com espessas correntes se tinham ligado, em grandes números, à orla da cidade. Espalhavam-se na direção oposta, com as correntes distendidas.

Bellis acostumara-se às inconsistências da cidade. Um dia, o sol nascia à esquerda de sua casa-chaminé, e no próximo à direita, já que Armada girava lentamente durante a noite. As artimanhas do sol eram desorientadoras. Sem terra visível, não havia nada exceto as estrelas para estabelecer-se posição, e Bellis sempre achara tediosa a observação celeste: não estava entre aqueles que reconheciam de instantâneo o Tricórnio, ou o Bebê, ou as outras constelações. O céu noturno não lhe dizia nada

Hoje o sol havia nascido quase diretamente à frente de sua janela. Os navios que forçavam as correntes e rebocavam a corpulência de Armada cortavam seu campo de visão, e ela calculou, após um instante, que rumavam para o sul.

Assombrou-se com o prodigioso esforço. A cidade apequenava com facilidade a proliferação de naus que a puxavam. Era difícil estimar o movimento de Armada, mas, ao ver o percurso da água entre navios e o esbofetear das vagas contra a cidade, Bellis suspeitou de que a velocidade de cruzeiro se aproximava da paralisia.

Para onde estamos indo?, perguntou-se, impotente.

Bellis sentia-se estranhamente envergonhada. Fazia semanas que chegara a Armada, e percebia agora que não tivera curiosidade em relação ao movimento da cidade, sua travessia do mar ou seu itinerário, ou a como sua frota, dedicada à pirataria em mar aberto, encontrava o caminho de volta para um lar itinerante. Lembrou-se com súbito estremecimento da agressão que Johannes fizera a ela na noite anterior.

Parte do que ele dissera era verdade.

E também muito do que ela própria havia dito, é claro. E ela ainda estava zangada com ele. Ela não queria viver em Armada, e a ideia de passar o resto de seus dias naquela trama de banheiras enferrujadas fazia-lhe crispar os lábios com fúria tão intensa que parecia pânico. Ainda assim...

Ainda assim, era verdade que se havia trancafiado em sua infelicidade. Era ignorante de sua situação, ignorante da política e da história de Armada, e percebeu que aquilo era perigoso. Não entendia as economias da cidade, não sabia de onde vinham os navios que atracavam nas docas Basílio ou Espinhouriço. Não sabia onde a cidade estivera, ou para onde ia.

Começava a abrir a mente, parada ali, de camisola, assistindo ao sol derramar-se sobre as proas da cidade que se movia vagarosa. Sentia a curiosidade aguçar-se.

Os Amantes, pensou com aversão. *Comecemos por aqui. Santa saliva, os Amantes. Quem são eles, pelo amor de Falastrão?*

Shekel e ela tomavam café num dos conveses superiores da biblioteca.

Ele era um garoto animado. Contou-lhe que fazia algo com certa pessoa, algo mais com outra, que brigara com uma terceira, e que uma quarta morava no distrito de Queda Seca. Ela murchava diante do conhecimento fácil da cidade demonstrado pelo grumete. Sentia-se outra vez humilhada, e ouvia com cuidado as divagações dele.

Shekel contou a Bellis sobre Hedrigall, o aeronauta cactáceo. Contou-lhe sobre o notório passado do homem-cacto, de pirata-mercante em Dreer Samher, e descreveu-lhe as viagens que Hedrigall fizera à monstruosa ilha ao sul de Gnurr Kett para comerciar com os homens-mosquito.

Por sua vez, Bellis perguntava-lhe sobre os distritos, o bairro assombrado, a rota da cidade, a sonda *Sorgo,* o Capitão Tintinábulo. Enumerava as perguntas como se virasse cartas.

– É... – ele disse devagar. – Conheço Tinábolo. Ele e seus companheiros. Tipos estranhos. Makler, Metzger, Promus, Tinábolo. Um deles se chama Argentarius, e é louco, ninguém o vê, nunca. Não me lembro dos outros. O *Castor* está cheio de troféus. Macabro. Troféus do mar. Em todas as paredes. Orcas e tubarões-martelo empalhados, coisas com garras e tentáculos, crânios. E arpões e hélios da equipe posando diante dos cadáveres de coisas que espero nunca ver.

– São caçadores. Não faz muito tempo que estão na cidade. Não foram forçados, propriamente. Há um monte de histórias, rumores sobre o que fazem, sobre por que estão aqui. Parece que estão esperando por alguma coisa.

Bellis não entendia como Shekel sabia tanto de Tintinábulo, até que ele sorriu e continuou:

– Tintinábulo tem uma... assistente – disse. – O nome dela é Angevine. É uma dama interessante. – Sorriu outra vez, e Bellis desviou o olhar, constrangida pelo entusiasmo desajeitado do grumete.

Havia tipografias em Armada, e autores, editores e tradutores, e novos livros. Traduções em sal de textos clássicos eram publicadas. Porém, o papel era escasso: as tiragens eram minúsculas e os livros, caros. Os distritos da cidade dependiam da Biblioteca das Grandes Engrenagens em Biblioburgo, e pagavam bonificações para assegurar seus direitos de empréstimo.

A maior parte dos livros vinha da pirataria do distrito de Aquabelone. Desde séculos incontáveis o mais poderoso distrito de Armada vinha doando todos os livros que confiscava a Ponta do Relógio. Não importava quem governasse Biblioburgo, aquelas doações garantiam sua lealdade. Outros distritos imitavam a prática, embora sem supervisão tão severa. Às vezes permitiam que seus forçados mantivessem um volume ou outro, ou vendiam alguns dos mais raros volumes roubados. Aquabelone não. Ali, o acúmulo de livros era tratado como crime grave.

De vez em quando, os navios de Aquabelone rondavam as colônias costeiras de Bas-Lag, cometendo bibliorroubos, e os piratas avassalavam todas as casas, tomando cada livro e manuscrito que encontrassem. Todos para Biblioburgo, para Ponta do Relógio.

A entrega de todo aquele butim era constante, de maneira que Bellis e seus colegas se mantinham ocupados.

As recém-chegadas khepris, a bordo dos Navios de Misericórdia interceptados aleatoriamente por Armada, haviam tomado o distrito de Biblioburgo com um dócil golpe, fazia mais de um século. Tinham sido sábias o suficiente para perceber que, apesar de seu tradicional desinteresse em textos escritos – olhos compostos tornavam a leitura um tanto difícil –, o distrito dependia da biblioteca. Assim, permaneceram suas curadoras.

Bellis não conseguia calcular o número de livros: havia muitas velhas e minúsculas cobertas nos navios da biblioteca, muitas chaminés e anteparos modificados, cabines desnudadas e anexos, tudo abarrotado de textos. Vários eram arcaicos, incontáveis milhares, esquecidos havia bastante tempo. Fazia muitos séculos que Armada roubava livros.

Os catálogos eram apenas parciais. Em séculos recentes surgira uma burocracia cuja função era listar o conteúdo da biblioteca. Porém, durante certos reinados, os burocratas foram mais cuidadosos que em outros. Sempre se cometiam erros. Umas poucas aquisições eram arquivadas quase aleatoriamente, sem verificação apropriada. Falhas se infiltravam em sistemas e geravam novas falhas. Havia décadas de livros recolhidos ocultos na biblioteca, à vista de todos e, no entanto, invisíveis. Miríades de rumores e lendas circulavam a respeito de seus conteúdos poderosos, perdidos, esotéricos ou proibidos.

Ao entrar pela primeira vez nos corredores escuros, Bellis havia corrido os dedos sobre os quilômetros de estantes enquanto caminhava. Apanhara um livro ao acaso e o abrira, detivera-se para ver o nome manuscrito em tinta desbotada no alto da primeira página. Puxara outro volume e havia outro nome, escrito em caligrafia e tinta um pouco mais recentes. O terceiro livro era desprovido de adornos, mas o quarto, outra vez, estava marcado como propriedade de outra pessoa morta havia muito.

Bellis ficara imóvel, lendo sem parar os nomes. Sentiu-se claustrofóbica de repente. Estava enclausurada em meio a livros roubados, sepultada neles como se no solo. A noção das incontáveis centenas de milhares de nomes que a cercavam, rabiscados de maneira fútil nos cantos superiores direitos de primeiras páginas, o peso de toda aquela tinta ignorada, das infindáveis proclamações de que *isto é meu isto é meu*, anotadas com desdém simples e imperioso, roubaram-lhe todo o fôlego. A facilidade com que se desprezaram aquelas pequenas ordens.

Foi como se à sua volta circulassem morosos fantasmas, incapazes de aceitar que os volumes não mais lhes pertenciam.

Naquele dia, enquanto classificava o novo lote, Bellis encontrou um de seus próprios livros.

Sentou-se no chão por muito tempo, encostada às estantes, de pernas estendidas, observando a cópia de *Códices do Mato de Olhelminto*. Tocou na lombada exaurida que lhe era familiar e no ligeiro relevo do "B. Vinhofrio". Era sua cópia: reconheceu o modo como estava gasta. Fitou-a com cautela, como se fosse um teste que pudesse reprová-la.

O carrinho não continha sua outra obra, *Gramatologia do alto kettai*, mas ela encontrou a cartilha de lagostim de Salkrikaltor que trouxera ao *Terpsichoria*.

Nossas coisas começam a aparecer, pensou.

O que lhe afetou como uma bofetada.

Isto era meu. Isto me foi tirado.

O que mais havia do *Terpsichoria*? Seria aquela a cópia de *Tempos verbais futuros* que pertencera ao dr. Mollificatt?, imaginou. A *Ortografia e hieróglifos* da viúva Cardomium?

Não conseguiu permanecer quieta. Levantou-se e vagou tensa, atônita e incerta pela biblioteca. Dali foi para o ar livre, acima das pontes que ligavam as naus da biblioteca, carregando seu livro junto ao peito, até a superfície e então de volta à escuridão das estantes.

– Bellis?

Ergueu a cabeça, confusa. Carrianne estava diante dela e trazia um esgar no canto da boca, de divertimento ou talvez de preocupação. Parecia terrivelmente pálida, mas falou com sua costumeira voz firme.

O livro pendia das mãos de Bellis. Sua respiração se acalmou, e ela removeu do rosto a perturbação, e o compôs outra vez com cuidado, imaginando o que diria. Carrianne tomou-lhe o braço e a puxou.

– Bellis – disse novamente, e, apesar da risota atrevida, havia genuína bondade em sua voz. – Já é tempo de você e eu fazermos algum esforço para nos conhecermos melhor. Você já almoçou?

Carrianne a arrastou com gentileza pelos corredores do *Espectro Dançarino*, até um passadiço semiencoberto que levava ao *Pinchermarn*. *Isso não é do meu feitio*, pensou Bellis enquanto a seguia, *deixar-me rebocar assim no rastro de alguém. Não é mesmo do meu feitio.* Mas encontrava-se numa espécie de torpor, e cedeu aos puxões insistentes de Carrianne.

Na saída, Bellis percebeu, para sua surpresa, que ainda trazia a cópia dos *Códices do Mato de Olhelminto*. Agarrava-se a ela tão firmemente que suas mãos pareciam esvaídas de sangue.

Seu coração acelerou ao perceber que, sob a proteção de Carrianne, poderia passar livre pela guarda, poderia segurar o livro junto de si, escondê-lo, poderia sair da biblioteca com seu contrabando.

Porém, quanto mais perto chegava da porta, mais hesitava, menos entendia os próprios motivos, mais a aterrorizava a possibilidade de ser flagrada. Até que, com súbito e longo suspiro, depositou a monografia na partição junto à escrivaninha. Carrianne a observava com expressão impenetrável. Sob a luz, ao atravessar a porta, Bellis virou-se para olhar o volume abandonado e sentiu uma pontada de algo, uma emoção trêmula.

Não sabia dizer se era triunfo ou derrota.

O *Psire* era o maior navio de Ponta do Relógio, um grande vapor de projeto arcaico, remontado para receber indústrias e moradias baratas. Blocos atarracados de concreto elevavam-se no convés de popa, todos sujos de visgo. Varais de roupas ligavam janelas nas quais humanos e khepris debruçavam-se e conversavam. Bellis desceu uma escada de cordas, seguindo Carrianne, na direção do mar, em meio ao cheiro de sal e umidade, até uma galé à sombra do *Psire*.

Na coberta abaixo do convés da galé estava o restaurante, cheio de barulhentos clientes para o almoço. Os garçons e garçonetes eram humanos e khepris, e até mesmo alguns constructos enferrujados. Caminhavam pela estreita passagem entre duas fileiras de bancos, depositando tigelas de ensopado e travessas de pão preto, saladas e queijos.

Carrianne pediu pelas duas, e voltou-se para Bellis com um olhar de preocupação sincera.

– Então – disse –, o que está acontecendo com você?

Bellis levantou a cabeça e, por um pavoroso instante, pensou que iria chorar. O sentimento se foi rapidamente, e ela firmou a expressão do rosto. Olhou para outro lado, para os outros clientes, humanos, khepris e cactáceos. Algumas mesas mais adiante, havia dois llorgiss, cujos corpos trifurcados pareciam se voltar para todas as direções ao mesmo tempo. Atrás dela estava uma reluzente coisa anfíbia do distrito de Solameno, uma espécie que ela nem mesmo tentou reconhecer.

Sentiu o restaurante mover-se ao sabor das ondas.

– Sei com que estou me deparando, sabe? – disse Carrianne. – Também fui forçada.

Bellis a encarou repentinamente. – Quando? – perguntou.

– Há quase vinte anos – disse Carrianne, olhando pelas janelas as Docas Basílio e os diligentes rebocadores mais além, que ainda carregavam a cidade. Disse algo lento e deliberado num idioma que Bellis quase reconheceu. A parte analítica de seu cérebro de linguista começou a coletar e catalogar o distinto *staccato* das fricativas, mas Carrianne se antecipou.

– É algo que costumávamos dizer, na terra natal, às pessoas que se sentiam infelizes. Algo estúpido e banal como: "poderia ser pior". O significado literal é: "Você tem olhos e seus óculos ainda não se quebraram". – Inclinou-se e sorriu. – Mas não ficarei triste se isso não a reconfortar. Estou mais longe de meu primeiro lar que você, crobuzonense. Pelo menos três mil quilômetros mais longe. Sou do Estreito d'Aguardente. De uma ilha chamada Geshen, controlada por Bruxocracia.

Comeu uma garfada de sua galinha-anã armadense.

– A Bruxocracia, conhecida pelo nome mais hermético de Shud zar Myrion zar Koni. – Ondulou as mãos num gesto de mistério zombeteiro. – Cidade de rat-jinn, Covil das Mágoas de Azeviche e assim por diante. Sei o que o povo de Nova Crobuzon diz sobre ela. Muito pouco é verdade.

– Como você foi capturada? – indagou Bellis.

– Duas vezes – disse Carrianne. – Fui sequestrada e sequestrada de novo. Navegávamos em nossa traineira até Kohnid, em Gnurr Kett. É uma jornada longa e difícil. Eu tinha dezessete anos. Coube-me o prêmio de ser figura de proa e concubina. Passava os dias atada ao gurupés, espalhando pétalas de orquídea à frente do navio. Passava as noites lendo as cartas para os marinheiros, e em suas camas. O que era monótono, mas eu gostava dos dias. Pendurada ali, cantando, dormindo, observando o mar.

– Mas um navio de guerra de Dreer Samher nos interceptou. Tinham ciúme de seu comércio com Kohnid. Tinham monopólio... Ainda têm? – acrescentou de repente, e Bellis pôde apenas menear a cabeça, *não sei*.

– Bem, eles amarraram o capitão em meu lugar sob o gurupés, e afundaram o navio. Colocaram a maioria dos homens e mulheres nos botes salva-vidas, com uns poucos suprimentos, e apontaram a direção da costa. Estava muito longe, e duvido que a tenham alcançado.

– Mantiveram alguns de nós a bordo. Não houve maus-tratos além de algemas e grosserias. Torturei-me até a loucura imaginando o que fariam comigo, mas então veio a segunda abordagem. O distrito de Queda Seca precisava de navios, e havia mandado rastreadores ao mar. Naquela época, Armada estava bem mais ao sul, de modo que os barcos de Dreer Samher eram presas perfeitas.

– E… e como você…? Foi difícil... quando você chegou aqui? – perguntou Bellis.

Carrianne apenas a encarou durante um minuto.

– Alguns cactáceos – disse ela – nunca se adaptaram. Resistiam, ou tentavam escapar, ou atacavam os guardas. Suponho que os tenham matado. Eu e meus companheiros?… – Deu de ombros. – Éramos diferentes, tínhamos sido resgatados.

– Mas, sim, foi difícil. Eu estava infeliz e sentia saudades de meu irmão, e tudo mais. Mas, veja você, fiz uma escolha. Escolhi viver, sobreviver.

– Mais tarde, alguns de meus companheiros de viagem se mudaram de Queda Seca. Um mora em Arenqueiro, outro em Tu-E-Teu. A maioria ficou no distrito que nos acolheu. – Concentrou-se em comer, e depois ergueu os olhos novamente. – Saiba que é possível. Você *ainda* vai fazer daqui seu lar.

Quis ser encorajadora e gentil. Porém, para Bellis, aquilo soou como ameaça.

Carrianne falava-lhe sobre os distritos.

– Veja Aquabelone, por exemplo – disse Carrianne, com humor cínico na voz. – É dos Amantes. Os Amantes escarificados. Pervertidos do caralho. Ponta do Relógio, você já sabe.

O bairro dos intelectuais, pensou Bellis, *como Brejo do Texugo em Nova Crobuzon.*

– Arenqueiro é dos escarazelos. Solameno. Tu-E-Teu – Carrianne contava nos dedos os distritos –, Jhour, Larcão, o Conselho Democrático. Aquele valente reduto. E Queda Seca, onde moro – concluiu.

– Por que você deixou Nova Crobuzon, Bellis? – perguntou inesperadamente. – Você não parece o tipo colonizador.

Bellis abaixou a cabeça. – *Tive* de partir – disse. – Problemas.

– Com a lei?

– Algo aconteceu… – suspirou. – Não fiz nada, absolutamente nada. – Não conseguia afastar a amargura da voz. – Faz alguns meses, houve uma epidemia na cidade. E… ouviram-se rumores de que um amigo meu estava envolvido. A milícia procurou todos que ele conhecia, todos com quem tinha envolvimento. Era óbvio que chegariam a mim, no fim das contas. Nunca quis partir – disse com cuidado –, mas não tive escolha.

O almoço, a companhia, até mesmo a conversa-fiada que Bellis costumava desprezar, tinham-lhe restaurado a calma. Enquanto se punham de pé para ir embora, perguntou a Carrianne se ela estava bem.

– Notei, na biblioteca… – disse. – Espero que não se importe… mas achei que você estava bastante pálida.

Carrianne sorriu matreira.

– É a primeira vez que você pergunta sobre mim, Bellis. Cuidado com isso. Posso pensar que você realmente se importa comigo. – A amável provocação doeu. – Estou bem. Apenas exigiram de mim ontem à noite.

Bellis aguardou, selecionando entre os dados que já assimilara, para ver se a afirmação de Carrianne faria súbito sentido. Não fez.

– Não entendi – disse, exausta de incompreensão.

– Bellis, moro no distrito de Queda Seca – disse Carrianne. – Algumas vezes somos exigidos, entendeu? Você sabe que nosso governante é o Brucolaco, não é? Já ouviu falar dele?

– Ouvi *coisas* sobre ele...

– O Brucolaco. Ele é upir. Loango. Katalkana. – A cada palavra esotérica, olhava nos olhos de Bellis e via que não era compreendida. – Hematófago, Bellis. Abmorto.

– Vampir.

As semanas que passara cercada por uma nuvem de rumores e insinuações, como mosquitos insistentes, haviam ensinado a Bellis um pouco sobre a maioria dos distritos. Todos os bizarros microestados, aferrados uns aos outros em convivência insalubre, invejando-se mutuamente e manobrando em busca de poder.

No entanto haviam-lhe escapado, de algum modo, as coisas mais importantes, aterradoras, surpreendentes e inacreditáveis. Ao final do dia, pensou no momento em que lhe fora revelada toda a sua ignorância: quando Carrianne explicou sua palidez e Bellis percebeu o quanto estava longe de casa.

Estava contente de não ter feito mais que ficar petrificada diante da explicação de Carrianne. Algo nela havia se congelado ao ouvir a palavra *vampir*, a mesma em ragamina e em sal. Carrianne tinha-lhe ensinado, naquele instante, que não existia lugar mais longínquo a que se pudesse chegar. Bellis não poderia estar mais distante de casa.

Em Armada, falavam uma língua que conseguia entender. Reconhecia os navios, mesmo alterados e reconstruídos como estavam. Havia moeda corrente e governo. Ela poderia aprender as diferenças de calendário e terminologia. Entendia a arquitetura recolhida e saqueada. Porém, aquela era uma cidade onde vampirs não precisavam se esconder e caçar furtivamente. Podiam caminhar livres à noite. E podiam governar.

Bellis então constatou que seus indicadores culturais estavam obsoletos. Ela se sentiu cansada da própria ignorância.

No catálogo de Ciências, os dedos de Bellis correram velozes sobre as fichas, ao longo do alfabeto até encontrar o nome de Johannes Tearfly. Havia mais de uma cópia de cada título dele.

Se os Amantes que controlam minha vida quiseram tanto apanhá-lo, Johannes, pensou, enquanto anotava apressada os códigos alfanuméricos das obras, *então penetrarei em suas mentes. Vejamos por que tanto entusiasmo.*

Um dos livros estava emprestado, mas havia cópias dos outros. Como funcionária da biblioteca, Bellis tinha privilégios de empréstimo.

Fazia muito frio quando tomou o caminho de casa, passando por multidões, por baixo da algazarra dos macacos nos cordames de Armada, sobre passagens balançantes, conveses e ruas elevadas acima das ondas que esbarravam entre as naus. O céu estava rouco de zombarias. Na bolsa, Bellis carregava *Predadores das poças de maré da Baía de Ferro; Anatomia do sardula; Ensaios sobre feras; Teorias da megafauna*; e *Vida transplanar como problema para o naturalista*, todos escritos por Johannes Tearfly.

Ficou acordada até tarde, encolhida junto ao fogão enquanto nuvens gélidas dispersavam o luar lá fora. Leu à luz de lamparina, saltando de livro a livro.

À uma da manhã olhou para fora, sobre o escuro horizonte de navios.

O halo de barcos que circundava a cidade ainda a arrastava adiante.

Ela pensou em todos os barcos de Armada ao mar, agentes de pirataria, cobrando tributo dos navios e comunidades pelos quais passavam. Navegavam por meses e percorriam milhares de milhas até que, carregados de butim, mesmo enquanto a cidade se movia, encontravam o caminho de volta através de métodos arcanos.

Os nauscopistas da cidade vigiavam o céu e deduziam, de suas mínimas variações, quando naus se aproximavam, de modo que os rebocadores pudessem afastar a cidade para longe da vista. Às vezes a evasão falhava, e navios estrangeiros eram interceptados, convidados ao comércio ou saqueados. Por meio de ciência secreta, as autoridades sempre sabiam quando os navios próximos eram de Armada, e davam-lhes boas-vindas.

Até bem tarde, ouviam-se ainda os sons do trabalho de alguns bairros, entrecortando a batida das ondas e os chamados noturnos de animais. Entre as camadas de corda e madeira que se sobrepunham à visão como arranhões num heliótipo, Bellis podia ver a pequena baía de embarcações na popa de Armada, onde oscilava a *Sorgo*. Durante semanas, fogo e resíduos taumatúrgicos haviam irrompido do alto de sua torre. Todas as noites, as estrelas em torno dali tinham descorado em meio à luz pardacenta e espessa.

Não mais. As nuvens acima da *Sorgo* estavam escuras. A chama se apagara.

Pela primeira vez desde que chegara a Armada, Bellis remexeu em seus pertences e desenterrou a carta negligenciada. Vacilou sentada junto ao fogão, com o papel dobrado diante dela e a caneta-tinteiro à mão. Após o quê, irritada com sua hesitação, começou a escrever.

Embora Armada seguisse seu vagaroso caminho ao sul, na direção de águas mais quentes, durante alguns dias o clima tornou-se severamente frio. Ventos do norte sopraram geadas. Árvores e heras, os esguios jardins que adornavam os barcos, ficaram enegrecidos e frágeis.

Logo antes da onda de frio, Bellis viu baleias a bombordo da cidade, que brincavam com prazer aparente. Após alguns minutos, chegaram subitamente muito mais perto de Armada, agitaram a água com suas imensas caudas e foram embora. O frio chegou rápido depois daquilo.

Não havia inverno na cidade nem verão ou primavera, nenhuma estação; apenas o clima. Para Armada, não era uma função de tempo, mas de espaço. Enquanto Nova Crobuzon encolhia-se sob nevascas no final do ano, os armadenses poderiam tomar sol no Mar do Conforto; ou poderiam estar abrigados nos conveses inferiores enquanto tripulações vestindo grossos casacos ancoravam a cidade no Oceano Mudo, sob temperaturas que fariam Nova Crobuzon parecer amena.

Armada seguia errante pelos oceanos de Bas-Lag, adotando padrões ditados por pirataria, comércio, agricultura, segurança e outras dinâmicas mais misteriosas, e suportava o clima que encontrasse.

O tempo irregular da cidade era difícil para a vida vegetal. A flora de Armada mantinha-se graças a taumaturgia, sorte e acaso, e também a linhagens. Séculos de cultivo produziram variedades que cresciam rápidas e vigorosas, e conseguiam medrar sob grandes variações de temperatura. Havia colheitas irregulares durante todo o ano.

Áreas cultivadas estendiam-se sobre conveses e embaixo de luzes artificiais. Havia plantações de cogumelos dentro de velhos porões úmidos, cabines ruidosas e fedorentas repletas de gerações de animais endogâmicos, magros e fortes. Campos de algas e favas-do-mar comestíveis cresciam em jangadas que pendiam abaixo da cidade, ao lado de gaiolas de tela cheias de crustáceos e pescado.

À medida que avançavam os dias, o sal vinha mais fácil a Tanner, e ele começava a passar mais tempo com seus colegas de trabalho. Farreavam nos bares e casas de jogo à popa das Docas Basílio. Shekel os acompanhava de vez em quando, feliz com a companhia dos homens. Porém, era mais comum que saísse sozinho, rumo ao *Castor.*

Tanner sabia que o garoto ia até lá para ver Angevine, a mulher que Tanner ainda não conhecia, serva ou guarda-costas do capitão Tintinábulo. Shekel havia lhe contado sobre ela, em vacilantes termos juvenis, e o velho começara sua falação costumeira, divertido e indulgente. Nostálgico dele mesmo quando tinha aquela idade.

Shekel passava cada vez mais tempo com os estranhos caçadores estudiosos que moravam no *Castor.* Certa vez, Tanner fora até lá à procura do garoto.

Nas cobertas inferiores, Tanner havia entrado num corredor de cabines, escuro e limpo, cada uma com um nome estampado na porta: MODIST, lera, e FABER, e ARGENTARIUS. Os alojamentos dos companheiros de Tintinábulo.

Shekel estava no refeitório, com Angevine.

Tanner ficou chocado.

Angevine tinha uns trinta anos, calculou, e era Refeita.

Shekel não lhe contara sobre aquilo.

Abaixo das coxas, as pernas de Angevine terminavam. Ela sobressaía, como estranha figura de proa, da frente de um pequeno carro a vapor, pesada engenhoca com bandas de rodagem, cheia de coque e madeira.

Não poderia ser nativa da cidade, Tanner percebeu. Aquele tipo de Refazer era extremo, caprichoso, ineficiente e cruel demais para ter sido algo mais que punição.

Admirou Angevine por tolerar os avanços do garoto. Então viu o modo intenso como ela falava a Shekel, como se inclinava sobre ele (em ângulo bizarro, ancorada pelo pesado veículo abaixo dela), como lhe retribuía os olhares. E Tanner deteve-se, novamente chocado.

Tanner deixou Shekel com sua Angevine. Não perguntou o que estava acontecendo. Shekel, impelido a uma nova conjuntura de sentimentos, comportava-se como híbrido de criança e homem, ora jactancioso e pavoneante, ora submisso e engasgado de emoções intensas. Pelas poucas informações que o garoto revelava, Tanner soube que Angevine fora recrutada à força havia dez anos. Como o *Terpsichoria*, seu navio fora abordado a caminho de Nova Esperium. Também era de Nova Crobuzon.

Quando Shekel retornou aos pequenos quartos na extremidade bombordo de um velho navio-fábrica, Tanner sentiu-se ciumento, e depois contrito. Decidiu manter-se acostado ao garoto, o melhor que pudesse, mas deixá-lo seguir a rota que precisasse.

Tanner tentou preencher o vácuo fazendo amigos. Havia forte camaradagem entre os trabalhadores das docas. Tomava parte em suas piadas e brincadeiras obscenas.

Eles o acolheram, o atraíram ao contar histórias.

Como recém-chegado, tornou-se desculpa para que os homens repisassem histórias e rumores que já tinham ouvido antes, milhares de vezes. Um deles mencionava mares mortos, ou marés-ferventes, ou o rei moreia, e voltava-se para Tanner. *Acho que você não ouviu falar dos mares mortos, Tanner*, ele ou ela dizia. *Pois vou contar...*

Tanner Sack ouviu as mais estranhas histórias dos mares de Bas-Lag e as lendas da cidade pirata e de Aquabelone. Soube das tempestades monstruosas às quais Armada sobrevivera; a razão das cicatrizes nos rostos dos Amantes; como Uther Doul havia decifrado o código de possibilidade e achado sua espada pujante.

Participou de celebrações dessa ou daquela ocorrência feliz; casamentos, nascimentos, sorte no baralho. E também de coisas sombrias. Quando um acidente nas docas decepou metade da mão de uma cactácea com um fragmento de vidro, Tanner doou todos os *olhos* e *pendões* que tinha sobrando à passagem do chapéu. Em outra ocasião, o distrito estivera mergulhado em depressão ao ouvir a notícia de que um navio de Aquabelone, o *Ameaça de Magda*, havia afundado perto dos Estreitos de Aguardente. Tanner partilhou da perda, e sua tristeza foi real.

Porém, embora gostasse dos colegas, e as tavernas e confraternizações fossem modos agradáveis de passar as noites que lhe melhoravam o sal aos borbotões, havia uma atmosfera singular e constante de segredo ambíguo. Não conseguia entender o sentido daquilo.

Havia certos mistérios que o trabalho submarino dos mecânicos levantava. O que eram aquelas sombras, de vez em quando entrevistas por ele, atrás de tubarões-de-guarda firmemente atrelados, quase invisíveis sob o que talvez fosse um feitiço de ocultação? Qual era o propósito dos consertos que ele e os colegas realizavam todos os dias? O que a *Sorgo,* a sonda roubada que tratavam com cuidado, extraía das profundezas, milhares de metros abaixo? Tanner seguira com o olhar o tubo espesso e segmentado, que o deixara tonto à medida que desaparecia ao longe.

Qual era a natureza daquele projeto, insinuada por gestos e comentários enigmáticos? O plano em que se baseavam todos os seus esforços? Plano do qual não se falava abertamente, mas de que todos pareciam saber um pouco, e que alguns fingiam entender, por omissões ou alusões?

Algo grande e importante estava por trás da indústria de Aquabelone, e Tanner Sack ainda não sabia o que era. Suspeitava de que nenhum de seus companheiros soubesse, mas, ainda assim, sentia-se excluído de uma comunidade: baseada em mentiras, retórica e tapeação.

De quando em quando ouvia histórias sobre os outros prisioneiros, sobre a tripulação e os passageiros do *Terpsichoria.*

Shekel contara-lhe sobre Vinhofrio na biblioteca. Ele próprio tinha visto Johannes Tearfly visitando as docas com um grupo secreto, todos com cadernos de notas e discussões murmuradas. Uma parte de Tanner pensou acidamente que não havia levado muito tempo para a hierarquia restabelecer-se, e que, enquanto ele punha os bofes para fora de tanto trabalhar lá embaixo, o cavalheiro assistia, assinalava suas tabelinhas e ajeitava o colete.

Hedrigall, o cactáceo impassível que pilotava o *Arrogância*, contou a Tanner sobre um homem chamado Fench, também do *Terpsichoria*, que visitava as docas com muita frequência (Você *o conhece*?, perguntara Hedrigall, e Tanner meneara a cabeça: era tedioso demais explicar que não conhecia ninguém dos conveses superiores). Fench era boa pessoa, disse Hedrigall, com quem se podia conversar, e que parecia já conhecer todos no navio. Falava doutamente sobre figuras como o Rei Frederico e o Brucolaco.

Hedrigall tinha um ar distraído ao falar sobre aquelas coisas, o que lembrava a Tanner o capitão Tintinábulo. Hedrigall era um daqueles que sempre pareciam saber alguma coisa sobre outra coisa que não queriam discutir. Tanner achava que perguntas diretas seriam violações da amizade embrionária entre eles.

Tanner passou a andar pela cidade à noite.

Vagava, cercado pelos ruídos da água e dos navios, trazendo em si o cheiro do mar. Sob a lua e suas cintilantes filhas, dispersas pelas nuvens tênues, caminhou constante à beira da baía que continha a *Sorgo*, agora silenciosa. Passou por uma moradia lagostim, galeão meio afundado, cuja proa elevava-se como um iceberg. Subiu até a ponte coberta à popa do enorme *Grande Oriental*, de cabeça baixa ao passar pelos outros poucos insones e trabalhadores noturnos.

Dali, sobre uma ponte de corda, até estibordo de Aquabelone. Um dirigível iluminado deslizava lento lá em cima, e uma sirene se fez ouvir ali perto enquanto um martelo a vapor batia (*algum expediente tardio*). Por um instante, os sons lembraram tanto Nova Crobuzon que ele sentiu uma emoção intensa e sem nome.

Tanner perdeu-se no labirinto de navios e tijolos.

Na água abaixo, pensou ver retalhos de luz, aleatórios e fugidios: a ansiedade de plânctons luminescentes. Os rosnados da cidade pareciam obter, a milhas dali, respostas ocasionais de algo imenso, muito distante e vivo.

Perambulou rumo às docas de Larcão e Espinhouriço. Lá embaixo estavam as ondas e, em cada lado, alvenaria decadente, sufocada de mofo e manchada de sal. Paredes e janelas altas, muitas quebradas, e becos entre ruas principais, que serpeavam entre velhas amuradas e carenagens. Lixo sobre embarcações abandonadas. Balaústres e corrimões de popa vergastados ao vento frio por restos esfarrapados de cartazes, política e entretenimento anunciados em cores berrantes obtidas de lulas, caramujos e tintas roubadas.

Gatos passavam leves por ele.

A cidade mexia-se e assentava-se, e a incansável frota de vapores à frente das amarras de Armada continuava a sulcar a água, rebocando seu lar pela extremidade de correntes retesadas.

Tanner deteve-se em meio ao silêncio, olhando para velhas torres, silhuetas de ardósia, chaminés, telhados de fábricas e árvores. No outro lado de uma pequena extensão de mar, entrecortada por um vilarejo de casas flutuantes, luzes cintilavam em cabines de barcos sobre cujas praias de origem Tanner Sack nada sabia. Outros observavam a noite.

(– Você já transou?, perguntou ela, e Shekel não conseguiu evitar lembranças que preferiria não ter. As mulheres Refeitas no fedor escuro do Terpsichoria, que receberam sua desajeitada pica por mais porções de pão. Aquelas que os marinheiros seguraram, quisessem elas ou não (incentivos obscenos de todos os homens para que se juntasse a eles), nas quais ele havia montado duas vezes (uma vez apenas fingindo terminar, antes de se esgueirar para longe, perturbado pelos gritos), uma vez penetrando de verdade e acabando dentro dela, com ela lutando e chorando. E antes daquilo garotas nos becos de Curva da Fumaça, e garotos (como ele) mostrando as partes, transações que eram algo entre troca, sexo, intimidação e brincadeira. Shekel abriu a boca para responder e

as verdades conflitaram, e ela percebeu e o interrompeu (foi um favor que lhe fez) e disse – Não por brincadeira ou dinheiro e não quando você tomou ou deu à força, mas quando você trepou com alguém que queria e que você queria como pessoas reais como iguais. E ficou claro, quando ela disse aquilo, ficou claro que a resposta era não e ele cedeu, grato a ela por fazer daquela a primeira vez (presente imerecido que ele aceitou humilde e ávido).

Ele a observou tirar a blusa e quase perdeu o fôlego ao ver toda a carne daquela mulher e a avidez também nos olhos dela. Sentiu o calor radiante de sua caldeira (que nunca poderia esfriar, contou a ele, que consumia e consumia combustível, sem cessar, velha, estragada, de apetite irracional) e viu o peltre escuro do arnês que encontrava a carne pálida de suas coxas como uma maré. Suas próprias roupas saíram-lhe em gentis camadas, e ali esteve, trêmulo e magro, pica balançando ereta e adolescente, coração e paixão que o enchiam até que fosse difícil engolir.

Ela era Refeita (escória Refeita), ele sabia, ele via, e ainda assim sentia sem parar o que estava dentro de si, e sentiu a grande sarna do hábito e do preconceito separar-se dele, sair de sua pele, que sua terra natal havia infectado até o fundo.

Cure-me, pensou ele, sem entender o que pensava, esperando reformar-se. Houve dor cáustica quando arrancou o coágulo da vida antiga e se expôs inseguro a ela, ao novo ar. Respirava rápido outra vez. Seus sentimentos transbordaram e fluíram juntos (cessou a infecção), e começaram a definir-se, recuperar-se sob nova forma, cicatrizar.

– Minha garota Refeita, disse, em dúvida, e ela lhe perdoou aquilo, de imediato, pois sabia que ele não tornaria a pensar assim.

Não foi fácil, com os cotos de suas pernas rebitados ao metal, em estreito V, separado apenas ligeiramente e tendo apenas cinco centímetros de carne na parte interna das coxas abaixo da boceta. Não podia abrir-se para ele ou deitar-se de costas. Não foi fácil.

Mas perseveraram, e conseguiram.)

CAPÍTULO 9

Shekel procurou Bellis e pediu-lhe que o ensinasse a ler.

Conhecia as figuras do alfabeto de ragamina, disse, e tinha uma noção aproximada do som que cada letra fazia. Mas aquilo era esotérico para ele. Nunca tentara unir as letras para formar palavras.

Shekel parecia contido, como se seus pensamentos estivessem longe dos corredores da biblioteca. Demorava mais que de costume para sorrir. Não falou de Tanner Sack, ou de Angevine, cujo nome vinha pontuando suas conversas recentes. Queria saber apenas se Bellis o ajudaria a ler.

Ela passou mais de duas horas após o expediente na companhia dele, repassando o alfabeto. Shekel sabia os nomes das letras, mas seu entendimento delas era abstrato. Bellis o fez escrever seu nome, que o garoto rabiscou sem habilidade: parou na metade da segunda letra e pulou até a quarta, após o que retornou e preencheu os espaços faltantes.

Sabia seu nome por escrito, mas apenas como linhas a caneta.

Bellis disse-lhe que letras eram instruções, ordens para produzir os sons que iniciavam seus nomes, na maioria das vezes. Escreveu seu próprio nome e deixou um intervalo de dois centímetros entre cada letra e sua vizinha. Então, disse a Shekel que obedecesse às ordens que elas lhe davam.

Esperou enquanto ele titubeava ao longo do *bê* e *ee* e *li li ii ss.* Depois aproximou mais as letras e mandou-lhe que lhes obedecesse, ainda devagar, outra vez. E mais outra vez.

Afinal, juntou os caracteres numa única palavra, e o fez repetir o exercício rapidamente, fazer o que as letras ordenavam (– veja, tão próximas entre elas) num só fôlego.

Bê ee li li ii ss.

(Confuso com a linguodental dupla, como ela esperava.)

Shekel tentou outra vez. A meio caminho parou e começou a sorrir. Lançou a Bellis um olhar tão cheio de alegria que a tomou de surpresa. Havia dito seu nome.

Após ter-lhe mostrado os rudimentos de pontuação, teve uma ideia. Caminhou com ele por entre as entranhas dos navios, passando por seções de ciências e humanidades, onde eruditos curvavam-se ao lado de lamparinas e pequenas janelas, até lá fora, em meio aos prédios e sob o chuvisco, atravessando a ponte e chegando ao *Memória Corrosiva.* Era um galeão que ficava na margem exterior da Biblioteca das Grandes Engrenagens. Continha livros infantis.

Havia pouquíssimos leitores no convés das crianças. As estantes à volta dele ostentavam cores berrantes. Bellis corria os dedos pelas lombadas enquanto caminhava, e Shekel fitava os livros com profunda curiosidade. Detiveram-se na popa do navio, cravejada de escotilhas e adernada acentuadamente em relação a eles, coberta por um aclive de livros.

– Veja – disse Bellis –, consegue enxergar daqui? – Indicou a placa de latão. – Rag. A. Mina. Ragamina. São livros em nosso idioma. A maioria deles deve ter vindo de Nova Crobuzon.

Apanhou alguns e os abriu. Congelou por uma fração de segundo, rápido demais para que Shekel percebesse. Nomes manuscritos a espiavam a partir das primeiras páginas internas, mas aqueles tinham sido rabiscados com giz de cera, em caligrafias infantis.

Bellis virou as páginas rapidamente. O primeiro livro era para os muito pequenos, grande e colorido com esmero, à mão e no estilo simplista da *Ars Facilis,* que fora popular fazia sessenta anos. Era a história de um ovo que dera combate a um homem feito de colheres e venceu, tornando-se prefeito do mundo.

O segundo era para crianças mais velhas. Uma história de Nova Crobuzon. Bellis espantou-se ao ver gravuras dos Espinhaços, do Espigão e da Estação Perdido. Correu os olhos sobre ele, folheando rápida e torcendo a boca com divertido pouco-caso diante da história grotescamente falsa. Os relatos sobre o Círculo do Dinheiro, a Semana da Poeira e, suprema vergonha, sobre as Guerras Piratas, todos sugeriam, em linguagem pueril e dissimulada, que Nova Crobuzon era um bastião de liberdade que havia prosperado apesar das circunstâncias mais desfavoráveis e injustas.

Shekel a observava fascinado.

– Tente este – disse ela, e estendeu-lhe o *Ovo corajoso.* Ele o segurou com reverência. – É para crianças pequenas. Não se preocupe com a história, é tola demais para você. Não significa nada. Mas quero saber se você consegue perceber a trama, entender o que está acontecendo. Basta interpretar as palavras, como lhe mostrei. Siga as ordens das letras, diga as palavras em voz alta. Algumas você não entenderá. Quando encontrar uma delas, anote-as e traga-me a lista.

Shekel a encarou surpreso.

– Anotar?

Ela viu o que se passava com ele. O garoto ainda se relacionava com as palavras como se fossem entidades externas: sutis estímulos que ele agora começava a entender, somente um pouco. Porém, ainda não concebia ser capaz de usá-las para codificar seus próprios segredos. Não se dera conta de que, ao aprender a ler, aprendia a escrever.

Bellis encontrou no bolso um lápis e um pedaço de papel meio usado, e os estendeu a Shekel.

– Apenas copie as palavras que não entender, as letras na ordem exata em que aparecerem no livro. E traga para mim – disse.

Ele a olhou, e disparou outro sorriso beatífico.

– Amanhã – ela continuou –, quero que venha às cinco horas, e irei perguntar-lhe sobre a história do livro. Você me lerá trechos. – Shekel a encarou enquanto segurava o livro, e assentiu vivamente, como se tivessem chegado a um acordo de negócios em Charco do Cão.

O comportamento de Shekel mudou quando deixaram o galeão. Assumiu outra vez a postura arrogante, e começou a pavonear-se ao andar. Até mesmo contou a Bellis sobre sua gangue das docas. Mas segurava firme o *Ovo corajoso*. Bellis tirou o livro com seu próprio cartão, ato de confiança que realizou sem pensar e que deixou o garoto profundamente emocionado.

Fazia frio naquela noite, mais uma vez, e Bellis sentou-se junto ao fogão. A necessidade implacável de cozinhar e comer começava a irritá-la. Fez ambas as coisas sem prazer, tão rápido quanto possível. Depois, acomodou-se com os livros de Tearfly e continuou a esquadrinhá-los, tomando notas. Às nove, parou e apanhou sua carta.

Escreveu.

Triste-feira, 27 de Poeira, 1779 (embora não signifique nada neste lugar. Aqui é 1 de Sepredi de Bicaçor Quarto, 6/317), Chaminé do *Cromolito.*

Não deixarei de procurar por pistas. No início, quando lia os livros de Johannes, abria-os aleatoriamente e os folheava da mesma maneira. Ordenava o que podia, usando fragmentos, aguardando inspiração. Mas percebi que assim não posso fazer progresso.

O trabalho de Johannes, disse-me ele, é uma das forças motrizes desta cidade. A natureza do plano de que faz parte, o qual não quis descrever, mas que é importante o suficiente para Armada arriscar um ato de consumada pirataria contra a maior potência de Bas-Lag, deve estar escondida entre as páginas de seus livros. Com efeito, foi um desses livros que o tornou irresistível aos Amantes. Mas não consegui nem mesmo imaginar qual de suas obras é a “leitura obrigatória” de sua pesquisa secreta, à qual se referiu.

De modo que os leio com cuidado, um por vez; começo no prefácio e continuo até o índice. Coleto informações. Tento intuir que propósito pode haver nessas obras.

Não sou cientista, está claro. Nunca li livros como esses. Muito do que está neles me é obscuro.

"O *acetábulo* é uma depressão no lado externo do osso coxal, ali onde o ílio funde-se ao ísquio."

Leio tais frases como se fossem poesia: ílio, ísquio, osso coxal; ectocuneiforme e crista cnemial; plaquetas e trombina, queloide, *cicatrix*.

O livro de que menos gostei até agora foi *Anatomia do sardula*. Johannes foi lacerado, certa vez, por um sardula jovem, e deve ter sido na época em que pesquisou para esse livro. Posso imaginar a criatura caminhando de um lado a outro, dentro da jaula, submetida a vapores soporíficos, atacando ao sentir-se apagar. E então morta, transferida para um livro frio que arrancou a paixão de Johannes junto com a pele do sardula. Lista enfadonha de ossos, veias e tendões.

Meu favorito entre os livros me surpreendeu. Não é *Teorias da megafauna*, ou *Vida transplanar*, volumes tanto de filosofia quanto de zoologia, dos quais, portanto, esperei sentir-me mais próxima. Achei suas ponderações abstrusas intrigantes, porém vagas.

Não, o volume que li com mais intimidade, que pensei entender, que me manteve fascinada, foi *Predadores das poças de maré da Baía de Ferro*.

Que intricada concatenação de narrativas! Cadeias de selvageria e metamorfose. Consigo vê-las. Caranguejos-diabos e poliquetas. O murex roendo um orifício na armadura de sua presa. A prolongada abertura de uma vieira por uma estrela-do-mar faminta. Uma actínia devorando um jovem caboz, com um golpe implosivo.

É uma pequena e vívida paisagem marinha que Johannes evocou para mim, de pó de concha, ouriços-do-mar e marés impiedosas.

No entanto, nada me diz sobre os planos da cidade. O esquema que os governantes de Armada têm em mente. Terei de cavar mais fundo para encontrá-lo. Continuarei lendo os livros. São as únicas pistas que tenho. E não farei disso um modo de entender Armada, para que eu aprenda a viver feliz em minha chaminé enferrujada. Compreenderei *aonde vamos* e *por quê*. Para que eu possa escapar.

Houve uma batida repentina na porta. Bellis ergueu a cabeça, alarmada. Eram quase onze horas.

Pôs-se em pé devagar e desceu a estreita escada em espiral no centro do quarto circular. Johannes era a única pessoa que sabia onde ela morava, e não lhe havia falado desde a altercação deles no restaurante.

Bellis andou de leve até a porta, esperou e ouviu outra vez as batidas nítidas. Será que ele tinha vindo se desculpar? Será que ela queria vê-lo, reabrir a porta para aquela amizade?

Percebeu que ainda estava zangada com ele, e um pouco envergonhada.

Ouviu-se uma terceira salva de batidas, e Bellis avançou, com o rosto sério, pronta para ouvir o que ele tinha a dizer e mandá-lo embora. Quando abriu a porta, estacou, e sua boca se abriu de espanto. A lacônica repreensão que tinha pronta esvaiu-se dela junto com seu fôlego.

Parado à soleira, encolhido de frio e olhando para ela cautelosamente, estava Silas Fennec.

Ficaram sentados em silêncio durante algum tempo, bebendo o vinho que Fennec trouxera.

– A senhorita saiu-se bem – disse ele afinal, olhando com admiração à volta do maltratado cilindro de metal que era o quarto. – Muitos de nós recém-chegados moramos em lugares bem menos atraentes. – Ela ergueu a sobrancelha, mas ele assentiu novamente. – Juro-lhe que é verdade. A senhorita ainda não viu?

Estava claro que não.

– Onde o senhor mora? – perguntou ela.

– Perto do distrito de Tu-E-Teu – respondeu –, na base de um veleiro. Sem janelas. – Deu de ombros. – São seus? – Apontou para os livros sobre a cama.

– Não – disse ela, e os guardou rapidamente. – Deixaram-me ficar somente com meu caderno. Levaram embora até mesmo os malditos livros que *eu mesma escrevi*.

– O mesmo comigo – disse Fennec. – Tudo o que me sobrou foi o diário. É o registro de anos de viagens. Ficaria arrasado se o tivesse perdido – sorriu.

– Que trabalho o mandaram fazer? – perguntou Bellis, e ele deu de ombros mais uma vez.

– Consegui evitar a coisa toda. Faço o que quero fazer. A senhorita trabalha na biblioteca, não é?

– Como? – disse ela bruscamente. – Como o senhor os manteve longe de sua vida? Como sobrevive?

Ela observou durante algum tempo, sem responder.

– Recebi três ou quatro ofertas. Foi o mesmo com a senhorita, imagino. Respondi à primeira que havia aceitado a segunda, à segunda que havia aceitado a terceira, e assim por diante. Ninguém se importa. E como sobrevivo, bem… tornar-se indispensável é mais fácil do que se pode imaginar, senhorita Vinhofrio. Proporcionar serviços, oferecer qualquer coisa pela qual as pessoas paguem. Informação, na maior parte… – Sua voz foi se apagando devagar.

Bellis ficou perplexa com a sinceridade de Fennec, que sugeria conspirações e submundos em torno dela.

– Veja… – disse ele, de repente. – Sou-lhe grato, senhorita Vinhofrio. Sinceramente grato.

Bellis aguardou.

– A senhorita estava lá, em Cidade Salkrikaltor. Ouviu a conversa entre mim e o falecido capitão Myzovic. Deve ter-se perguntado o que havia na carta para fazer o capitão infeliz daquele modo, para excluí-la, mas permaneceu em silêncio. Estou certo de que percebeu que a situação poderia se tornar... muito difícil para mim, quando fomos capturados por Armada, mas não disse nada. E fico-lhe grato.

– A senhorita não disse nada, não é? – acrescentou com incontida ansiedade. – Como eu já disse, estou muito agradecido.

– Quando nos falamos pela última vez, a bordo do *Terpsichoria* – comentou Bellis –, o senhor me disse que seu retorno imediato a Nova Crobuzon era vital. E agora?

Ele meneou a cabeça, constrangido.

– Hipérbole e... mentiras, pura bosta – disse. Olhou para ela, que não demonstrou desaprovar a má linguagem. – Tenho o hábito de exagerar. – Desdenhou do assunto com um aceno de mão. Houve uma pausa incômoda.

– O senhor consegue expressar-se em sal? – perguntou Bellis. – Presumo que, para o trabalho que faz, isso seja necessário, senhor Fennec.

– Tive muitos anos para aperfeiçoar meu sal – disse ele no idioma, fluente e conhecedor, com um sorriso franco. E continuou em ragamina. – E... bem, não uso esse nome aqui. Se a senhorita me permite, sou conhecido aqui como Simon Fench.

– Então, onde o senhor aprendeu sal, senhor Fench? – disse Bellis. – O senhor havia mencionado suas viagens...

– Diabos. – Parecia divertido e envergonhado. – A senhorita faz o nome parecer uma imprecação. Pode me chamar como quiser, senhorita Vinhofrio, nestes aposentos. Porém, lá fora, peço-lhe que me conceda o favor. Rin Lor. Aprendi sal em Rin Lor, e nas fronteiras externas das Ilhas Piratas.

– O que fazia lá?

– O mesmo que faço em toda parte – disse ele. – Compro e vendo. Faço comércio.

– Tenho trinta e oito anos – ele disse, após terem bebido mais vinho e Bellis ter remexido no fogão. – Antes de meus vinte anos, já era comerciante. Sou cidadão de Nova Crobuzon, não me entenda mal. Nascido e criado à sombra dos Espinhaços. Porém, duvido que tenha passado quinhentos dias na cidade nos últimos vinte anos.

– O que o senhor negocia?

– Qualquer coisa. – Deu de ombros. – Peles, vinho, motores, gado, livros, trabalho braçal. Qualquer coisa. Bebidas destiladas por couro na tundra ao norte de Jangsach, couro por segredos em Hinter, segredos e obras de arte por trabalho e especiarias em Alta Cromlech...

Sua voz se dissipou quando Bellis o encarou.

– Ninguém sabe onde fica Alta Cromlech – disse ela, mas ele meneou a cabeça.

– Alguns de nós sabemos – disse em voz baixa. – Agora, quero dizer, sabemos agora. Ah, é uma jornada difícil como os diabos, admito. A partir de Nova Crobuzon não se pode ir rumo ao norte através das ruínas de Suroch, e ao sul acrescentam-se centenas de quilômetros, passando por Vadaunk e pela Nódoa Cacotópica. Assim, vai-se pelo Passo do Penitente até o Mato de Olhelminto, circunda-se Água Estéril, então ao longo da fronteira do Reino de Kar Torrer e para além do Canal da Garra Fria... – Sua voz dissipou-se e Bellis continuou atenta, esperando o que viria em seguida.

– Chega-se aos Rompejoões e depois a Alta Cromlech.

Bebeu um demorado gole de vinho.

– Ficam nervosos com forasteiros. Isto é, forasteiros vivos. Mas deuses sabem que dava pena olhar para nós. Tínhamos estado na estrada por meses, havíamos perdido catorze homens. Viajamos de dirigível, barca, lhama e pterano e quilômetros e mais quilômetros a pé. Permaneci lá por meses. Trouxe de volta a Nova Crobuzon muitas... coisas incríveis. Digo-lhe que já vi coisas mais estranhas do que esta cidade.

Bellis não conseguiu falar nada. Lutava contra o que acabara de ouvir. Alguns dos lugares mencionados eram virtualmente mitológicos. A ideia de que Fennec os houvesse visitado – vivido neles, por São Falastrão – era extraordinária, mas Bellis não achava que ele estivesse mentindo.

– A maioria dos que tentam chegar até lá morre – disse em tom objetivo. – No entanto, se alguém conseguir, se alcançar as Garras Frias, principalmente as praias distantes... bem, estará feito. Terá acesso às Minas dos Rompejoões, às campinas ao norte de Hinter, à Ilha de Yanni Seckilli no Mar da Garra Fria. E estão ansiosos por fazer negócios, garanto-lhe. Passei lá quarenta dias, e o único comércio verdadeiro que têm é com os selvagens do norte, que chegam em coracles, trazendo mercadorias como carne-seca curada. Da qual só se aguenta comer determinada quantidade – riu –, mas seu principal problema é que Os Gengris bloqueiam o sul, não deixam que forasteiros viajem naquela direção. Qualquer um que consiga passar por ali, vindo do sul, é tratado como filho pródigo.

– Quando se chega até lá, tem-se acesso a todos os tipos de informação, lugares, bens e serviços que ninguém mais possui. É por isso que tenho... um acordo com o Parlamento. Por isso tenho aquela carta que me confere poderes para requisitar navios, diante de circunstâncias específicas; confere-me certos direitos. Estou em posição de fornecer à cidade informações que não se pode obter em nenhum outro lugar.

Fennec era um espião.

– Quando Seemly cruzou o Oceano Bravio e encontrou Bered Kai Nev, há seis séculos e meio – disse –, o que você acha que carregava em seus porões? O *Mantídeo Fervoroso* era um grande navio, Bellis... – deteve-se. Ela não o havia autorizado a tratá-la pelo primeiro nome, mas Bellis não deu sinal de desaprovação, e ele continuou. – Carregava aguardente e seda, espadas e ouro. Seemly procurava por negócios. Foi isso que nos abriu o continente oriental. Todos os exploradores de quem já tenha ouvido falar, Seemly, Donleon, Brubenn; talvez Libintos e o raio do Falastrão também, eram mercadores – disse, com vivacidade infantil.

– Pessoas como eu trazem os mapas e as informações. Podemos oferecer conhecimento como ninguém mais. Podemos negociá-lo com o governo. Essa é minha incumbência. Não há exploração ou ciência, existe apenas comércio. *Mercadores* viajaram a Suroch e trouxeram os mapas que Dagman Beyn usou nas Guerras Piratas.

Viu a expressão de Bellis e notou que aquela história, em especial, não apresentava uma imagem muito positiva dele e de seus colegas.

– Mau exemplo – murmurou, e Bellis teve de rir de seu constrangimento.

– Recuso-me a viver aqui – disse Bellis. Eram quase duas da manhã, e observava estrelas à janela. Arrastavam-se com lentidão excruciante ao longo da vidraça, enquanto Armada era rebocada aos poucos.

– Não gosto daqui. Ressinto-me de ter sido sequestrada. Entendo por que alguns dos outros forçados do *Terpsichoria* não se importam... – disse aquilo de má vontade, como paliativo da culpa que Johannes lhe havia inculcado, e sabia, para seu desconforto, que era gravemente insatisfatório, que aviltava a liberdade que fora concedida à carga humana do *Terpsichoria.* – Mas não passarei a vida inteira aqui. Voltarei para casa, em Nova Crobuzon.

Falou com dura certeza, a qual não possuía por completo.

– Eu não – disse ele. – Entenda, gosto de retornar e viver a vida urbana, depois de uma viagem ou outra, jantares em Chnum, essas coisas, mas não conseguiria *morar* na cidade. Embora entenda por que você gosta de lá. Vi muitas cidades, e nenhuma se compara. Porém, sempre que passo lá mais de duas semanas, começo a sentir-me claustrofóbico. Encurralado pela sujeira, pelos mendigos e pelo povo... e pela enrolação que matraqueiam no Parlamento. Até mesmo quando estou no centro da cidade, sabe? Praça BilSantum, Colina da Bandeira ou Chnum; ainda me sinto como se estivesse preso em Charco do Cão ou Ladovil. Não consigo ignorar. Tenho de sair. Quanto aos filhos da puta que governam o lugar...

Bellis estava interessada em sua deslealdade assumida. Ele vivia a soldo do maldito governo de Nova Crobuzon, afinal de contas. Mesmo através da tênue neblina do vinho, ela entendia friamente que tinham sido os patrões dele a obrigá-la a fugir.

Mas Fennec não demonstrava nenhuma dedicação a seus empregadores. Difamava as autoridades crobuzonenses com humor boêmio.

– São serpentes – prosseguiu. – Rudgutter e todos os outros, não prestam nem para mijar em cima. Diabos, eu tomo o dinheiro deles. Se querem pagar-me para contar-lhes coisas que ficaria satisfeito em contar de qualquer modo, devo dizer não? No entanto, não são meus amigos. Não posso sentir-me tranquilo em sua cidade.

– Então tudo isso... – Bellis falou com cuidado, tentando sondá-lo. – Não é nenhum contratempo estar aqui? Se você não morre de amores por Nova Crobuzon...

– Não – ele interrompeu de maneira rude, muito diferente da amável arrogância que havia demonstrado até então. – Não foi o que eu disse. Sou um sujeito de Nova Crobuzon, Bellis. Devo ter um lar ao qual retornar... mesmo se para abandoná-lo outra vez. Não sou desarraigado, não sou um andarilho duvidoso. Sou negociante, mercador, com base e residência em Gidd Oriental, com amigos e contatos, e sempre voltarei a Nova Crobuzon. Aqui... sou prisioneiro. Esse não é o tipo de exploração que tenho em mente. Diabos *me carreguem* se ficar aqui por muito mais tempo.

Ao ouvir aquilo, Bellis abriu outra garrafa de vinho e serviu-lhe mais um pouco.

– O que você fazia em Salkrikaltor? – perguntou. – Mais *negócios*?

Fennec meneou a cabeça.

– Fui apanhado – disse. – As patrulhas de Salkrikaltor às vezes atuam a centenas de milhas da cidade, para verificar os cercados. Uma daquelas embarcações apanhou-me nas cercanias do Canal do Basilisco. Eu rumava para o sul a bordo de um subnáutilo estropiado, muito lento e cheio de vazamentos. Os lagostins dos baixios a leste dos Sols contaram-lhes sobre aquela banheira de aparência duvidosa que claudicava perto dos limites de sua aldeia. – Deu de ombros – Fiquei lívido de medo ao ser apanhado, mas acho que me fizeram um favor. Duvido que eu sobrevivesse à viagem. Quando afinal conheci um lagostim que me pudesse entender, já estávamos longe, em Cidade Salkrikaltor.

– Você vinha de onde? – perguntou Bellis. – Das Ilhas Jhesshul?

Fennec sacudiu a cabeça e a observou, por vários segundos, sem falar.

– Nada disso, vim atravessando as montanhas. Estava no Mar da Garra Fria. Em Os Gengris.

Bellis o encarou de súbito, pronta para rir ou bufar de desdém, mas notou a expressão no rosto dele, que assentiu devagar.

– Os Gengris – disse ele novamente, e ela desviou o olhar, atônita.

Mais de mil milhas a oeste de Nova Crobuzon havia um enorme lago, quatrocentas milhas de uma margem até a outra. O Lago da Garra Fria.

De seu extremo norte, projetava-se o Braço da Garra Fria, corredor de água doce com cem milhas de largura e oitocentas de comprimento. Na extremidade norte, o braço expandia-se súbita e imensamente, e espraiava de volta ao leste por quase toda a largura do continente, estreitando-se como uma garra para tornar-se o recurvo e denteado Mar da Garra Fria.

Aquelas eram as Garras Frias, massa de água confluída, vasta demais para ser algo menos que um oceano. Imenso mar interior de água doce, circundado por montanhas, matagal e pântanos, além das poucas, remotas e duras civilizações que Fennec alegava conhecer.

Na orla do extremo leste, o Mar da Garra Fria separava-se da água salgada do Oceano Bravio por uma faixa mínima de terra, fita de rochas montanhosas com menos de cinquenta quilômetros de largura. O afilado extremo sul do mar – a ponta da garra – ficava quase diretamente ao norte de Nova Crobuzon, a mais de setecentas milhas de distância. Porém, os poucos viajantes que empreendiam a jornada a partir da cidade sempre corrigiam a rota um pouco para oeste, para atingir as águas do Mar da Garra Fria a cerca de duzentas milhas do vértice sul. Porque, alojado como impureza na protuberância de mar, havia um lugar extraordinário e perigoso, algo entre ilha, cidade semissubmersa e mito. Uma zona estéril e anfíbia, sobre a qual o mundo civilizado quase nada sabia a não ser que existia, e era perigosa.

O lugar era chamado de Os Gengris.

Dizia-se que era o lar dos grendelos, demônios ou monstros aquáticos, ou prole incestuosa e degenerada de homens e mulheres, conforme a história em que se acreditasse. Dizia-se que era assombrado.

Os grendelos, ou Os Gengris (a distinção entre raça e local era imprecisa), controlavam o sul do Mar da Garra Fria com poder inquebrantável e isolacionismo caprichoso e cruel. As águas ali eram letais e inexploradas.

E ali estava Fennec afirmando – o quê? – ter vivido lá?

– Não é verdade que lá não há forasteiros – dizia, e Bellis aquietou seus pensamentos o suficiente para continuar a ouvi-lo. – Existem até mesmo uns poucos humanos locais, nascidos e criados em Os Gengris... – Comprimiu os lábios. – E "criados" é a palavra certa, embora eu não esteja seguro de que "humanos" ainda seja. Serve-lhes bem que todos pensem que o lugar é... um pedacinho do Inferno ali no mar, além de qualquer limite concebível. Mas, porra, recebem mercadores, igual a todo mundo. Há alguns vodyanoi, meia dúzia de humanos... e outros. Estive lá por mais de meio ano. Bem, é perigoso como lugar algum que eu já tenha visto, não me entenda mal. Sabe-se que, quando se negocia com Os Gengris, as regras... são muito diferentes, que nunca serão apreendidas, que nunca será possível entender. Fazia seis semanas que eu estava lá quando meu melhor amigo, um vodyanoi de Jangsach que vivera lá durante sete *anos*, negociando de um lado para outro... foi levado embora. Nunca descobri o que aconteceu com ele, ou por quê – disse Fennec, incisivo. – Talvez tenha insultado um dos deuses grendelos, ou talvez o categute que oferecia não fosse espesso o suficiente.

– Por que você ficou, então?

– Porque, caso se conseguisse sobreviver – disse, com animação repentina –, valia a pena. Não havia razões para o comércio dos grendelos, não adiantava pechinchar ou adivinhar intenções. Pediam-me um barril de sal e contas de vidro, em partes iguais? Muito bem. Sem perguntas, sem detalhes, já providencio. Frutas mistas? Aqui estão. Bacalhau, serragem, resina, cogumelos, não me importava. Porque, por Falastrão, quando pagavam, quando ficavam contentes... Valia a pena.

– Mas você foi embora.

– Fui embora – suspirou Fennec. Levantou-se começou a remexer no guarda-louça. Bellis não o repreendeu.

– Estive lá por meses. Comprando, vendendo, estudando Os Gengris e seu meio ambiente... mergulhando, entenda... e escrevendo em meu diário. – Falava de costas para ela, com uma chaleira na mão. – Então fiquei sabendo que tinha... que tinha transgredido. Que os grendelos estavam furiosos comigo, e que minha vida estava acabada a não ser que eu fugisse, e rápido.

– O que você fez?

– Não tenho ideia – disparou. – Nenhuma ideia. Talvez os rolamentos de esfera que vendi fossem feitos do metal errado, ou a lua estivesse na casa errada, ou algum mago grendelo houvesse morrido, e culparam a mim. Não sei. Apenas soube que tinha de ir embora.

– Deixei para trás algumas coisas, pistas falsas. Veja... àquela altura eu já conhecia muito bem a ponta sul do Mar da Garra Fria. Eles preferem mantê-la secreta, mas eu conseguia orientar-me ali melhor do que se esperaria de um forasteiro. Há túneis. Fissuras na crista rochosa que separa o Mar da Garra Fria do Oceano Bravio. Através daquelas fendas se vai à costa.

Deteve-se e olhou para o céu lá fora. Eram quase cinco horas.

– Tentei rumar para o sul quando cheguei ao oceano, mas fui arrastado até as margens do canal. Onde os lagostins me encontraram.

– E esperou que um navio de Nova Crobuzon o levasse para casa – disse Bellis. Ele assentiu. – O *Terpsichoria* rumava na direção errada, de maneira que você decidiu requisitá-lo... com os poderes conferidos por sua cartinha.

Fennec mentia, ou omitia parte importante da verdade. Aquilo era banalmente óbvio, mas Bellis não comentou. Se ele quisesse preencher as lacunas da história, iria fazê-lo. Decidiu que não o importunaria.

Ao recostar-se na poltrona, tendo ao lado a xícara de chá bebida pela metade, sobre o piso irregular, sentiu uma repentina onda de cansaço, tão intensa que, de um momento para outro, mal conseguia falar. Viu a primeira e doentia luz da aurora e soube que era tarde demais para dormir.

Fennec a observava. Viu-a tombar de exaustão. Estava mais desperto que ela. Preparou outra xícara de chá enquanto ela cedia a momentos de cochilo que lhe vinham como pequenas ondas. Bellis flertava com sonhos.

Ele começou a contar histórias sobre seu período em Alta Cromlech.

Contou-lhe dos cheiros da cidade, pó de sílex, podridão e ozônio, mirra e especiarias de embalsamamento. Contou-lhe da quietude onipresente, dos duelos, e dos homens de altas castas que traziam os lábios costurados. Descreveu a descida da Bonestrasse, imensas casas que assomavam em ambos os lados sobre catafalcos adornados, os Rompejoões visíveis no final da estrada, espalhando-se por quilômetros. Falou durante quase uma hora.

Bellis sentou-se, de olhos abertos, sobressaltando-se de vez em quando ao lembrar que estava acordada. À medida que as histórias de Fennec arrastavam-se para leste, ao longo de dois mil e quinhentos quilômetros, e ele começava a contar sobre as capelas de malaquita de Os Gengris, ela ia percebendo uma crescente leva de berros e algazarra, vinda dos conveses. Armada despertava lá embaixo. Então se pôs em pé, ajustou os cabelos e as roupas, e disse a Fennec que ele tinha de ir.

– Bellis – disse ele, na escadaria. Antes, quando a tratara pelo primeiro nome, havia sido a espúria intimidade noturna. Ouvi-lo chamá-la de *Bellis,* daquela maneira, com o sol alto e o povo desperto em torno deles, era diferente. Mas não disse nada, o que deu a ele permissão para continuar.

– Bellis, obrigado novamente. Por... proteger-me. Por não dizer nada sobre a carta. – Ela o encarou de rosto fechado, e ficou em silêncio. – Quero vê-la outra vez, logo. Espero que esteja bem por você.

Mais uma vez ela não disse nada, consciente da distância que a luz do dia interpunha entre eles, e das muitas coisas que ele não revelara. Ainda assim não se importava de que voltasse a visitá-la. Fazia muito tempo que não conversava daquele modo.

CAPÍTULO 10

Havia pouquíssimas nuvens naquela manhã. O céu estava severo e vazio.

Tanner Sack não ia até as docas. Caminhava em direção à proa da cidade, sobre as embarcações industriais que cercavam sua casa. Tomou a direção do pequeno emaranhado de naus que formava as docas, pontuado de bares e riscado de becos. Já tinha o passo de marujo, seus quadris se mexiam de modo inconsciente, de acordo com as oscilações da calçada sobre o mar.

Estava cercado de tijolos e vigas alcatroadas. Os ruídos dos navios-fábricas e da sonda *Sorgo* refluíam atrás dele, perdendo-se entre os meandros da cidade. Seus tentáculos balançavam e se moviam com suavidade. Trazia-os envolvidos em refrescantes bandagens encharcadas de água do mar.

Na noite passada, pela terceira vez sucessiva, Shekel não voltara para casa.

Estivera com Angevine novamente.

Tanner pensou em Shekel e na mulher, ainda um pouco envergonhado de seu próprio ciúme. Ciúme de Shekel ou de Angevine: era um nó de ressentimento apertado demais para se desfazer. Tentava não se sentir abandonado, o que sabia ser injusto. Decidiu que tomaria conta do garoto, não importava o que acontecesse, manteria para ele um lar ao qual retornar sempre que desejasse. Iria deixá-lo partir com tanto brio quanto conseguisse demonstrar.

Apenas se sentia triste por tudo ter acontecido tão rápido.

Tanner podia ver os mastros do *Grande Oriental*, que dominavam o horizonte a boreste. Aeróstatos navegavam como submersíveis entre o cordame da cidade. Desceu até o Mercado de Palhinverno e prosseguiu sobre os barquinhos acostados por vendedores e apinhados de clientes matutinos.

Ali a água ficava muito perto dele, logo abaixo dos pés. Latejava em torno, nos sulcos entre os barcos que formavam o bazar, carregada de lixo. O ruído e o cheiro eram fortes.

Fechou os olhos por um instante, e imaginou-se flutuando na fresca água salgada. Mergulhando, sentindo a pressão aumentar enquanto o mar o afagava. Seus tentáculos agarrando peixes que passavam. Desvendando os mistérios do lado submerso da cidade: as formas negras e imprecisas a distância; os jardins de massa orgânica, favas-do-mar e algas.

Tanner sentiu sua determinação aumentar e acelerou o passo.

No distrito de Ponta do Relógio, quase se perdeu no ambiente que não lhe era familiar. Verificou com cuidado seu mapa traçado à mão e encontrou o caminho ao longo de passadiços sinuosos, estendidos sobre barcos baixos, e através de caravelas adornadas, até o *Roladunas,* um velho e gordo navio de artilharia. Uma torre de aparência instável titubeava à popa, presa por tirantes ao cordame.

Aquele era um bairro tranquilo. Até mesmo a água que corria entre os barcos parecia comedida. Era uma vizinhança de taumaturgos e apotecários de fundo de quintal, os cientistas de Biblioburgo.

Dentro do escritório no topo da torre, Tanner olhou pela janela de formato imperfeito. Podia ver, além da inquieta paisagem de navios, o horizonte que se inclinava gentilmente, para cima e para baixo na moldura da janela, à medida que o *Roladunas* adernava com o mar.

Não havia palavra em sal que significasse Refazer. Aprimoramentos ou mudanças sérios não eram comuns. Trabalhos extensos, para aliviar os efeitos das fábricas de punição de Nova Crobuzon ou, raramente, para propósitos mais arrojados, dependiam de um punhado de profissionais. Biotaumaturgos autodidatas, médicos especialistas e quirurgiões, e, afirmavam os rumores, uns poucos exilados de Nova Crobuzon, cuja especialidade fora aproveitada anos antes, no serviço punitivo do estado.

Para nomear tais mudanças sérias, utilizava-se a palavra em ragamina. Era aquela palavra que enchia a boca de Tanner.

Voltou o olhar para o homem atrás da mesa, que esperava com paciência.

– Preciso de sua ajuda – disse Tanner, vacilante. – Quero ser Refeito.

Tanner vinha pensando naquilo fazia muito tempo.

Sua conciliação com o mar parecia-lhe um parto demorado. A cada dia passava mais tempo submerso e a cada dia a água lhe fazia mais bem. Seus novos membros haviam se adaptado completamente, eram agora tão fortes e quase tão preênseis quanto os braços e as mãos.

Vira com inveja como John Filho da Puta, o golfinho, policiava durante seu turno, atravessando a água salgada com movimentos incomparáveis (quando se lançava para punir algum trabalhador ocioso com uma cabeçada brutal), e como os lagostins, em seus navios semiafundados (suspensos no momento em que se perderiam, enlatados no tempo), ou os peixomens do distrito de Solameno, jogavam-se ao mar, livres de arneses ou correntes.

Quando saía da água, Tanner sentia os tentáculos penderem-lhe incômodos e pesados. Quando mergulhava, preso ao arnês, ao couro e ao latão, sentia-se amarrado e restrito. Queria nadar livre, através e acima da superfície luminosa e, até mesmo, sim, até mesmo, para baixo, para dentro da escuridão fria e muda.

Poderia fazer somente uma coisa. Considerara pedir às docas que o financiassem, o que por certo fariam, para ganhar um trabalhador infinitamente mais eficaz em fazer o que ordenavam. No entanto, à medida que passavam os dias e crescia sua resolução, havia desistido daquele plano, e começado a amealhar *olhos* e *pendões.*

Naquela manhã, em que Shekel estava fora e o céu claro soprava sal sobre ele, percebeu de repente que desejava aquilo, verdadeira e completamente. Com grande felicidade, entendeu não ser vergonha a razão de não pedir por dinheiro. Não era por ser orgulhoso, mas apenas porque o processo e a decisão eram completos, únicos e claros, seus próprios.

Quando não estava com Angevine (momentos que lhe permaneciam na mente, como sonhos), Shekel estava na biblioteca, caminhando entre as torres de livros infantis.

Conseguira ler de cabo a rabo o *Ovo corajoso.* Na primeira vez, havia levado horas. Recomeçara diversas vezes, mantendo o ritmo da melhor forma possível, copiando as palavras que não soubera ler de imediato e emitindo os sons devagar, em voz alta e em ordem, até que o significado penetrasse com dificuldade nos diferentes formatos das letras.

O início foi árduo e pouco natural, mas o processo começou a decorrer com maior facilidade. Releu o livro muitas vezes, mais e mais rápido, sem interessar-se pela história, mas ávido pela sensação inédita do significado que lhe saltava das páginas, vindo de trás das letras como um fugitivo. Quase ficou zonzo, quase quis vomitar. Tudo era tão intenso e enervante. Aplicou a técnica a outras palavras.

Estava cercado por elas: letreiros visíveis na rua comercial além das janelas, letreiros por toda a biblioteca e por toda a cidade, nas placas de bronze de sua cidade natal, Nova Crobuzon, um clamor silencioso. Shekel soube que não haveria modo de tornar-se surdo outra vez a todas aquelas palavras.

Terminou o *Ovo corajoso* e sentiu muita raiva.

Como não me contaram?, pensou furioso. *Quem foi o filho da puta que escondeu isso de mim?*

Quando Shekel foi procurar Bellis em seu pequeno escritório diante da Sala de Leitura, seus modos a surpreenderam.

Estava bastante cansada por conta da visita de Fennec na noite anterior, mas fez algum esforço e concentrou-se em Shekel, perguntou-lhe sobre a leitura. Para sua própria surpresa, achou comovente o fervor com que o garoto respondeu.

– Como está Angevine? – ela perguntou, e Shekel tentou falar, mas não pôde. Bellis o observou.

Havia esperado fanfarronice adolescente e hipérboles, porém Shekel estava visivelmente tolhido por emoções que não aprendera a sentir. Sentiu por ele uma inesperada onda de afeição.

– Estou meio preocupado com Tanner – disse devagar. – Ele é meu melhor camarada, e acho que está se sentindo meio... largado. Não quero que fique puto comigo, sabe? É meu melhor camarada. – Começou a contar-lhe de seu amigo Tanner Sack e, ao fazê-lo, revelou-lhe, tímido, o estado das coisas com Angevine.

Bellis sorriu interiormente diante daquilo; uma tática adulta, que ele havia empregado bem.

Shekel contou-lhe sobre o lar de ambos no navio-fábrica. Contou-lhe sobre as grandes silhuetas que Tanner entrevira embaixo d'água. Começou a recitar as palavras escritas sobre caixas e livros espalhados pela sala. Disse-as em voz alta e as escreveu em tiras de papel, separando-as em sílabas e tratando todas com a mesma imparcialidade analítica, fossem particípios, verbos, substantivos ou nomes próprios.

Enquanto se esforçavam para carregar uma caixa de folhetos botânicos, a porta do escritório abriu-se e um velho entrou acompanhado de uma mulher Refeita. Shekel sobressaltou-se e foi receber os recém-chegados.

– Ange... – começou, mas a mulher (rolando sobre uma crepitante engenhoca instalada em lugar das pernas) meneou veloz a cabeça e cruzou os braços. O homem de cabelos brancos aguardou o final da interação muda entre eles. Ao observá-lo com cautela, Bellis percebeu que ele havia recebido Johannes a bordo. Tintinábulo.

Era musculoso e portava-se altivo apesar da idade. Seu rosto ancião e barbudo, emoldurado por cabelos brancos e muito lisos que lhe desciam até abaixo dos ombros, pareciam transplantados em um corpo mais jovem. Voltou-se para Bellis.

– Shekel – disse ela, em voz baixa –, você se importaria de sair por um momento?

Mas Tintinábulo a interrompeu.

– Não há necessidade disso. – A voz soava muito distante: digna e melancólica. Passou a falar em bom ragmina, com algum sotaque. – A senhorita é neocrobozunense, não é? – Bellis nada disse, e ele assentiu com suavidade, como se ela houvesse respondido. – Tenho falado com todos os bibliotecários, principalmente aqueles que, como a senhorita, catalogam novas aquisições.

O que você não sabe sobre mim?, pensou Bellis, cautelosa. *O que Johannes lhe contou? Ou será que ele me protege, apesar de nossa discussão?*

– Tenho aqui... – Tintinábulo estendeu uma folha de papel. – Tenho aqui uma lista de autores cujos livros nos interessa muito encontrar. São escritores de grande utilidade para nós, em nosso trabalho. Requisitamos sua ajuda. Temos algumas obras de alguns deles, e estamos ansiosos por achar o que mais possamos. Diz-se que outros escreveram volumes específicos pelos quais procuramos.

Sobre outros ainda sabemos apenas rumores. A senhorita verá que três deles têm trabalhos catalogados, livros que já conhecemos. Mas estamos interessados em quaisquer outros.

– É possível que aqueles, ou outros entre esses nomes, surjam na próxima leva que chegar. Ou talvez a biblioteca tenha abrigado suas obras por séculos e estejam perdidas nas estantes. Já procuramos com cuidado nas seções relevantes, biologia, filosofia, taumaturgia, oceanologia, e nada encontramos. Mas podemos ter cometido erros. Gostaríamos que mantivesse vigilância sobre qualquer novo livro que receba, sobre os esquecidos que achar atrás de prateleiras e os não listados que catalogar.

Bellis tomou a lista e a olhou, esperando que fosse muito longa. Porém, datilografados de maneira muito clara, precisamente no centro da folha, havia apenas quatro nomes. Nenhum deles lhe dizia nada.

– Esses são o núcleo de nossa lista – disse Tintinábulo. – Há outros. Uma versão muito mais longa será afixada nas mesas, mas esses quatro pedimos que memorize, que procure... assiduamente.

Marcus Halprin. Aquele era um nome de Nova Crobuzon. Angevine acenava a Shekel sub-repticiamente, enquanto ela e Tintinábulo seguiam devagar até a porta.

Uhl-Hagd-Shajjer (transliteração), Bellis leu. Ao lado estava o original, um conjunto de pictogramas cursivos que ela reconheceu como a caligrafia lunar de Khadoh.

Embaixo havia um terceiro nome, *A. M. Fetchpaw.* – Nova Crobuzon outra vez.

– Halprin e Fetchpaw são relativamente recentes – disse Tintinábulo, no corredor. – Os outros dois achamos que sejam mais antigos, em torno de um século. Deixaremos a senhorita com seu trabalho. Se achar algo que queiramos, cujo autor não esteja listado nos catálogos, venha a meu navio, por favor. Fica na proa de Aquabelone, o *Castor.* Asseguro-lhe que qualquer um que possa ajudar-nos será recompensado.

O que você sabe sobre mim?, Bellis pensou ansiosa, enquanto a porta se fechava.

Suspirou e olhou mais uma vez para o papel. Shekel leu hesitante, sobre o ombro dela, e começou a dizer em voz alta os nomes.

Krüach Aum, Bellis leu afinal, ignorando o lento progresso de Shekel ao longo das sílabas. *Que exótico*, pensou sardonicamente ao ver a escrita, uma variante arcaica de ragamina. *Johannes o mencionou. É um nome Kettai.*

Halprin e Fetchpaw tinham obras listadas no catálogo. As de Fetchpaw eram os volumes um e dois de *Contra Benchamburg: Teoria radical da água.* As de Halprin eram *Ecologias marítimas* e *Biofísica da água salgada.*

Uhl-Hagd-Shajjer tinha grande número de obras listadas, já que cada livro de Khadoh perfazia, em média, pouco mais de quarenta páginas. Bellis tinha suficiente familiaridade com o alfabeto da lunescrita para entender como soavam os títulos, mas não fazia ideia do que significavam.

De Krüach Aum não havia nada.

Bellis observou Shekel ensinando a si próprio a ler, folheando os papéis nos quais anotara as palavras difíceis, rabiscando-lhes acréscimos enquanto pronunciava os sons, copiando palavras de folhas ao seu redor, de arquivos, da lista de nomes que Tintinábulo havia deixado. Era como se tivesse um dia sabido escrever, e agora relembrasse.

Às cinco horas sentou-se com ela e repassou o *Ovo corajoso*. Respondeu às perguntas de Bellis sobre as aventuras do ovo, com cuidado que beirava o cômico. Ela pronunciou devagar as palavras que o garoto não conhecia, sílaba a silaba, e depois passou a orientá-lo entre as confusões de letras mudas ou irregulares. Ele disse que já trazia outro livro pronto, que lera na biblioteca por iniciativa própria, naquele dia.

À noite, pela primeira vez, Bellis escreveu sobre Silas Fennec em sua carta. Zombou de seu pseudônimo, mas admitiu que sua companhia, sua veia arrogante, tinham sido alívios após dias de solidão. Continuou a estudar os *Ensaios sobre feras* de Johannes. Perguntou-se se Fennec apareceria outra vez e, como não apareceu, foi dormir, com um surto de tédio irritado.

Sonhou, não pela primeira vez, com a jornada fluvial à Baía de Ferro.

Tanner sonhava ser Refeito.

Viu-se de volta à fábrica de punição em Nova Crobuzon, onde seus membros extras tinham-lhe sido enxertados, minutos dopados de dor e humilhação. Mais uma vez o ar clamava ruídos industriais e gritos, e ele jazia atado à madeira úmida e manchada. Porém, dessa vez, o homem que se inclinava sobre ele não era um biotaumaturgo mascarado, mas um quirurgião de Armada.

Como havia feito à luz do dia, o quirurgião mostrava-lhe diagramas de seu corpo, com marcas vermelhas nos lugares a serem operados, emendas anotadas como correções no caderno de um escolar.

– Será que vai doer? – Tanner perguntou, e a fábrica de punição dissipou-se, o sono dissipou-se, mas a pergunta permaneceu. *Vai doer?*, pensou deitado em seu quarto agora solitário.

Porém, ao mergulhar outra vez, o anseio retornou-lhe, e percebeu que temia menos a dor que aquele desejo eterno.

Angevine disse a Shekel – severamente – como tratá-la quando estivesse trabalhando.

– Não dá para tentar falar comigo daquele jeito, garoto – disse. – Faz anos que trabalho com Tintinábulo. Aquabelone me paga para cuidar dele, desde que o trouxeram para cá. Ele me treinou bem, e devo-lhe lealdade. Não mexa comigo quando eu estiver trabalhando. Entendeu?

Agora lhe falava em sal, na maioria das vezes, forçando-o a aprender (era dura com ele, queria trazê-lo sem demora para sua cidade). Ao voltar-se para ir embora, Shekel a deteve e gaguejou que não poderia visitá-la em sua cabine naquela noite, que deveria passar a noite com Tanner, que talvez estivesse se sentindo meio para baixo, disse.

– É bom que você pense nele – ela disse. O garoto crescia de tantas maneiras, e tão rápido. Lealdade, desejo e amor não eram suficientes para ela. Aqueles frequentes vislumbres, do homem oculto sob a criança que Shekel vinha abandonando, assaltavam Angevine com verdadeira paixão por ele, maculavam sua vaga afeição maternal com algo mais duro, primitivo e afoito.

– Dê-lhe uma noite – disse ela. – E volte para mim amanhã, amor.

Concedeu-lhe aquela última palavra com cuidado. Ele aprendia a aceitar com graça tais presentes.

Shekel passava horas sozinho na biblioteca, em meio ao panorama das estantes de madeira e velino, de poeira e papel que apodrecia lentamente. Mantinha-se na seção de ragamina, cercado de livros que puxava com delicadeza e abria em torno de si, texto e figuras como flores no chão. Sorvia devagar histórias de patos e garotos pobres que se tornavam reis, de batalhas contra os tróus, e a história de Nova Crobuzon.

Tomava nota de todas as palavras problemáticas cujos sons tentavam escapar-lhe. *Curioso; sabre; rijo; Jhesshul; Krüach.* Praticava-as sem parar.

Enquanto vagava entre as prateleiras trazia consigo seus livros, recolocando-os ao fim do dia, não de acordo com os códigos que não entendia, mas por meio de uma mnemônica inventada que lhe indicava o lugar de um entre o vermelho grande e os pequenos de lombada azul, e de outro na ponta, ao lado do volume com a figura de uma aeronave.

Houve um momento de pânico terrível. Apanhou da parede um livro, e os formatos ali, todas as letras, eram seus amigos. Porém, ao acomodar-se diante deles e começar a murmurá-los, esperando que lhe soassem como palavras na cabeça, descobriu que eram todos algaravia. Tornou-se frenético rapidamente, com medo de haver perdido o pouco que ganhara.

Então percebeu que havia retirado o livro de uma prateleira que ficava ao lado da seção de ragamina, que partilhava do alfabeto que agora era seu, mas que o recompunha num idioma diferente. Shekel ficou estupefato com a compreensão de que aqueles glifos, dominados por ele, poderiam fazer o mesmo trabalho para tantos povos, que não conseguiam entender uns aos outros de modo nenhum. Sorriu ao pensar naquilo. Estava feliz por compartilhar.

Abriu mais volumes estrangeiros, produzindo ou tentando produzir os ruídos que as letras formavam, e rindo do quanto soavam estranhos. Olhou as figuras com atenção e as cotejou outra vez. Concluiu provisoriamente que, naquele idioma, um grupo específico de letras significava "barco"; outro, "lua."

Shekel foi devagar para além da seção de ragamina, apanhando obras aleatórias e espantando-se com as histórias impenetráveis, passeando pelos longos corredores de livros infantis, até alcançar novas prateleiras e abrir um livro cuja escrita não se parecia com nada que conhecesse. Riu, deliciado com as estranhas curvas.

Avançou ainda mais, e achou outro alfabeto. Um pouco mais adiante, havia outro.

Durante horas esteve intrigado e atônito por sua exploração das estantes de idiomas diferentes. Descobriu, nas palavras sem sentido e nos alfabetos ilegíveis, não apenas assombro diante do mundo, mas também os remanescentes do fetichismo ao qual se entregara antes, quando todos os livros haviam existido para ele como aqueles existiam agora, apenas objetos mudos com massa, dimensão e cor, mas sem conteúdo.

Embora não fosse a mesma coisa. Não era o mesmo ver as páginas alheias e saber que teriam significado para uma criança estrangeira, do mesmo modo como o *Ovo corajoso*, a *História de Nova Crobuzon* e a *Vespa na peruca* se haviam revelado a ele.

Fitou os livros em baixo e alto kettai, sunglari, luboque e khadohi, com uma espécie de fascinada nostalgia do próprio analfabetismo, sem sentir-lhe a falta nem mesmo por um segundo.

CAPÍTULO 11

Silas aguardava Bellis quando ela emergiu do *Pinchermarn*. O sol estava baixo sobre o mar. Ela o viu encostado a uma balaustrada, atento à saída dela.

Sorriu quando a avistou.

Jantaram juntos, e conversaram esquivando-se mutuamente, com gentileza. Bellis não sabia dizer se estava contente em vê-lo, ou se estava apenas farta da solidão. De qualquer modo, aceitou a companhia dele.

Silas tinha uma sugestão. Estavam no dia 4 de Livrodi de Bicaçor. Era um dia-de-sangue para os escarazelos, e no distrito de Tu-E-Teu haveria um importante festival de lutas. Muitos dos melhores lutadores do distrito de Arenqueiro viriam demonstrar suas habilidades. Ela já havia visto *mortu crutt,* ou botinarte?

Foi preciso convencê-la. Em Nova Crobuzon, nunca visitara o gladiocirco de Canedbar, ou seus imitadores de menor gabarito. A ideia de assistir a tais combates a repelia um pouco, e a entediava ainda mais. Silas insistiu. Ao observá-lo, ela percebeu que seu desejo de ver as lutas não era motivado por sadismo ou voyeurismo; não sabia a razão, porém parecia-lhe menos vulgar que isso. Talvez vulgar de maneira diferente.

Percebeu também que Fennec estava ansioso para que ela o acompanhasse.

Para chegarem a Tu-E-Teu, voaram sobre o distrito de Arenqueiro, lar dos escarazelos. O aerocoche passou indolente por uma esguia torre de vigas à popa do grande blindado *Therianthropus,* e, dali em diante, para estibordo.

Era a primeira vez de Bellis em Tu-E-Teu. *Já estava na hora*, pensou, envergonhada. Havia se comprometido a entender a cidade, mas sua resolução arriscava minguar e tornar-se outra vez uma nebulosa depressão.

O campo de batalha ficava um pouco adiante da nau capitânia de Tu-E-Teu, um grande galeão de velas recortadas em padrões decorativos, no coração das ruelas mercantes do distrito. A arena era um círculo de pequenos barcos com arquibancadas construídas em gradiente sobre os conveses, de frente para o anel de mar. Gôndolas luxuosas pendiam de dirigíveis em torno da arena. Eram os camarotes dos ricos.

Ao centro, preso por tirantes, estava o palco; uma plataforma de madeira cujas bordas eram cravejadas de lâmpadas a gás para iluminá-la e de barris destinados a mantê-la flutuando. Aquele era o campo de batalha: um círculo de barcos reformados e balões em volta de uma balsa de madeira.

Com um aceno de dinheiro e algumas palavras, Silas liberou dois assentos na primeira fila. Falou sem parar, numa voz baixa que delineava as políticas e as personalidades em torno deles.

– Aquele é o vizir de Tu-E-Teu – explicava. – Veio recuperar o dinheiro que perdeu no início do *quarto.* A mulher ali, de véu, nunca mostra o rosto. Dizem que faz parte do conselho de Larcão. – Os olhos de Fennec moviam-se constantes sobre a multidão.

Vendedores ofereciam comida e vinho condimentado, e apostadores anunciavam as cotações. O festival era despretensioso e profano, como quase tudo o que acontecia em Tu-E-Teu.

A plateia não era toda humana.

– Onde estão os escarazelos? – perguntou Bellis, e Silas começou a apontar aleatoriamente, ao que aparecia, em torno da arena. Bellis se esforçou para ver o que ele via: indicava humanos, pensou ela, mas suas peles estavam tingidas de cinza, e pareciam fortes e atarracados. Cicatrizes decoravam-lhes os rostos.

Aspassangues soaram e, por meio de um truque quêmico, as luzes do palco irromperam vermelhas. A multidão bradou entusiasmada. Dois assentos adiante, Bellis viu uma mulher cuja fisionomia a marcava como escarazela. Não gritava nem aplaudia, mas ficava sentada imóvel em meio ao entusiasmo vulgar. Bellis pôde ver outros escarazelos reagirem de modo semelhante, aguardando estoicamente as batalhas do dia santo.

Ao menos a sede geral de sangue era honesta, pensou com desprezo. Havia agentes de apostas escarazelos, suficientes para provar que aquilo era uma indústria, não importava o que fingissem os anciãos de Arenqueiro.

Bellis percebeu, com ironia, que estava tensa para ver o que aconteceria. Animada.

Quando botes deixaram na arena os três primeiros lutadores, a turba silenciou. Os escarazelos subiram na plataforma, nus exceto por tangas, e detiveram-se de costas um para o outro, formando um triângulo ao centro.

Estavam preparados, todos musculosos, suas peles cinza tornadas pálidas sob a luz de gás.

Um dos homens pareceu encarar Bellis. Por certo as luzes o haviam cegado, mas ela entreteve assim mesmo a fantasia de que o espetáculo era exclusivo para ela.

Os lutadores ajoelharam-se e se lavaram em bacias fumegantes de uma infusão parecida com chá verde. Bellis viu folhas e brotos ali dentro.

Começaram. De suas bacias cada homem sacou uma faca, que segurou imóvel e gotejante. Eram recurvas, as lâminas inclinavam-se como ganchos ou garras. Facas de esfolar. Algo com que rasgar, despelar carne.

– É com aquilo que lutam? – Voltou-se para Silas, mas o enlevo súbito de toda a plateia chamou-lhe a atenção de volta ao palco. Seu grito veio-lhe após um instante.

Os escarazelos entalhavam sulcos na própria carne.

O lutador diante de Bellis traçava os contornos de seus músculos com golpes cruéis. Enganchou a faca sob a pele do ombro, e a volteou com precisão cirúrgica, desenhando uma linha vermelha que ligava deltoide e bíceps.

O sangue pareceu hesitar por um segundo, e depois florescer, deflagrar-se, irromper da fissura como água fervente, escorrer em borbotões, como se a pressão de suas veias fosse imensamente maior que a de Bellis. Correu sobre a pele do escarazelo num filete macabro, e ele virou o braço com perícia, para um lado e para o outro, de acordo com um padrão que ela não entendia. Ela observou, esperando que uma cascata de sangue sujasse o palco, o que *não aconteceu*. O fôlego de Bellis prendeu-se na garganta quando viu que o sangue secava.

Escorria dos ferimentos em grandes vagas viscosas, e a substância do sangue rastejava sobre si mesma de maneira a subir cada vez mais. Bellis viu que as bordas do ferimento estavam encrostadas com barragens de sangue coagulado, grandes acúmulos de vermelho que se tornava rapidamente marrom, e azul, e negro, e coagulava em saliências cristalinas que se projetavam centímetros acima da pele.

O sangue que escorrera do braço também secava, expandindo-se em velocidade impossível e mudando de cor como musgo vívido. Fragmentos de tecido cicatricial solidificaram-se no lugar como sal ou gelo.

O escarazelo mergulhou outra vez a faca no líquido verde, e continuou a cortar, como os companheiros atrás dele. Crispou o rosto contra a dor. Onde lanhava, o sangue explodia e percorria os veios de sua anatomia, enrijecendo em armadura abstrata.

– O líquido atrasa a coagulação. Permite-lhes que moldem a blindagem – Silas sussurrou a Bellis. – Cada guerreiro aperfeiçoa seu padrão único de cortes. É parte de suas habilidades. Homens rápidos se cortam e direcionam o sangue para que deixe livres as juntas, e aparam o excesso de armadura. Os mais lentos e potentes cobrem-se de cascas até que suas couraças os tornem tão pesados e desajeitados quanto constructos.

Bellis não quis falar.

A preparação macabra e esmerada levava tempo. Cada um dos escarazelos cortava em sucessão o rosto, o peito, a barriga e as coxas, e criava um singular tegumento de sangue seco. Peitorais, grevas, braceletes e capacetes endurecidos, com bordas e cores irregulares; saliências aleatórias como fluxos de lava, orgânicas e minerais ao mesmo tempo.

Os laboriosos talhos reviravam o estômago de Bellis. Espantava-lhe ver armaduras cultivadas em dor com tanto empenho.

Após a cruel e bela preparação, a luta propriamente dita foi tão enfadonha e desagradável quanto Bellis imaginara.

Os três escarazelos circularam uns aos outros, empunhando espessas cimitarras. Estorvados pelas bizarras armaduras, pareciam animais de pelagem exótica.

As armaduras eram mais resistentes que couro fervido em cera, e defendiam das sólidas espadas. Após longo e suarento combate, um pedaço de casca caiu do antebraço de um lutador, e o homem mais rápido aproveitou para atacá-lo.

No entanto, o sangue escarazelo proporcionava outra defesa. Quando a pele do lutador se partiu, sangue jorrou sobre a espada do inimigo. Sem a ação do anticoagulante, secou no preciso momento em que atingiu o ar, formando um nó feio e disforme que se aferrou como solda ao metal da cimitarra. O homem ferido soltou um berro e girou, arrancando a espada da mão do oponente. A lâmina ficou ali, cravada de maneira absurda.

O terceiro contendor avançou e lhe cortou a garganta.

A investida foi rápida, em tal ângulo que, embora a lâmina tenha ficado enodoada, não se manteve presa na geleira de sangue que brotou e petrificou-se no buraco desigual.

Bellis prendeu a respiração, em choque, mas o homem derrotado não morreu. Caiu de joelhos, obviamente por causa da dor, e uma faixa de crosta selou de imediato o ferimento, salvando-lhe a vida.

– Veja como é difícil morrer nessa arena – murmurou Silas. – Se você quiser matar um escarazelo, use porretes ou maças, não lâminas. – Olhou brevemente em volta e falou, em voz profunda e baixa, abafada pelos espectadores. – Você tem de tentar *aprender* as coisas, Bellis. Quer derrotar Armada, não é? Quer escapar? Então deve saber onde está. Você está acumulando conhecimento? Santa saliva, confie em mim, Bellis, isso é o que faço. Agora você sabe como não matar um escarazelo, entendeu?

Ela o encarou, olhos arregalados de espanto. Mas a lógica brutal de Fennec fazia sentido. Ele não se comprometia com nada, e coletava tudo. Imaginou-o fazendo o mesmo em Alta Cromlech, em Os Gengris, em Yoraketche, acumulando dinheiro, informações, ideias e contatos, tudo matéria-prima, tudo mercadoria ou arma em potencial.

Fennec era, Bellis percebeu apreensiva, mais sério, muito mais sério, que ela. Preparava-se e planejava o tempo inteiro.

– Você tem de saber – disse ele. – E há mais por vir. Há pessoas que precisa conhecer.

Houve mais lutas de escarazelos, todas com bizarra e atrofiada selvageria: variedades de couraças, diferentes estilos de combate, todos executados conforme os movimentos estilizados e a ostentação do *mortu crutt*.

E ainda outros combates, entre humanos e cactáceos e todas as raças não aquáticas da cidade, demonstrações de botinarte.

Os combatentes usavam a parte inferior dos punhos cerrados, como se batessem sobre uma mesa, golpe conhecido como soco-martelo. Não chutavam com as dianteiras dos pés, mas pisoteavam com a base. Varreduras, puxões, rasteiras e pancadas, movimentos rápidos, de sinuosidade repentina.

Bellis assistiu a minutos e minutos de narizes quebrados, hematomas, nocautes. Todos os ataques fundiram-se num só. Tentou ver possibilidades em tudo, tentou conservar o que via, como sabia que Silas estava fazendo.

Pequenas ondas lambiam as beiradas do palco, e ela se perguntou quando a exibição terminaria.

Bellis ouviu uma batida rítmica entre a multidão.

No início era um murmúrio, um murmúrio repetido que pulsava abaixo da comoção dos espectadores, como um coração. Porém, ganhou força, e tornou-se mais ruidoso e insistente, e o povo começou a olhar em torno e sorrir, a juntar suas vozes à batida com crescente entusiasmo.

– *Agora sim* – disse Fennec, alongando as palavras com prazer severo –, era isso que eu queria ver.

Primeiro, Bellis ouviu um som parecido com o de tambores, tambores falados. Então, de súbito, uma exclamação: *Oh, Oh, Oh*, repetida em tempo perfeito, acompanhada de palmas e batidas de pés.

Quando o frenesi se espalhou até seu barco, Bellis percebeu que aquilo era uma palavra.

Doul, vinha de toda parte. *Doul, Doul.*

Um nome.

– O que estão dizendo? – sibilou para Fennec.

– Estão clamando por alguém – disse ele, perscrutando em volta. – Querem um espetáculo. Exigem que Uther Doul lute.

Deu a Bellis um sorriso rápido e frio.

– Você o reconhecerá quando o vir – disse.

Logo a percussão do nome se desfez em vivas e aplausos, uma onda extática que crescia e crescia, à medida que um dos pequenos dirigíveis atados ao cordame zarpava e se aproximava devagar do palco. Seu brasão era um vapor com uma lua vermelha ao fundo, insígnia de Aquabelone. A gôndola era de madeira polida.

– É a carruagem dos Amantes – disse Silas. – Oferecem seu tenente por um momento, outra demonstração "espontânea." Eu sabia que ele não resistiria.

Vinte metros acima da arena, uma corda desenrolou-se a partir da aeronave. Os gritos da plateia foram extraordinários. Com grande velocidade e destreza, um homem saltou da nave e deslizou pela corda, mão após mão, até o campo de batalha maculado de sangue.

Parou ali, descalço e de peito nu, vestindo apenas calções de couro. Com os braços abaixados ao lado do corpo, girou lentamente para apreciar a plateia (agora frenética por ele haver descido para lutar). Enquanto se virava, seu olhar encontrou o de Bellis, que se agarrou ao corrimão à sua frente, com o fôlego suspenso ao reconhecer o homem de cabelo curto, o homem de cinza, o assassino que capturara o *Terpsichoria*.

Por meio de algum estímulo e muitas lisonjas, convenceu-se um grupo de homens a enfrentá-lo.

Doul, o carniceiro de rosto triste que matara o capitão Myzovic, não se moveu, não se alongou, nem saltou ou estirou os músculos deste ou daquele modo. Apenas aguardou.

Quatro oponentes encontravam-se, pouco à vontade, nos limites da arena. Encorajados pelo entusiasmo, pelos gritos e pela ferocidade da plateia, que os atingiam como ondas, moveram-se inquietos e murmuraram táticas uns aos outros.

A expressão do rosto de Doul estava completamente vazia. Quando os rivais se espalharam em torno dele, assumiu devagar a postura da botinarte, braços um pouco erguidos, joelhos dobrados, parecendo bastante relaxado.

Durante os primeiros segundos perplexos e brutais, Bellis nem ao menos respirou. Uma das mãos sobre a boca, lábios comprimidos. Então, emitiu pequenos arquejos de assombro, junto com o restante do público.

Uther Doul não parecia viver no mesmo tempo das outras pessoas. Parecia alguém que visita um mundo muito mais grosseiro e vagaroso que o seu. Apesar do volume de seu corpo, movia-se com tanta rapidez que até mesmo a gravidade parecia funcionar mais depressa para ele.

Não havia excesso em seus movimentos. Enquanto mudava de pisada para soco-martelo para bloqueio, seus membros deslizavam de uma postura, de um estado, até o próximo, através das rotas mais integradas e econômicas, como máquinas.

Doul desferiu uma bofetada e um homem caiu; deu um passo para o lado e, apoiado sobre uma perna, chutou duas vezes o plexo solar de outro. Com a perna ainda levantada, bloqueou o ataque do terceiro. Girava e investia sem floreios, despachando à vontade seus rivais.

Dominou o último com uma queda, colhendo-lhe o braço em meio ao golpe e trazendo-o para junto de si, puxando o homem na direção do membro aprisionado.

Doul pareceu rolar no ar e preparar o corpo enquanto caía. Aterrissou sobre as costas do homem, torceu-lhe o braço e o imobilizou.

Houve longo silêncio, após o qual o arrebatamento explodiu na multidão como o sangue de um escarazelo, maré de aplausos e vivas.

Bellis assistiu, e gelou, e prendeu novamente a respiração.

Os homens vencidos ergueram-se, ou foram arrastados, e Uther Doul permaneceu. Respirava rápido, mas ritmicamente, braços um pouco estendidos. Nos rebordos dos músculos, escorriam seu suor e o sangue dos outros homens.

– O guarda-costas dos Amantes – disse Silas, em meio ao frenesi da plateia –, Uther Doul. Erudito, refugiado, soldado. Especialista em teoria da probabilidade, em história Espectral, e em lutas. O guarda dos Amantes, seu imediato, assassino, braço armado e campeão. Era isso que você tinha de ver, Bellis. É isso que tenta impedir-nos de fugir.

Saíram de lá e caminharam nos passadiços iluminados pela noite de Tu-E-Teu, rumo a Arenqueiro, a Aquabelone e ao *Cromolito*.

Nenhum dos dois abriu a boca.

Ao final do combate de Doul, Bellis vira algo que a espantara e atemorizara. Quando ele havia se voltado, com mãos em garra, peito tenso e arfante, ela tinha-lhe visto o rosto.

Estava retesado, cada músculo no limite, e trazia um olhar de selvageria animal diferente de tudo que Bellis já vira num ser humano.

Então, após um segundo, tendo vencido a luta, ele havia se virado para agradecer ao público, e parecera outra vez um sacerdote contemplativo.

Bellis podia imaginar um fátuo código guerreiro, algum misticismo que abstraía a violência do combate e permitia que se lutasse como homem santo. Da mesma maneira, podia conceber que se recorresse à selvageria, que se pudesse deixar a brutalidade atávica dominar, entregar-se a um frêmito irracional. Mas a combinação de Doul a atordoava.

Pensou naquilo mais tarde, deitada na cama, ouvindo a chuva fraca. Ele havia se preparado e recuperado como monge, lutado como máquina e parecido fera predadora. A tensão que viu dava-lhe medo, muito mais que as habilidades de combate que Doul tinha demonstrado. Aquelas seria possível aprender.

Bellis ajudava Shekel com leituras que se tornavam mais complexas a cada hora. Quando se despediram, ela o deixou a explorar a seção infantil outra vez, e voltou aos aposentos onde Silas a aguardava.

Beberam chá e falaram de Nova Crobuzon. Ele parecia mais triste, mais quieto que de costume. Perguntou-lhe a razão, e ele apenas meneou a cabeça. Havia nele algo de hesitante. Pela primeira vez desde que o conhecera, Bellis sentia por ele qualquer coisa semelhante a pena ou preocupação. Ele queria perguntar-lhe algo, e ela esperou.

Contou-lhe o que Johannes tinha dito. Mostrou-lhe os livros do naturalista e explicou que tentava desvendar o segredo de Armada com base neles, sem ao menos saber quais eram importantes ou o que neles poderia ser pistas.

Às onze e meia, após um longo silêncio, Silas falou.

– Por que você deixou Nova Crobuzon, Bellis?

Ela abriu a boca, e todas as desculpas usuais vieram-lhe à garganta, mas permaneceu quieta.

– Você ama Nova Crobuzon – prosseguiu ele. – Ou... talvez fosse melhor dizer: você *precisa* de Nova Crobuzon. Não consegue deixá-la para trás. Por isso não faz sentido. Por que você partiria?

Bellis suspirou, mas a pergunta ficou no ar.

– Quando você esteve em Nova Crobuzon pela última vez? – perguntou ela.

– Há mais de dois anos – ele calculou. – Por quê?

– Você teve notícias, quando estava em Os Gengris... Ouviu falar do Pesadelo de Verão? Praga dos Sonhos? Doença do Sono? Síndrome Noturna?

Fennec agitava vagamente uma das mãos, tentando puxar pela memória.

– Um mercador disse-me alguma coisa... uns meses atrás.

– Faz seis meses – disse Bellis. – Tathis, Sinn... Verão. Algo aconteceu. Algo de errado com... com as noites. – Meneou a cabeça vagamente. Silas a ouvia sem ceticismo. – Ainda não tenho ideia do que foi, é importante que você saiba disso. Duas coisas aconteceram. Pesadelos. Essa foi a primeira. As pessoas tinham pesadelos. Quero dizer que *todos* tinham pesadelos. Foi como se todos... respirassem um ar ruim, ou algo assim.

As palavras eram inadequadas. Ela se lembrou da exaustão e da infelicidade, das semanas com pavor de dormir. Sonhos dos quais despertava gritando e chorando histericamente.

– A outra coisa. Houve uma... doença, ou algo assim. Pessoas foram afligidas por toda a cidade. Todas as raças. Fazia algo... Matava a mente, e nada mais restava além do corpo. Encontravam-se pessoas pela manhã nas ruas, ou na cama, ou em qualquer lugar, vivas, mas com as mentes vazias.

– E as duas estavam relacionadas?

Bellis olhou para ele e assentiu, depois negou com a cabeça.

– Não sei. Ninguém sabe, mas parece que estavam. E, um dia, tudo terminou, de repente. Falava-se de lei marcial, de a milícia sair abertamente às ruas... Foi uma crise. Posso lhe dizer que foi algo *horrendo.* Surgiu sem nenhuma razão, arruinou nosso sono e roubou as mentes de centenas de pessoas... nunca conseguiram curá-las... e, de repente, se foi. Sem razão.

E continuou por fim.

– Depois que tudo se acalmou, ouviram-se rumores… milhares de rumores sobre o que havia acontecido. Demônios, Torque, experimentos biológicos que deram errado, uma nova cepa de vampirismo? ... Ninguém sabia. Mas certos nomes continuavam surgindo. Então, no início de Octuário, pessoas que eu conhecia começaram a desaparecer.

– No começo, apenas ouvia uma história sobre algum amigo de um amigo que ninguém conseguia encontrar. Pouco depois, ouvia outra, e mais outra. Ainda não eram preocupantes. Para ninguém. Mas aquelas pessoas jamais reapareceram. E passaram a ser pessoas mais próximas de mim. A primeira a sumir eu mal conhecia. A segunda eu vira numa festa alguns meses antes. A terceira foi alguém com quem trabalhara na universidade, e com quem bebia de vez em quando. E os rumores sobre o Pesadelo de Verão. Os nomes passaram a ser sussurrados um pouco mais alto, e os ouvi sem parar, até que… até que um nome soou mais alto que todos. Culpava-se uma pessoa, uma pessoa que ligava a mim todos os desaparecidos.

– Seu nome era Der Grimnebulin. Era cientista e… e renegado, suponho. Havia um preço por sua cabeça. Você sabe como a milícia espalha rumores, com insinuações e passe-adiantes, de modo que ninguém sabia quanto ou por quê, mas entendia-se que havia fugido, e que o governo estava muito interessado em encontrá-lo.

– E viria em busca das pessoas que o conheciam: colegas, conhecidos, amigos, amantes.

Encontrou sombriamente o olhar de Silas.

– Tínhamos sido amantes. Santa saliva, quatro, cinco anos antes. Nem mesmo nos falávamos havia pelo menos dois. Ele se juntara a uma khepri, tinham me dito. – Deu de ombros. – Seja lá o que tenha feito, os garotos de Rudgutter queriam encontrá-lo. E percebi que logo seria minha vez de desaparecer. Fiquei paranoica, mas com razão. Evitava ir ao trabalho, evitava as pessoas que conhecia, e dei-me conta de que esperava para ser capturada. A milícia – falou com súbito ardor – esteve *predatória pra caralho* durante aqueles meses. Tínhamos sido íntimos, Isaac e eu. Havíamos morado juntos. Eu sabia que a milícia me procurava. Talvez houvessem soltado algumas das pessoas que tinham interrogado, mas não ouvi falar delas outra vez. E, para quaisquer perguntas que quisessem fazer, eu não teria resposta. Deuses sabem o que fariam comigo.

Foi uma época desesperada e infeliz. Nunca tivera muitos amigos íntimos, e os que tinha temera demais procurar, por não querer incriminá-los, ou por suspeitar de que haviam sido subornados. Lembrou-se de seus frenéticos preparativos, seus acordos furtivos e refúgios duvidosos. Nova Crobuzon tinha sido então um lugar terrível. Opressivo e friamente tirânico.

– Então fiz planos. Percebi… percebi que deveria partir. Não tinha dinheiro, e nenhum contato em Myrshock ou Shankell, não tinha tempo de me organizar.

Mas o governo paga para que se vá a Nova Esperium. – Silas começou a assentir, e Bellis meneou a cabeça como se risse sem motivo. – Assim, um ramo do governo me caçava, enquanto outro avaliava meu pedido de migração e discutia o pagamento. Essa é a vantagem da burocracia. Porém, não me sobrava muito tempo para brincar com eles daquele modo, e peguei passagem no primeiro navio em que pude. Aprendi lagostim de Salkrikaltor para fazê-lo. Dois anos? Três? – Deu de ombros. – Não sabia o quanto demoraria a estar segura de novo. Navios partem da cidade para Nova Esperium pelo menos uma vez por ano. Meu contrato era de cinco anos, mas eu já havia rompido contratos antes. Pensei em ficar por lá até que me esquecessem, até que outro inimigo público, ou crise, ou o que fosse, lhes ocupasse toda a atenção. Até que tivesse notícia de que poderia retornar em segurança. Há pessoas que sabem onde... eu estaria. – Esteve a ponto de dizer *onde estou*. – E então... – concluiu.

Olharam um para o outro por muito tempo.

– Então, foi por isso que fugi.

Bellis pensou nas pessoas que deixara para trás, as poucas em quem tinha confiado, e sentiu-se de repente oprimida pela falta que sentia delas.

Aquelas eram circunstâncias estranhas. Era uma fugitiva ansiosa, desesperada, para retornar à cidade da qual escapara. Bem, pensou, as circunstâncias intervêm em todos os planos. Sorriu com humor seco. *Tentei ficar fora da cidade por um ano ou dois, e circunstâncias intervieram, coisas aconteceram, e, em vez disso, encontro-me cativa pelo resto da vida, bibliotecária numa cidade pirata itinerante.*

Silas estava abrandado. Parecia comovido pela história de Bellis. Ela o estudou e percebeu que ele repensava a própria história. Nenhum deles tinha pena de si mesmo. Mas não tinham vindo parar ali por sua intenção ou por sua culpa, e não desejavam ficar.

O silêncio alongou-se mais dentro do quarto. Lá fora, continuava a azáfama discreta das centenas de motores que os arrastavam para o sul. E continuavam as glotais das ondas; e os outros sons: ruídos urbanos, ruídos noturnos.

Quando Silas levantou-se para ir embora, Bellis o acompanhou até a porta, mantendo-se bem perto dele sem, no entanto, tocá-lo ou olhar para ele. Ele parou na entrada e fixou nela o olhar melancólico. Passou-se um longo segundo, após o qual se inclinaram em direção um ao outro, os braços dele na porta, os dela imóveis rentes ao corpo, sem promessa alguma.

Beijaram-se, e apenas seus lábios e línguas se moveram. Posicionavam-se com cuidado, para não respirar, ou invadir demais o outro com toques ou sons. Ainda assim, encontraram uma conexão, aliviada e cautelosa.

Quando o beijo longo e profundo se desfez. Silas arriscou mover suavemente os lábios enquanto se separavam dos dela, encontrando-a novamente com uma pequena sucessão de contatos boca a boca; o que ela permitiu, embora o primeiro momento houvesse passado e aquelas pequenas codas acontecessem em tempo real.

Bellis respirou devagar e o encarou fixamente, e ele a ela, por tanto tempo quanto o fariam de qualquer maneira, e Silas abriu a porta e saiu rumo à noite fresca, dizendo em voz baixa seu *boa-noite*, sem esperar para ouvir-lhe o eco.

CAPÍTULO 12

O dia seguinte era véspera de Ano-Novo.

Óbvio que não a dos armadenses, para os quais o dia foi marcado apenas por um súbito aumento de calor, o que o tornava nada mais que outonal. Não era possível ignorar que se tratava do solstício, o dia mais curto do ano: mas não lhe atribuíam maior importância. Com exceção de alguns alegres comentários sobre as noites que encurtavam, o dia passou despercebido.

Bellis, porém, sabia que, entre os forçados de Nova Crobuzon, não era a única a manter registro das datas da cidade. Especulava que naquela noite haveria festas discretas espalhados pelos distritos. Tranquilas o suficiente para não se destacarem nem alertarem a capatazia ou os inspetores, ou qualquer autoridade que houvesse em determinado distrito, de que algumas das apinhadas varandas e galés de Armada eram fiéis a calendários alternativos.

Reconhecia vagamente uma espécie de hipocrisia: a véspera de Ano-Novo nunca lhe significara nada antes.

Para os armadenses, era Aspadi, o início de outra semana de nove dias, e dia de folga para Bellis. Encontrou-se com Silas no convés vazio do *Grande Oriental.*

Ele a levou até o limite popa-estibordo de Aquabelone, ao Parque Croom. Surpreendeu-se de que ela não tivesse visitado o parque antes e, quando entraram no lugar e passaram aos ramais interiores, Bellis entendeu por quê.

A área principal do parque era uma longa faixa, com mais de trinta metros de largura e quase duzentos de comprimento, sobre o enorme corpo de um arcaico vapor cuja placa de identificação a natureza apagara havia muito. Vegetação espalhava-se por pontes largas e balouçantes, até duas velhas escunas alinhadas popa a popa, quase paralelas ao grande navio. Da proa do vapor, estendia-se a uma pequena chalupa corcunda que abrigava canhões mortos fazia tempo, parte da estrutura do distrito de Larcão, e que dividia o parque entre as duas vizinhanças.

Bellis e Silas vagaram por passadiços emaranhados e chegaram à estátua de granito de Croom, herói pirata do passado de Armada. Bellis ficou maravilhada.

Havia incontáveis séculos, os arquitetos do Parque Croom tinham decidido cobrir o corpo do vapor, destroçado na guerra, com húmus e argila. Circulando sobre as correntes oceânicas, não havia solo que os armadenses pudessem arar ou adubar. Como seus livros e dinheiro, tiveram de roubá-lo. Até mesmo aquilo, até sua terra, sua lama, fora pilhada ao longo dos anos, arrastada em grandes montantes, tirada de fazendas e florestas costeiras, arrancada dos lotes de perplexos camponeses e transportada por entre as ondas até a cidade.

Deixaram o vapor arruinado enferrujar e apodrecer, e encheram a carcaça vazia com o solo que tinham roubado, começando pelo pique de vante e as salas de máquinas, e os mais baixos silos de carvão (depósitos de coque ainda sem uso, novamente compactados em veios sob toneladas de areia), empilhando terra em torno do abandonado eixo da hélice. Preencheram algumas das grandes fornalhas e deixaram outras meio vazias, soterraram-nas, bolhas de ar feitas de metal nas estrias de marga e calcário.

Os paisagistas continuaram até os conveses, cabines e camarotes. Onde paredes e tetos haviam escapado ilesos, eles perfuraram grosseiramente, rompendo a integridade das pequenas salas e abrindo passagens para raízes, toupeiras e minhocas. Depois, encheram de terra as sobras de espaço.

O navio ficava baixo sobre a água, mantido à tona por calculados bolsões de ar, por taumaturgia e pelos vizinhos aos quais estava amarrado.

Acima da superfície, ao ar livre, camadas de turfa e terra se espalhavam e tomavam o convés principal. A ponte elevada, o castelo de popa, os mirantes e alpendres tornaram-se outeiros escarpados, com peles de solo arável. Pequenas e abruptas colinas irrompiam em curvas estreitas de solo, elevadas do platô circundante.

Os projetistas desconhecidos realizaram transformações semelhantes em três barcos menores de madeira, vizinhos ao vapor. Fora mais fácil que trabalhar com ferro.

Após isso, acontecera o plantio e o verde florescera.

Havia bosques sobre o corpo do vapor, antigos e densamente espaçados, microflorestas conspiratórias. Rebentos e muitas árvores de tamanho médio, com um ou dois séculos de idade. Mas havia também espécimes antigos e imensos, que talvez tivessem sido desarraigados já adultos, em florestas costeiras, e replantados dezenas de anos antes, para envelhecerem a bordo. A grama estava por toda parte, e também urtigas e cicutárias. Havia canteiros de flores no navio artilheiro de Larcão, mas sobre o cadáver do vapor as matas e prados do Parque Croom eram selvagens.

Nem todas as plantas eram familiares a Bellis. Em suas vagarosas jornadas por Bas-Lag, Armada visitara lugares desconhecidos dos cientistas de Nova Crobuzon, e tinha pilhado os exóticos ecossistemas. Nos navios menores, havia clareiras de fungos tão altos quanto uma pessoa, que se moviam e sibilavam quando caminhantes passavam entre eles. Também se via uma torre coberta de vermelho vivo, trepadeiras espinhosas que fediam a rosas podres. Segundo Silas, o longo castelo de proa do navio mais a estibordo estava fora dos limites. Para além da complexa trama da cerca de roseiras, a flora era perigosa: plantas lançadoras, de potência bizarra e indeterminada; árvores moventes, como salgueiros predadores.

Porém, sobre o velho vapor, o panorama e a folhagem eram mais familiares. Um dos elevados conveses-colinas estava revestido por dentro com musgo e turfa, formando jardins encobertos. Iluminadas e mantidas vivas por uma brilhante luz a gás e pelo pouco de sol que entrava pelas escotilhas sujas de terra, plantas de diferentes temas enchiam cada uma das cabines. Havia um minúsculo jardim de tundra, com rochas e sarças púrpuras; um deserto cheio de suculentas; flores de bosques e prados; todas contíguas, todas ligadas por um mal iluminado corredor, plantado de capim que chegava à altura dos joelhos. Sob a luz sépia e uma maquiagem de zinabre e trepadeiras, ainda era possível ler placas que indicavam o refeitório, a proa e a casa das caldeiras. Eram cruzadas por trilhas muito batidas, de tatus-bola e joaninhas.

A pouca distância da entrada – uma porta na colina –, Silas e Bellis caminhavam devagar ao ar livre, sob a sombra úmida.

Haviam visitado todos os quatro navios do parque. Viam-se poucas pessoas com eles, nas verdes cercanias. Na extrema popa das naus, Bellis havia estacado, chocada, e apontado para além dos jardins e das amuradas do convés, mais de trinta metros fora dos limites da cidade, para o mar. Vira o *Terpsichoria* amarrado ali. As correntes e cordas que o prendiam estavam limpas. Pontes novas o ligavam ao restante da cidade. Um esqueleto arquitetônico de madeira assomava no convés: um canteiro de obras, fundações.

Era como Armada crescia para seu povo, engolia as presas e as reestruturava, fazia delas seu próprio material, como plâncton irracional.

Bellis nada sentia pelo *Terpsichoria*, tinha somente desprezo por quem se afeiçoava a barcos. Mas ver seu último elo com Nova Crobuzon assimilado, de maneira descarada e fácil, deixava-a deprimida.

As árvores em volta deles variavam entre decíduas e perenes, em mistura desregrada. Silas e Bellis caminharam entre pinheiros e garras negras de carvalhos e freixos desfolhados. Velhos mastros pairavam sobre as copas como se fossem as árvores mais antigas da floresta, com cascas de ferrugem e folhagens assimétricas de cordames desfiados fazia muito. Caminharam sob aquelas sombras, e sob as sombras dos bosques, passando por ondulações gramadas, interrompidas por pequenas janelas e portas, onde as cabines estavam soterradas. Minhocas e animais escavadores moviam-se por trás dos vidros rachados.

As chaminés cobertas de hera do vapor desapareciam atrás deles à medida que rumavam para o centro do bosque, fora da vista das embarcações circundantes.

Descreveram trilhas em espiral que voltavam sobre si mesmas de modo arcano, parecendo multiplicar o espaço do parque. Chapéus de chaminé empolados surgiam do chão, sufocados por espinheiros; raízes e vinhas aprisionavam cabrestantes, e enrolavam-se intricadamente nos corrimões de escadarias cobertos de musgo, que levavam a colinas de encostas desnudas.

À sombra de um guindaste de carga, que se tornara um esqueleto obscuro, Bellis e Silas sentaram-se em meio à paisagem invernal e beberam vinho. Enquanto ele remexia em sua pequena bolsa, tentando encontrar um saca-rolha, ela viu ali dentro um gordo caderno. Apanhou-o e olhou para Fennec com curiosidade. Quando ele sinalizou dando-lhe permissão, Bellis o abriu.

Havia listas de palavras: notas de alguém que tentava aprender um idioma estrangeiro.

– A maior parte disso aí é de Os Gengris – disse ele.

Ela folheou devagar as páginas de substantivos e verbos, e chegou a uma pequena seção parecida com um diário, registros datados e escritos em taquigrafia que pouco entendeu, palavras resumidas a duas ou três letras, nenhuma pontuação. Viu preços de mercadorias e descrições rabiscadas dos próprios grendelos, desagradáveis esboços a lápis de figuras com olhos e dentes prodigiosos, membros obscuros e caudas chatas de enguia. Havia heliótipos anexados às páginas, tirados furtivamente, ao que parecia, com iluminação fraca; tons imprecisos de sépia, desbotados e manchados de água, a monstruosidade das formas que retratavam exagerada por bolhas e impurezas no papel.

Havia mapas de Os Gengris, traçados à mão, coberto de setas e anotações; e outros mapas aquáticos das cercanias do Mar da Garra Fria, topografia de colinas e vales submersos, das fortalezas dos grendelos, assinalados em diferentes cores para diferentes rochas, granito, quartzo e pedra calcária, corrigidos metodicamente ao longo de várias páginas. Havia esboços sugestivos, de maquinário, de engenhos defensivos.

Silas inclinou-se junto a ela enquanto lia, e apontou os aspectos particulares.

– Isso é um desfiladeiro, logo ao sul da cidade – disse –, conduz direto às rochas que separam o mar. Essa torre aqui – um borrão irregular – é a biblioteca-de-pele, e esses são os tonéis de salpa.

Além daquelas páginas, havia diagramas rabiscados de fendas e túneis, máquinas com garras e mecanismos semelhantes a comportas ou eclusas.

– E esses aqui, o que são? – perguntou Bellis, e Silas riu ao perceber o que ela olhava.

– Ora, embriões de grandes ideias, coisas assim – disse, e sorriu.

Estavam sentados encostados a um tronco coberto de vegetação, que talvez fosse a anatomia de uma bitácula revestida de solo. Bellis pôs de lado o caderno de Silas. Ainda sem muita desenvoltura, inclinou-se e o beijou.

A resposta foi gentil, mas ela se sentiu tomada de violência, e apertou firme o corpo contra o dele. Afastou-se por um instante, com expressão séria, e percebeu que era fitada com prazer e incerteza. Tentou sondá-lo, entender a gramática de suas ações e reações, e não conseguiu.

Porém, mesmo frustrada como estava, sentiu intimamente que os antagonismos de Silas refletiam os dela. O despeito dele e o dela – com Armada, com aquela absurda existência – haviam se unido. E foi uma liberação e um alívio extraordinário compartilhar algo, ainda que frio como aquilo.

Bellis segurou-lhe o rosto e o beijou forte, no que foi correspondida com ardor. Quando seu braço lhe envolveu a cintura e seus dedos dobraram-se para acariciar-lhe os cabelos, ela se separou dele e tomou sua mão. Puxou-o fazendo com que a seguisse, a bombordo, rumo à sua chaminé.

No quarto de Bellis, Silas observou em silêncio enquanto ela se despia.

Ela dobrou a saia, a blusa e o casaco, e as anáguas sobre as costas da poltrona. Ficou nua sob a luz moribunda da janela, e soltou os cabelos repuxados. Silas agitou-se. As roupas dele foram espalhadas como sementes. Sorriu-lhe outra vez, e ela suspirou e também sorriu, afinal, depreciativamente, pelo que parecia a primeira vez em meses. Com o sorriso, veio-lhe uma abrupta pontada de timidez, que foi embora rapidamente, junto com o sorriso.

Não eram crianças, não eram novatos. Não se atrapalharam nem entraram em pânico. Ela foi até ele e o montou com graça experiente e desejosa. E, quando o fez, premindo-se contra seu pau, quando ele livrou as mãos de onde ela as havia segurado, soube como movê-la.

Apaixonado; sem amor, mas não sem alegria; hábil. Ele a fez sorrir de novo, e arfar, e gozar com uma grande explosão de alívio e prazer. Quando Bellis deitou-se na cama estreita, tendo-lhe ensinado como gostava de transar e entendido as predileções dele, olhou-o nos olhos (fechados, suando). Testou a si mesma e concluiu que ainda estava só, ainda tão insensível quanto antes àquele lugar. Teria ficado pasma se concluísse de qualquer outro modo.

Mas ainda assim, ainda assim. Mesmo diante de tudo. Ela sorriu outra vez. Sentia-se melhor.

Durante três dias, Tanner jazeu na ala cirúrgica, amarrado à mesa de madeira, sentindo a torre e o navio se moverem tênues e vagarosos embaixo dele.

Três dias. Mexia-se poucos centímetros de cada vez, torcendo-se contra as amarras, virando ligeiramente para a esquerda ou para a direita.

Na maior parte do tempo, nadava em sonhos glutinosos de éter.

O quirurgião era gentil, e o manteve anestesiado tanto quanto foi possível sem prejudicá-lo, de maneira que Tanner serpeava para dentro e para fora de um estado de consciência crepuscular. Resmungava para si mesmo, e para o quirurgião, que o alimentava e limpava como a um bebê. Sentava-se com Tanner em seus minutos ou horas livres, e falava-lhe, fingindo que suas respostas absurdas e assustadoras faziam sentido. Tanner cuspia palavras ou ficava em silêncio, ou chorava e ria: drogado; febril; letárgico; gelado; profundamente adormecido.

Tanner empalidecera quando o quirurgião lhe explicara como deveria ser. Ser manietado mais uma vez, ser atado enquanto seu corpo era reconstruído. As memórias da fábrica de punição, infestadas de narcóticos e agonia, o haviam assaltado. Mas o quirurgião dissera com gentileza que alguns dos procedimentos eram vitais; alguns envolveriam a reconfiguração das entranhas a partir dos menores elementos basilares. Não poderia se mover enquanto os átomos e partículas de seu sangue, pulmões e cérebro encontrassem novas veredas e viessem a se reunir em combinações alternativas. Deveria permanecer imóvel e paciente.

Tanner conformou-se. Sempre soube que se conformaria.

No primeiro dia, enquanto Tanner estava mergulhado em profundo sono taumatúrgico e quêmico, o quirurgião o abriu.

Riscou-lhe profundos talhos nas laterais do pescoço, e depois ergueu a pele e o tecido exterior, enxugando com cuidado o sangue que escorria da carne viva. Com as abas expostas, a pingar, o quirurgião voltou sua atenção à boca. Enfiou ali uma espécie de cinzel de ferro, e o deslizou até o centro da garganta, torcendo ao puxar de volta, cavando túneis na carne.

Sempre vigilante para que Tanner não engasgasse com o sangue que lhe escorria na boca e na garganta, o quirurgião criou-lhe no corpo novas passagens. Canais ligaram a parte de trás da boca às aberturas no pescoço. Onde os novos orifícios abriam-se atrás e abaixo dos dentes, o quirurgião os anilhou com músculos, que fixou no lugar com um feitiço de histoargila, estimulando-os com pequenas crepitações de elictricidade.

Alimentou o fogo que acionava seu volumoso engenho analítico, e inseriu nele cartões de programa, reunindo dados. Por fim, empurrou sobre as rodas, até o lado da maca, o tanque que continha um bacalhau sedado, e conectou o peixe imóvel ao corpo de Tanner por meio de uma construção críptica e rebuscada de válvulas, fios e tubos de guta-percha.

Substâncias quêmicas homomórficas diluídas em salmoura fluíam através das guelras do bacalhau, e dali para os ferimentos irregulares que seriam as de Tanner. Fios ligavam peixe e homem. O quirurgião murmurou feitiços enquanto operava o aparato trepidante (sua biotaumaturgia estava enferrujada, mas ele foi metódico e cuidadoso) e massageou o pescoço sangrento de Tanner. Água começou a transbordar dos buracos e a correr sobre a pele aberta.

A cena se repetiu durante a maior parte da noite, a cirurgia oscilava lenta junto com a água lá embaixo. O quirurgião dormiu um pouco, verificando periodicamente o progresso de Tanner e o do bacalhau moribundo, suspenso numa matriz de filamentos taumatúrgicos que lhe atrasava o falecimento. Aplicava pressão quando necessário, mudava as configurações de indicadores finamente calibrados, adicionava substâncias quêmicas à água fluente.

Durante aquelas horas, Tanner sonhou que se asfixiava (seus olhos abriam e fechavam, sem nada perceber).

Ao nascer do sol, o quirurgião desconectou Tanner e o peixe do maquinário (o bacalhau morreu de imediato, seu corpo ressecou e encolheu). Fechou as abas de pele no pescoço de Tanner, viscosas de sangue gelatinoso. Alisou-as com dedos formigantes de pujança e selou os talhos.

Sem que Tanner despertasse – sedado como estava, não havia risco –, o quirurgião colocou-lhe uma máscara sobre a boca, selou-lhe com os dedos o nariz e começou a bombear salmoura para dentro dele, com delicadeza. Por vários segundos, não houve reação, até que Tanner engasgou e tossiu violentamente, respingando água. O quirurgião manteve a postura, pronto para soltar-lhe o nariz.

Então, Tanner acalmou-se, ainda sem despertar. A epiglote flexionou-se e a traqueia comprimiu-se, impedindo que a água salgada lhe entrasse nos pulmões. O quirurgião sorriu ao ver a água que escorria das novas guelras de Tanner.

Veio lenta no início, trazendo consigo sangue, sujeira e crostas. Logo passou a correr clara, e as guelras se flexionaram, regulando o fluxo, e o líquido pulsou até o chão em torrentes medidas.

Tanner Sack estava respirando água.

Acordou mais tarde, tonto demais para entender o que acontecera, mas contagiado pelo entusiasmo do quirurgião. A garganta doía-lhe terrivelmente, e ele dormiu outra vez.

Aquela foi, de longe, a parte mais difícil.

O quirurgião levantou as pálpebras de Tanner, e instalou nos olhos membranas nictitantes modificadas, retiradas de um caimão criado numa das fazendas da cidade. Injetou-lhe formas de vida particuladas, que medrariam nele sem causar-lhe dano e interagiriam com seu corpo, tornando o suor um pouco mais oleoso, para aquecê-lo e ajudá-lo a deslizar sob a água. Enxertou um pequeno rebordo muscular na base do nariz de Tanner, assim como pequenos nodos de cartilagem, que podiam ser fechados e abertos.

Finalmente, o quirurgião realizou a alteração mais fácil, embora mais visível. Entre os dedos das mãos de Tanner, estendeu uma membrana, teia de pele borrachuda que prendeu no lugar e atou à epiderme. Removeu-lhe os dedos dos pés, e os substituiu pelos dedos das mãos de um cadáver, que suturou e selou até que parecessem símios. Depois mudou-lhes a semelhança de macaco a sapo, ao estender mais membranas entre aqueles dedos que voltavam a viver.

Banhou Tanner, lavou-o em água do mar. Manteve-o limpo e refrescado, e viu os tentáculos se contorcerem durante o sono.

No quarto dia, Tanner despertou, completa e normalmente. Desamarrado, livre para se mover, sem substâncias químicas na mente.

Sentou-se na cama, devagar.

O corpo doía-lhe; na verdade, revoltava-se. Assaltava-o em ondas a cada batida do coração. Pescoço, pés, olhos, com os diabos. Viu os novos dedos dos pés e desviou o olhar por um instante, atingido pela memória do velho horror da fábrica de punição. Reprimiu a ideia e olhou novamente (*Mais pus*, pensou, com uma ponta de humor).

Cerrou as novas mãos. Piscou devagar, e viu algo translúcido lhe ocupar o campo de visão antes que a pálpebra se fechasse. Respirou profundamente, e o ar entrou-lhe nos pulmões feridos pela água. Tossiu e sentiu dor, como o quirurgião avisara.

Tanner, apesar de dor, fraqueza, fome e nervosismo, começou a sorrir.

O quirurgião chegou enquanto Tanner ria e ria, e resmungava para si mesmo, e esfregava-se suavemente.

– Senhor Sack – disse, e Tanner voltou-se e estendeu o braço trêmulo como se fosse agarrá-lo, tentando apertar-lhe a mão. Os tentáculos também se flexionaram, tentando estender-se em eco através do ar muito rarefeito. O quirurgião sorriu.

– Parabéns, senhor Sack – disse. – Os procedimentos foram bem-sucedidos. O senhor agora é anfíbio.

Diante do que – sem conseguir resistir e sem tentar fazê-lo – ambos gargalharam espalhafatosamente, embora o peito de Tanner doesse e o quirurgião não soubesse o que havia de engraçado.

Quando chegou em casa, após ter se arrastado cautelosamente pelos becos de Biblioburgo e Aquabelone, encontrou Shekel, que o esperava em aposentos que nunca tinham estado tão limpos.

– Puxa, rapaz – disse Tanner, encabulado –, você fez um serviço e tanto, né?

Shekel tentou abraçá-lo, em boas-vindas, mas o velho estava dolorido demais, e o manteve afastado, com bom humor. Conversaram baixo durante toda a noite. Tanner perguntou com cautela sobre Angevine. Shekel disse-lhe que suas leituras melhoravam, e que nada mais sério havia acontecido, mas que agora fazia mais calor, dava para sentir?

Dava. Rastejavam para o sul em passo lento, quase geológico, mas os rebocadores e vapores os puxavam sem cessar já fazia duas semanas. Estavam talvez a quinhentas milhas ao sul de sua posição anterior (tão longe, embora viajassem a uma velocidade tão pequena que não se conseguia notar) e o inverno minguava à medida que se aproximavam da faixa de ar e mar temperados.

Tanner mostrou a Shekel as adições e mudanças de seu corpo, e o garoto estremeceu ao ver a bizarrice e as inflamações, mas estava fascinado. Tanner contou-lhe tudo o que o quirurgião explicara.

– O senhor ficará frágil, senhor Sack – dissera. – E, mesmo quando estiver bem, quero avisá-lo: alguns dos cortes que fiz, alguns dos ferimentos, podem se fechar do modo mais difícil. Podem formar cicatrizes. Nesse caso, não quero que fique desanimado ou desapontado. Cicatrizes não são feridas, Tanner Sack. São curas. Após a ferida, a cicatriz é o que nos torna inteiros.

– Quinze dias, rapaz – disse Tanner –, antes de eu voltar ao trabalho, ele calcula. Se eu treinar e tudo mais.

Porém, Tanner tinha uma vantagem que o médico não havia considerado: jamais aprendera a nadar, não teve de adaptar braçadas e pernadas canhestras e ineficientes aos movimentos sinuosos de um habitante do oceano.

Sentou-se no cais e seus colegas o saudaram, surpresos, solícitos e amigáveis. John Filho da Puta, o golfinho, emergiu ali perto, afrontando Tanner com os olhos líquidos e porcinos, e emitindo com seus imbecis chilreios cetáceos o que sem dúvida eram insultos. Mas o homem não se sentia intimidado naquela manhã. Recebeu seus colegas como um rei, agradecendo-lhes por sua preocupação.

No limite entre os distritos de Jhour e Aquabelone, havia uma lacuna na estrutura da cidade, entre naus: um trecho de mar que poderia ter abrigado um navio modesto servia como área de banho. Apenas uns poucos piratas armadenses sabiam nadar, e, com aquelas temperaturas, poucos tentavam. Agora, somente um punhado de humanos, corajosos ou masoquistas, nadava naquela faixa de mar aberto.

Embaixo da água, lento, apreensivo com sua nova flutuação e sua nova liberdade, ao longo de horas naquele dia, e em outros próximos, Tanner abriu os braços e pernas, e com eles as membranas de pele que apresavam a água, e impeliu-se à frente em estirões inábeis. Bateu as pernas e executou algo parecido com o nado de peito, flexionando os dedos dos pés ainda tenros e doloridos, mas poderosos. As presenças microscópicas que não podia ver ou sentir sob a pele estimularam glândulas infinitesimais, e lubrificaram seu suor.

Abriu os olhos, e aprendeu a fechar somente as pálpebras internas – sensação extraordinária. Aprendeu a ver na água sem o fardo do pesado capacete, sem ferro, latão e vidro. Sem espiar por uma escotilha, mas enxergando tudo livremente, até mesmo com visão periférica.

Da maneira mais vagarosa e assustadora – sozinho: quem lhe poderia ensinar? –, Tanner aprendeu a respirar.

O primeiro influxo de água fechou-lhe a traqueia por reflexo, a língua dobrou-se para trás e a garganta estreitou-se e bloqueou a rota até o estômago. A água salgada abriu seu caminho pelas novas e tenras vias de passagem. Tanner provou o sal tão completamente que não demorou a tornar-se insensível. Sentiu córregos passarem através dele, através do pescoço, das guelras e, *cu-de-deus e a puta que me pariu e tudo mais*, pensou, porque não precisava respirar.

Havia enchido os pulmões antes de mergulhar, por hábito, mas ficou inflado demais para imergir. Devagar, numa espécie de pânico luxuriante, exalou pelo nariz e deixou que o ar desaparecesse acima dele.

Não sentiu nada. Nenhuma tontura, dor ou medo. O oxigênio ainda lhe chegava ao sangue, e o coração ainda batia.

Acima, os corpinhos pálidos de seus concidadãos debatiam-se sobre a superfície da água, presos ao ar que respiravam. Tanner rodopiava abaixo deles, às vezes sem controle, ainda desajeitado, mas aprendendo, olhando para cima e para baixo – em cima, a luz e os corpos e o formato encadeado e imenso da cidade, lá embaixo, o ilimitado azul negro.

CAPÍTULO 13

Silas e Bellis passaram duas noites juntos.

Durante os dias, Bellis organizava prateleiras, ajudava Shekel a ler e contava-lhe sobre o Parque Croom, de vez em quando almoçava com Carrianne. Depois, retornava a Silas. Conversavam um pouco, mas ele a mantinha ignorante de como passava as horas. Ela desconfiava de que estivesse repleto de ideias secretas. Transaram várias vezes.

Após a segunda noite, Silas desapareceu. Bellis ficou contente. Vinha negligenciando os livros de Johannes, e agora retornava à sua ciência enigmática.

Silas sumiu por três dias.

Bellis explorou.

Afinal se aventurou até as partes mais distantes da cidade. Viu os templos-ígneos do distrito de Solameno, e suas estátuas trípticas espalhadas ao longo das estruturas de muitos barcos. Em Tu-E-Teu (que não era tão rústico ou amedrontador quanto lhe tinham feito acreditar, era pouco mais que um mercado belicoso e exagerado), viu o hospício de Armada, imenso edifício que se elevava de um vapor, localizado cruelmente – pareceu a Bellis – na vizinhança imediata do bairro assombrado.

Havia um pequeno afloramento de barcos de Aquabelone, barricada entre Larcão e Solameno, separado do corpo principal de seu distrito por algum capricho histórico. Lá, Bellis encontrou o Liceu, oficinas e salas de aula que cambaleavam vertiginosas nos costados de um navio, dispostas em camadas como cidade na encosta de uma montanha.

Armada possuía todas as instituições de uma cidade em terra firme, devotadas a ensino, política e religião, embora de forma mais dura. Se os eruditos da cidade eram mais brutos que seus equivalentes terrestres, e se pareciam mais com malfeitores e piratas que com doutores, nem por isso se invalidavam suas especialidades.

Havia diferentes gendarmerias em cada distrito, desde os inspetores uniformizados de Solameno até os indefinidos capatazes de Aquabelone, reconhecidos somente por suas faixas, insígnias tanto de posto quanto de lealdade. As leis de cada distrito eram diferentes. Havia uma espécie de tribunal e tribuna de recursos em Larcão, enquanto a disciplina permissiva, violenta e pirata de Aquabelone era administrada pelo látego.

Armada era profana e secular, e as desmazeladas igrejas eram tratadas com a mesma irreverência dispensada às padarias. Havia templos votados a Croom divinizado; à lua e suas filhas, para agradecer-lhes pelas marés; a deuses marítimos.

Caso se perdesse, Bellis precisava apenas caminhar por ruas laterais e becos, olhar para todos os aeróstatos atados aos mastros e encontrar o *Arrogância* assomando majestosamente sobre o colérico *Grande Oriental*. Era seu farol, e por ele sabia a rota de casa.

No centro da cidade, havia balsas, boias de madeira que se estendiam por dezenas de metros em cada lado. Casas empoleiravam-se ridiculamente sobre elas. Havia submarinos estreitos como agulhas, oscilando amarrados entre goletas, e navios-carruagens cheios de tocas hotchis. Prédios ruinosos sufocavam conveses ou cavalgavam precários sobre os dorsos de dezenas de ínfimas naus, nas vizinhanças mais pobres. Havia casas de espetáculos, prisões e cascos desertos.

Quando erguia o olhar para o horizonte, Bellis podia ver perturbações no mar aberto: água agitada, rastros sem causa óbvia. Causados por vento ou intempéries, na maioria das vezes. Ocasionalmente, vislumbrava um grupo de toninhas, ou um pescoço de plessiauro ou serpente-marinha, ou as costas de algo grande e rápido que ela não sabia identificar. A vida além e à volta da cidade.

Bellis observava os barcos pesqueiros quando voltavam no começo da noite. Às vezes, navios piratas apareciam e eram acolhidos nas docas Basílio ou Espinhouriço. Agentes da economia de Armada que encontravam, estranhamente, o caminho de casa.

Armada era repleta de figuras de proa. Despontavam em lugares improváveis, ornamentadas e esquecidas como as aldravas entalhadas das casas de Nova Crobuzon. Na extremidade de um miradouro, ao caminhar em meio a estreitas fileiras de moradias de tijolos, Bellis poderia se deparar com uma mulher esplêndida e corroída, seu peitoral em decomposição, seu olhar de tinta descascado e vago. Pairando no ar como espírito, abaixo do gurupés de seu navio, projetado sobre o convés do vizinho e apontado ao beco.

Estavam por toda parte. Lontras, dracos, peixes, guerreiros e mulheres. Acima de tudo, mulheres. Bellis odiava as figuras curvilíneas e de olhos vazios, oscilando estúpidas para cima e para baixo com as ondas, assombrando a cidade como fantasmas banais.

Em seu quarto, terminou *Ensaios sobre feras,* e continuou sem descobrir o plano secreto de Armada.

Perguntou-se onde estaria Silas, e o que fazia. Não estava aborrecida nem nervosa pela ausência dele. Estava curiosa e um pouco frustrada. Afinal de contas, ele era quem chegava mais perto de um aliado dela.

Silas retornou na noite de 5 de Lunário.

Bellis o deixou entrar. Não se tocaram.

Estava cansado e abatido. Cabelos embaraçados e roupas empoeiradas. Recostou-se na poltrona e cobriu os olhos com as mãos enquanto murmurava algo inaudível, talvez uma saudação. Bellis preparou-lhe chá. Esperou que falasse e, como ele não o fez, ela voltou para seu livro e para seu cigarrilho.

Havia produzido muitas páginas de anotações antes que ele falasse.

– Bellis, Bellis. – Esfregou os olhos e olhou para ela. – Tenho de contar-lhe algo. Há coisas que escondi de você.

Ela assentiu, e voltou o rosto para Silas, que tinha os olhos fechados.

– Façamos um... inventário – disse devagar. – A cidade ruma para o sul. A *Sorgo*... você sabe para que serve a *Sorgo*? A *Sorgo*, e as outras sondas pelas quais imagino que tenha passado a bordo do *Terpsichoria*, sugam combustível do fundo do mar.

Abriu os braços, indicando vastidão.

– Existem campos de óleo, leite de pedra e mercus embaixo da terra, Bellis. Você já viu as brocas que são usadas para prospectar essas coisas em terra. Bem, geoempatas e assemelhados acharam enormes depósitos sob a rocha no leito do oceano. Há óleo sob Salkrikaltor meridional. É por isso que a *Pigmeu*, a *Estrelixo* e a *Sorgo* estão empoleiradas lá faz mais de trinta anos. Os pilares da *Pigmeu* e da *Estrelixo* descem mais de cem metros e assentam-se no fundo. Porém a *Sorgo*... é diferente – disse com prazer mórbido. – Alguém em Armada sabia o que estava fazendo, garanto-lhe. A *Sorgo* repousa sobre dois cascos de ferro, submersíveis. Não está imobilizada. É uma sonda de águas profundas. Pode viajar. É possível continuar adicionado seções à haste de perfuração, e assim se desce a uma distância que só Falastrão e a puta que o pariu sabem. Por isso permanecemos estáticos por tanto tempo. Armada encontrava-se sobre um campo de uma coisa ou outra que a *Sorgo* podia alcançar, e não podíamos sair dali até que a sonda armazenasse a tal coisa para transportá-la sei lá para onde.

Como você sabe de tudo isso?, pensou Bellis. *Qual é a verdade que precisa me contar?*

– Não creio que seja apenas óleo – prosseguiu Silas. – Tenho observado a chama acima da sonda, Bellis. Acho que extraem leite de pedra.

Leite de pedra. *Lactus saxi*. Viscoso e pesado como magma, mas frio como aço. E denso de taumaturgons, partículas carregadas. Valia muitas vezes seu considerável peso em ouro, diamantes, óleo ou sangue.

– Navios não usam a porra do leite de pedra para acionar os motores – disse Silas. – Seja lá por que o tenham armazenado, não foi apenas para manter as naus preparadas. Veja o que está acontecendo. Rumamos para o sul, até águas mais profundas e quentes. Aposto um florão que estamos tangenciando cordilheiras submarinas, onde há depósitos. Uma rota que permita à *Sorgo* perfurar. E, quando chegarmos ao nosso destino, seu amigo Johannes e seus novos patrões irão usar... o quê? Milhares de *toneladas* de leite de pedra e Falastrão sabe quanto óleo para fazer... algo. Uma altura em que... – Pausou e olhou Bellis nos olhos. – Uma altura em que será tarde demais.

Conte-me, pensou ela, e Silas assentiu como se a ouvisse.

– Quando nos conhecemos no *Terpsichoria*, lembro-me de que eu estava um pouco perturbado. Disse-lhe que tinha de retornar a Nova Crobuzon de imediato. Você mesma recordou-me disso, recentemente. Depois lhe contei que estava mentindo. Mas não estava. O que disse a bordo do navio era verdade: tinha de retornar. Diabos, você decerto percebeu. – Bellis nada disse. – Eu não sabia como... não sabia se podia confiar em você, se daria a mínima. Lamento por não ter sido honesto, não sabia o quanto podia revelar. Mas, com os diabos, Bellis, agora confio em você. E preciso de sua ajuda. É verdade o que lhe contei, que às vezes os grendelos voltam-se contra algum pobre coitado por motivo nenhum que se possa adivinhar. Pessoas desaparecem à mercê de seus caprichos. Os caprichos dos grendelos, dos fundícolas. Porém, o que disse antes, sobre isso ter acontecido comigo, não era verdade. Sei exatamente por que queriam me matar.

Fez uma pausa e continuou:

– Se quiserem, os grendelos podem nadar rio acima até o topo das Bezheks, onde confluem todos os rios. E podem atravessar para o Cancro. Deixar-se arrastar rio abaixo do outro lado das montanhas, e chegar a Nova Crobuzon. Outros poderiam alcançar o oceano através dos túneis, abordar a cidade pelo mar. Os grendelos são eurialinos, contentes com água salgada ou doce. Poderiam atingir a Baía de Ferro. De lá para o Grande Piche, e para Nova Crobuzon. Tudo de que precisam para entrar na cidade é de determinação. E sei que a têm.

Bellis nunca o vira tão tenso.

– Quando estive lá, ouvi rumores. Um grande plano para o futuro próximo. O nome de um cliente meu, um magus, espécie de sacerdote-criminoso, surgia constantemente. Comecei a manter olhos e ouvidos abertos. Por isso queriam me matar. Eu havia descoberto algo. Os grendelos não têm esquemas secretos, seu policiamento não é como o nosso. As evidências estiveram diante de mim por semanas, mas demorei a reconhecê-las. Mosaicos, plantas baixas, libretos e coisas assim. Levei muito tempo para entender.

– Conte-me o que descobriu – disse Bellis.

– Planos – disse ele. – Planos de invasão.

– Não seria possível imaginar nada igual – disse. – Deuses sabem que nossa história é laivada de traição e sangue e o caralho, mas... Rabo do diabo, Bellis... Você nunca viu Os Gengris. – Bellis jamais ouvira tamanho desespero na voz dele. – Você nunca viu as fazendas de membros. As oficinas, as porras das oficinas de bile. Nunca ouviu a *música*.

– Se os grendelos tomassem Nova Crobuzon, não nos escravizariam, matariam, ou devorariam a todos. Não fariam nada tão... compreensível.

– Mas por quê? – Bellis enfim perguntou. – O que querem? Você acha que conseguiriam?

– Diabos, não sei. Ninguém sabe coisa alguma sobre eles. Suspeito de que o governo de Nova Crobuzon tenha mais planos de contingência para uma invasão da porra do *Tesh* do que tem para os grendelos. Nunca tivemos razões para temê--los. Mas eles têm seus próprios... métodos, ciências e taumaturgia. Sim – disse ele. – Creio que tenham chance. Desejam Nova Crobuzon pelo mesmo motivo que a desejam quaisquer civilizados ou selvagens de Bas-Lag. É mais rica, maior e mais poderosa. Nossas indústrias, recursos, milícia... veja tudo o que temos. Porém, ao contrário de Shankell, Dreer Samher, Neovadan ou Yoraketche, Os Gengris... Os Gengris têm uma chance.

Deteve-se por um instante.

– Podem chegar de surpresa... envenenar a água, entrar pelos esgotos, cada maldita fenda, rachadura e tanque de água da cidade poderia se tornar uma porra de acampamento militar. Podem nos sitiar com armas que jamais entenderíamos, numa guerrilha sem fim. Eu vi o que os grendelos podem fazer, Bellis. – Silas soava exausto. – Vi, e estou aterrorizado.

Lá de fora vinha o som distante de macacos que brigavam sonolentos.

– Foi por isso que você fugiu – disse Bellis, em meio ao silêncio que se instalara.

– Por isso fugi. Não conseguia acreditar no que tinha descoberto. Mas vacilei... caguei e andei para o tempo. – Sua ira cresceu de repente. – E, quando me dei conta de que não era a porra de um equívoco, de que não era um mal-entendido, de que eles pretendiam mesmo desencadear um apocalipse desgraçado e inimaginável em minha cidade natal... fugi. Roubei o sub e fugi.

– Eles sabem... que você sabe?

Silas meneou a cabeça.

– Acho que não – disse. – Levei algumas tralhas comigo, para que pensassem que as roubei, e sumi.

Bellis podia ver que ele estava rígido de tensão. Lembrou-se de alguns heliótipos que vira em seu caderno. O coração dela saltou, e um pânico vagaroso rastejou por suas veias, como doença. Esforçava-se para conceber o que ouvia. Era grande demais, não fazia sentido, ela não conseguia apreendê-lo. Nova Crobuzon... como poderia estar sob ameaça?

– Você sabe quanto tempo? – sussurrou.

– Têm de esperar até Chet para colherem suas armas – disse. – Seis meses, talvez. Temos de descobrir o que Armada planeja, saber aonde vamos com essa caralhada de leite de pedra, e tudo mais. Porque temos... temos de enviar a mensagem para Nova Crobuzon.

– Por quê? – exalou Bellis. – Você já não enviou?

Silas riu contrafeito.

– Não sabia em quem confiar, na cidade. Eu mesmo tentava escapar, encontrar algum caminho de volta. Levei muito tempo para perceber que... que não havia nenhum. Pensei que pudesse entregar a mensagem pessoalmente. E se você não acreditasse em mim? E se fosse espiã? E se contasse aos nossos novos governantes filhos da puta...

– Bem, e que tal isso? – interrompeu Bellis. – Será que não vale a pena considerar? Talvez nos ajudem a levar a mensagem...

Silas a encarou com incredulidade viperina.

– Você está louca? Acha que eles nos ajudariam? Não dão um cuspe seco pelo que possa acontecer com Nova Crobuzon. Puta merda! É mais provável que comemorem sua destruição, menos uma nação concorrente no mar. Acha que permitiriam que chegássemos lá num cavalo branco? Acha que se importam? Os miseráveis provavelmente fariam tudo o que pudessem para nos *impedir*, para deixar que os grendelos fizessem o pior. E, além disso, você viu como tratam... agentes e oficiais crobuzonenses. Revistariam minhas anotações, meus papéis, descobririam que tenho a comissão. Que trabalho para Nova Crobuzon. Poderoso Falastrão, Bellis, você viu o que fizeram com o capitão. O que acha que fariam comigo?

Diante daquilo, houve um longo silêncio.

– Preciso... preciso de alguém que colabore comigo. Não temos amigos nesta cidade. Não temos aliados. A milhares de milhas daqui, nosso lar está em perigo, e não podemos confiar em ninguém para pedir ajuda. Cabe a nós levar a mensagem.

Depois disso, houve uma pausa, que se transformou em silêncio. Arrastou-se longamente e tornou-se terrível porque os dois sabiam que deveria ser preenchida. Deveriam fazer planos.

Ambos tentaram. Bellis abriu a boca várias vezes, mas as palavras secavam-lhe na garganta.

Sequestraremos um dos barcos, quis dizer, mas não conseguiu; a estupidez da ideia a engasgou. *Escaparemos, apenas nós dois num bote, passaremos pelos barcos de guarda e remaremos e velejaremos até em casa*. Tentou dizer, tentou pensar naquilo sem escárnio, e quase choramingou. *Roubaremos uma aeronave. Precisaremos apenas de armas e gás, água e carvão para o motor, comida e bebida para uma viagem de duas milhas, e um mapa, uma carta náutica que indique onde estaremos na porra excomungada da casa do caralho, no meio do Oceano Bravio, pelo amor de Falastrão...*

Nada. Não havia nada. Bellis não conseguia dizer nada, pensar nada.

Sentou-se e tentou falar, tentou pensar em maneiras de salvar Nova Crobuzon, cidade à qual dedicava um amor feroz e nada romântico, sobre a qual pairava a mais hedionda ameaça. E os momentos continuavam a passar, e Chet e o verão e a colheita dos grendelos se aproximavam. E ela não conseguia dizer nada.

Imaginava corpos como enguias inchadas, olhos e dentes recurvos rumando sob água fria até seu lar

– Ah, santos deuses, São Falastrão... – ouviu-se dizer. Seus olhos encontraram os olhos perturbados de Silas. – Santos deuses, *o que faremos*?

CAPÍTULO 14

Lenta como uma criatura gigantesca e empanturrada, Armada chegou às águas mais quentes.

Cidadãos e capatazia deixaram de lado as roupas mais pesadas. Os forçados do *Terpsichoria* estavam desorientados. A noção de que se podia fugir das estações, ultrapassá-las fisicamente, era profundamente incômoda.

Estações não eram mais que pontos de vista – questões de perspectiva. Quando era verão em Nova Crobuzon, era inverno em Bered Kai Nev (assim diziam), embora compartilhassem os dias e noites que se tornavam mais curtos em fase oposta. A aurora era a mesma no mundo inteiro. No continente oriental, os dias de verão eram curtos.

Os pássaros do microclima de Armada aumentavam de número. À pequena e consanguínea comunidade de tentilhões, pardais e pombos que se aferravam ao horizonte da cidade sempre que ela se movia uniam-se habitantes temporários: migrantes que cruzavam o Oceano Bravio, seguindo o calor anual. Uns poucos eram atraídos por Armada de seus enormes bandos. Desciam para descansar e beber, e lá ficavam.

Circulavam confusos os pináculos móveis de Larcão, onde o Conselho Democrático reunia-se em contínuas sessões de emergência, para debater com ardor e sem efeito os rumos de Armada. Concordava-se que os planos dos Amantes não eram bons para a cidade, que se deveriam tomar providências. Querelava-se deploravelmente à medida que a impotência do conselho ficava mais clara.

Aquabelone sempre fora o distrito mais poderoso, e agora tinha a *Sorgo,* e não havia nada que o Conselho Democrático de Larcão pudesse fazer.

(No entanto, Larcão havia aberto negociações preliminares com o Brucolaco.)

O mais difícil para Tanner não era respirar pelas guelras, ou mover os braços e pernas como sapo ou vodyanoi, mas deparar-se com o colossal gradiente de água escura abaixo de si. Tentar encará-lo sem intimidar-se.

Enquanto vestira o traje de mergulho, fora um intruso. Desafiara o mar, e o fizera de armadura. Seguro por escadas e tirantes, agarrado à vida, sabia que o espaço infinito das profundezas, estendido como goela, era exatamente aquilo. Boca do tamanho do mundo, abrindo-se para engoli-lo.

Agora nadava livre, descendo até a escuridão que já não parecia faminta por ele. Tanner mergulhava mais e mais fundo. No início, estivera próximo o suficiente para levantar o braço e tocar os dedos dos pés dos nadadores na superfície. Dava-lhe prazer voyeurístico ver os corpinhos que patinhavam frenéticos. Porém, quando se voltava para o negror absoluto lá embaixo, o estômago saltava-lhe diante da enormidade implacável, e ele retornava veloz, na direção da luz.

Todos os dias, descia mais um pouco.

Deslizava sob o nível das quilhas, lemes e dutos de Armada. As compridas sentinelas de algas que os cobriam, que delimitavam os pontos mais baixos da cidade, tentavam alcançá-lo, mas ele se esquivava para longe, como ladrão. Encarava as profundezas.

Tanner passou por uma chuva de peixes miúdos que beliscavam as migalhas da cidade, e dali para água clara. Armada desapareceu à sua volta. Estava abaixo da cidade, muito abaixo.

Pairou imóvel na água. Não foi difícil.

A pressão o envolvia. Sentia-se como um bebê enfaixado.

Os navios de Armada estendiam-se por um quilômetro e meio sobre o mar, obstruindo-lhe a luz. Acima dele, John Filho da Puta alvoroçava-se como vespa sob as docas. Na água crepuscular em torno, Tanner viu uma densa suspensão de partículas, vidas minúsculas sobrepostas. E, para além do plâncton e do krill, viu incertamente as serpentes marinhas e os submersíveis da cidade, punhado de sombras escuras em volta da base de Armada.

Lutou para dominar a vertigem, fez dela algo diferente. Não menor assombro, porém menor medo. Tomou o que nele era medo e converteu em humildade.

Sou pequeno pra danar, pensou, flutuando como partícula de poeira em ar estático, *dentro dum mar grande pra danar. Mas tudo bem, dá pra viver com isso.*

Com Angevine, ele era tímido e um pouco ressentido, mas esforçava-se por causa de Shekel.

Angevine veio jantar com eles, e Tanner tentou conversar, mas ela estava fechada e rude. Por algum tempo, ficaram sentados e mastigaram seus pães de alga, sem ruído. Após meia hora, ela gesticulou para Shekel, que, já experiente, puxou alguns torrões de coque do recipiente atrás dela para dentro da caldeira.

Angevine encontrou o olhar de Tanner, sem constrangimento.

– Mantendo os motores abastecidos? – disse ele afinal.

– Não são muito eficientes – ela respondeu devagar (em sal, desdenhando do ragamina que ele havia falado, embora também fosse sua língua materna).

Tanner assentiu. Lembrou-se do velho a bordo do *Terpsichoria*. Demorou a dizer qualquer outra coisa. Sentia-se acanhado diante daquela severa mulher Refeita.

– Qual é o modelo do seu motor? – perguntou enfim, em sal. Angevine o encarou consternada, e ele percebeu com espanto que a mulher nada sabia da mecânica de seu próprio corpo Refeito.

– Deve ser um dos modelos antigos, sem permutador – continuou devagar –, com um só conjunto de pistões e sem caixa de recombinação. Nunca prestaram pra nada. – Deteve-se ali por um instante. *Vá em frente,* pensou, *talvez ela diga sim, e o rapaz ficaria contente.* – Se você quiser, posso dar uma olhada. Trabalhei a vida inteira com motores. Posso... posso até... – Hesitou em usar um verbo que soasse um tanto obsceno, ao referir-se a pessoas. – Posso até retificar você.

Afastou-se da mesa, com a desculpa de repetir o ensopado, para não ouvir o embaraçoso monólogo de Shekel: mistura de gratidão a Tanner e persuasão à incrédula Angevine. Acima do estribilho de *vamos, Ange, meu melhor camarada Tanner você é meu melhor camarada,* Tanner percebeu que ela parecia transtornada. Não estava acostumada a ofertas como aquela, a não ser que implicassem dívidas.

Não é por você, Tanner pensou com fervor, desejando dizê-lo em voz alta. *É pelo garoto.*

Afastou-se para mais longe enquanto ela e Shekel sussurravam um para o outro. Deu-lhes as costas educadamente e despiu-se, mantendo o macacão de baixo, deslizando para dentro de uma banheira de latão cheia de água salgada. Aquilo o tranquilizou. Afundou com a mesma sensação de prazer que um dia tivera com banhos quentes, e esperou que Angevine entendesse seus motivos.

Ela não era tola. Após um instante, disse, com dignidade, algo como *Obrigado então, Tanner, isso seria bom.* Disse sim, e ele descobriu, para sua ligeira surpresa, que ficara contente.

Shekel ainda se sentia exultante com o clamor de sons silenciosos que o fato de saber ler lhe havia proporcionado. Porém, com a familiaridade veio o controle. Já não se descobria parado em meio a um corredor qualquer, assombrado quando as palavras *amurada* ou *proa* gritavam-se para ele a partir de algum letreiro.

Nas primeiras semanas, as pichações tinham sido um vício. Estacara diante de paredes e costados e deixara os olhos arrastarem-se sobre o amálgama de mensagens rabiscadas, esboçadas ou pintadas nos flancos da cidade. Quanta diversidade de estilos: as mesmas letras podiam ser escritas em dezenas de maneiras diferentes, e dizer sempre a mesma coisa. Shekel nunca deixara de apreciar aquele fato.

A maior parte do que se escrevia era rude, política ou escatológica. *Foda-se Queda Seca*, lia. Nomes às dúzias. Alguém ama alguém, repetido sem parar. Acusações, sexuais e outras. *Barsum* ou *Peter* ou *Oliver* é *Puto* ou *Puta*, ou *Bicha*, ou o que mais pudesse ser. A escrita emprestava uma voz diferente a cada declaração.

Na biblioteca, sua pilhagem de estantes tornara-se menos frenética, menos embriagada de pressa e exultação, mas ainda colhia livros e os espalhava em grandes quantidades, lia-os devagar e escrevia as palavras que não entendia.

Em certas ocasiões, abria livros e encontrava palavras que o haviam derrotado na primeira vez em que as vira, e que depois anotara e aprendera. Ficava extático. Sentia-se como uma raposa que as houvesse rastreado. Assim fora com *meticuloso*, *alpinista* e *khepri*. Quando as encontrou pela segunda vez, renderam-se a ele, e ele as lia sem interrupção.

Nas prateleiras de volumes estrangeiros, Shekel encontrava alívio. Ficava fascinado pelos alfabetos e ortografias crípticos, pelas estranhas figuras para crianças estrangeiras. Vinha remexer ali quando precisava acalmar a mente. Tinha certeza de que fariam silêncio.

Até o dia em que apanhou um deles, folheou-o sobre as mãos e ouviu-lhe a voz.

Ao entardecer, algo emergiu vagaroso do mar profundo e veio na direção de Armada.

Aproximou-se do último turno de trabalho dos mecânicos embaixo da água. Vinham à tona devagar, escalando, mão após mão, as escadas e superfícies rugosas do ventre da cidade, resfolegando em seus capacetes, sem olhar para baixo, sem ver o que chegava.

Tanner Sack estava sentado com Hedrigall à beira das Docas Basílio. Balançavam as pernas como crianças, sobre a amurada de uma pequena coca, assistindo ao movimento da carga nos guindastes.

Hedrigall insinuava alguma coisa. Falava com Tanner de modo oblíquo. Esquivava-se e sugeria, e Tanner entendeu que se referia ao plano secreto, ao assunto implícito compartilhado por tantos de seus colegas. Sem nenhuma migalha daquele conhecimento, não compreendia o que o cactáceo queria dizer. Sabia apenas que seu amigo estava infeliz, e temeroso de algo.

Um pouco adiante podiam ver os pelotões de mecânicos emergirem ensopados, subindo pelas escadas até balsas e vapores castigados pelas intempéries, de onde motores, colegas e constructos bombeavam-lhes o ar.

A água naquele pequeno canto do porto começou de repente a borbulhar, como se fervesse. Tanner tocou o braço de Hedrigall para silenciá-lo, e pôs-se em pé esticando o pescoço.

Havia um tumulto à beira da água. Vários trabalhadores apressavam-se em içar os mergulhadores. Mais homens apareciam na superfície, em pequenos arrancos e manuseando desesperados os capacetes, agarrando-se às escadas e lutando para chegar ao cais. Um sulco no mar inchou e rompeu a superfície. Era John Filho da Puta. Bateu a cauda violentamente até que parecesse estar mal equilibrado sobre a água, e tagarelou como macaco.

Um dos mergulhadores, pendurado numa escada, projetou-se para fora do mar verde, conseguiu arrancar o capacete e clamou por ajuda.

– Placodermo! – gritou. – Há homens lá embaixo!

Em toda a volta, pessoas assustadas olharam por janelas, abandonaram o trabalho e acorreram aos cais, inclinando-se sobre as amuradas de pequenas traineiras que oscilavam no centro do porto, apontando para as profundezas e convocando aos gritos os que permaneciam nas docas.

O coração de Tanner gelou ao ver jorros vermelhos ondearem até a superfície.

– Sua faca! – berrou para Hedrigall. – Me dê a porra da faca! – Arrancou a camisa e correu sem hesitação.

Saltou, e os tentáculos desdobraram-se do peito. Hedrigall gritou algo que Tanner não ouviu. Então, seus longos e membranosos dedos romperam a superfície e, com uma explosão de frio, mergulhou.

Piscou frenético, acionando as pálpebras internas e perscrutando o fundo. A meia distância, obscurecidas pelo mar, as sombras dos submersíveis vagavam desajeitadas sob a cidade.

Ele pôde ver os últimos homens, que galgavam desesperados em direção à luz, terrivelmente desajeitados e vagarosos dentro dos trajes. Viu lugares onde grandes faixas de sangue tingiam a água. Um naco de cartilagem derivava para baixo em meio a uma névoa de carne. Um dos tubarões-vigias de Armada fora despedaçado.

Tanner nadou rápido para o fundo. Ali perto, na base de um enorme duto submerso, vinte metros abaixo, viu um homem que se aferrava, imobilizado de medo. Sob ele, nas águas sombrias, tremulando para lá e para cá como chama, estava uma silhueta negra.

Tanner vacilou, apavorado. A coisa era imensa.

Acima dele, ouviu corpos atingirem a água como tiros abafados. Homens armados mergulhavam, baixados por guindastes, presos a arreios e eriçados de arpões e lanças. Porém moviam-se lentos, centímetros de cada vez, à mercê dos motores lá em cima.

John Filho da Puta passou por Tanner, vindo como um raio de um dos recantos escondidos do ventre da cidade, e o assustou. Tanner viu os silenciosos peixomens de Solameno deslizarem pela água em direção ao predador.

Encorajado, bateu os pés e desceu mais fundo.

Sua mente turbilhonava. Sabia que ataques de grandes predadores aconteciam às vezes – tubarões vermelhos, lulanzóis e outros, que esmagavam as gaiolas de peixes e investiam contra os trabalhadores –, mas nunca tinha enfrentado um. Nunca vira um *dinichthys,* um placodermo.

Sopesou a faca de Hedrigall.

Com súbita repulsa, percebeu que passava por uma nuvem de água suja de sangue, cujo gosto sentiu na boca e nas guelras. Seu estômago revirou ao ver, afundando devagar atrás dele, os vestígios esfarrapados de um traje de mergulho, perto dos quais ondulavam retalhos indistintos.

Quando atingiu a extremidade inferior do duto, à distância de alguns corpos do mergulhador sangrento e imóvel, a criatura ascendeu para encontrá-lo.

Ouviu o pulso do mar e sentiu uma enxurrada de pressão, olhou para baixo e gritou silenciosamente na água salgada.

Um imenso peixe de face obtusa subia rápido em sua direção. A cabeça envolta em couraça craniana, lisa e redonda como bala de canhão, separada por enormes mandíbulas nas quais Tanner não viu nenhum dente, e sim duas cristas ósseas afiadas como navalhas, que mascavam a água. Retalhos de carne tremulavam ali. O corpo era longo e afunilado, sem contornos ou cauda em leque; a nadadeira dorsal era baixa e arrojada, e fundia-se ao osso caudal, como se fosse uma enguia obesa.

Media mais de dez metros. Investiu contra Tanner, a boca grande o suficiente para parti-lo em dois sem esforço, olhos pequeninos e malévolos atrás da borda protetora.

Tanner bradou com coragem estúpida, brandindo a faquinha.

John Filho da Puta atravessou-lhe o campo de visão e chegou por trás do *dinichthys*, desferindo-lhe uma forte cabeçada no olho. O enorme predador voltou-se com assustadora velocidade e elegância, e tentou morder o golfinho. As placas de osso em sua boca colidiram entre si e rilharam.

Deu uma guinada violenta e lançou-se atrás de John Filho da Puta. Pequenos dardos de marfim sulcaram a água, projéteis das estranhas armas que o povo-salamandra disparava contra o *dinichthys.* Ele não lhes deu atenção e continuou a perseguir o golfinho.

Tanner nadou violentamente para longe, pernadas frenéticas rumo ao mergulhador. Enquanto nadava, olhou em torno e percebeu, para seu horror, que o imenso peixe de couraça óssea havia descido ainda mais, apesar de John Filho da Puta continuar tentando atraí-lo, e agora dava meia-volta, na direção de Tanner.

Com mais uma pernada, pôde tocar o metal áspero do duto e tateou em busca do mergulhador. Encarou o *dinichthys.* O coração martelava-lhe dentro do peito à medida que a coisa monstruosa acelerava, cada vez mais próxima dele. As ventosas de seus tentáculos o ancoraram à haste. Brandiu a faca na mão direita, rezando para que John Filho da Puta, os homens-salamandras ou os mergulhadores armados o alcançassem. Com a esquerda, tentou alcançar o homem aprisionado.

Sua mão tateante encontrou algo morno e macio, que cedeu aos dedos de maneira horrível, e Tanner a retraiu com repulsa. Olhou por um instante para o homem.

O que viu foi o vidro do capacete cheio de água, e o rosto branco, de olhos esbugalhados, boca distendida e imóvel. O couro no centro do traje fora arrancado, junto com o estômago do homem. Entranhas oscilavam como anêmonas.

Tanner gemeu e precipitou-se para longe com pernadas temerosas, sentindo o *dinichthys* ali embaixo. Talhou a água sem efeito, atingindo nada, quando uma súbita e perversa maré de cristas e escamas passou por ele, toneladas de músculos flexíveis, ruídos desarmônicos de osso contra osso, e o duto estremeceu com o arrebatamento do cadáver. O caçador de crânio obtuso ziguezagueou em meio à floresta invertida das quilhas de Armada. O morto pendia-lhe das mandíbulas.

John Filho da Puta e os peixomens de Solameno o seguiram, incapazes de igualar-lhe a velocidade fácil. Em choque, Tanner nadou inutilmente na direção deles. A lembrança do peixe monstruoso dava-lhe frio e tornava-o lento. Sabia de modo vago que deveria subir à superfície, manter-se aquecido e beber chá doce, pois se sentia nauseado e apavorado.

O *dinichthys* agora mergulhava até o território das pressões esmagadoras, às quais seus perseguidores não poderiam sobreviver. Tanner o viu partir e moveu-se devagar, tentando não respirar nenhum sangue dissipado. Estava sozinho.

Arrastou-se como se o mar fosse alcatrão, até uma área de cascos desconhecidos, perdido e confuso. Ainda via o rosto e as tripas escorregadias do morto. Quando encontrou rumo, quando girou e viu as naus móveis nas Docas Basílio e os barcos, espalhados como migalhas, do Mercado de Palhinverno, olhou para cima e avistou, em meio às sombras aguçadas do barco acima dele, uma das enormes e vagas silhuetas penduradas na face interior da cidade, uma daquelas obscurecidas por feitiços e vigiadas com zelo, que lhe era proibido ver. Notou que estava ligada a outras, e derivou mais para perto, desimpedido agora que o tubarão guarda estava morto. A forma ficou mais clara e, de súbito, ele estava próximo, apenas alguns metros o separavam dela, e havia penetrado a escuridão e os encantamentos veladores. Pôde ver com clareza, e soube o que era.

No dia seguinte, Bellis foi agraciada por vários de seus colegas com descrições vívidas do ataque do monstro.

– Deuses do céu e o caralho – disse Carrianne, chocada. – Você pode imaginar? Cortado em fatias por aquele filho da puta? – Suas descrições tornavam-se mais grotescas e desagradáveis.

Bellis não lhe deu atenção. Pensava no que Silas lhe dissera. Abordava aquilo do mesmo modo como abordava quase tudo – com frieza, tentando compreender intelectualmente. Procurou por livros sobre Os Gengris e os grendelos, mas achou pouquíssimos que não fossem mitos pueris ou especulações absurdas. Achou difícil, quase impossível, apreender a dimensão do perigo que representavam para Nova Crobuzon. Durante todos os anos de sua vida, a cidade se havia assentado em torno dela, imensa, variada e permanente. A ideia de que pudesse ser ameaçada era quase inconcebível.

No entanto, os grendelos também eram inconcebíveis.

Bellis encontrava-se verdadeiramente alarmada pela descrição de Silas e por seu óbvio medo. Com certa extravagância mórbida, tentara imaginar Nova Crobuzon após a invasão. Arruinada e conquistada. No início era um jogo, uma espécie de desafio, encher a mente de imagens horríveis. Porém, as imagens passaram a cintilar incontroláveis através dela, como se projetadas por uma lanterna mágica, e a deixavam estarrecida.

Via os rios apinhados de corpos, fremindo com a passagem dos grendelos. Via cinzas vomitadas pelo incêndio da Casa Fúcsia; escombros despedaçados no Parque Gárgula; a Estufa partida como casca de ovo, e pilhas de cadáveres cactáceos. Imaginava o colapso da própria Estação Perdido, as linhas férreas retorcidas e separadas, a fachada destruída, os intricados ramais de arquitetura forçados à luz.

Bellis imaginava quebrado o arcaico e enorme Espinhaço que assomava sobre a cidade, curvas interrompidas numa cascata de pó de ossos.

Sentia calafrios. Mas não podia fazer nada. Ninguém ali, ninguém no governo daquela cidade, haveria de se importar. Ela e Silas estavam sós e, até que entendessem o que acontecia em Armada, até que soubessem aonde iam, Bellis não conseguiria conceber uma rota de fuga.

Bellis ouviu a porta se abrir e desviou os olhos das pilhas de livros. Era Shekel e trazia algo nas mãos. Esteve a ponto de cumprimentá-lo, mas deteve-se ao ver--lhe o rosto.

O garoto tinha uma expressão de grande seriedade e incerteza, como se desconfiasse de ter feito algo errado.

– Tenho uma coisa para lhe mostrar – disse devagar. – Você sabe que anoto todas as palavras que não consigo entender de primeira. Daí, quando as acho em outros livros, já sei. Bem... – Olhou para o livro que segurava. – Bem, achei uma ontem. E o livro não foi escrito em ragamina, a palavra não é... não é verbo, substantivo, nem nada. – Enfatizou as palavras técnicas que Bellis havia lhe ensinado: sem orgulho, apenas para esclarecer.

Estendeu-lhe o livrinho.

– É um nome próprio.

Bellis examinou o volume. Estampado na capa, em metal escovado, estava o nome do autor.

Krüach Aum.

A obra que Tintinábulo procurava, uma das vitais ao plano dos Amantes. Shekel a encontrara.

Shekel a apanhara nas prateleiras infantis. Ao folhear-lhe as páginas, Bellis viu que o equívoco não era de surpreender. Estava cheio de figuras em estilo primitivo:

executadas com traços simples e espessos, e perspectiva infantil, de modo que as proporções eram incertas e um homem poderia ter quase o mesmo tamanho de uma torre próxima a ele. Cada página de rosto trazia texto, cada verso uma figura, o que emprestava ao curto livro a sensação de fábula ilustrada.

O arquivista por certo colocara-o, após uma breve espiada, sem examiná-lo ou entendê-lo, entre outros livros de figuras – livros infantis. Não tinha sido registrado. Jazera imperturbado durante anos.

Shekel falava com Bellis, que não ouvia claramente: *não sabia o que fazer*, dizia o garoto, constrangido, *pensei que você pudesse ajudar... um dos que Tintinábulo procura, achei melhor assim*. À medida que estudava o volume, vinham-lhe adrenalina e exultação trêmula. Não havia título. Virou a primeira página, e o coração subiu-lhe à garganta quando percebeu que estivera certa sobre o nome *Aum*. O livro estava escrito em alto kettai.

Era o arcano idioma clássico de Gnurr Kett, nação insular que ficava a milhares de milhas de Nova Crobuzon, nos limites do Oceano Bravio, onde a água morna tornava-se o Mar dos Abrolhos Negros. Língua estranha e muito difícil, que utilizava a escrita do ragamina, mas tinha raiz bastante diferente. O baixo kettai, a linguagem do cotidiano, era bem mais fácil. Porém, a relação entre as duas era antiga e distante. Fluência em uma dava apenas a mais ligeira noção da outra. O alto kettai, até mesmo na própria Gnurr Kett, era exclusividade de cantores litúrgicos e de poucos intelectuais.

Bellis havia estudado o idioma. Fascinada pelas estruturas de verbos no subjuntivo, escolhera alto kettai como tema de seu primeiro livro. Fazia quinze anos que publicara *Gramatologia do alto kettai*. Mesmo assim, enferrujada como estava, ao olhar o capítulo de abertura percebeu que os significados retornavam-lhe devagar.

Eu mentiria se dissesse que escrevi isto sem orgulho, Bellis leu em silêncio, e olhou para cima, tentando acalmar-se, quase com medo de continuar.

Virou as páginas rapidamente, estudando as figuras. O homem na praia, os esqueletos de grandes motores amontoados sobre a areia. O homem fazendo cálculos ao sol, e à sombra de estranhas árvores. Chegou à quarta figura e suspendeu o fôlego. Um córrego de calafrios passou por ela.

Na quarta figura, o homem encontrava-se outra vez na praia – olhos vazios e estilizados eram os únicos traços do rosto, plácidos como os de uma vaca, na concepção do artista – e, acima do mar, um enxame vindo na direção de um barco que se aproximava, havia uma nuvem de formas escuras. A figura era difusa, mas Bellis pôde ver braços e pernas magros e pendentes. E um borrão de asas.

Sentiu aflição.

Concentrou-se, tentando lembrar o idioma. Havia algo muito estranho naquele livro. Transmitia um sentimento bem diferente daquele de outras obras em alto kettai que já vira. O tom era incongruente, bastante diverso da poesia que caracterizava o velho cânone de Gnurr Kett.

Ele teria buscado ajuda de estrangeiros, Bellis entendeu hesitante, mas todos os outros rejeitam nossa ilha, por medo de nossas mulheres famintas.

Olhou para cima. *Só Falastrão sabe*, pensou, *o que tenho em mãos.*

Refletiu rapidamente, tentando decidir o que faria. Suas mãos ainda viravam as páginas, automáticas como as de um constructo, e ela retornou ao livro para ver que, a meio caminho, o homem navegava num bote. Ele e sua embarcação foram desenhados muito pequenos. Baixava ao mar uma corrente e um imenso gancho recurvo. Lá no fundo, em meio a espirais que representavam água, viam-se círculos concêntricos que apequenavam o iate.

A figura capturou-lhe a atenção.

Bellis olhou-a fixamente, e sentiu algo agitar-se dentro dela. Prendeu a respiração. Ergueu-se uma onda de compreensão e a imagem tomou forma, como ilusão de ótica para crianças. Soube então o que era aquilo, soube o que via, e seu estômago saltou tão violentamente que ela sentiu como se estivesse caindo.

Sabia qual era o misterioso projeto de Aquabelone. Sabia para onde iam. Sabia o que Johannes vinha fazendo.

Shekel ainda falava. O assunto agora era o ataque do *dinichthys*.

– Tanner estava lá. – Ela ouviu o garoto dizer, orgulhoso. – Foi ajudar, só não chegou a tempo. Mas tem um negócio engraçado. Você lembra que, faz um tempo, eu disse que tinha coisas embaixo da cidade, formas que ele não sabia o que eram? E que não deixavam ele ver? Pois é, depois do placodermo se mandar ontem, o velho Tanner deu de cara com uma, né? Viu bem direitinho. Agora ele sabe o que tem lá. Adivinha o que...

Fez uma pausa dramática para que Bellis adivinhasse. Ela ainda fitava a ilustração.

– Uma brida – disse, quase inaudível. A expressão de Shekel mudou para perplexidade. De súbito, ela aumentou o tom de voz. – Uma brida gigante, um freio, rédeas, arreios maiores que um edifício.

– Correntes, Shekel, do tamanho de barcos – disse. O garoto a encarou atônito e assentiu enquanto ela concluía. – Tanner viu correntes.

Não tirou os olhos da figura que segurava: um homenzinho a bordo de um barquinho sobre um mar de ondas congeladas que se sobrepunham em perfeita sequência, como escamas de peixe. Profundezas representadas em hachuras e estreitos espirais de tinta. No fundo, eclipsando com facilidade a embarcação acima, um círculo dentro de um círculo dentro de um círculo, vastos não importava o quanto fosse dúbia a perspectiva. De tamanho inconcebível, e escuridão ao centro. Olhando para cima, para o pescador em busca da presa.

Esclerótica, íris e pupila.

Um olho.

INTERLÚDIO III – OUTRO LUGAR

Há intrusos em Salkrikaltor. Permanecem quietos, olhos que assimilam a cidade os lagostins, ponderados e inexoráveis como dolinas.

Deixaram um rastro de desaparecidos: fazendeiros, aventureiros submarinos, andarilhos e burocratas de baixo escalão. Extraíram informações por meio de tons cativantes, taumaturgia e tortura.

Os intrusos vigiam com olhos de azeviche.

Exploraram. Viram os templos, os covis de tubarões, as galerias e arcadas, as favelas dos lagostins e a arquitetura dos baixios. À medida que a luz esmorece e acendem-se os globos de Salkrikaltor, aumenta o tráfego. A galante juventude lagostim briga e faz pose sobre os tortuosos passadiços acima (seus atos refletem-se nos olhos dos espectadores ocultos).

Horas passam. Ruas esvaziam. Os globos escurecem um pouco antes da aurora.

E há silêncio. E escuridão. E frio.

Os intrusos se movimentam.

Passam por ruas vazias, trajados de escuridão.

Os intrusos deslocam-se como trilhas de dejetos, como se fossem nada, como se ao sabor de refluxos e marés aleatórios. Traçam ruelas sulcadas de anêmonas.

Nada vivo ficou nas ruas-valetas a não ser peixes noturnos, lesmas e caranguejos que paralisam de medo com a aproximação dos intrusos. Passam por mendigos nas ossadas de edifícios. Pela fenda num armazém à beira de tornar-se pó. Por cima do nível mais baixo da maltratada paisagem de telhados semelhante a coral. Insinuam-se em sombras que parecem pequenas demais para eles. Rápidos como moreias.

Um nome lhes foi sussurrado numa espiral de sangue, indício que aceitaram, perseguiram e encontraram.

Elevam-se e olham para baixo, para os telhados ao longo do mar.

Ele dorme lá, pernas dobradas embaixo de si mesmo, torso que oscila tênue com a corrente, olhos fechados – o lagostim que caçaram. Os intrusos agacham-se. Acariciam e tocam o prisioneiro, e emitem sons desde o fundo das gargantas. Ele abre devagar os olhos e se debate violentamente sob as amarras com as quais o estiraram (*continuam a tocá-lo, tranquilos e gentis como babás, para que não acorde*). Abre a boca, tanto que parece a ponto de romper-se e sangrar. Gritaria sem parar em vibrato lagostim se não lhe tivessem colocado uma coleira de ossos que espeta, sem causar dor, certos nervos do pescoço e das costas, e lhe impede a voz.

Pequenos jorros de sangue flutuam vindos da garganta do lagostim. Os intrusos assistem com curiosidade. Quando afinal seu frenesi o exaure, um captor move-se com graça alienígena e fala.

– *você sabe de algo*, diz. – *nós também precisamos saber*.

Começam o trabalho, sussurrando perguntas enquanto tocam e tocam o tradutor lagostim com habilidade impensável, e ele joga a cabeça para trás e grita outra vez.

Outra vez, sem som.

Os intrusos continuam.

E mais tarde.

O leito vermicompostado do oceano inclina-se para fora de vista e a água se abre infindável. As figuras negras (distantes de casa) suspendem-se imóveis no escuro, e ponderam.

A trilha se fragmentou.

Diminutas filigranas de rumores volteiam para longe, recurvam-se e caçoam das criaturas. O navio do sul desapareceu. Desde os limites rochosos do continente, onde a terra se ergue para separar água salgada de doce, elas rastrearam até o Canal do Basilisco, até os dedos eretos de Cidade Salkrikaltor, até o navio que se alvoroçava entre o mar e Nova Crobuzon, a montarrios. Mas aquele navio desaparecera, deixando atrás de si torvelinhos de mentiras e histórias.

Bocas nas profundezas. Piratas fantasmas. Torque. Tempestades ocultas. A cidade flutuante.

Sempre a cidade flutuante.

Os caçadores investigam as sondas que se elevam das águas meridionais de Salkrikaltor: estruturas semelhantes a árvores gigantescas, a pernas de paquiderme, hastes de concreto rachado no leito do mar, lama subindo em torno deles, como se em torno de dedos dos pés.

Brocas molestam a rocha macia, sugam-lhe os sucos. As sondas se alimentam nos baixios como seres dos pântanos.

Homens protegidos por conchas de couro e ar descem, atados por correntes, para cuidar das gigantes lamentosas, e os caçadores se apoderam deles com facilidade predatória. Roubam-lhes as máscaras e os homens debatem-se futilmente, expiram suas vidas em uivos borbulhantes de ar. Seus captores os mantêm vivos por meio de feitiços, com beijos de oxigênio, com massagens para desacelerar-lhes os corações. Em cavernas sob a água clara os homens imploram piedade e, instados por seus captores, contam-lhes todos os tipos de história.

Acima de tudo, histórias sobre a cidade flutuante que sequestrou o *Terpsichoria*.

A noite cai e sufocam-se as luzes derramadas pelo dia.

As imprecisas figuras têm toda a água do mundo para vasculhar. Os Oceanos: o Geada; o Bodião; o Vassilly e o Tarribor e o Teuchor; o Mudo e o Bravio. O Mar dos Cavalheiros e o Mar Espiral e o Oceano Relógio e o Oculto, e outros; e todos os estreitos, braços e canais. E as baías, e as enseadas.

Como poderão esquadrinhá-los todos? Por onde começarão?

Perguntam ao mar.

Aventuram-se nas águas profundas.

– *onde está a cidade flutuante?* – perguntam.

O rei dos tubarões-goblins não sabe e não quer saber. Os corocantos não revelam. Os caçadores perguntam em outros lugares.

– *onde está a cidade flutuante?*

Encontram inteligências monásticas disfarçadas de congros e bacalhaus, que alegam ignorância e se afastam para continuar suas contemplações. Os caçadores perguntam aos salinos, elementais da água salgada, mas não conseguem entender os esguichos de informação líquida que recebem como resposta.

Erguem-se junto com o sol e vão até a superfície. Oscilam ao sabor das ondas e tomam outra decisão.

Perguntam às baleias.

– *onde está a cidade flutuante?* – indagam às imensas e estúpidas comedoras de krill, cinzentas, jubartes e azuis. Escalam-nas como alpinistas e manipulam os centros de prazer de seus pesados cérebros. Subornam-nas, enfiando uma sopa apavorada, toneladas de plâncton, nos sorrisos grotescos das baleias.

Perguntas transformam-se em exigências.

– *encontrem a cidade flutuante* – dizem com cuidado, usando conceitos simples o suficiente para que as baleias entendam.

E elas entendem. Os grandes animais ponderam, sinapses tão vagarosas que os caçadores ficam impacientes (mas sabem que devem esperar). Afinal, após minutos durante os quais o único ruído é o de comportas, produzido pelas mandíbulas das baleias, há um trovejar orquestrado de caudas que rompe o silêncio.

Gemem ao longo de milhares de milhas, ecolocalizando, sondando, enviando mensagens amigáveis e estúpidas umas às outras, fazendo o que lhes foi ordenado, procurando por Armada.

PARTE 3

A FÁBRICA DE BÚSSOLAS

CAPÍTULO 15

– Estão conjurando um avanc.

O rosto de Silas fremiu de perplexidade, rejeição, de uma gama de incredulidades.

– Não é possível – disse baixo, meneando a cabeça.

A boca de Bellis se retorceu.

– Só porque avancs são lendas? – reagiu com dureza. – Extintos? Histórias infantis? – Comprimiu os lábios e sacudiu o livro de Krüach Aum. – Quem colocou isto na prateleira, vinte anos atrás, pensou que fosse um livro de histórias, Silas. Eu sei ler alto kettai. – Sua voz soava urgente. – Este não é um livro para crianças.

O dia terminava, e o burburinho da cidade continuava lá fora. Bellis olhou pela janela, a luz que morria em faixas de cores espetaculares. Estendeu o livro a Silas e falou novamente.

– Tenho feito pouco mais que isso nos últimos dois dias. Assombrei a biblioteca feito um maldito eidolon, lendo o livro de Aum. – Silas virava as páginas com cautela, uma a uma, esquadrinhando o texto como se conseguisse entendê-lo. Bellis sabia que ele não entendia.

– Isso é alto kettai – disse ela –, mas não é de Gnurr Kett, e não é antigo. Krüach Aum é anófeles.

Silas ergueu os olhos, chocado. Houve um longo silêncio.

– Acredite em mim – disse Bellis. Sentia-se e soava esgotada. – Sei que parece estranho. Passei os últimos dois dias tentando descobrir tudo o que pudesse.

– Também pensava que estavam mortos, mas estão apenas morrendo, Silas. Estão morrendo há mais de dois mil anos. Quando a Imperatriz Malarial caiu, foram erradicados em Shotoka, Rohagi e na maior parte de Os Estilhaços. Porém, conseguiram sobreviver... meteram-se numa pequena fortaleza em alguma rocha no cu-do-mundo, ao sul de Gnurr Kett. Acredite ou não, mesmo após a Imperatriz, há povos que negociam com eles. – Assentiu gravemente. – Têm acordos com Dreer Samher, ou Gnurr Kett, ou ambos, ou algo assim. Não consegui descobrir.

– E escrevem livros, ao que parece – disse, apontando para o volume. – Deuses sabem por que está em alto kettai. Talvez seja o que falem agora, seriam o único povo do mundo que ainda o fala. Maldição, Silas. Não sei, talvez seja tudo lorota – explodiu de súbita irritação. – Talvez essa maldita coisa seja uma falsificação, mentira, ou sim, história infantil. Mas Tintinábulo mandou-me procurar por qualquer coisa de Krüach Aum. Então você acha que o assunto do maldito livro é pura coincidência?

– O que diz aqui? – ele perguntou.

Bellis tomou-lhe o livro e traduziu devagar as primeiras linhas.

– Eu mentiria se dissesse que escrevi isto sem orgulho. Estou empanturrado de orgulho porque... encontrei uma história para contar, de algo que não havia sido feito desde o Império Espectral e foi realizado mais uma vez há mil anos. Um de nossos ancestrais, depois de nossas rainhas caírem e de chegarmos até este esconderijo... com... instrumentos e taumaturgia... lançou-se ao mar... a um lugar escuro... e lançou encantamentos na embocadura da água e, após vinte e um dias de calor, sede e fome... granjeou algo formidável e misterioso. – Olhou para Silas, e concluiu. – A montanha-nadadora, o cetodeus, a mais grandiosa fera que já visitou nosso mundo, o avanc.

Fechou o livro devagar.

– Ele conjurou um avanc, Silas.

– O que aconteceu? – perguntou ele. – Você já terminou de ler, *o que aconteceu*?

Bellis suspirou.

– Não diz como ou onde, mas Aum encontrou um monte de velhos manuscritos, história antiga. E os reuniu e organizou, e os recontou. A história de um anófeles, cujo nome nunca é citado. Séculos atrás. Há dez páginas que tratam de seus preparativos. O sujeito jejua, pesquisa, observa bastante o mar, coleta as coisas de que precisa: barris, aguardente, velhas máquinas que vinham apodrecendo na praia. Vai ao mar. Sozinho. Tenta manter o controle de um iate grande demais para um só homem, porque ninguém quis vir com ele. Procura por um local específico, um tipo de... poça muito, muito profunda, um buraco no leito do oceano. Ali ele caça. Ali ele lança a isca. Dali espera que o avanc... surja, do lugar onde vive normalmente. Depois, temos vinte páginas muito maçantes sobre as privações do mar. Fome, sede, cansaço, umidade, calor... e por aí vai. Ele sabe que está no lugar certo. Sabe que seu anzol... estende-se até uma paragem diferente. Desliza para fora do mundo. Mas não consegue atrair o avanc. Não há minhoca grande o suficiente. Então, no terceiro dia, quando está totalmente exausto, e seu navio é conduzido por bizarras correntes, o céu escurece. Há uma tempestade eléctrica chegando. E ele decide que não basta estar no local certo, precisa de força para fisgar a coisa. Chuva e granizo o golpeiam, e o mar se encoleriza. O barco sulca enormes ondas, estalando, à beira de romper-se.

Silas a ouvia de olhos arregalados, e Bellis de súbito imaginou-se ridiculamente no papel de professora, contando uma história às crianças.

– Enquanto o centro da tempestade se aproxima cada vez mais, ele ata um comprimento de fios no topo do mastro principal, enrola-o em torno do cordame e o liga a algum tipo de gerador. Depois...

Bellis suspirou.

– Não consegui entender o que acontece depois. Ele usa uma taumaturgia ou outra. Creio que tentasse invocar fúlmens, os elementais elíctricos, ou sacrificá-los ou algo assim. Não fica claro. Bem... – Deu de ombros. – Se teve sucesso ou não, se um elemental respondeu ou foi apenas o resultado de enrolar fios de cobre num mastro de trinta metros durante um temporal, o fato é que um raio atingiu o gerador.

Ela mostrou a respectiva ilustração: o barco em silhueta, contornado de branco, com um raio bastante atarracado e geométrico cravado como serrote no topo do mastro.

– Acontece uma tremenda eclosão de força dentro dos engenhos. Os controles taumatúrgicos que havia montado para tentar atrair e dominar o avanc começam de repente a estremecer, sobrecarregados de pujança, e logo queimam. O barco aderna, e as gruas e talhas nas quais atara o anzol dobram-se de súbito, e há uma precipitação lá no fundo.

– Tinha pescado um avanc, de acordo com Aum. E o monstro emergiu.

Bellis quedou-se silenciosa. Virou as páginas e leu para si mesma as palavras de Aum.

> O oceano vibrou com um grito, dez quilômetros abaixo, e a água elevou-se e estremeceu e tornou-se precária ao ser deslocada, vastamente, e as ondas morreram à medida que as marés foram suplantadas por um enorme influxo vindo das profundezas. E a água lançou o barco como se ele fosse uma partícula de poeira, e o horizonte desapareceu quando o avanc chegou à superfície.

Aquilo era tudo. Nenhuma descrição da criatura. A página de verso que deveria conter a ilustração estava em branco.

– Ele vê a coisa – disse ela em voz baixa. – Quando vê o tamanho dela percebe que apenas a tinha fisgado com seus anzóis e feitiços. Pensou que poderia içá-la como um pescador de carretilha... Impossível. O avanc rompe as correntes sem esforço. Mergulha outra vez e o mar fica vazio. O homem está isolado, e tem de percorrer todo o caminho de volta ao lar.

Bellis conseguia imaginar aquilo, e ficou comovida. Pensava na figura alquebrada, encharcada de água salgada em meio à tempestade ainda terrível, pondo-se em pé com esforço e tropeçando pelo convés de seu navio mal preparado. Acionando motores agonizantes, claudicando a viagem de volta. Faminto e exausto e, acima de tudo, solitário.

– Você acha que é verdade? – perguntou Silas.

Bellis abriu o livro na última seção, e o segurou para que ele visse. As páginas estavam apinhadas com notações matemáticas de aparência estranha.

– As últimas vinte páginas estão tomadas de equações, anotações taumatúrgicas, referências a colegas. Aum chama isso de apêndice de dados. É quase impossível traduzir. Não entendo nada – são teorias avançadas, cripto-álgebra e coisas do tipo. Mas é elaborado com incrível esmero. Se for uma falsificação, é desnecessariamente complexa. O que ele fez... Aum verificou os detalhes das datas, das técnicas, das taumaturgias e da ciência... descobriu como tinha sido feito. Essas últimas páginas... são uma demonstração, um tratado científico, explicando o modo de proceder. Como conjurar o avanc.

– Silas, este livro foi escrito e impresso no último ano kettai de Lugre. Isso faz vinte e três anos. O que, por acaso, significa que Tintinábulo e seus asseclas estão enganados. Ele acha que Aum escreveu no século passado. O livro foi impresso em Kohnid, em Gnurr Kett, parte do selo Sabedoria Tiritante. Não há muitas obras kettai nesta biblioteca, como se poderia esperar. E, entre aquelas que existem, a maior quantidade está em baixo kettai. Há umas poucas em alto kettai, e verifiquei todas. A Sabedoria Tiritante publica alto kettai: filosofia, ciência e textos arcaicos, meconomia gnóstica e assemelhados.

– É óbvio que a Sabedoria Tiritante considera que este livro esteja no mesmo nível, Silas. Se for fraude, conseguiu enganar uma editora científica, e também os melhores intelectos nesta porra de cidade.

– O que mais leem os cientistas dos Amantes, Silas? O livro de meu amigo Johannes, *Teorias da megafauna*. E outro dele, sobre vida transplanar. Teorias radicais sobre a natureza da água, obras sobre ecologia marinha. Estão loucos para achar este livrinho aqui, decerto porque Tintinábulo e seus caçadores já viram algumas referências a ele, e não conseguem encontrá-lo nem ferrando. Por Falastrão, você acha que há outro motivo para isso tudo?

– Silas, eu li o negócio. – Obrigou-lhe a olhá-la nos olhos. – Isso é sério. É um manual para conjurar um avanc. Para controlá-lo. O anófeles de Aum escreve sobre como... o avanc se livrou dele, fácil. – Inclinou-se adiante.

– Mas era apenas um homem. Armada é uma cidade. Ele recolheu motores a vapor jogados fora: Armada tem *vários distritos* industriais. Há correntes gigantescas sob a cidade, você sabia? O que acha que planejam fazer com elas? E Armada tem a *Sorgo*. – Deixou que ele assimilasse aquilo, e viu seus olhos moverem-se minimamente. – Caralho, esta cidade possui milhares de litros de leite de pedra, Silas, e os meios para obter outros milhares. Falastrão sabe quanta taumaturgia se pode suprir com essa bosta.

– Os Amantes pensam que terão sucesso onde o sujeito de Aum falhou – disse ela, direta. – Rumam para o sumidouro, para invocar um avanc. Querem atrelá-lo à cidade, e controlá-lo.

– Quem mais sabe do livro? – perguntou Silas, e Bellis meneou a cabeça.

– Ninguém – disse ela –, apenas o garoto, Shekel. Ele não faz ideia do que seja, do que signifique.

Você fez certo em trazer-me isso, Bellis dissera. *Verei do que se trata e entregarei pessoalmente a Tintinábulo assim que confirmar se é útil para qualquer coisa.*

Lembrou-se da inquietação de Shekel, de seu medo. Visitava com frequência o *Castor* de Tintinábulo, para ver Angevine. Bellis soube, com uma ferroada de dó, que o garoto não havia entregado o livro lá, ele mesmo, por medo de estar enganado. Ainda lia sem perícia e, ao deparar-se com tal importância aparente, perdera a confiança, e fitara a curta combinação de letras do nome *Aum*. Olhara o nome que tinha copiado do papel de Tintinábulo e vira que eram iguais. Mesmo assim, mesmo assim…

Mesmo assim não se sentiu seguro. Não queria fazer-se de tolo, ou desperdiçar o tempo dos outros. Levou o livro para Bellis, sua amiga e professora, para que ela o examinasse, para se assegurar. Ela o tomara dele, sem piedade, sabendo do poder que ganhava assim.

Os Amantes levavam a cidade para o sul, até uma fissura no leito do mar, de onde o avanc poderia emergir. Haviam coletado todo o necessário – os cientistas dos quais precisavam, uma sonda para abastecer os feitiços – e agora rumavam na direção de sua jazida. Durante a viagem, os especialistas trabalhavam em concerto firme e incessante para completar os cálculos, resolver o enigma da invocação.

Silas e Bellis aproveitaram aquilo de imediato. Tão logo perceberam que haviam atingido seu objetivo, que conheciam o plano dos Amantes, que poderiam adivinhar aonde ia a cidade, começaram a discutir freneticamente sobre como usar o conhecimento para fugir.

O que estamos fazendo?, pensou Bellis em meio ao silêncio. *Mais uma noite passamos aqui sentados em meu quartinho redondo e estúpido, dizendo* ó deuses, ó deuses *a nós próprios e um ao outro, porque removemos uma camada do mistério, e embaixo há ainda mais merda, mais problemas sobre os quais não podemos fazer nada.* Quis gemer de exaustão. *Já não me pergunto o que fazer*, pensou. *Simplesmente quero fazer algo.*

Tamborilou com os dedos ao longo da escrita do livro. Escrita que ela, e outros poucos, sabiam ler.

Ao olhar para aquele idioma arcano, doeu-lhe uma ligeira e desagradável suspeita. Sentiu-se como naquela noite no restaurante, quando Johannes havia-lhe contado que os Amantes usavam os livros dele.

O constante ranger da frota de rebocadores e outros barcos que arrastava a cidade tornara-se ruído de fundo. Porém, despercebidos e esquecidos, avançavam. Não havia um único momento da noite ou do dia em que Armada não se dirigisse para o sul. O esforço era prodigioso e o passo lerdo, mais lento do que uma pessoa pudesse rastejar.

Mas os dias passavam naquela marcha torturante, e a cidade se movia. As pessoas se livravam de seus casacos e calças de lã. Os dias ainda eram curtos, porém, sem nenhuma pompa ou circunstância, Armada tinha alcançado a zona temperada do mar. E continuava a rumar até águas mais quentes.

As plantas de Armada – colheitas de trigo e cevada, relvados de convés, regimentos de ervas daninhas que conquistaram velhas pedras e metais – sentiram a mudança. Sempre ansiosas por calor, nutriram-se da troca aleatória de estação, e começaram rápidas a crescer, a brotar. Os cheiros dos parques tornaram-se mais densos, o verde passou a ser interrompido por florzinhas resistentes.

Todos os dias apareciam mais pássaros no céu. Os navios piratas navegavam acima dos peixes novos e coloridos, de águas mornas. Em Armada, uma variedade de cultos em pequenos templos dava boas-vindas à mais jovem das primaveras irregulares e contingentes da cidade.

Tanner vira as correntes e, tendo visto, não demorou a perceber o que se planejava para a cidade.

Era óbvio que não poderia saber detalhes. Mas lembrava-se do que vira: até mesmo em meio ao choque e ao frio que o haviam acometido à medida que nadava para cima. Fora parar sob um dos navios proibidos, no centro de um feitiço de ocultação. A dimensão do que observara o havia confundido no início, mas logo se definira como um elo de corrente, com quinze metros de comprimento.

O *Grande Oriental* espalhava-se acima como nuvem agourenta. O metal estava rebitado à parte inferior do casco com antigos ferrolhos, maiores que uma pessoa. Através dos séculos de vegetação que encobriam o casco do navio, Tanner percebeu que outro elo se conectava ao primeiro, alinhado ao casco do vapor. Para além dali, algas e água encantada obscureciam-lhe a visão.

Havia grandes correntes embaixo da cidade. Sabendo daquilo, não demorou a adivinhar o que se tinha planejado. Com surpresa quase lamentosa, Tanner Sack entendeu que agora conhecia o segredo que parecera sempre pairar em torno das conversas nas docas. A fonte de inquietação, as piscadelas, os olhares compartilhados, o projeto indizível que norteava todos os seus esforços.

A gente vai erguer um negócio do mar, pensou com calma. *Algum monstrinho? A gente vai encilhar umas serpentes marinhas ou uns krakens ou sabe Falastrão o quê? E daí? Pra puxar Armada como as serpentes marinhas puxam os navios-carruagens?*

Faz sentido mesmo, pensou, assombrado pela dimensão da coisa, qualquer que fosse, mas sem medo, sem desaprovação.

Pra que esconder isso dum sujeito feito eu?, pensou. *Parece até que não sou leal.*

Tanner levou dias para se recuperar do ataque do *dinichthys*. Dormia mal; tinha calafrios horríveis. Lembrava-se do que sentira ao tocar as entranhas do homem lacerado, e, embora já tivesse visto e amparado mortos, houvera um terror peculiar nos olhos daquele cadáver, que continuou a perturbá-lo por dias. Não conseguia abater a memória do placodermo mergulhando em sua direção, tão implacável quanto um evento geológico.

Seus colegas o tratavam com respeito.

– Você tentou, Tanner – diziam-lhe.

Após dois dias, Tanner retornou à piscina entre Aquabelone e Jhour, para nadar e aliviar sua pele seca. Observou os homens e mulheres na água; havia poucos mais deles naquela temperatura hospitaleira. Outros cidadãos-piratas observavam de fora, maravilhados com a esotérica habilidade da natação.

Tanner viu os borrifos que saltavam das pernadas inaptas e das braçadas muito altas e a superfície sulcada da água, e sentiu-se estremecer enquanto os nadadores mergulhavam, desaparecendo de vista nas águas profundas. Não conseguia vê-los, não conseguia ver o que estava abaixo deles. Andou para frente, ensaiou um pulo, e sentiu o estômago revirar.

Tinha medo.

Tarde demais agora, disse a si mesmo, à beira do pânico. *Tarde demais, sujeito! Você foi Refeito pra isso! Vive no diabo da água, e agora não tem volta!*

Estava duplamente apavorado, com o mar e com o próprio medo que ameaçava prendê-lo à superfície, transformá-lo numa aberração de circo, com guelras e membranas, porém limitado a terra firme, pele rachada e guelras secando dolorosamente, tentáculos apodrecendo, temeroso demais para nadar. Então obrigou-se a saltar, e a água salgada o acolheu, e trouxe-lhe alguma paz.

Foi uma dificuldade terrível abrir os olhos e forçá-los a contemplar o ensolarado azul difuso abaixo dele, sabendo que talvez nunca mais visse rochas embaixo da água, apenas profundezas imensas onde predadores batiam as caudas e torvelinhavam para longe.

Foi uma dificuldade estarrecedora, porém nadou, e sentiu-se melhor por causa daquilo.

Por insistência de Shekel, Angevine permitiu que Tanner remexesse em suas entranhas de ferro. Ela ainda se sentia desconfortável com a situação. Para que ele trabalhasse, era necessário extinguir a caldeira, imobilizando-a. Era a primeira vez em anos que ela deixava aquilo acontecer. Vivia com medo de que seus fogos se apagassem.

Tanner mexeu ali como teria mexido em qualquer motor, batendo nos tubos e brandindo sua chave com entusiasmo, até que erguesse os olhos e visse o quanto os punhos dela pareciam lívidos enquanto segurava a mão de Shekel.

Deu-se conta de que, na última vez em que tinham colocado as mãos em Angevine daquela maneira, ela havia sido Refeita. A partir de então, foi mais delicado.

Como esperara, ela vinha sendo movida por um motor velho e ineficiente. Precisava ser substituído e, com um lacônico aviso dado a Angevine, e ao som dos gritos apavorados da mulher, começou a desmontá-lo.

Ela enfim se acalmou (tarde demais para desistir, de qualquer maneira, ele explicou, um tanto insensível: jamais se moveria outra vez caso fosse deixada assim). Após várias horas, terminou e saiu debaixo dela, suarento e coberto de óleo, e passou a acender o combustível na caldeira reformada. Ficou claro que Angevine pôde sentir de imediato a diferença.

Ambos estavam cansados e constrangidos. Quando a pressão cresceu dentro do motor, e Angevine começou a se mover, para sentir as novas reservas de força que Tanner havia lhe dado, verificar sua chama e perceber que o coque durava muito mais, reconheceu o quanto ele tinha feito por ela. Mas o homem não se sentia mais confortável com os agradecimentos do que Angevine se sentia ao expressá-los, e houve de cada parte pouco mais que murmúrios sobrepostos.

Mais tarde, Tanner afundou em sua banheira de água do mar, e pensou no que fizera. Ela não teria mais de recolher continuamente migalhas de combustível. Sua mente se libertara: estava livre de pensar o tempo todo na caldeira, livre de despertar durante as horas mortas para alimentar o fogo.

Ele sorriu.

Logo que se pusera em pé, Tanner havia notado uma marca recém-feita nos chassis por suas chaves de boca ou de fenda. Sulcara um ferimento no ferro escovado. Angevine sempre se esforçava por manter limpas suas partes de metal. Por isso, o arranhão de Tanner destacou-se, e ele mexeu-se inquieto.

Quando ela vira a marca, sua boca e seu rosto tinham se tornado rígidas de raiva. Após alguns minutos, no entanto, ao sentir a potência do vapor, sua expressão mudara. Antes de ir embora, enquanto Shekel esperava por ela à porta, rodou até Tanner e sussurrou para ele:

– Não ligue para o arranhão, está bem? Você fez um ótimo trabalho, Tanner. E a marca... bem, faz parte da reconstrução, não é? Faz parte do novo. – Sorriu-lhe rapidamente e saiu sem olhar para trás.

– Ah, de nada, pelo amor de Falastrão – murmurou Tanner ao lembrar-se daquilo, satisfeito e acanhado. Afundou mais um pouco na banheira. – Foi por causa do garoto, pra dizer a verdade. Só pra ver o garoto contente.

Havia somente dez navios de tamanho significativo no bairro assombrado de Armada, amontoados no canto na proa e a bombordo da cidade, fazendo fronteira com Queda Seca e Tu-E-Teu, do Rei Friedrich.

A maioria dos súditos do violento reinado mercantil de Friedrich ignorava os sinistros navios próximos a seu distrito, concentrando-se em seus próprios bazares, gladiacircos e agiotas. Em Queda Seca, no entanto, a influência nefasta do bairro assombrado rastejava sobre a pequena faixa de mar e maculava o distrito do Brucolaco. Onde Queda Seca se avizinhava das naus desertas, seus próprios barcos eram sombrios e desagradáveis.

Talvez fosse a presença do Brucolaco e de seu grupo de tenentes vampirs em Queda Seca que aguçava os sentidos dos habitantes em relação aos mortos e ab-mortos. Talvez fosse o motivo pelo qual, diferentemente do povo de Tu-E-Teu, os cidadãos de Queda Seca não conseguiam esquecer a presença do temível bairro assombrado perto deles.

Ruídos bizarros emanavam de lá: sussurros que o vento trazia; o tênue ranger de motores; atritos de coisas com outras coisas. Alguns afirmavam que os ruídos eram ilusórios, produtos do vento e da bizarra arquitetura de navios anciãos. Poucos acreditavam nisso. Às vezes um grupo temerário (sempre de recém-recrutados) invadia as embarcações, para emergir horas depois, emudecidos e pálidos, recusando-se a falar. Em outras ocasiões, não retornavam.

Tentativas de separar os dez navios do tecido da cidade, de afundá-los e apagar do mapa de Armada o bairro assombrado, haviam sido feitas, contava-se, e falhado de maneiras alarmantes. A maioria dos cidadãos era supersticiosa no que dizia respeito àquele lugar taciturno: por mais medo que sentissem dele, argumentavam fortemente contra qualquer tentativa de removê-lo.

Pássaros não pousavam nos navios assombrados. A paisagem de velhos mastros e cotos de mastros, de carcaças betuminosas e pútridas, de velas em farrapos, era proibitiva e deserta.

A fronteira entre Queda Seca e o bairro assombrado era aonde se ia para não ser perturbado.

Havia lá dois homens, sob o frio chuvisco noturno. Sozinhos no convés de um galeão.

Na frente deles, a dez metros de distância, via-se uma nau longa e estreita, uma galé antiga que rangia ao vento e à locomoção incessantes da cidade, vazia e apagada. As pontes que a ligavam ao galeão estavam podres e bloqueadas por correntes. Era o navio mais à proa do bairro assombrado.

Desde muito longe dos homens, cresciam os ruídos do centro da cidade, das irregulares galerias comerciais que serpeavam sobre os corpos de muitas naus, dos teatros e salões de baile. O próprio galeão estava silencioso. A fileira de tendas no convés era desabitada, na maior parte. Os poucos que ali moravam já haviam percebido quem estava no convés do galeão e permaneciam cautelosos, fora de vista.

– Estou desorientado – disse em voz baixa o Brucolaco, sem olhar para seu companheiro. Sua voz tranquila e áspera era quase inaudível. Vento e chuva arrastavam seus cabelos desgrenhados para longe do rosto, enquanto ele contemplava o mar negro além da amurada da galé. – Explique-me. – Virou-se e ergueu as sobrancelhas, com olhar de ligeira consternação, para Uther Doul.

Sem guarda-costas, capatazes ou espectadores para testemunhar aquela conversa, estava ausente a tensão vulcânica que caracterizava os confrontos públicos entre os dois homens. A linguagem corporal era apenas um pouco cautelosa, semelhante à de duas pessoas que se encontrassem pela primeira vez.

– Não é como se não o conhecesse, Uther – disse o Brucolaco. – Não é como se jamais tivéssemos batalhado juntos. Confio sinceramente em você. Confio em seus instintos. Sei como pensa. E ambos sabemos que é apenas questão... de um azar do caralho que você trabalhe para eles... em vez de para mim. – Havia arrependimento em sua voz, um ligeiro tom de arrependimento.

O Brucolaco encarou Uther Doul com olhos pálidos. A comprida língua bifurcada provou o ar, e o vampir falou outra vez.

– Diga-me, homem. Diga-me o que está acontecendo. Tetas da Lua, você não pode apoiar esse plano estúpido. Sente-se culpado, é isso? Por ter-lhes apresentado a ideia? Porque eles jamais pensariam nisso se você não tivesse contado o que contou? – Inclinou-se um pouco enquanto falava. – Não se trata de poder, Uther. Você sabe. Não dou dois caracóis por quem governe Armada. Queda Seca é tudo o que quero. Aquabelone sempre foi mais forte, e por mim está bem. E tampouco se trata do puto do avanc. Merda, se eu achasse que funcionaria, estaria a seu lado. Não sou um daqueles cuzões de Larcão, a tagarelar sobre o que seja "contra a natureza" e "interferência em forças letais", e asneiras do tipo. Porra, Uther, se eu achasse que fazer acordos com *dáimones* fortaleceria a cidade, você acha que eu não faria?

Uther Doul o encarou, e seu rosto alterou-se pela primeira vez, contraindo-se por causa do humor reprimido.

– Você é abmorto, Brucolaco – disse com sua voz de cantor. – Sabe que muita gente acha que você já negociou com os Infernais.

O Brucolaco o ignorou e prosseguiu.

– Sou contra isso porque ambos sabemos que não vai parar no avanc. – Sua voz soava fria. Doul desviou o olhar. A noite não tinha estrelas nem horizonte: o mar e o céu espalhavam nanquim um sobre o outro. – E muito em breve outros vão sacar a mesma coisa. Arenqueiro fará o que lhe mandarem até que a porra do mar ferva, mas você acha que Jhour e Biblioburgo vão permanecer com os Amantes quando virem qual é o plano verdadeiro? Uther, vocês estão a caminho de um motim.

– Entemorto… – começou Doul, e deteve-se longamente. Doul era única pessoa da cidade a usar o honorífico estrangeiro. Que vinha de sua terra natal. – Entemorto Brucolaco. Sou leal aos Amantes. Você sabe disso, e sabe por quê. Poderia ter acontecido de outra maneira, mas não aconteceu. Sou soldado, Brucolaco. Bom soldado. Se achasse que eles não teriam sucesso… se achasse que não funcionaria… não daria meu apoio.

– Palhaçada – a voz do Brucolaco veio fria e gutural. – Deuses ferrem e reneguem isso tudo, Uther. Isso é… mentira. Aposto que não se lembra de como descobri o que queriam com o avanc.

– Espiões – disse Doul com firmeza, olhando o vampir nos olhos outra vez.

O Brucolaco desdenhou.

– Os espiões conseguiram somente insinuações e boatos. Não minta para você mesmo. Eu soube porque *você* me contou.

Os olhos de Doul tornaram-se frios e aguçados.

– Não admitirei que repita essa calúnia… – disse, mas o Brucolaco o interrompeu com uma gargalhada.

– Olhe para você – retrucou, incrédulo. – Com quem pensa que está falando? Deixe de ser um solene filho da puta. Sabe o que digo. É claro que você não *obsequiou* a informação, nem mesmo admitiu a maldita coisa. Mas que merda, Uther, eu o procurei e apresentei-lhe o que tinha conseguido concluir, e você… Bem, você é profissional demais para revelar qualquer coisa que possa voltar e morder-lhe os calcanhares, porém, se quisesse iludir-me ou fazer-me pensar que estava errado, poderia tê-lo feito.

– E não o fez. Sou-lhe grato. Está certo, se quiser jogar esse jogo estúpido de não admitir o que ambos sabemos ser o caso, de não confirmar minhas suspeitas, mas tampouco negá-las, com todos os diabos, então está bem. Simplesmente continue em silêncio.

– Os fatos permanecem, Uther. – O Brucolaco arrancou, distraído, farpas de madeira da balaustrada, e deixou-as cair na escuridão. – Permanece o fato de que você permitiu que eu soubesse. E sabe que os líderes dos outros distritos não acreditarão em mim caso eu lhes conte. Você me deu algo que devo carregar sozinho. E acredito que o tenha feito por saber que o plano é estúpido e perigoso, e não saber o que fazer com tal conhecimento, e desejar um aliado.

Doul sorriu.

– Você é mesmo tão arrogante assim? – disse com leveza. – É tão seguro de si mesmo que pode inverter qualquer conversa, qualquer mal-entendido?

– Lembra-se dos golens cortantes? – disse de repente o Brucolaco, e Uther calou-se. – Da planície de ventovapor? – prosseguiu. – Lembra-se daquele lugar? Das *coisas* que vimos? Esta cidade tem dívidas conosco, Uther. Nós a salvamos, admita ela ou não, *saiba* ela ou não. Onde estavam os malditos Amantes então? Quem estava lá éramos você… e eu.

O chamado das gaivotas. O som do vento entre os barcos, o ranger do bairro assombrado.

– Aprendi coisas naquela época, Uther – falou tranquilo o Brucolaco. – Aprendi a lê-lo. Eu o conheço.

– Diabos! – Uther Doul o encarou. – Como se atreve a me aplicar essa história de velhos irmãos de armas? Não estou do seu lado, Brucolaco! Não concordo com você! Não consegue entender? Temos uma história juntos, é verdade, e Khyriad sabe que eu não me voltaria contra você de propósito, entemorto, mas... isso é tudo. Sou um tenente e você nunca foi meu capitão. Vim até aqui esta noite, como você pediu, por cortesia pessoal. Nada mais.

O Brucolaco levou a mão à boca e olhou para Doul. A comprida língua dardejou entre os dedos. Quando abaixou a mão, parecia triste.

– A Cicatriz não existe – ele disse. Houve silêncio.

– A Cicatriz não existe – repetiu. – E, se por acaso os astrolonômeros estiverem errados, e ela existir, mesmo assim não a encontraremos. E, se por um milagre do caralho a acharmos, então você sabe, Uther, mais que qualquer um, que ela trará nossas mortes.

Apontou brevemente para a espada embainhada no flanco esquerdo de Doul. Moveu o dedo, indicando a manga direita do companheiro, lavrada de fios que se bifurcavam, uns a partir dos outros, como veias.

– Você sabe disso, Uther – disse o Brucolaco –, você conhece as forças que verteriam de algo assim. Você sabe que não temos chance contra elas. Você sabe melhor que todos, não interessa o que aqueles tolos pensem que aprenderam com você. Elas significariam nosso fim.

Uther Doul olhou para a espada.

– Mas não nossas mortes – disse, e lançou um sorriso inesperado e belo. – Nada tão objetivo.

O Brucolaco meneou a cabeça.

– Você é o homem mais corajoso que já conheci, Doul, de tantas maneiras que não posso enumerá-las. – O tom foi saudoso, contrito. – É por isso que me choca encontrar esse lado seu. Esse aspecto baixo, pusilânime, covarde, pávido, timorato. – Doul não se moveu nem reagiu, e o Brucolaco não soou como se o provocasse. – Você se convenceu de que a maior bravura é o cumprimento do dever, não importa qual, Uther?

Meneou a cabeça mais uma vez, parecia incrédulo.

– Você é masoquista, Uther Doul? É isso? Sente tesão ao se rebaixar desse modo? Tem ereções quando aqueles caras de boceta fatiada dão-lhe ordens que sabe serem idiotices? Você goza ou toca uma quando lhes obedece cegamente? Bem, pelo bom cuspe-de-deus, seu pau deve estar em carne viva de tanta punheta, porque essas são as ordens mais lunáticas a que já tentou obedecer, e você sabe disso. E não permitirei que as cumpra.

Doul assistiu imóvel ao Brucolaco dar-lhe as costas e ir embora.

O vampir envolvia-se em sombras enquanto caminhava, dissipando-se rápido numa névoa de encantamentos. Seus passos silenciavam à medida que sumia. Ouviu-se um farfalhar, e, bem acima do convés, o velho cordame tangeu ligeiramente, como se algo tivesse esbarrado nele antes de desaparecer.

Doul seguiu os ruídos pelo ar com os olhos. Só quando tudo ao seu redor ficou em silêncio ele voltou a olhar para o mar e para o bairro assombrado, com a mão repousando no punho de sua espada.

CAPÍTULO 16

Com o auxílio de atlas e monografias de exploradores, Bellis e Silas desenhavam mapas de Gnurr Kett, Cymek e da Baía de Ferro. Tentavam planejar uma rota para casa.

A ilha anófeles não estava mapeada. Porém, ao interpretar as histórias dos mercadores cactáceos, concluíram que ficava a algumas dezenas de milhas da ponta meridional de Gnurr Kett, algo em torno de mil milhas das costas setentrionais e civilizadas da ilha. E, desde aquela extremidade norte, eram mais duas mil, ou quase, até Nova Crobuzon.

Bellis sabia o quanto era raro ver navios kettai ancorados nas docas Troncouve da cidade. Ruminou obras de economia política, e traçou as rotas de mercadorias de Dreer Samher a Gnurr Kett, a Shankell, às Ilhas Mandrágora, e *Perrique Próximo* e Myrshock. E afinal, talvez, por um curso tortuoso ou outro, a Nova Crobuzon.

– Saindo da ilha dos mosquitos iremos parar quase tão longe da cidade quanto se estivéssemos nas malditas colônias – disse Bellis, amargurada. – Milhares de milhas de águas desconhecidas, lugares não mapeados, lorotas e rumores por todo o caminho. Bem na ponta errada de uma cadeia de comércio muito, muito longa.

Passavam daquele modo todos os momentos livres, aninhados no quarto cilíndrico de Bellis e ignorando os ruídos, a luz do dia ou dos postes lá fora. Ela fumava furiosamente e praguejava contra o tabaco desagradável cultivado nos navios de Armada. Ambos rabiscavam anotação após anotação, caçando em livros antigos. Tentando construir algo com o conhecimento que tinham roubado. Tentando achar um meio de fugir.

Haviam caçado sem trégua o segredo de Armada. Agora que o possuíam, tinham pavor do conhecimento, que lhes alvorecia lentamente, de que mesmo assim, com todo o esforço, talvez não conseguissem retornar a Nova Crobuzon.

Se pudermos determinar onde estaremos... pensava Bellis, e uma compreensão nauseante crescia nela de que não era provável toda a maldita cidade aportar, ou rastejar de passagem por Kohnid ou outro porto à vista de todos. Mesmo que acontecesse, ela ainda teria de batalhar seu progresso até uma praia, até docas, até um navio que mais uma vez atravessaria o oceano rumo ao seu lar. E não havia nenhum modo de fazê-lo.

Se eu chegar à costa, pensou. *Se puder chegar à costa, talvez possa persuadir alguém a me ajudar, ou possa roubar um barco, ou embarcar clandestina, ou... qualquer coisa.*

Mas ela não chegaria à costa. Mesmo que conseguisse, sabia que todas aquelas ideias poderiam dar em nada.

– Shekel veio me ver hoje – disse. – Já faz quase uma semana que me deu o livro, Silas. Perguntou o que era, se era o que Tintinábulo procurava. Eu disse a ele que logo teria certeza.

– Não vai demorar – disse ela, agourenta. – Não vai demorar até que ele perca a timidez e conte a alguém. É amigo de um trabalhador das docas leal aos Amantes. Por São Falastrão e o caralho, Shekel é *criado* de Tintinábulo.

– Temos de agir, Silas. Temos de decidir. Decidir para onde vamos. Quando o garoto contar aos amigos que achou o livro de Krüach Aum, a capatazia chegará aqui em minutos. Então, não somente terão o livro, mas saberão que o escondemos deles. Deuses sabem que não quero conhecer o interior de uma prisão armadense.

Era impossível estabelecer o quanto os Amantes sabiam sobre conjurar o avanc. Por certo sabiam de algo – a localização dos sumidouros, as dimensões dos motores e da taumaturgia necessários, talvez partes da ciência requerida. Mas procuravam especificamente pelo volume de Krüach Aum

A única descrição de uma tentativa bem-sucedida de invocar e capturar um avanc, pensou Bellis. *Eles sabem em que parte do mundo ele está, mas garanto que há muito que ainda não sabem. Devem pensar que podem juntar as peças, e é provável que possam, no devido tempo, mas aposto que este livro facilitaria um bocado as coisas.*

Ela se debatia contra ideias estúpidas, como exigir sua liberdade em troca do livro, sabendo que fracassaria miseravelmente. A esperança lhe fugia, o que a tornava fria.

Uma espécie de negligência desesperada fez com que falasse a Carrianne sobre fugir. Amortecendo todas as suas dúvidas e ideias sob um jogo idiota e pouco convincente de "*e se fosse?*", perguntou-lhe se já havia pensado em deixar a cidade.

Carrianne riu com crueldade amigável.

– Nunca me passou pela cabeça – disse.

Estavam num bar de Queda Seca, e Carrianne olhou ostensivamente em torno antes de voltar-se para Bellis e falar mais baixo.

– É claro. Mas para onde eu voltaria, Bellis? Por que arriscaria algo assim? A cada ano ou dois, alguns forçados tentam, você sabia? Zarpam num barquinho, ou seja lá o que for. Nunca, nunca conseguem.

Apenas aqueles de quem se ouve falar, pensou Bellis.

Carrianne contemplou sua bebida por alguns instantes, e depois ergueu o olhar de volta para Bellis, com outro sorriso duro.

– Deve ser a única coisa sobre o que concordam todos os governantes de Armada – disse –, os Amantes, o Brucolaco, o Rei Friedrich, Braginod e o Conselho e todo o resto. Armada não pode se dar ao luxo de ser encontrada. Óbvio que alguns marinheiros sabem que navegamos por aí, em algum lugar, e há comunidades, como Dreer Samher, com as quais podemos comerciar. Mas sermos encontrados por uma grande potência, como Nova Crobuzon? Que nos queira fora do mar? Pessoas que tentam escapar são impedidas, Bellis. Não capturadas, se você me entende. Impedidas.

Carrianne deu um tapa nas costas de Bellis.

– Com os diabos, não fique tão chocada! – disse vivamente. – Não me diga que está surpresa de verdade. Você sabe o que aconteceria se voltassem para casa e espalhassem o tipo errado de informação, e sua turma invadisse Armada? Pergunte a qualquer Refeito que tenha sobrevivido aos navios escravistas de Nova Crobuzon, veja o quanto são leais à marinha crobuzonense. Pergunte a alguém que já esteve em Nova Esperium e viu o que aconteceu com os nativos. Ou fale com um marujo que se opôs aos flibusteiros de Nova Crobuzon que chegaram acenando suas malditas cartas de corso. Você acha que *nós* somos piratas? Encha a cara e feche a boca!

Naquela noite, pela primeira vez, Bellis pensou em voz alta no que ela e Silas fariam se não pudessem voltar para casa. Brandiu a possibilidade como uma lança.

Porém, uma espécie de horror calmo abateu-se sobre ela quando percebeu que a própria fuga não era o único fator. *E se não pudermos escapar?*, pensou com frieza. *Será o fim de tudo? A última palavra?*

Silas a observava, e seu rosto parecia lúgubre e cansado. Ao olhar para ele, Bellis viu os pináculos, mercados e pobres cortiços de sua cidade natal, com clareza súbita e aguda. Lembrou-se de seus amigos. Pensou outra vez em Nova Crobuzon. Na primavera, fedendo a seiva; no final do ano, fria e intricada; no festival do Dia de Falastrão, iluminada, decorada com bugigangas e lanternas de papel, apinhada com grupos de cantores, os trens vestidos de piedosas librés. À meia-noite, durante o ano todo, sob a luz de lampiões.

Em guerra. Em guerra sangrenta contra Os Gengris.

– Temos de enviar a mensagem – disse em voz baixa. – É o mais importante. Consigamos retornar ou não, temos de avisá-los.

Com aquilo, libertou-se do que não podia realizar. Por infeliz que estivesse, algo dentro dela se tornou menos frenético. Os planos, que antes sugeria hesitante, agora eram mais embasados, mais sistemáticos, de sucesso mais provável.

Bellis percebeu que Hedrigall era a chave.

Circulavam muitas histórias sobre o enorme homem-cacto, o fabulista e aeronauta samherino. Nuvens de rumores, verdades e mentiras. Entre as coisas que Shekel contara, sem fôlego, a Bellis, uma havia se plantado firme na memória dela: Hedrigall estivera na ilha do povo-mosquito.

Talvez fosse verdade. Ele tinha sido pirata-mercante sob a bandeira de Dreer Samher. O único grupo com quem se sabia que os anófeles negociavam regularmente. Em seus corpos corria seiva, não sangue: eram intragáveis. Podiam barganhar sem medo.

E ele talvez lembrasse coisas.

O dia estava nublado e quente, e Bellis começou a suar a partir do momento em que deixou seus aposentos para ir ao trabalho. Embora fosse magricela, ao final do dia se sentia sobrecarregada com excesso de carne. A fumaça dos cigarrilhos parecia ajustar-se à sua cabeça como um chapéu fedorento, e até mesmo os ventos incessantes de Armada não conseguiam desempoá-la.

Silas a esperava à porta da chaminé.

– É verdade – disse ele, com penosa euforia. – Hedrigall esteve lá. Ele lembra tudo. Sei como atuam os mercadores de Dreer Samher.

Seus mapas poderiam se tornar mais precisos; seu conhecimento da ilha, menos tênue.

– É devotado, aquele Hedrigall – disse Silas –, de maneira que devo ter cautela. Quer concorde ou não com o que lhe ordenam, pertence a Aquabelone. Posso extrair dele informações, apesar disso. É meu trabalho.

Até mesmo com as revelações de Hedrigall, eles se encontravam armados somente de um punhado de fatos desconexos, que embaralhavam e reembaralhavam, deixavam cair e viam o que acontecia, como no jogo de pega-varetas. Assim, tendo se despido da ânsia nada realista por sua própria liberdade, Bellis começou a ver ordem nos padrões dos fatos.

Até que tivessem um plano.

Ele resultou tão vago e nebuloso que ficava difícil admiti-lo como único recurso.

Acomodaram-se, em silencioso mal-estar. Bellis escutava os murmúrios recorrentes das ondas e assistia à fumaça do cigarrilho desdobrar-se na frente da janela, obscurecendo o céu noturno. O momento causou-lhe súbita repulsa: parecia tê-la aprisionado. Sua vida se reduzira a uma sucessão de noites, de cigarrilhos, de busca por ideias. Agora, no entanto, algo havia mudado.

Talvez aquela fosse a última noite em que precisaria passar por tudo outra vez.

– *Detesto* essa porra – disse Silas, afinal. – Essa coisa de não poder... E você consegue? Tanta coisa vai depender de você...

– Tenho de conseguir – ela respondeu. – Você não lê alto kettai. Haveria outra maneira de convencê-los a empregá-lo?

Silas rilhou os dentes e meneou a cabeça.

– E quanto a você? – retrucou. – Seu amigo Johannes sabe que você não é um modelo de cidadã armadense.

– Posso convencê-lo – disse Bellis. – Não deve haver muita gente que leia kettai em Armada. Porém, você está certo, ele é o único obstáculo importante. – Calou-se por um instante e afinal prosseguiu, pensativa. – Não creio que tenha dito nada sobre mim. Se quisesse complicar minha vida, se suspeitasse de que eu fosse... perigosa, eu saberia a esta altura. Acho que ele tem um senso de... de honra, ou algo assim, que o impede de falar em mim.

Não é nada disso, pensou enquanto falava. *Você sabe por que ele não a denunciou como dissidente.*

Goste você ou não, não importa o que ache disso ou dele, ele a considera uma amiga.

– Quando lerem isso – disse Silas – e descobrirem que Krüach Aum não é de Kohnid, e que talvez ainda esteja vivo, é provável que desembestem para tentar encontrá-lo. No entanto... e se não encontrarem?

– Temos de levá-los até a ilha, Bellis. Se não o fizermos, não teremos nada. Não é pouca coisa o que queremos. Você sabe para onde queremos que rumem. Sabe o que está lá. Pode deixar o resto comigo, consigo reunir o que precisamos. Tenho o selo, de modo que posso escrever as mensagens. Posso fazer isso, mas, com os diabos, é só o que posso. – Soava amargo. – Se não os levarmos à porra da ilha, não teremos nada.

Apanhou o livro de Krüach Aum e virou as páginas devagar. Quando chegou ao apêndice de dados, estendeu-o a Bellis.

– Você já traduziu, não é? – perguntou.

– O que pude.

– Eles não esperam encontrar este livro, mas acham que podem conjurar o avanc de qualquer maneira. Se dermos isto a eles... – Sacudiu o livro, e as páginas bateram como asas. – Talvez seja tudo de que precisem. Talvez apenas vejam estas páginas e decodifiquem seja lá o que tenham de decodificar para entendê-las, usando você, usando todos os outros tradutores e cientistas do Liceu e do *Grande Oriental*... Talvez tudo de que precisem para conjurar o avanc esteja bem aqui. É possível que lhes entreguemos a última peça do quebra-cabeça.

Estava certo. Se as alegações de Aum fossem verdade, todos os dados que havia utilizado, todas as informações, todas as configurações estariam naquelas páginas.

– Porém, sem este livro – prosseguiu Silas –, não temos nada. Nada que os *faça* aceitá-la, nada que os atraia à ilha. Irão apenas zarpar para onde estiveram planejando, e trabalhar com o que tenham, e talvez conjurem o avanc mesmo assim. Se não tivessem nada, dariam um jeito. Mas, se lhes dermos *parte* do que querem, cobiçarão todo o restante. Devemos transformar isso de dádiva... em isca.

Após um instante, Bellis entendeu. Comprimiu os lábios e assentiu rapidamente.

– Sim – disse ela –, dê-me aqui.

Folheou o apêndice de dados e deteve-se, pensando em como começar.

Afinal, deu de ombros e arrancou uma porção de páginas.

Após aquele momento inicial, bizarramente entusiástico, teve maior cautela. A aparência devia ser correta. Pensou nos volumes danificados que vira antes, imaginando os infortúnios que se poderiam abater sobre livros. Água e fogo? Mofo? Esses eram impossíveis.

Trauma, então.

Colocou o apêndice, bem aberto, sobre um prego oportuno cravado no piso, pisoteou sobre ele e o chutou forte. O prego fisgou equações e notas de rodapé e arrancou-as, formando uma pilha amarrotada.

Ficou perfeito. Sobraram três páginas iniciais do apêndice, nas quais termos eram discutidos e definidos, e o resto do papel foi extirpado pela raiz. Restaram apenas margens esfarrapadas, pequenas fatias de palavras semierradicadas. Parecia resultado de um acidente casual e estúpido.

Queimaram o apêndice, sussurrando como crianças travessas.

As páginas não demoraram a flutuar, em forma de fumaça e partículas, pelo céu de Armada, onde o vento as capturou e dissipou.

Amanhã jogamos nossa cartada, pensou Bellis. *Amanhã começamos.*

O vento vinha do sul. Os dedos de fumaça das chaminés de Armada apontavam na direção da qual tinham vindo.

No convés do *Esfolassombras*, olhando para o mar e tendo a cidade atrás de si, Bellis fingia estar a bordo de um navio normal.

O galeão fazia parte dos subúrbios de Aquabelone: o povo ali vivia em cabines preexistentes, nas cobertas inferiores. Não havia casas nos conveses principais. O *Esfolassombras* não passava de madeira ornada de bronze, cordame e antigas velas. Era desprovido de tabernas, cafés ou puteiros, e poucas pessoas se demoravam no convés. Bellis contemplava o oceano, como se fosse passageira de um galeão ao mar.

Ficou ali sozinha por muito tempo.

O mar cintilava sob as luzes de gás.

Afinal, um pouco depois das nove da noite, ouviu passos apressados.

Johannes Tearfly surgiu diante dela, e a expressão de seu rosto era ilegível. Ela assentiu devagar em saudação e disse o nome dele.

– Bellis, lamento por estar tão atrasado – disse. – Seu recado... foi de última hora, e não consegui adiar o que estava fazendo. Vim para cá o mais rápido que pude.

É mesmo?, pensou Bellis friamente. *Ou você está quase uma hora atrasado somente para me castigar?*

Mas percebeu que a voz dele trazia arrependimento sincero: que seu sorriso era incerto, mas não frio.

Caminharam sem rumo pelo convés, passeando em direção à estreita proa, e então retornando. Conversavam desconfortáveis, pesava-lhes a memória de sua discussão.

– Como vai a pesquisa, Johannes? – perguntou Bellis, por fim. – Estamos mais perto de... sei lá aonde vamos?

– Bellis... – Sacudiu os ombros, demonstrando irritação. – Pensei que talvez você tivesse... Com os diabos... que tivesse me convidado até aqui apenas para... – Ela o interrompeu erguendo as palmas das mãos.

Fez-se longo silêncio e Bellis fechou os olhos. Quando voltou a abri-los, seus rosto e sua voz tinham se suavizado.

– Desculpe-me – disse. – Lamento. O fato é, Johannes, que as coisas que você me disse doeram. Porque sei que está certo. – O rosto dele permaneceu reservado enquanto ela se esforçava para dizer aquelas palavras. – Não me entenda mal – falou, rápida. – Esta cidade jamais será meu lar. Fui trazida para cá por pirataria, Johannes: fui sequestrada.

– Mas você estava certo quando disse que... que eu tinha me isolado. Não sabia nada sobre a cidade, e isso me envergonhava. – Ele tentou interromper, mas Bellis não permitiu. – E, acima de tudo, vi... as oportunidades da situação. – Sua voz tornou-se apaixonada. Falou o que soava como verdades incômodas. – Vi coisas aqui... aprendi coisas... Nova Crobuzon ainda é meu lar, mas você está certo ao dizer que minha ligação com ela é apenas fruto do acaso. Desisti de voltar para casa, Johannes – disse (e de imediato seu estômago apertou-se, pois aquilo estava muito próximo da verdade) –, e isso me fez perceber que há coisas aqui que vale a pena fazer.

Algo nele pareceu mudar, alguma expressão nascia no rosto de Johannes. Bellis suspeitou de que fosse alegria, e logo o interrompeu.

– Não espere que eu me apaixone por este maldito lugar, certo? Porém... para a maioria das pessoas no *Terpsichoria*, para os Refeitos, esse recrutamento forçado foi o melhor que poderia acontecer. E quanto ao restante de nós... bem, é justo que nos acostumemos a viver aqui. Você me ajudou a compreender isso, Johannes. E queria lhe agradecer.

O rosto de Bellis ficou impassível, mas as palavras em sua boca tinham gosto de leite azedo (mesmo sabendo que não eram mentiras completas).

Houvera um momento em que Bellis teria cogitado revelar a Johannes a verdade sobre a ameaça a Nova Crobuzon. Mas ainda estava perplexa pela rapidez com que ele se havia aliado a Armada e Aquabelone. Estava claro que amava muito pouco sua cidade natal. Ainda assim, ela pensou, não ficaria neutro (*por certo*) no caso de Os Gengris. Talvez tivesse amigos e família em Nova Crobuzon. Não poderia ser indiferente àquela ameaça. Por certo?

No entanto, e se não acreditasse nela? Se pensasse que aquilo era uma rebuscada tentativa de fuga, se desse notícias dela e de suas alegações aos Amantes, que cagariam e andariam para o destino de Nova Crobuzon, então ela teria esbodegado a única chance de enviar uma mensagem à cidade.

Por que os governantes de Armada deveriam se importar com o que uma nação distante faria à outra? Talvez até acolhessem os planos dos grendelos. A marinha de Nova Crobuzon era forte. Bellis não fazia ideia de quanto estava arraigada a nova lealdade de Johannes. Não podia arriscar-se a dizer a verdade.

Aguardou com cautela no convés do *Esfolassombras*, percebendo o prazer contido de Johannes.

– Você acha que pode fazer? – perguntou afinal.

Ele franziu o cenho.

– Fazer o quê?

– Conjurar o avanc.

Ficou atordoado. Bellis observou seus pensamentos em disparada. Incredulidade, raiva, medo. Viu-o pensar na possibilidade de mentir, por um mínimo instante, *não sei do que está falando*, mas a tentação diminuiu, levando com ela todas as outras emoções.

Em segundos, havia recuperado o controle.

– Suponho que não deveria estar surpreso – disse em voz baixa. – É absurdo pensar que se possa manter em segredo algo assim. – Tamborilou os dedos na balaustrada. – Para ser franco, impressiona-me sempre que tão poucas pessoas saibam. É como se aqueles que não sabem estejam conspirando com aqueles que sabem para esconder a coisa toda. Como você soube? Suponho que não haja cautela ou taumaturgia que esconda um plano desse tamanho. Eles terão de abrir o jogo em breve: gente demais já sabe.

– Por que está fazendo isso? – perguntou Bellis.

– Por causa do que representará para a cidade – disse ele. – É por isso que os Amantes o estão fazendo. – Chutou a balaustrada com desprezo e apontou com o polegar aos vapores e rebocadores distantes, a estibordo, reunidos nas extremidades das correntes e arrastando a cidade ao Sul. – Veja como se move esta maldita coisa.

Um quilômetro por hora? Dois, com ventos fortes? É absurdo. E esse tipo de esforço consome tanto combustível que o fazem raramente. Na maior parte do tempo, isto aqui bambeia sem rota certa, circulando o oceano. Mas imagine como tudo pode mudar se puderem fisgar o bicho. Serão capazes de ir aonde bem quiserem. Pense no *poder*. Irão comandar os mares.

– Já foi tentado, certa vez. – Olhou para o lado, coçando o queixo. – Assim creem. Há provas sob a cidade. Correntes. Escondidas por feitiços seculares. Os Amantes... Não são como nenhum governante que Amada já teve. Ela, em particular. E algo mudou quando Uther Doul tornou-se seu guarda-costas, há mais de uma década. Desde então, eles vêm procurando o avanc. Enviaram mensagens a Tinábulo e a sua equipe. Os melhores caçadores que existem. Não somente rápidos no manejo de arpões: são cientistas, biólogos marinhos, coordenadores. Há anos estão encarregados da caça ao avanc. Sabem tudo sobre armadilhas. Se alguém houvesse tentado antes fazer a mesma coisa, já teriam ouvido as histórias.

– É claro que, por seus próprios meios, jamais conseguiriam pegar um avanc. Porém, têm agora mais informações sobre ele que qualquer pessoa no mundo. Você imagina o que significaria para um caçador ter sucesso em algo assim? Esses são os motivos dos Amantes, e os motivos da equipe de Tintinábulo. – Encontrou o olhar de Bellis, e um sorriso brotou-lhe no rosto.

– E eu? – disse. – Participo disso, Bellis, porque se trata de um *avanc*!

Seu entusiasmo foi tão súbito, irritante e contagiante quanto o de uma criança. Sua paixão pelo trabalho era bastante sincera.

– Tenho de ser honesta – disse Bellis com cautela. – Não teria acreditado que pudesse pensar ou dizer isso, mas... mas *entendo*. – Olhou para ele calmamente. – Para dizer a verdade, isso faz parte do que me abrandou em relação à cidade. No início, quando descobri o que acontecia, qual era o plano para o avanc, senti-me tão arrasada que só pude me apavorar. – Meneou a cabeça e procurou pelas palavras. – Mas tudo mudou. É o projeto mais... mais extraordinário, Johannes. E quero que tenha sucesso, agora vejo.

Bellis constatou que fazia aquilo bem.

– Não estou indiferente, Johannes. Nunca pensei que daria um tostão por qualquer coisa que acontecesse neste lugar, mas a dimensão disso, a *hybris*... agora creio que possa ajudar. – Johannes Tearfly a observava com prazer cauteloso. – Por causa do modo como descobri a verdade. Por isso o chamei até aqui, Johannes. Tenho algo para você.

Tirou da bolsa o livro e o estendeu a ele.

O pobre Johannes sofria tantos choques naquela noite, pensou Bellis vagamente, ondas e ondas deles. O choque de ela contatá-lo, de vê-la, de sua aparente mudança de opinião em relação à cidade: o fato de que ela sabia sobre o avanc; e agora aquilo.

Permaneceu em silêncio enquanto ele demonstrava incredulidade esbaforida e alegria sufocada.

Afinal, ele ergueu os olhos.

– Onde conseguiu isto? – Mal conseguia falar.

Bellis contou-lhe de Shekel e de seu fervor pela seção infantil. Tomou-lhe com suavidade o livro das mãos e virou as páginas.

– Veja as ilustrações – disse ela. – Entende-se por que acabou na prateleira errada. Duvido de que haja a bordo muita gente que leia alto kettai. Foi isto que me deixou cabreira. *Isto.* Mostrou-lhe a figura do imenso olho sob o barco e, mesmo então, enquanto dissimulava, mesmo tendo visto a figura simples dezenas de vezes, sentiu uma onda de espanto ao olhar para ela.

– Não apenas as ilustrações revelaram o que estava acontecendo, Johannes. – Sacou da bolsa um calhamaço de papel, coberto com sua estreita caligrafia. – *Eu* leio alto kettai, Johannes – disse. – Escrevi um maldito livro sobre o idioma. – E, outra vez, algo sobre aquele fato assentou-se mal dentro dela. Ignorou a sensação e sacudiu o manuscrito diante dele.

– Traduzi Aum.

Mais um choque para Johannes, que reagiu com os mesmos ruídos e fervor de antes.

Esse é o último, pensou Bellis, calculista. Observava Johannes dançar de satisfação sobre o convés vazio. *Isso acaba com eles.* Quando ele terminou sua pequena e estúpida dança, ela começou a guiá-lo na direção da cidade, dos bares. *Sentemos e pensemos sobre o assunto*, pensou com frieza. *Agora vamos encher a cara juntos, não é mesmo? Olhe para você, tão eufórico porque estou novamente do seu lado. Tão animado por ter sua amiga de volta. Vamos decidir o que fazer, você e eu.*

Vamos ajudá-lo a criar meu plano.

CAPÍTULO 17

Naquelas águas mornas, as luzes noturnas e o som das ondas contra os flancos da cidade eram mais suaves, como se o mar estivesse aerado e a luz difusa: água salgada e iluminação já não eram tão duramente elementais. Armada aninhava-se na longa e amena escuridão do que era agora, sem dúvida, um verão.

À noite, nos pátios de bares que se encostavam às áreas verdes de Armada, em seus canteiros, seus relvados deixados em pousio sobre castelos de proa e conveses, cigarras cantavam mais alto que o ruído das ondas e a labuta dos rebocadores. Abelhas, vespas e moscas apareciam. Apinhavam-se à janela de Bellis, chocando-se até a morte contra a vidraça.

Os armadenses não eram afeitos ao frio, ou ao calor, ou ao clima temperado de Nova Crobuzon. Em outros lugares, Bellis poderia aplicar estereótipos climáticos (o inabalável habitante das zonas geladas, o emotivo sulista). Não ali. Na cidade nômade, tais fatores eram irregulares, desafiavam generalizações. Somente seria possível dizer que, por causa daquele verão, naquela conjuntura de data e lugar, a cidade havia se suavizado.

As ruas permaneciam cheias por mais tempo, e os retalhos fonéticos das conversas em sal ouviam-se por toda parte. Tudo indicava que seria uma estação barulhenta.

Numa sala do *Castor*, o navio de Tintinábulo, acontecia uma reunião.

O aposento não era espaçoso. Esforçava-se por conter todos dentro dele. Sentavam-se de maneira formal e desconfortável sobre cadeiras rígidas em torno de uma mesa esbatida. Tintinábulo e os companheiros, Johannes e os colegas, biomatemáticos, taumaturgos e outros, humanos na maioria, mas não todos.

E os Amantes. Logo atrás, Uther Doul estava parado à porta de braços cruzados.

Johannes, vacilante e entusiasmado, já vinha falando fazia algum tempo. Ao chegar ao clímax da história, deteve-se ostensivamente e jogou sobre a mesa o livro de Aum. Depois da pausa, ao som crescente da primeira onda de espanto, jogou também a tradução de Bellis.

– Agora podem ver – disse com voz trêmula – por que convoquei esta reunião extraordinária.

A Amante apanhou os dois documentos e os comparou com cuidado. Johannes a observou em silêncio. Ela comprimiu os lábios para concentrar-se e as cicatrizes no rosto serpearam, emoldurando-lhe as feições. Johannes notou-lhe, no lado direito do queixo, a pele enrugada e a casca de um novo ferimento. Olhou de relance para o Amante, e viu um ferimento correspondente abaixo da boca, à esquerda.

Johannes sentiu a perturbação que sempre sentia ao vê-los. Não importava com quanta frequência visse os Amantes, a proximidade trazia-lhe um nervosismo que não diminuía. Eram presenças extraordinárias.

Talvez seja autoridade, pensou Johannes, *talvez autoridade seja isso.*

– Quem aqui fala kettai? – perguntou a Amante.

No outro lado da mesa, um llorgiss levantou o braço.

– Turgan – ela assentiu.

– Sei um pouco – disse o ser, em tons sussurrados –, mais do baixo, um pouco do alto. Mas essa mulher é muito mais fluente que eu. Verifiquei os manuscritos, e a maior parte do original me escapou.

– Não esqueçam – disse Johannes, levantando a mão –, a *Gramatologia do alto kettai* de Vinhofrio é referência obrigatória. Não há muitos livros didáticos de alto kettai... – Meneou a cabeça. – Idioma esquisito e difícil. O de Vinhofrio está entre os melhores que existem. Se ela não estivesse a bordo, se Turgan ou alguém mais tivesse de traduzir isso, é provável que passassem a maior parte do maldito tempo consultando o livro dela, de qualquer forma.

Suas mãos mexiam-se em espasmos agressivos e irrequietos.

– Ela traduziu para ragamina, obviamente – disse –, mas será fácil verter para sal. Vejam, porém, que a tradução não é a coisa mais fascinante aqui. Talvez eu não tenha sido claro... *Aum não é kettai.* Não poderíamos visitar um cientista kettai, é claro. Kohnid é muito distante de nossa rota, e Armada não estaria segura naqueles mares... só que Krüach Aum não é de Kohnid. *É anófeles.* Sua ilha fica a mil milhas ao sul. E é quase certo que esteja vivo.

Aquilo os pegou de surpresa.

Johannes assentiu devagar.

– O que temos aqui – continuou – é inestimável. Temos a descrição do processo, dos efeitos, a confirmação da área envolvida, tudo isso. Infelizmente, faltam os cálculos e notas de Aum. Como eu já disse, o texto está gravemente danificado. De modo que temos apenas... a descrição leiga. Falta a ciência.

– Rumamos para uma dolina a certa distância da costa meridional de Gnurr Kett. Ora, verifiquei com uns cactáceos que vieram de Dreer Samher, e costumavam negociar com os anófeles: o lugar para onde vamos fica apenas a algumas centenas de milhas da ilha anófeles.

Deteve-se ao perceber que falava rápido demais. Estava entusiasmado.

– É claro – prosseguiu, mais devagar –, poderíamos continuar com o plano anterior. Nesse caso, temos uma *noção* de para onde vamos, sabemos mais ou menos o tipo de força exigido para a invocação, temos alguma ideia da taumaturgia envolvida... e poderíamos arriscar. Porém, e se *fôssemos* à ilha? Um grupo de desembarque. Tintinábulo, alguns de nossos cientistas, um de vocês ou ambos.

Olhou para os Amantes.

– Precisaríamos de Bellis para traduzir – continuou. – Os cactáceos que estiveram lá não podem nos ajudar: o comércio se dava todo por sinais de mãos e meneios de cabeça, pelo jeito, mas é óbvio que alguns anófeles falam alto kettai. Precisaríamos de guardas. E de engenheiros, porque devemos pensar em como conter o avanc. E... acharíamos Aum.

Recostou-se na cadeira, sabendo que nem uma mínima fração da tarefa seria tão simples quanto havia apresentado, mas ainda se sentia exultante.

– Na pior das hipóteses – disse –, Aum está morto. Em cujo caso não perderemos nada. Talvez haja outros lá que se lembrem dele, que possam nos ajudar.

– Essa não é pior das hipóteses – disse Uther Doul. A atmosfera mudou: cessaram os cochichos, e todos na sala olharam para ele. Com exceção dos Amantes, que ouviram sérios, sem se voltar.

– Você fala – continuou Doul suavemente, com sua voz de cantor – como se lá fosse apenas um lugar, como todos os outros. Não é. Você não sabe o que diz. Entende o que descobriu? O que significa a raça de Aum? Trata-se da ilha do povo-mosquito. A pior das hipóteses é que as mulheres anófeles caiam sobre nós na praia e nos suguem até secarmos, deixando nossas carcaças para apodrecer. A pior das hipóteses é que sejamos massacrados de imediato.

Houve silêncio.

– Eu não – disse alguém. Johannes deu um meio sorriso. Era Breyatt, o matemático cactáceo. Johannes tentou encontrar-lhe o olhar. *Boa jogada*, pensou.

Os Amantes assentiram.

– Apreciamos sua opinião, Uther – disse o Amante, e acariciou seu fino bigode. – Porém, não devemos... exagerar. Há maneiras de contornar o problema, como observou o cavalheiro...

– O cavalheiro é um cacto – disse Doul. – Para aqueles entre nós que têm sangue, o problema permanece.

– Entretanto – falou o Amante com autoridade –, creio ser tolice sugerir que não há modo de isso ser feito. Não é assim que procedemos. Começamos por determinar o que nos é vantajoso, qual é o melhor plano... depois contornamos os problemas. Se ficar evidente que nossa melhor chance de sucesso reside naquela ilha, é para lá que iremos.

Doul não se moveu. Parecia impassível. Nada em seu comportamento demonstrava que havia sido desautorizado.

– Com os seiscentos diabos! – Johannes berrou de frustração, e todos se viraram para ele. Estava chocado com sua própria explosão, mas continuou sem perder ímpeto. – É claro que há problemas e dificuldades – disse, exaltado –, é óbvio que exigirá organização, trabalho, esforço e... e talvez precisemos de proteção, e podemos levar conosco guerreiros cactáceos, ou construtos, ou não sei que raios mais... mas o que está acontecendo aqui? Estamos todos na mesma sala?

Pegou o livro de Aum e o segurou com reverência, como se fosse uma sutra sagrada.

– Temos o *livro*. Temos a tradutora. Esse é o testemunho de alguém que *sabe como conjurar um avanc*. Isso muda tudo... *Importa* onde Aum viva? Sua terra é inóspita, e daí? – Encarou os Amantes. – Existe algum lugar aonde não iríamos para obter isso? Por certo, não podemos nem mesmo *cogitar* não ir.

Ao término da reunião, os Amantes falaram sem se pronunciar contra ou a favor. Mas tudo estava diferente agora, e Johannes sabia que não era o único a saber.

– Talvez seja hora de anunciar nossas intenções – disse a Amante, enquanto todos reuniam suas anotações.

A sala estava repleta de pessoas educadas numa cultura de segredos. A sugestão dela os chocou. Porém, percebeu Johannes, fazia sentido.

– Sabíamos que, em algum momento, deveríamos revelar o plano – ela prosseguiu. Seu amado assentiu.

Havia cientistas de Jhour, Arenqueiro e Ponta do Relógio, que participavam da tentativa de conjurar o avanc, e os governantes de tais distritos foram consultados apenas por cortesia. Mas o círculo interno era todo de Aquabelone: aqueles que no começo não tinham sido, foram persuadidos pelos Amantes a desertar, em rompimento da tradição. Informações sobre o projeto eram estritamente circunscritas.

Mas não se poderia esconder para sempre um plano daquela magnitude.

– Temos a *Sorgo* – disse a Amante – e por isso decidimos para onde vai a cidade. No entanto, o que pensará o restante de Armada enquanto estiverem encalhados em algum trecho de mar, esperando pelo retorno de nosso grupo de desembarque? O que pensarão quando chegarmos à dolina e conjurarmos o maldito avanc? Os governantes não dirão nada: nossos aliados seguirão nossas diretrizes, e nossos inimigos não querem que o plano venha a público. Têm medo do lado que o povo escolherá.

– Talvez – ela continuou devagar – seja o momento de trazer os cidadãos para o nosso lado. Entusiasmá-los...

Olhou para seu parceiro. Como sempre, pareciam comunicar-se sem palavras.

– Precisamos de listas – disse o Amante – de todos que irão à ilha. Devemos verificar os recém-chegados – pode haver especialistas que deixamos de notar, e precisamos de destacamentos de segurança para todos os candidatos. E temos de representar todos os distritos. – Sorriu, e as cicatrizes traçaram-lhe os contornos do rosto. Apanhou a tradução de Bellis.

Quando Johannes chegou à porta, os Amantes o chamaram.

– Venha conosco – disse o Amante, e o estômago de Johannes saltou de aflição.

Ah, Falastrão, pensou. *O que é agora? Já chega de sua companhia.*

– Venha conversar conosco – continuou o Amante, e esperou que sua parceira concluísse por ele.

– Queremos perguntar-lhe sobre essa mulher, Vinhofrio – ela disse.

Após a meia-noite, Bellis foi despertada por constantes batidas na porta. Ergueu os olhos, supondo que fosse Silas, mas ele estava deitado ao lado dela, acordado e imóvel.

Era Johannes. Ela puxou os cabelos para longe do rosto e semicerrou os olhos para vê-lo à soleira da porta.

– Acho que seguirão adiante – disse ele. Bellis arfou.

– Escute, Bellis. Eles ficaram... bem, intrigados com você. O que ouviram sugeriu-lhes que... bem, você não tem aquilo de que eles precisam. Nada ruim, sabe? – Estava ansioso por apaziguá-la. – Nada perigoso, sabe? Mas não exatamente favorável. Assim como muitos forçados: melhor que permaneça a bordo a todo custo. Costuma levar anos para que os novatos recebam cartas de passagem.

O que era aquilo? Bellis pensou devagar. Infelicidade e solidão, saudade de Nova Crobuzon que a fazia sentir-se como se algo lhe tivesse sido arrancado... eram sintomas diários, compartilhados por mil semelhantes a ela? Eram tão banais assim?

– Porém, contei-lhes tudo o que você me disse – disse Johannes e sorriu. – E não posso prometer nada, mas... acho que você é a melhor candidata, e foi o que eu lhes disse.

Silas parecia dormir quando ela voltou para a cama, mas algo na superficialidade de sua respiração dizia o contrário. Bellis curvou-se sobre ele como se estivesse a ponto de beijá-lo com paixão. Seus lábios encontraram o ouvido dele, e ela sussurrou:

– Está funcionando.

Vieram procurá-la na manhã seguinte.

Foi após a partida de Silas rumo ao submundo de Armada, para exercer suas atividades obscuras e ilegais. Rumo ao trabalho que o mantinha sob a pele da cidade, que o tornava perigoso demais até mesmo para tentar um salvo-conduto até a ilha anófeles.

Dois capatazes de Aquabelone, pistolas enfiadas com folga nos cintos, guiaram Bellis até um coche aeróstato. O *Cromolito* não ficava muito longe do *Grande Oriental*. O vulto do imenso vapor estendia-se acima da cidade. Seis mastros colossais, chaminés, conveses nus e limpos de casas ou torres.

O céu estava repleto de aeróstatos. Dezenas de pequenos coches que cravejavam o ar como abelhas em torno da colmeia; naves bizarras construídas para carga, transportando entre distritos mercadorias pesadas; os peculiares balõezinhos de um só passageiro, com seus ocupantes pendulares. Um pouco mais além havia guerrotores, armas voadoras elípticas. Acima de todos eles, o gigantesco e aleijado *Arrogância*.

Voltearam sobre a paisagem celeste de Armada, mais baixo do que Bellis estava acostumada, subindo e descendo de acordo com a topografia de telhados e cordames. Arrabaldes de tijolos, parecidos com as favelas de Nova Crobuzon, passavam lá embaixo. Construídos no espaço exíguo de conveses, pareciam precários: as paredes externas ficavam muito próximas do mar, os becos que ali se multiplicavam eram impossivelmente estreitos.

Além da névoa sobre o *Giga*, cuja proa era um distrito industrial de forjas e fábricas quêmicas, avizinhava-se o *Grande Oriental*.

Bellis sentia-se insegura. Nunca estivera no *Grande Oriental*.

A arquitetura era austera: painéis de madeira-negra, litografias e heliótipos, vitrais. Um pouco castigado pela idade, mas bem conservado, suas entranhas um emaranhado de passadiços e camarotes. Fizeram Bellis aguardar numa pequena câmara. Trancaram a porta.

Ela foi até a esquadria de aço da janela e olhou para baixo, para as naus fortuitas de Armada. À distância estava o verde do Parque Croom, disseminado como doença pelos corpos de muitos navios. A sala onde estava ficava mais alta que qualquer uma das embarcações circundantes. O costado do navio formava um horizonte lá embaixo. No nível dos olhos, viam-se dirigíveis, e um feixe de mastros delgados.

– Este navio é de Nova Crobuzon, você sabia?

Mesmo antes de se voltar, Bellis reconheceu a voz. Era o homem escarificado, o Amante, parado no umbral da porta, sozinho.

Teve um sobressalto. Sabia que haveria inquérito, investigação, mas não esperara por aquilo: ser interrogada por *ele*. *Traduzi o livro*, pensou. *Mereço tratamento especial*.

O Amante fechou a porta após entrar.

– Foi construído há mais de dois séculos e meio, no final dos Anos Repletos – prosseguiu. Falava em ragamina, com sotaque apenas ligeiro. Sentou-se, e indicou que ela fizesse o mesmo. – De fato, afirma-se que a própria construção do *Grande Oriental* deu fim aos Anos Repletos. Obviamente – disse ele, sem expressão – isso é ridículo. Porém, é uma coincidência simbólica útil. A decadência se instaurou no final dos anos 1400, e que símbolo mais poderoso do fracasso da ciência do que este navio? Num esforço desajeitado para provar que Nova Crobuzon ainda estava no período áureo, saíram-se com esta coisa. É um projeto bastante inferior, saiba você. Tentar combinar hélices à propulsão por pás daquelas enormes rodas estúpidas nos flancos.

Sacudiu a cabeça, sem desviar de Bellis o olhar.

– Não se pode mover algo deste tamanho com pás. De modo que elas apenas se projetam dali, parecendo tumores, arruinando o alinhamento do navio, agindo como freios. O que significa que a hélice também não funcionava direito, e não se podia navegar a bordo disto. Não é irônico? Porém, há algo que fizeram certo. Determinaram-se a construir a maior nau jamais vista. Tiveram de lançar a coisa de lado, no estuário perto da Baía de Ferro. E, durante alguns anos, o navio claudicou por ali. Assombroso, porém... desengonçado. Tentaram usá-lo na Segunda Guerra Pirata, mas apenas estorvou, como um rinoceronte de armadura, enquanto os navios de Suroch e Jheshull dançavam em torno dele. Então, assim contam, afundou. Percebe-se que não. Nós o capturamos.

Fez uma pausa e depois continuou.

– Aqueles foram anos maravilhosos para Armada, as Guerras Piratas. Total carnificina, naus desapareciam todos os dias; cargas perdidas, marinheiros e soldados fartos de lutar e morrer, ansiosos por escapar. Roubamos embarcações, tecnologia e pessoas. Crescíamos mais e mais. Roubamos o *Grande Oriental* somente porque podíamos. Foi quando Aquabelone tomou o controle, que nunca perdeu. Este navio é nosso coração. Nossa fábrica, nosso palácio. Foi um vapor péssimo, mas é uma fortaleza excepcional. Aquela foi a última... grande era de Armada.

Houve longo silêncio.

– Até agora – disse ele, e sorriu. O interrogatório começou.

Quando tudo terminou, e Bellis emergiu para a luz da tarde, de olhos semicerrados como uma toupeira, achou difícil lembrar com exatidão as perguntas do Amante.

Havia-lhe feito várias perguntas sobre a tradução. Ela tinha achado difícil? Alguma coisa no texto não fizera sentido? Ela sabia também falar alto kettai, ou apenas ler? E assim por diante.

Houve perguntas concebidas para avaliar-lhe o estado de espírito, a relação que tinha com a cidade. Bellis respondera com cautela: num limite vacilante entre verdades e mentiras. Não tentou esconder toda a desconfiança, a aversão ao que fora feito com ela, o ressentimento. Mas atenuou tudo aquilo, de certa forma: conteve-o, tornou-o seguro.

Tentou não parecer que tentava.

Obviamente, ninguém estava ali para encontrá-la quando saiu, o que a deixou contente, não soube por quê. Cruzou as pontes inclinadas que desciam do *Grande Oriental* até os navios menores a seu lado.

Encontrou o caminho de casa através das mais intricadas ruelas e becos. Passou sob arcos de alvenaria, que gotejavam a constante umidade salobra de Armada; passou por grupos de crianças que brincavam de variantes do mata-tostão e do "milícia e ladrão" que conhecera nas ruas de sua infância, como se houvesse uma gramática profunda de brincadeiras de rua, partilhada no mundo inteiro; passou por pequenos cafés à sombra de altos castelos de proa, onde os pais das crianças brincavam com seus próprios jogos, gamão e xatranje.

Gaivotas rodopiavam e cagavam. Ruas laterais saltavam para cima e para os lados com a superfície do mar.

Bellis desfrutou da solidão. Sabia que, caso Silas estivesse com ela, o sentimento de cumplicidade teria sido sufocante.

Fazia muito tempo que não dormiam juntos. E havia acontecido apenas duas vezes.

Depois daquelas ocasiões, haviam partilhado a cama dela e se livrado das roupas, um diante do outro, sem timidez ou hesitação. Porém, nenhum dos dois, ao que pareceu, se dispusera a transar. Era como se tivessem usado o sexo para se conectarem e se abrirem um ao outro. Uma vez estabelecido o canal, o ato tornou-se supérfluo.

Ela tinha desejos, no entanto. Nas últimas duas ou três noites em que tinham estado juntos, havia esperado que ele dormisse para se masturbar em silêncio. Com frequência, escondia dele seus pensamentos, compartilhando apenas o que precisavam para seus planos.

Não sentia por Silas nenhuma paixão desmedida, percebeu com ligeira surpresa. Era-lhe grata, achava-o interessante e notável, embora não tão encantador quanto ele mesmo pensava ser. Algo sustentava sua relação: segredos extraordinários, planos que não poderiam falhar. Eram camaradas naquilo. Não se importava que dormisse com ela; quem sabe até o traçasse mais uma vez, pensou com um sorriso inesperado. Mas não eram íntimos.

Dado o que compartilhavam, aquilo parecia um pouco bizarro. Porém, ela reconhecia o fato.

Na manhã seguinte, antes das seis, quando o céu ainda estava escuro, homens e mulheres se reuniram numa frota de dirigíveis no convés do *Grande Oriental*. Entre eles carregavam pacotes de folhetos impressos grosseiramente. Empilhavam-nos nas carlingas dos aeróstatos, discutiam rotas e consultavam mapas. Dividiam Armada em quadrantes.

A luz do dia enchia a cidade quando decolaram vagarosos.

Verdureiros ambulantes, trabalhadores de fábricas, capatazia e mil outros olharam para cima, desde os arrabaldes de madeira e alvenaria em torno do *Grande Oriental*: desde a intricada concatenação de naus no Mercado de Palhinverno, de torres em Biblioburgo, em Jhour e Tu-E-Teu, perscrutando para além do cordame da cidade. Viram a primeira leva de dirigíveis decolar e espalhar-se sobre as câmaras de Armada, sobre todos os distritos. Então, em pontos estratégicos do tráfego aéreo, enfrentando o vento, os aeróstatos começaram a derramar papel.

Como confete, como as flores que se esforçavam por crescer nas robustas árvores da cidade, os panfletos rodopiaram para baixo em grandes enxames. O ar ressoava com eles: sussurros de papel deslizando contra papel, gaivotas e pardais que fugiam confusos. Os armadenses olharam para cima, protegendo os olhos contra o sol nascente, e viram as nuvens apressadas, o claro azul quente e, caindo abaixo daquilo, pedaços de papel esvoaçante.

Alguns caíram em chaminés. Centenas de outros aterrissaram na água. Infiltraram-se nos espaços entre navios e acomodaram-se no mar. Oscilaram com as ondas, encharcaram-se, sua tinta tornou-se ilegível, foram beliscados pelos peixes, até que a água salgada lhes saturasse as fibras e eles afundassem. Abaixo da superfície, havia uma neve de papel dissolvido. Porém, muitos milhares caíram nos conveses dos navios de Armada.

Sem parar, os dirigíveis circularam o espaço aéreo da cidade, passando acima de cada um dos distritos, encontrando vias de passagem entre os mais altos mastros e torres, vertendo folhetos. Curiosas e encantadas, pessoas os apanhavam no ar. Numa cidade onde o papel era caro, aquela extravagância soava extraordinária.

A notícia espalhou-se rapidamente. Quando Bellis desceu ao convés do *Cromolito*, coberto por uma camada de panfletos que farfalhavam como pele morta, ouviu as discussões à sua volta. Pessoas vinham à porta de suas lojas e casas, gritando umas com as outras, resmungando ou rindo, acenando os folhetos com mãos sujas de nanquim.

Bellis olhou para cima e viu o último dos aeróstatos, a bombordo, afastando-se dela sobre Jhour e derramando atrás de si outra nuvem esvoaçante. Apanhou um dos papéis que se agitava aos seus pés.

Cidadãos de Armada, leu, *após estudos longos e cuidadosos, algo se poderá realizar que teria abismado nossos antepassados. Em breve, nascerá um novo dia. Haveremos de mudar para sempre o deslocamento de nossa cidade.*

Inspecionou a página rapidamente, pulando a explicação propagandista, e moveu os olhos mais devagar até a palavra-chave, destacada em negrito.

Avanc...

Bellis sentiu um tremor de emoções confusas. *Eu fiz isso*, pensou com estranho orgulho. *Fui o ponto de partida.*

– É um trabalho esmerado – disse Tintinábulo, pensativo.

Estava agachado diante de Angevine, rosto e braços enfiados entre o maquinário nas partes metálicas da mulher. Ela reclinava seu corpo de carne, impassível e paciente.

Fazia alguns dias que Tintinábulo se dera conta da mudança em sua serva, da diferença dos ruídos de seus motores. Ela se movia com mais rapidez e precisão, fazia curvas fechadas e parava sem desaceleração asmática. Achava mais fácil percorrer as pontes balouçantes de Armada. Seu laivo de ansiedade havia partido; a perene coleta, o amealhar de madeira e carvão jogados fora, cessaram.

– O que aconteceu com seu motor, Angevine? – ele havia perguntado. E, sorrindo com imenso prazer tímido, ela mostrara-lhe.

Ele remexeu nos dutos, queimando estoicamente as mãos na caldeira, examinando as vísceras de metal reconfiguradas.

Tintinábulo sabia que a ciência de Armada era vira-lata. Tão pirata quanto a política ou a economia da cidade, produto de roubo ou acaso – variada e inconsistente. Engenheiros e taumaturgos aprendiam seus ofícios com equipamentos antiquados e corroídos, e com artefatos roubados de projetos tão sofisticados que eram, na maioria, incompreensíveis. Uma colcha de retalhos tecnológica.

– Esse sujeito – murmurou ele, enfiado até os cotovelos no motor de Angevine, manuseando um interruptor de três posições na parte traseira dos chassis – pode ser apenas um engenheiro de empreitada, mas... isso é um trabalho finíssimo. Poucos a bordo de Armada poderiam fazer igual. Por que ele o fez? – perguntou.

Angevine pôde responder apenas vagamente.

– Ele é de confiança? – prosseguiu Tintinábulo.

Ele e sua equipe não eram nativos de Armada, mas sua aliança com Aquabelone era inquestionável. Contavam-se histórias sobre como se haviam unido à cidade – os Amantes rastrearam-nos por meios esotéricos, persuadiram-nos a trabalhar para a cidade em troca de pagamento desconhecido. Para eles, partiram-se as cordas e correntes que ligavam a estrutura de Aquabelone. O distrito havia se aberto e deixado Tintinábulo cravar-se no próprio coração da cidade, que cicatrizara após sua entrada.

Naquela manhã, Angevine também havia apanhado um entre o lamaçal de folhetos que obstruía os becos de Armada, e ficara sabendo do propósito de Aquabelone. Entusiasmou-se com ele, mas percebeu que não lhe causava grande surpresa. Por muito tempo estivera presente à margem de discussões oficiais, vira a literatura deixada sobre a mesa de Tintinábulo, diagramas e cálculos incompletos. Assim que descobriu o que tentava Aquabelone, sentiu como se soubesse o tempo todo. Afinal de contas, ela não trabalhava para Tintinábulo? E o que era ele se não um caçador?

Sua sala estava cheia de evidências. Livros (os únicos que vira fora da biblioteca), gravuras, marfins entalhados, arpões partidos. Ossos, chifres e couros. Durante os anos em que vinha trabalhando para ele, Tintinábulo e sua equipe de sete emprestavam suas habilidades a Aquabelone. Baleias, tubarões e cetos chifrudos; placodermos; arquivalvas: ele os havia emboscado, arpoado e fisgado, por alimento, proteção ou esporte.

Às vezes, quando os oito se reuniam, Angevine pressionava com firmeza o ouvido contra a porta, mas conseguia escutar somente ocasionais trechos de conversas. O suficiente para captar coisas fascinantes.

O louco do navio, Argentarius, que nunca fora visto por ninguém, ela o ouvia gritar e praguejar contra os outros, dizendo-lhes que sentia medo. Algo que tinham caçado certa vez causara-lhe aquilo, Angevine pôde concluir. E também havia instilado de determinação seus camaradas. Agora estabeleciam sua autoridade sobre o oceano profundo, mostrando a língua àquele pavoroso reino.

Quando os ouvia falar de caçadas, eram as maiores presas que os entusiasmavam: o leviatã e o Lahamu, o deus-choco.

Por que não o avanc?

De fato, nada daquilo era surpresa, pensou Angevine.

– Ele é de confiança? – repetiu Tintinábulo.

– É sim – disse Angevine –, é um bom sujeito. É grato por ter sido poupado da servidão nas colônias, é revoltado contra Nova Crobuzon. Buscou ser Refeito para mergulhar melhor, para trabalhar melhor nas docas, agora é uma criatura do mar. Tão leal quanto qualquer nativo de Aquabelone, eu diria.

Tintinábulo ergueu-se e fechou a caldeira de Angevine. Comprimiu pensativo os lábios. Procurou na mesa uma extensa lista manuscrita de nomes.

– Qual é mesmo o nome?

Assentiu, inclinou-se e adicionou com cuidado: *Tanner Sack*.

CAPÍTULO 18

Rumores e o boca a boca eram forças ainda maiores em Armada que em Nova Crobuzon. À cidade pirata, no entanto, não faltavam dispositivos mais organizados. Havia arautos, a maioria dos quais berrava os enunciados semioficiais de um distrito ou outro. Dispunha-se de uns poucos boletins e periódicos de notícias, impressos com qualidade aterradora: folhas saturadas de tinta, constantemente recicladas.

A maior parte era irregular, disponível quando escritores e tipógrafos estivessem dispostos ou encontrassem recursos. Muitos eram gratuitos, a maioria era fina: uma ou duas folhas, dobradas e abarrotadas de letras.

As casas de espetáculos em Armada estavam repletas de peças e música, grosseiras e bastante populares, de maneira que as publicações traziam muitas resenhas. Algumas continham histórias picantes e revelações escandalosas. Para Bellis, no entanto, eram deprimentes de tão provincianas. Controvérsias sobre a distribuição de bens capturados, ou sobre que distrito era responsável por qual carga, eram os tópicos mais frequentes, provocadores e controversos que publicavam. E isso apenas nos boletins que Bellis conseguia entender.

Na cultura híbrida de Armada, estavam representadas tantas tradições jornalísticas quantas existiam no mundo de Bas-Lag, juntamente com formas únicas nascidas na cidade pirata. *Acontece Quase Sempre* era um semanário que noticiava apenas as mortes na cidade, em verso. A *Relevância de Juhangirr*, publicada em Tu-E-Teu, vinha sem palavras, relatando as histórias que considerava importantes (segundo critérios bastante obscuros para Bellis) em sequências de figuras mal desenhadas.

Ocasionalmente, Bellis lia *A Bandeira* ou *O Chamado do Conselho*, ambos publicados por Larcão. *A Bandeira* talvez fosse o melhor órgão de coleta de notícias da cidade. *O Chamado do Conselho* era um jornal político, que trazia debates entre proponentes dos vários sistemas governamentais de cada distrito – a democracia de Larcão; a rainha solar de Jhour; a "benevolência absolutista" de Aquabelone; o protetorado do Brucolaco; e assim por diante.

As duas publicações, apesar de sua propalada tolerância ao desacordo, eram mais ou menos leais ao Conselho Democrático de Larcão. Portanto, não causou surpresa a Bellis, que já começava a entender as rusgas da política armadense, quando *A Bandeira* e *O Chamado do Conselho* passaram a levantar dúvidas sobre a conjuração do avanc.

No início, foram circunspectos.

"A Invocação seria um triunfo da ciência", dizia o editorial de *A Bandeira*, "porém, há dúvidas. Maior poder de locomoção para a cidade só pode ser bom. Mas a que custo?"

Sem demora, as objeções ficaram mais estridentes.

Porém, com Armada ainda ao sabor da onda de entusiasmo causada pela extraordinária declaração de Aquabelone, vozes de cautela ou rejeição flagrante eram pequena minoria. Nos bares – mesmo naqueles em Larcão e Queda Seca –, havia enorme animação. A dimensão do empreendimento, a promessa de capturar um *avanc*, pelos deuses, era estonteante.

Ainda assim, por meio de poucos diários, panfletos e cartazes, os céticos davam voz à sua oposição ignorada.

O recrutamento começou.

Uma reunião especial foi convocada nas Docas Basílio. Tanner Sack esfregou os tentáculos e aguardou. Por fim, o sargento-capataz se manifestou.

– Tenho aqui uma lista – berrou – de engenheiros e outros requisitados pelos Amantes para deveres especiais. – Sussurros e murmúrio cresceram brevemente, e logo amainaram. Ninguém tinha dúvidas de quais eram os deveres especiais.

A cada nome lido em voz alta, ouvia-se empolgação por parte do citado e daqueles à sua volta. Tanner não se surpreendeu com os nomes. Reconheceu neles os melhores entre seus colegas: os trabalhadores mais rápidos, os engenheiros mais hábeis, que tinham estado mais recentemente em contato com tecnologias de ponta. Vários eram forçados, mais ou menos recentes – uma desproporção vinha de Nova Crobuzon, e mais que apenas alguns eram Refeitos do próprio *Terpsichoria*.

Percebeu que havia sido chamado somente quando um companheiro entusiasmado bateu-lhe nas costas. Uma tensão que Tanner não sabia estar crescendo dentro dele se desfez, e ele relaxou. Compreendeu que estivera esperando por aquilo. Que o merecia.

Outros ainda se encontravam reunidos no *Grande Oriental*, trabalhadores de distritos industriais, de forjas e laboratórios. Fizeram-se entrevistas. Metalúrgicos foram separados de engenheiros e trabalhadores quemistas. Foram sabatinados, tiveram suas competências julgadas. Usou-se persuasão, mas não coerção. À primeira (vaga) menção aos anófeles, ao primeiro indício da natureza da ilha, vários homens e mulheres se recusaram a fazer parte do projeto. Tanner ficou perturbado. *Mas não tem jeito de você dizer não pra isso*, admitiu para si mesmo, *aconteça o que acontecer*.

No começo da noite, quando os testes e perguntas terminaram, Tanner e os outros foram levados a um camarote do *Grande Oriental*. A câmara era imensa e primorosa, com detalhes de latão e madeira-negra. Agora sobravam umas trinta pessoas. *Fomos peneirados*, pensou Tanner.

Os ruídos que havia morreram de imediato quando entraram os Amantes. Assim como no primeiro dia, vinham flanqueados por Tintinábulo e Uther Doul.

O que vão me dizer agora?, pensou Tanner devagar. *Mais maravilhas? Mais mudanças?*

Quando os Amantes falaram, contaram toda a história da ilha, e de seus planos. Todos na sala permaneceram determinados.

Tanner encostou-se à parede e escutou. Tentou cultivar ceticismo – os planos eram tão absurdos, havia tantos modos de fracassarem! –, mas descobriu que não conseguia. Ouviu, e seu coração acelerou, enquanto os Amantes e Tintinábulo contavam a ele e a seus novos companheiros que iriam ao lar do povo-mosquito, que procurariam por um cientista que talvez não estivesse vivo, o consultariam e construiriam máquinas para conter a mais extraordinária criatura que já nadara nos mares de Bas-Lag.

Em outro lugar, reunia-se o lado oculto da campanha contra a Invocação.

No coração do distrito de Queda Seca, jazia o *Uroc*. Era uma nau gigantesca e anciã, gorda e com cara de poucos amigos, com cento e cinquenta metros de comprimento e mais de trinta no centro do convés principal. A dimensão, a silhueta e a especificação eram únicas. Ninguém em Armada tinha certeza de sua idade ou de onde viera.

De fato, corriam rumores de que o *Uroc* fosse falso como um anel de pechisbeque. No fim da das contas, não era galeão, ou barca, ou navio-carruagem, ou qualquer outro modelo: nada com aquele formato peculiar poderia ter navegado um dia, afirmava-se. Fora construído em Armada, diziam os cínicos, já encaixado em seus arredores. Não era um navio encontrado e reformado, diziam: não passava de madeira e ferro que imitavam uma nau estática.

Alguns sabiam a verdade. Poucos em Armada se recordavam da chegada do *Uroc*. Entre eles o Brucolaco, que na época navegava a bordo dele, sozinho.

Todas as noites, quando o sol se punha, o vampir despertava. Livre dos raios solares, escalava as barrocas torres-mastros do *Uroc*. Estendia as mãos para fora através das seteiras e acariciava os dentes e escamas que drapejavam nas vergas irregulares. Com dedos de sensibilidade sobre-humana, podia sentir as mínimas pulsações de energia sob as finas ripas de metal, cerâmica e madeira, como sangue correndo por capilares. Sabia que o *Uroc* poderia navegar, se necessário.

Fora construído antes de sua abmorte, ou seu primeiro nascimento. A milhares de milhas de distância, num lugar jamais visto por ninguém de Armada. Fazia gerações que a cidade flutuante havia visitado aquele lugar, e o Brucolaco esperava com fervor que ela jamais retornasse para lá.

O Uroc era um lunavio. Alinhava-se e era propelido por rajadas de luar.

Bizarros conveses projetavam-se como formações de terreno no corpo do navio. Os intricados segmentos da ponte de múltiplas camadas, o fosso escavado no centro do corpo, a arquitetura retorcida das escotilhas e câmaras, o destacavam. Pináculos irrompiam do largo convés. Alguns funcionavam como mastros, outros se afilavam ao acaso, até se perderem. Nada fora construído sobre ele, no que se assemelhava ao *Grande Oriental,* apesar dos lotados cortiços de alvenaria que o cercavam. Porém, enquanto o *Grande Oriental* permanecia intocado por questão de norma, ninguém jamais havia sugerido construir sobre o lunavio. Sua topografia era proibitiva.

Durante o dia, parecia lívido e doentio. Não era uma visão agradável. No entanto, à medida que a luz fraquejava, sua superfície cintilava de tênue nácar, como se fosse assombrada por cores fantasmagóricas. Tornava-se espantoso então. Era o momento em que o Brucolaco percorria os conveses.

Às vezes conduzia reuniões nas perturbadoras câmaras da embarcação. Convocava seus tenentes abmortos para discutir negócios do distrito, como o hemotributo, o dízimo de Queda Seca. *É o que nos torna únicos,* dizia-lhes. *É o que nos dá força e faz leais nossos cidadãos.*

Naquela noite, enquanto Tanner Sack e os outros envolvidos no plano de Aquabelone dormiam, ou refletiam sobre o que teriam de fazer, o Brucolaco recebia visitantes a bordo do *Uroc.* Uma delegação do Conselho de Larcão, ingênua o suficiente para achar que havia viajado e se encontrado em segredo (o Brucolaco não tinha tal ilusão: escolheu um conjunto de passos entre o palimpsesto que era capaz de ouvir sobre os barcos circundantes, e com tranquilidade o atribuiu a um espião de Aquabelone).

Os conselheiros de Larcão se sentiam nervosos no lunavio. Seguiam o Brucolaco, formando um grupo amontoado, tentando não demonstrar aflição enquanto se esgueiravam atrás dele. Consciente de que seus convidados precisavam de luz, o Brucolaco acendera tochas nos corredores. Decidira não usar luzes a gás, de modo a não dispensar os pequenos prazeres maliciosos da ostentação e de saber que as sombras lançadas pelas tochas nas passagens estreitas adejariam tão imprevisíveis e predatórias quanto morcegos.

A sala de reuniões circular ficava na mais larga torre-mastro, quinze metros acima do convés. Era opulenta e inospitaleira, engastada de azeviche, peltre e chumbo finamente trabalhado. Ali não havia chamas nem velas, porém, uma luz gélida realçava o interior com claridade científica: vinha da lua e das estrelas, recolhida nos mastros e amplificada, enviada através de poços espelhados, como veias que sangrassem para dentro da câmara. A estranha iluminação despia de qualquer cor o cenário.

– Cavalheiros, damas – disse o Brucolaco em seu sussurro gutural. Sorriu e puxou para trás os cabelos volumosos, provou o ar com a comprida língua serpentina, e indicou aos convidados que se sentassem em torno da mesa de madeira-negra. Observou enquanto tomavam seus lugares – humanos, hotchis, llorgiss e outros, que o observavam precavidos.

– Fomos sobrepujados – continuou o Brucolaco. – Sugiro que consideremos nossa resposta.

Queda Seca se parecia muito com Aquabelone. Conveses de centenas de esquifes, barcas e urcas ficavam acesos contra a escuridão, e alvoroçavam-se com os ruídos de bares e casas de espetáculo.

Porém, assomando muda acima de todos eles, estava a silhueta distorcida do *Uroc*. Vigiava os convivas de Queda Seca sem comentário, censura ou entusiasmo. Eles respondiam lançando-lhe olhares ocasionais de orgulho cauteloso e apreensivo. Tinham mais liberdade e voz ativa que os habitantes de Aquabelone, não se permitiam esquecer: mais proteção que Tu-E-Teu, mais autonomia que Arenqueiro.

Os quedassecanos sabiam que muitos cidadãos dos outros distritos consideravam o hemotributo um preço elevado demais, o que não passava de um escrúpulo imbecil. Os recém-forçados eram os mais veementes contra o tributo – apontavam os quedassecanos –, forasteiros supersticiosos que ainda não tinham aprendido os costumes de Armada.

Não havia açoitamentos em Queda Seca, lembravam os habitantes a tais novatos. Bens e diversões eram subsidiados para todos que portassem o selo do distrito. Assuntos importantes eram discutidos em reuniões organizadas pelo Brucolaco, nas quais todos tinham direito à opinião. Ele os protegia. Nada ali se assemelhava ao governo anárquico e violento de outras partes da cidade. Queda Seca era segura, civilizada, tinha ruas bem conservadas. O hemotributo era uma troca razoável.

Eram zelosos de seu distrito, e inseguros. O *Uroc* era seu talismã e, não importava o quanto a noite fosse ruidosa e caótica, de tempos em tempos lançavam olhares à silhueta do lunavio, como se buscassem reafirmação.

Naquela noite, como em todas as noites, as torres-mastros do Uroc floriam com a luminescência sobrenatural conhecida como fogo-fátuo. Afligia todos os navios em certas ocasiões – durante tempestades eléctricas, ou quando o ar estivesse ressecado –, porém no lunavio era tão certa e regular quanto as marés.

Pássaros noturnos, morcegos e mariposas chegavam-se a ela em bandos e dançavam em torno do fulgor. Colidiam uns nos outros, atacando-se mutuamente. Alguns desciam e eram emboscados por outras luzes menores emitidas pelas janelas.

Na sala de reuniões do Brucolaco, os conselheiros de Larcão olhavam para cima, nervosos com o constante tamborilar de asinhas sobre a vidraça.

A reunião não ia bem.

O Brucolaco se esforçava. Era sincero em sua necessidade de se comunicar com os conselheiros, e tentava trabalhar com eles, propor estratégias, avaliar possibilidades. Mas achava difícil refrear sua capacidade de intimidação. Ela estava no âmago de seu poder e de sua estratégia. Não era nativo de Armada: o Brucolaco vira dezenas de cidades e nações, durante a vida e a abmorte, e algo se tornara claro para ele. Se os viventes não existissem em permanente temor, assim teriam de existir os vampirs.

Poderiam denominar-se impiedosos caçadores noturnos, estava claro, nos locais das cidades onde se entocavam e ocultavam suas identidades, emergindo à noite para se alimentar, mas dormiam e comiam temerosos. Os viventes não toleravam suas presenças – descoberta significava morte verdadeira. Tal situação era inaceitável para o Brucolaco. Quando trouxera a hemofagia a Armada, dois séculos atrás, havia chegado a uma cidade livre do impulso aterrorizado e homicida contra sua espécie – um lugar onde poderia viver abertamente.

Porém, sempre entendera o preço. Não temia os viventes, portanto eles deveriam temê-lo. O que sempre fora fácil assegurar.

E agora, quando estava enojado de intrigas, quando ansiava por cumplicidade e ajuda, e tudo o que tinha era aquele balaio de gatos burocratas, a dinâmica do terror era forte demais para se superar. O Conselho de Larcão estava apavorado demais para trabalhar com ele. A cada olhar, cada lambida em seus dentes, cada exalação e cerrar vagaroso de punhos, ele os lembrava de que era vampir.

Talvez não significasse nada, refletiu violentamente. Como poderiam ajudar? Não lhes poderia contar da Cicatriz. Perguntariam como ele sabia, e não poderia dizer nada. Não acreditariam nele. Ou tentaria explicar sobre Doul, caso em que seria visto como traidor, trocando segredos com o braço direito de Aquabelone. E, ainda assim, era quase certo que não acreditassem nele.

Uther, pensou devagar, *você é um porco astuto e manipulador.*

Sentado ali, cercado de supostos aliados, tudo em que podia pensar era no quanto mais próximo sentia-se de Doul, no quanto ele e Doul compartilhavam. Não conseguia se livrar da sensação – que não fazia qualquer sentido – de que trabalhavam juntos.

O Brucolaco ouviu os sermões e o mau raciocínio dos conselheiros, horrorizados pela mudança, preocupados com o equilíbrio do poder, com abstrações ridículas e vazias, bastante afastadas da natureza real do problema. Houve discussões sobre a definição específica da transgressão dos Amantes. Sugeriu-se apelar aos burocratas de Aquabelone sob as barbas de seus governantes – ideias descarnadas e inviáveis, sem sistematização.

A certa altura, alguém mencionou o nome de Simon Fench. Ninguém sabia quem ele era, mas o nome se ouvia com frequência cada vez maior entre a minoria que se opunha à Invocação. O Brucolaco aguardou, ansioso por ouvir uma sugestão concreta. Porém, o debate degenerou outra vez, rápido, em fôlego desperdiçado. O vampir esperou e esperou, mas nada de valor foi dito.

Podia sentir a passagem do sol sob o mundo. Pouco mais de uma hora antes do amanhecer, desistiu de se controlar.

– Deuses e o caralho – resmungou com sua voz de sepultura. Os conselheiros silenciaram de imediato, perplexos. O vampir pôs-se em pé e abriu os braços. – Ouvi os senhores durante horas – sibilou –, abrindo seus bebedores de lavagem para falar merda. Platitudes e desespero. Os senhores são *ineficazes*. – Fez a palavra soar como uma maldição aniquiladora. – São fracassados. Inúteis. Fora do meu barco, agora.

Houve um instante de silêncio antes de o grupo de conselheiros levantar-se apressado, tentando manter pelo menos uma fração de dignidade, e fracassando. Uma conselheira – Vordakine, uma das melhores, por quem o Brucolaco ainda retinha uma migalha de respeito – abriu a boca para protestar. Seu rosto estava lívido, mas ela se manteve firme.

O Brucolaco curvou os braços acima da cabeça como se fossem asas, mãos em garras de aparência feroz, e abriu a boca, desenrolando a língua e projetando os caninos venenosos.

Vordakine fechou a sua rapidamente, e seguiu seus colegas até a porta, raiva e medo estampados no rosto.

Quando todos foram embora e ele ficou sozinho, o Brucolaco recostou-se na cadeira. *Fujam para casa, seus saquinhos de sangue fodidos*, pensou. Abriu um repentino sorriso, frio como aço, ao pensar na absurda pantomima que representara no final. *Tetas da Lua*, pensou, irônico, *eles devem achar que me transformo em morcego*.

Ao recordar-se do terror geral, lembrou-se de súbito do único outro lugar em que vivera publicamente como abmorto, e estremeceu. A exceção à sua regra, o único lugar em que não compensava o medo entre vivente e vampir.

Graças aos senhores do sangue, aos confessores, aos deuses do sal e do fogo, jamais terei de retornar para lá. Para o lugar onde estivera livre, à força, de toda aparência, de toda ilusão. Onde a verdadeira natureza dos viventes, dos mortos e abmortos, era posta a nu.

A terra natal de Uther Doul. Nas montanhas. Lembrou-se das frias montanhas, do impiedoso urro de pederneira, muito mais clementes que a porra da cidade de Uther.

CAPÍTULO 19

Nas grandes oficinas do distrito de Jhour, chegara uma encomenda extraordinária.

Um dos alicerces da economia de Jhour era a construção de aeronaves. Para dirigíveis rígidos, semirrígidos e não rígidos, para aeroflutuantes e motores, as fábricas do distrito significavam garantia de qualidade.

O *Arrogância* era a maior nave no céu de Armada. Havia sido capturado décadas antes, aleijado em consequência de alguma batalha obscura, e mantido como veleidade e torre de vigia. Os aeróstatos móveis da cidade tinham metade de seu comprimento, os maiores deles medindo pouco mais que sessenta metros, zumbindo tranquilos em torno da cidade e ostentando nomes inapropriados, tais como *Barracuda*. Os engenheiros aerostáticos estavam limitados pelo espaço – em nenhuma parte de Armada havia lugar para vastos hangares nos quais se poderiam construir imensas naves como aquelas de Nova Crobuzon, dos exploradores, ou como os transportes de Myrshock, duzentos metros de couro e metal. De qualquer forma, Armada não precisava de tais aeronaves.

Até agora, ao que parecia.

Na manhã seguinte à queda dos panfletos, toda a força de trabalho das Obras Aéreas no *Custódia*, em Jhour – costureiros, engenheiros, projetistas, metalúrgicos e incontáveis outros –, foi convocada por um incrédulo contramestre. Em todas as instalações no vapor reformado jaziam abandonados esqueletos de dirigíveis, enquanto ele ordenava, hesitante, aos trabalhadores que começassem sua nova encomenda.

Tinham duas semanas.

Silas estava certo, pensou Bellis. Não havia chance de ele se contrabandear discretamente até a ilha. Até mesmo ela, desligada dos escândalos e intrigas da cidade, ouvia falar de Simon Fench com regularidade crescente.

Os rumores ainda eram vagos, por certo. Carrianne mencionara algo sobre alguém que tinha dúvidas quanto à Invocação, e que havia lido um panfleto publicado por alguém conhecido como Fink, Fitch ou Fench. Shekel disse a Bellis que achava a Invocação uma ideia excelente, mas que ouvira falar de que alguém chamado Fench dizia que os Amantes estavam procurando problemas.

Bellis continuava impressionada pela habilidade de Silas, de insinuar-se sob a pele da cidade. Será que não corria riscos? Os Amantes não procuravam por ele?

Sorriu ao pensar em Shekel. Não pôde continuar com suas lições, já fazia algum tempo. Porém, quando a visitara, recentemente, o garoto havia levado alguns rápidos e orgulhosos minutos para demonstrar que a ajuda de Bellis já não era necessária.

Viera perguntar-lhe o que havia no livro de Krüach Aum. Shekel não era estúpido. Ficou claro para ele que o livro deveria ter alguma relação com os eventos súbitos e tumultuosos da última semana – a cascata de panfletos, o plano extraordinário, o novo e bizarro emprego de Tanner.

– Você estava certo – dissera Bellis. – Demorei a traduzir o livro, mas quando percebi o que era, o relato de uma experiência...

– Conjuraram um avanc – Shekel a interrompera, e ela havia assentido.

– Quando percebi o que era o livro – ela prosseguira –, fiz questão de que Tintinábulo e os Amantes o vissem. Precisavam dele, era parte de seu plano...

– O livro que *eu* encontrei – dissera Shekel, e começara a rir.

Nas Obras Aéreas do *Custódia*, uma gigantesca armação de cabos e traves recurvas tomava forma.

Num canto do enorme salão, encontrava-se uma nuvem de couro cru. Cem homens e mulheres sentavam-se em torno dela, agulhas espessas e compridas em cada uma das mãos, costurando ambidestros. Havia tonéis de substâncias quêmicas, resina e guta-percha para selar as imensas bolsas de gás. Estruturas de madeira e metal incandescente das forjas começavam a transformar-se nas silhuetas de cabines de observação e controle.

A oficina do *Custódia*, embora fosse grande, não poderia conter a encomenda em sua forma completa. Em vez disso, todos os componentes finalizados seriam transportados até o convés vazio do *Grande Oriental*, onde as bolsas seriam acopladas, as seções do esqueleto rebitadas, e o revestimento de couro costurado.

O *Grande Oriental* era o único navio de Armada de tamanho suficiente para aquilo.

Era corrente-feira, dia 20, ou dia 7 de Ceudi de Bicaçor – Bellis já não se importava qual fosse. Fazia quatro dias que não via Silas.

O ar estava morno e espesso com os cantos dos pássaros. Bellis sentia-se claustrofóbica em seu quarto, mas quando saiu para caminhar nas ruas o sentimento não diminuiu. As casas e flancos de navios pareciam suar ao calor do oceano. Ela ainda pensava o mesmo em relação ao mar: seu tamanho e monotonia a afrontavam. Porém, naquela manhã, sentiu a necessidade súbita e urgente de escapar dos alpendres da cidade.

Censurava-se pelas horas que passara esperando Silas. Não tinha ideia de o que acontecera com ele, mas a sensação de estar sozinha, de que talvez ele não retornasse, a havia fortalecido rapidamente. Percebeu o quanto se tornara vulnerável, e erigiu outra vez a muralha em torno de si, como ossos. *Caralho, sentada e esperando como criança*, pensou furiosa.

A capatazia vinha procurá-la todos os dias, levavam-na ao Amante, a Tintinábulo, aos caçadores do *Castor* e a comitês cujos papéis na Invocação ela não conseguia entender. Sua tradução foi escrutinada minuciosamente: teve de dar explicações a um sujeito que lia alto kettai, não tão bem quanto ela. Ele havia exigido detalhes intricados: por que Bellis escolhera determinado tempo verbal ou categoria gramatical, por que havia traduzido tal palavra de tal maneira. Seus modos foram agressivos, e ela sentiu algum prazer em corrigi-lo.

– E nesta página aqui – dissera brusco, numa amostra típica dos diálogos entre eles –, por que traduzir *morghol* como "disposto". Significa o contrário!

– Por causa da voz e do tempo – ela respondera sem emoção aparente. – A frase inteira está no gerúndio irônico. – Quase acrescentou que *era comum confundi-lo com o pretérito mais que perfeito*, mas se conteve.

Bellis não entendia o porquê daquela pressão constante. Parecia que tentavam sugá-la de todo. Até então sentira orgulho moderado do personagem que representava. Entusiasmava-se com o projeto e a ilha, e logo depois se refreava, como se sofresse um conflito interno entre um desejo incipiente e a resposta mal-humorada e antagônica que se esperaria de alguém recrutado à força.

Porém, ainda não lhe tinham dito que ela os acompanharia até a ilha, o que era o cerne de seu plano. Imaginava que algo saíra errado. E, além do mais, Silas havia desaparecido. Talvez fosse o momento de um novo plano, disse a si mesma, com frieza. Decidiu que, se nada funcionasse, se fosse substituída por outro tradutor, diria a verdade. Imploraria por clemência em nome de Nova Crobuzon, contaria sobre o ataque dos grendelos. Talvez assim enviassem a mensagem por ela.

No entanto, com medo inquietante, lembrou-se das palavras de Uther Doul antes de matar o capitão Myzovic. *A potência que represento não se importa com Nova Crobuzon*, dissera. *Nem um pouco.*

Bellis cruzou a Ponte Uísque, do *Demérito*, uma barca no limite exterior de Aquabelone, até o amplo galeão *Relevância de Darioch*.

As ruas de Arenqueiro pareciam-lhe mais áridas do que Aquabelone, mais modestas. As fachadas eram mais simples, quando existiam. A madeira era lixada e cortada em padrões econômicos e repetitivos. A Via do Fausto era um mercado fronteiro tanto a Aquabelone quanto à Torre do Relógio, e a calçada abarrotava--se de carroças e animais, e compradores visitantes: khepris, humanos e outros, disputando espaço com os escarazelos que compunham metade de Arenqueiro.

Agora Bellis reconhecia os escarazelos mesmo sem suas armaduras, pela sua fisionomia distinta e pesada e pelas compleições cinzentas. Passou por um templo, seus chifres de sangue, seus guardas adornados de cascouraças. Ao lado do templo, havia um herbário, com molhos de plantas adstringentes que espalhavam no ar seu cheiro intenso.

Havia sacos das inconfundíveis sanguináceas amarelas, que eram fervidas no chá anticoagulante. Bellis viu homens e mulheres bebendo a mistura num caldeirão. Tomava-se para evitar crises de secatudo: os escarazelos eram propensos à coagulação súbita e total do sangue nas veias, que os matava rápida e dolorosamente e transformava o afligido numa estátua tortuosa.

Bellis estava parada entre sulcos de rodas, diante de um armazém, e saltou para fora do caminho da besta que puxava uma carroça, algum cavalo pigmeu e incestuoso, aterrissando sobre uma ponte móvel que levava a uma parte mais tranquila da cidade. Pousada entre duas naus, Bellis olhou para o mar. Viu o torso atarracado de um navio-carruagem, as curvas de uma coca, um gordo barco de pás. Para além deles havia mais. Todas as embarcações estavam pegadas na teia de pontes, suspensa por passadiços que pendulavam devagar.

Ali, o tráfego de pessoas era constante. Bellis sentiu-se solitária.

O Jardim das Esculturas ocupava a proa de uma corveta de sessenta metros. Seus canhões já não existiam havia muito, as capotas e mastros tinham sido esmagados. Uma pequena praça de cafés e bares estendia-se ininterrupta até o jardim, como uma praia até o mar. Bellis sentiu sua passada mudar ao sair das trilhas de madeira e cascalho para a terra suave do jardim.

Tinha apenas uma fração do tamanho do Parque Croom, uma faixa de árvores jovens e grama bem cuidada, entremeada de séculos de esculturas em vários estilos e materiais. Havia bancos de ferro forjado em arabescos sob as árvores e as obras de arte. Nos limites do parque, por sobre uma balaustrada baixa, via-se o mar.

Bellis engasgou ao vê-lo. Não conseguiu evitar.

Homens e mulheres estavam sentados em torno de mesas repletas de licores e chás ou caminhavam pelo jardim. Pareciam radiantes e espalhafatosos ao sol. Ao observá-los passear com tranquilidade e bebericar suas bebidas, Bellis quase meneou a cabeça quando se lembrou de que eram piratas: veteranos cheios de cicatrizes, armados, que viviam de pilhagens. Todos eles piratas.

Admirou suas esculturas favoritas ao passar por elas: *O rouxinol ameaçador; Boneca e dentes.*

Sentou-se e olhou para além de *A proposta*, placa disforme de jade, parecida com uma lápide, e da cerca de madeira, até o mar aberto – para os vapores e rebocadores teimosos que arrastavam a cidade. Viu duas canhoneiras e, acima delas, uma aeronave armada, vagando protetora nos limites das águas de Armada.

Um brigue pirata navegava para o norte, em torno da cidade e para longe. Ela o observou zarpar em sua viagem de caça, de dois, três ou quatro meses. Segundo a vontade do capitão? Segundo algum plano determinado pelos senhores dos distritos?

Na outra extremidade do mar, a milhas de distância, Bellis avistou um vapor que vinha no rumo da cidade. Evidentemente um navio armadense, ou talvez algum mercante privilegiado. Caso não fosse, jamais chegaria tão perto. Talvez tivesse percorrido milhares de milhas, pensou. Quando enfunou as velas, talvez Armada estivesse em outro oceano. E, quando terminou seu trabalho – saque, roubo –, navegou infalível até em casa. Era um dos mistérios perenes de Armada.

Atrás dela, eclodiram canções de pássaros. Não sabia, e não queria saber, qual espécie cantava, mas escutou com prazer ignorante. Então, como se anunciado pela fanfarra aviária, Silas apareceu ao longe, vagarosamente.

Ela sobressaltou-se e começou a se levantar, mas ele passou como se não a tivesse visto.

– Sente-se – disse ele, bruscamente, e deteve-se diante da balaustrada, inclinando-se sobre o costado do navio. Bellis ficou imóvel e aguardou.

Silas parou ali, a alguma distância, ainda sem olhar para ela. Permaneceram assim por muito tempo.

– Estão espionando sua casa – disse afinal. – Por isso não tenho aparecido. Por isso fiquei longe.

– Estão me seguindo? – perguntou Bellis, e se detestou por soar impotente.

– Esta é minha profissão, Bellis. Sei como se faz. Entrevistas só revelam uma parte. Precisavam estudá-la. Você não deveria se surpreender.

– E... estão vigiando *agora*?

Silas deu de ombros, minimamente.

– Acredito que não – voltou-se devagar –, mas não se pode ter certeza. – Sua boca mal se movia ao falar. – Estiveram por quatro dias em torno de sua casa. Foram com você pelo menos até as cercanias de Arenqueiro. Acho que perderam o interesse depois disso, mas não quero arriscar.

– Se nos associarem, se perceberem que sua tradutora mantém relações com Simon Fench... estaremos ferrados.

– Silas – disse ela com resignação fria –, não sou a tradutora deles. Não me pediram que os acompanhasse. Acho que têm outra pessoa...

– Amanhã – disse ele –, vão pedir-lhe amanhã.

– É mesmo? – Bellis disse calma. No entanto, estremecia por dentro, de animação ou presságio, ou qualquer coisa. Controlou-se, e não perguntou *Do que você está falando?* ou *Como você sabe*?

– Amanhã – repetiu Silas –, acredite em mim.

Ela acreditou. E quase sentiu náuseas ao vê-lo penetrar camadas de intrigas sem esforço aparente. Seus tentáculos de influência e informação estavam cravados tão fundo que eram como parasitas que vivessem de informações, sugando-as sob a pele da cidade. Bellis olhou para ele com respeito cauteloso.

– Vão procurá-la amanhã – prosseguiu. – Você fará parte da equipe de desembarque. Nosso plano continua o mesmo. Passarão duas semanas na ilha. Você terá esse tempo para levar a informação a um navio de Dreer Samher. Conseguirei tudo de que precisará para fazê-los ir a Nova Crobuzon.

– Você acha mesmo que conseguirá persuadi-los? – perguntou Bellis. – Raramente navegam ao norte de Shankell. Nova Crobuzon fica quase mil milhas fora de sua rota.

– Ah, Falastrão, Bellis... – A voz de Silas continuou abafada. – Não, não conseguirei persuadi-los. Não estarei lá. *Você* irá persuadi-los.

Bellis estalou a língua de irritação, mas não disse nada.

– Trarei o que precisa – disse ele. – Uma carta em sal e ragamina. Selos, pareceres, documentos e provas. Suficientes para convencer os mercadores cactos a viajarem rumo ao norte por nós. E suficientes para o governo de Nova Crobuzon saber o que está acontecendo. Suficientes para proteger a cidade.

O parque oscilava com as ondas. As estátuas rangiam ao mudar de nível. Nem Bellis nem Silas falaram. Por instantes, ouviram-se apenas os pássaros e as ondas.

Saberão que estamos vivos, pensou Bellis. *Pelo menos, saberão que ele está vivo.*

Interrompeu de imediato aquele pensamento.

– Poderemos avisá-los – disse, categórica.

– Você tem de achar um meio – disse Silas. – Entende o que está em jogo?

Não me trate como imbecil, porra, pensou furiosa, mas ele encontrou seu olhar por um momento, e parecia pouco contrito.

– Você entende – repetiu ele – o que terá de fazer? Haverá guardas, guardas armadenses. Terá de passar por eles. Terá de passar pelos anófeles, pelo amor de Falastrão. Você consegue?

– Darei um jeito – disse ela friamente, e Silas assentiu devagar e começou a falar outra vez. Por um brevíssimo instante pareceu inseguro do que dizer. – Não poderei mais... vê-la – disse. – É melhor que eu permaneça afastado.

– É claro – disse Bellis –, não podemos arriscar tudo agora.

O rosto dele revelou infelicidade, algo incompleto. Bellis comprimiu os lábios.

– Lamento por isso e por... – disse ele. Deu de ombros e olhou para outro lado. – Quando você retornar, e tudo estiver feito, talvez possamos... – A voz morreu-lhe aos poucos.

Bellis sentiu um ligeiro tremor de surpresa diante da tristeza dele. Ela não sentia nada. Não estava nem mesmo desapontada. Tinham buscado e achado algo um no outro, e tinham negócios juntos (definição que subestimava seus planos de modo absurdo), mas aquilo era tudo. Não abrigava ressentimentos contra ele. Sobrara-lhe até mesmo um resíduo de afeição e gratidão, como se fosse uma camada de poeira. Nada mais, no entanto. Ficou surpresa com o tom comovido de Silas, seu arrependimento, suas desculpas e indícios de sentimentos mais profundos.

Descobriu, com interesse crescente, que não se deixara convencer por ele. Não acreditava em suas insinuações. Não sabia dizer se ele acreditava, mas soube de repente que ela não.

O que a tranquilizou. Sentou-se imóvel após Silas partir. Mãos pousadas, rosto pálido imóvel e fustigado pelo vento.

Vieram dizer-lhe que suas habilidades linguísticas eram requeridas, que partiria numa expedição científica.

No *Grande Oriental*, em um dos aglomerados mais baixos de cabines, meros dois andares acima do convés, Bellis olhou para os navios circundantes de Aquabelone, e o gurupés do *Grande Oriental* acima deles. As chaminés do navio estavam limpas; os mastros projetavam-se cinquenta, cem metros no céu, nus como árvores mortas, raízes cravadas nas cobertas inferiores, em meio a estrias de salas de jantar e mezaninos.

Espalhadas pelo convés como um fóssil partido, jaziam as entranhas de uma gigantesca aeronave. Curvas de metal semelhantes a argolas de barril ou costelas; hélices e motores; imensas bolsas de gás desentumescidas. Estendiam-se por dezenas de metros ao longo do costado do Grande Oriental e rodeavam as bases dos mastros. Grupos de engenheiros rebitavam as estruturas, construindo em segmentos o enorme aeróstato. Ruídos e brilho de metal aquecido atingiam Bellis através das janelas.

Os Amantes chegaram, e começaram as sessões de preparo.

À noite, Bellis descobriu-se afetada por insônia. Deixou de tentar dormir e, hesitante, começou mais uma vez a escrever sua carta.

Parecia-lhe que tudo ocorria a certa distância. Todos os dias era escoltada até o *Grande Oriental*. Mais ou menos trinta e cinco homens e mulheres reuniam-se diariamente naquele salão. Eram de várias raças. Alguns Refeitos. Um ou dois, Bellis sabia que vinham do *Terpsichoria*. Reconheceu o companheiro de Shekel, Tanner Sack, e percebeu que ele também a reconhecia.

De repente, fazia calor. A cidade entrara, com seu passo reumático, num novo setor dos mares do mundo. O ar estava seco, e cada dia era tão quente quanto os mais raros momentos de verão em Nova Crobuzon. Bellis não apreciava a estação. Contemplava o céu novo e rigoroso, e sentia-se minguar sob sua influência. Suava, fumava menos e vestia roupas mais leves.

Pessoas andavam despidas até a cintura, e o ar estava cheio de pássaros de verão voando alto. A água em torno da cidade era clara, e grandes cardumes de peixes coloridos vinham próximo à superfície. As ruelas de Aquabelone começavam a feder.

As instruções eram dadas por Hedrigall e por outros como ele – cactáceos forçados, antigos piratas-mercantes de Dreer Samher. Hedrigall era um orador brilhante. Seu ofício de fabulista fazia as descrições e explicações soarem como histórias incrivelmente fascinantes. Era uma característica perigosa.

Contou a Bellis e aos companheiros sobre a ilha dos anófeles. Ao ouvir as histórias, Bellis pensava que talvez houvesse assumido uma tarefa que não poderia concluir.

Tintinábulo vinha às reuniões de vez em quando. Um dos Amantes, ou ambos, sempre estava presente. Outras vezes, para apreensão de Bellis, Uther Doul pairava em torno dos reunidos, encostado na parede, mão no cabo da espada.

Ela não conseguia deixar de observá-lo.

Lá fora, o aeróstato tomava forma, imensa baleia de contornos vagos. Bellis viu instalarem as escadas internas. Cabines de aparência precária eram construídas. Couro recoberto de resina e alcatrão era içado até as posições certas.

Havia sido um amontoado de partes, depois o contorno de um corpo, mais tarde uma obra em andamento. Agora se tornava uma gigantesca aeronave. Refestelava-se sobre o convés. Inseto recém-emergido da crisálida: ainda fraco demais para voar, porém já imbuído de seu aspecto final.

Bellis sentava-se na cama, sozinha, durante as noites quentes, suando e fumando, com um medo terrível do que teria de fazer, mas quase trêmula de expectativa. Às vezes se punha em pé e caminhava, apenas para ouvir seus pés golpearem o piso de metal, alegrando-se com o fato de que ela era a única coisa no quarto a fazer ruídos.

CAPÍTULO 20

Dias quentes, curtos e desconfortáveis. Noites intermináveis e suarentas. Os dias duravam mais à medida que passavam as semanas, porém ainda, logo após o crepúsculo, a luz morria por completo, e a alongada e viscosa noite de verão sugava a força da cidade.

Aconteciam brigas, sem muita convicção, nas fronteiras entre os distritos. Valentões de Aquabelone, durante uma bebedeira, poderiam encontrar-se em algum bar onde estava um grupo de quedassecanos. No início, não haveria nada, exceto alguns murmúrios rudes: os rapazes de Aquabelone talvez resmungassem a respeito de lacaios de sanguessugas e catamitas de daimones. A turma de Queda Seca faria uma piada ruidosa, ou duas, sobre pervertidos ao leme, e riria demais de trocadilhos infames sobre cicatrizes.

Após algumas bebidas, cheiradas ou tragadas, murros seriam distribuídos, mas de algum modo os antagonistas pareciam não investir todas as energias na batalha. Faziam aquilo que esperavam de si mesmos; nada mais.

Por volta da meia-noite, as ruas começavam a esvaziar-se. Às duas ou três da madrugada, já não havia quase ninguém.

O zumbido dos navios circundantes jamais diminuía. Havia fábricas e oficinas em várias zonas industriais que nunca paravam, empoleiradas nos rabos dos navios, fedendo e vomitando fumaça. As patrulhas noturnas moviam-se entre as sombras da cidade, cada distrito com suas insígnias.

Armada não se parecia com Nova Crobuzon. Na cidade pirata, estava ausente a economia alternativa de lixo, miséria e subsistência: os porões de prédios vazios não abrigavam multidões de mendigos e sem-teto. Não havia depósitos de lixo em que remexer: os dejetos da cidade eram despojados de tudo o que se pudesse reutilizar, e o restante era lançado ao oceano juntamente com os cadáveres, excrementos que se desfaziam ao afundar.

Havia favelas desfraldadas sobre chalupas e fragatas, moradias fortuitas que apodreciam em meio ao ar salgado e ao calor, transpirando materiais sobre seus habitantes. Os operários cactáceos de Jhour dormiam em pé, amontoados em pensões baratas. Mas os forçados de Nova Crobuzon notavam a diferença. Ali era menos provável que a pobreza matasse. O combustível mais comum das brigas era aguardente, e não desespero. Quase sempre se poderia encontrar um teto, mesmo que pingasse gesso. Não havia andarilhos enfiados em ângulos de arquitetura, a observar os caminhantes noturnos.

Assim, nas horas mortas, o homem que se dirigia ao Grande Oriental caminhava despercebido.

Andou sem pressa pelas ruelas menos saudáveis de Aquabelone. Rua da Agulha e Rua Sanguemel, o Labirinto Taipassebe no *Vaga Instigante*; o *Trança de Cabo*, goleta em decomposição, camuflada por um revestimento de fungos; dali para o submersível *Plangente*. Desviou-se cauteloso dos alçapões abertos no casco, permaneceu sob a sombra próxima da danificada torre de comando.

Atrás dele, via uma torre apagada entre os mastros e pináculos. Era o guindaste da *Sorgo*.

O flanco chato do *Grande Oriental* erguia-se ao lado do *Plangente* como a encosta de um cânion. Nas profundezas do navio, atrás da pele de metal, ouviam-se vibrações de indústria incessante. Havia árvores na superfície do submersível, raízes apresadas ao ferro como dedos calejados. O homem caminhou à sombra delas, e ouviu o rápido esvoaçar de pele dos morcegos acima.

Pouco mais de dez metros de mar separavam o submarino da escarpa do *Grande Oriental*. O homem viu no céu as luzes e sombras de dirigíveis noturnos, e raios tênues e mutáveis derramando-se sobre a balaustrada do vapor, a partir das tochas da capatazia que patrulhava o convés.

No lado oposto ao homem estava a imensa curva do contrafeito de estibordo do *Grande Oriental*, a coberta da roda de pás. No fundo da cobertura em forma de sino, entreviam-se as chapas de uma grande roda, parecidas com saias que revelassem os tornozelos.

Ele emergiu da penumbra formada pelas árvores doentias. Removeu os sapatos e os atou ao cinto. Após verificar que ninguém vinha, e que não havia ruídos, caminhou até a extremidade curva do *Plangente*, e deslizou de repente para dentro da água fria, com o mínimo de barulho. Poucas braçadas até o flanco do *Grande Oriental* e as sombras embaixo do contrafeito.

Chegando lá, encharcado e persistente, escalou as pás da roda de vinte metros, e sumiu na escuridão. Fez tanto silêncio quanto pôde em meio aos ecos. Subiu pela lateral da imensa cambota da roda, e entrou por uma escotilha de serviço, esquecida fazia muito, mas conhecida por ele.

Minutos de esforço foram necessários para romper a velha crosta de ferrugem, mas ele finalmente conseguiu, e rastejou pelo duto estreito até uma sala de máquinas abandonada ao pó anos atrás.

Esgueirou-se entre cilindros de trinta toneladas e enormes motores ignorados. A câmara era um labirinto de passadiços e pistões monolíticos, arbustos de engrenagens e volantes, tão emaranhados quanto uma floresta.

Nem poeira nem luz se moviam. Era como se ali tivessem dessangrado e enjeitado o tempo. O homem arrombou a fechadura da porta e deteve-se imóvel, segurando a maçaneta. Recordou o esquema do navio. Sabia para onde rumava – para além dos guardas.

Era da natureza de sua profissão que conhecesse alguns feitiços: passes para adormecer cães; palavras que lhe permitiam aderir às sombras; encantamentos de salvaguarda e truques. Mas duvidava muito de que o pudessem proteger naquele lugar.

Com um suspiro, procurou pelo embrulho de tecido que trazia no cinto. Sentiu uma ferroada de presságio.

E uma trêmula euforia.

Enquanto desembrulhava o pesado objeto, refletiu nervoso que, caso ele de fato soubesse como usar a coisa, o trabalho com a tranca rígida da escotilha de serviço e o desagradável nado no escuro poderiam ter sido dispensados como bagatelas. Ainda era um novato ignorante.

Desfez a última dobra de tecido espesso, para revelar uma peça entalhada.

Maior que seu punho, feita de pedra lisa que parecia negra, cinza ou verde. Era feia. Dobrava-se ao meio como feto, gravada de linhas e espirais que sugeriam barbatanas, tentáculos ou dobras de pele. O trabalho era perfeito, mas desagradável, parecia concebido com a intenção de afugentar olhares. A estatueta observava o homem com seu único olho aberto, perfeita meia-esfera negra acima da boca anelada com fileiras de dentinhos, como a de uma lampreia. Abria-se diante dele, e lá dentro havia escuridão.

Serpeando ao longo das costas do pequeno ícone, em dobras estreitas que se sobrepunham em camadas, havia uma tira de pele fina e escura. Uma lasca de tecido orgânico. Uma barbatana.

Estava integrada à matéria da pedra. O homem correu os dedos por toda a extensão daquilo. Seu rosto contraiu-se de repulsa, mas sabia o que deveria fazer.

Trouxe a cabeça da estatueta para junto dos lábios e começou a falar muito baixo um idioma sibilante. Os sibilos ecoavam fracos na grande sala, infiltrando-se por entre as máquinas paradas.

O homem recitou algaravias pujantes para a estátua, e a acariciou de acordo com padrões prescritos. Seus dedos começaram a adormecer, à medida que algo era sugado dele.

Afinal, engoliu em seco e virou a figura de frente para o próprio rosto. Aproximou-a ainda mais, hesitou e, inclinando ligeiramente a cabeça numa parodia de paixão, passou a beijar-lhe a boca.

Abriu os lábios e enfiou a língua na goela da estatueta. Sentiu os espinhos frios dos dentes, e entranhou mais fundo. A boca do ícone era cavernosa, e a língua do homem pareceu alcançar o âmago da pequena peça. Era muito fria. Teve de refrear um engasgo quando sentiu o sabor mofado, salgado e písceo.

Então, enquanto o homem contorcia a língua na garganta de pedra, algo lhe retribuiu o beijo.

Sabia de antemão o que aconteceria – esperava por aquilo, confiava que acontecesse. Ainda assim, veio-lhe acompanhado de uma onda de náusea e choque. Algo vibrante e pequenino roçava a língua na sua. Frio, úmido e desagradavelmente orgânico, como se um verme gordo se escondesse no coração da estatueta.

O gosto intensificou-se. Ele sentiu a garganta expandir e o estômago se revoltar, mas manteve a bílis no lugar. A estátua o lambia com lascívia estúpida, e ele se obrigou a suportar suas afeições. Havia-lhe pedido uma dádiva, e ela o agraciara com um beijo.

Sentiu sua saliva escorrer e, de maneira abominável, voltar para dentro dele, vinda do ícone. Sua língua ficou entorpecida pelo toque escorregadio, e o frio dissipou-se entre os dentes. Segundos se passaram, e mal conseguia sentir a própria boca. Sentiu um formigamento passar-lhe pelo corpo, como o de uma droga, desde o fundo da garganta abaixo.

A estátua parou de beijá-lo, a pequena língua se recolheu.

Ele retraiu a própria língua rápido demais, e a cortou nos dentes de obsidiana. Não sentiu nada, não percebeu até que visse o sangue escorrer em sua mão.

Embrulhou a figura outra vez, com cuidado, e esperou que o beijo se espalhasse por todo o corpo. Sua percepção estremeceu, cintilou. Ele sorriu incerto e abriu a porta.

Viu, nos dois lados do aposento, velhos e bolorentos retratos a óleo e heliótipos recuarem em perspectiva. Detectou uma patrulha de capatazes e cães que se aproximava dele.

Sorriu. Ergueu os braços e os abriu, e deixou-se cair para a frente devagar, como se lhe tivessem alvejado os joelhos. Sentia o gosto do próprio sangue, e do mofo e de peixe salgado da estátua. A língua enchia-lhe a boca, e ele não chegou a atingir o chão.

Agora deslocava-se de maneira nova.

Enxergava com a visão da estátua, que ela lhe havia conferido com um beijo. Deslizava e escorria entre espaços, à medida que a estatueta sonhava mover-se. Contestava os ângulos do corredor, reconfigurava-os.

Não caminhava nem nadava. Insinuava sua trajetória através de fendas nos espaços possíveis, e passava, com ou sem esforço, por canais que não podia ver. Quando viu dois capatazes que se aproximavam com seus mastins, já se encontrava desimpedido.

Não estava invisível nem havia atravessado para outro plano de existência. Em vez disso, moveu-se até a parede e observou a textura, viu a dimensão com novos olhos, viu as partículas de poeira muito próximas, até que lhe ocupassem a vista, e esgueirou-se por trás delas, oculto, até que a patrulha saísse sem notá-lo.

Ao fim do corredor, havia uma curva à direita. O homem se deteve no canto e semicerrou os olhos, após a patrulha desaparecer. Conseguiu, com pouco esforço, usar a curva para rumar à esquerda.

Percorreu assim o *Grande Oriental*, lembrando-se dos mapas que vira. Quando as patrulhas chegavam, voltava contra elas a arquitetura, utilizando uma variedade de meios, e deslizava rápido para longe. Quando se via encurralado atrás delas, na extremidade errada de uma longa passagem, escapava ao olhar de soslaio, estender o braço, agarrar a parede distante e puxar-se veloz até o canto oposto. Girava para ganhar velocidade, de maneira que as portas estivessem abaixo dele, e mergulhava, com auxílio da gravidade, ao longo dos corredores.

Vertiginoso, tonto com uma espécie de enjoo que lhe causavam seus movimentos novos, o homem se dirigiu, rápido e inexorável, à popa, à traseira e ao fundo do navio.

Rumo à fábrica de bússolas.

A segurança era rigorosa. Guardas com pederneiras cercavam a fábrica. O homem teve de espremer-se devagar e com cuidado, entre camadas de viés e perspectiva, para alcançar a porta. Escondeu-se diante dos guardas, grande e próximo demais para que o vissem, fora de foco e iminente. Curvou-se sobre eles e espiou, pelo buraco da fechadura, as intricadas engrenagens que o apequenavam.

Derrotou-as e surgiu lá dentro.

A sala estava deserta. Mesas e bancos estavam dispostos em fileiras. Havia máquinas, seus motores e correias imóveis.

Em alguns lugares, viam-se invólucros de cobre e latão, semelhantes a grandes relógios de bolso. Em outros, viam-se pedaços de vidro e o material para triturá-los. Havia ponteiros intricadamente entalhados, correias e cinzéis, molas de voltas estreitas. E centenas de milhares de engrenagens. Variavam em tamanho, de pequenas a minúsculas, parentes diminutas das rodas na sala de máquinas. Espalhadas por toda parte como moedas sulcadas, ou escamas de peixe, ou poeira.

A fábrica era artesanal. Nas bancadas individuais, trabalhavam especialistas, artesãos de rara habilidade, que passavam ao seguinte as peças semicompletas. O intruso sabia o quanto era especializado cada trabalho, que minerais raros deveriam ser incorporados, que precisão taumatúrgica era necessária. Cada artigo pronto valia muitas vezes seu peso em ouro.

E ali estavam, num armário trancado, como o de um joalheiro, atrás de uma mesa ao fundo da longa sala. As próprias bússolas.

Vários minutos de esforço cuidadoso passaram-se até que o homem abrisse o armário. As dádivas da estátua ainda estavam fortes nele, que se adaptava bem à sua nova percepção: mesmo assim, levou bastante tempo.

Cada peça era diferente. Com mãos trêmulas, apanhou uma das menores, modelo simples e tosco, num estojo decorado com madeira polida. Abriu a tampa. A face de osso era marcada de vários mostradores concêntricos, alguns numerados, outros gravados com signos obscuros. Girando solto, ao centro, havia um único ponteiro negro.

Nas costas da bússola estava o número de série, que o intruso anotou com cuidado. Então, começou a parte mais importante de sua missão. Procurou por todos os registros daquela bússola. No livro de registros atrás do armário expositor, na lista feita pelo metalúrgico que finalizara o invólucro. Em listas de peças que incluíam acessórios de reposição e defeitos de fabricação.

O homem foi meticuloso e, após meia hora, havia encontrado todas as referências. Dispôs diante de si os papéis, e verificou a cronologia.

A peça fora fabricada havia um ano e meio, e ainda não fora designada a nenhum navio. O intruso sorriu com cautela.

Encontrou canetas e tinta, e examinou mais de perto o livro de registros principal. Falsificação era simples para ele. Começou a acrescentar, com muito cuidado, à descrição da bússola. Na coluna "Designado a:", adicionou uma data, de um ano atrás (calculando rápido os quartos de Armada) e o nome, *Ameaça de Magda.*

Caso alguém, por qualquer razão, procurasse informações sobre o modelo CTM4E, agora encontraria. Descobriria que a bússola fora designada, no ano anterior, ao pobre *Ameaça de Magda,* que havia afundado fazia alguns meses, com toda carga e tripulação, sem deixar vestígios, em águas distantes mais de mil milhas.

Depois de retornar tudo aos devidos lugares, ao homem restava apenas uma tarefa.

Abriu a bússola, meditando sobre as complexidades das entranhas de metarrelojoaria, roubadas e adaptadas do projeto khepri de séculos atrás. Sobre a diminuta lasca de pedra que sabia estar encravada no âmago, fixada ali através de taumaturgia homeotrópica. O ponteiro balançava vagamente sobre o eixo.

Com dez rápidas torções, o homem deu-lhe corda.

Segurou-a junto ao ouvido, e escutou-lhe o tênue, quase inaudível, tique-taque. Observou a face. Os mostradores saltavam e encaixavam-se em novas posições.

O ponteiro girou loucamente, e depois enrijeceu, apontado à proa, de volta ao centro do *Grande Oriental.*

Não era uma bússola convencional, estava claro. O ponteiro não indicava o norte.

Apontava para uma porção de rocha, engastada por taumaturgia, encerrada em vidro, parafusada sob metal, dependendo do rumor em que se acreditasse. Caíra do céu, viera do coração do sol, do inferno.

Durante os anos até que a corda acabasse, a bússola apontaria precisamente à magnetita da cidade, a rochadeus enterrada em algum lugar no âmago do *Grande Oriental*.

O homem embrulhou-a muito bem em tecido oleado, depois em couro, e abotoou-a dentro do bolso.

Quase amanhecia. O homem estava exausto. Tornara-se difícil ver a sala, os ângulos e planos, as paredes, materiais e dimensões, de outra forma que não a costumeira. Suspirou de desânimo. Começava a perder os poderes da estatueta, mas ainda tinha de escapar dali.

Assim, umedecendo os lábios, flexionando a língua, e cercado por guardas armados que o matariam apenas por saber que a fábrica existia, o homem desembrulhou a estátua outra vez.

INTERLÚDIO IV – OUTRO LUGAR

Adiante, sempre adiante,
A água é como suor e nossas baleias não gostam dela.
No entanto.
Sul.
A trilha é clara.

Até águas temperadas, e dali para águas quentes.

A paisagem de rochas submarinas ali era dramática, dentes e fendas na crosta do mundo. Atóis e arrecifes erguiam-se das águas profundas numa batalha de cores vívidas. A água era fertilizada por folhas de palmeira e lótus decompostas, e pelos cadáveres de criaturas ímpares. Coisas anfíbias que nadavam na lama, peixes que respiravam ar e morcegos aquáticos.

Em cada ilha, havia dezenas de nichos ecológicos, e para cada oportunidade individual havia uma fera. Às vezes havia duas, ou mais, que competiam pela supremacia.

Os caçadores percorriam baixios, lagunas salgadas e cavernas, e comiam o que encontravam lá.

As baleias choravam e baliam, imploravam para retornar às águas frias. Seus mestres as ignoravam ou puniam, e diziam-lhes novamente o que estavam procurando.

Os caçadores comentavam da temperatura da água, da nova qualidade da luz, das cores cristalinas dos peixes em torno deles, mas não se queixavam.

Seria impensável para eles se importarem com qualquer outra coisa, enquanto sua presa ainda estivesse à solta.

Sul, comandavam, e, mesmo quando as baleias começaram a morrer, uma a uma, corpos colossais vítimas de estranhos vírus de águas mornas, desfazendo-se, peles caindo em acinzentadas lascas podres, cadáveres cheios de gás oscilando até a superfície para serem feitos em pedaços por aves carniceiras até que os ossos e retalhos de pele caíssem de volta às profundezas, seus mestres não hesitaram.

Sul, diziam, e seguiam a trilha pelo mar tropical.

PARTE 4

SANGUE

CAPÍTULO 21

Festingo, 29 de Lunário, 1780 – ou 8 de Livrodi de Bicaçor, Quarto 6/317, como queira. A bordo do *Tridente*.

Outra adição a esta carta. Faz algum tempo desde que escrevi por último. Pediria desculpas, se isso fizesse sentido. Sinto que deva pedir, de algum modo absurdo. Como se você lesse à medida que escrevo, e se inquietasse com as demoras. Está claro que, quando você receber esta carta, o silêncio de um dia, de uma semana, ou de um ano será a mesma coisa – uma linha deixada em branco, uma fileira de estrelas. Meus meses terão sucumbido. Porém, o tempo me confunde.

Estou divagando – fazendo pouco sentido. Perdoe-me.

Estou ansiosa, e tenho um pouco de medo.

Sento-me na privada para escrever isto. Ao lado de uma janela, e o sol da manhã jorra sobre mim. Estou centenas de metros acima do mar.

Foi incrível no começo, tenho de admitir. Beleza desesperadora. Após algum tempo, a monotonia de céu e água enrugados e de algumas nuvens ocasionais entorpece.

O mar aqui é bastante vazio. Consigo ver sessenta, setenta, noventa milhas até o horizonte, e não há uma vela, um esquife ou um barco pesqueiro. As cores da água mudam entre verde, azul e cinza, de acordo com não sei o quê sob a superfície.

Nossa passagem pelo ar é quase indetectável. Sentimos as vibrações, é claro, dos motores a vapor na proa, das grandes hélices, mas não há sensação de velocidade, movimento ou direção.

Este *Tridente* é uma nave impressionante. Aquabelone está despejando esforço e dinheiro nesta viagem. Isso é evidente.

Deve ter sido uma visão fabulosa, quando o *Tridente* decolou do convés do *Grande Oriental*. Já havia passado muito tempo saliente contra o céu, elevado numa armação que o mantinha longe dos pequenos cabrestantes e anteparos no convés. Não duvido de que apostas tenham sido feitas quanto a se iríamos nos esborrachar no oceano ou sobre a cidade.

Mas decolamos sem problemas. Era final de tarde, e havia escuridão nos limites do céu. Posso ver o *Tridente* pairando lá em cima como deuses sabem o quê. Tão grande quanto a maioria dos navios da cidade, novo em folha e lustroso.

Trouxemos conosco a coisa mais bizarra. Pendurado entre os motores está um cercado repleto de ovelhas e porcos.

Os animais têm comida e água para nossa jornada de dois dias. Decerto, podem ver o golfo de ar entre as tábuas de seu piso. Pensei que fossem entrar em pânico, mas apenas observam as nuvens sob seus cascos com tola falta de interesse. São estúpidos demais para temer. Vertigem é algo complexo demais para eles.

Sento-me aqui neste cubículo, o lavatório, entre o rebanho e a cabine de controle, de onde o capitão e a tripulação nos conduzem. Um corredor a partir da câmara principal.

Tenho vindo até aqui para escrever, várias vezes, desde que decolamos.

Os outros passam o tempo sentados, confabulando ou jogando cartas. Suponho que alguns estejam em seus beliches enfiados no convés acima de mim, entre as bolsas de gás. Talvez estejam sendo instruídos mais uma vez sobre o que se espera que façam. Talvez estejam treinando.

Meu papel é simples, e me foi bem esclarecido. Após todas as semanas e os milhares de milhas, dizem-me outra vez que sou um veículo, que apenas deixe passar por mim informações e idioma, que não ouça o que será dito.

Isso eu sei fazer. E, até lá, não tenha nada a fazer senão escrever.

Sempre que possível, cactáceos foram escolhidos para esta missão. Pelos menos cinco entre os que estão a bordo já estiveram na ilha dos anófeles, anos atrás. Hedrigall, é claro, e outros que não conheço.

Isso sugere problemas de deserção: é raro para qualquer forçado de Armada entrar em contato com velhos compatriotas, mas deve haver samherinos na ilha. Meus negócios dependem de tais encontros. Todos os cactos nesta missão, fiquei sabendo, têm razões para não desejar o retorno a seu antigo lar. São como Johannes, ou Hedrigall, ou o amigo de Shekel, Tanner Sack: leais a seu país de adoção.

No entanto, Hedrigall me deixa dúvidas. Conhece Silas, ou, pelo menos, certo Simon Fench.

Eu, entre todos, sei que as autoridades de Aquabelone podem enganar-se ao depositar sua confiança.

Dreer Samher é pragmática. No mar, um encontro entre navios samherinos e aqueles de Perrique Próximo ou das Ilhas Mandrágora pode acabar em batalha, mas as relações com Armada são corteses, pelo bem da segurança. Além disso, estarão aportados. A paz dos portos funciona ali como a lei mercantil funciona em terra, e é um código rígido, respeitado e aplicado por seus adeptos.

Tanner Sack está na aeronave, e noto que me conhece. Observa-me com o que pode ser desagrado, ou timidez, ou qualquer outra emoção. Tintinábulo também está a bordo, e muitos de sua equipe. Johannes não. E sinto-me aliviada por isso.

Os cientistas aqui são uma estranha mistura. Os forçados se parecem mais com o que eu esperaria de eruditos. Os armadenses parecem piratas. Disseram-me que um é matemático, outro é biólogo, aquele outro é oceanomante; todos parecem piratas, marcados por cicatrizes, beligerantes e vestidos de alterosos andrajos.

Há os guardas: cactos e escarazelos. Vi onde guardam seu arsenal, havia arcos-serras, pederneiras e alabardas. Trouxeram pólvora negra, e o que a mim parece serem máquinas de guerra. Caso os anófeles não cooperem, creio que trouxemos mais que o necessário para persuadi-los.

No comando de todos os guardas, está Uther Doul. E dando-lhe ordens está a metade do par governante de Aquabelone, a Amante, sozinha.

Doul esgueira-se de sala a sala. Fala mais com Hedrigall que com qualquer outro, creio eu. Veste seu uniforme de couro cinza, muito remendado e contundido, porém imaculadamente limpo. O braço direito da túnica é entretecido de fios que se estendem até o cinto. Leva a espada no quadril esquerdo, e anda ouriçado de pistolas.

Olha agressivo pelas janelas, e depois marcha de volta, sempre para o lugar onde a Amante estiver.

O rosto escarificado da Amante causa-me certa repulsa. Conheci pessoas que encontravam alívio na dor, e estive com elas. Algumas faziam dela parte do sexo, e, embora eu ache a predileção um tanto absurda, não me causa perturbação ou escândalo. Não é isso que vejo de errado nos Amantes. Tenho a sensação de que seu hábito de se cortar seja contingente, de algum modo. O que me enoja é algo mais profundo, intrínseco neles.

Tento evitar os olhares da Amante, mas encontro-me curiosamente atraída por suas marcas. Como se ela fosse esculpida com algum padrão hipnótico. Porém, ao espiá-la sub-repticiamente por entre meus dedos, não vejo nada romântico, secreto ou revelador, nada além da evidência de antigos ferimentos. Nada além de cicatrizes.

Mais tarde, no mesmo dia.

Silas entregou o que era necessário, no último minuto possível. Como se para efeito dramático.

Só posso admirar seus métodos.

Desde nossa sucinta conversa nos Jardins de Arenqueiro, tenho imaginado como ele me daria os materiais para nossa mensagem. *Há guardas em torno de minha casa, estou sendo espionada. O que farei?*

Na manhã de 26 de Lunário, encontrei ao acordar um pacote no piso de meu quarto.

Um ostentoso número de prestidigitação. Não consegui deixar de rir quando olhei para cima e vi um remendo de ferro no teto, rebitado havia pouco sobre um buraco de quinze centímetros.

Silas havia escalado até o topo das chaminés do Cromolito, e chegado ao telhado de metal fino que ressoa como um tímpano de orquestra sempre que chove. Fizera um buraco. Após soltar o pacote por ali, havia rebitado meticulosamente no lugar uma nova emenda. Tudo aquilo sem fazer o mínimo ruído: sem acordar-me e sem alertar quem estivesse vigiando.

Quando lança mão de truques como aquele, sob pressão e para proteger-se, é fácil imaginá-lo a serviço do governo. Suponho que sou afortunada por tê-lo do meu lado, como também o é Nova Crobuzon.

Fiquei satisfeita por não vê-lo. Sinto-me distante dele, agora. Não lhe desejo mal: tomei dele algo de que precisava e espero ter-lhe devolvido, mas isso deve ser o fim da questão. Somos camaradas por coincidência, é tudo.

Dentro da bolsinha de couro, Silas pusera vários itens.

Tinha-me escrito uma carta, explicando tudo. Li-a com cuidado antes de examinar os demais conteúdos da sacola.

Havia outras cartas. Escrevera ao capitão pirata que esperávamos encontrar: duas cópias, em ragamina e em sal. *A quem aceite portar esta missiva a Nova Crobuzon*, assim começa.

É formal e direta. Promete aos leitores que estes receberão um prêmio mediante entrega da carta aos destinatários, selada e íntegra. Que, pelo poder investido na pessoa do Procurador Fennec (número de licença tal e tal) pelo Prefeito Bentham Rudgutter e pelo cargo de Prefeito, em perpetuidade, declara-se que os portadores desta carta deverão ser tratados como convidados de honra em Nova Crobuzon, e que seu navio deverá ser reequipado de acordo com suas próprias especificações, e que receberão honorários no valor de três mil guinéus. E, o mais importante, a eles será concedida pelo governo da cidade uma carta de corso livre de tarifas que tornará o navio, por um ano, isento de perseguição ou ataque sob a autodeclarada lei marítima de Nova Crobuzon, por qualquer razão excetuando-se a imediata autodefesa de uma embarcação crobuzonense.

O dinheiro é muito tentador, mas é com a isenção prometida que esperamos atrair nossos cactáceos. Silas oferece-lhes a posição de piratas reconhecidos, *sem tarifas*.

Poderão pilhar o que quiserem sem pagar um tostão, e a marinha de Nova Crobuzon não os molestará; na verdade, irá protegê-los durante a vigência do contrato.

É um incentivo poderoso.

Ao final das cartas, Silas assinou seu nome e, ao longo de senhas que mal se consegue ver, imprimiu em cera o selo do Parlamento de Nova Crobuzon.

Eu nunca soube que ele tinha tal selo. É estranho ver um aqui, tão longe de casa. O trabalho é de qualidade impressionante, a parede estilizada, a cadeira e as parafernálias do cargo e, embaixo de tudo, em diminutos algarismos, um número que identifica Silas. O selo é um símbolo de força extraordinária.

E mais, ele o deu a mim.

Porém, divago. Chegarei ao anel de sinete.

A outra carta é muito mais longa. Estende-se por duas frentes e versos, em caligrafia cerrada e intricada. Li-a com cuidado, e entrei em pânico.

Endereçada ao Prefeito Rudgutter, é um esboço do plano de invasão dos grendelos.

A maior parte é obscura para mim. Silas escreveu em taquigrafia estreita, que mais parece código, com abreviações que não reconheci e referências a coisas de que jamais ouvi falar, porém o significado é inconfundível.

Status sete, leio no alto da folha. *Código: Ponta de Flecha.* Embora não as entenda, as palavras causam-me calafrios.

Silas poupou-me dos detalhes, percebo agora (o favor mais duvidoso que se pode fazer). Ele conhece bem os planos de invasão, expôs tudo em termos precisos e frios. Alerta sobre unidades e esquadrões com números específicos, que portam artilharia obscura, descrita em apenas uma letra ou sílaba, o que não a torna menos perturbadora.

Meio regimento Marfim Magos/ Groach a avançar sul ao longo do Cancro, equipado com capacidade EYD e P-T, Terceiro Quarto Lunar, leio, e a dimensão do que nos espera me aterroriza. Nossa prévia ansiedade por escapar, e o esforço que desperdiçamos com ela, agora me chocam. Foram muito mesquinhos e limitados.

Aqui há informações suficientes para defender a cidade. Silas cumpriu seu dever.

Outra vez, ao final da carta há o selo da cidade, que a justifica e faz dela, apesar de sua linguagem desalmada e banal, horrivelmente verdadeira.

Com as cartas veio uma caixa.

É uma caixa de joias, madeira-negra simples, sólida e muito pesada. Dentro dela, aninhados no forro acolchoado, estão um colar e um anel de sinete.

O anel é para mim. Sua ampla face de jade e prata está entalhada com um carimbo invertido: o selo. Foi gravado com destreza formidável. Dentro do circuito, Silas colocou uma pepita de lacre vermelho.

Também é para mim. Quando tiver mostrado ao nosso capitão as cartas e o colar, hei de cerrá-los na caixa, a qual selarei dentro da bolsa de couro e imprimirei na cera quente com esse anel, que então guardarei. Desse modo, o capitão saberá o que há ali dentro, que não o trairemos, mas também que ele não deverá interferir no conteúdo, caso queira que os destinatários acreditem nele e o recompensem.

(Ao pensar nessa cadeia de eventos, devo confessar que poderia sentir-me desalentada. Parece tão tênue. Suspiro enquanto escrevo. Deixarei de pensar nisso.)

O colar servirá para cruzar o oceano. Diferente do anel, é uma peça tosca e simples, feita sem nenhuma estética. Uma corrente de ferro, delgada e comum, à qual está fixada uma pequena folha metálica, adornada apenas com um número de série, um símbolo cunhado (duas corujas sob uma lua crescente), e três palavras: SILAS FENNEC, PROCURADOR.

É minha identificação, escreveu Silas. *A prova derradeira de que as cartas são genuínas. De que não estou perdido para Nova Crobuzon, e de que se trata de minha despedida.*

Ainda mais tarde. O céu escurece.

Estou perturbada.

Uther Doul falou comigo.

Eu estava no convés dos beliches, acima da carlinga, saindo das latrinas. Divertia-me ligeiramente pensar no acúmulo de nossas fezes e urina despencando do céu.

Um pouco adiante, no corredor, ouvi um farfalhar, e vi luz no umbral de uma porta. Espiei.

A Amante trocava-se. Prendi a respiração.

As costas eram tão terçadas de cicatrizes quanto o rosto. A maioria parecia antiga, a pele sulcada, cinzenta e pálida. Uma ou outra, no entanto, era fresca. Estendiam-se pelo dorso até as nádegas. Ela era como um animal marcado.

Não pude evitar um suspiro.

A Amante voltou-se ao ouvir o ruído. Vi-lhe o peito e o esterno, tão feridos quanto as costas. Ela me observou, e cobriu-se com a camisa. O rosto, com seus cortes intricados, permaneceu impassível.

Gaguejei uma desculpa, me virei abruptamente e caminhei rumo à escadaria. Para meu horror, vi Uther Doul emergir da mesma sala e olhar direto para mim, com a mão naquela porra de espada.

Esta carta que escrevo queimava em meu bolso. Portava suficientes evidências para que Silas e eu fôssemos executados por crimes contra Aquabelone – o que, em consequência, condenaria Nova Crobuzon. Tive muito medo.

Fingi não ver Doul, desci até a carlinga principal e postei-me diante da janela, assistindo frenética aos cirros lá fora. Esperava que ele me deixasse em paz.

Não adiantou. Doul veio até mim.

Senti que parara ao lado de minha mesa, e esperei por muito tempo para que fosse embora, saísse sem dizer nada, já que havia completado com sucesso sua intimidação. Mas não saiu. Afinal, contra minha vontade, ao que parecia, olhei para ele.

Observou-me em silêncio por alguns instantes. Minha ansiedade aumentava, embora mantivesse o rosto inexpressivo. Então, ele falou. Eu havia esquecido o quanto sua voz era bela.

– Chamam-se *freggios* – disse.

– As cicatrizes: chamam-se *freggios*. – Indicou a cadeira à minha frente e inclinou a cabeça. – Posso sentar-me?

O que responder àquilo? Como dizer *Não, prefiro ficar sozinha*, ao braço direito dos Amantes, seu guarda e assassino, o homem mais perigoso de Armada? Comprimi os lábios e dei de ombros cortesmente, *Não é de minha conta onde o senhor senta, cavalheiro.*

Ele entrelaçou os dedos sobre a mesa. Falou (com perfeição), e não me afastei nem o interrompi ou o desencorajei demonstrando falta de interesse. Em parte, é claro, porque temia por minha vida e por minha segurança – meu coração batia muito rápido.

Mas também por causa de sua oratória: ele fala elaborando cada frase com cuidado, como se lesse em voz alta de um livro de poesia. Nunca ouvi nada assim. Olhou-me nos olhos e parecia não piscar.

O que ele contou me deixou fascinada.

– Ambos foram recrutados à força – disse. – Os Amantes. – Devo ter ficado boquiaberta. – Vinte e cinco, trinta anos atrás.

– Ele chegou primeiro. Era pescador. Camponês do mar, da ponta setentrional dos Estilhaços. Passava a vida inteira sobre uma ou outra pequena rocha, lançando redes e linhas, estripando, limpando, filetando e esfolando. Ignorante e enfadonho.

Observou-me com olhos mais cinza do que sua armadura.

– Certo dia, remou para longe demais, em mar aberto, e foi arrastado pelo vento. Um batedor de Aquabelone o encontrou, roubou-lhe a carga e considerou se mataria ou não o garotinho pescador, aterrorizado e magricela. No fim das contas, trouxeram-no até a cidade.

Moveu os dedos, e começou a massagear gentilmente as próprias mãos.

– Pessoas são feitas, destruídas e refeitas por suas circunstâncias. – disse. – Após três anos, o garoto governava Aquabelone.

Sorriu.

– Menos de três *quartos* depois disso, um de nossos encouraçados interceptou uma embarcação: uma vistosa chalupa recurva, vinda de Perrique Próximo rumo a Myrshock. Uma das famílias nobres de Figh Vadiso, assim parecia. Homem, mulher e filha, com seus vassalos, mudando-se para o continente. A carga foi pilhada. Os passageiros não interessavam a ninguém, e não faço ideia do que aconteceu com eles. Talvez tenham sido mortos, não sei. Sabe-se que, quando os servos foram registrados e acolhidos como cidadãos, houve uma criada que chamou a atenção do novo governante.

Olhou para o céu lá fora.

– Alguns entre os que estiveram a bordo do *Grande Oriental* durante o encontro – falou Uther Doul, em voz baixa – dizem que ela permaneceu altiva e lançou um sorriso de viés ao governante. Não como se tentasse angariar simpatia ou estivesse aterrorizada, mas como se gostasse do que via. Mulheres não passam bem nos Estilhaços setentrionais – prosseguiu. – Cada ilha tem costumes e leis próprios, e alguns deles são desagradáveis. – Entrelaçou os dedos outra vez. – Há lugares onde costuram as mulheres – disse, e observou minha reação. Encontrei seu olhar, não estava intimidada. – Ou as cortam, extraem aquilo com que elas nasceram. Ou as mantêm acorrentadas em casas, para servir aos homens. A ilha na qual nasceu nosso chefe não era tão cruel, porém... exagerava certos traços que se pode reconhecer em outras culturas. A de Nova Crobuzon, por exemplo. Certa sacralização das mulheres. Desprezo mascarado de adoração. Estou certo de que você entende. Publicou seu livro sob o nome B. Vinhofrio. Sei que entende.

Aquilo me abalou, admito. Que ele soubesse tanto sobre mim, que entendesse as razões de meu pequeno e inofensivo ato de dissimulação.

– Na ilha do chefe, os homens vão ao mar e deixam as mulheres e namoradas em terra, e não há costume ou tradição tão forte que consiga manter pernas fechadas. Um homem que ame uma mulher com paixão suficiente, ou diga que ama, ou pense que ama, sofre ao deixá-la. Conhece, no íntimo, o poder de seus encantos. Afinal, ele mesmo sucumbiu a eles. E acha que deve diminuí-los. Na ilha do chefe, um homem cujo amor seja forte *corta o rosto* de sua mulher...

Observávamos um ao outro, imóveis.

– Faz-lhe uma marca, para torná-la dele, inscrever sua propriedade, gravá-la como madeira. Arruiná-la apenas o necessário para que nenhum outro a queira. Essas cicatrizes são *freggios*. Amor, luxúria, ou algo, uma combinação, apossou-se do chefe. Cortejou a recém-chegada e a tomou rápido para si, com a agressividade masculina que lhe haviam ensinado. E, segundo consta, ela acolheu suas atenções e tornou-se sua concubina. Até o dia em que decidiu que ela lhe pertencia inteiramente e, com uma espécie de bravata desajeitada, sacou a faca, após o coito, e cortou-lhe o rosto.

Doul calou-se por um instante, depois sorriu com prazer súbito e sincero.

– Ela ficou quieta, permitiu que ele a marcasse... então tomou a faca e cortou-lhe de volta.

– Foi o começo de ambos – disse suavemente. – Você percebe o ardil. Ele era um garoto notável por ter subido tão alto e tão rápido, mas ainda era um camponês, jogando jogos de camponês. Não duvido de que *acreditasse* quando disse a ela que a cortara por amor, que sabia que outros homens não lhe poderiam resistir. Porém, acreditasse ou não, o que falou foi mentira. Estava marcando território, como um cão que mija nos cantos. Dizendo aos outros a quem pertencia o material. E, ainda assim, ela o cortou de volta.

Doul sorria-me outra vez.

– Aquilo foi inesperado. Propriedades não marcam seus donos. Ela não resistiu; enquanto ele a marcava, ela confiou em sua palavra. Sangue, pele e tecido partidos, dor, coágulo e cicatriz foram por *amor*. De maneira que também eram dela, tanto para dar quanto para receber. Ao fingir que os *freggios* eram o que ele afirmava ser, ela os mudou, e fez deles muito mais. Ao mudá-los, também o mudou. Escarificou sua cultura junto com seu rosto. A partir daquele momento, encontraram paz e força um no outro. Encontraram intensidade e conexão naqueles ferimentos, tornados puros de repente. Não sei como ele reagiu na primeira vez. Porém, naquela noite ela deixou de ser sua cortesã e passou a ser sua igual. Ambos perderam seus nomes então, e se tornaram os Amantes. E tínhamos dois governantes em Aquabelone, dois que governavam com propósito mais unificado que qualquer outro sozinho jamais tivera. Tudo se abriu para eles. Naquela noite, ela o ensinou a refazer regras, como ir sempre mais longe. Transformou-o nela mesma. Estava faminta por transformação.

– E continua assim. Sei disso como poucos: a avidez com que ela acolheu a mim e ao meu trabalho, tão logo cheguei.

Falava com muita suavidade e reflexão.

– Ela toma as migalhas de conhecimento trazidas pelos recém-chegados e as faz... as refaz com ímpeto e zelo impossíveis de resistir. Não importa o quanto se queira. Reafirmam seus propósitos todos os dias, aqueles dois. Novos *freggios* aparecem a todo momento. Seus corpos e rostos transformaram-se em mapas do seu amor. É uma geografia que muda, se torna mais evidente, à medida que passam os anos. Uma a uma, o tempo todo: marcas de respeito e igualdade.

Eu não disse nada – fazia algum tempo que não dizia nada –, mas o monólogo de Doul havia terminado, e ele esperava por minha resposta.

– Então você não estava lá? – perguntei afinal.

– Cheguei depois – disse ele.

– Forçado? – retruquei, espantada, mas ele meneou a cabeça outra vez.

– Vim por conta própria. Procurei por Armada, há pouco mais de dez anos.

– Por que – perguntei, devagar – você está me contando isso?

Deu de ombros muito ligeiramente.

– É importante – disse –, é importante que você entenda. Eu a vi. Você teme as cicatrizes. Você tem de saber o que vê. Quem nos governa, seus motivos e paixões. Ímpeto. Intensidade. As cicatrizes – disse – concedem força a Aquabelone.

Assentiu e foi embora, abruptamente. Esperei durante vários minutos, mas ele não reapareceu.

Estou muito perturbada. Não entendo o que aconteceu, por que falou comigo. Foi enviado pela Amante? Será que ela o instruiu para que contasse sua história, ou ele agiu segundo os próprios planos?

Será que acredita em tudo o que me contou?

As cicatrizes concedem força a Aquabelone, disse, e fico imaginando se ele está cego para outras possibilidades. Será que não percebeu? É coincidência que as três pessoas mais poderosas de Aquabelone, portanto de Armada e, portanto, dos mares, sejam forasteiros? Que não tenham nascido dentro dos limites da cidade? Que tenham chegado à idade da cognição e da agência desimpedidos pelas fronteiras do que ela é, permanece sendo, e não pode deixar de ser: um amontoado de velhos barcos, uma cidadezinha, mesmo que seja a mais extraordinária de Bas-Lag, e possam, assim, ver o mundo além de seus roubos mesquinhos e seu orgulho claustrofóbico?

Não estão vinculados à dinâmica de Armada. Quais são suas prioridades?

Quero saber os nomes dos Amantes.

A não ser enquanto luta (lembro-me disso e fico aterrorizada), o rosto de Uther Doul é quase estático. Envolvente e um pouco trágico, é quase impossível determinar o que ele pensa ou no que acredita. Não importa o que me diga, vi as cicatrizes dos Amantes, e são feias e desagradáveis. E o fato de que evidenciem um ritual sórdido, um jogo para os emocionalmente retardados, não muda coisa alguma.

São feias e desagradáveis.

CAPÍTULO 22

Trinta e seis horas após o aeróstato se haver elevado sobre Armada e rumado para sudoeste, terra firme começava aparecer sob ele.

Bellis dormira pouco. Porém, não se sentia cansada, acordou antes das cinco horas da segunda manhã, e foi até o camarote assistir ao raiar do dia.

Quando entrou lá, havia outros já despertos e vigilantes: vários tripulantes, Tintinábulo e seus companheiros, e Uther Doul. O coração pesou-lhe ao vê-lo. Achava seu comportamento – ainda mais reservado e comedido do que o dela – perturbador, e não entendia seu interesse por ela.

Ele a notou e, sem dizer uma palavra, indicou-lhe a janela.

Na luz sem sol do começo da aurora, rochas interrompiam a superfície da água lá embaixo. Era difícil avaliar o tamanho ou a distância das formações de terreno. Um agrupamento de pedras dispersas, semelhantes a dorsos de baleias. Nenhuma tinha mais que um quilômetro e meio transversal, umas poucas eram maiores que Armada. Bellis não viu pássaros ou animais – nada além de rocha marrom e desolada, e o verde da vegetação rasteira.

– Chegaremos à ilha dentro de uma hora – alguém anunciou.

A aeronave zumbiu com atividade incerta, com preparativos que Bellis não queria entender. Retornou a seu beliche e fez as malas rapidamente. Depois, sentou-se no camarote vestindo suas roupas negras, tendo aos pés o abarrotado saco de viagem. Nas profundezas dele, aninhada entre as dobras de suas poucas saias, estava a bolsinha de couro e seu conteúdo, que Silas Fennec lhe dera, e também a carta que escrevia.

Tripulantes corriam de lá para cá, berrando uns para os outros ordens incompreensíveis. Os que não trabalhavam reuniam-se diante das janelas.

A aeronave descera consideravelmente. Estava apenas uns trezentos metros acima da água, e a face do mar tinha se tornado mais intricada. As rugas definiram-se em formatos de ondas, espuma e correntes, e em escuridão, cores de arrecifes e florestas de algas – e aquilo ali, seria um barco naufragado? – nas profundezas.

A ilha estava à frente deles. Bellis estremeceu ao vê-la, jazendo tão nítida sobre o mar quente. Estendia-se talvez por cinquenta quilômetros de uma ponta a outra, e outros trinta transversais. Era denteada de picos acinzentados e pequenas montanhas.

– Cu do sol, não achei que teria de ver esse lugar novamente! – disse Hedrigall, em sal com sotaque de soluz. Apontou para a praia mais distante na ilha. – Há mais de duzentos e cinquenta quilômetros entre lá e Gnurr Kett – prosseguiu. – Não são bons no ar, os anófeles, não ultrapassam cem quilômetros em voo. É por isso que os kettai permitem que vivam, e comerciam com eles por intermédio de sujeitos como eu e meus velhos camaradas. Sabem que os mosquitos jamais chegarão ao continente. Que aquilo é... – Indicou com o polegar espesso e verde. – Um *gueto*.

O dirigível adernava, contornando a costa. Bellis observou a ilha com atenção. Não havia nada para ver, nada vivo a não ser plantas. Com súbito calafrio, ela percebeu que os céus estavam vazios. Nenhum pássaro. Todas as outras ilhas por que tinham passado haviam sido massas de corpos emplumados e saltitantes, as rochas das praias cobertas de guano. Gaivotas cercavam cada área de terra formando uma pequena auréola voejante, mergulhando para tirar peixes dos mares quentes, cavalgando as termais e brigando.

O ar acima dos penhascos vulcânicos da ilha dos anófeles estava morto como velhos ossos.

O aeróstato passou acima de silenciosas colinas ocre. O interior estava escondido por uma crista rochosa, espinha que corria paralela à costa. O silêncio era interrompido somente pelos motores e pelo vento, e, quando alguém enfim falou – gritando "Vejam!" –, o som pareceu intrusivo e defensivo.

Foi Tanner Sack, indicando uma pequena planície de digitárias aninhada entre as rochas, abrigada contra as ondas. O verde era interrompido apenas por um pequeno agrupamento de pontos brancos que se moviam.

– Ovelhas – disse Hedrigall após um instante. – Estamos nos aproximando da baía. Deve ter havido uma entrega recente. Alguns rebanhos vão durar um pouco mais.

A forma e a natureza da linha costeira mudavam. Os pináculos e dentes de pedra davam lugar a uma geografia mais baixa e menos adversa. Havia curtas praias de xisto negro, aclives de terra dura e samambaias, árvores baixas e descoradas. Uma ou duas vezes, Bellis viu vagarem animais de terreiro, regredidos ao estado selvagem: porcos, ovelhas, bodes, vacas. Apenas uns poucos, aqui e ali.

Um quilômetro ou dois para o interior havia faixas de água cinzenta, rios indolentes que escorriam das montanhas, entrecruzando-se e atravessando a ilha. As águas quase se detinham sobre platôs de terreno plano, e rompiam as margens, difundindo-se e transformando-se em lagoas e pântanos, alimentando mangueiras brancas e cipós, vegetação tão espessa e sufocante quanto vômito. À distância, na outra extremidade da ilha, Bellis viu silhuetas angulares que pensou serem ruínas.

Abaixo dela, algo se moveu.

Tentou localizar o que fosse, mas foi rápido e errático demais. Restou-lhe nada mais que uma impressão fugaz no campo de visão. Algo saíra de um buraco escuro entre as rochas, deslizara pelo ar e entrara em outro.

– Com o que eles negociam? – perguntou Tanner Sack, sem tirar os olhos da paisagem. – As ovelhas e porcos e outros bichos, deixam eles aqui: sua turma os traz, junto com outros bagulhos, de Dreer Samher, pros kettai. Que lucro eles têm? Os anófeles negociam com o quê?

Hedrigall afastou-se da janela e riu seco.

– Livros e inteligência, Tanner, meu velho – disse. – Coisas à deriva, madeira flutuante, isso e aquilo que encontram na praia.

O ar abaixo do dirigível agitou-se mais, porém Bellis não conseguia se concentrar na forma que se deslocou. Mordeu os lábios, frustrada e nervosa. Sabia que não estava imaginando bobagens. Na verdade, aquela forma poderia ser somente uma coisa. Sentiu-se incomodada por ninguém tê-la mencionado. *Não estão vendo?*, pensou. *Por que ninguém diz nada? Por que eu não digo?*

A aeronave desacelerou, avançando contra o vento tênue.

Ao ultrapassar uma escarpa de terreno rochoso, foi vergastada. Ouviu-se uma explosão de arquejos e suspiros, animação incrédula. Abaixo deles, nas sombras de colinas recobertas de aridez e verdor em desenhos aleatórios, havia uma baía rochosa. Ancorados ali, três navios.

– Chegamos – sussurrou Hedrigall. – São naus de Dreer Samher. Aquela é a Praia do Maquinário.

Os navios eram galeões, realçados por decorações em ouro, cercados, protegidos por rochas acolhedoras que se projetavam mar adentro e se curvavam em torno do porto natural. Bellis percebeu que prendia o fôlego.

A mistura de areia e xisto na praia da enseada era vermelho-escura e suja, como sangue velho. Interrompida aqui e ali por pedregulhos de formatos estranhos, do tamanho de troncos e casas. O olhar de Bellis passeou sobre a superfície escura e viu trilhas, caminhos sulcados na matéria da linha costeira. Além da barreira de vegetação fibrosa que margeava a praia, as trilhas tornavam-se mais definidas. A aeronave atravessou elevações rochosas que se erguiam lentas da terra até avistarem o oceano. O ar estava entremeado de ondas de calor nos lugares onde o sol cozinhava as pedras, e árvores semelhantes a oliveiras e espécies florestais anãs sarapintavam as encostas.

Bellis acompanhou as trilhas que serpeavam pelas colinas abrasadas até que (ficando outra vez sem fôlego) seus olhos viessem descansar sobre uma expansão de casas alvejadas pelo sol, habitações que se projetavam das rochas como massas orgânicas – o povoado dos anófeles.

Não ventava na baía. Havia um diminuto agrupamento de nuvens em torno do sol, como respingos de tinta, mas as rajadas de calor as atravessavam e reverberavam por entre as confinadas paredes de rocha.

Não se ouviam ruídos de vida. A tediosa repetição do oceano parecia acentuar o silêncio em vez de rompê-lo. O dirigível pairou tranquilo, motores em rotação baixa. Os barcos samherinos rangiam e oscilavam ali perto. Estavam vazios. Ninguém viera receber o aeróstato.

Guardas cactáceos e escarazelos com suas armaduras coaguladas mantiveram vigilância enquanto os passageiros desembarcavam. Bellis saltou para terra, agachou-se ao lado da escada de cordas e correu os dedos por entre a areia. Sua respiração estava rápida e soava-lhe alta dentro da cabeça.

No princípio, nada percebeu além da novidade de pisar um chão que não balançava. Lembrou-se com prazer de seu caminhar em terra firme, apenas para concluir, no mesmo instante, que o havia esquecido. Depois atentou novamente ao que a cercava, e sentiu de perto a praia sob ela. Pela primeira vez notou-lhe a estranheza.

Recordou-se das ingênuas xilogravuras no livro de Aum. A monocromia estilizada do homem de perfil sobre a praia, mecanismos quebrados à sua volta.

Praia do Maquinário, pensou, e contemplou a extensão de areia e cascalho vermelho-sujo.

A alguma distância estavam as formas que ela supusera serem pedregulhos, coisas enormes, do tamanho de salas, interrompendo a linha costeira. Eram motores. Atarracados, enormes e cobertos de ferrugem e zinabre, aparelhos de propósitos desconhecidos, abandonados havia muito, pistões invadidos por tempo e sal.

Havia também rochas menores, e Bellis viu que eram fragmentos das máquinas maiores, ferrolhos e juntas de dutos; ou peças mais delgadas, intricadas e completas, indicadores, vidrarias e motores compactos a vapor. Os seixos eram engrenagens, correias, volantes, porcas e parafusos.

Bellis olhou para suas mãos em concha. Tinha nelas milhares de diminutas catracas, rodas de engrenagens e molas ossificadas, semelhantes às entranhas de relógios incrivelmente pequenos. Cada partícula de escombros era um grão de areia, duro e aquecido pelo sol, menor do que uma migalha. Bellis deixou que escorressem entre os dedos, que ficaram tingidos com a cor de sangue escuro da costa, pintados de ferrugem.

A praia era um simulacro. Arte encontrada, que imitava a natureza utilizando materiais de ferro-velho. Cada átomo pertencera a uma máquina destroçada.

De que época vem isto? Quantos anos faz? O que aconteceu aqui?, pensou Bellis. Estava atordoada demais para sentir qualquer coisa que não fosse o assombro mais fatigado. *Que desastre? Que violência?* Imaginou o leito do mar em volta da baía – um arrecife de sucata, de indústria em decomposição, os conteúdos das fábricas de uma cidade, abandonados à ruína, surrados pelas ondas e pelo sol, oxidando, sangrando ferrugem, desfazendo-se em suas partes constituintes e depois em estilhaços menores, devolvidos às margens da ilha pelas ondas, evoluindo até transformar-se naquela praia aberrante.

Tomou outro punhado de areia mecânica, deixou que se dissipasse. Sentiu o cheiro do metal.

Foi isso que Hedrigall quis dizer com "coisas à deriva", deu-se conta. *Isto é um cemitério de mecanismos. Deve haver milhões de segredos se decompondo aqui, tornando-se areia de ferrugem. Por certo eles a peneiram, limpam bem o que encontram, e oferecem para trocas as partes mais promissoras, duas ou três peças removidas ao acaso de um quebra-cabeça de mil delas. Obscuro e impenetrável. Porém, se fosse possível montá-lo, entender-lhe o sentido, o que se poderia obter?*

Afastou-se desajeitadamente da escada de corda, escutando as antigas peças que moía sob os pés.

Após o último passageiro haver desembarcado, os guardas continuaram a observar o horizonte, resmungando. Perto de Bellis, um guindaste descera até o solo o cercado de animais. Fedia como um terreiro de fazenda, e seus habitantes clamavam ao ar parado, ruidosos e estúpidos.

– Venham para perto e escutem-me – disse a Amante, áspera, e encontrou-se cercada.

Os engenheiros e cientistas tinham estado dispersos, correndo os dedos tolamente pelo xisto metálico. Poucos, entre eles Tanner Sack, tinham ido ao mar (ele havia submergido por algum tempo, com suspiros de prazer). Por um instante, não houve som exceto o das pequenas e fortes ondas que espumavam na praia de ferrugem.

– Agora escutem, se querem sobreviver – prosseguiu a Amante. As pessoas moveram-se inquietas. – São uma ou duas milhas até o vilarejo, lá em cima, naquelas rochas que se veem daqui. – Todos os olhares se voltaram para lá; a encosta parecia desabitada. – Mantenham-se juntos. Tomem as armas que lhes forem designadas, mas só as usem se estiverem em risco imediato de suas vidas. Há muitos de nós aqui, e muitos destreinados, e não queremos alvejar uns aos outros em pânico. Estaremos flanqueados pelos guardas cactáceos e escarazelos, que sabem usar o que portam. Assim, não disparem se não for estritamente necessário.

– As anófeles são rápidas... – disse. – Famintas e perigosas. Vocês não esqueceram as instruções, assim espero, de modo que sabem o que enfrentamos. Os homens estão em algum lugar no vilarejo, e temos de encontrá-los. Um pouco além daqui há os pântanos e as águas. Onde vivem as mulheres. Caso elas nos ouçam ou farejem, virão. Movam-se depressa. Todos prontos?

Sinalizou com os braços, e os guardas cactáceos os cercaram. Destrancaram o curral dos animais, que ainda se ligava ao *Tridente* por correntes, como uma âncora. Bellis ergueu uma sobrancelha ao ver as coleiras nos pescoços dos porcos e ovelhas que agora forçavam trelas. Os musculosos cactáceos os mantinham sob controle.

– Então, vamos.

Foi uma jornada de pesadelo, da Praia do Maquinário até o povoado na colina. Quando terminou e Bellis pensou nela em retrospecto, dias ou semanas depois, achou impossível distinguir eventos dentro de uma linha coerente. Não havia sensação de tempo em suas memórias, nada além de imagens fugazes que se encaixavam de modo semelhante a um sonho.

Há o calor, que solidifica o ar em torno dela, obstrui-lhe os poros, olhos e ouvidos, e o cheiro intenso de podridão e seiva; insetos em implacável profusão, ferroando e lambendo. Dão a Bellis uma pederneira e (*ela se lembrava*), que carrega afastada de si, como se fedesse.

É arrebanhada, arrastando os pés junto com os outros passageiros (os espinhos do único hotchi se ouriçam e relaxam em alternância nervosa, as pernas-cabeça das khepris estremecem), protegida por aqueles cuja fisiologia torna invulneráveis: cactáceos e escarazelos (puxando atrás deles os animais). Um grupo sem sangue, outro cheio de sangue tão sensível que os protege. Portam armas e arcosserras. Uther Doul é o único guarda humano. Segura armas em ambas as mãos, e Bellis poderia jurar que mudam sempre que olha para ele: faca e faca; pistola e faca; pistola e pistola.

Olhando por cima de rochas sufocadas de cipós, para clareiras e para o interior, sobre aclives de folhagem densa e lagoas tão espessas quanto ranho. Ouvindo sons. No início, irrupções de movimento entre as folhas, nada ofensivo demais, mas então principia um lamento terrível, impossível de localizar, como se o próprio vento sentisse dores.

A proliferação daquele som, por toda parte à volta deles.

Bellis e seus vizinhos esbarram uns nos outros, palermas de terror, exaustão e calor úmido, tentando vigiar todos os lados ao mesmo tempo, vendo os primeiros sinais de movimento, silhuetas ziguezagueando entre as árvores, como partículas de poeira ao vento, aproximando-se cada vez mais, combinação instável de deslocamento aleatório e intenção maligna.

De repente, a primeira fêmea anófeles ultrapassa veloz a cobertura de árvores.

Parece uma mulher que se dobra sobre si mesma, e logo se dobra outra vez contra as articulações dos ossos, retorcida e encruada numa postura sutilmente errada. Pescoço virado e rígido demais, compridos ombros esqueléticos jogados para trás, pele branca como cera e enormes olhos muito arregalados, macilentos por completo. Os seios são retalhos vazios de pele, os braços estendem-se como feixes de cabos. As pernas vibram selvagemente enquanto corre, até que caia para a frente, mas não atinja o chão, continue avançando contra eles, um pouco acima do solo, braços e pernas suspensos, desgraciosos e predatórios. Ao que (*deuses e São Falastrão e o caralho*) asas abrem-se em suas costas e carregam-lhes o peso, asas gigantes de mosquito, remos de nácar que zunem com súbito vibrato ao mover-se, tão rápidos que não se pode ver, e a mulher terrível abate-se sobre eles, como se levada por uma corrente de ar impuro.

O que aconteceu depois retornou a Bellis inúmeras vezes, em memórias e sonhos.

Com olhar faminto, a mulher-mosquito arreganha a imensa boca, cuspindo espuma, lábios estirados sobre gengivas sem dentes. Engulha e, com um movimento chocante, um esporão se projeta dali. Uma probóscide molhada de saliva, com trinta centímetros de comprimento.

Salta dela num ímpeto orgânico, algo parecido com vômito, porém inconfundível e perturbadoramente sexual. É como se viesse do nada: sua garganta e cabeça não parecem grandes o suficiente para contê-la. Ela guina em direção a eles, sustentada pelas asas ressonantes. Da vegetação baixa surgem outras.

As memórias ficaram borradas. Bellis ainda tinha certeza do calor, e do que vira, mas a iminência das imagens a chocava sempre que pensava nelas. O grupo de desembarque quase se dispersa em terror súbito, e tiros aleatórios são disparados em direções caóticas e perigosas (Doul grita furioso: *Suspendam fogo!*). Bellis vê a primeira das mulheres-mosquito esvoaçar ao longo da fileira de cactáceos, desinteressadas. Então todas avançam contra os guardas escarazelos, pousando neles (os homens musculosos cedem apenas um pouco ao peso das franzinas mulheres aladas) e apunhalando-os inutilmente com seus agudos aparatos bucais, incapazes de penetrar as armaduras de crostas. Bellis ouve os estalos de correias rompidas, e os porcos e ovelhas aterrorizados debandam, deixando rastros de poeira e bosta.

Agora há dez ou doze mulheres-mosquito (*tantas, tão rápido*). Ao verem a fuga do rebanho, voltam-se de imediato para aquelas presas mais fáceis. Ascendem com as asas magras, cabeças baixas, quadris e membros soltos, pendendo no ar como marionetes suspensas pelas espáduas longas, escuras probóscides ainda úmidas e estendidas, e lançam-se sobre os animais paralisados de medo. Encurralam-nos com facilidade, descendo com seu voo semialeatório e bloqueando-lhes o caminho, braços estendidos e dedos amplos agarrando pelos e peles. Bellis assiste (*lembrava-se de recuar desajeitada e constante, tropeçando nas pessoas em torno, porém mantendo-se em pé à força de pavor*), perplexa e hipnotizada, à primeira anófeles pousar e alimentar-se.

A mulher-coisa cavalga uma imensa porca, interrompendo o voo e abraçando o animal como se fosse um brinquedo de pelúcia. Joga a cabeça para trás e o comprido aguilhão bucal estende-se por mais alguns centímetros, tão liso quanto um dardo de balestra. Então, a mulher-mosquito joga a cabeça para a frente, boca escancarada e trêmula, e enfia a probóscide no corpo da porca.

A porca grita sem parar. Bellis ainda observa (*as pernas a afastam daquela visão, mas os olhos prendem-se ali com desespero*). As pernas do animal cedem diante do choque súbito ao sentir a pele perfurada. Cinco, quinze, trinta centímetros de quitina vencem a resistência de pele e músculo e infiltram-se nas partes mais profundas da corrente sanguínea. A mulher-mosquito continua montada no animal caído, cola-lhe a boca sobre a pele, empurra ainda mais a probóscide, retesa o corpo (cada músculo, tendão e veia visível sob a pele emaciada) e começa a sugar.

Durante alguns segundos, a porca continua a gritar. Logo sua voz se entrega.

Está secando.

Bellis a vê encolher-se.

A pele se agita e começa a enrugar. Mínimas gotas de sangue escorrem do selo imperfeito, no lugar em que as peças bucais da anófeles perfuram a pele. Bellis observa incrédula, mas sabe que não imagina coisas – a porca está *encolhendo*. As pernas chutam com terror espasmódico, e logo com a trepidação de nervos moribundos, ao ter as extremidades drenadas. As canelas gordas se comprimem e as entranhas murcham, secas. A pele agora está bem vincada, formando ondulações e cristas por todo o corpo que diminui. Aos poucos, a cor se esvai.

À medida que abandonam a porca, o sangue e o vigor entram na mulher-mosquito.

Sua barriga incha. Quando se agarrou à porca era apenas um invólucro, descarnada e malnutrida. Enquanto a porca encolhe, ela cresce, tornando-se mais gorda em ritmo impressionante. A cor a inunda, expandindo-se a partir do estômago distendido. Desliza sobre o animal moribundo, tornando-se morosa e empanturrada.

Bellis observa com fascinação nauseada os litros de sangue passarem velozes através da seta óssea, precipitando-se de um corpo para o outro.

Agora, a porca está morta, a pele amarrotada afundando nos vales entre músculos drenados e ossos. A anófeles está gorda e rosada. Braços e pernas dobraram de espessura, e a pele estica-se em torno deles. O inchaço concentra-se mais nos seios, na barriga e na bunda, que agora estão obesos, porém não macios como gordura humana. Parecem tumorais: massas dilatadas, pendentes e cheias de sangue.

Por toda a clareira, o mesmo acontece aos outros animais. Alguns decorados com uma só mulher, outros com duas. Todos fenecem, como se desidratados e secos ao sol, enquanto as anófeles tornam-se balofas e ingurgitadas de sangue.

A primeira mulher-mosquito levou um minuto e meio para drenar a porca até a última gota (*Bellis nunca conseguiu livrar-se das memórias daquela visão, dos pequenos ruídos de satisfação da mulher-coisa*). Rola para o lado da carcaça ressequida, olhos sonolentos, babando um pouco de sangue ao retrair a probóscide. Vai embora, deixando ali o saco de ossos e órgãos que fora uma porca.

O ar quente que cerca Bellis agora está espesso com o fedor das golfadas de seus companheiros que perderam o controle ao ver a anófeles se alimentar. Bellis não vomita, porém sua boca se retorce com violência, e ela se vê erguer a pistola, sem sentir medo ou raiva, mas repulsa.

No entanto, não dispara (*e o que aconteceria se alguém destreinado como ela puxasse o gatilho, pensou muito mais tarde*). O perigo parecia ter passado. Os armadenses prosseguem colina acima, para além da pequena clareira e dos cheiros de esterco e sangue quente, para além de mais rochas e águas pestilentas, rumo ao povoado que avistaram do ar.

A sequência de eventos tornou-se menos borrada, menos embaralhada por calor, medo e descrença. Mas então, naquela altura, naquele momento, quando Bellis distanciou-se da ardente carnagem, de sangue de porcos e ovelhas e vísceras drenadas, do frenesi sórdido da refeição das anófeles, e do seu (*ainda pior*) torpor satisfeito, uma mulher-mosquito desviou o olhar da ovelha à qual havia chegado tarde demais para drenar, e viu a retirada do grupo. Encolheu os ombros e voou balouçante na direção deles, boca aberta e probóscide gotejante, estômago apenas um pouco inchado com as sobras deixadas por suas irmãs, ávida por carne fresca. Passou acima dos guardas cactáceos e escarazelos, e caiu, com asas plangentes, sobre os humanos aterrorizados. Bellis sentiu-se lançada pelo medo de volta àquela lixeira confusa de imagens desconexas, e viu Uther Doul avançar com calma e pôr-se no caminho da mulher-mosquito, erguer as mãos (*agora com duas pistolas*), esperar que ela estivesse quase sobre ele, até que as peças bucais lhe estivessem diante do rosto, e disparar.

Calor, barulho e chumbo negro eclodiram das armas e arrebentaram o rosto e o estômago da mulher-mosquito.

Mesmo estando parcialmente vazias, as tripas da mulher romperam-se de modo audível, num imenso jorro de sangue. Ela despencou do ar. Sua face estraçalhada rolou sobre a terra, com a probóscide ainda estendida, e o derrame sebento e vermelho foi absorvido rapidamente pela poeira. O corpo foi parar diante de Uther Doul.

Bellis retornou ao tempo linear. Sentia-se atordoada, porém alheia ao que via. Alguns metros adiante, as anófeles empanturradas não notaram sua irmã caída. Enquanto o grupo de desembarque voltava à trilha íngreme e se dirigia aos sopés, as mulheres-mosquito começavam a içar seus corpos, agora pesados, para longe da chacina exangue que abandonavam à podridão. Inchadas como uvas, penderam sob as asas que zuniam malévolas e voaram devagar em direção à sua floresta.

CAPÍTULO 23

Aguardavam em silêncio: a Amante, Doul, Tintinábulo, Hedrigall e Bellis. E, diante dos visitantes, rostos inclinados demonstrando o que parecia perplexidade cortês, estavam dois anófeles.

Bellis ficou impressionada com os dois homens-mosquito. Havia esperado algo dramático, pele descolorida por quitina, asinhas rijas como as das mulheres.

Pareciam-se com homens pequenos, nada mais ou menos que isso, um pouco curvados pela idade. Seus mantos ocre estavam manchados de poeira e seiva de plantas. O mais velho era quase calvo, e os braços que se projetavam de suas mangas eram de uma magreza extraordinária. Não tinham lábios nem maxilares ou dentes. As bocas eram esfíncteres, pequenos e estreitos anéis de músculos, idênticos a ânus. A pele por toda a volta simplesmente deslizava para dentro do buraco.

– Bellis – disse a Amante, com voz tensa –, tente outra vez.

Haviam entrado na cidade sob os olhares espantados dos homens-mosquito.

Desgrenhados, suarentos e cegos de poeira, os integrantes do grupo de desembarque armadense haviam tropeçado ao longo dos últimos metros colina acima e caído de súbito entre as sombras de casas recortadas e construídas nas paredes do desfiladeiro que fendia as rochas. O povoado apresentava pouco planejamento visível: pequenas moradias quadradas acomodavam-se nos principais aclives, expostas ao sol, e espalhavam-se, como se derramadas, pelas encostas íngremes da própria fissura, ligadas por degraus e trilhas lavrados na pedra. As chaminés de câmaras subterrâneas assemelhavam-se a cogumelos elevando-se da terra em torno delas.

A cidade estava repleta de motores. Alguns se moviam, outros não. Recolhidos na Praia do Maquinário, polidos e sem ferrugem. Centenas de formatos obscuros. Os que se encontravam ao sol cintilavam. Nenhum era movido pelos ruidosos pistões a vapor de Nova Crobuzon ou de Armada; não havia fumaça oleosa no ar. Bellis supôs que fossem motores heliotrópicos. As pás e lâminas zumbiam na dura luz solar, que era sugada pelos revestimentos de vidro rachado das máquinas, convertida em energias arcanas e enviada através de cabos que, ao acaso aparente, conectavam residências. Os cabos mais longos tinham sido emendados com quaisquer comprimentos menores que fora possível aproveitar.

Nos telhados planos, nas encostas das colinas, à sombra do próprio desfiladeiro estreito e nas copas das árvores retorcidas nas cercanias do povoado, em portas e janelas, os homens-mosquito voltaram-se para encarar o grupo. Não houve ruído, não houve gritos, vivas ou arquejos. Nada além do fitar atônito de todos aqueles olhos.

Bellis pensou ter visto (com terrível espasmo de medo) o voo sinuoso e inexato de uma fêmea anófeles, acima dos prédios mais altos. Porém, os machos na vizinhança começaram a atirar pedras na figura, afugentando-a antes que distinguisse os armadenses, ou entrasse em alguma casa.

O grupo chegou a uma espécie de praça, circundada pelas mesmas casas cor de poeira e pelos mesmos motores solares esqueléticos, onde a fissura se ampliava e admitia a luz vinda do céu azul e abrasador. Na extremidade oposta, Bellis viu uma fenda nas rochas e um despenhadeiro protuberante, uma trilha abrupta até o mar. Ali, afinal, alguém veio recebê-los. Uma pequena delegação de nervosos machos anófeles, fazendo reverências e indicando que avançassem para dentro de um grande salão cavado na pedra da colina.

Numa sala interna, iluminada por longos poços perfurados, cheios de luz, e por espelhos que refletiam e reciclavam o dia dentro da montanha, dois anófeles haviam se postado diante do grupo, inclinando-se cortesmente. Bellis (lembrou-se daquele dia em Cidade Salkrikaltor: idioma diferente, porém o mesmo trabalho) avançara e os saudara em seu melhor alto kettai.

Os anófeles ficaram imóveis. Seus rostos exprimiram curiosidade. Não haviam entendido uma só palavra.

Bellis tentou muitas vezes fazer-se entender na afetada eloquência do alto kettai. Os anófeles trocaram olhares e emitiram ruídos sibilantes, como peidos.

Afinal, vendo suas bocas-esfíncteres se contraírem e dilatarem, Bellis percebeu o fato e escreveu, em vez de falar, as palavras em alto kettai.

Sou chamada Bellis, escreveu. *Viemos de muito, muito longe, para falar com vosso povo. Vós me entendeis?*

Quando estendeu o papel aos anófeles, ambos arregalaram os olhos, encararam um ao outro e gorjearam entusiasmados. O mais velho tomou a caneta de Bellis.

Sou Mauril Crahn, escreveu. *Dezenas de anos passaram desde que recebemos visitantes tais como vós*. Olhou para Bellis com olhos semicerrados. *Bem-vindos ao nosso lar.*

O idioma assoviado dos anófeles não tinha forma escrita. Para eles, alto kettai *era* linguagem escrita, mas nunca o tinham ouvido pronunciado. Conseguiam expressar-se de modo perfeito, com caligrafia elegante, porém não tinham ideia de como emitir os sons. O próprio conceito de o alto kettai "soar" era-lhes estranho. Existia entre eles apenas como escrita.

Ao longo de dezenas ou centenas de anos, uma simbiose havia se construído entre os marinheiros samherinos e as autoridades de Gnurr Kett em Kohnid. Os cactáceos de Dreer Samher vinham à ilha, trazendo rebanhos e umas poucas mercadorias de troca, e ganhavam suas comissões de intermediários. Kohnid comprava deles tudo o que os anófeles dessem.

Ambos controlavam o fluxo das informações que chegavam até o povo-mosquito. Haviam se assegurado cuidadosamente de que nenhum idioma além do alto kettai alcançasse a ilha, e de que nenhum anófeles jamais saísse dela.

As terríveis memórias da Imperatriz Malárica perduravam. O jogo de Kohnid era manter os brilhantes anófeles como pensadores de estimação; sem dar-lhes nada que pudesse torná-los poderosos, ou permitir que escapassem – Kohnid não arriscaria soltar as mulheres-mosquito sobre o mundo outra vez; apenas o suficiente com que pensar. O Kettai não lhes dava acesso a nenhuma informação que não fosse controlada por ele: a secular manutenção do alto kettai como idioma escrito da ilha garantia aquilo. Assim, a filosofia e a ciência dos anófeles permaneciam nas mãos da elite de Kohnid, quase única na capacidade de ler o idioma.

As peças fortuitas de tecnologia antiga que os anófeles possuíam, e as obras de seus filósofos, deviam ser impressionantes, pensou Bellis, para permitir a continuação daquele sistema complicado. Cada jornada samherina, de Kohnid até a ilha, trazia com ela uns poucos livros selecionados com cuidado e, algumas vezes, encomendas. *Dadas tais condições*, algum teórico de Kohnid poderia exigir, *e tendo em mente o paradoxo exposto em nosso ensaio prévio, qual é a resposta ao seguinte problema?* E obras manuscritas dos anófeles, sob nomes escolhidos em kettai, fariam a viagem de volta, em resposta a tais perguntas, ou a problemas apresentados pelos próprios anófeles, para serem publicadas por editores de Kohnid – sem pagamento. Certamente, às vezes eram reivindicadas por intelectuais de Kettai como obras originais suas, e adicionavam prestígio ao cânone do alto kettai.

O povo-mosquito fora reduzido a eruditos cativos.

As ruínas da ilha abrigavam textos arcaicos, em alto kettai, que os homens-mosquito conseguiam ler, ou em códigos extintos havia muito, que eles deslindavam com cuidado. E, com o lento acréscimo de livros vindos de Kohnid, e os relatos escritos de seus ancestrais, os anófeles faziam suas próprias investigações. Ocasionalmente, uma obra resultante era enviada aos mestres da ilha em Kohnid. Talvez chegasse até mesmo a ser publicada.

Fora o que acontecera ao livro de Krüach Aum.

Dois mil anos atrás, o povo-mosquito governara as terras meridionais, no que havia sido um curto pesadelo de sangue, doença e sede monstruosa. Bellis não sabia quanto os homens anófeles conheciam de sua própria história, mas não tinham ilusões sobre a natureza de suas mulheres.

Quantas vós matastes? – escreveu Crahn. – *Quantas das mulheres?*

Quando, após hesitar um pouco, Bellis escreveu *Uma,* ele assentiu e respondeu: *Não é muito.*

O povoado não tinha cadeia de comando. Crahn não era um líder. Porém, estava ansioso para ajudar, e para contar aos hóspedes tudo o que quisessem saber. Os anófeles reagiram aos armadenses com fascinação cortês e discreta, uma resposta contemplativa, quase abstrata. Naquele comportamento fleumático, Bellis detectou uma psicologia alheia.

Ela escrevia as perguntas da Amante e de Tintinábulo tão rápido quanto podia. Ainda não haviam tocado no assunto mais importante, a razão mesma pela qual tinham vindo à ilha, quando ouviram um tumulto na sala em que seus companheiros aguardavam. Vozes altas em soluz, e respostas gritadas em sal.

Os piratas-mercantes de Dreer Samher estacionados na ilha haviam voltado a seus navios e descoberto os recém-chegados. Um homem cacto ostentosamente enfeitado marchou para dentro da pequena sala, seguido por dois de seus antigos compatriotas, agora cactos de Armada, que protestavam irados contra ele, em soluz.

– Cu do sol! – gritou ele em sal, com pesado sotaque. – Quem são vocês, caralho? – Trazia numa das mãos um enorme alfanje, e o brandia furioso. – Esta ilha é território de Kohnid, é proibido entrar aqui. Somos agentes deles, e estamos autorizados a proteger a porra de seus interesses. Digam-me por que não devo mandar matá-los aqui e agora, seus putos.

– Madame – disse um dos cactáceos de Armada, acenando em apresentação cautelosa –, esse é Nurjhitt Sengka, capitão do *Tetneghi Corpoeira.*

– Capitão – disse a Amante, dando um passo à frente. Uther Doul moveu-se atrás dela como sombra. – Prazer em conhecê-lo. Temos de conversar.

Sengka não era flibusteiro, mas pirata oficial de Dreer Samher. A estação regular na ilha era monótona, fácil e cansativa: nada acontecia, ninguém vinha, ninguém ia. A cada mês, ou dois, ou seis, uma nova missão samherina chegava de Kohnid ou Dreer Samher com uma carga de animais para as fêmeas anófeles, e talvez alguma coleção fortuita de mercadorias para os homens. Os recém-chegados substituíam seus entediados compatriotas, deixando que partissem com quaisquer ensaios brilhantes ou dejetos científicos reciclados que houvessem amealhado para comerciar.

Os estacionados na ilha passavam o tempo implicando, brigando e apostando entre eles, ignorando as mulheres-mosquito, visitando os homens apenas para conseguir o que precisavam: alimentos ou máquinas. Oficialmente, estavam ali para policiar o fluxo de informações que chegava à ilha, a pureza linguística que emprestava a Kohnid seu garrote – e para se interporem no caminho de quaisquer fugas dos anófeles.

A ideia era ridícula: ninguém jamais ia à ilha. Pouquíssimos marinheiros sabiam dela. Havia casos muito raros de naus perdidas que chegavam à praia, mas suas tripulações desavisadas quase sempre sofriam mortes rápidas nas mãos das mulheres-mosquito.

E ninguém jamais saía.

Portanto, a presença dos armadenses na ilha não era proibida formalmente, segundo o contrato entre Dreer Samher e Kohnid. Usava-se apenas alto kettai, afinal de contas, e não se trouxera nada para negociar. Mas a presença de forasteiros que conseguiam dialogar com os nativos era inédita.

Sengka olhou em volta, como louco. Quando se deu conta de que aqueles bizarros intrusos vinham da misteriosa cidade-navio de Armada, seus olhos se arregalaram. Porém, eles eram corteses e pareciam dispostos a oferecer explicações. Assim, embora lançasse olhares furiosos aos cactos que um dia tinham sido seus compatriotas, e murmurasse insultos a eles, chamando-os de traidores e fingindo desdém pela Amante, ele escutou, e se deixou conduzir de volta ao amplo salão onde o grupo armadense aguardava.

E, enquanto a Amante, os guardas cactos e Uther Doul se afastavam, Tintinábulo aproximou-se de Bellis. Reuniu seus longos cabelos brancos num rabo de cavalo, ocultando Bellis da vista dos outros com os ombros e braços poderosos.

– Não pare agora – murmurou ele. – Vá direto ao assunto.

Crahn, ela escreveu.

Durante um breve momento, sentiu ligeira histeria diante da situação absurda. Sabia que, se pusesse os pés lá fora, arriscava-se a uma morte instantânea e desagradável. As esfomeadas mulheres-mosquito a encontrariam sem demora, o saco de sangue que era. Elas a farejariam e bombeariam cada gota de sangue, drenando-a facilmente, como se abrissem uma torneira.

No entanto, entre aquelas paredes protetoras, somente uma hora após ter visto o massacre na trilha, e uma anófeles morta explodir sobre as peles e ossos abrasados e drenados dos animais, fazia educadas perguntas a um anfitrião atento, numa língua morta havia muito. Meneou a cabeça.

Procuramos por um indivíduo de vosso povo, escreveu. *Precisamos falar-lhe. É-nos de grande importância. Conheceis aquele cujo nome é Krüach Aum?*

Aum, ele respondeu, não mais rápido ou mais lento que antes, sem indício de maior ou menor interesse, *que caça antigos livros nas ruínas. Todos conhecemos Aum. Posso trazê-lo a vós.*

CAPÍTULO 24

Tanner Sack sentia falta do mar.

Sua pele empolava sob o calor e seus tentáculos doíam.

Havia esperado por mais de um dia enquanto a Amante, Tintinábulo, Bellis Vinhofrio e os outros confabulavam com os silenciosos homens anófeles. Ele e os companheiros resmungavam entre si, mastigavam carne-seca e tentavam sem sucesso pedir comidas mais frescas a seus curiosos e reservados anfitriões.

– Safados estúpidos, caras de cu – Tanner ouviu de alguns homens famintos.

Os armadenses ficaram traumatizados pela gulodice feroz das anófeles. Sabiam que as parceiras de seus anfitriões espreitavam no ar um pouco além das encostas, que a quietude plácida do vilarejo lá fora era enganadora – que estavam encurralados.

Alguns dos companheiros de Tanner faziam piadas nervosas sobre as anófeles. *Mulheres*, diziam, e riam trêmulos ao comentar que todas as fêmeas de todas as espécies eram sanguessugas, e coisas do gênero. Tanner tentava acompanhar, pelo bem da sociabilidade, mas não conseguia obrigar-se a rir das besteiras dos outros.

Havia dois campos na enorme e austera câmara. De um lado estavam os armadenses, de outro os cactáceos de Dreer Samher. Vigiavam cautelosos um ao outro. O capitão Sengka envolvera-se numa acalorada discussão em soluz com Hedrigall e outros dois cactáceos de Armada, e sua tripulação assistia e ouvia, insegura. Quando, afinal, Sengka e seus homens retiraram-se com estrépito, os armadenses relaxaram. Hedrigall aproximou-se devagar da parede e sentou-se ao lado de Tanner.

– Bem, ele não vai muito com a minha cara – disse, e sorriu cansado –, não parava de me chamar de traidor. – Rolou os olhos. – Mas não vai fazer nenhuma burrice. Tem medo de Armada. Eu disse a ele que não demoraríamos, que não trouxemos nada e não levaremos nada, mas também insinuei que, se ele desse uma de valente, seria declaração de guerra. Não vai ter nenhum problema.

Após alguns momentos, Hedrigall notou o modo constante como Tanner massageava a pele, como lambia os dedos e os esfregava nela para umedecê-la. Saiu da grande câmara, e Tanner ficou profundamente comovido quando o homem-cacto retornou, quinze minutos depois, trazendo três gordos sacos de couro cheios de água salgada, que Tanner derramou sobre si e fez escorrer para dentro das guelras.

Homens anófeles entravam e vigiavam os armadenses. Assentiam entre eles, piavam e assoviavam. Tanner assistia aos homens herbívoros comerem, forçando punhados de flores coloridas para dentro de seus estreitos orifícios bucais e sugando, com a mesma força, ele supunha, que as mulheres empregavam para drenar carne viva. Depois ejetavam com uma pequena irrupção de ar as pétalas sugadas, esmagadas e muito finas, vazias de néctar, suco e cor.

A tripulação armadense foi abandonada à sede e ao calor por horas, enquanto a Amante e Tintinábulo faziam planos. Afinal, Hedrigall e vários outros cactáceos deixaram a câmara, liderados por um anófeles.

A luz que vinha pelos poços cavados na rocha começou a minguar. O crepúsculo veio rápido. Através das pequenas fendas, e pelo reflexo dos espelhos, Tanner pôde ver que o céu estava violeta.

Acampavam desconfortavelmente, em todos os lugares onde se sentassem ou se deitassem. Os anófeles espalharam uma espessa camada de juncos por todo o salão. A noite estava quente. Tanner removeu sua camisa fedorenta e a dobrou para formar um travesseiro. Irrigou-se com mais água do mar e viu que, em torno do salão, os outros armadenses também tentavam limitadas abluções, da melhor forma que podiam.

Nunca estivera tão cansado. Sentia-se como se cada fagulha de energia lhe tivesse sido removida e substituída pelo calor noturno. Descansou a cabeça no travesseiro improvisado, úmido com seu próprio suor e, mesmo sobre aquele piso duro, sobre a fina e inútil camada de vegetação (o cheiro de pólen e poeira vegetal era forte), adormeceu muito rápido.

Ao despertar, pensou que somente alguns minutos haviam se passado, mas viu a luz do dia e gemeu infeliz. A cabeça lhe doía, e ele bebeu avidamente dos cântaros de água que ainda restavam.

Quando os armadenses acordaram, a Amante, Uther Doul e Vinhofrio deixaram a pequena sala lateral, acompanhados dos cactáceos que tinham saído numa busca, na noite anterior. Pareciam cansados e empoeirados, mas sorriam. Com eles, vinha um anófeles muito idoso, vestindo um manto igual aos de seus colegas, e trazendo a mesma expressão de calmo interesse.

A Amante dirigiu-se aos armadenses reunidos.

– Este – disse – é Krüach Aum.

Krüach Aum deteve-se ao lado dela, inclinando-se, velhos olhos assimilando a multidão.

– Sei que muitos ficaram intrigados com essa viagem – disse a Amante. – Dissemos a vocês que havia algo de que precisávamos nesta ilha, que era vital para a conjuração do avanc. Bem, esse... – Apontou para Aum. – É de quem precisamos. Krüach Aum sabe como conjurar um avanc.

Aguardou até que a informação fosse absorvida.

– Viemos até aqui para aprender com ele. Há muitos processos envolvidos. Os problemas de contenção e controle exigem que usemos engenharia tão sofisticada quanto nossa taumaturgia e oceanologia. A senhorita Vinhofrio será nossa tradutora. É um processo demorado, portanto queremos que sejam pacientes. Esperamos sair desta rocha dentro de uma ou duas semanas. Mas isso significa trabalhar muito, e rápido. – Silenciou por um instante. Então, abriu um sorriso inesperado e falou com voz menos severa. – Parabéns a todos vocês. A todos nós. Hoje é um dia magnífico para Armada. Magnífico.

Embora muitos dos presentes não fizessem ideia do que acontecia, as palavras da Amante surtiram o efeito pretendido, e Tanner juntou-se ao aplauso geral.

O grupo cactáceo montou acampamento em torno do povoado. Encontraram salas vazias, protegidas das anófeles, que permitiam abrigar os armadenses em grupos menores e mais confortáveis.

Os anófeles continuavam tão desapaixonadamente curiosos quanto antes, desejosos de falar, de se envolverem. Logo ficou claro que Aum tinha reputação dúbia: vivia e trabalhava só. Porém, com a presença dos recém-chegados na ilha, todos os melhores pensadores do povoado queriam ajudar. As armas ocultas no *Tridente* não poderiam ter sido menos necessárias. Por cortesia, a Amante deixou que todos se juntassem às conferências, embora desse ouvidos apenas a Aum, e mandasse Bellis resumir todas as outras contribuições.

Aum passava as primeiras cinco horas do dia em discussões com os cientistas armadenses. Concentravam-se em seu livro, e mostraram-lhe o apêndice danificado. Para espanto deles, o velho anófeles, que não tinha nenhuma cópia da obra, foi capaz de se lembrar e, com ajuda de um ábaco e de alguns crípticos engenhos encontrados aqui e ali, de começar a preencher as lacunas de informação.

Após o almoço – os cactáceos tinham colhido para seus companheiros plantas comestíveis e peixes suficientes para suplementar as rações secas –, os engenheiros e construtores estudavam com Krüach Aum. Pela manhã, Tanner e seus colegas discutiam sobre limites de tensão e capacidades de motores, rascunhavam projetos, e elaboravam listas de perguntas que mais tarde apresentariam, tímidos, a Aum.

A Amante e Tintinábulo participavam de todas as sessões, ao lado de Bellis Vinhofrio. Ela devia estar exausta, pensava Tanner, compadecido. A mão com que escrevia estava crispada e manchada de tinta, mas ela nunca se queixava nem pedia para descansar. Apenas deixava passar por ela o fluxo inesgotável de perguntas e respostas, rabiscando incontáveis resmas de papel, traduzindo para sal as respostas escritas de Aum.

Ao fim de cada dia, havia o momento curto e atemorizado durante o qual humanos, hotchis e khepris corriam, em pequenos grupos, até seus alojamentos. Nenhum deles permanecia mais que trinta segundos ao ar livre, mas ainda assim eram vigiados por cactáceos que portavam arcosserras e anófeles que protegiam seus hóspedes contra as fêmeas letais com bastões, pedras e clarins.

Havia outro engenheiro já alojado nos aposentos de Tanner, uma mulher no quarto mais distante. Tanner ficou acordado por um tempo..

– Mais um está para chegar – disse uma voz cactácea do lado de fora da janela, causando-lhes sobressalto. – Não tranquem a porta.

Tanner apagou a vela e adormeceu. Porém, muito mais tarde, quando Bellis Vinhofrio atravessou o vestíbulo, escoltada por um guarda cactáceo, passou pelo quarto escuro de Tanner até o vizinho, trancou a porta e caiu na cama, exausta como nunca estivera antes, ele despertou e a viu.

Até mesmo naquele lugar quente e estranho, em meio a tanto sangue e ameaça de violência, tão longe de casa, a rotina era uma influência poderosa.

Passou-se um dia, não mais que isso, antes que os armadenses criassem sua rotina. Os guardas cactáceos forrageavam, pescavam, escoltavam seus colegas tripulantes, e recolhiam o lixo como faziam os anófeles, levando-o até a garganta atrás do vilarejo, e dali à plataforma rochosa para lançá-lo ao mar.

Todas as manhãs, Aum e seu séquito constante e mutável de anófeles debatiam com os cientistas de Armada, e os instruíam. Todas as tardes, o mesmo se repetia com os engenheiros. Era fatigante: trabalho acalorado, intenso e sem fim. Bellis tornou-se semiconsciente. Tornou-se uma máquina sintática de escrever, existia apenas para selecionar, traduzir e rabiscar perguntas, e ler respostas em voz alta.

A maior parte dos significados que transmitia era-lhe obscura. Em raras ocasiões, teve de consultar o glossário de sua própria monografia sobre alto kettai, que mantinha escondida dos anófeles. Não queria ser responsável por ensinar-lhes outro idioma e libertá-los de sua prisão.

Não havia sistema ou coerência na biblioteca da ilha. A maioria das obras disponíveis era da mais abstrata teoria. As autoridades de Kohnid e Dreer Samher negavam aos seus súditos quaisquer livros que considerassem perigosos. Pouco havia que conectasse os anófeles ao mundo exterior. Para encontrar tais coisas, tinham de procurar nas ruínas das habitações de seus ancestrais, no outro lado da ilha.

E, algumas vezes, encontravam fábulas, como a história do homem que conjurou o avanc.

As histórias se autogeravam. Mínimas referências em textos filosóficos abstrusos, notas de rodapé, vagas recordações folclóricas. O povo-mosquito tinha suas próprias lendas desbotadas.

Bellis não viu, como havia esperado, uma curiosidade feroz sobre o mundo. Os anófeles pareciam intrigados somente pelas questões mais abstratas. No entanto, era o próprio Aum quem aparentava uma centelha de interesse mais agudo e pragmático.

Há correntes na água, ele escreveu, *que podemos medir, mas que por certo não têm origem em nossos mares.*

Aum havia começado pelo mais alto nível conceitual, e provado a si mesmo a realidade do avanc. Os cientistas de Armada acompanhavam fascinados enquanto Bellis traduzia vacilante a história do homem-mosquito. A partir de três ou quatro equações rascunhadas, até uma página de proposições lógicas, explorando quaisquer obras de biologia, oceanologia e filosofia dimensional que pudesse encontrar. Uma hipótese. Testando seus resultados, verificando os detalhes da primeira invocação.

Os cientistas ficavam boquiabertos e assentiam em júbilo diante das equações e anotações que ela copiava em sal.

E, após o almoço, Bellis juntava forças mais uma vez e reunia-se com os engenheiros.

Tanner Sack foi um dos primeiros a falar.

– Que tipo de fera é essa? – perguntou. – O que a gente precisa pra pegar ela?

Muitos dos engenheiros eram forçados, e vários eram Refeitos. Bellis percebeu que estava cercada por criminosos, a maioria vinda de Nova Crobuzon. Falavam sal, com sotaques de Charco do Cão e Ladovil, entremeado com gírias de favela que ela não ouvira em meses, e que lhe faziam pestanejar de surpresa. Suas especialidades eram-lhe tão arcanas quanto as dos cientistas. Perguntavam sobre a resistência do aço, do ferro e de várias ligas, sobre a estrutura alveolar das correntes sob Armada e a força do avanc. Logo, o assunto mudava para motores a vapor e turbinas a gás, e leite de pedra, e o mecanismo dos arreios, e freios e bridões do tamanho de navios.

Sabia que entender aquilo seria mais uma vantagem. Porém, tudo estava além de sua compreensão, e ela desistiu de tentar.

Naquela noite, enquanto um homem era levado ao seu quarto, uma anófeles havia-se aproximado dele, braços estendidos e berrando algaravias, e um guarda cacto a matara com um disparo de arcosserra.

Bellis ouviu o estalo da corda, e assistiu a tudo através da persiana. Os anófeles machos entoaram com as bocas esfíncteres, ajoelharam-se ao lado do corpo e o apalparam. A boca da fêmea pendia aberta, e sua probóscide estava caída para o lado como uma imensa língua rígida. Havia se alimentado recentemente. O corpo ainda obeso fora quase cortado ao meio pelo enorme chakri giratório da arcosserra, e os jatos de sangue encharcavam a terra e empoçavam, formando veios poeirentos.

Os machos sacudiram as cabeças. O que estava ao lado de Bellis tocou-lhe o ombro e escreveu algo no bloco de notas dela.

Desnecessário. Ela não queria se alimentar.

Então lhe explicou o que acontecera, e a cabeça de Bellis girou com a monstruosidade do fato.

Bellis ansiava por estar sozinha. Passara cada minuto do dia com os outros, e aquilo a exauria. Assim, quando as tarefas do dia terminaram, e os cientistas discutiam, tentando decidir o rumo para a pesquisa do dia seguinte, ela se esgueirou até o menor quarto lateral, pensando que estivesse vazio. Não estava.

Emitiu um grunhido de desculpas e deu meia-volta, mas Uther Doul falou rápido.

– Por favor, fique – disse.

Ela se voltou, agarrada à bolsa que trazia, dolorosamente atenta ao peso, no fundo da bolsa, da caixa que Silas lhe dera. Parou junto ao umbral, aguardando, o rosto impassível.

Doul estivera treinando. Postava-se no centro do quarto, relaxado, segurando sua espada. Lâmina estreita, reta e de dois gumes, com pouco mais que sessenta centímetros de comprimento. Não era grande, adornada ou impressionante, ou gravada com signos pujantes.

Era branca. Moveu-se de súbito, oscilou como água, silenciosa e impossível de acompanhar, em repentina formação letal. Foi embainhada, rápido demais para se ver.

– Já terminei, senhorita Vinhofrio – disse ele. – O quarto é todo seu. – Mas não saiu dali.

Bellis assentiu em agradecimento e sentou-se, à espera.

– Esperemos que aquela morte lastimável não azede nossas relações com os homens-mosquito – disse Doul.

– Isso não acontecerá – disse Bellis. – Eles não guardam qualquer rancor quando se matam suas mulheres. Lembram o suficiente para saber que é necessário. – *Ele sabe*, pensou de repente, incrédula, *quer apenas entabular conversa outra vez.*

Porém, mesmo desconfiada como estava, os detalhes que tinham acabado de lhe contar eram tão sinistros e fascinantes que queria partilhá-los, queria que mais alguém soubesse deles.

– Não conhecem muito de história, os anófeles, mas sabem que os cactáceos, os seivasseres, não são o único povo de além-mar. Sabem de nós, os sanguesseres, e sabem por que nenhum de nós costuma visitá-los. Esqueceram os detalhes da

Imperatriz Malárica, mas conservam a noção de que suas mulheres... cometeram erros... séculos atrás. – Calou-se por um instante para que ele percebesse o eufemismo. – Tratam-nas sem... afeto ou repulsa.

Era pragmatismo melancólico. Não guardavam ressentimentos contra as mulheres, copulavam com elas uma vez ao ano, entusiasmados o suficiente, mas ignoravam-nas sempre que possível, e matavam-nas sempre que necessário.

– Ela não queria se alimentar, você sabia? – prosseguiu Bellis. Mantinha a voz neutra. – Estava empanturrada. Elas são... são inteligentes. Não são irracionais. É a fome, ele me disse. Demoram muito, muito tempo para morrerem de inanição. Podem passar um ano sem comer, berrando esfomeadas durante todas aquelas semanas: não conseguem pensar em mais nada. Mas quando se alimentam, quando ficam cheias, saciadas de verdade, há um dia ou dois, talvez uma semana, durante os quais a fome se alivia. Então, tentam falar. Ele as descreveu, vindas dos pântanos, aterrissando na praça central e guinchando para os homens, tentando pronunciar palavras. Porém, nunca conseguiram aprender linguagem, veja você. Sempre famintas demais. Sabem o que são.

Bellis encontrou o olhar de Uther Doul. Notou de repente que ele a respeitava.

– Elas *sabem*. De vez em quando conseguem se controlar, quando suas barrigas estão cheias e suas mentes claras por alguns dias ou horas, e entendem o que fazem, como vivem. São tão inteligentes quanto eu e você, mas crescem distraídas demais pela fome, e não aprendem a falar. Em intervalos de alguns meses, por um punhado de dias durante os quais podem se concentrar, tentam aprender. Mas não têm o aparato bucal dos machos, é óbvio, de modo que não conseguem produzir os mesmos sons. Apenas as mais inexperientes, as mais jovens, tentam imitar os homens anófeles. Com as probóscides retraídas, suas bocas são muito parecidas com as nossas.

Viu que ele entendia.

– Suas vozes soam como as nossas – continuou suavemente. – Nunca ouviram linguagens que pudessem imitar. Satisfeita como estava, sem fala, porém consciente de não tê-la, deve ter ficado zonza ao escutar-nos conversar, em sons que ela própria podia emitir. Por isso aproximou-se daquele homem. Tentava falar com ele.

– Essa espada é estranha – disse ela, um pouco mais tarde.

Ele hesitou por um diminuto instante (a primeira vez, pensou Bellis, que parecera incerto). Depois sacou a espada com a mão direita e a estendeu para que ela a visse.

Três pinos de metal pareciam engastados no cutelo de sua mão direita, conectados à profusão venosa de fios sob a manga. Corriam pelo flanco até um pequeno bornal no cinto. O cabo da espada estava revestido de pele ou couro, mas uma porção era de metal nu, que os nódulos em sua carne tocavam quando segurava a arma.

A lâmina não era, como Bellis havia imaginado, de metal inoxidável.

– Posso tocá-la?

Doul assentiu. Ela bateu com a unha na seção central da lâmina, que soou seca e amortecida.

– É cerâmica – disse ele –, mais porcelana que ferro.

Os gumes não tinham o brilho fosco de uma lâmina afiada. A cor era branco indefinido, idêntica à do forte da espada (branco muito ligeiramente amarelado, lembrando dentes, ou marfim).

– Corta até o osso, e mais fundo – disse Doul com sua voz baixa e melodiosa. – Essa cerâmica não é como nenhuma que você tenha visto ou usado. Não dobra nem cede, não é flexível, mas também não é quebradiça. É forte.

– Forte como?

Uther olhou para ela, que sentiu novamente seu respeito. Algo dentro dela respondeu.

– Diamante – disse ele. Embainhou a espada (com outro movimento instantâneo e magistral).

– De onde vem? – perguntou Bellis, mas ele não respondeu. – De sua terra? – Surpreendeu-se com sua própria persistência e... o quê? Coragem?

Não se sentia corajosa. Em vez disso, sentia que ela e Uther Doul entendiam um ao outro. Doul voltou-se para ela, no umbral da porta, e inclinou a cabeça em despedida.

– Não – disse ele. – Seria... difícil ser menos precisa. – Pela primeira vez, ela viu um sorriso passar por ele, muito rápido.

– Boa noite – disse Doul.

Bellis aproveitou os momentos solitários pelos quais havia ansiado, envolveu-se em sua própria companhia. Respirou fundo. Afinal, permitiu-se cogitar sobre Uther Doul. Perguntou-se por que ele lhe falava, tolerava sua companhia, parecia respeitá-la.

Não conseguia analisá-lo, mas notou que sentia uma tênue conexão com ele; algo urdido de cinismo, alheamento, força e entendimento compartilhados e, sim, de atração. Não sabia quando ou por que deixara de temê-lo. Já não tinha ideia do que fazia.

CAPÍTULO 25

Dois dias tornaram-se três, e quatro, e uma semana se passou, cada dia à luz inexata daquele quartinho. Parecia a Bellis que seus olhos se atrofiavam, capazes de ver somente os matizes terrosos dentro da montanha, cercados por sombras irresolutas e sem contornos.

À noite, percorria a mesma e curta distância ao ar livre (na esperança ansiosa de ver luz pura e cores, até mesmo as cores queimadas daquele céu). O zumbido das mulheres chegava até ela de vez em quando, para seu horror abjeto. Algumas vezes não, mas ela sempre se retraía sob o abrigo do guerreiro cactáceo ou do escarazelo que a protegia.

Às vezes escutava os conflitos e murmúrios das anófeles, vindos através das longas janelas-poços. As mulheres-mosquito eram terríveis, poderosas, e sua fome era uma força quase elemental. Matavam todos os sanguesseres que aportavam, podiam drenar um navio inteiro num só dia e depois jazer locupletadas na praia. Apesar de tudo, havia algo de patético nas mulheres daquela ilha-gueto.

Bellis não sabia que cadeia de eventos havia permitido a existência do Reginado Malárico. De qualquer modo, não os podia conceber. Era impossível imaginar aqueles monstros ululantes em outras praias, seu terrorismo mesquinho a rapinar metade de um continente.

A comida era tão monótona quanto o panorama. A língua de Bellis estava bastante insensível ao sabor de peixe e grama. Mastigava estoicamente qualquer vida marinha alimentada a ferrugem que os cactáceos pescassem na baía, qualquer erva comestível que desarraigasse.

Os oficiais samherinos os toleravam intranquilos, mas não confiavam neles. O capitão Sengka continuava a praguejar contra os cactos armadenses em rápido soluz, chamando-os de renegados e vira-casacas.

Os cientistas tornavam-se mais animados à medida que progrediam os cálculos febris de cada manhã. As pilhas de equações e anotações cresciam imensamente.

A centelha que distinguia Krüach Aum de seus compatriotas – que Bellis considerava uma verdadeira curiosidade – propagava-se.

Bellis encontrou dificuldades, mas não falhou. Agora traduzia sem ao menos tentar entender, apenas transmitindo o que se dizia, como se fosse um engenho analítico, esmiuçando e reconstruindo fórmulas. Sabia que, para os homens e mulheres que se debruçavam sobre a mesa e discutiam com Aum, ela era mais ou menos invisível.

Concentrava-se nas vozes como se fossem música: a sonoridade compassada de Tintinábulo, a empolgação em *staccato* de Faber, os tons oscilantes de oboé do biofilósofo cujo nome ela nunca conseguia lembrar.

Aum era incansável. Bellis sentia-se um pouco desanimada pela exaustão, à tarde, quando se reunia com Tanner Sack e os demais engenheiros, porém Aum prosseguia sem dificuldade aparente, alternando-se entre os problemas conceituais e a filosofia do avanc, e as questões práticas de isca, controle e captura de algo tão grande quanto uma ilha. E, quando a luz decrescente e a fadiga geral obrigavam ao final dos trabalhos do dia, nunca era Aum quem o sugeria.

Bellis não deixava de notar que os problemas da pesquisa vinham sendo resolvidos um a um. Aum não havia demorado a reescrever o apêndice de dados, e logo os armadenses puderam apontar lapsos e erros de cálculo, lacunas em sua pesquisa. O entusiasmo dos cientistas era palpável; estavam quase embriagados dele. Aquele era um problema – um projeto – de dimensões impensáveis. No entanto, superavam-se cada contratempo, objeção e obstáculo.

Encontravam-se à beira de algo extraordinário, cuja mera possibilidade era totalmente vertiginosa.

Bellis não confraternizava com os armadenses, mas não podia passar o tempo todo sem falar com eles.

– Aí está, coma alguma coisa – alguém dizia, estendendo-lhe uma tigela de ensopado bege. Negar uma palavra de gratidão seria violência desnecessária.

Em certas noites, quando os armadenses jogavam dados e cantavam em coro (o que fascinava os sussurrantes anófeles), Bellis via-se à margem de conversas.

O único que conhecia por nome era Tanner Sack. O fato de ter viajado acima dele no *Terpsichoria*, livre enquanto ele estava encarcerado, envenenara qualquer possibilidade de confiança entre eles, supunha Bellis, embora tivesse a impressão de que Tanner fosse uma pessoa acessível. Era um dos que faziam pequenas tentativas de incluí-la nas conversas. Ela se encontrava agora mais próxima da sociedade armadense do que jamais estivera. Permitiam-lhe que ouvisse histórias.

A maioria tratava de segredos. Bellis ouviu contarem das correntes que pendiam sob Armada. Antigas, escondidas durante várias décadas; tinham consumido anos de trabalho e o metal de muitos navios.

– Muito antes de os Amantes decidirem o que fazer com elas – disse um dos contadores de histórias –, já se havia tentado a Invocação.

Uther Doul também era vítima dos narradores.

– Ele vem da terra dos mortos – disseram certa vez, em tom conspiratório. – O velho Doul nasceu faz mais de três mil anos. Foi ele quem começou a Sedição. Nasceu escravo no Império Espectral. Roubou aquela espada, Espada de Poder, e ganhou sua liberdade lutando, e destruiu o império. Uther morreu. Mas um guerreiro como ele, o maior lutador que já existiu, foi o único capaz de fugir do mundo das sombras e retornar aos vivos.

A audiência emitia ruídos de descaso bem-humorado. Não acreditavam naquilo, era óbvio, mas também não sabiam no que acreditar quando o assunto era Uther Doul.

Doul passava seus dias em silêncio. A pessoa cuja companhia costumava buscar, a única que chegava perto de ser um amigo, parecia ser Hedrigall. O aeronauta cacto e o guerreiro humano falavam-se com frequência e em voz baixa, nos cantos do salão. Murmuravam rápidos meios-tons, como se tivessem vergonha da amizade.

Havia apenas mais uma pessoa com quem Uther Doul estava disposto a passar algum tempo e a falar. Era Bellis.

Não havia demorado a perceber que os encontros, casuais em aparência, e as breves amabilidades, não eram coincidências. De modo elíptico e hesitante, Doul tentava fazer amizade com ela.

Bellis não conseguia compreendê-lo, e não tentava antecipar-se a ele. Confiava em si mesma para lidar com a situação. Embora o sentimento de perigo permanecesse, parte dela apreciava os encontros – o ar formal, a mais leve sensação de flerte. Não se tratava de namorico. Ela não comprometia a própria dignidade com insinuações sorridentes. Porém, sentia-se atraída por ele, e se repreendia por isso.

Pensava em Silas. Não com sentimento de culpa ou traição – a ideia a fazia crispar os lábios com desdém. Mas se lembrava de quando ele a levara à gladioluta, especificamente para ver Uther Doul. *Aquilo é o que tenta nos impedir de escapar*, havia dito, e ela não podia dar-se ao luxo de esquecer. *Por que*, perguntava-se, *por que você arriscaria uma amizade com Doul?*

Sentia no fundo da bolsa o peso da caixa que Silas lhe dera. Tinha aguda consciência de seu trabalho naquela ilha (*que deveria planejar logo*) e de que estava em oposição direta a Doul.

Percebeu por que deixava tais conversas continuarem. Era raro que se sentisse em companhia de alguém com tanto ou mais controle de suas próprias reações ao mundo, e das respostas do mundo, que ela. Assim era Uther Doul. Por isso respeitavam um ao outro. Falar simplesmente, sem sorrir, para outra pessoa com os mesmos modos; saber que aquilo nela que intimidava a maioria dos outros não chegava a embaraçá-lo, e que a recíproca era verdadeira: era inusitado, e prazeroso.

Bellis queria que estivessem observando o panorama noturno de uma cidade. Que estivessem numa sacada. Que estivessem vagando por ruelas, com as mãos nos bolsos.

Em vez disso, estavam dentro de uma pequena sala, que se projetava desde o salão central, próximos de uma janela-seteira, e Bellis sentia-se desesperadamente farta das cores da rocha. Contemplava ansiosa a pequena faixa de negror aceso pelo luar.

– Você entende tudo isso? – perguntou Bellis.

Doul moveu a cabeça, num gesto dúbio.

– O suficiente – disse devagar – para saber que estão chegando perto. Minha especialidade é bem diferente. Minha pesquisa virá... depois disso. Seu trabalho logo mudará. Pedirão a você que ensine sal a Aum.

Bellis pestanejou, e Doul assentiu.

– É uma violação das leis de Dreer Samher e Kohnid, mas não trazemos conhecimentos novos à ilha. Aum virá conosco.

É claro, pensou Bellis.

– Então – prosseguiu Doul –, então retornaremos – sua voz magnífica soava baixa – com nosso prêmio. Isso que tentamos é um projeto monumental. Armada está posicionada sobre um veio de óleo e leite de pedra desde que saímos. Perfurando, armazenando o que precisaremos para a invocação. Rumaremos até as dolinas. Lá usaremos nosso combustível, nossa isca e os grilhões que construiremos, e tudo mais, e... fisgaremos um avanc. – A descrição soou bastante anticlimática, e instaurou-se um longo silêncio.

– Depois – disse Doul com muita suavidade – começa nosso trabalho.

Bellis não disse nada.

Eu sabia que você estava me manipulando, pensou com frieza.

Que trabalho começa?

Aquilo não a surpreendeu. Não foi um grande choque perceber que o avanc era apenas o início do projeto dos Amantes, que havia mais coisas, um plano mestre por trás de todo o esforço, um esquema que não fora revelado a quase ninguém – certamente não a ela.

No entanto, tinha-lhe sido revelado agora, de algum modo.

Não entendia por que Doul resolvera contar-lhe. Os motivos dele eram impenetráveis. Bellis sabia apenas que era usada. Percebeu que não estava nem mesmo ressentida – não esperava por menos.

Na manhã seguinte, o sol nasceu sobre o corpo de um engenheiro humano. O esqueleto estava constrito por pele recém-distendida: os braços retorciam-se em volta do peito e as mãos eram garras; a espinha estava arqueada como se fosse anciã.

Na cavidade abaixo das costelas, a pele aderia aos tubos elásticos dos intestinos drenados. Os olhos começavam a se enrugar, pareciam frutas secando ao sol. As gengivas na boca aberta eram quase tão brancas quanto os dentes.

Cercado por lamentosos homens-mosquito, Hedrigall virou o cadáver (*que balançou sobre a espinha curva, como um cavalo de pau*) e encontrou o amplo buraco entre as costelas, que a anófeles havia perfurado.

Os armadenses tinham se acomodado. A morte do engenheiro os afetou.

– Se ferrou, o pobre imbecil – Bellis ouviu Tanner Sack murmurar. – Que porra ele pensou que tava fazendo? – Ela o viu afastar-se da janela. Ele não quis ver Hedrigall abaixar-se e recolher, com áspera ternura, os patéticos restos mortais, enfardar o homem de pele e osso e sair do vilarejo para enterrá-lo.

Porém, nem mesmo aquela tragédia pôde reprimir a agitação no ar. Em meio ao choque e ao luto, Bellis conseguia sentir o entusiasmo dos cientistas. Até os que tinham conhecido o engenheiro sentiam a tristeza bater-se contra um sentimento muito diferente.

– Vejam isto! – sibilou Théobal, pirata e oceanomante teórico. Agitava um espesso documento, cujas páginas estavam costuradas numa das extremidades. – Conseguimos, com os diabos! Esta é a matemática de que precisamos, a taumaturgia, a biologia.

Bellis olhou para os papéis com vaga perplexidade. *Tudo isso surgiu por meu intermédio*, pensou.

Quando Aum entrou, mandaram que Bellis escrevesse: *Precisamos de vossa ajuda. Deixareis este lugar, aprendereis nossa linguagem e ajudareis a conjurar do oceano um avanc? Vireis conosco?*

Embora fosse quase impossível ler a expressão daquele rosto com boca de esfíncter, Bellis esteve certa de ver medo e alegria nos olhos de Aum.

Ele disse sim, é claro.

A notícia circulou rápida pelo vilarejo, e os anófeles machos vieram em grandes números assoviar com Aum e sibilar-lhe seus sentimentos. *Felicidade?*, imaginou Bellis. *Inveja? Tristeza?*

Alguns deles olhavam para o grupo de Armada com algo semelhante à fome, pensou ela. Sua alheação do mundo era tênue, e podia ser rompida, como Aum parecia ter rompido a própria.

– Partiremos daqui a dois dias – disse a Amante, e o sangue correu tão veloz pelo peito de Bellis que lhe doeu. Havia negligenciado por completo sua missão. Nova Crobuzon dependia dela. Sentiu o desânimo abater-se e começar a esmagá-la. *Isso não vai acontecer*, pensou rápida. *Não é tarde demais.*

A tripulação ficou radiante com o prospecto de partir, escapar do ar sufocante e das mulheres vorazes. Bellis, no entanto, ansiava por mais tempo, por mais alguns dias. Pensou outra vez no cadáver ressecado, mas não quis demorar-se nele. Temia desesperar-se.

Naquela noite, enquanto escarazelos e cactáceos escoltavam seus companheiros vulneráveis aos quartos, ela ficou à parte, massageando as mãos, respirando fundo, e tentando, apesar do medo, conceber um plano, algum modo de chegar ao navio de Dreer Samher. Por um breve instante, considerou desertar. Pedir indulgência ao capitão Sengka e permanecer a bordo. Ou embarcar clandestina. Qualquer coisa para ver Nova Crobuzon outra vez. Porém, sabia que nada daria certo. Assim que se notasse sua falta, a Amante ordenaria uma busca nos navios samherinos, que não seria recusada. E Bellis terminaria presa, sem entregar seu pacote, com Nova Crobuzon ainda em perigo terrível.

Além disso, obrigou-se a recordar com cautela, continuava sem meios de alcançar o navio samherino.

Ouviu um tênue ruído num dos quartos vizinhos. Aproximou-se da porta fechada.

O ruído era a voz da Amante. Bellis não conseguia ouvir as palavras, mas a voz firme e dura era inconfundível. Soava como se cantasse gentilmente uma canção de ninar. Abafados e muito intensos, havia algo naqueles sons que fez Bellis tremer e fechar os olhos. Escutava uma concentração de emoções que quase a deixou tonta.

Bellis encostou-se à parede e ouviu sentimentos que lhe eram estranhos. Não sabia dizer se afirmavam amor, ou a espécie mais esgotante de obsessão. Ainda assim aguardou, olhando para a porta, parasita como as mulheres-mosquito, imergindo em sentimentos roubados.

Após alguns minutos, quando cessaram os ruídos e Bellis se afastou, a Amante saiu. Suas feições pesadas pareciam tranquilas. Viu que Bellis a observava, e encontrou-lhe o olhar, sem vergonha ou beligerância. Sangue escorria-lhe vagaroso como melado de um novo ferimento no rosto, longo sulco na pele que começava no canto direito dos lábios, passava pelo queixo e terminava no centro do pescoço.

Ela havia estancado a maior parte do sangramento, e somente algumas gotas espessas brotavam como suor, rompiam-se e escorriam, marcando-lhe a pele.

Ambas observaram uma à outra durante segundos. Pareceu a Bellis que não tivessem qualquer linguagem em comum. O abismo entre elas causava-lhe vertigem.

CAPÍTULO 26

À noite, Bellis saiu da cama várias horas depois de os outros terem ido dormir. Removeu o lençol encharcado de suor que a cobria e se pôs de pé. O ar ainda estava quente, mesmo naquelas horas mortas. Apanhou o pacote de Silas sob o travesseiro, abriu a cortina e atravessou lenta e silenciosa o quarto onde Tanner jazia sobre seu catre, envolvido em sombras. Quando chegou à porta de madeira, encostou ali a cabeça e sentiu a textura na pele.

Estava com medo.

Espiou com muito cuidado pela janela, e viu um guarda cacto vagando na praça deserta, de porta em porta, verificando-as de má vontade e seguindo em frente. Estava a alguma distância dela, e Bellis achou que poderia abrir a porta e correr sem que ele a visse ou ouvisse.

E depois?

Não conseguia ver nada no céu. Não se ouviam zumbidos ameaçadores, não se avistavam famintas mulheres-inseto com mãos de garra e bocas protuberantes, ávidas por sangue. Pousou a mão sobre a tramela e esperou para ver ou ouvir uma das anófeles, esperou por confirmação, para que pudesse evitá-la (*é mais fácil esconder-se quando se sabe onde elas estão*), e pensou no saco de pele e ossos que tinha visto naquela manhã, e que antes fora um homem. Paralisou, a mão retesada como arame, segurando a tramela.

– O que você tá fazendo?

As palavras vieram de trás dela, em severo murmúrio. Bellis deu meia-volta, segurando as anáguas. Tanner havia sentado em seu nicho escuro, e a encarava.

Ela se mexeu um pouco, e ele se levantou. Bellis viu os bizarros estorvos, os tentáculos que se projetavam do tronco de Tanner. Continuava a encará-la e sua postura era tensa e desconfiada. Parecia estar a ponto de atacá-la. No entanto sussurrava, o que, de algum modo, a deixava mais tranquila.

– Desculpe-me – ela disse em voz baixa. Ele parou na entrada para ouvi-la melhor, e sua expressão era mais severa e suspeitosa do que ela jamais vira. – Não quis acordá-lo – sussurrou. – Eu apenas... eu tinha de... – A imaginação escapou-lhe, e já não sabia dizer o que tinha de fazer. Morreram-lhe as palavras.

– O que você tá fazendo? – disse ele lento, zangado e curioso. Falava com ela em ragamina.

– Desculpe-me – Bellis disse outra vez, e meneou a cabeça. – Estava me sentindo... – Prendeu o fôlego e dirigiu novamente a Tanner o olhar fixo.

– Não pode abrir essa tramela – disse ele.

Olhava para o pacote nas mãos dela, e, com esforço, Bellis tentou não escondê-lo e não mexer os dedos nervosamente, mas manteve-o diante da vista, como se não fosse nada importante.

– O que foi, necessidades fisiológicas? Foi isso? A senhora tem de usar o penico, madame. Não dá pra ter vergonha dessas coisas por aqui. A senhora viu o que aconteceu com o William.

Ela se empertigou e assentiu, mantendo o rosto sem expressão, e caminhou de volta à sua cama.

– Bons sonhos pra senhora – disse Tanner Sack atrás dela, e acomodou-se vagaroso. Diante da cortina entre os quartos, Bellis voltou-se um pouco para observá-lo. Estava sentado. Era óbvio que aguardava e escutava. Rangendo os dentes, ela fechou a cortina.

Houve alguns instantes de silêncio. Então, Tanner ouviu o ruído de um mínimo jato, e de poucas gotas relutantes, e sorriu sem humor sobre o lençol. Alguns metros dali, separada pela cortina, Bellis levantava-se do penico, com expressão contraída e furiosa.

Em meio à humilhação e à fúria, ela compreendeu algo. Começou a formar uma esperança, uma ideia.

O dia seguinte foi o último na ilha para os armadenses.

Os cientistas reuniram suas resmas de papel e esboços, tagarelando e rindo como crianças. Até mesmo o taciturno Tintinábulo e seus companheiros pareciam enlevados. Por toda parte à volta de Bellis, cronogramas e planos tomavam forma, e parecia que a captura do avanc eram favas contadas.

A Amante saltava de um grupo de discussão para outro, trazendo um pesado sorriso e seu novo corte, vermelho e brilhante. Apenas Uther Doul permanecia impassível. Uther Doul e Bellis. Seus olhares se encontraram, cada um numa extremidade do aposento. Imóveis e reduzidos, os únicos pontos fixos no salão animado, partilharam um instante de sentimento elevado, comparável a escárnio.

Durante todo o dia, os anófeles entraram e saíram, abalados em seu comportamento monástico e plácido, tristes com a partida dos visitantes. Percebiam que

Logo estariam privados do súbito influxo de teorias e pontos de vista trazidos pelos armadenses.

Bellis observava Krüach Aum, e via o quanto o velho anófeles assemelhava-se a uma criança. Ele assistiu aos seus novos companheiros fazerem as malas com todas as roupas e livros que haviam trazido e tentou imitá-los, embora não tivesse nada. Deixou o salão e retornou pouco tempo depois com um fardo de trapos e retalhos de papel, que havia coletado e atado na parte de cima, em grosseira imitação de um saco de viagem. Bellis teve arrepios ao ver aquilo.

No fundo da própria sacola, Bellis sentia o pacote de Silas: as cartas, o colar, a caixa, a cera de lacre, o anel. *Hoje à noite*, disse a si mesma, e sentiu-se em pânico. *Hoje à noite, aconteça o que acontecer.*

Pelo restante do curto dia, ela acompanhou a passagem do sol. Ao final da tarde, quando a luz se tornou espessa e lenta, e todas as formas sangraram sombras, foi tomada de pavor. Porque concluiu que não havia maneira de cruzar os pântanos e os territórios das letais mulheres-mosquito.

Bellis se assustou ao ver a porta abrir-se de um só golpe.

O capitão Sengka avançou para dentro do salão, flanqueado por dois de seus tripulantes.

Os três cactáceos pararam na entrada, de braços cruzados. Eram grandes, até mesmo pelos padrões de sua raça. Músculos vegetais contraíam-se sob suas faixas e tangas. Luz cintilava sobre suas joias e armas.

Sengka apontou o enorme dedo a Krüach Aum.

– Esse anófeles – decretou – não vai a lugar nenhum.

Ninguém se moveu. Após longos e estáticos momentos, a Amante deu um passo à frente.

Sengka falou antes que ela conseguisse fazê-lo.

– O que está pensando, Capitã? – perguntou ele com desprezo. – Capitã? É assim que devo chamá-la, mulherzinha? O que está pensando? Fiz uma tremenda vista grossa para sua presença aqui, o que não tinha obrigação de fazer. Tolerei sua comunicação com os nativos, que é uma violação de segurança, correndo o risco de uma nova Era Malárica, caralho! – A Amante sacudiu a cabeça, impaciente com aquela hipérbole, mas Sengka continuou. – Esperei com a maior paciência que se mandassem desta ilha e fossem se danar para outro lado. E no que deu? Você acha que pode contrabandear uma dessas criaturas sem meu conhecimento? Acha que vou deixá-la partir?

– Suas naus serão revistadas – sentenciou. – Quaisquer contrabandos surrupiados da Praia do Maquinário, quaisquer livros ou tratados dos anófeles, e heliótipos da ilha, serão confiscados. – Apontou outra vez para Aum, e meneou a cabeça, incrédulo. – Você conhece história, mulher? Quer levar um anófeles para *fora da ilha*?

Krüach Aum assistia à altercação com olhos arregalados.

– Capitão Sengka – disse a Amante. Bellis nunca vira sua presença mais vívida, mais magnífica. – Ninguém pode criticar sua preocupação com segurança, ou o zelo com que cumpre sua missão. Mas o senhor sabe tão bem quanto eu que os anófeles machos são herbívoros inofensivos. Não temos nenhuma intenção de levar conosco outro que não este.

– De jeito nenhum! – berrou Sengka – Cu do sol, este sistema é incondicional, e é incondicional porque aprendemos as lições da história. Nenhum anófeles pode sair desta ilha. Essa é a condição para que não sejam exterminados. Não haverá exceções.

– Estou cansada disso, Capitão. – Bellis não podia deixar de admirar a calma da Amante, fria e dura como ferro. – Krüach Aum partirá conosco. Não desejamos entrar em conflito com Dreer Samher, mas levaremos este anófeles. – Deu as costas ao oficial cactáceo e começou a se afastar.

– Meus homens estão na Praia do Maquinário – disse ele, e ela se deteve e deu meia-volta. O homem cacto sacou uma enorme pistola, e a empunhou frouxa e pendente. Os armadenses continuaram imóveis. – Guerreiros cactáceos treinados – disse Sengka. – Desafiem-me e não sairão vivos desta ilha. – Devagar o suficiente para não parecer ameaçador, ergueu a arma e a apontou para a Amante. – Este anófeles... Aum, como você disse... virá comigo.

Os guardas em toda volta postaram-se à beira da ação. Mãos pairaram sobre pistolas, arcos e espadas. Escarazelos com suas armaduras encrostadas, e cactáceos enormes, olhos que se alternavam entre Sengka e a Amante.

A Amante não encarou nenhum deles. Em vez disso, Bellis a viu trocar olhares com Uther Doul.

Doul avançou, colocando-se entre a pistola e a Amante.

– Capitão Sengka – disse a bela voz. Ficou imóvel diante da arma que agora era apontada para sua cabeça, olhando para o homem cacto muitíssimo mais alto e forte que ele. Encarou o cano da pistola ao falar, como se fosse os olhos de Sengka. – Cabe a mim dar-lhe adeus.

O Capitão olhou para baixo, e pareceu hesitar por um instante. Depois estendeu para trás o braço livre. Seu bíceps expandiu-se enormemente sob a pele. O punho carnudo ficou tenso e pronto para esmurrar, ouriçado de espinhos. Moveu-se devagar, em óbvia tentativa de não atingir Doul, mas de intimidá-lo e fazê-lo recuar.

Doul estendeu diante de si as duas mãos unidas, como se implorasse. Ocorreu um movimento súbito e dardejante, de tal velocidade que Bellis (que o havia esperado, que sabia que algo assim aconteceria) não conseguiu acompanhá-lo, e Sengka cambaleou para trás, perplexo, segurando a garganta onde Doul o golpeara com dedos em riste (não com força, mas em advertência, encontrando um espaço entre aqueles cruéis espinhos e roubando o fôlego do cactáceo). Agora Doul segurava a pistola, ainda apontada para seu crânio, entre as palmas das mãos. Parecia que arma lhe fora concedida em resposta a uma prece. Continuou a encarar Sengka e sussurrou-lhe algo, palavras que Bellis não ouviu.

(*O coração de Bellis martela o peito. As ações de Doul a deixam arrasada. Seja o ataque brutal ou comedido, o movimento por si mesmo, a velocidade e a perfeição sobrenaturais, fazem-no parecer uma agressão à ordem das coisas, como se tempo e gravidade não pudessem resistir melhor que corpos a Uther Doul.*)

Os dois cactos atrás de Sengka avançaram, lentos e ultrajados. Levaram as mãos aos cintos e sacaram armas. A pistola capturada no aplauso congelado de Doul adejou e voltou-se em direção a eles, adejou mais uma vez e surgiu em sua mão direita estendida, apontada diretamente para o primeiro marujo, e então (*instantaneamente*) para o outro.

(*Não há movimento. Os três cactáceos estão chocados com a velocidade e o controle que beiram taumaturgia.*)

Doul se moveu outra vez e a arma abandonou seus dedos e saiu girando para fora de alcance. A espada branca apareceu-lhe na mão. Dois velozes impactos e os tripulantes de Sengka gritaram de dor em rápida sucessão, armas arrebatadas e caídas no chão diante deles, punhos quebrados.

Agora a espada encostava-se à garganta de Sengka, e o cactáceo encarava Doul com medo e ódio.

– Atingi seus homens com a prancha de minha espada, Capitão – disse Doul. – Não me obrigue a mostrar-lhe o gume.

O Capitão e seus homens recuaram para longe dele, atravessaram a porta e fugiram rumo à luz do sol que ainda restava. Doul aguardou à soleira, apontando a espada ao ar livre.

Por todo o salão aflorava um ruído, um murmúrio rítmico, um clamor triunfante e deslumbrado. Bellis lembrou-se dele. Já o ouvira antes.

– Doul! – entoavam os homens e mulheres de Armada. – Doul! Doul! Doul!

Como tinham feito no gladiacirco, como se ele fosse uma divindade e pudesse realizar seus desejos, como se cantassem na igreja. Suas louvações não eram ruidosas, mas de um júbilo fervoroso, sinistro e incessante, em perfeito uníssono. Enraiveceram Sengka, que as considerou zombarias.

Lançou um olhar irado a Doul, que ainda se encontrava emoldurado pela soleira.

– Olhe para você – gritou furioso –, seu covarde, homem-porco, *trapaceiro* filho da puta! Para qual demônio você deu o cu em troca dessas habilidades, homem-porco? Você não vai sair daqui vivo.

De repente, sua voz soçobrou e morreu, ao ver Uther Doul sair do salão para o ar livre, onde o cactáceo acreditava estar seguro. Os armadenses sobressaltaram-se, porém a maioria seguiu cantando.

– Sei que está zangado, Capitão – disse devagar. – Controle-se, no entanto. Não há perigo em Aum vir conosco, e o senhor sabe disso. Ele nunca mais voltará a esta ilha. O senhor quer proibir porque acha que sua autoridade lhe foi roubada. Foi um erro de estratégia, mas até agora apenas dois de seus homens o testemunharam.

Os três cactáceos encontravam-se enfileirados a pouca distância de Doul, e seus olhares se encontraram e se separaram repetidas vezes, imaginando se poderiam investir contra ele. Subitamente, Bellis foi empurrada para o lado, quando Hedrigall e vários outros cactos e escarazelos armadenses saíram até a praça. Não se aproximaram do impasse.

– O senhor não nos impedirá de partir, Capitão – prosseguiu Doul. – Não queira arriscar uma guerra contra Armada. Além disso, sabe tão bem quanto eu que não é minha tripulação, ou mesmo minha chefe, que o senhor quer punir, é a mim. E isso… – concluiu tranquilo – não vai acontecer.

Então, Bellis ouviu o som: o agudo zunido das mulheres anófeles que se aproximavam. Engoliu em seco, e viu outros fazerem o mesmo. Sengka e seus homens começaram a disfarçar, olhando para cima, como se para evitar serem vistos.

Uther Doul continuou encarando o capitão Sengka. Uma silhueta desfechou-se pelo céu, e Bellis tapou a boca com as mãos. O cântico de "Doul!" havia esmorecido, mas continuava quase subliminar. Ninguém o alertou de que estava em perigo. Todos sabiam que, se haviam ouvido as anófeles, *ele* por certo ouvira.

À medida que se aproximava o ruído de asas, Doul aproximou-se do capitão e, de repente, quase encostou o nariz no rosto de Sengka.

– Temos um acordo, capitão? – perguntou, e Sengka bradou e tentou esmagá-lo num espinhoso abraço de urso. Porém, as mãos de Doul oscilaram diante do rosto do cactáceo e abaixaram-se para bloquear a investida. Num piscar de olhos, Doul recuara alguns metros, e o capitão dobrava-se e praguejava enquanto seiva escorria de seu nariz esmagado. Os dois tripulantes assistiram àquilo com uma espécie de indecisão apavorada.

Doul deu-lhes as costas e ergueu a espada para enfrentar a primeira das mulheres-mosquito, que investia contra ele. Bellis prendeu a respiração. A anófeles surgiu de súbito, mergulhando através do ar com um grito lancinante, um contorno faminto. O aguilhão projetou-se de sua boca. Iniciou um voo rasante, irregular e muito veloz, braços abertos, salivando de fome.

Por algum tempo ela foi a única coisa a se mover.

Uther Doul esperava quieto, segurando a espada verticalmente na mão direita. De súbito, quando a anófeles estava tão próxima que Bellis acreditou sentir-lhe o cheiro, e sua probóscide parecia tocar o corpo de Doul, o braço dele moveu-se até o lado esquerdo do corpo, e deteve-se ali, ainda segurando a espada vertical e imóvel. O antebraço esquerdo e a cabeça da mulher-mosquito rolaram desprendidos e sangrentos sobre a terra seca, enquanto o resto do corpo esparramava-se à frente dele. Sangue espesso e lento escorria da lâmina, do cadáver e sobre a poeira.

Doul voltou-se e saltou, estendendo as mãos para cima como se colhesse uma fruta. Espetou a segunda anófeles (*Bellis nem sequer a vira*) que voava em torno de sua cabeça. Com uma torção, arrancou-a do ar na ponta da espada e a atirou ao solo, onde ela jazeu gritando e babando, ainda tentando alcançá-lo.

Ele a despachou rapidamente, para alívio aterrorizado de Bellis.

Então o céu silenciou, e Doul virou-se outra vez para Sengka, enxugando a lâmina.

– Esta é a última vez que verá a mim, Capitão, ou a qualquer um de nós – assegurou ao homem-cacto, que agora o encarava com mais medo que ódio, e cujos olhos apreendiam os cadáveres sangrentos das duas mulheres-mosquito, cada uma mais forte que um homem. – Vá, agora. Isto pode terminar por aqui.

Mais uma vez, ouviu-se o ruído odioso das anófeles, e Bellis quase gritou ao antever mais carnificina. O zumbido chegava mais perto, e os olhos de Sengka arregalaram-se. Ficou ali por mais alguns segundos, olhando rapidamente em torno, à procura das vorazes anófeles. Parte dele ainda esperava que matassem Doul, mas sabia que não conseguiriam.

Doul não se moveu, indiferente ao ruído que se aproximava.

– Cu do sol! – berrou Sengka, e deu as costas, derrotado, acenando com a mão para que seus homens o seguissem. Foram embora rapidamente.

Bellis sabia que queriam sair dali antes que mais anófeles atacassem e fossem mortas. Não porque se preocupassem com as terríveis mulheres-coisas, mas porque ver a maestria de Doul os apavorava.

Uther Doul aguardou até que os três cactáceos desaparecessem. Apenas então se voltou, calmo, embainhou a espada e retornou ao salão.

O som das asas estava muito próximo, naquela altura. Felizmente, porém, elas foram um pouco lentas demais, e não o alcançaram. Bellis ouviu o estrépito das asas dissipar-se à medida que as mulheres-mosquito debandavam.

Doul entrou no salão e o clamor de seu nome aumentou outra vez, orgulhoso e insistente como um grito de guerra. Ele agora o acolheu, inclinou a cabeça e abriu os braços à altura dos ombros, palmas estendidas. Quedou-se inerte e baixou os olhos, como se flutuasse ao sabor da aclamação.

E anoiteceu novamente, a última noite, e Bellis estava em seu quarto, na cama de palha poeirenta, com o pacote de Silas nas mãos.

Tanner Sack não dormiu. Sentia-se inquieto demais com as emoções do dia, as lutas. Estava invadido de perplexidade causada pelo que agora sabia, pelo que havia aprendido de Krüach Aum. Apenas diminutos fragmentos de uma teoria muito mais ampla, mas seu novo conhecimento, a dimensão do trabalho que se esperava dele, eram estonteantes. Estonteantes demais para permitir-lhe dormir.

Além disso, esperava por algo.

Veio entre as duas e três da manhã. A cortina do quarto das mulheres deslizou e abriu-se, com muita suavidade, e Bellis Vinhofrio esgueirou-se pelo aposento.

Tanner torceu os lábios num sorriso duro. Não tinha ideia do que ela estivera fazendo na noite anterior, mas era óbvio que mijar não fora sua intenção. Veio-lhe algo entre sorriso e carranca ao pensar em sua pequena crueldade, tê-la forçado àquela atuação. Sentira-se um pouco culpado depois, embora a imagem da altiva e rígida senhorita Vinhofrio espremendo algumas gotas em favor dele o tivesse feito passar o dia inteiro sorrindo.

Soubera então que os negócios da mulher, quaisquer que fossem, estavam inacabados, e que ela retornaria.

Tanner a vigiava. Ela não sabia que ele estava acordado. Podia vê-la parada à porta, vestindo suas anáguas brancas, a espiar pela janela. Segurava alguma coisa. Era o pacote de couro para o qual ela tentara não chamar atenção na noite passada.

Os atos de Bellis o deixavam curioso, e sentia um laivo de crueldade direcionado a ela, uma vingança indireta pelos maus-tratos que recebera no *Terpsichoria*. Tais sentimentos o haviam impedido de contar tudo a Doul ou à Amante.

Bellis levantava-se e espiava, então se abaixava e remexia silenciosamente no pacote. Erguia-se e espiava outra vez, e abaixava-se, e assim por diante. Sua mão pairava inútil sobre a tramela.

Tanner Sack levantou-se caminhou quieto na direção dela; estava envolvida demais em indecisão para notá-lo. Parou alguns metros atrás de Bellis e a observou, irritado e divertido com sua hesitação. Até que se cansou e falou.

– Tem de ir de novo, né? – murmurou sardonicamente. Bellis deu meia-volta e o encarou, e ele viu, chocado e envergonhado, que ela chorava.

Seu sorrisinho maldoso desapareceu de imediato.

Lágrimas corriam dos olhos de Bellis Vinhofrio, mas ela não emitia um único soluço. Respirava com dificuldade, e cada inspiração profunda tremia e ameaçava desatar. Porém, ela permanecia em silêncio. Sua expressão estava acesa e controlada, seus olhos severos e injetados. Parecia alguém encurralado.

Furiosa, ela enxugou os olhos e o nariz.

Tanner tentou falar, mas o olhar furioso de Bellis o abalou, e foi somente com esforço que conseguiu pronunciar as palavras.

– Ora, vamos – murmurou –, eu não quis dizer nada demais...

– *O que*... você *quer?* – ela sussurrou.

Envergonhado, mas não acovardado, Tanner olhou para o pacote nas mãos dela.

– Qual é o problema com você, então? – perguntou ele. – O que é isso aí? Tentando embarcar clandestina, né? Espera que os samherinos levem você pra casa? – À medida que falava sentia a ira crescer-lhe, até que teve de se esforçar para controlá-la. – Quer contar pro Prefeito Rudgutter que trataram você mal no navio pirata, né, senhorita? Contar pra eles onde tá Armada pra eles tentarem caçar a gente e juntar eu e os fulanos como eu, e atirar nós de volta naquela merda do caralho, no porão do navio? Escravos pras colônias?

Bellis o encarava com ira solene e lacrimosa. Houve uma longa pausa, e Tanner viu-lhe, sob a pele imóvel e séria do rosto, uma decisão.

– *Leia isto* – ela sibilou de repente. Jogou-lhe nas mãos uma longa carta, e recostou-se contra a porta.

– "Status sete?" – ele gaguejou. – Que porra é essa de Código Ponta de Flecha? – Bellis não disse nada. Havia parado de chorar. Encarava Tanner, amuada como criança (*mas agora algo novo surge-lhe no olhar, uma esperança*).

Tanner prosseguiu, desmoitando o caminho através do matagal de códigos, encontrando veredas de sentido, lugares onde os significados tornavam-se subitamente claros e chocantes.

– Chegada dos magos osculadores? – sussurrou incrédulo. – Cancro a ser infestado de vermitropas? Algabombas? Quéisso, caralho? É uma porra de invasão? Que putaria é essa? – Bellis o observava.

– Isso – ecoou ela, sem piedade – é uma porra de invasão.

Ele se recostou, agarrado ao papel, contemplando desatento o selo, deslizando os dedos pela corrente da insígnia de Silas.

– Saiba que você está certo quanto a mim – disse Bellis. Sussurravam, para não acordar a mulher no quarto vizinho. A voz de Bellis soava morta. – Você está certo – repetiu. – Armada não é meu lugar. Vejo o que está pensando: "Eu jamais confiaria nessa megera grã-fina".

Tanner meneou a cabeça, tentando discordar, mas ela não permitiu.

– Você está certo. Não sou confiável. Quero voltar para casa, Tanner Sack. Se eu pudesse abrir uma porta e sair do outro lado em Brejo do Texugo, ou Campos Salazes, Mafaton ou Ludmel, *por Falastrão*, eu a atravessaria.

Tanner quase se encolheu diante de tamanha intensidade.

– Mas não posso – ela prosseguiu. – E, sim, houve um momento em que imaginei ser resgatada. Imaginei uma intervenção da marinha que me arrebatasse para casa. Há duas coisas que impedem isso, no entanto.

– Quero voltar para casa, Sack. Porém... – Hesitou e deixou-se abater um pouco. – Porém, há outros do *Terpsichoria* sem o mesmo anseio. E sei o que significaria... para você, e para os outros... para todos os Refeitos de Nova Crobuzon... serem... "resgatados." – Dirigiu-lhe um olhar inabalável. – Você pode acreditar ou não, mas não quero que isso aconteça. Não tenho ilusões quanto a Nova Crobuzon, quanto ao desterro. Você não sabe nada de minhas circunstâncias, Tanner Sack. Não sabe o que me forçou a embarcar naquela porra de navio desprezível. Não importa o quanto eu queira ir para casa – disse –, sei que o melhor para mim não é para você, e jamais contribuiria com isso de livre vontade. É a pura verdade – disse, de repente, como se surpreendida, como se para si mesma. – Perdi essa discussão. Rendo-me. É a pura verdade.

Hesitou, e então ergueu os olhos.

– E, mesmo que você ache que não passo de uma mentirosa, senhor Sack, há sempre o segundo fator. *Não posso fazer nada*. Não posso zarpar clandestina com os samherinos, não posso dar instruções à marinha de Nova Crobuzon. Estou presa em Armada. *Presa*, maldição!

– Então quem é Silas Fennec? – perguntou ele. – E o que é isso? – Acenou com a carta.

– Fennec é agente crobuzonense, não menos náufrago que eu. Apenas mais bem-informado – disse ela, com frieza –, informado sobre a porra da invasão.

– Você quer que caia? – ela o inquiriu. – Cuspe de deus, entendo que não seja apaixonado pela cidade. Por que seria, em nome de Falastrão? Mas você quer mesmo que Nova Crobuzon *caia*? – Sua voz tornou-se inflexível, de repente. – Não lhe restam amigos lá? Família? Não há nada na porra da cidade que queira preservar? Não se importa de que ela caia nas mãos de Os Gengris?

Um pouco ao sul da Via Wynion, em Jardim do Peloro, encontrava-se um diminuto mercado. Funcionava numa estreita ruela nos fundos de um armazém, durante festingos e pó-feiras. Pequeno demais para ter nome.

Era um mercado de sapatos. De segunda mão, novos, roubados, defeituosos e sem defeitos. Tamancos, chinelos, botas e outros.

Por alguns anos, foi o lugar favorito de Tanner Sack em Nova Crobuzon. Não que comprasse mais sapatos que todos os outros, mas divertia-se ao caminhar pela curta extensão da ruela, passando pelas bancas de couro e lona, escutando os pregões dos vendedores.

Havia vários e pequenos cafés naquela ruazinha, e ele conhecia os proprietários e também os clientes. Quando não tinha trabalho, e tinha algum dinheiro, às vezes passava horas num lugar recoberto de trepadeiras, o Café Boland, preguiçando e conversando com Boland e Yvan Lagoperro, e com Sluchnedsher o vodyanoi, comiserando-se do louco Espiral Jacobs e pagando-lhe uma bebida.

Tanner passara muitos dias lá, em meio à névoa de fumaça, chá e café, assistindo, pela janela imperfeita do Boland, aos sapatos e às horas desaparecerem. Conseguia viver sem aqueles momentos, pelo amor de Falastrão. Não era como se fossem uma droga. Não era como se ele ficasse acordado à noite, sentindo-lhes a falta.

Porém, foi neles que pensou, de instantâneo, quando Bellis perguntou-lhe se não se importava com a ruína da cidade.

Estava claro que a imagem de Nova Crobuzon, de todos que conhecia (em quem não pensava havia algum tempo), e de todos os lugares onde estivera, derrotados e destruídos, afogados pelos grendelos (seres que existiam somente em pesadelos, sombras fantasmas em sua mente), o aterrorizava. Estava claro que não desejava aquilo.

Mas a instantaneidade de sua própria reação o deixou perplexo. Aconteceu sem pensar, sem nenhuma consideração intelectual. Olhou pela janela a noite escaldante da ilha, e lembrou-se de olhar, por outras janelas, de vidro mosqueado e espesso, o mercado de sapatos.

– Por que você não conta pros Amantes? Você pensa que eles não iam querer mandar a mensagem pra cidade?

Bellis sacudiu os ombros, afetando um riso falso e silencioso.

– Você acha mesmo – disse ela, devagar – que eles se importariam? Acha que se comprometeriam com algo assim? Talvez mandassem um barco? Pagassem pelo envio da mensagem? Acha que se arriscariam a ser descobertos? Acha que se dariam a tanto trabalho para salvar uma cidade que os destruiria se tivesse a menor chance?

– Você tá errada – disse ele, hesitante. – Tem um monte de crobuzonense forçado que ia se importar.

– Ninguém *sabe* – sibilou Bellis. – Apenas eu e Silas sabemos e, se espalharmos a notícia, seremos desacreditados, tachados de encrenqueiros e lançados ao mar. Irão queimar a mensagem. Com os diabos, e se você estiver errado? – Encarou Tanner até que ele se sentisse constrangido. – Você acha que se importam? Acha que correriam ao auxílio de Nova Crobuzon? Se contarmos a eles e você estiver errado, será o fim de tudo: perderemos nossa única chance. Você vê o que está em jogo? Quer se arriscar? De verdade?

Com um vazio na garganta, Tanner percebeu que aquilo fazia sentido.

– É por isso que estou aqui, chorando como uma cretina – ela cuspiu. – Porque levar aos samherinos essa mensagem e essas provas, esse suborno, é a única chance que temos de salvar Nova Crobuzon. Você entende? De *salvá-la*. E eu estou aqui, paralisada, porque não consigo pensar num modo de chegar à praia. Porque tenho pavor das mulheres-coisas lá fora. *Não* quero morrer, e a manhã se aproxima. Tenho de ir até lá, mas não posso. Há mais de um quilômetro daqui até a praia. – Olhou para ele com cautela, e desviou o rosto. – Não sei o que fazer.

Ouviam a guarda cactácea caminhando de casa em casa, em meio ao povoado aceso pelo luar. Tanner e Bellis encontravam-se diante um do outro, recostados em paredes opostas, olhos fixos.

Ele olhou novamente para a carta que segurava. Ali estava o selo. Estendeu as mãos e Bellis entregou-lhe o restante de seu pequeno fardo e manteve a expressão calma. Ele leu a carta dirigida aos piratas samherinos. A recompensa era generosa, pensou, mas nada excessiva se significasse salvar Nova Crobuzon.

Salvá-la, protegê-la do perigo.

Releu cada uma das cartas, linha após linha. Não se mencionava Armada.

Olhou para o colar com a pequena insígnia, o nome e o símbolo. Nada ali se poderia ligar a Armada. Nada que revelasse ao governo crobuzonense onde ele estava. Bellis o observava em silêncio. Sabia o que ele era. Ele percebeu esperança nela. Apanhou o largo anel e examinou o complexo selo invertido, todas as saliências e reentrâncias, uma e outra vez. Sentiu-se hipnotizado pelo objeto. Significava para ele mais que uma única coisa, como a própria Nova Crobuzon.

O silêncio se manteve enquanto ele virava nas mãos o pacote, corria os dedos sobre o grumo de lacre e o anel, e sobre a longa carta com seu terrível alerta.

Lembrava-se de ter sido Refeito, mas aquilo não era tudo. Havia também lugares e pessoas. Nova Crobuzon tinha mais que uma faceta.

Tanner Sack era leal a Aquabelone, e sentia dentro de si a chama da lealdade, junto a um triste afeto por Nova Crobuzon – uma espécie de carinho melancólico e pesaroso. Pelo mercado de sapatos, e por outras coisas. As duas emoções cintilavam dentro dele, e circundavam uma à outra, como peixes.

Pensou em sua velha cidade arrasada, destruída.

– É verdade – suspirou devagar –, tem mais de um quilômetro até a Praia do Maquinário, passando pelos pântanos e tudo mais, onde vivem as mulheres.

Meneou a cabeça, e apontou de repente à outra extremidade do povoado, à fissura nas rochas e ao mar que parecia óleo, lá embaixo.

– Mas só tem uns metros daqui até o mar.

INTERLÚDIO V – TANNER SACK

Não é preciso muito.

Prego os olhos na janela. (Bellis Vinhofrio tá aqui atrás de mim, agachada e esperando. Nervoso, eu atino que tô enganando ela, mesmo assim ela tá radiante de esperança). Esperando que o guarda suma por uma esquina, pra longe da praça e fora de vista.

– Não se move – digo pra ela, e ela faz que sim com a cabeça, bem forte. – Não se mexe um centímetro (agora já tô embromando, de tanto medo que sinto). Não move um músculo até eu bater na porta.

Ela vai abrir a tramela. Vai vigiar pra ver se nenhuma anófeles se enfia aqui dentro enquanto a porta tá destrancada. Vai esperar o tempo que for até eu voltar.

Daí eu faço que sim, com a sacola de couro que ela me deu amarrada firme entre dobras de tecido, esfregada com cera pra não entrar água. Seguro ela na barriga, que nem um ferimento. Bellis abre a porta e eu saio, pras estrelas, pro ar, pra noite quente, com as mulheres-mosquito por todo o lugar.

Tanner Sack não hesita. Dispara rumo ao fosso que divide a traseira da aldeia como se fosse um ânus, por onde se joga o lixo no mar.

Corre de cabeça baixa, às cegas e bastante apavorado, lançando-se na direção da fenda na rocha. Os nervos gritam-lhe e seu corpo arqueia à medida que cada parte dele luta para estar mais próxima da água.

Tem certeza de ouvir o ruído de asas de mosquito.

Apenas cinco segundos se passaram, desde que saiu para o ar e pôde escutar o vento e os insetos noturnos, até que seus pés tocassem a rocha plana que se debruça como sacada sobre o mar. O ar está parado e a escuridão o envolve mais estreitamente quando Tanner desaparece na fenda ensombrecida da montanha. Por um instante, seus pés derrapam enquanto hesita e considera uma descida mais laboriosa e cautelosa pela esguia trilha que serpenteia para cá e para lá rochedo abaixo. Porém, é tarde demais, suas pernas o levaram adiante, como se ouvisse os gemidos de uma anófeles. Abandona a rocha e cai.

Não há nada além de ar abaixo dele, mais do que quinze metros de ar, ao final dos quais está a água que se move densa e brilha como ferro. Observara antes os movimentos do mar no fundo do abismo. Agora é uma criatura marinha, e lê os formatos das correntes. Sabe que as águas ali são profundas, o que logo se confirma.

Enrijece o corpo e as ondas se abrem para ele com um estrondo de mergulho, e empurram-lhe todo o ar para fora dos pulmões. Abre a boca ao sentir o choque e respira líquido através das pobres e ressecadas guelras, enquanto o mar se fecha outra vez, acolhendo Tanner em seu corpo. Dá-lhe boas-vindas, ao micróbio que é.

Há um período de êxtase, enquanto deriva, sem movimentar-se, ao sabor do mar escuro. O espaço em torno dele é estonteante, a segurança que oferece. Nenhuma mulher-mosquito pode chegar aqui (*pensa então em outros predadores e, por um instante, já não se sente tão seguro*).

Tanner sente o peso do pacote, dentro da bolsa untada. Segura-o contra o estômago e impele-se com os pés membranosos. Fazia tempo que não nadava. Parece-lhe que sua pele floresce embaixo da água, seus poros se abrem como flores.

O negror não é absoluto. À medida que suas pupilas dilatam, consegue distinguir os vários matizes de escuridão: penhascos submersos, os detritos da aldeia, a cisão no mar aberto e o breu contínuo das profundezas. Nada através do buraco no penhasco e sente mudar o fluxo da água. Acima dele, as ondas mastigam a costa como criaturas senis e desdentadas.

Sua posição e sua rota estão claras. Diminutas presenças flutuam diante dele, peixinhos noturnos.

Tanner estende em torno de si os tentáculos, nadando baixo até que sintam as paredes da rocha e ele comece a nadar acompanhando a costa acidentada. Os tentáculos são mais corajosos que ele. Enfiam-se, inquisitivos como os de um polvo, em buracos na pedra nos quais ele nem pensaria em colocar as mãos. São sua parte mais aquática, aqueles apêndices, e ele aceita a liderança deles.

Tanner contorna os limites da ilha dos anófeles. Sente anêmonas e ouriços, e percebe, com tristeza repentina, ser essa a primeira vez, e quase certamente a última, que nada próximo o suficiente do leito marinho para sentir-lhe a vida, e está escuro demais para se ver. Apenas imagina o relevo de areia e pedra sobre o qual nada, os esporões de rocha e madeira morta que devem parecer felpudos de algas, as cores vívidas que a luz revelaria.

Passam-se minutos de nado urgente. Esse mar costeiro tem um sabor diferente do oceano aberto em torno de Armada. Essas águas são um caldo mais grosso. O gosto de pequeninas vidas e mortes o perpassa.

Então, muito de súbito, o gosto de ferrugem.

Praia do Maquinário, pensa ele. Havia ultrapassado uma projeção recurva no contorno da ilha, e entrara na baía. Suas ventosas acariciam coisas novas: ferro decomposto, motores descamados pelo mar. A água acima do leito de ferro está densa de sais metálicos cujo sabor parece-lhe de sangue.

Na superfície acima, que cintila ao luar, flutuam três grandes silhuetas, os navios samherinos, obstruindo a pouca luz que há. As correntes roliças se retesam na água, as âncoras repousam entre os esqueletos de artefatos de metal muito mais antigos.

Tanner toma impulso em ângulo ascendente, sentindo a água expandir-se. Ergue as mãos, ainda segurando o pacote. Vê a sombra do maior navio diretamente em seu caminho.

Os cactáceos de Dreer Samher vociferam ao avistá-lo, gesticulam irados, ameaçam-no com punhos erguidos e braços espinhosos, porém tudo não passa de encenação. Estão intrigados com aquele Refeito enlameado que escalou as correntes e agora se encontra em pé sobre o convés, encharcado e olhando nervoso para o céu, esperando que os marinheiros o levem às cobertas interiores.

– Quero falar com o capitão, rapazes – repete-lhes muitas vezes, em sal, temeroso, mas determinado. Ao ver que suas ameaças não o detêm, trazem-no até a escuridão dos porões, iluminada a velas.

Passam com ele pela tesouraria, onde se armazenam os espólios de seu comércio e de suas batalhas. Pela cozinha, onde é forte o cheiro de vegetais podres e ensopado. Guiam-no por corredores de jaulas, dentro das quais chimpanzés furiosos gritam e sacodem as barras. Os cactáceos são pesados demais, e seus dedos grossos imprecisos demais, para escalar o cordame. Os primatas são treinados desde o nascimento para obedecer a ordens berradas e assoviadas, são capazes de desfraldar, atar e içar velas como especialistas, sem jamais saber o que fazem.

Os entediados símios estão ali escondidos da fome das mulheres-mosquito.

Sengka está sentado tranquilo em sua cabine, fazendo Tanner Sack continuar em pé, enxugando nervoso o rosto e as mãos com um trapo. Com os enormes braços verdes descansados sobre a mesa, dedos entrelaçados, o cactáceo se parece, de maneira irritante, com um burocrata humano. A mesma paciência desconfiada.

É político. Sabe, assim que vê a figura improvável de Tanner, que algo ilícito ocorre, fora da alçada dos governantes armadenses. Para o caso de que seja algo do qual possa tirar vantagem somente para si, dispensa os guardas (que saem levando com eles olhares amuados e curiosidade insaciada).

Passam-se alguns instantes de silêncio.

– Bem, fale – diz Sengka, afinal. Não quer saber de preâmbulos, e Tanner (escorrendo água salgada sobre os tapetes, mãos firmes em torno do pacote, sentindo-se temeroso e culpado, cheio de traição que não quer cometer) respeita aquilo.

Dentro do couro encerado e da caixa, o conteúdo permanece seco.

Sem uma palavra, ele estende a carta mais breve, a promessa ao portador.

Sengka a lê devagar, com muito cuidado, duas vezes. Tanner aguarda.

Quando finalmente ergue os olhos, a expressão do homem-cacto não revela nada (*mas ele coloca a carta de lado com muita delicadeza*).

– O que – diz –, o que você quer que eu entregue?

Outra vez sem palavras, Tanner mostra a pesada caixa. Tira dali o anel e o lacre, e vira o estojo aberto na direção de Sengka, mostrando-lhe a outra carta e o colar.

O capitão examina o colar tosco, comprimindo os lábios, como se fizesse pouco-caso. Sua mão paira sobre a carta mais longa.

– Não transporto nada que não me permitam ler. E se disser "Desconsidere a outra carta"? Estou certo de que me entende. Vou deixar que a sele somente após ver o que contém.

Tanner assente.

O capitão Sengka leva muito tempo para esquadrinhar a carta densa e codificada de Silas à sua cidade. Não a lê; não sabe: seu ragamina não é suficiente para tanto. Procura por palavras que lhe digam respeito: Cacto; Dreer Samher; Pirata. Não há nenhuma. Nada ali aparenta traição. Quando termina, olha curioso para o outro homem.

– O que significa isso? – pergunta. Tanner dá de ombros rapidamente.

– Não sei, capitão – diz –, de verdade. Faz tanto sentido pra mim como pro senhor. Só sei que Nova Crobuzon precisa dessa informação.

Sengka lhe assente em simpatia, considerando as opções. Mandar o sujeito embora e não fazer nada. Matá-lo agora (*bem fácil*) e tomar-lhe o selo. Entregar o pacote, não entregar. Devolver o sujeito à mulher armadense, a líder que ele está traindo tão obviamente (embora como, e por qual razão, Sengka não consiga definir). Porém, Nurjhitt Sengka está intrigado pela situação, pelo ousado intrusinho. Não lhe deseja mal. E não sabe dizer para quem o homem trabalha, sob qual égide opera.

O capitão Sengka não deseja arriscar guerra contra Armada, e muito menos contra Nova Crobuzon. *Nada na carta nos compromete*, pensa, e não consegue, embora tente, encontrar motivos para não servir de correio.

No pior dos casos, a carta não será honrada, e ele terá se desviado muito de suas rotas usuais de comércio. Mas isso seria uma catástrofe? Iria parar na cidade mais rica do mundo, e é mercador além de pirata. Não seria o melhor resultado, pensa, e a jornada não é fácil nem curta. Mas talvez valha a pena? Por causa da possibilidade?

A possibilidade de que a promessa da carta (*com o selo da cidade, com a autoridade de seu procurador*) seja honrada.

Aproximam-se para completar o trato secreto. Tanner sela com o anel a longa carta. Aninha o colar de Silas Fennec (*e quem é ele? a pergunta surge mais uma vez*) na caixa estofada, e o cobre com ambas as cartas, dobradas. Tranca a caixa e pinga mais cera ao longo de toda a junta. Enquanto seca, comprime nela o velho anel e, quando o retira, depara-se com a miniatura do selo heráldico da cidade, em seboso baixo relevo.

Embrulha a caixa de volta na sacola de couro pardo, e Sengka a toma dele e a guarda em sua arca de marinheiro.

Os dois se observam mutuamente por alguns momentos.

– Não preciso dizer-lhe o que farei caso descubra que você me traiu – diz Sengka. A ameaça é absurda: ambos sabem que jamais se encontrarão outra vez.

Tanner baixa a cabeça.

– Minha capitã – diz ele devagar – não pode ficar sabendo. – Dizer aquilo lhe dói, e ele se obriga ardentemente a lembrar o conteúdo das cartas, a razão de manter segredo. Mantém os olhos fixos nos de Sengka, não concede nada. O capitão não o atormenta com sorrisos ou piscadelas conspiratórios, apenas assente.

– Você tem certeza? – pergunta Sengka.

Tanner Sack assente. Olha nervoso para todos os lados, sobre a proa do navio, temeroso dos sons reveladores de asas de mosquito. O capitão fica novamente fascinado pela recusa de Tanner, de aceitar comida, vinho ou dinheiro. Intriga-lhe a missão insondável desse homem.

– Obrigado, capitão – diz, e aperta mão da qual o homem-cacto arrancara os espinhos.

O capitão Sengka inclina-se, mostrando um meio-sorriso, para ver Tanner saltar sobre a amurada. Sente-se, de modo estranho, afeiçoado ao homenzinho destemido que veio visitá-lo. Permanece no convés por algum tempo, observando as ondulações que Tanner deixa para trás. Logo que são assimiladas pelas ondas, ele olha para dentro da noite, sem se deixar perturbar pelos ruídos das anófeles, que nada farão a não ser cercá-lo e farejá-lo, sem sentir cheiro de sangue.

Pensa no que dirá a seus oficiais, nas novas ordens que dará pela manhã, quando os armadenses partirem. Imagina, mordaz, como reagirão. Ficarão perplexos e curiosos.

Tanner Sack nada obstinadamente de volta à fissura nos penhascos. Antecipa a aterrorizante subida pela trilha escalonada, treinando o movimento de saltar para fora da rocha e mergulhar outra vez, caso venham as mulheres-mosquito.

Está infeliz. Não lhe ajuda pensar que teve de fazer o que fez.

Deseja de súbito que o mar faça aquilo que os poetas e pintores prometem dele, que carregue tudo para longe, que renove tudo, para que Tanner possa começar de novo. A água corre-lhe através do corpo como se ele fosse oco. Fecha os olhos e imagina que ela o purifica, de dentro para fora.

Seu punho crispa-se em torno do feio anel de sinete. Deseja que as memórias lhe sejam levadas de enxurrada, mas são tenazes como suas entranhas.

De repente, para em meio ao mar, suspenso, quinze metros abaixo da superfície, balouçando como um enforcado na água negra. *Aqui é meu lar*, diz a si mesmo, sem obter conforto. Sente raiva por dentro, raiva que controla, tanto tristeza quanto ira, e solidão. Pensa em Shekel e Angevine (*como já fez dezenas de vezes*).

Estende o braço deliberadamente, e abre a mão. O pesado anel de Nova Crobuzon desaparece, de imediato, nas profundezas.

O negror é tamanho que a consciência de sua pele alva se torna mais memória que visão. Consegue apenas imaginar o anel caindo-lhe da palma. Afundando. Descendo por muito tempo. Indo repousar, afinal sobre uma saliência de pedra ou peça perdida de motor. Talvez, por acaso, enfiando-se numa fronde de alga, em algum dedo de coral – ostentação irracional e contingente.

E então, e então. Desgastado pelo movimento perene das águas. Não engolido, como Tanner tenta imaginar, não perdido para sempre. Reconstituído. Até que um dia, anos ou séculos no futuro, venha novamente à superfície, vomitado por convulsões submarinas. Talvez diminuído pelas correntes implacáveis. E, mesmo que a corrosão da água salgada tenha sido absoluta, se o anel estiver dissipado, seus átomos virão à luz e serão fragmentos da Praia do Maquinário.

O mar nada esquece, nada perdoa, não importa o que digam, pensa Tanner.

Deve seguir adiante, e logo seguirá, retornará e subirá encharcado até a aldeia dos mosquitos. Irá esgueirar-se (*tentáculos lapeando como espanadores de moscas*) até a porta que Bellis abrirá para ele (*sabe que ela o espera*). O trabalho estará feito e a cidade (*sua velha, primeira cidade*) salva, talvez. Por ora, no entanto, ele não consegue se mover.

Tanner pensa em todas as coisas que ainda lhe falta ver. Todas as coisas sobre as quais lhe contaram estão lá, em algum lugar no oceano. Navios-fantasmas, navios derretidos, ilhas de basalto. Planícies de ondas ossificadas, onde a água é cinzenta e sólida, onde o mar morreu. Lugares onde a água ferve. As terras dos gessin. Tempestades de vapor. A Cicatriz. Pensa no anel lá embaixo, oculto entre as algas.

Isso tudo ainda tá lá, pensa.

Não há redenção no mar.

INTERLÚDIO VI – OUTRO LUGAR

As baleias morreram. Sem as imensas e estúpidas guias, a marcha está mais difícil.

Irmão, perdemos o rastro?

Há muitas possibilidades.

Mais uma vez, são apenas um grupo de conspiradores, corpos escuros acima do leito do mar. Deslizam através da água morna como sangue.

Em torno deles, os salinos estão ansiosos. Milhas adiante, centenas de metros sob as ondas, algo sacode a crosta do mundo.

Consegue sentir o gosto?

Entre milhões de partículas minerais que rodopiam no oceano, há algumas de vigor incomum: sílex partido (estilhaços e poeira), pequenas golfadas de óleo e o intenso, sobrenatural resíduo do leite de pedra.

O que estão fazendo?

O que estão fazendo?

O gosto do mar aqui é reminiscente. É a saliva que os caçadores conseguem provar, é o cuspe do mundo. Escorre (*eles lembram*) de bocas grosseiras escavadas por plataformas que sugam tudo o que encontram, sustentadas por pilares de concreto à volta dos quais homens embrulhados em couros e vidros ineficazes arregalam de medo os olhos, e são fáceis de capturar, interrogar e matar.

A cidade flutuante está perfurando.

As correntes aqui são labirínticas, amálgama de fluxos adversários, que dissipa as impurezas em cadeias convolutas, trilhas de sabor que fazem pouco sentido, pequenos bolsões de diferentes poeiras.

São difíceis de seguir.

As baleias morreram.

E quanto a outros? Golfinhos (*teimosos*) ou peixes-boi (*lentos e estúpidos demais*) ou?

Nenhum é adequado, estamos sós.

É claro que há outros, que podem ser convocados do mar profundo, mas não são rastreadores. Seu trabalho é muito diferente.

Mesmo sozinhos, os caçadores sabem caçar. Com paciência implacável (que não se adapta bem a esse lugar veloz e quente), continuam buscando, selecionando veios de sabor, poluição e rumor, tentando encontrar e seguir a trilha.

Estão muito mais próximos de sua jazida que antes.

De qualquer modo, essa água morna é viscosa, pruriente e desorientadora. Os caçadores circulam, perseguindo rastros fantasmas, mentiras e ilusões. Por pouco, por pouco não conseguem achar a trilha.

PARTE 5

TEMPESTADES

CAPÍTULO 27

Doca-feira, 9 de Soluário, 1780/ Nono Marcadi de Bicaçor, Quarto 6/317. *Tridente*:

Ele fala comigo outra vez.

Uther Doul decidiu que seremos... o quê? Amigos? Companheiros? Debatedores?

Desde que partimos da ilha, a tripulação tem-se ocupado, e o resto de nós tem permanecido quieto, observando e aguardando. Estou atordoada. Desde que Tanner Sack retornou ontem à noite – molhado e salgado, aterrorizado pelo curto tempo que passou a céu aberto –, não consigo me acalmar. Agito-me sobre a cadeira e penso na preciosa carta, no feio colar de metal – prova inestimável – e na longa jornada que farão. Tanner contou-me que Sengka concordou em transportá-los. A distância é longa e árdua. Espero que o capitão não mude de ideia. Rezo para que Silas tenha oferecido incentivo suficiente.

Tanner e eu evitamos trocar olhares. Passamos furtivos um pelo outro na luxuriosa cabine do *Tridente*, rígidos de culpa. Não o conheço, nem ele a mim: é nosso consenso.

Passo as horas observando Krüach Aum.

Afeta-me vê-lo. Comove-me.

Estremece de fascinação e entusiasmo. Seus olhos arregalam-se, e sua enrugada boca-esfíncter se dilata e contrai à medida que respira. Apressa-se – não corre, exatamente, mas, se aquilo é um modo de andar, é risível e frenético – de janela a janela, fitando os motores que impelem a aeronave, indo à cabine de controle do piloto na proa, às privadas, aos beliches, e subindo até a grande cúpula do balão, cheia de bolsas de gás.

Aum consegue se comunicar apenas comigo, e esperei que ele ansiasse por meus serviços. Porém, nada. Não tenho o que fazer. Ele se contenta em observar. Preciso somente ficar aqui e observá-lo trotando para lá e para cá como criança.

Passou a vida naquela rocha. Agora se empanturra de tudo o que vê em torno.

Doul se aproximou. Como antes (na primeira vez), sentou-se diante de mim, braços cruzados delicadamente, olhos impassíveis. Falou com sua voz adorável.

Agora fiquei saturada de terror – ele parecia saber o que Tanner e eu havíamos feito –, porém, consegui encará-lo com a tranquilidade que ele esperaria.

Permaneço convicta de que nos entendemos, Uther e eu. É isso que sustenta a ligação que sinto, e tenho usado essa convicção. Ele percebe (tenho certeza) que luto para controlar o medo que sinto ao vê-lo, e respeita-me por não me render ao nervosismo na presença do lendário Uther Doul...

Obviamente, a razão do nervosismo é o medo de que ele descubra que sou traidora. Mas isso não lhe ocorre.

Observamos Aum por muito tempo, sem dizer nada. Afinal, Doul fala (nunca sou eu quem rompe o silêncio).

– Agora que o temos – disse –, não vejo nada que impeça a invocação. Armada logo entrará num novo período.

– E os distritos descontentes?

– Por certo alguns têm preocupações – disse ele –, mas imagine. No momento, a cidade rasteja. Com o avanc sob nosso controle, atrelados a um monstro assim, não há nada que não possamos fazer. Poderíamos cruzar o mundo durante uma fração do tempo que levamos agora. – Deteve-se e moveu brevemente os olhos. – Poderíamos ir a lugares fora de nosso alcance atual – disse, baixando o tom de voz.

Ali estava, outra vez, a insinuação de um motivo secreto.

Silas e eu conhecíamos somente metade da história. O projeto é maior que a conjuração do avanc. Pensei que houvesse descoberto os segredos de Armada, por isso me desagrada a repentina sensação de ignorância. Desagrada-me demais.

– Às terras dos mortos, talvez? – perguntei devagar. – Ao mundo das sombras, e de volta?

Falei de modo casual, citando os rumores que ouvi sobre ele. Foi um engodo, para obrigá-lo a me corrigir. Quero saber a verdade sobre o projeto, e sobre Doul.

Ele me surpreendeu, então. Eu esperava, talvez, uma insinuação elíptica, vagas sugestões quanto a sua origem. Ele ofereceu muito mais.

Deve ser parte de seu próprio plano, a criação de um elo entre nós (ainda não descobri de que tipo). Porém, seja qual for o motivo, ele ofereceu muito mais.

– É uma cadeia de rumores – disse. Inclinou-se para a frente e falou baixo, de maneira a garantir que a conversa continuasse privada.

– Quando lhe contaram que vim do mundo dos mortos, você estava na extremidade de uma cadeia de rumores. Cada elo junta-se imperfeitamente aos seus vizinhos, e significados vazam por entre eles.

Se essas não são as palavras exatas, aproximam-se bastante. Ele fala assim, em monólogos que soam escritos de antemão. Meu silêncio não era ressentido – era o de uma plateia.

– Em minha extremidade da cadeia encontra-se a verdade – prosseguiu. Tomou minha mão, súbita e chocantemente, e pousou meus dedos sobre a palpitação lenta de seu punho. – Nasci na mesma época em que você. Mais de três mil anos após a Sedição... ainda acham que eu a iniciei? E não há retorno do mundo dos mortos. – *Bate bate bate* fazia o pulso, lânguido como um réptil de sangue frio.

Sei que são histórias para crianças, pensei. *Sei que você não é redivivo. E você sabe que sei. Ou apenas quer que eu o toque?*

– Não do mundo dos mortos – prosseguiu –, mas é verdade que venho de um lugar onde os mortos andam. Nasci e fui criado em Alta Cromlech.

Fiz o que pude para não exclamar. A bem da verdade, tenho certeza de que meus olhos se arregalaram de um só espasmo.

Caso me perguntassem há seis meses, eu não poderia garantir que Alta Cromlech existisse. Mal conseguia imaginá-la, sabia vagamente de um lugar em que havia fábricas de zumbis e uma aristocracia de mortos. Um lugar onde os ghuls passavam fome.

Depois, Silas havia me contado que estivera lá – que *vivera* lá – e acreditei nele. Ainda assim, suas descrições eram mais oníricas que precisas. Somente as visões mais austeras e nebulosas.

E agora conheço mais uma pessoa familiarizada com o lugar? Não um viajante, mas um nativo?

Percebi que apertava firme a artéria no punho de Doul. Com delicadeza, ele libertou-se de meus dedos.

– É um equívoco – disse ele – achar que Alta Cromlech é toda dos thanati. Também há viventes lá. – (Agora ouço com atenção, tentando detectar um sotaque). – Somos minoria, é verdade. E, entre aqueles nascidos todos os anos, muitos são cultivados, mantidos em jaulas até que alcancem a robustez necessária, quando são liquidados e reconstruídos como zumbis. Outros são criados pela aristocracia até atingirem a maioridade, e depois sacrificados e acolhidos pela sociedade dos mortos. Porém...

Sua voz se desfez aos poucos e, por um instante, ele pareceu contemplativo. – Porém, há Ladovivo. O gueto. Onde moram os viventes de fato. Minha mãe era próspera. Morávamos na melhor parte.

– Alguns trabalhos apenas os vivos podem fazer. Aqueles manuais que são perigosos demais para se dar a zumbis, que custam caro para reanimar. No entanto, sempre é possível cultivar mais viventes. – Sua voz afetava seriedade. – E, para os afortunados, para a nata, os entevivos e damavivas, a classe senhorial dos viventes, há os ofícios tabus, que nenhum thanati pode tocar, nos quais os viventes podem se sustentar com dignidade.

– Minha mãe se tornara abastada e resolveu deixar-se matar, para ser embalsamada e revivida pelo necrocirurgião. Tornou-se thanati, embora não de casta elevada. Todos ficaram sabendo quando a Damaviva Doul se tornou Damamorta Doul. Mas eu não estava lá. Havia partido.

Não sei por que ele me contou tudo aquilo.

– Cresci – disse ele – cercado pelos mortos. Não é verdade que sejam todos silenciosos. Embora muitos sejam, e nenhum seja barulhento. Onde cresci, nós, meninos e meninas de Ladovivo, costumávamos correr, beligerantes, ultrapassando os zumbis irracionais e uns poucos vampirs desesperados, os thanati propriamente ditos, e os liches com suas bocas costuradas, belos trajes e peles idênticas a couro curtido. Acima de tudo, lembro-me da quietude. Não fui maltratado. Minha mãe era respeitada, e eu era um bom menino. Tratavam-nos com nada mais desagradável que uma espécie de desdém compassivo. Envolvi-me com seitas, criminosos e heresias. Nunca profundamente ou por muito tempo. Há duas coisas em que os viventes são mais hábeis que os thanati. Uma é ruído. Outra é velocidade. Dei as costas à primeira, mas não à segunda.

Após ficar claro que sua pausa se transformara em silêncio, falei.

– Onde você aprendeu a lutar?

– Era criança quando abandonei Alta Cromlech. Não achava que fosse, na época, mas era. Escapuli pelo trem funicular. Para fora, para longe.

Não me disse mais nada. Entre aquela época e sua chegada à Armada, mais de uma década deve ter se passado. Não me contou o que aconteceu naquele interlúdio. Mas ficou claro que então aprendeu suas habilidades insondáveis.

Doul começou a calar-se, e senti que sua disposição de conversar esmorecia. Eu não desejava aquilo. Após semanas de isolamento, queria que continuasse falando. Fiz uma desajeitada tentativa, algo como uma tirada. Devo ter soado altiva e petulante.

– E, quando você partiu, guerreou contra o Império Espectral e ganhou, como é mesmo que a chamam? A Espada do Poder? – Indiquei sua espada de cerâmica.

Ficou impassível por um instante, e depois um súbito e belo sorriso o iluminou. Parece um menino quando sorri.

– Essa é outra cadeia de significados cuja metade se perdeu – disse ele. Os Espectrais já não existem há muito, mas há resquícios do Império por toda Bas-Lag. E é verdade que minha espada é um artefato Espectral.

Lutei para entender os significados que talvez insinuasse. *Minha espada é uma aplicação das técnicas Espectrais*, pensei no início, e depois *Minha espada é baseada em projetos Espectrais*. Porém percebi, ao olhar para ele, que pretendeu dizer exatamente o que disse.

Por certo, pareci chocada. Ele assentiu enérgico.

– Minha espada tem mais de três mil anos – disse ele.

Não é possível. Eu a vi. É uma peça de cerâmica simples, um pouco gasta e manchada pela idade. Ficaria impressionada se ela tivesse cinquenta anos.

– E o nome... – Deu outro daqueles sorrisos. – Outro equívoco. Encontrei esta espada após uma longa busca, após dominar uma ciência morta. Os homens a chamam Espada *de* Poder. Não *do* Poder – disse devagar. – Pode, ou não pode. *Poder* não como potência, mas *potencial*. É uma corruptela de seu nome verdadeiro. Houve uma época em que existiram muitas armas assim – disse. – Agora, creio que esta seja a última que restou.

– É uma Espada Possível.

Até mesmo na viagem de volta, os cientistas faziam planos. Não subestimavam o que ainda tinham de fazer. Havia trabalho mais duro à frente.

O *Tridente* não viajava na direção oposta àquela de que tinha vindo: Armada movera-se e, graças aos meios arcanos que Bellis não entendia, a aeronave encaminhava-se inexoravelmente até lá.

O dirigível começou a ganhar velocidade, vergastado por nuvens cinzentas e projéteis de chuva. Bellis espiou pelas janelas do camarote o mar turbulento e o ar negro na orla do céu.

Uma tempestade se aproximava.

Superaram o pior do mau tempo. Dentro de suas próprias fronteiras, a tempestade foi violenta, mas não se moveu rápida. Consumiu-se de dentro para fora. O Tridente voou ao largo dela, bombardeado por chuva periférica, perseguindo-lhe a sombra.

Quando viu a massa desigual de Armada romper o horizonte e esparramar-se sobre a água lá embaixo, Bellis maravilhou-se com sua dimensão. Parecia um derramamento, uma mancha de barcos arruinados e reformados, displicente ao sabor das ondas, sem forma, seus limites aleatórios e imutáveis. Os rebocadores e vapores que a arrastaram por milhares de milhas tinham sido desatrelados durante o tempo em que a cidade estivera imóvel, e agora se ocupavam à volta dela em grande número, transportando mercadorias. Bellis pensou novamente nas imensas quantidades de combustível que deviam consumir. Não era surpresa que os navios piratas de Armada fossem vorazes.

Diante daquela visão, veio-lhe uma onda de sentimento que não conseguiu identificar.

Na borda externa da cidade, ela viu o *Terpsichoria*, e um pináculo flamejante cuja efluente distorcia o ar. Eram as complexas linhas da *Sorgo*. Havia uma azáfama de naus em torno das pernas da sonda. Perfurava outra vez, sugando óleo e leite de pedra dos veios pressurizados nos quais haviam fluído por séculos. Armada estava sobre um filão. A *Sorgo* armazenava combustível para a poderosa taumaturgia ainda por vir.

Chegaram pela proa estibordo de Aquabelone, desviando-se com cuidado dos mastros. Abaixo deles, uma multidão de silhuetas seguia curiosa o *Tridente* no rastro de sua sombra: aerocoches e balonistas individuais, bizarras aeronaves de aparência desajeitada.

O *Tridente* aportou no *Grande Oriental*, à mesma altura do aleijado *Arrogância*. Bellis viu pessoas fitando a partir de navios e pequenos aeróstatos circundantes, mas o *Grande Oriental* encontrava-se bloqueado. O convés encontrava-se quase vazio. Um pequeno contingente da capatazia esperava por eles e, na vanguarda, trazendo uma expressão luminosa, avistava-se o Amante.

Bellis viu um novo corte no rosto dele, uma casca que cicatrizava. Começava no canto esquerdo dos lábios e volteava sob o queixo. Era a imagem espelhada daquele que Bellis ouvira a Amante infligir a si mesma.

Quando os Amantes viram um ao outro, houve um longo momento de silêncio. Então, cruzaram a distância entre eles e se abraçaram. Agarraram-se e puxaram--se. Seus toques foram apaixonados e intensos, e continuaram durante mais de um minuto. Não pareciam carícias: os Amantes pareciam lutar em tempo desacelerado. Aquela visão causou a Bellis uma perturbação desmedida.

Afinal se separaram. Bellis estava próxima o suficiente para ouvi-los sussurrar. A Amante o esbofeteava, arranhava-lhe o rosto e o pescoço, cada vez mais forte. Quando lhe tocou a nova cicatriz, o fez com mãos subitamente gentis, como se ele fosse um bebê.

– É como dissemos – sussurrou a Amante, tocando seu próprio ferimento – no momento em que concordamos. Você me sentiu? Sentiu? Juro que o senti. Caralho! Cada centímetro, cada gota de sangue.

A sala revestida estava repleta de velhos retratos a óleo, nos quais figuravam engenheiros e políticos que Bellis não reconheceu – neocrobuzonenses agora sem importância, abandonados para apodrecer nas paredes de sua nau roubada. Em torno de uma grande mesa em ferradura, sentava-se o Senado Armadense: e reunidos diante dele se viam Tintinábulo, os líderes das equipes de ciência e engenharia do *Tridente,* e Krüach Aum. Ao lado do atônito homem-mosquito, sentava-se Bellis.

Fazia oito anos que o Senado Armadense não se reunia. Porém, os governantes dos distritos estiveram aguardando o retorno do *Tridente,* para que se pudesse submeter ao voto aquele momento crucial da história de Armada. Seguir-se-iam os devidos procedimentos.

Cada distrito em Armada tinha um voto no Senado. Alguns distritos eram representados por uma pessoa, outros por um pequeno bando. Bellis correu os olhos devagar ao longo da ampla mesa, assimilando os rostos dos governantes. Não era difícil identificá-los.

Braginod, a rainha cacto de Jhour, e seus conselheiros.

Biblioburgo vinha representado por um triunvirato de khepris, que se sentavam muito próximas e conversavam por meio de gestos e jatos quêmicos, traduzidos por servos humanos. Não se sabiam seus nomes: eram testas de ferro da confraria mutável que governava o distrito.

Quase na cabeceira mais distante da mesa estava um homem em trajes monásticos: o contingente de Solameno. A seu lado, sentava-se um sujeito desgrenhado, de uns sessenta anos. Bellis o reconheceu de cartazes – era o rei-mercador Friedrich, de Tu-E-Teu. Ao lado dele estava outro homem, de rosto cinzento e cheio de cicatrizes: o general de Arenqueiro.

A assembleia de longe mais numerosa vinha de Larcão. Aparentemente, contava-se com a presença de uma porção considerável do Conselho Democrático – homens e mulheres de uma gama de raças, espremidos num estreito círculo que tangenciava a mesa principal como uma roda de engrenagem. Sussurravam sem parar entre eles, e vigiavam os representantes de Aquabelone com hostilidade visível.

Ali estavam, na extremidade direita da mesa: os Amantes. Observavam sem falar. Sentados lado a lado, quietos, seus rostos eram imagens espelhadas de violência.

No lado oposto, olhos fixos neles de maneira muito mais inteligente e cautelosa que a animosidade defensiva dos conselheiros de Larcão, encontrava-se um homem pálido que Bellis nunca vira, vestido de roupas escuras e simples. Seu nariz era largo e seus lábios muito cheios. Os cabelos longos e anelados eram a única coisa desarrumada nele. Tinha olhos extraordinários. Escuros e intensamente límpidos. Hipnóticos.

Com ligeiro tremor, Bellis percebeu que ele era o líder do distrito de Queda Seca, o maior rival dos Amantes. Era o motivo de a reunião acontecer após o crepúsculo. Era o vampir – o Brucolaco.

A reunião era uma óbvia formalidade. As posições dos protagonistas já haviam sido decididas fazia muito. Os argumentos e discussões não passavam de aparências, as lealdades e inimizades tácitas eram todas semivisíveis. Bellis falava quando solicitada, oferecendo sua breve opinião sobre algum problema linguístico.

Cinco distritos votavam a favor do plano dos Amantes. Biblioburgo demonstrava entusiasmo genuíno em relação ao projeto de Aquabelone; Jhour e Arenqueiro estavam a soldo e fariam o que se exigisse. Friedrich de Tu-E-Teu vendera seu voto aos Amantes, sem nenhum pudor, sabendo que pagavam muito melhor que os outros distritos.

Apenas Solameno e Larcão, que agiam em conjunto, e o Brucolaco de Queda Seca, que era independente, opunham-se aos Amantes. Cinco contra três. O plano poderia ir adiante, de imediato.

– Não fomos informados – disse Vordakine, do Conselho de Larcão, mulher de rosto severo, que espinafrava os Amantes por sua desonestidade. Tentava, em desespero, persuadir Friedrich ou as khepris de Biblioburgo. – Não nos contaram das intenções de Aquabelone quando seus piratas retornaram com a sonda crobuzonense *Sorgo* de reboque. Na época, o falatório era de energia e potência aumentadas, produção de elictricidade e óleo barato. Não se mencionou leite de pedra. E agora, ao que parece, toda essa energia barata já foi desviada para o projeto do avanc. Quem saberá o que terão em mente quando o avanc for capturado?

Pela primeira vez, o Brucolaco empertigou-se na cadeira. Lançou um olhar severo à facção dos Amantes e, em especial, Bellis notou, a Doul.

– Bem, *aí* está o busílis – disse o vampir, inesperadamente. Sua voz era áspera e soava arrancada da garganta. – Eis a questão – dardejou a comprida língua bifurcada. Bellis arregalou os olhos. – O que se pretende? O que se pode fazer com um avanc? Aonde se pode ir?

O rei-mercador Friedrich mexeu-se e cuspiu. Vordakine apelou a ele, citando comprometimentos e favores passados dos quais Bellis nada sabia. Ele desviou o rosto. A conselheira fracassara em dissuadi-lo. O rei olhou de soslaio para os Amantes, que lhe sorriram e assentiram ao mesmo tempo.

Nós o compramos, disseram com aquele gesto, *e, se Larcão e Solameno, ou quaisquer outros, quiserem opor-se a nós, simplesmente ofereceremos mais que eles. Diga seu preço.*

Por toda a sala, os contrários à conjuração do avanc pareciam velhos e cansados.

A sonda, o livro, o próprio Krüach Aum – os planos dos Amantes, Bellis percebeu, tinham estado sempre fadados a ir adiante.

Na noite para além das janelas, a tempestade ainda se via por quilômetros de distância, raios afloravam brevemente. Cercada por representantes de potências que somente começava a entender, traduzindo para um indivíduo de uma raça que ela acreditara morta havia muito tempo, Bellis sentiu-se deprimida e solitária.

Foi uma das últimas pessoas a deixar a sala. Ao dirigir-se à porta, olhou para Uther Doul, e deu-se conta de que ele nem sequer a notava. Fitava o outro lado da sala, olhos e boca estáticos como vidro, encontrando o olhar do Brucolaco.

Os Amantes haviam saído, assim como todos os outros representantes haviam saído. Restavam apenas Uther Doul e o vampir. E, entre eles, Bellis.

Desesperava-se para escapar dali, mas Doul bloqueava-lhe o caminho. Os pés dele estavam postados, como se estivesse pronto para lutar. Bellis não conseguiria empurrá-lo para o lado, e temia falar. O Brucolaco permanecia ali, cabelos bravios, lábios úmidos separados, chicoteando o ar com a horrível língua de serpente. Ela estava presa, imóvel entre eles, que a ignoravam completamente.

– Ainda satisfeito, Uther? – perguntou o Brucolaco. Sua voz nunca se elevava acima de um sussurro desagradável.

Uther Doul não respondeu. O Brucolaco exibiu uma fria pantomima de riso.

– Não pense que isso é o fim, Uther – disse ele. – Ambos conhecemos o desfecho dessa farsa. Não é aqui que se decidirão as coisas.

– Entemorto Brucolaco – disse Doul –, suas reservas quanto ao projeto foram consideradas. Consideradas e descartadas. Agora, se me dá licença, devo escoltar Krüach Aum e a tradutora aos aposentos deles. – Doul não desviou os olhos da face pálida do vampir.

– Você *reparou,* Uther – disse o Brucolaco, cortês e suave –, que os outros polemistas nanicos afinal viram que algo está acontecendo? – Caminhou devagar na direção de Uther Doul. Bellis estava petrificada. Queria muito escapar daquela sala, naquele instante. Durante anos tinha se envolvido em camadas de concentração e controle frio. Havia poucas emoções que ela não conseguia dominar.

Ficou chocada ao perceber que o Brucolaco a aterrorizava. Era como se aquela voz se modulasse exatamente de acordo com o medo que ela sentia.

A sala estava escura, as luzes a gás haviam sido apagadas e as poucas velas se extinguiam. Bellis não enxergava coisa alguma além do longo vulto que se movia com facilidade de dançarino (*assim como Uther Doul*), cada vez mais próximo.

Doul estava quieto. Não se mexia.

– Você ouviu Vordakine perguntar o que aconteceria em seguida. Já disse a você que ela é a melhor entre eles. Agora começam a entender, Uther – sussurrou o Brucolaco. – Quando irá contar-lhes? Quando será o momento certo de conhecerem o plano?

– Você *acha mesmo* – continuou com súbita e vagarosa ferocidade – que pode me enfrentar? Acha que pode me derrotar? Acha que seu projeto pode continuar sem meu consentimento? Você sabe... o que *eu* sou?

Então falou rápido num idioma tossido e glotal, como se o próprio dialeto se arrependesse de cada som que deixava escapar.

A língua de Alta Cromlech.

Seja lá o que tenha dito, fez com que os olhos de Doul se arregalassem por vários instantes. Após o que ele também avançou.

– Ah, sim, Brucolaco – disse Doul. Soava tão duro e cortante quanto sílex. Olhou para além de Bellis, como se ela não estivesse ali, diretamente nos olhos do vampir. – Sei bem o que você é. Eu, mais que ninguém, sei bem o que você é.

Os homens ficaram ali, estáticos, separados por alguns passos. Bellis, entre eles, assemelhava-se a uma árbitra relutante.

– Estendo-lhe a cortesia do título senhorial, *Entemorto* – sibilou Doul. – Porém, você não é mais senhorial que eu. É abmorto, não thanati. Você esquece seu lugar, Brucolaco. Esquece que há outro país em que se concede à sua espécie licença para viver abertamente. Para onde escapam seus refugiados. Esquece que lá onde os mortos reinam e protegem os viventes não há motivos para temê-lo. Esquece que há vampirs em Alta Cromlech. – Apontou para o Brucolaco.

– Vivem longe do gueto dos viventes. Em casebres. Na favela. – Sorriu. – E, todas as noites, após o crepúsculo, podem se esgueirar com segurança para fora de suas choças e rastejar até a cidade. Esqueletos trajados de farrapos, apoiando-se nas paredes. Exaustos e famintos, mãos em súplica. Mendigos. – Sua voz era tranquila e cruel. – Implorando aos viventes que se apiedem deles. De tempos em tempos, um de nós consente e, por pena e desprezo, envergonhados de nossa branda filantropia, paramos nos beirais de um edifício e oferecemos nossos punhos. E você e os de sua espécie os abrem, delirantes de fome e abjetos de gratidão, e bebem alguns goles ansiosos, até que decidamos quando basta e retiremos nossas mãos enquanto vocês choramingam e imploram por mais, e talvez vomitem por terem passado tanto tempo sem uma dose, e seus estômagos não conseguem digerir aquilo que desejam, e os deixamos jazendo na sujeira, extáticos com a pequena amostra.

– Em Alta Cromlech sabemos bem o que vocês são, Brucolaco. – Sorriu outra vez.

– Viciados. Uns lhes dão esmolas, outros os odeiam e todos, viventes e mortos, têm pena de vocês.

– Portanto – cuspiu de repente –, não tente me intimidar. Porque, sim, Brucolaco, sei *bem* o que você é.

Nada mais foi dito. Os homens encaravam-se imóveis. Apenas a língua do Brucolaco se moveu, provando o ar.

E ele desapareceu.

Bellis piscou e olhou à sua volta. Viu uma trilha de ar deslocado onde partículas de poeira se adensavam e seguiam lânguidas a debandada súbita e fugaz do Brucolaco. Ela levou as mãos à cabeça. *O que ele fez comigo?*, pensou. *Como ele faz isso? Hipnose? Diabos, ele é mais rápido que Doul...*

Enquanto seu coração desacelerava e sua respiração voltava ao normal, percebeu vagarosamente que Uther Doul estava olhando para ela.

– Venha comigo – disse ele, brando e indiferente, como se nada tivesse acontecido, como se ela não tivesse testemunhado nada. – Você tem de ajudar Krüach Aum.

Ao sair da sala, tremendo e tentando não tropeçar, Bellis pensou no que dissera o Brucolaco.

Para onde vamos?, perguntou-se, enquanto seguia Uther Doul.

Qual é o plano?

CAPÍTULO 28

Depois de longa procrastinação, a tempestade se abateu.

A estreita bobina de ar desenrolou-se. A noite estava quente. A chuva vergastou Armada. Cordas e cabos arqueavam-se e estalavam contra os flancos de navios e prédios. Houve trovões e raios.

Aquela era a primeira tormenta que a cidade enfrentava em muito tempo, mas os habitantes reagiram com perícia bem treinada. Aeronaves foram rapidamente fundeadas, em estaleiros e sob lonas, à espera de que o tempo melhorasse. O *Tridente* e o *Arrogância*, atrelados ao *Grande Oriental* e vastos demais para serem cobertos, apenas gingavam e sacudiam-se inquietos sob as rajadas. Suas imensas sombras rolavam sobre os navios e casas.

Em toda a cidade, todas as pontes e tirantes, com exceção dos mais fortes, foram desengatados numa das extremidades, de modo a impedir que o mar rompesse as ligações entre os navios ao afastá-los, muito rápido, ou para muito longe, um do outro. Atravessar armada durante uma tempestade era impossível.

Restritas aos canais entre naus, as águas de Armada se elevavam e se agitavam com violência, mas não formavam ondas. Não havia tais limitações no mar que assediava os navios exteriores da cidade. Os barcos que formavam as embocaduras das Docas Basílio e Espinhouriço foram agrupados, para cercar e proteger o distrito ou as naus mercantes ali dentro, armadenses e visitantes. Além das fronteiras da cidade, a frota de caças, rebocadores e piratas desviou-se para longe, evitando ser lançada contra os costados de seu porto de origem.

Somente os submersíveis que patrulhavam o ventre da cidade, os peixomens, as serpentes marinhas e John Filho da Puta achavam-se mais ou menos livres de perturbação. Mantinham-se sob a superfície e esperavam a passagem da tempestade. O golfinho subia ocasionalmente para respirar.

Após espiar por uma janela no corredor do *Grande Oriental*, Uther Doul olhou outra vez para Bellis.

– Há uma pior do que esta, ainda por vir – disse. No início, Bellis não fez ideia do que ele dizia. Então se lembrou da história no livro de Krüach Aum: a conjuração do avanc, energizada por elementais dos raios.

Invocaremos uma tempestade dos diabos, não é?, ela pensou.

Bellis começou a ensinar Aum a entender sal, de acordo com as instruções que recebera. Sentia-se perturbada. Sabia que aquilo era uma violação das regras fundamentais do confinamento dos anófeles, mantido por Kohnid e Dreer Samher. E, por mais venais que fossem os motivos para policiar os homens-mosquito, tais regras foram uma reação defensiva a um dos mais notórios impérios da história de Bas-Lag. Ela se obrigava a lembrar que Aum era macho, velho, e estava longe de ser ameaça a qualquer um.

Aum abordou a tarefa com rigor e lógica de matemático. Bellis descobriu, para sua inquietação, que ele já havia amealhado um vocabulário surpreendente durante o curto período da visita dos armadenses (e ela imaginava que talvez tivessem infectado a ilha com linguagem).

Para neocrobuzonenses, ilhéus de Jhesshul ou das Mandrágoras, shankelitas ou perriquenses, era fácil aprender sal. Krüach Aum, no entanto, desconhecia os componentes do idioma. Não havia nenhum cognato – vocabular ou gramático – do alto kettai. Mesmo assim, ele dissecou o sal, fez cuidadosas listas de declinações, conjugações e gramática. Seu método era muito diferente do de Bellis, sem intuição, sem a prática do transe de linguagem que tornaria receptiva sua mente; apesar de tudo isso, progredia muito rápido.

Bellis aguardava ansiosa o momento em que se tornaria desnecessária; quando não teria mais de sentar-se perenemente, rabiscando anotações em registro científico que ela não entendia. Havia sido dispensada do trabalho na biblioteca. Agora, ocupava as manhãs instruindo Aum, e as tardes servindo de tradutora entre ele e o comitê científico de Aquabelone. Não apreciava nenhuma das duas funções.

Durante o dia, fazia as refeições com Aum e, de noite, às vezes caminhavam juntos pela cidade, acompanhados por um guarda da capatazia de Aquabelone. *O que mais*, pensava ela, *posso fazer*? Ela o escoltou ao Parque Croom, às coloridas alamedas e ruas comerciais de Aquabelone, Jhour e Larcão. Levou-o até a Biblioteca das Grandes Engrenagens.

Enquanto conversava em voz baixa com Carrianne, que se mostrou sinceramente feliz em vê-la outra vez, Krüach Aum perambulava de estante a estante. Quando Bellis veio dizer-lhe que tinham de ir, a expressão que lhe viu no rosto causou a ela verdadeiro alarme – reverência, prazer e agonia, como um êxtase religioso.

Indicou-lhe os livros em alto kettai, e ele cambaleou. Parecia embriagado pela visão de todo aquele conhecimento a seu alcance.

Ela sentia uma constante inquietação subjacente por passar os dias na presença das autoridades de Aquabelone: os Amantes, Tintinábulo e sua equipe, Uther Doul.

Como se chegou a isso?, perguntava-se.

Bellis vinha cortando tudo que a ligaria à cidade, desde o primeiro momento, e mantinha, com assiduidade, as feridas resultantes abertas e sangrentas. Definia-se por elas.

Aqui não é meu lar, dizia sempre a si mesma, repetições sem fim. E, quando surgira a chance de conectar-se a seu verdadeiro lar, ela a havia aceitado, com todos os riscos. Não havia renunciado ao seu direito a Nova Crobuzon. Descobrira uma terrível ameaça à cidade e havia imaginado (correndo enorme risco e com planejamento cuidadoso) um modo de salvá-la.

E, de alguma forma, com aquela ação, com o próprio fato de ter alcançado Nova Crobuzon através do oceano, havia estreitado os laços que a prendiam a Armada, e aos seus líderes.

Como se chegou a isso?

Riu sem humor. Fizera o melhor por seu lar verdadeiro e, como resultado, passava os dias trabalhando para os governadores de sua prisão, auxiliando-os a ganhar o poder de levá-la para onde quisessem.

Como se chegou a isso?

E onde está Silas?

Todos os dias, Tanner Sack pensava no que havia feito na ilha dos anófeles.

Não era algo que lhe agradasse considerar. Não estava seguro do que sentia. Remexeu nas memórias de suas ações como se fossem feridas, e acabou encontrando uma reserva de orgulho dentro de si. *Salvei Nova Crobuzon*, pensava, quase sem acreditar.

Tanner pensava com cuidado nas pessoas que deixara para trás. Os parceiros de bebida, os amigos e namoradas: *Zara, Pietr, Fezhenechs e Dolly-Ann...* Recordava-os com uma espécie de carinho abstrato, como se fossem personagens de um livro ao qual se afeiçoara.

Será que pensam em mim? Sentem falta de mim?

Havia deixado todos eles para trás. Tinha ficado tanto tempo naquela prisão fedorenta na Baía de Ferro, e na cela fria do *Terpsichoria*, e então sua vida se renovara, tão súbita e extraordinariamente, que a memória de Nova Crobuzon se havia atenuado nele.

Ainda assim, havia um manancial de sentimento por ela, um reconhecimento de que a cidade o havia moldado. Não suportaria vê-la destruída. Não poderia imaginar assassinados os homens e mulheres que conhecia. Por isso – o que o deixava perplexo – tinha lhes dado um presente de despedida que jamais saberiam haver recebido. Nova Crobuzon estava salva. Ele a salvara.

A consciência daquilo o atormentava. Perturbava-o e o fazia sentir orgulho encabulado. Havia feito algo enorme, algo que mudaria o rumo da história. Imaginava a cidade preparando-se para a guerra, sem jamais saber quem a salvara. Era algo tão grande, e ali estava ele, lembrando-se de tudo com um arquear de sobrancelhas, incerto de quanta atenção deveria dar ao fato, como se fosse um detalhe.

Não fora uma verdadeira traição contra Armada; ninguém saiu prejudicado, foi algo mínimo para a cidade, uma rápida ausência noturna. Uma escapadela de poucas horas, que tinha salvado Nova Crobuzon. E ele se sentia contente. Ficava feliz em pensar no que realizara. Apesar dos magistrados e das fábricas de punição.

Salvara a cidade. Agora, dava-lhe adeus.

O avanc era um raro visitante aos mares de Bas-Lag. As complexidades da vida transplanar eram abstrusas e incertas. Nem Tanner Sack nem qualquer um de seus colegas sabia se a criatura que despontava em Bas-Lag era uma manifestação total ou parcial, uma indefinição de escala (um protozoário, um plâncton vindo de uma gigantesca dimensão de água salgada), um pseudo-organismo gerado espontaneamente nas aberturas entre mundos. Ninguém sabia.

Tudo o que sabiam era o que Bellis Vinhofrio lhes dizia, ao ler os intricados rabiscos de Krüach Aum.

Via-se com clareza que o anófeles estava aturdido por seu novo ambiente, o que, no entanto, não afetava sua capacidade de concentração, de oferecer respostas às perguntas. Todos os dias, Aum dava a seus novos colegas de trabalho informações suficientes para seus propósitos.

Desenhava-lhes modelos, modelos de arreios (*maiores que um navio de guerra*), freios e rédeas. Embora os engenheiros não entendessem exatamente qual parte do avanc entraria onde, qual seria presa por qual ferrolho, confiavam na garantia de Aum de que os mecanismos funcionariam.

A ciência e os planos andavam a passo estonteante. Os engenheiros e cientistas tinham de se lembrar constantemente de quanto haviam avançado, e com que velocidade, e de como continuavam a progredir. Era óbvio para todos que, sem Aum, jamais teriam sucesso, a despeito do que pudessem ter imaginado antes. Somente ao trabalhar com o anófeles puderam perceber o quanto precisavam dele.

Incorporavam motores, que arderiam dentro de cápsulas vedadas, nas juntas dos arreios, caldeiras de câmbio triplo e complexos sistemas de polias para regular o movimento, tudo suspenso na escuridão congelante do mar profundo, ao final de quilômetros de correntes colossais, dependuradas abaixo da cidade.

E se desse errado? As arcaicas naus batipelágicas de Aquabelone teriam de ser reformadas.

Havia uma extraordinária quantidade de trabalho a ser feito.
Tanner quase esfregava as mãos de felicidade.

Armada havia levado apenas uma manhã para se recuperar da tempestade: limpando dos conveses as telhas e tábuas; religando as pontes; contando e lamentando os poucos desaparecidos ou afogados, os que ficaram presos do lado de fora durante o dilúvio.

Quando tudo ficou pronto, Aquabelone voltou-se, com rapidez ainda mais incrível, à fabricação do que necessitava para seu projeto histórico.

Havia cinco correntes antigas e ocultas sob Armada. Tanner Sack e as equipes traçaram-lhes as direções, calcularam a posição de suas extremidades. Toda a capacidade industrial de Aquabelone, e a pouca que havia em Biblioburgo, Arenqueiro e Tu-E-Teu, foi entregue ao controle total de Tintinábulo e do comitê do projeto. Começou o trabalho de construção.

Várias naus de metal, confiscadas em período recente, foram tachadas de sucata e desmontadas, parte por parte. Milhares de homens e mulheres enxameavam em torno delas: a atividade costumeira das docas ficou relegada ao essencial, e ofereceram-se diárias imensas aos trabalhadores informais da cidade. Exoesqueletos de ferro dos navios de guerra, vigas e entranhas dos vapores, enormes mastros de metal temperado, foram removidos. As naus restaram esfoladas e estripadas, e todas as toneladas de metal transportadas até fábricas por barcas, e pelo ar em comboios de dirigíveis.

Os arreios do avanc ostentariam traves e parafusos ainda marcados pelas cicatrizes de serviços anteriores. Nas forjas, derretia-se todo o ferro arruinado demais para qualquer outro propósito.

Armada não era uma cidade de grande tradição em taumaturgia. Porém, entre os piratas havia metalotaumaturgos competentes, e bandos deles ingressaram nas fábricas. Trabalhavam junto aos engenheiros, misturando compostos arcanos para produzir ligas mais leves e fortes. Por fim, utilizou-se parte do leite de pedra estocado em Aquabelone. O líquido foi trazido em frascos, muito denso e pesado. Ao ser destampado, emanava vapores atordoantes, de especiarias e óleo. Condensava-se dentro do vidro, num frio tom de madrepérola.

Os metalotaumaturgos adicionavam gotas ponderadas do leite de pedra, enquanto murmuravam encantamentos e corriam as mãos pelo ar acima da superfície do metal derretido, transmitindo-lhe correntes de pujança, energizando e selando.

Após o metal ser vertido, forjado, e submetido a mais processos arcanos, os componentes dos arreios do avanc eram rebocados por submersíveis até seus lugares embaixo da cidade. Um exército de mergulhadores trabalhava neles com soldas quêmicas que crepitavam coloridas, e brandia chaves e martelos com vagarosos movimentos aquáticos.

Era uma indústria súbita e incrível.

As correntes foram ancoradas às bases de cinco navios. O *Psire* de Biblioburgo; o *Saskital* de Jhour; o grande vapor *Gemido da Anchova*, navio-capital de Solameno; um gigantesco veleiro sem nome, na fronteira exterior do distrito assombrado; e o *Grande Oriental* de Aquabelone. Desde as quilhas e flancos inclinados de cada uma dessas naus imensas, projetava-se para dentro do mar um arco invertido de ferro, do tamanho de um grande umbral de igreja, parafusado e velado taumaturgicamente. De cada um dos arcos, estendiam-se elos tão grandes quanto barcos.

Libertaram-se os tubarões guardas. Parecia impossível que as correntes tivessem estado ocultas algum dia. Rumores corriam – sobre o que se fizera antes, e o que poderia acontecer agora. Dizia-se que o distrito de Solameno havia tentado romper a corrente sob seu navio, de modo a afundar os planos de Aquabelone, mas ela se mostrara forte e grande demais, demasiado protegida por feitiços pujantes.

Dentro de uma vasta câmara sem janelas, no porão do *Grande Oriental*, construía-se um novo motor. As caldeiras redundantes, e seu emaranhado de tubos do tamanho de uma pessoa, tinham sido removidas, operação semelhante ao desbravamento de uma floresta enferrujada. Quando se foram os fantasmas de motores, dois grandes discos de ferro maleado ficaram visíveis, embutidos no piso. Elevavam-se até a cintura e tinham vários metros de circunferência, encrostados de velhice e graxa. Eram as extremidades de uma corrente afixada ao navio, introduzida no casco e depois martelada e achatada para fixar-se bem, havia séculos. Na primeira vez em que a invocação fora tentada.

Alguém planejou isso antes, pensou Tanner Sack. Atordoavam-lhe as horas de trabalho, a taumaturgia exercida, a indústria, o planejamento, o esforço feito gerações atrás. Tudo aquilo para ser abandonado de propósito.

Entre aqueles dois cotos de elos, Tanner Sack e seus colegas começaram a construir um motor extraordinário. Trabalhavam de acordo com especificações calculadas durante horas por Krüach Aum.

Tanner examinava com cuidado os planos. O motor que construíam não funcionava segundo quaisquer regras que ele pudesse entender. Seria gigantesco: encheria a câmara de martelos e catracas pulsantes, movidos por uma fonte de energia que ele não compreendia.

Trabalhou a partir da base daquilo que seriam as caldeiras cheias de pistões, até o topo. Começou com os tocos de corrente. Perfurou-os e inseriu neles ligas metálicas derretidas, nas quais mergulhou fios espessos como punhos, revestidos de borracha e alcatrão. Os fios passavam por transformadores do tamanho das pernas de Tanner, colunas nervuradas de cerâmica branca, e dali para feixes de cabos e isolantes, até máquinas diferenciais.

Aquilo era o motor neutro, através do qual complexas energias seriam transmitidas ao longo da corrente do *Grande Oriental* até os imensos arreios e qualquer coisa que contivessem, quilômetros abaixo da superfície. Um engodo. Isca e jugo.

O mar estava claro. Mergulhadores lotavam o enorme canteiro de obras submarino. Componentes eram baixados pelos guindastes de navios-fábricas. O imenso arnês tomava forma nas extremidades das grandes correntes, ainda preso poucas dezenas de metros abaixo da superfície, suas dimensões aberrantes à visão, seus contornos exóticos e insondáveis, cercados de vívidos peixes coloridos, submarinos e artífices lagostins, trabalhadores em trajes de mergulho e Tanner Sack, todos se movendo com a lenta fluidez dos submersos.

Às vezes, vibrações passavam pela água. As pernas da *Sorgo* desapareciam nos flutuadores cilíndricos de ferro que a amparavam sob a superfície, semelhantes a navios suspensos. A haste de sua perfuratriz mergulhava diretamente para baixo, obscurecida por toneladas e toneladas de mar, e encoberta de todo ao ferroar o leito do oceano, como um mosquito, para alimentar-se.

CAPÍTULO 29

Silas procurou Bellis três dias depois de ela ter retornado.

Ela vinha esperando sua visita – mantinha um olho na porta todas as noites –, mas, ainda assim, ele conseguiu surpreendê-la.

Bellis havia ceado com Carrianne. Tinha apreço genuíno por sua ex-colega, que considerava perceptiva e bem-humorada. No entanto, mesmo quando se esforçava para sorrir, a solidão de Bellis permanecia inalterada. *Isso é alguma surpresa?*, perguntava-se, implacável. *Você colheu o que plantou.*

Lembrou-se de como as coisas tinham sido em Nova Crobuzon, e teve de admitir que não se haviam modificado tanto. Em Armada, pelo menos, seu isolamento tinha um motivo: era o combustível que ela queimava.

Carrianne exigira descrições detalhadas da ilha dos anófeles, do clima, e do comportamento do povo-mosquito. Seus modos demonstravam melancolia – por mais ajustada que estivesse à vida na cidade, não punha os pés em terra firme havia muitos anos, e as histórias de Bellis faziam com que se sentisse nostálgica.

Bellis achara difícil falar da viagem recente. Recordava-se dela como se à longa distância, como uma uniformidade de tédio apavorado, intercalada de emoções mais nobres. Algumas coisas ela não podia discutir, estava claro. Falou, com superficialidade proposital, dos anófeles, dos piratas samherinos e, acima de tudo, de Krüach Aum.

Após a altercação que havia testemunhado, entre o Brucolaco e Uther Doul, tornara-se fascinada pelo governante de Queda Seca. Carrianne contou-lhe o que queria saber, sobre a estrutura política do distrito, o grupo de tenentes vampirs comandado pelo Brucolaco, e o hemotributo.

– É quando se chega a conhecê-lo, geralmente – disse Carrianne. Tentava ser objetiva, mas Bellis podia ouvir o assombro em sua voz. – Nem sempre... com frequência é cobrado por algum tenente... mas às vezes. Cortam aqui, aqui ou aqui. – Indicou a coxa, o peito e o pulso. – Pincelam com anticoagulante, e aspiram o sangue para dentro de uma campânula.

– Quanto tiram? – perguntou Bellis, estarrecida.

– Um litro. O Brucolaco é o único que bebe à vontade. O resto do grupo tem limites – diluem o sangue. Quanto mais bebem, mais fortes ficam... é o que se conta por aí. Embora o Brucolaco escolha com cuidado seus tenentes, é possível que um ou outro se torne faminto de poder.

– Se tomassem da maneira tradicional, das veias, talvez perdessem o controle, e não querem matar. E, mesmo que conseguissem afastar-se a tempo, há o contágio. Na saliva. Se beberem de alguém diretamente e o deixarem viver, arriscam-se a produzir um concorrente.

Bellis a deixou nos limites de Queda Seca.

– Não há lugar mais seguro do que este – disse Carrianne, sorrindo; e caminhou até em casa.

Bellis poderia tomar um coche; os ventos não estavam fortes, e ela ouviu brados lá em cima, aeronautas apregoando para os clientes. Dois dias antes, quando seu trabalho rotineiro com Aum terminara, haviam-lhe estendido, sem uma só palavra, um maço de pendões e florões que representava muito mais que seus rendimentos semanais na biblioteca.

Deram-me um aumento, pensou com amargura, *agora que trabalho para Aquabelone.*

A consciência de seu secreto papel central em tudo o que acontecera, o entendimento de que sem ela Armada não estaria onde estava, fazendo o que fazia, a oprimiam. Mesmo que seus motivos tivessem sido bons e claros em todas as etapas.

Caminhou até em casa, não para economizar dinheiro, mas para vivenciar Armada outra vez. Trancada o dia inteiro numa sala repleta de conversas incompreensíveis, sentia-se perder o contato com a cidade em torno dela. *E, qualquer cidade*, disse a si mesma, *é melhor que nenhuma.*

A caminhada a conduziu pelas ruas quietas e frescas de Arenqueiro, chegando a Aquabelone sobre o *Tolpandy.* Passou abaixo das silenciosas querelas entre os macacos que se aninhavam em canteiros de obras e telhados, em cabines desertas e no dossel de cordames; passou pelos gatos da cidade (que a encararam, predatórios) e pelos raros cães, e pelas multidões de ratos e caminhantes noturnos; em torno de galinheiros; barcos salva-vidas e lanchas a vapor, paralisados de ferrugem e reconstruídos como canteiros de flores; lares recortados nos flancos de canhoneiras, pombos arrulhando numa boca de canhão de doze polegadas; sob cabanas de madeira construídas em gáveas, onde quintais encontravam mastros, semelhantes a casas de árvore; através da iluminação de gás, baterias flogísticas e lâmpadas a óleo; e em meio à escuridão matizada de várias cores, espremendo-se entre os corredores de tijolos úmidos que recobriam as naus de Armada como uma penugem de mofo.

De volta a seus aposentos na chaminé do *Cromolito,* onde se sentava Silas Fennec, esperando por ela.

Assustou-se com a turva figura sentada no escuro. Lançou-lhe um sibilo, e afastou-se até que seu coração desacelerasse.

Ele a estudava. Olhos calmos e bem abertos.

– Como você entrou? – perguntou ela. Com um gesto, ele espantou a questão, como se fosse um inseto.

– Você sabe que ainda vigiam seu apartamento – disse ele. – Não posso simplesmente aparecer e bater na porta.

Bellis foi até ele, que continuava imóvel a não ser pelo rosto e pelos olhos, acompanhando o progresso dela. Que parou bem próxima, invadindo-lhe o espaço, e inclinando-se devagar, examinando-o como a um espécime científico. Foi acintosa: inspecionou-o fria e intrusivamente. Talvez a intenção fosse intimidá-lo, deixá-lo desconfortável.

Enquanto ela se inclinava sobre ele, como se catalogasse seus pormenores, Silas encontrou-lhe o olhar e, pela primeira vez em algumas semanas, sorriu com avidez e sinceridade. Bellis lembrou-se das razões que teve para beijá-lo, e transar com ele. Não apenas solidão ou isolamento, embora fossem as principais. Havia outros fatores, provenientes dele. No entanto, agora que se encontrava ali, não experimentava o mínimo desejo de tocá-lo e, ainda que sentisse apenas um fantasma da afeição que a motivara antes, não se arrependia do que havia acontecido.

Ambos precisávamos daquilo, pensou. *E nos ajudou, de verdade.*

Afagou-lhe a nuca ao se afastar. Ele aceitou de bom grado.

– Então... – disse ele.

– Está feito – disse ela. Silas ergueu as sobrancelhas.

– Simples assim?

– É claro que não foi simples assim. O que você acha, com todos os diabos? Mas está feito.

Ele assentiu devagar. Quando falou, seu tom foi neutro, como se discutissem um projeto acadêmico.

– Como você conseguiu?

Como conseguimos?, pensou Bellis, em meio ao silêncio. *Será que conseguimos? Não tenho nenhuma evidência, nenhuma prova.*

– Não pude fazê-lo sozinha – começou lentamente, e empertigou-se na cadeira, perturbada pela fúria repentina no olhar de Silas.

– Você o *quê*? – gritou ele. – O *que* você aprontou, caralho! – Saltou e pôs-se em pé. – O que você fez, sua maldita *puta* imbecil...?

– *Sente-se... agora...* – Bellis estava em pé, apontando para ele, dedos trêmulos de raiva. – Como ousa?

– Bellis... o que você fez?

Olhou para ele, furiosa.

– Não sei – disse com frieza – como *você* teria conseguido atravessar um pântano infestado por mosquitos de um metro e oitenta, Silas. Não sei como *você* conseguiria. Estávamos a mais de um quilômetro dos navios samherinos... ah, eles estavam lá, não se melindre. Ora, talvez você seja um homem-cacto, ou a porra de um escarazelo, ou algo assim, mas eu tenho sangue, e elas teriam me matado.

Silas permaneceu quieto.

– Então... – Agora a voz dela soava comedida. – Encontrei um homem que *podia* chegar aos navios, sem perigo, sem ser descoberto. Um crobuzonense, preparado para resolver tudo às pressas, apenas para impedir a devastação de seu primeiro lar.

– Você mostrou a ele os apetrechos? – perguntou Silas.

– Claro que sim. Você acha que ele nadaria contente, à meia-noite, bastando-lhe minha palavra quanto ao que tinha de entregar?

– Nadaria? Foi o puto do Tanner Sack, não foi? Você não acha que, se procurasse bem e durante bastante tempo – sua voz estava tensa –, poderia ter achado alguém *mais* leal a Aquabelone?

– Mas ele *entregou* – disse Bellis. – Não faria nada sem provas. Mostrei-lhe as cartas e *sim*, Silas, ele é leal a Aquabelone. Não tem nenhuma intenção de retornar. Maldição, você acha que ele não deixou amigos para trás? Você acha que ele aprecia a ideia de os grendelos invadirem Nova Crobuzon? Cuspe de deus!

– Em nome das pessoas que deixou. Em nome das memórias. Seja o que for. Ele pegou a caixa, o selo, as cartas, e eu lhe disse o que fazer. Foi um último adeus à porra de sua cidade natal. Dele, e também meu e seu.

Silas assentiu devagar, reconhecendo que, talvez, Bellis não tivera escolha.

– Tudo correu bem, sem problemas. Silas... devemos muito a Tanner Sack.

– Mas ele sabe... – disse Silas, hesitante – quem sou?

– É claro que não. – Ele relaxou visivelmente ao ouvir aquilo. – Você acha que sou estúpida. Lembro-me do que fizeram com o capitão. Não permitiria que o matassem, Silas – disse ela, suave, mas sem ternura. Declaração de fato, não de intimidade.

Após alguns instantes reflexivos, Silas pareceu encerrar as deliberações.

– Suponho que tenha sido a única opção – disse, e Bellis assentiu, brusca.

Seu filho da puta ingrato, pensou furiosa. *Você não estava lá.*

– E você diz que os samherinos estão com o pacote? Selado e pronto para a entrega? – Sorria furiosamente. – Conseguimos – disse. – Conseguimos.

– Isso se parece mais com a reação que eu esperava – disse Bellis, ríspida. – Sim, conseguimos. – Passaram muito tempo olhando um para o outro. – Quando você acha que chegarão a Nova Crobuzon?

– Não sei – disse ele. – Talvez não dê certo. Talvez dê e não fiquemos sabendo de nada. Teremos salvado a cidade, e jamais saberemos de nada. Talvez eu consuma meus dias nesta banheira do caralho, inventando esquemas desesperados para fugir. Mas, com os diabos, já não é alguma coisa saber o que fizemos? – Soava emocionado. – Mesmo sem resposta, sem agradecimentos, não é alguma coisa saber que os salvamos?

Sim, pensou Bellis Vinhofrio, já era alguma coisa. Por certo era. Sentiu uma onda de solidão arrebentar sobre ela. *Seria pior?*, perguntou-se. *Poderia ser pior? Jamais saber? Enviar a mensagem ao outro lado do mundo, atravessando tantos obstáculos, tantos perigos, para que ela desaparecesse em silêncio? Jamais saber?*

Deuses, pensou, lastimosa e atordoada. *Será que tudo está feito? Será o fim?*

– O que acontece agora – perguntou ele – conosco?

Bellis deu de ombros.

– O que você queria que acontecesse? – Soou mais cansada que desdenhosa.

– Sei que é difícil – disse ele, com suavidade. – Sei que é mais complexo do que tínhamos imaginado. Não espero nada de você. Porém, Bellis... há coisas que compartilhamos... coisas entre nós, e não acho que essa seja a única razão de termos passado tempo juntos. Eu queria que fôssemos amigos. Você pode se dar ao luxo de me abandonar? De não ter mais ninguém que *saiba*? Como se sentiria? Onde quer estar?

Ela não confiava inteiramente em Silas, mas ele estava certo: partilhavam de coisas das quais ninguém mais partilhava. Suportaria perdê-lo? Talvez tivesse anos diante dela naquela cidade (*estremece ao imaginar*). Poderia dar-se ao luxo de não ter ninguém com quem falar a verdade?

Quando ele se levantou para ir embora, estendeu a mão com a palma aberta e virada para cima, em expectativa.

– Onde está o selo de Nova Crobuzon? – perguntou.

Era o que Bellis temia.

– Não está comigo.

Silas não se zangou então, apenas fechou a mão com um suave estalo e ergueu os olhos para perguntar-lhe o que acontecera.

– Foi Tanner – disse ela, pronta para ser estrangulada. – Ele jogou o anel no mar.

– É um anel, Bellis – disse Silas com calma. – Ajusta-se bem ao dedo. Não se perde. Ele não o perdeu. Ficou com o selo, deuses sabem por quê. Lembrancinha da cidade? Algo com que chantageá-la? Deuses sabem. – Meneou a cabeça e suspirou, e ela se enfureceu com suas maneiras, que diziam *Você me desaponta*.

– É melhor eu ir, Bellis. Tenha cuidado, lembre-se de que ainda a vigiam. Não se surpreenda se eu entrar e sair por... vias pouco convencionais. Você me dá licença por um momento?

Silas desceu os degraus espirais. Bellis ouviu o ruído de seus passos dissipando-se sobre o metal, percutindo oco feito lata late em lata. Voltou-se na direção do estranho som, porém Silas sumira. Ainda conseguia escutar o mais tênue estalo de seus pés na escadaria, descendo, alcançando o último degrau, mas não se via nada. Ele estava invisível, ou partira.

Os olhos de Bellis abriram-se um pouco mais. Mesmo na ausência dele, ela relutava em maravilhar-se com Silas.

Agora ele vai e vem como rato ou gato, pensou. *Mantendo-se fora de vista. Aprendendo taumaturgia, não é? Alguma facilidade, um pouquinho de pujança?*

Porém, sentia-se nervosa e um tanto intimidada. A saída dele sugeria um encantamento de força e sutileza excepcionais. *Não sabia que você era capaz disso, Silas*, pensou. Percebeu mais uma vez que sabia pouco sobre ele. As conversas de ambos pareciam jogos elaborados. Apesar das palavras de Silas, apesar de saber que compartilhavam segredos, Bellis sentia-se só.

E não acreditava que Tanner Sack houvesse ficado com o selo de Nova Crobuzon, embora não soubesse dizer por quê.

Ela tinha a sensação de esperar por algo.

O homem aguarda fustigado pelo vento sobre a escadaria que serpenteia ao longo de toda a altura do absurdo apartamento-chaminé onde ela mora e sabe que os olhos que talvez vigiem a porta não podem vê-lo de modo algum.

Traz na mão a estátua cuja voluta de barbatana dobra-se como camadas de bolo, cuja dentuça e redonda boca de rêmora aponta para cima. Ele ainda sente na língua o frio de tê-la beijado. Agora está muito mais rápido, e acha muito mais fácil aceitar as vibrantes lambidinhas de pedra fria e pode dirigir com muito mais destreza as energias liberadas pela cópula sem paixão.

Para nas arestas da noite, no lugar que a estátua lhe indicou, onde, com seu beijo, permitiu-lhe ficar. Lugar, ou algo como um lugar, onde os fachos de luz se entrecruzam e ele se torna despercebido. Portas, paredes e janelas não o veem, enquanto ele for o amante da estátua que fede a peixe.

O beijo nunca é prazeroso. Mas o poder que ele tem, que entra nele com a saliva da coisa de pedra, é um prodígio.

Caminha para dentro da noite, invisível e ousado, repleto de energias arcanas, à procura de seu anel.

CAPÍTULO 30

Armada refestelava-se ao sol. O clima esquentava.

O trabalho frenético continuava, e, embaixo da água, o formato dos arreios do avanc tornava-se aos poucos mais sólido. No início era um esboço, traçado entre vigas e suportes de madeira, planta baixa de um edifício implausível. À medida que passavam os dias, ganhava mais substância, intricados eixos e as engrenagens pareciam algo real. Crescia devido ao extraordinário empenho das equipes de construção. A cidade estava em pé de guerra, cada fração de indústria e esforço fora convocada. O povo sabia que rumava, em velocidade estonteante, até uma nova era.

A dimensão dos arreios sempre atordoava Tanner Sack. Assomavam, abaixo da ecologia de peixes necrófagos que nunca abandonavam o ventre da cidade, muito, muitíssimo maiores que qualquer navio. Apequenavam o *Grande Oriental*, que oscilava acima deles como um brinquedo flutuante. O freio deveria ficar pronto em algumas semanas.

A atividade era constante. Durante as horas escuras, a crepitante iluminação de tochas quêmicas e maçaricos atraía peixes noturnos. Cercavam as correntes e os bandos de mergulhadores, cardumes inteiros, olhos redondos ainda mais arregalados, presos às luzes.

Havia partes móveis, dobradiças e bolsas de gás revestidas de borracha, rapinadas de velhos dirigíveis, e motores vedados. Porém, em essência era apenas um cabresto imenso, elos e segmentos estendendo-se por mais de quatrocentos metros de uma extremidade à outra.

Navio após navio foi eviscerado, desnudado a partir de seu interior, fundido e afundado. A frota de belonaves e mercantes que cercava a cidade foi desbastada em benefício do projeto. Um anel de fumaça em plumas envolvia as naus sacrificadas, enquanto tochas de corte faziam-nas em pedaços.

Shekel, ao caminhar pela popa de Aquabelone certa noite, indo à casa de Bellis, olhou para o horizonte e viu uma nau semidestruída nos limites da cidade. Era o *Terpsichoria*, seus contornos amarrotados e quebrados. Sem ponte, sem convés e sem a maior parte da superestrutura, vísceras de metal enviadas às fábricas. A visão o sobressaltou. Não tinha afeição pelo navio; não ficou consternado – mas atônito, por razões que não conseguia expressar.

Fitou a água que revolvia abaixo dele. Era difícil crer que aquilo estava acontecendo, elo após elo encaixado em vasta sequência sob a estrutura da cidade.

Vários idiomas agiam na vida de Bellis. Sentia-se exultante por reaprender suas disciplinas: a técnica sem nome que havia aperfeiçoado para segmentar a mente, manter separados seus dicionários internos; o transe de linguagem que usara em Pichefoz.

Aum avançava rápido no aprendizado do sal. Era um aluno dotado.

Durante as discussões vespertinas com Tintinábulo e os outros cientistas, ocasionalmente e para o prazer de Bellis, Aum interceptava uma pergunta antes que ela a traduzisse e escrevesse. Chegava até mesmo a escrever algumas das próprias respostas em sal básico.

Devia ser extraordinário para ele, pensava Bellis. Sal era o primeiro idioma que o anófeles compreendia nas dimensões escrita e falada. Era-lhe impensável *ouvir* alto kettai – um conceito sem qualquer sentido. Ouvir perguntas em sal e escrever respostas na mesma língua tinha de ser um admirável salto mental, o qual, porém, ele dava com desenvoltura.

Bellis não simpatizava com Krüach Aum. Achava cansativa sua constante curiosidade boquiaberta, e não via sob aquilo qualquer noção mais vigorosa de personalidade. Ele era um homem brilhante e enfadonho, a quem a erudição fazia parecer uma criança precoce. Ela se alegrava com a rapidez de seu aprendizado do idioma de Armada; suspeitava de que logo se tornaria redundante.

Alto kettai e sal cercavam-na todos os dias.

Reservava sua mente para o ragamina. Nunca fora o tipo de linguista que pensava na linguagem que estivesse empregando no momento. Silas era o único com quem falava no seu idioma nativo, nas raras ocasiões em que o via.

Certo dia, um quarto idioma entrou brevemente em sua vida. Quiesia – conhecido pelo povo como mortês. A língua de Alta Cromlech.

Ainda não entendia direito por que Uther Doul quisera lhe falar de seu idioma natal. Após uma das sessões com Aum, perguntara a ela se ainda gostava de aprender novas línguas. Bellis havia respondido, com sinceridade, que sim.

– Você se interessa em ouvir um pouco de quiesia? Tenho poucas oportunidades de falar minha própria língua.

Perplexa, Bellis concordou. Naquela noite, ela o acompanhou até seu alojamento a bordo do *Grande Oriental*.

Os sons do quiesia eram formados na parte de trás da garganta, ruídos glotais intercalados de silêncios em andamento preciso, tão importantes quanto os sons. Era, Doul havia alertado, uma linguagem de estranhas sutilezas. Muitos nobres thanati tinham bocas costuradas, lembrou, e os aparelhos fonadores de outros eram podres demais para funcionar. Variantes de quiesia eram expressas com mãos e olhos, em adição às formas escritas.

Bellis fascinou-se com a linguagem suave e foi cativada pelo desempenho de Uther Doul. De seu modo calmo e controlado, ele entusiasmou-se ao recitar várias passagens de algo que soava como poesia. Ela percebeu que não estava ali para aprender o idioma, mas para apreciá-lo na condição de plateia.

Ainda restava nela um mau presságio causado pela companhia de Doul, junto de outros sentimentos. Junto com admiração.

Sem palavras, Doul ofereceu-lhe uma taça de vinho, que ela reconheceu como um convite para ficar. Sentou-se, bebeu e aguardou, olhando o quarto à sua volta. Havia esperado uma fortaleza secreta, mas ele morava numa cabine, igual a milhares de outras. Era exígua: uma escrivaninha e duas cadeiras, uma janela de persianas, um baú, na parede uma pequena gravura em preto e branco. Abaixo da janela, encontrava-se uma estante de armas, algumas familiares e outras arcanas e, no canto do quarto, um complexo instrumento musical, de cordas e teclas, híbrido de acordeom e harpa.

Depois de passado um minuto sem que Uther Doul dissesse nada, Bellis falou.

– Eu... me interessaria muito em ouvir a história de sua juventude. Admito que não tivesse certeza da existência de Alta Cromlech... até conhecê-lo. Porém, com exceção de murmúrios sobre a terra dos mortos e a conquista do Império Espectral, perdi a trilha de rumores sobre você. – Ela não tinha prática no tipo de humor forçado que tentava agora, mas Doul ergueu as sobrancelhas, para expressar graça fingida. – Ficaria muito feliz se você quisesse me contar mais sobre o que aconteceu depois de ter deixado Alta Cromlech. Creio que nunca conheci alguém tão viajado. Você já...?

– Não. Nunca visitei Nova Crobuzon – disse ele. Parecia inquieto, do seu jeito controlado e silencioso.

– Você não acredita muito no que lhe contei sobre minha espada, não é mesmo? – perguntou ele de repente. – Não a culpo. Não pode ser tão velha, é o que você pensa. O que sabe do Império Espectral, senhorita Vinhofrio?

– Pouco – ela admitiu.

– Mas sabe, é claro, que não eram de maneira alguma humanos – ou khepris, ou vodyanoi, andejos, ou quaisquer outros. Não eram xenianos no sentido que atribuímos à palavra. Todas as ilustrações e descrições que possa ter visto são falaciosas. A pergunta "Como se pareciam?" não tem resposta objetiva. Esta arma – indicou seu cinto – é concebida de modo tão óbvio para mãos humanas que você pode achar mentirosas minhas afirmações sobre sua procedência.

Bellis não havia pensado nem por um instante no formato da Espada Possível, e Uther Doul por certo sabia.

– Você não vê a espada – continuou ele com suavidade –, apenas um aspecto dela. É contextual, como eram muitas coisas para os Espectrais. Suponho que você tenha lido partes do Cânone Imperial. Mesmo sendo traduções de traduções de traduções, mesmo com todos os acréscimos, omissões e comentários que isso acarreta, há ali coisas extraordinárias. Em particular a Covertiana.

Bebeu um gole de vinho.

– Afirma-se que algumas são passagens escritas nos primeiros tempos após a chegada dos Espectrais a Bas-Lag: antes de o Império começar. – Deu uma piscadela. – Certamente – disse, como se ela o houvesse contestado. – *Chegada*. Os Espectrais não eram nativos deste mundo.

Bellis conhecia os mitos.

– Há um trecho – remoeu Doul (e Bellis percebeu, consternada, o quanto a magnífica voz dele a acalentava). – Os "Versos do dia". Talvez os conheça? "Formidável, cauda a lapear, singra a planície de mundos, entre orbes, luzes na cegueira da noite."

– Isso descreve a jornada dos Espectrais desde... seu lugar, até Bas-Lag. No ventre de um peixe de metal que nadava pelo negro mar de estrelas. Porém, mais interessante é a descrição de seu lar, o lugar de onde vieram. Foi confundido com o Inferno.

Uther Doul sentou-se em seu beliche, e silenciou durante algum tempo.

É por isso que estou aqui?, Bellis pensou de repente. *É isso que ele quer contar-me?* – Doul parecia um garoto, queria que Bellis estivesse ali, mas não sabia bem o que fazer.

– Descreve o alvorecer que vinha com "ferrosas cataratas e uma muralha de fogo" – disse, afinal. – Todo o céu oriental ardia de luz e calor suficientes para cegar até mesmo quem o olhasse a partir do fundo do oceano, para atear o ar, queimar as montanhas, derreter metal. Muito, muito mais quente que o âmago de qualquer forja. A aurora despontava e o mundo inflamava-se. Dentro de minutos a muralha de calor se erguia e curvava, a prumo sobre suas cabeças, obliterando o céu e queimando cada átomo de gás no ar. Então, à medida que passavam os minutos, o fogo encolhia até que seus limites se tornassem visíveis, convertia-se em disco. O calor começava a amainar-se um pouco, embora os oceanos ainda fossem ferro derretido. O fogo no céu recuava para oeste enquanto passava o dia. Na metade da manhã, o disco encolhia ainda mais, e via-se que era o sol, quase no horizonte distante. Ao meio-dia ficava muito menor, e a terra tornava-se muito fria. O sol encolhia e viajava para oeste em demorado crepúsculo, e o mundo natal dos Espectrais tornava-se mais gelado do que o Oceano da Geada. Ao anoitecer, o céu já estava escuro, e o sol não passava de uma estrela móvel. E fazia *frio*, mais frio que qualquer coisa que possamos imaginar. O mundo achava-se envolvido por camadas de gelo e neve, os próprios gases, o próprio éter, congelados, agregados em montanhas e paredes mais sólidas que pedra.

Lançou a Bellis um tênue sorriso.

– A terra natal dos Espectrais. Imagine que espécies de criaturas conseguiriam viver, sobreviver, em tal lugar; como deviam ansiar por descanso. Por isso partiram.

Bellis não disse nada.

– Você sabe o que é – perguntou Doul – a crença do Território Rompido?

Ela franziu as sobrancelhas, e depois assentiu de súbito.

– Em Nova Crobuzon a chamamos de... – Procurou a melhor tradução. – Hipótese da Terra Fraturada. No passado, tive um amigo cientista. Falava sempre sobre coisas assim.

– O Território Rompido, do outro lado de um mar impossível – disse Doul. – Passei muito tempo, na juventude, estudando mitos e cosmogonia. Território Rompido, Terra dos Espectrais, os "Versos do dia". Os Espectrais vieram da orla oriental do universo. Passaram pelos globos de rocha que circulam no céu, outro tipo de mundo, mais evanescente que o nosso sobre o platô infinito, e chegaram até aqui, a uma terra tão amena que deve ter-lhes parecido bálsamo: manhã doce e infinita. Com regras que não eram as deles. Uma natureza *discutível.*

Deteve-se por um instante.

– Há quem diga que sua aterrissagem foi o suficiente para desencadear o caos do Torque, a partir do escapamento de gases. Isso é fábula. Porém, sua chegada foi tão violenta que rachou o mundo, a própria realidade. A Terra Fraturada é real, e eles a criaram. Quebra-se algo, e o que está ali dentro derrama. Quando abandonei meu primeiro lar, passei anos estudando essa quebra. Procurando por técnicas e instrumentos a fim de entendê-la, controlá-la. E, quando cheguei aqui, os Amantes perceberam, naquilo que eu havia aprendido, coisas inimagináveis para mim. Pense no poder dos Espectrais, sua ciência, sua taumaturgia. Imagine o que podiam fazer, o que *fizeram*, ao nosso mundo. Veja a escala do cataclismo de sua chegada. Não somente físico... ontológico. Ao aterrissarem, fraturaram as regras do mundo, além de sua superfície. É alguma surpresa que sussurremos temerosos o nome do Império Espectral?

E, no entanto, pensou Bellis, inebriada de filosofia herética, *no entanto, nós erradicamos os Espectrais. Por meio da Sedição, e depois da Descamação. Fracos como somos.*

– Dizem que você liderou a Sedição – disse ela.

– Não lidero *nada* – disse Doul ríspido, assustando Bellis. – Não mais, sou soldado, não líder. Alta Cromlech... é um mundo de castas. Você cresceu numa cidade mercantil, e considera isso um fato natural. Não pode ter ideia da *liberação* que é vender seus serviços, fazer o que manda seu empregador. *Não* sou líder.

Uther Doul caminhou com ela pelos corredores do *Grande Oriental*.

Quando Doul se deteve numa das numerosas intersecções, Bellis pensou por um segundo que ele iria beijá-la, e arregalou os olhos. Porém, a intenção não era aquela.

Levou o dedo aos lábios.

– Quero que saiba de uma coisa – sussurrou – sobre os Amantes.

– Quais são seus nomes? – perguntou Bellis, cansada e furiosa. – Já estou farta... do mistério, e não posso acreditar que você não se lembre.

– Lembro-me – disse Doul. – É claro que me lembro. Porém, como se chamaram certa vez não é a questão. Agora são os Amantes. É melhor que você compreenda isso.

Ele a conduziu às cobertas inferiores. Para longe do ruído, para longe das patrulhas. *O que é isso?*, pensou Bellis, exultante e nervosa. Agora encontravam-se em partes escuras e silenciosas do navio. Não havia janelas, estavam abaixo do calado, num lugar esquecido havia muito.

Afinal, Doul abaixou-se sob uma trama de dutos, e a levou até uma diminuta câmara. Não chegava a ser uma sala, apenas um espaço fortuito. Todas as superfícies estavam empoeiradas e a tinta descascava.

Ele encostou, com gentileza, o dedo nos lábios de Bellis.

Ela sabia que segui-lo mansamente, *confraternizar* com ele, não era comportamento sensato para quem estivera envolvida por inteiro em operações contra Aquabelone. *O que estou fazendo aqui?*, pensou.

Doul apontava para o teto, somente alguns centímetros acima da cabeça de Bellis. Inclinou uma orelha de modo expressivo. Levou alguns segundos para que ela ouvisse qualquer coisa. No início, não teve certeza do que era.

Vozes. Amortecidas por camadas de ar e metal. Em parte familiares. Bellis levantou bem a cabeça. Agora, quase conseguia definir as palavras. Ela e Doul estavam num pequeno e acidental posto de escuta. Graças a peculiaridades de arquitetura e materiais, os sons do quarto acima reverberavam (em tubos, paredes ocas?) através do teto.

Vozes do quarto acima.

O quarto dos Amantes.

Ela sobressaltou-se. Conseguia ouvir os Amantes.

Cautelosa e lenta, como se de alguma forma pudessem vê-la, Bellis esticou o pescoço e escutou.

Palavras variavam de registro, proferidas em rápidas expirações. Choramingando, implorando, deleitando. Arquejos de intimidade sexual e dor e outras emoções intensas. E palavras atravessando o metal.

... amor... logo... fode... sim, e corta... agora... amor... corta... sim, sim...

Sim.

As palavras soavam densas. Bellis retraiu-se diante delas, física e literalmente, afastando-se do ponto fraco no metal. As palavras, os sons, entoavam-se rápidos, tão imersos em paixão e ânsia que tinham de ser emitidas entre dentes, ou haveriam de se tornar urros incompreensíveis.

corta sim amor corta

Dois fluxos de vozes, masculino e feminino, sobrepostos, entremeados e inextricáveis – ritmos inextricáveis.

São Falastrão!, pensou Bellis. Uther Doul a observava sem expressão.

Corta e corta e amor e corta!, pensou, e apressou-se até a porta, horrorizada. Imaginava o que faziam em seu quarto, a poucos metros de distância.

Doul a conduziu para fora daquele cubículo terrível.

Subiram, atravessando camadas de metal, até o ar noturno. Doul continuava sem dizer nada.

O que você está fazendo?, pensou ela, fitando-lhe as costas. *Por que me mostrou isso?*

Nada havia de lascivo no comportamento de Doul. Bellis não conseguia entender. Rígido, eloquente e formal em seus próprios aposentos, desfiando histórias e teorias extraordinárias apenas para se manter falando, tinha se tornado, naqueles corredores, um menino truculento em seu esconderijo secreto. E, com algo semelhante ao orgulho mudo e indecifrável que se poderia esperar de uma criança, a tinha guiado até seu covil privado e lhe mostrado seu segredo. Ela não concebia por quê.

Estremeceu ao lembrar-se das exclamações ofegantes, das declarações de paixão pervertida dos Amantes. Supunha que também de amor. Imaginou as cicatrizes, o ato de cortar. O sangue e a pele sulcada, o fervor. Sentiu-se a ponto de vomitar. Porém, o que a aterrorizava não era a violência, as facas que usavam, ou o que faziam. Não mesmo. Pecadilhos não a perturbavam – podia entendê-los.

Aquilo se tornara algo diferente. A emoção pura, o intenso, vertiginoso, maciço e nauseante ardor que ouvira em suas vozes a apavoravam. Tentavam cortar a membrana que os separava, e sangrar para dentro um do outro. Rasgavam sua integridade em nome de algo muito maior que sexo.

A coisa violenta e lamentosa que eles entendiam como sexo, Bellis entendia como algo próximo a *masturbação*. Causava-lhe repulsa.

Ficou horrorizada. Nauseada, intimidada e horrorizada.

CAPÍTULO 31

Durante os dias, Shekel estava livre.

De maneira idêntica à maioria dos jovens galantes que circulavam pelas Docas Basílio, ganhava a vida como havia ganhado em Nova Crobuzon – pequenas tarefas, entregando recados e mercadorias, mantendo abertos os olhos e ouvidos, por quaisquer trocados que seus empregadores temporários decidissem pagar. Seu sal dava para o gasto e era compreensível, se não fluente.

Um pouco mais que a metade de suas noites passava com Angevine. O alojamento dela ficava no *Castor* de Tintinábulo, abaixo da torre. Com frequência, retornava muito tarde da noite, já que Tintinábulo consumia longas horas em reuniões com seus colegas, Krüach Aum e Bellis, e os Amantes. Angevine trazia para o caçador livros ou materiais do laboratório secreto que ele mantinha na popa do navio. Chegava cansada, e Shekel a relaxava com massagens e jantares canhestros.

Ela não falava muito sobre o projeto do avanc, mas o garoto percebia com facilidade sua tensão e entusiasmo.

Outras noites, dedicava à cabine que ainda considerava seu lar, e que partilhava com Tanner Sack.

Nem sempre Tanner sentia-se em casa; assim como acontecia com Angevine, o projeto o mantinha trabalhando durante horas longas e difíceis. Mas, quando estava presente, falava mais sobre o que fazia. Descrevia a Shekel a aparência extraordinária do freio, esparramado dentro da água clara, os cardumes de brilhantes peixes tropicais que circulavam entre os elos que já se haviam encrostado de algas e tenazes moluscos; removidos à noite sob luzes frias. Todas as horas de trabalho, soldando, testando e sugerindo, agindo como projetista, mestre de obras e construtor, deixavam Tanner exausto e muito feliz.

Shekel mantinha os quartos limpos e aquecidos. Quando não cozinhava para Angevine, cozinhava para Tanner.

Sentia-se preocupado.

Dois dias atrás, em Ludi, Shekel despertara subitamente, um pouco depois da meia-noite, em seus antigos aposentos no navio-fábrica. Sentara-se na cama, silencioso e imóvel.

Havia olhado em torno do quarto, na pálida meia-sombra derramada pelas luzes e estrelas lá fora: a mesa e as cadeiras, o balde, os pratos e as panelas, a cama vazia de Tanner (*trabalhando até tarde, outra vez*). Não havia lugar para ninguém se esconder, mesmo abrigado entre sombras, e Shekel pôde ver que estava só.

Ainda assim, sentia que não estava.

Acendeu uma vela. Não havia ruídos, luzes ou sombras incomuns, mas ele não conseguia parar de imaginar que vira ou ouvira algo, fazia apenas um instante, como se suas memórias corressem à frente dele, recordando-lhe de alguma coisa que ainda não acontecera.

Afinal, voltou a dormir, e acordou pela manhã com um vago resíduo do presságio que tinha sentido. Porém, na noite seguinte surgiu, acompanhando o crepúsculo, a mesma sensação da presença de um intruso, muito antes de Shekel ter ido para a cama. Ficou parado, em quietude concentrada e tola, olhando incerto à sua volta. Será que alguém movera aquelas roupas? Aquele livro? E os pratos?

A percepção de Shekel alternava-se rápida de um objeto, uma pilha de coisas, gaveta ou coleção, até o próximo, seus olhos se moviam ao longo das coisas exatamente como se assistisse a alguém andar pelo quarto, tocando ou remexendo um lugar diferente a cada vez. Sentiu-se ao mesmo tempo furioso e atemorizado.

Quis fugir, mas a lealdade a Tanner o manteve ali. Fez com que acendesse os lampiões e cantasse alto, cozinhasse rápida e exuberantemente até a volta de Tanner – que se deu, por clemência, antes de a noite avançar e os ruídos externos se dissiparem.

Para alívio e surpresa do garoto, quando tocou no assunto de estranhas intuições, Tanner reagiu com interesse e seriedade.

Olhou à volta do quartinho e murmurou com cautela:

– Tamos num momento especial, rapaz. – Apesar de exausto, levantou-se e seguiu dentro do quarto a rota que Shekel descrevera. Apanhou os objetos pelos quais passou e os estudou com cuidado. Murmurava e esfregava o queixo.

– Não vejo sinal de nada, Shekel – admitiu. Seus olhos não descansaram. – Tamos num momento especial. Agora tem um monte de sujeitos experimentando um monte de coisas... tem mentiras, fofocas e Falastrão sabe mais o quê. Até hoje, quem tá cabreiro com Aquabelone e o projeto não berrou muito... isso fica pra mais tarde, não duvido. Mas sempre tem alguém que encontra outras maneiras de arruinar as coisas. Não é que eu sou mandachuva nesse negócio, Shekel, meu rapaz, mas todo mundo sabe que tive na ilha, e que tô ajudando a construir o arreio. Pode ser que alguém entrou aqui pra tentar, sei lá, arruinar as coisas. Procurando um negócio para fortalecer o lado dele. Como se eu fosse burro de guardar os planos aqui. O pessoal tá tenso. As coisas acontecem muito rápido. Parece que ninguém mais controla nada.

Inspecionou mais uma vez o quarto e encontrou o olhar de Shekel.

– Tô a fim de deixar que venham. Se você tá certo, tudo bem, desde que deixem a gente em paz e não roubem nada. Que se fodam. Não tô com medo. – Sorriu de bravata, e Shekel sorriu em resposta.

– Mesmo assim – disse Shekel, bem baixo –, mesmo assim.

Quando falou a Angevine, no dia seguinte, sobre sua experiência, ela ecoou Tanner Sack de modo quase idêntico.

– É possível que você esteja certo – disse ela devagar. – São tempos estranhos, você sabe. As pessoas estão empolgadas, e algumas assustadas. Duvido que intrusos invisíveis sejam as coisas mais bizarras que encontraremos nas próximas semanas, amor. O povo está resmungando porque as fábricas trabalham dia e noite nos arreios. Não há tempo nem engenheiros para consertar máquinas em nenhum outro lugar, não há metalurgia e peças de motor. "Com toda a energia da sonda", o povo diz, "quando a veremos utilizada para *nós*? De quanto precisa o maldito avanc, afinal de contas?"

– Bem, ele precisa de muita, Shekel. Uma quantidade dos diabos, agora e sempre. – Ela encontrou seu olhar e lhe tomou a mão. – E as queixas que você ouve agora, não somente em Solameno, Larcão e Queda Seca, mas em toda parte, só vão aumentar. Assim que as pessoas entenderem que há coisas mais importantes que seus esquemas particulares nas quais investir óleo e leite de pedra.

Falou distraída, recordando conversas que entreouvira, de Tintinábulo e de outros. Restou a Shekel apenas concordar.

– Já começam a surgir, os encrenqueiros – refletiu ela. – Vordakine em Larcão e Salgueiro em Solameno. O misterioso Simon Fench. Panfletos, pichações, sussurros. E os bons cidadãos também têm dúvidas. Contaram-me que até mesmo Hedrigall, leal até seus ossos de madeira, *conhece* o tal Fench, bebe com ele às vezes. O povo vai se inflamar se o avanc for conjurado… algo tão maravilhoso vai entusiasmá-los. Mas não será o fim, Shekel, acredite em mim.

No calor escaldante do verão acidental e equatorial de Armada, o Parque Croom florescia.

Na última vez em que Bellis o tinha visitado, estivera todo verde: úmido, luxuriante e cheirando a seiva. Agora, o verde estava coberto de cores primaveris e estivais: no solo, um revestimento de brotos precoces, e mais alguns, aqui e acolá, nas pontas dos galhos das árvores; as primeiras e brilhantes flores de verão rivalizavam vívidas ervas, cornisos e narcisos. Os bosques pululavam de pequenas vidas.

Bellis veio ao parque não com Silas, mas com Johannes Tearfly. Teve a irônica e divertida sensação de ser, de algum modo, infiel.

Caminhou por sua rota favorita, ao longo do que certa vez fora um corredor entre cabines e agora era um cânion sufocado de heras. Passiflora cravejava as paredes, mal se viam as janelas quebradas sob a trama de raízes. Onde as velhas cabines-colinas afundavam na superfície gramada, e a trilha abria-se ao sol, havia uma orla de madressilvas, zunindo de abelhas.

Este é um bom momento, pensou Bellis com cautela, enquanto caminhava. Johannes a seguia tímido e curioso. *Mas você o estragará em breve, Johannes. Terá de falar.*

Após mais alguns minutos de flores e grama, durante os quais o único ruído foi o vibrato de amáveis insetos, ele falou.

Conversaram longamente sobre o trabalho abaixo da cidade.

– Estive ali algumas vezes, a bordo de um submersível – contou Johannes. – É extraordinário, Bellis. A rapidez da construção, é mesmo fabulosa.

– Bem, notei a velocidade com que desmantelaram o *Terpsichoria*, entre outros – disse ela. – Posso imaginar.

Johannes ainda se acautelava em sua presença, mas estava ansioso por sentir a conexão que tinham tido antes. Bellis sentia a tentativa de contato, percebia a disposição dele de justificar para si mesmo qualquer grosseria da parte dela.

– Você não me contou muita coisa sobre a ilha – disse ele.

Bellis suspirou.

– Foi difícil. Não me agrada discutir o assunto. – Porém, concedeu-lhe um pouco mais que aquilo: contou-lhe do calor excruciante, do medo contínuo, da grotesca curiosidade dos homens-mosquito e da fome assassina de suas parceiras.

Johannes tentou avaliá-la. Talvez ele achasse que estava sendo perspicaz e sutil, ela imaginou.

– Ontem levaram Aum embora – prosseguiu Bellis, e ele se virou, sobressaltado. – Ensinei-lhe sal durante algumas semanas, somente isso. Aprende num ritmo que me assusta. Anota tudo o que digo, já tem o suficiente para um tratado. Mas não acho que seja capaz de se comunicar sem minha ajuda – ainda não. Porém, ontem à tarde, quando terminamos com Tintinábulo e o comitê de engenheiros, levaram-no embora e disseram que não precisariam de mim por enquanto.

– Talvez tenham opinião melhor que a minha sobre seu domínio de sal. Ou talvez outro de seus especialistas em alto kettai tenha praticado o suficiente para se tornar útil – disse aquilo com um riso zombeteiro, pretensioso, e Johannes riu um pouco. – Disseram-me o tempo todo que eu deveria torná-lo fluente em sal o quanto antes; que iriam precisar dele para projetos que não me dizem respeito. Tentam se livrar de mim.

Voltou-se para Johannes e o encarou. Estavam a sós numa clareira, rodeada de árvores e atrofiadas roseiras primaveris.

– Minha utilidade está acabando, e me sinto radiante, porque já estou cansada pra caramba. Mas Aum está apenas começando, ao que parece. Não foi levado pelo grupo costumeiro. Uther Doul veio buscá-lo, acompanhado de homens e mulheres que nunca vi. Não sei do que se trata. Parece-me que conjurar o avanc não é o final da história.

Johannes virou-se para outro lado e começou a mexer nas flores.

– Só agora você percebeu, Bellis? – perguntou ele, com calma. – É claro que está certa. Há mais por vir. Dada a escala do que tentamos com o avanc, é difícil imaginar, mas parece que tudo isso é um... *prelúdio* do que esteja realmente acontecendo. O que é não sei. Decidiram que eu não deveria me envolver.

– Sabe – disse ele –, foi apenas por sorte que consegui meu cargo aqui. – *Sorte?*, pensou Bellis, incrédula. – Entre aqueles que estão por dentro, que viram as antigas correntes, argumentou-se por *décadas* que se deveria conjurar o avanc. Porém, os Amantes os ignoraram, estiveram desinteressados durante anos... foi o que ouvi.

– Tudo mudou quando Uther Doul chegou à cidade e começou a trabalhar para eles. Não sei o que lhes disse, ou mostrou. No entanto, de uma hora para outra, o projeto do avanc foi reativado. Algo que Uther lhes disse fez com que se desencavassem os antigos planos, pela primeira vez desde que as correntes foram construídas, e ninguém sabe quanto tempo faz, ou o que aconteceu.

– E, no final das contas, minha parte acabou. Passaram a outras questões.

Ciumento, percebeu Bellis, *desprezado, abandonado e puto da vida.* O trabalho de Johannes – e o próprio Johannes – fora inestimável para conjurar o avanc, mas o que viria depois não precisava dele.

Gentil e sutilmente, Bellis sondou-lhe a ferida. Momento a momento, intercalando suas investigações com minúcias insignificantes.

Furioso, Johannes dispôs-se a falar seriamente sobre as dúvidas que tinham surgido quanto aos planos dos Amantes.

Passearam pelo navio arborizado, passando por chaminés e anteparos reformados, enquanto Bellis, bajuladora e dissimulada, alimentava o ressentimento de Johannes e o interrogava, juntando as peças.

Assim que começou a escutar, Bellis ouviu os mesmos nomes, os mesmos rumores em toda parte. O verniz de lealdade aplicado sobre Armada era fino. Ansiedades e controvérsias agora eram percebidas tão claramente quanto nós de madeira embaixo do verniz.

Surpreendeu-se ao perceber que não apenas as excelências de Solameno e Larcão estavam ligadas às vozes dissidentes. Alguns dos servidores mais leais e antigos de Aquabelone eram céticos, envolvidos com os renegados.

Viu que o consenso dos Amantes não era estável. E, como tinha em parte esperado, o nome repetido com maior frequência, que sempre surgia como o âmago da insatisfação, era Simon Fench.

Bellis passou a procurá-lo.

Perguntou por Simon Fench a todos que conhecia. Carrianne deu de ombros, mas prometeu que manteria os ouvidos abertos. Johannes olhou para ela de soslaio e não disse nada. Shekel, durante um de seus raros encontros, assentiu.

– Ange o mencionou – disse. Fingindo pouco interesse, Bellis pediu-lhe que descobrisse mais.

Sua averiguação ricocheteou pelas esquinas, entre os jovens que vadiavam nas balaustradas, alvejando com atiradeiras os macacos da cidade, ou que se acomodavam em bares, jogando dados e queda de braço. Todos tinham seus próprios amigos, seus próprios contatos, homens e mulheres que lhes dariam moedas, comida e favores, em troca de qualquer serviço trivial que os garotos e garotas prestassem. A pergunta de Bellis passou por eles, e pelos botequins de Aquabelone, Arenqueiro, Biblioburgo e Tu-E-Teu.

Em Nova Crobuzon, tudo o que não fosse regulamentado era ilícito. Em Armada, as coisas eram diferentes. Afinal, era uma cidade pirata. O que não ameaçasse diretamente a cidade não era da conta de suas autoridades. A mensagem de Bellis não precisou de esforço para se manter velada, como precisaria em seu antigo lar, de modo a evitar a milícia. A exemplo de outros segredos, correu pela cidade flibusteira com facilidade e rapidez, deixando pequenos rastros para quem soubesse procurar.

– Você esteve me procurando.

Silas encontrava-se diante da cama de Bellis, que ainda não se despira. Sentava-se com os joelhos para cima, lendo à luz de gás. Estivera sozinha até aquele instante.

Mais taumaturgia, Silas?, pensou ela.

Era noite do dia 10 de Cascadi de Bicaçor, o último dia do Quarto – um festival. Ruas barulhentas, pessoas bêbadas gritando e rindo. Navios e ruas tinham sido decorados com bandeirolas coloridas. O ar se enchia de fogos de artifício e confete (mesmo assim o trabalho continuava embaixo da água).

– Estive – disse ela.

– Você tem de tomar cuidado, não queira espalhar por aí que se relaciona com dissidentes.

Bellis riu.

– Falastrão e o caralho, Silas. Veja a lista de seus, ou do senhor Fench, supostos amigos. Inclui peixes maiores que eu, muito maiores. É verdade que você bebe com Hedrigall? – Ele não respondeu. – Assim, não creio que alguém se importe comigo.

Observaram um ao outro em silêncio. *Quantas vezes fizemos isso?* pensou Bellis, desiludida. *Confabular secretamente; em meu quarto, à noite, diante de xícaras de chá, para discutir o que sabemos ou não?*

– Eles planejam algo – disse ela, e seu próprio tom conspiratório quase a sujeitou a uma risada amarga. – O avanc não é o fim do caso. Aum aprende sal em tempo recorde, e o levaram para trabalhar no novo projeto confidencial. Até mesmo alguns dos cientistas sentem-se excluídos. Há um núcleo: Tintinábulo, os Amantes, Aum, e agora Uther Doul é parte dele. Planejam alguma coisa.

Silas assentiu. Estava claro que ele já sabia.

– Então? – quis saber Bellis. – O que é?

– Não sei – disse ele, e Bellis não soube determinar se acreditava.

– Se não pudermos constatar o que planejaram – disse ela –, talvez ainda possamos... escapar daqui.

– Sinceramente – disse ele, devagar. – Não consigo entender qual é o plano. Se descobrir, conto a você. É claro.

Estudaram um ao outro.

– Suponho que Doul a esteja cortejando – continuou Silas. Não tentava ser desagradável, porém mostrava um risinho irritante.

– Não sei *o que* ele está fazendo – disse Bellis, ríspida. – Às vezes penso que seja isso, que esteja me cortejando. Mas se for, pelos deuses, ele está sem prática. Às vezes penso que tenha outros motivos, mas não entendo quais.

Silêncio outra vez. Lá fora, um gato começava a se lamentar.

– Diga-me, Silas. Este é seu mundo. Há qualquer oposição séria ao projeto? *Séria*, quero dizer. E, se há, podemos usá-la para fugir daqui? Poderá ajudar-nos?

O que posso ter em mente?, ela imaginou. *Enviamos a mensagem ao nosso porto de origem.* Salvamos *a cidade, pelo amor de Falastrão. Não resta mais nada a fazer. Não há facções a persuadir. Não há ninguém que possamos convencer a nos levar para casa.*

Apesar do que pudesse afirmar sobre tentativas de fuga, mergulhar no interior de Armada, esquivar-se para fora de vista, tornar-se Simon Fench, suspender-se numa teia de tratos, rumores, favores e ameaças; eram táticas de sobrevivência. Silas adaptava-se.

Bellis não podia fazer nada. Sem esquemas com que se envolver, sem planos secretos.

Ainda sonhava com o rio entre Nova Crobuzon e a Baía de Ferro.

Não, pensou ela, feroz e intransigente. *Seja qual for a verdade, aconteça o que acontecer, por mais perdida que esteja a causa: não desistirei de fugir.*

Custara-lhe bastante esforço para alimentar a fria fogueira de raiva e desejo de escapar. Abandoná-la agora seria intolerável.

Então manteve aquele *Não* ruidoso num recanto da mente, intocado pela dúvida.

Despertou no dia seguinte e debruçou-se à janela, tomando o vento quente, observando as equipes exaustas e ressacadas limparem das ruas e conveses os detritos de festa da noite anterior (varrendo enormes montes de poeira e trapos coloridos, fantasias e disfarces dos bailes de máscaras, resíduos do consumo de drogas).

As chamas acrimoniosas haviam parado de rolar da grua no topo da *Sorgo*. A sonda esfriara, sua colheita de óleo e leite de pedra havia sido bombeada e armazenada. Para além da paisagem de telhados das naus, os vapores, rebocadores e atarracados navios industriais voltavam a aproximar-se da cidade, como limalhas de ferro atraídas por um magneto. Bellis observou as tripulações que os atracavam outra vez nos limites de Armada.

Quando todos os navios de serviço terminaram de se ligar à cidade, rumaram para sudeste, cuspindo fumaça negra, rangendo engrenagens, devorando imensas quantidades de carvão roubado e de tudo o mais que pudessem queimar. Com lentidão aterradora, Armada começou a se mover.

Lá embaixo, na água límpida, os mergulhadores ainda trabalhavam. O desnudamento de navio após navio continuava, e a entrega de suas substâncias aos processos industriais. O comboio interminável de dirigíveis passava entre os cadáveres das naus e as forjas.

Tênues correntes marinhas andavam em torno dos gigantescos arreios ocultos sob as ondas. O passo de Armada era quase imperceptível, apenas duas ou três milhas por hora.

Porém, não esmorecia. Era incessante, e Bellis sabia que, quando chegasse ao lugar que buscava, quando as correntes fossem baixadas e a taumaturgia aplicada, tudo mudaria. E ouviu mais uma vez a voz interior: *Não*. Em recusa à submissão, em recusa a fazer dali seu lar.

À medida que passavam os dias, precisavam dela cada vez menos. Haviam diminuído as sessões de tradução com os engenheiros, já que as equipes trabalhavam por horas intermináveis, e problemas de projeto eram enfrentados, um a um, e resolvidos. Bellis sentia-se deslizar para longe do centro das coisas.

A não ser por Doul. Ainda falava com ela, ainda lhe oferecia vinho em sua cabine. Restava algo sombrio entre eles, mas Bellis não sabia o quê. As conversas de Doul permaneciam crípticas como sempre, e não davam a ela nenhum conforto. Mais uma vez, e duas, ele a levou até a pequena sala, a caixa de ressonância sob o camarote dos Amantes. Bellis não sabia dizer por que o acompanhava. Sempre à noite, sempre em segredo. Ela ouvia as juras arfantes de ambos, seus gemidos de dor e desejo. A emoção ainda a chocava e nauseava, como algo que apodrecesse em seu estômago.

Na segunda vez, os ouvira sibilar de qualquer coisa que passava por prazer em suas mentes. No dia seguinte, quando entrou na sala de reuniões, com Aum, os

Amantes a encararam ostentando ferimentos frescos, sangue que lhes encrostava nas testas sulcadas a fundo, imagens espelhadas sobre seus rostos.

E Bellis havia fraquejado. Não suportava a ideia de estar à mercê de pessoas viciadas nas emoções que escutara.

Não.

Até mesmo enquanto o clima ficava ainda mais quente, dia após dia até que se passasse uma semana, e duas, e o freio estivesse quase pronto, e Silas não a tivesse procurado, e Doul continuasse sem fazer sentido; até mesmo enquanto caía do centro do poder, e o alívio de não ser obrigada a ver os Amantes era embotado pelo medo que ela sentia de sua crescente inutilidade; até mesmo ao perder a última ficção de poder que tivera; até mesmo ao se tornar óbvio que estava encurralada, a voz dentro de Bellis teimava, absolutamente clara.

Não.

CAPÍTULO 32

Armada encontrou o lugar que procurava.

A cidade achava-se próxima da fronteira meridional entre o Oceano Bravio e o Mar dos Arrecifes Negros. Bellis sentiu-se atordoada ao ficar sabendo. *Caralho, chegamos mesmo tão longe?*, pensou.

Estavam imóveis por completo sobre a água. Por meio de técnicas arcanas, tais como ecocaptura e projeção sensorial, a cidade achara caminho até o centro de uma calmaria. Calmarias existiam de modo aleatório em todos os oceanos – trechos de água, com algumas milhas transversais, onde não havia correntes nem ventos. Sem força motora, coisas flutuavam na superfície das calmarias, subindo e descendo com as ondas, porém sem se mover um centímetro na direção de qualquer ponto cardeal.

Havia sinais de dolinas.

Naquela região, o oceano tinha entre cinco e seis quilômetros de profundidade. Porém, abaixo da calmaria, o leito do mar erodia-se em cone agudo, buraco circular que se estendia demais, fora do alcance de qualquer geoempata.

A dolina tinha uma milha e meia de largura, e não se via o fundo.

Tão profunda que a dimensão de Bas-Lag não poderia de modo algum conter a densidade e a gravidade da água. A realidade era instável nas zonas inferiores do poço. A dolina era um canal entre universos. De onde irrompiam os avancs.

Não houve momento exato em que Krüach Aum e seus novos subordinados declarassem encerradas as pesquisas; nenhum anúncio repentino, nenhuma afirmação de que todos os problemas estivessem resolvidos. Bellis não pôde determinar o instante preciso no qual soube que Armada estava pronta.

Doul não lhe disse nada. O conhecimento saturou-se nela, e em todos os outros cidadãos. Carregada em rumores e conjeturas, em especulação galopante, e então em triunfo, a notícia espalhou-se. *Tiveram sucesso. Sabem como fazê-lo. Aguardam.*

Bellis não quis acreditar. A percepção de que os cientistas haviam aperfeiçoado as técnicas necessárias a dominou com tanta suavidade que não houve choque súbito, apenas um presságio que crescia lento. *Como?*, pensava sem parar. Considerou a escala do feito que se tentaria, e uma pergunta a oprimiu. *Como poderão fazê-lo?*

Pensou em tudo que deveria ser feito, em todo o conhecimento que tinham tido de amealhar, nas máquinas a serem construídas, na pujança a canalizar. Parecia impossível. *Será que sou a responsável?*, perguntou-se, incrédula. *Sem Aum, sem seu livro, como se poderia fazer isso?*

A cada hora passada, Bellis podia sentir a tensão, a ansiedade e o entusiasmo aumentando à sua volta.

Afinal, dias depois de terem alcançado a calmaria, anunciou-se o que todos vinham esperando. Cartazes e pregoeiros avisavam ao povo que se preparasse, que a pesquisa terminara, que a tentativa seria feita.

Por mais importante, mais extraordinário que fosse, o aviso não surpreendeu ninguém. E, depois de tão longo silêncio oficial, a confirmação derradeira foi quase um alívio, até mesmo para Bellis.

Tanner Sack achou no freio, e nas correntes agora visíveis, um grande deleite para os olhos. Nascido e criado em Nova Crobuzon, acostumara-se às montanhas que emolduravam o céu e à arquitetura complexa e abrangente. Havia momentos, admitia, em que os céus abertos e infinitos de Armada, a água ininterrupta, o perturbavam.

Encontrava conforto nos arreios submersos. Davam-lhe algo enorme e real para observar. Quebravam a monotonia das profundezas.

Tanner pairava nas águas estáticas da calmaria.

Havia pouquíssimas silhuetas embaixo da água – Tanner, John Filho da Puta, peixomens – assistindo.

Tudo fora preparado.

Era quase meio-dia. A cidade permanecia tão imóvel quanto estivera antes da aurora.

Em naus vizinhas, Bellis via pessoas observando de seus telhados, ou espiando atrás de balaústres, ou dos parques da cidade. No entanto, não eram muitas. Não se ouvia quase nenhum ruído. Não havia dirigíveis no céu.

– Metade de Armada ficou dentro de casa – cochichou a Uther Doul. Encontraram-se no convés do *Grande Oriental*, reunindo-se aos poucos armadenses que, como Bellis, sentiram-se compelidos a acompanhar a tentativa na própria nau capitânia.

Estão apavorados, pensou ela, fitando as ruas vazias sobre os navios lá embaixo. *Entendem o que está em jogo aqui. Parecem marinheiros naufragados num bote que se vai atar a uma baleia.* Quase riu. *E temem a tempestade.*

Tempestades severas horrorizavam os cidadãos de Armada. A cidade não conseguia evitar nem acompanhar as vagas furiosas, e as intempéries poderiam romper as ligações entre naus, ou arrebentá-las umas contra as outras, por mais fortes que fossem os para-choques. A história de Armada era pontuada por narrativas de borrascas terríveis e letais.

Nunca antes se havia convocado uma *de propósito*.

De modo a perfurar a membrana entre realidades, até mesmo num ponto fraco, e atrair o avanc, era necessária uma explosão colossal de energia. Algo assim exigia uma tempestade não somente eliéctrica, mas viva. Uma orgia, um frenesi de fúlmens, os elementais dos raios.

Já que tempestades vivas eram – felizmente – quase tão raras quanto rupturas de Torque, Aquabelone teria de criar uma.

Os seis mastros do *Grande Oriental*, sobretudo o gigantesco mastro principal, foram enfaixados com fios de cobre, que desciam por eles e desapareciam no corpo do navio, isolados com borracha, passando por corredores e escadarias, vigiados com zelo pela capatazia, serpenteando pela nau até se encaixarem no novo e esotérico motor movido a leite de pedra na base do *Grande Oriental*, pronto para enviar cargas extraordinárias às extremidades achatadas da corrente colossal, e dali ao metal no freio e ao mar profundo.

Em algum lugar, reuniam-se eruditos e piratas-taumaturgos de Biblioburgo, Arenqueiro e Aquabelone. Meteoromantes e elementalistas. Com estranhas máquinas, fornalhas, unguentos e oferendas. Talvez um sacrifício. Bellis imaginava seu trabalho frenético, lendo correntes etéreas, alimentando as fornalhas e conjurando.

Por muito tempo, ouviram-se apenas sussurros, e o tênue ruído de ondas e gaivotas. Todos que se encontravam sob o calor inóspito esforçavam-se para escutar algo inédito, mas não faziam ideia do que esperar. Quando finalmente chegou, foi um estrondo tão monolítico que puderam senti-lo, nas profundezas, ressoando pelos navios.

Bellis ouviu Uther Doul exalar, sua voz densa de emoções que ela não reconheceu, e sussurrar:

– Agora.

O convés do *Grande Oriental* balançou de repente sob os pés deles, com um estampido de rachadura.

Armada vibrou violentamente.

– O freio, as correntes – disse Doul, em voz baixa – estão sendo baixados. Para dentro do buraco.

Bellis agarrou-se à amurada

e, lá embaixo, Tanner Sack arfou. A água corria-lhe veloz pelas guelras, enquanto giravam as vastas roldanas e os parafusos de fixação dos arreios eram golpeados por cargas explosivas em sequência coreografada, e, deslocando grandes marés, o anel de metal com mais de quatrocentos metros de diâmetro, cravejado de anzóis e aros cruéis, começava a descer.

Deslizava por estágios através da água e alcançava o limite de sua folga ao final de cada seção de elos, após o que outra carga era detonada, e enormes engrenagens giravam, fazendo o metal afundar mais algumas dezenas de metros.

À medida que cada comprimento de corrente chegava ao fim, a cidade acima se movia, reconfigurava-se um pouco, suas dimensões alteravam-se com o esforço. As correntes eram tão imensas que operavam em escala geográfica, cada intenso puxão era um trauma sísmico. Porém, Armada mantinha-se flutuando por meio de projeto meticuloso, além de gás e taumaturgia. Embora os súbitos abalos a sacudissem, como se numa tormenta, e forçassem e rompessem as poucas pontes de cordas e cestaria que não haviam sido desengatadas, não conseguiam virar de quilha a cidade.

– Falastrão e o *caralho* – gritou Bellis. – Temos de nos abrigar no porão!

Doul a segurou, agarrou firme e manteve plantada ali.

– Não posso perder isso – disse ele –, e creio que você também não possa.

Armada cedeu de maneira aterradora e repentina então,

e a descida do freio acelerou. Tanner Sack percebeu que gritava, sem ar nem som. Seu maxilar emitia obscenidades silenciosas diante daquela visão, hipnotizado pela escala do engenho, pelo rápido desaparecimento do enorme arreio no mar negro, enquanto passavam segundos e minutos. A cidade estabilizou-se um pouco, e houve apenas o desenrolar constante das grandes correntes atreladas, cinco fileiras de elos descendo às profundezas ocultas.

Colônias de cracas e lapas tinham encrostado as correntes durante gerações e, à medida que os elos eclodiam dos ventres das naus, lançavam ao abismo nuvens de moluscos mortos.

Após vários minutos, Armada ficou quase imóvel outra vez, ondulando muito vagarosa com as últimas reverberações da corrente. Pássaros no céu impeliam-se sem direção, por toda parte. O enorme peso do metal assentou-se. Houve tensa expectativa.

Todos suspenderam o fôlego, e nada aconteceu.

O freio agora pendia sob quilômetros de correntes. A cidade na superfície flutuava tranquila sobre as ondulações.

Os armadenses prepararam-se e aguardaram. Porém, as águas da calmaria continuavam pacíficas, e o céu claro. Devagar, mais e mais pessoas começaram a emergir aos conveses. Nervosas e hesitantes no início, ainda esperando pela ocorrência cujos parâmetros não conseguiam imaginar. Mas nada aconteceu.

Bellis não sabia precisamente que espécie de crise havia se abatido sobre os cientistas e taumaturgos. A tempestade prometida não apareceu. Os motores a leite de pedra não se moveram.

Não era surpresa, ela refletiu. As técnicas eram singulares e experimentais, nunca tinham sido provadas. Não era surpresa que não funcionassem de imediato.

Ainda assim, o anticlímax foi avassalador. Dentro de duas horas, a cidade voltou ao estado de sempre. A quietude anormal se dissipou.

Piratas decepcionados resmungavam e contavam piadas sobre o fracasso. Ninguém de Aquabelone, cientista ou burocrata, fez qualquer anúncio sobre o que acontecera. Armada assentava-se nas águas gentis em meio ao calor, e as horas de silêncio oficial tornaram-se metade de um dia, e continuaram.

Bellis não conseguia encontrar Doul, que fora verificar o que havia acontecido. Passou a noite sozinha. Deveria estar satisfeita com o fracasso de Armada, mas até mesmo ela sentia-se infectada de pesar. E de curiosidade.

Dois dias passaram.

Nas águas paradas da calmaria, parte dos efluentes da cidade coagulou em torno dela e, refestelada sob o sol, Armada começou a feder. Numa só ocasião, Bellis e Carrianne haviam passeado pelo Parque Croom, mas o odor e os gritos roucos dos animais acalorados, soltos e em navios-fazenda, tornavam desagradável a atmosfera. Não era revigorante estar ao ar livre. Bellis confinou-se em seu quarto, e à companhia de seus cigarrilhos.

A não ser por aquele breve encontro com Carrianne, passava as horas sozinha. Doul não aparecera. Bellis agitava-se de calor, fumava e esperava, observando a cidade que retornava à sua áspera rotina com velocidade deliberada. Aquilo a enfurecia. *Como vocês todos conseguem fingir que nada acontece?*, pensava, vendo as bancas no Mercado de Palhinverno. *Como se aqui fosse um lugar igual a qualquer outro, como se essa fosse uma época normal?*

Ainda não se ouviam notícias, enquanto as equipes de engenheiros e caçadores, Krüach Aum e seus assistentes refaziam cálculos, tomavam medições, remexiam em motores. Tudo em segredo, Bellis tinha certeza.

Dois dias se passaram.

Tanner flutuava imóvel sob a cidade, olhando para baixo. Era como se estivesse na entrada de um túnel pentangular margeado de correntes. Alinhados à sua cabeça, cada braço e cada perna, os cinco imensos grilhões pairavam até o fundo, convergindo em perspectiva e desaparecendo na escuridão.

Ele estava exausto. Os frenéticos consertos desde a primeira tentativa tinham lhe roubado o sono. Havia sido insultado de todas as maneiras por supervisores lívidos de frustração.

O enorme corredor de cadeias que se estendia abaixo dele media mais que seis quilômetros. Na extremidade, pendia absolutamente imóvel o freio, maior que qualquer navio. Investigado, talvez, pelos peixes-remo e enguias de bocas enormes que frequentavam aquelas profundidades, aventurando-se no poço mais fundo.

Sentada à janela, lendo, Bellis percebeu aos poucos uma estranha quietude, um silêncio e uma mudança na qualidade da luz. Pausa neurótica, como se o ar e o sol fervente aguardassem. Soube, com uma pontada de medo estupefato, o que acontecia.

Enfim, pensou. *Deuses me ajudem, eles conseguiram.*

Do degrau de sua porta, nos andares superiores da chaminé do *Cromolito,* ela olhou para além dos navios de Armada, que oscilavam tranquilos, aos mastros do *Grande Oriental.* Fitou a cidade abarrotada. Não houvera alerta de que outra tentativa seria feita; as pessoas estavam por toda parte. Paradas nos mercados e ruas, olhando para cima, tentando definir o que já sentiam.

O céu começou a mudar.

– São Falastrão – murmurou Bellis. – Ah, deuses.

Em meio ao azul embranquecido de sol que se estendia sobre Armada, a escuridão se desdobrava. Centenas de metros acima deles, o céu claro sofreu um espasmo momentâneo e cagou, do nada, uma pequena mancha de nuvens, uma partícula, um átomo de impureza, que desabrochou como flor, como caixa de surpresas, instrumento de mágico que se abriu repetidas vezes, multiplicando-se a partir de sua própria substância.

Espalhou-se rápido como tinta de lula, em espiral, pintando o céu, irradiando-se em círculo, disco de sombras que se expandia. Emitia ruídos ameaçadores.

Vento surgiu repentino, esbofeteando as torres e quilhas de Armada, tangendo o cordame da cidade. Algo caía como neve em torno de Bellis, minúsculas partículas semelhantes a neblina, fedor arcano que descia das chaminés dos navios e se espalhava, efluente de quaisquer forças que estivessem arrancando do nada as nuvens. Bellis reconheceu o cheiro: leite de pedra. Algum motor aeromórfico fora acionado.

O sol estava obstruído por completo. Bellis estremeceu na escuridão e no frio recém-nascidos. Além dos limites da cidade, o mar tinha se tornado instável, espuma saltava para o alto e se precipitava outra vez. O ruído do céu aumentou: de baixas vibrações transformou-se em ronronar, e então em longo grito. Finalmente, um brado de trovão e, com aquele barulho percussivo, a tempestade rebentou da massa de nuvens.

O vento enlouqueceu. O mar inchou. Trovões mais uma vez, e com eles a escuridão oleosa acima da cidade partiu-se em mil pedaços. Através de cada fissura, o clarão incandescente dos raios. Chuva abateu-se sob a forma de jorros clamorosos, encharcando Bellis em segundos.

Por todos os distritos da cidade, armadenses acorriam aos porões. Os conveses esvaziaram-se rapidamente. Homens e mulheres esforçavam-se para desengatar as pontes, à medida que as naus ligadas por elas começavam a soçobrar. Aqui e ali viam-se pessoas transfixadas como Bellis, de medo ou fascinação, olhos fixos na tempestade.

– Cuspe de deus! – gritou Bellis. – Valha-nos, São Falastrão! – Não conseguia ouvir a própria voz.

A tempestade estava muda para Tanner, abrigado nas águas da calmaria. A superfície acima dele tinha perdido a integridade devido à chuva. A cidade erguia-se e caía como se o mar tentasse sugá-la. Os gigantescos grilhões se moviam no fundo.

Mesmo através de toneladas de mar, Tanner percebeu, o som dos trovões e os solavancos da água cresciam. Nadou agitado, esperando que a tempestade atingisse seu pico final, ficando cada vez mais nervoso ao ver que a violência não se dissipava, continuava a aumentar.

Rabo do diabo, pensou, assombrado e temeroso. *Agora conseguiram, né? Que porra de tempestade é essa? Caralho! O que eles fizeram?*

Bellis agarrou-se firme à amurada, apavorada com a possibilidade de o vento a arrastar e a lançar pela borda, para ser esmagada entre naus.

O ar estava maculado de sombras, escuridão quebrada por raios como luzes de câmera.

Mesmo com o ar enxaguado pela torrente, o bizarro fedor dos vapores de leite de pedra era forte, e aumentava. Bellis via círculos concêntricos distorcendo o ar. Raios atingiam, sem parar, os mastros da cidade, demorando-se em torno da gigantesca coluna revestida de cobre do *Grande Oriental.*

Armada dançava enquanto o céu fervia. À medida que o motor aeromórfico emitia mais e mais potência, os padrões dos raios começavam a mudar. Bellis fitava as nuvens, hipnotizada.

No começo, as rajadas e rebarbas foram aleatórias, dardejando e estremecendo como serpentes brilhantes na escuridão. Porém, começavam a sincronizar-se. O tempo entre elas se estreitava, de maneira que a luz de uma ainda feria os olhos de Bellis enquanto a próxima disparava, e os movimentos tornavam-se mais deliberados. As irrupções projetavam-se rumo ao centro da nuvem e desapareciam no eixo.

Os trovões intensificaram-se. O cheiro do leite de pedra era nauseante. Bellis encantou-se com o que via através do dilúvio, capaz somente de pensar *Vamos! Vamos!*, sem consciência do que esperava.

Afinal, com uma única salva atordoante de trovão, os relâmpagos alcançaram fase.

Explodiram, a partir do éter e ao mesmo tempo, à volta das margens da tormenta, sulcaram juntos o ar negro em direção ao núcleo, como raias de roda, encontrando-se no centro da tempestade sob a forma de um único, doloroso e intenso ponto de luz, que crepitou e *não se dissipou.*

Energia eclodiu invisível, amplificada pelas válvulas e transformadores dos motores ocultos, cuspida pelas chaminés do *Grande Oriental*, e correu ao céu para dentro da tempestade.

A invocação aflorou no âmago da nuvem.

A crepitante estrela de raios brilhou fria, intensa, branca e azul, trêmula, mais resplandecente, tesa como se grávida como se pronta a explodir e então

rompeu

e um enxame de presenças ruidosas coalesceu a partir dos estilhaços e ocupou o navio, aparições crepitantes delineadas por energia, por electricidade, deixando rastros de ar queimado ao correrem precisas através do céu, sapientes, caprichosas e propositais.

Fúlmens. Elementais dos raios.

Gritavam e riam ao ziguezaguear, berros que eram algo entre som e corrente elíctrica. Os fúlmens rasgavam a linha do horizonte a velocidades espantosas, metamorfoseando-se em arcos de corrente, deixando para trás uma enxurrada de silhuetas fantasmagóricas formadas nas suas descargas, imitando os contornos dos prédios da cidade, imitando peixes e pássaros, e rostos.

Um feixe deles mergulhou até o convés do *Cromolito*, guinchando ao passar por Bellis e quase lhe parando o coração. Lufaram em torno da chaminé.

De algum lugar no *Grande Oriental* veio um pulso de energia, e por toda a cidade os elementais abandonaram suas brincadeiras e torvelinharam de agitação. Outra vez as máquinas escondidas emitiram um solavanco de energia em curso pelos fios até o topo do mastro. Os fúlmens uivaram, e dançaram em torno de correntes e grades de metal. Começaram a se aglomerar. Bellis virou a cabeça e observou sua partida, sobre o corpo do *Cromolito*, ao longo dos canais entre naus, acima e além de conveses reconstruídos, rumo ao mastro principal do imenso vapor.

Bellis não notava chuva e trovoadas. Tudo o que conseguia ver ou escutar eram os raios vivos que delineavam Armada com seu frio chamejante, em conflitos e espasmos, alternando-se entre existência e inexistência, próximos dos telhados mais altos da cidade. Perscrutou a tempestade, por cima das naus à sua frente. Como isca, um fluxo de energia pendia no topo do enorme mastro do *Grande Oriental.*

Pescamos uma tempestade para pescar elementais para pescar um avanc, pensou Bellis. Sentia-se embriagada.

Os fúlmens circularam o mastro, manto de presenças eriçadas, girando em vórtice. Cuspiam na escuridão da borrasca, iluminando negativamente a cidade, como negra luz solar, até que afinal um grande jato de energia aglutinante irrompesse dos fios, e os fúlmens guinchassem, matraqueassem e se derramassem no metal.

Com feitiços e maquinário, os elementalistas fisgavam os fúlmens.

Os elementais gritavam à medida que eram capturados e suas formas conduzidas pelos espessos cabos, luzes apagadas em rápida sucessão. Em meio segundo, o céu tornou-se escuro outra vez.

Os elementais eléctricos correram pela rede de cabos, sob a forma de partículas sobrecarregadas, sangrando umas para dentro das outras e transformando-se num fluxo de força viva, apressando-se escadarias abaixo até as entranhas do *Grande Oriental*, até o motor a leite de pedra, até as pontas achatadas da corrente que se estendia para dentro da brecha no leito do oceano.

Sob milhões de toneladas de água salgada, a substância condensada de uma tribo de elementais dos raios disparou ao longo dos elos da corrente, de forcados tão grandes quanto mastros, para dentro do mar, numa descarga de energia imensamente potente, que chamejou luz branca e arrebatou-se de instantâneo às profundezas da dolina, descorando e matando qualquer rude vida por que passou, até lancetar a membrana entre dimensões, muitos quilômetros abaixo.

No fundo do *Grande Oriental*, o motor a leite de pedra zumbiu, e enviou potentes pulsos pela extensão da corrente.

Somente então se abriu um rasgo no fundo do oceano, e deram-se a ouvir os cativantes sinais transmitidos pela máquina, inaudíveis a qualquer ser nascido nos mares de Bas-Lag.

Tanner Sack mergulha mais fundo na água crepuscular. A tempestade se dissipou quase de imediato, e o céu acima dele brilha. Tanner testa a si mesmo, impele-se na direção do leito, tão longe quanto possa, até a zona disfótica.

Há outros ali: lagostins, peixomens e John Filho da Puta, ele supõe, curiosos para sondar tão fundo quanto possível, mas ele não os vê. A água é fria, silenciosa e densa.

Sentiu as vagas de energia passarem pelos imensos elos da corrente. Sabe que eventos espantosos se desenrolam lá embaixo e, como criança, permite-se a satisfação de afundar no escuro. Jamais descera tão fundo, porém segue os elos enormes, até a profundidade que possa alcançar, reunindo coragem, adaptando-se à pressão que o comprime. Seus tentáculos se estendem e parecem prender algo, como se ele pudesse ir mais fundo agarrado à substância da água.

Dói-lhe a cabeça, sente o sangue constringir-se. Quando já não consegue avançar, paira na água. Não sabe o quanto desceu. Não consegue ver a grande corrente a seu lado. Não consegue ver nada. Suspenso no frio cinzento, está completamente só.

Muito tempo se passa, e os sinais do motor a leite de pedra continuam a reverberar tentadores no oceano profundo. Nada se move.

Até que os olhos de Tanner se abrem de súbito (*não sabia que estavam fechados*).

Houvera um som, uma sensação repentina de atrito lubrificado, como o encaixe de travas, coisas inserindo-se em ranhuras. Um longo e troante disparo viajando pela água como canção de baleia, que Tanner mais sente no estômago que vê.

Permanece imóvel. Escuta.

Sabe o que ouviu.

Rédeas anexadas ao freio de quatrocentos metros – dentes, cavilhas, pinos e rebites, travas tão longas quanto navios – deslizando até suas posições. Algo tinha subido, farejando e atravessando camada após camada de água e realidade, supõe Tanner, para investigar os deliciosos pulsos de leite de pedra, e enfiara o pescoço ou outra parte de si mesmo na coleira, até que estivesse envolvido no arreio, e os aguilhões e tachas semelhantes a troncos de árvores se projetassem para a frente, perfurando-lhe a carne, e as ligaduras tivessem se apertado, fazendo-o prisioneiro.

Silêncio mais uma vez, e imobilidade. Tanner sabe que, na superfície, os taumaturgos e engenheiros enviam sinais cuidadosamente calculados àquilo que parece ser o córtex da criatura, acalmando, sugerindo, adulando.

Sente mínimas variações de maré e temperatura – ondas taumatúrgicas arrebentam nele.

Tanner sente vibrações, primeiro na pele e, depois, mais fortes, por dentro.

A coisa se move, muito abaixo das orlas moribundas de luz solar, nas águas noturnas quilômetros ao fundo, ao largo de peixes-lanterna e santolas, eclipsando suas débeis fosforescências. Tanner a sente rastejar mais para perto, deslocando enormes porções de água fria e fazendo-as rolar para cima e para fora do abismo em marés fantásticas.

Ele está cativado.

Ouve-se um estrondo preguiçoso que sacode o oceano. Tanner imagina um apêndice monstruoso batendo fortuitamente na plataforma continental, um apocalipse irracional que elimina dezenas de rudimentares habitantes do leito.

A água em torno dele rodopia. Marés taumatúrgicas emanam dissonantes do buraco. Acontece um súbito espasmo de pressão, e então um ruído muito fraco de batidas chega aos ouvidos de Tanner. Em dúvida, ele se esforça para escutar.

É uma pulsação tênue e irregular que sente no abdome. Um golpe lento e esmagador. Seu estômago salta.

Ouve aquilo apenas por um instante, um capricho de espaço e taumaturgia, mas sabe o que é, e o conhecimento o deixa atordoado.

É um coração do tamanho de uma catedral, que bate na escuridão das profundezas.

Sobre degraus molhados de chuva, embaixo do sol feroz e do céu sem nuvens, Bellis aguardava.

Armada parecia uma cidade-fantasma. Todos os habitantes, com exceção dos mais fascinados, escondiam-se, ainda aterrorizados.

Algo acontecera. Bellis tinha sentido os ressaltos do *Cromolito* e o choque das correntes. Agora haviam se passado muitos minutos de silêncio.

Ela sobressaltou-se outra vez ao ouvir o ruído de metal contra metal. Lenta e ameaçadora percussão causada pelos movimentos das correntes no ventre da cidade, subindo e retesando-se, emergindo da dolina abaixo do mundo, retornando à sua dimensão natal, imergindo por inteiro nas águas do Oceano Bravio.

Começaram a sair de prumo, lentas, estendendo-se até que estivessem retesadas à frente da cidade. Quilômetros abaixo, o freio encontrava-se rente ao leito do mar.

Ocorreu um ruidoso solavanco e Armada deslocou-se violentamente contra si mesma, seus navios sofreram uma sutil alteração de posições e modificaram seus contornos, rebocados a partir do fundo até novas direções.

A cidade começou a navegar.

O espasmo quase jogou Bellis ao chão.

Ela ficou atônita.

A cidade *se movia.*

No rumo sul, em velocidade de cruzeiro que ofuscava com facilidade tudo o que já fora alcançado por dezenas de rebocadores.

Bellis via as ondas contra os flancos das naus exteriores. Via o turbilhão de rastros que a cidade deixava. Viajava rápida o suficiente para deixar *rastros.*

Desde os limites de Armada até o horizonte, a frota de navios desatracados – piratas-mercantes, fábricas, mensageiros, belonaves e rebocadores – agora navegava frenética. Voltava-se para a cidade, dando partida nos motores.

Ah, meus deuses, Bellis pensou, chocada. *Não devem acreditar no que estão vendo.* Ouviu, proveniente da nau mais próxima, um coro de alegria. Os marinheiros estavam todos no convés, dando vivas.

O som ecoou devagar por toda Armada, à medida que apareciam pessoas, abrindo portas e janelas, emergindo de casamatas, subindo em amuradas atrás das quais tinham se abrigado. Bellis via cidadãos bradando por toda parte. Brindavam aos Amantes. Berravam de júbilo.

Bellis olhou para o mar, assistindo ao passar das ondas enquanto a cidade viajava. Enquanto era rebocada.

Ao final dos arreios de quatro milhas, conquistado pelo motor a leite de pedra, preso firme por anzóis semelhantes a pináculos recurvos, o avanc seguia constante e curioso através do que era, para ele, um mar alienígena.

INTERLÚDIO VII – O CANAL DO BASILISCO

Fazia mais de quatro semanas que o *Tetneghi Corpoeira* estava ao mar.

O galeão enfrentou horríveis tempestades estivais. Ficou sem vento entre Gnurr Kett e Perrique Próximo. Nos perigosos canais das Ilhas Mandrágoras, navegou perto demais de alguma rocha sem nome e foi assolado por criaturas aéreas saqueadoras, que rasgaram as velas e arrebataram à morte vários macacos do cordame. Nas águas frias próximas à costa ocidental de Rohagi, o navio foi abordado e atacado – nefasta coincidência – por um navio da marinha crobuzonense. Graças a ventos favoráveis, o *Tetneghi* ultrapassou o encouraçado, sofrendo danos que o retardaram, mas não o destruíram.

A tripulação cactácea assovia instruções aos exaustos símios lá em cima, e a espalhafatosa nau aproxima-se da paz do porto através do canal, em direção à Baía de Ferro.

No dia seguinte ao seu encontro com Tanner Sack, quando o capitão Nurjhitt Sengka anunciou as novas ordens à tripulação, reagiram com o espanto e a má vontade que ele havia esperado. A disciplina relaxada dos navios de Dreer Samher permitia que os marujos se expressassem de modo mais ou menos livre, e disseram a Sengka que não concordavam, que estavam putos da vida, que não entendiam, que iriam desertar, que os anófeles precisavam de mais guardas que o destacamento reduzido que ficara lá.

Sengka foi implacável.

A cada infortúnio do caminho, a cada demora, a cada vagaroso minuto do mês, os resmungos da tripulação ficavam mais altos. Sengka, porém, tendo decidido apostar sua carreira nas promessas escritas que Tanner lhe tinha dado, não se desviou de seu plano. E a confiança que a tripulação tem nele é forte o suficiente para que, até agora, ele venha sendo capaz de controlar-lhes a ira, mantê-los em expectativa, com insinuações e piscadelas.

E agora o *Tetneghi Corpoeira* rasteja até o Grande Piche. O ouro ostentoso e as curvas impetuosas do galeão foram embotados pelo atroz clima primaveril que choca os cactáceos. Sua aparatosa estética sulista se vê absurda diante dos marrons-escuros, negros e verdes lamacentos, e dos frágeis matizes das flores nas ilhas por que passam.

Foram castigados pelas intempéries, dilapidados. A tripulação perde a paciência. Sengka manuseia a bolsa selada.

Não falta muito agora. Estão perto da baía e do rio, dos tijolos e das pontes. Há cada vez mais rochas nas águas em torno deles. O canal está menos profundo. A costa se avizinha.

O capitão Sengka estuda de perto o selo de Nova Crobuzon na pequena carga que está para entregar. Sopesa o pacote em suas grandes mãos: o couro, a caixa lacrada com cera; a oferta de recompensa que Nova Crobuzon honrará; a carta de alerta, seu melodramático aviso de guerra escrito em código obscuro, absurdo e desprovido de sentido; o colarzinho grosseiro e sem valor que justifica a caixa de joias; e, sob o forro de veludo, selado no fundo falso, envolvido em serragem, um pesado disco do tamanho de um relógio de bolso, e o longo despacho em caligrafia miúda.

O presente secreto do Procurador Fennec a Nova Crobuzon, e sua verdadeira mensagem.

INTERLÚDIO VIII – OUTRO LUGAR

Houve uma formidável irrupção ao mundo. O mar tem sabor de algo novo.

O que é?

Nenhum dos caçadores sabe.

O que foi aquele abalo aquela súbita alteração a abertura a intrusão a invasão a chegada? O que veio?

Nenhum dos caçadores sabe. Apenas entendem que o mar mudou.

Os sinais estão por toda parte. Correntes vacilantes que mudam infimamente de rumo, como se houvesse em seu caminho um novo obstáculo que não sabem evitar. Os salinos gritam e tagarelam, ávidos por comunicar o que sabem.

Até mesmo uma nova e colossal presença como aquela é uma mudança diminuta, em escala mundial. Quase infinitamente pequena. Mas os caçadores são sensíveis à água em nível subatômico, e sabem que algo aconteceu.

A coisa nova deixa seus vestígios singulares, porém é uma trilha de partículas, esterco e sabor que não opera de acordo com a física de Bas-Lag. Gravidade, movimento aleatório, existência física, não funcionam como deveriam em torno do intruso. Os caçadores percebem-lhe o gosto, mas não a trajetória.

No entanto, não cessam de tentar. Porque é óbvio que aquilo é trabalho da cidade flutuante. Se puderem achar a coisa enorme e lenta, acharão sua jazida.

O tempo se vai rápido.

Há bolhas na água, na salgada e na doce. Exaladas por irmãos muitas milhas ao longe, sobem, e mantêm sua integridade, ainda que cercadas pela matéria de sua própria composição, deslizam por pequenas aberturas taumatúrgicas e deslocam-se, continuam seu movimento ascendente sem obstáculos, vastas distâncias desde onde começaram. Estouram nos ouvidos dos caçadores, portando mensagens de casa. Rumores e histórias falados em água. Enviadas pelos groac'h e magos em Os Gengris, pelos espiões na Baía de Ferro.

Ouvimos coisas, diz uma voz.

Os caçadores comungam, e vertem energias, trêmulos e esforçados, empregando os focos, as relíquias preservadas de seus mortos. Seus líderes sussurram em resposta, e suas próprias vozes-bolhas cruzam outra vez a distância, de volta ao lar.

Algo novo ingressou no mar, dizem.

Quando a conversa termina, os magos, quietos na escuridão muito abaixo da superfície do Oceano Bravio, a três mil milhas de seu lar, piscam e meneiam as cabeças e o som que chegou a eles do outro lado do mundo dissipa-se com a água que o transporta.

Chegam barcos, dizem aos caçadores. Muitos. Rápidos. Da Baía de Ferro. Também caçadores. Procuram, como nós. Cruzam o oceano. Nossos irmãos e irmãs estão com eles, ligados como rêmoras, cantando para nós. Podemos encontrá-los com facilidade.

Os barcos. Os barcos buscam o mesmo que buscamos. Sabem para onde vão. Possuem máquinas para encontrar.

Nós os rastreamos, e eles rastreiam por nós.

Os caçadores sorriem com os dentes muito longos e emitem roncos e latidos aquáticos que são risadas, dobram seus membros em formatos adequados à natação e rumam para o norte, na direção que lhes fora indicada, até onde estará a flotilha de Nova Crobuzon. Irão interceptá-la e juntar-se às suas tropas. E, afinal, encontrarão sua jazida.

PARTE 6

CAMINHANTE MATUTINO

CAPÍTULO 33

O avanc, e atrás dele Armada, mantinha velocidade imutável, contínua – sempre rumo ao norte. Nada tão veloz quanto um navio, porém muitas vezes mais rápido que a cidade jamais fora capaz de viajar.

As naus armadenses retornavam todos os dias. Mecanismos secretos mostravam-lhes o passo inédito de seu porto de origem, e elas apressavam-se pelo mar, em pânico ou júbilo, até a cidade tornada ágil, trazendo butins de joias, alimentos, livros e terra fértil.

Os marinheiros de regresso impressionavam-se ao avistar a cidade. Cercada pela frota de rebocadores e barcos a vapor que sempre a haviam rebocado, mas que agora a seguiam em enorme massa díspar, segunda cidade desintegrada, leal e inútil, Armada propelia-se lenta através do oceano, como se por vontade própria.

Alguns dos navios agora redundantes vinham sendo integrados ao corpo de Armada, enganchados e soldados nos lugares certos, ou desnudados e reformados, ou fortalecidos. Outros foram convertidos em naus piratas, equipados de blindagens e canhões dos mais variados tipos. Eram híbridos, ouriçados de armamentos fortuitos.

A rota da cidade era nor-nordeste, mas aconteciam desvios para cá ou para lá, de modo a evitar tempestades, ilhas rochosas, ou alguma irregularidade no leito do oceano que os cidadãos de Armada não conseguiam enxergar.

Os pilotos do *Grande Oriental* estavam equipados com um armário de sinalizadores pirotécnicos, de várias cores. Sempre que o curso do avanc precisava de correção, eles os disparavam em sequência, sinais combinados previamente. Engenheiros em outros distritos respondiam, acionando os enormes guindastes que puxavam uma ou outra das correntes submersas.

O avanc aquiescia, plácido e submisso como uma vaca. Alterava seu curso (*com batidas de barbatanas, filamentos, patas, ou sabiam deuses o quê*) em resposta aos ligeiros puxões. Permitia que o comandassem.

No porão do *Grande Oriental*, o trabalho na sala de máquinas logo tornou-se rotina. Durante o dia inteiro as caldeiras sacolejantes eram alimentadas com uma magra porção do leite de pedra que a *Sorgo* havia recolhido, e enviavam um pulso constante de calor suave através da corrente e dos aguilhões, até onde supunha-se ser o córtex do avanc.

A imensa criatura estava drogada, letárgica de satisfação, tão parva quanto um girino.

No início, após o avanc ser conjurado, quando ficou claro que a taumaturgia, a caçada, haviam funcionado de fato, que a fera lendária surgira em Bas-Lag, os cidadãos de Armada tornaram-se histéricos de entusiasmo.

A primeira noite fora uma celebração espontânea. As decorações usadas no fim do *quarto* foram penduradas outra vez, e os bulevares e praças por toda a cidade foram tomados por fileiras de dançarinos, homens e mulheres, khepris, cactos, escarazelos e outros, carregando em desfile miniaturas em papel machê do avanc, tão improváveis quanto diferentes entre elas.

Bellis passou a noite num bar, com Carrianne, enlevada pela folia, mesmo contra a vontade. No dia seguinte, esteve cansada e abatida. Era 3 de Marcadi do Quarto Carne. Consultou o calendário crobuzonense que havia rabiscado e viu que era 15 de Copulário – Véspera de Malbroto. A descoberta a deprimiu. Não que pensasse que a influência maléfica do festival haveria de se estender tão longe, mas a quase coincidência da chegada do avanc com aquela noite era desconcertante.

À medida que se consumiam os dias, até mesmo com a empolgação ainda jovem, com o espanto de despertar todas as manhãs no meio do oceano que vergastava a cidade em movimento, Bellis notava em Armada uma ansiedade crescente, no centro da qual estava a percepção de que os Amantes de Aquabelone, que controlavam o avanc, rumavam para o sul e não diziam por quê.

Discussões sobre aonde o avanc levaria a cidade tinham sido, até então, conduzidas em termos gerais e nebulosos. Representantes de Aquabelone enfatizaram a força e a velocidade da criatura, a capacidade de esquivar-se de tempestades e mares estéreis, de garantir tempo bom, durante o qual as colheitas prosperariam. Muitos cidadãos supuseram que a cidade rumasse para uma zona quente, onde houvesse poucas potências navais, onde mercadorias, livros, solo e outras pilhagens pudessem ser obtidos na costa com facilidade. Kudrik meridional, ou talvez o Mar do Códice. Algum lugar assim.

Porém, como o passar dos dias, a cidade continuava rumo ao norte, sem desaceleração ou desvio. Armada se dirigia a um lugar definido, sob ordens dos Amantes, e nada se dizia.

– Logo saberemos – diziam os legalistas nos bares das docas. – Eles não têm nada a esconder.

No entanto, quando afinal boletins de notícias e periódicos, palestrantes de rua e polemistas organizaram-se o suficiente para fazer a pergunta que habitava as mentes de todos, não houve resposta. Após uma semana, a primeira página de *A Bandeira* consistiu em apenas duas enormes palavras: AONDE VAMOS?

Nada de respostas.

Havia alguns para os quais não importava o silêncio. O que importava era Armada ter se convertido numa grande potência, no controle de algo mais sensacional do que se poderia imaginar. Os detalhes da jornada não os preocupavam mais que antes.

– Sempre deixamos a eles as decisões – diziam.

Porém, antes não se haviam exigido decisões realmente sérias, somente os mais vagos acordos para que os navios rebocassem a tal e tal direção aproximada, na esperança de que, dentro de um ano ou dois – se permitissem as correntes, as marés e o Torque –, a cidade atingisse águas hospitaleiras. Agora, com o avanc, surgia um novo tipo de poder, e alguns perceberam que tudo mudara. Que agora havia decisões reais a serem tomadas, e que os Amantes as tomavam.

Na ausência de informações, rumores floresciam. Armada dirigia-se ao Mar Morto de Gironella, onde a água ossificava-se em suas formas de onda, sepultando dentro de si tudo o que fosse vivo. Dirigia-se ao Malmstrom, à beirada do mundo. A uma nódoa cacotópica. À terra dos fantasmas, ou dos lobos falantes, ou dos homens e mulheres cujos olhos eram joias, ou cujos dentes eram de coral polido, ou a uma terra de corais sencientes, ou um império de fungos, ou qualquer outro lugar, talvez.

No dia 3 de Livrodi do *quarto*, Tintinábulo e sua equipe deixaram Armada.

Durante a maior parte de uma década, o *Castor* estivera embutido junto à proa de Aquabelone, onde se encontrava com o distrito de Arenqueiro. Enlaçado ao *Tolpandy*, acomodara-se por muito tempo ao lado de um encouraçado que se tornara zona comercial, seus cinza militares sarapintados de cores mercantis, as ruelas entre seus canhões degradados cercadas por becos de lojas em barracões de zinco.

O povo tinha se esquecido de que o *Castor* não era um acessório permanente. Pontes o haviam ligado às cercanias, e correntes, cordas e para-choques o haviam atrelado. Tais elos foram cortados, um a um.

Sob o sol quente, os caçadores brandiram facões e se removeram da carne de Armada, até que o navio flutuasse livre, um corpo estranho. Entre o *Castor* e o mar aberto liberou-se uma passagem em meio às naus. Pontes foram desengatadas e amarras rompidas, ao longo da rota que seguia da barca *Marcavil* até Arenqueiro, ao lado do *Relevância de Darioch*, e suas moradias baratas e indústria barulhenta; passando pelo *Delicadeza*, um submersível preso à superfície havia muito, seu interior um teatro; torcendo-se a estibordo entre uma antiga coca mercante e um grande navio-carruagem, cujos pitos tinham sido reformados para conterem luzes coloridas; então se abria um trecho e, para além dele, o jardim de esculturas de Arenqueiro, sobre o *Thaladin*, no limite exterior de Armada.

Depois, o mar.

Os navios que ladeavam a passagem apinhavam-se de pessoas debruçadas nos corrimões para berrar despedidas ao *Castor*. Capatazia e guardas de Arenqueiro mantinham o recente canal livre de tráfego. O mar estava calmo e o passo do avanc, firme.

Quando o primeiro dos relógios da cidade começou a bater meio-dia, os motores do *Castor* deram a partida, causando um furacão de entusiasmo entre a plateia. Deram ruidosos vivas enquanto o navio, de pouco mais de trinta metros de comprimento, encimado por seu campanário absurdamente alto, começava a acelerar.

Pontes, cabos, correntes e traves foram reconectados no rastro do navio. O *Castor* deslizou como farpa do corpo da cidade, que se suturou após sua saída.

Em muitos lugares, a rota era apenas um pouco mais larga que o próprio *Castor*, que colidia contra seus vizinhos. Suas faixas de corda e borracha absorviam os impactos. Progredia vagaroso, esbarrando caminho afora, até o mar. Ao longo do caminho, as multidões gritavam e acenavam, triunfantes como se tivessem libertado os caçadores depois de anos de aprisionamento.

O navio afinal passou pelo *Thaladin* até o oceano aberto, navegando na mesma direção do avanc, porém mais veloz, de maneira a emergir da cidade. Na amplidão do mar, o *Castor* continuou acelerando. Circundou o limite frontal de Armada e virou-se para o sul, deixando que a cidade continuasse adiante, conduzida pelo avanc. Armada prosseguiu até que o *Castor* estivesse nas cercanias de Ponta do Relógio; dali para entrada aberta das Docas Basílio, apinhada de barcos desamarrados; e para além de Jhour. O motor ressoou outra vez e o navio afastou-se, entre as naus livres que cercavam e seguiam a cidade. O navio de Tintinábulo as ultrapassou, livrando-se dos para-choques protetores, lançando ao mar borracha e tecido alcatroado, antes de desaparecer no horizonte meridional.

Muitas pessoas assistiram ao *Castor*, a partir do jardim de esculturas, até que sumisse na curva em torno de Armada. Entre elas estavam Angevine e Shekel, de mãos dadas.

– Fizeram seu trabalho – disse Angevine. Ainda se sentia perplexa por estar desempregada, mas sua voz traía apenas ligeiro arrependimento. – Terminaram o trabalho que vieram fazer. Por que ficariam?

– Você sabe o que ele me disse? – continuou, impaciente, falando com Shekel, e ele notou que Angevine continuava pensando naquilo. – Disse que estavam tentados a ficar por mais tempo, porém não queriam ir para onde vão os Amantes.

Tanner assistiu embaixo da água ao progresso do *Castor*.

Não se incomodava de que a cidade rumasse para o norte, ou de que ele não soubesse aonde chegaria. Alegrava-se muito com a ideia de que a conjuração do avanc não fosse o fim do projeto de Aquabelone. Achava difícil entender os que desconfiavam de traição e zangavam-se, intimidados por sua própria ignorância.

– *Mas vocês não acham maravilhoso?*, queria dizer-lhes. *Não acabou, tem mais pra fazer. Os Amantes têm outra carta na manga, tem mais pra gente fazer, mais coisas grandes em jogo, a gente pode continuar!*

Passava cada vez mais tempo sob a superfície. Emergia para ficar sozinho ou, às vezes, na companhia de Shekel, que se tornava mais reservado a cada dia.

Tanner aproximou-se mais de Hedrigall. Por ironia, o homem-cacto era uma das vozes em oposição à trajetória setentrional da cidade, e ao silêncio dos Amantes. Mas Tanner sabia que a lealdade de Hedrigall era tão forte quanto a sua, que não havia nada de espúrio em sua inquietação. Hedrigall era um crítico cuidadoso e inteligente que não desprezava a lealdade de Tanner tachando-a de cega ou irrefletida, que entendia a confiança e o empenho que ele dedicava aos Amantes, que levava a sério seus argumentos a favor deles.

– Você sabe, Tanner, que eles são meus patrões – disse certa vez –, e sabe que não tenho sentimentos fofos por minha assim chamada terra natal. Dreer Samher que se foda. Não vale bosta nenhuma para mim. Mas... isso passou da medida, Tanner, meu velho – esse silêncio. As coisas iam bem, Tanner. Não precisávamos fazer tudo isso. Eles têm de dizer o que está acontecendo. Sem isso, perdem nossa confiança, perdem sua legitimidade, e, com os diabos meu chapa, é disso que dependem. Eles são apenas dois, e só Croom sabe quantos milhares somos. Isso não é bom para Aquabelone.

Aquelas opiniões deixavam Tanner desconfortável.

Era mais feliz embaixo da água. A vida submersa do distrito continuava como antes: as nuvens de peixes, John Filho da Puta, os mergulhadores trajados de couro e metal, nas pontas de seus tirantes, os cintilantes peixomens de Solameno, os lagostins, as sombras dos submersíveis, para além da cidade, parecidos com baleias gorduchas. Os pilares afundados da *Sorgo,* dos quais se projetavam suas pernas-traves. O próprio Tanner Sack, nadando de trabalho a trabalho, distribuindo, com movimentos mudos dos lábios, instruções e conselhos a seus colegas, dando e recebendo ordens.

Porém, nada estava igual, tudo estava diferente por completo. Porque, à margem de toda aquela atividade banal, emoldurando a massa de quilhas e ventres de naus, como extremidades de um pentáculo, as cinco imensas correntes desciam, em ângulos acentuados, até a escuridão, atreladas ao avanc quilômetros abaixo.

Os dias de Tanner eram mais difíceis que antes. Tinha de se manter nadando apenas para acompanhar o passo de Armada. Via-se com frequência agarrado a pilares, madeiramentos encrostados de cracas, deixando-se rebocar. Ao fim do dia, quando se içava para fora da água e retornava a seu quarto, sentia-se completamente exausto.

Pensamentos de Nova Crobuzon turvavam-lhe a mente cada vez mais. Imaginava se a mensagem que entregara havia chegado. Esperava muito que sim. Não podia conceber seu antigo lar destroçado pela guerra.

A temperatura não amainava. Todos os dias eram suarentos e desbotados pela luz. Quando havia nuvens, eram carregadas, tempestuosas e elíctricas.

Os Amantes, o anófeles Aum, Uther Doul e uma cabala de outros se recolheram ao *Grande Oriental* para trabalhar no novo plano secreto. O círculo mais amplo de cientistas foi mandado embora, para vagar desconsolado e ressentido.

O trabalho de Bellis terminara. Durante as horas úteis, por falta de outros amigos, começou a falar com Johannes outra vez, hesitante. Fora descartado, como ela. O avanc estava cativo – seu papel tinha se encerrado.

Johannes ainda desconfiava dela. Vagavam pelas ruas oscilantes de Armada, parando em cafés nas calçadas e em pequenos jardins nos quais crianças piratas brincavam à volta deles. Ambos continuavam recebendo estipêndios, e viviam com facilidade suas rotinas, mas as horas tinham se tornado intermináveis e sem propósito. Nada havia diante deles a não ser outros dias, e Johannes estava zangado. Sentia-se enjeitado.

Pela primeira vez, até onde Bellis podia recordar, ele havia começado a mencionar Nova Crobuzon com regularidade.

– Que mês é na cidade? – perguntou.

– Copulário – respondeu Bellis, repreendendo-se em silêncio por não fingir dúvida.

– O inverno acabou – disse ele – lá, em Nova Crobuzon. – Indicou o oeste com um meneio de cabeça. – É primavera – disse em voz baixa.

Primavera. *E aqui estou*, pensou Bellis. *Roubaram-me o inverno*. Lembrou-se da jornada fluvial até a Baía de Ferro.

– Você supõe que já saibam que não chegamos? – perguntou ele em voz baixa.

– Nova Esperium deve saber – disse Bellis. – Ou, pelo menos, acreditam que estamos seriamente atrasados. Se for isso, esperarão pelo próximo navio de Nova Crobuzon, que talvez chegue dentro de seis meses, para enviar a mensagem. De modo que, na cidade, ninguém ficará sabendo por um bom tempo.

Sentaram-se e beberam o café fraco cultivado na cidade.

– Pergunto-me o que está acontecendo por lá – disse Johannes, afinal.

Não conversaram muito, mas o ar ficou prenhe de seu silêncio.

As coisas aceleram, Bellis disse a si mesma, sem entender direito o que pensava. Não imaginava Nova Crobuzon da mesma forma que Johannes parecia imaginar: quando ela o fazia, via a cidade preservada, como se numa redoma de vidro, bastante imutável. Não pensava nela *agora*. Talvez por medo.

Via-se quase só com o conhecimento do que poderia ter acontecido, das guerras possíveis nas margens do Piche e do Cancro. Era inquietante pensar que a cidade estivesse salva por causa dela. Ou, ainda, que talvez não estivesse.

A incerteza, pensou, *o silêncio, a potencialidade do que teria acontecido, do que pode acontecer... deveriam esmagar-me*. Mas não. Em vez daquilo, Bellis sentia-se à espera.

Passou aquela noite com Uther Doul.

Bebiam juntos uma noite a cada três, mais ou menos. Ou caminhavam sem direção pela cidade, ou retornavam ao quarto dele, ou ao dela.

Ele nunca a tocava. Bellis não lhe suportava a reticência. Passava minutos sem falar, apenas para embarcar em seguida em uma ou em outra história mítica, em resposta a vagas declarações ou perguntas. Ocasiões em que sua maravilhosa voz a dominava, e fazia-lhe esquecer suas frustrações até que a história terminasse.

Uther Doul por certo obtinha algo de seu tempo com ela, mas Bellis ainda não sabia o quê. Já não se intimidava diante dele, apesar dos segredos que lhe escondia. A despeito de suas habilidades letais, seu gênio em ramos obscuros de teologia e ciência, Bellis pensava ver nele alguém mais perdido e confuso que ela, alguém afastado de todas as sociedades, incerto de normas e interações, isolado por trás de frio autocontrole. Sentia-se segura na presença dele.

Estava fortemente atraída por Doul, desejava-o: sua força e seu implacável controle, sua bela voz. Sua fria inteligência, o fato óbvio de que gostava dela. A sensação de que o dominaria, caso algo acontecesse entre eles, e não somente porque era mais velha. Não se ofereceria, mas havia arquitetado uma dinâmica tal que àquela altura ele já deveria saber.

Porém, ele nunca a tocava. O que inquietava Bellis.

Fazia pouco sentido. Seu comportamento denunciava com clareza desejo refreado e incompetente, mas havia outra coisa. Seus modos se assemelhavam a um composto quêmico, os ingredientes do qual ela podia identificar de imediato. Havia, no entanto, um componente misterioso que não conseguia entender, e que modificava tudo o que o constituía. E, quando Bellis ruborizava de luxúria por Doul, ou de saudades, quando, em outra situação, teria tomado a iniciativa de criar algo entre os dois, retraía-se, perplexa com o segredo dele. Não tinha certeza de que seus avanços seriam correspondidos. E não arriscaria rejeição.

O desejo de sexo com ele tornou-se quase petulante – adicionado à atração física, vontade de esclarecer a situação. *O que ele está fazendo?*, pensava sem parar.

Fazia muitos dias que não ouvia falar de Silas Fennec.

Dedos dos pés tocando o largo barril que se projetava de uma antiga canhoneira, cabeça olhando para baixo, desde mais alto que o mastro principal do Grande Oriental, *o homem está imóvel e observa e o trânsito das ondas entre barcos faz-lhe sentir como se caísse.*

Torna-se mais forte a cada dia que passa. Mais pujante, mais controlado e controlador, mais exato em suas maquinações.

Seus beijos agora são mais langorosos.

O homem segura na mão a estátua, e acaricia com as pontas dos dedos a barbatana. Sua boca continua sangrenta e salgada, consequência do mais recente beijo de língua.

Movimenta-se pela cidade das maneiras impossíveis que a estátua lhe concedeu. Espaço e forças físicas perdem a fibra quando sua boca e língua ardem-lhe da carícia fria de sal e pedra. O homem avança e transpõe a água entre naus, invisível, e avança outra vez e se esconde à sombra do sapato de um capataz.

Aqui, ali e de volta. Viaja pela cidade, rastreando rumores e informações que pôs em movimento. Assiste à sua própria influência espalhar-se como antibiótico num corpo doente.

É tudo verdade. Tudo o que diz é verdade. A discórdia que deixa atrás de si na trilha de sussurros e panfletos e jornais é a reação correta.

O homem desliza sob a água. O mar abre-se para ele, que deriva para baixo, passando pelos imensos elos de corrente, rumo à impensável beta de carga que alonga seus membros nas regiões mais profundas. Quando precisa respirar aproxima de si a estátua, a coisinha grotesca e corcunda brilhando no mar noturno com fraca luz biótica, o ósculo denteado uma chaga perfurada na escuridão, o olho bem aberto e zombeteiro, negro de alcatrão, e o beija com fervor e sente a vibrante coisa-língua com repulsa que jamais consegue banir.

E a estátua exala ar para dentro dele.

Ou dobra mais uma vez o espaço e permite que ele erga o queixo – está metros submerso –, rompa a superfície e encha os pulmões.

O homem viaja pela água sem que seus membros mudem de posição, a voluta de barbatana outrora viva meneia, como se o propelisse. Ele se instila em meio e à volta das cinco grandes correntes, descendo até apavorar-se do escuro do frio do silêncio (mesmo sendo poderoso e pujante), e ascende outra vez para caminhar nos compartimentos secretos da cidade.

Todos os distritos estão abertos para ele. Entra em todas as naus capitânias com facilidade e sem hesitação, exceto por uma. Visita o Grande Oriental *e o* Therianthropus *em Arenqueiro, e o* Deusinho de Sal *em Tu-E-Teu, e todos os outros – mas não o* Uroc.

Teme o Brucolaco. Vigoroso com o poder da estátua, mesmo assim não arrisca depara-se com o vampir. O lunavio está fora de seu alcance – promessa que fez a si mesmo, e cumpre.

O homem pratica outras coisas que a estátua lhe ensina enquanto lhe lambe a boca. Concede-lhe mais do que locomoção e infiltração.

É verdade o que dizem sobre o Bairro Assombrado: é desabitado. Porém, as presenças sobre os velhos navios veem o que faz e não o perturbam.

A estátua o protege. É sua amante. Ela o mantém seguro.

CAPÍTULO 34

Desde que fora roubada, a *Sorgo* havia perfurado durante várias semanas, e agora as reservas de Aquabelone contavam com grandes quantidades de óleo e leite de pedra. Armada, no entanto, era faminta, quase tão voraz por combustível quanto Nova Crobuzon.

Antes de Aquabelone comandar a *Sorgo*, os navios de Armada subsistiam apenas por intermédio de cuidadosa administração dos recursos roubados. Agora, com os estoques disponíveis, a demanda crescia. Até os navios aliados a Queda Seca e Solameno utilizavam o óleo que Aquabelone fornecia.

O leite de pedra era muito mais precioso, e raro. Dentro de armazéns vigiados do *Grande Oriental*, o pesado líquido gorgolejava em fileiras de jarros. As salas eram guardadas e aterradas por cuidadosos processos geotaumatúrgicos, de modo a dispersar quaisquer emanações perigosas. O motor que enviava os impulsos calmantes ao cérebro do avanc era movido pela substância, e os taumaturgos e técnicos que a controlavam aferiam de perto e com cuidado as reservas de combustível. Sabiam exatamente de quanto precisavam.

Tanner, Shekel e Angevine inspecionaram o ar sobre a grua fria da *Sorgo* e constataram que não havia efluentes.

Sentavam-se juntos numa barraca de cerveja sobre o *Dober,* um abrigo de lonas espalhadas sobre postes. O *Dober* não suportava construções mais sólidas. Era o corpo de uma baleia, estripado e separado de seu dorso, sua carcaça preservada através de processos esquecidos havia muito tempo. Muito duro e inflexível, embora o piso fosse perturbadoramente orgânico: restos de vasos sanguíneos e vísceras, endurecidos de verniz e sólidos como vidro ao contato dos pés.

Tanner e Shekel eram visitantes costumeiros do lugar. A cerveja era boa. Encontravam-se diante da cauda de baleia solidificada (que se projetava do mar como se estivesse a ponto de bater na superfície e nadar para a liberdade), e via-se a

Sorgo na mesma linha, emoldurada pelas barbatanas pontudas da baleia. A presença enorme e feia se embalava devagar.

Angevine permanecia quieta, e Shekel solícito, mantendo-lhe o copo cheio, murmurando-lhe baixo. Ainda estava chocada, de certo modo. Tudo mudara para ela desde a partida de Tintinábulo, e não tinha se adaptado até então.

Tanner não tinha dúvidas de que ela iria se recuperar. Deuses sabiam que ele não poderia negar-lhe alguns dias de insegurança. Tanner esperava que Shekel estivesse bem. Ela ficava feliz com o fato de ele passar um tempo com ela.

O que vou fazer?, perguntava-se Angevine. Pensava a todo o momento em ir até lá e ver que trabalho Tintinábulo poderia oferecer... depois, era claro, lembrava-se de que ele tinha ido embora. Não que sentisse sua falta. Fora sempre cortês e agradável para com ela, mas nunca houve intimidade. Fora seu patrão, lhe dando ordens a que ela obedecera.

Porém, até aquilo era demasiado. Não tinha sido seu patrão, na verdade. Seu patrão era Aquabelone... os Amantes. O dinheiro do distrito pagara seu salário, a contratara, nos primeiros dias após haver chegado, para servir ao estranho, musculoso e encanecido caçador. Desembarcar de um navio que a conduzia à escravidão, vindo de uma cidade onde o fato de ser Refeita a privava de direitos, fazia de seu trabalho obrigação, e depois ouvir que seria paga como qualquer outro cidadão a deixara atordoada. Foi o que comprara sua lealdade.

E agora Tintinábulo havia partido, e ela não tinha certeza do que iria fazer.

Era difícil, tendo orgulho de sua função, lembrar-se de que não importava o que fizesse conquanto trabalhasse, por dinheiro. Oito anos de sua história navegaram com Tintinábulo e seus caçadores.

Foi apenas um emprego, disse a si mesma. *Empregos mudam. É hora de seguir em frente.*

– Para onde vamos? – Bellis perguntou a Uther Doul.

Cedera, por fim, e perguntara.

Como esperava, ele não respondeu. Olhou para cima ao ouvi-la, e então para baixo, sem dizer uma palavra.

Estavam no Parque Croom, na escuridão vespertina impregnada das cores e do cheiro intenso das flores. Ali perto um rouxinol incestuoso entoava sua débil canção.

Quero saber, Doul, Bellis quase disse. *Fantasmas me acompanham, e quero saber se o vento vai soprar e arrebatá-los. Quero saber o rumo provável de minha vida. Para onde vamos?*

Mas não falou nada. Em vez disso, caminharam.

Via-se uma trilha ao luar. Era íngreme, formada por degraus e não por projeto. Contorcia-se, subindo uma escarpa de moitas e árvores que se elevava acima deles, nterrompida aqui e ali por ruínas de arquitetura – corrimões e escadarias, formas visíveis, ilusões de ótica sob a superfície do jardim.

Seguiram pelo aclive até o platô arborizado que já havia sido um convés de popa. Dali se viam os conveses de Larcão, mais abaixo, iluminados com suas tradicionais lanternas brancas e verdes. Bellis e Uther Doul detiveram-se na escuridão entre as árvores. O parque movia-se constante lá embaixo.

– Para onde vamos? – perguntou Bellis outra vez, e outra vez passou-se muito tempo durante o qual se ouviam apenas os sons navais da cidade.

– Você me contou certa vez – prosseguiu hesitante – sobre sua vida em Alta Cromlech. Contou-me de quando partiu. O que aconteceu depois? Para onde você foi? O que fez?

Doul meneou a cabeça, quase descorçoado. Após alguns instantes, Bellis indicou a bainha de sua espada.

– Onde conseguiu essa espada? O que significa o nome dela?

Ele sacou sua arma branca como osso. Segurou-a em riste no ar e a contemplou. Então, olhou para Bellis e assentiu novamente. Parecia contente.

– É uma parte importante do medo e da confiança que inspiro: a Espada Possível. – Descreveu com ela um arco lento e preciso. – Como a consegui? Ao final de uma longa busca... e de uma quantidade enorme, fenomenal, de pesquisa. Está tudo lá, no Cânone Imperial, você sabe. Toda a informação de que se precisa, caso se saiba lê-la. – Observou Bellis com calma. – O trabalho que realizei. As técnicas que aprendi.

– Os Espectrais racharam o mundo ao chegarem. A força de sua aterrissagem criou a Terra Fraturada, e o dano foi mais que físico.

– Utilizaram a rachadura. Você já ouviu o refrão sobre os Espectrais sempre "cavarem suas chances"? Quase sempre se entende por isso que tinham uma espécie anormal de sorte, que aproveitavam todas as chances que surgiam, sem que lhes importasse o quanto fossem tênues. – Sorriu lento.

– Você acha mesmo que isso bastaria para dominar um continente? Um mundo? Sustentar poder absoluto durante quinhentos anos? Acha que poderiam fazê-lo mantendo os olhos abertos para as oportunidades? Foi muito mais que isso. "Cavar chances" é uma descrição inapta do que os Espectrais faziam na verdade. Era uma ciência de todo mais exata.

– Mineração, talvez.

Uther recitou algo, como um cantor:

"Sulcamos de prospectos este aprazível mundo, o ferimos, quebramos, deixamos cicatrizes e marcas em suas terras mais remotas, estendidas por milhares de léguas em seu mar. E aquilo que rompemos podemos remodelar, e aquilo que fracassa ainda pode triunfar. Encontramos ricos filões de chance. E cavaremos."

– Tudo isso foi literal – disse ele. – Não se tratou de um vago clamor de vitória. Haviam deixado *cicatrizes*, haviam *quebrado* o mundo. E, ao fazê-lo, libertaram forças que foram capazes de explorar. Forças que lhes permitiram remodelar coisas, fracassar e triunfar *simultaneamente*, porque mineravam possibilidades. Um cataclismo como aquele, o estilhaçar de um mundo, a ruptura deixada para trás: abriram um veio fértil de possibilidades. E sabiam selecionar as condicionais no passado, tirar-lhes o que tinham de melhor, utilizá-las para modelar o mundo. Para cada ação há infinitos resultados. Incontáveis trilhões são possíveis, bilhões plausíveis, milhões podem ser considerados prováveis, muitos se sugerem a nós observadores... e apenas um se concretiza. Porém, os Espectrais sabiam como explorar alguns dentre os que poderiam ter se concretizado. Dar-lhes uma espécie de vida. Usá-los, inseri-los na realidade a qual, por sua própria existência, nega a deles, que é *definida* pelo que aconteceu e pela negação do que não aconteceu. Extraídos por máquinas de possibilidade, resultados que por pouco deixaram de existir eram incrementados, trazidos ao real.

Deteve-se por um instante.

– Se eu jogasse uma moeda, decerto ela aterrissaria com uma ou outra de suas faces para cima; é apenas possível que caísse de serrilha. Porém, se eu fizesse dela parte de um circuito de possibilidade, a transformaria em algo que os Espectrais teriam chamado de moeda de quedas possíveis. Moeda Possível. Se eu jogar *essa*, as coisas serão diferentes. Cara, coroa, ou talvez serrilha, irá se mostrar e ficar ali, estável como sempre. Essa é a moeda-fato. E, à volta dela, em diferentes graus de solidez e permanência, dependentes de quanto forem plausíveis, estarão dispersos seus *trizes*: possibilidades aproximadas, tornadas reais. Semelhantes a fantasmas. Algumas quase tão fortes quanto a factual, atenuando-se até chegarem àquelas que mal estão ali. Jazendo onde cairiam, caras, coroas e umas poucas e boas serrilhas. Possibilidades, mineradas e trazidas à luz. Esvanecendo-se à medida que muda o campo probabilístico. Esta... – indicou outra vez a espada, vendo que Bellis começava a entender – é uma espada de investidas possíveis. Uma Espada Possível. Conduz uma variedade muito rara de energia. É um nodo de circuito, uma máquina de possibilidade. Esta... – afagou o pequeno bornal preso à cintura – é a fonte: um motor de relojoaria. Estes – os fios costurados à armadura – extraem a energia. E a espada fecha o circuito. Quando a empunho, o engenho se completa. Se a relojoaria estiver funcionando, meu braço e a espada colhem possibilidades. Para cada ataque factual, há milhares de possibilidades, fantasmas de triz-espada, e todos investem juntos.

Doul embainhou a lâmina, e passou a observar as copas negras das árvores.

– Alguns dos mais prováveis aproximam-se bastante do real. Outros são mais débeis que miragens, e seu poder de corte... é débil. Existem incontáveis triz-lâminas, de todas as probabilidades, atacando juntas. Não há arte marcial que eu não tenha estudado. Sou especialista na maioria das armas com que me deparei, e sei lutar desarmado, igualmente. Porém, a maioria das pessoas não sabe que treinei duas vezes com esta espada. Dominei *dois* tipos de técnica. Este motor... não é calibrado. E não se pode somente dar-lhe corda a qualquer momento. Há mais coisas envolvidas. Assim, tenho de usar com parcimônia os segundos disponíveis. Quando luto, raramente ligo a Espada Possível. Quase sempre a uso como arma bruta, puramente factual: lâmina dura como diamante, mais aguçada que metal amolado. E a empunho com *precisão*. Cada uma de minhas investidas é exata, e acerta onde quero que acerte. Treinei muitos anos para isso.

Bellis não ouvia orgulho em sua voz.

– Mas, quando a situação é grave, quando as chances são muito ruins, quando se exige uma demonstração, ou eu me encontro em perigo... ligo o motor por alguns segundos. E, numa situação dessas, precisão é única coisa que não posso ter.

Ficou em silêncio enquanto uma rajada de vento morno sacudia a árvore, fazendo-a soar como se estremecesse ao ouvir as palavras de Doul.

– Um decapitador sabe onde encaixar sua lâmina. Com cada nuance de habilidade, assesta o pescoço. Amontoa possibilidades. Se utilizasse uma Espada Possível, a vasta maioria dos trizes estaria um centímetro distante do ataque factual. Eis a questão: quanto melhor o decapitador, quanto mais preciso seu golpe, mais constrita a potencialidade, e mais *desperdiçada* a Espada Possível. Porém é óbvio que uma arma como esta, deixada nas mãos de amadores, será tão letal para eles quanto para qualquer adversário. As possibilidades que se manifestam incluem automutilação, desequilíbrio, queda da arma, e assim por diante. É necessário um meio-termo. Quando ataco com uma arma bruta, sou executor. Minha lâmina atinge o espaço exato que escolhi, sem desvio algum. Foi como aprendi a lutar; seria um desperdício imbecil de força empregar a Espada Possível dessa forma. Assim, quando afinal a encontrei, após muito tempo de busca, tive de aprender esgrima outra vez. Uma arte muito diferente: habilidade sem precisão. Ao lutar com uma Espada Possível, não se deve constringir possibilidades. Devo ser oportunista, não calculista. Lutar de coração, sem a mente. Mover-me de repente, surpreendendo a mim mesmo, tanto quanto ao oponente. Súbito, lábil e sem forma. De modo que cada investida possa ser mil outras, e que cada triz-espada seja forte. Assim se luta com uma Espada Possível. Por isso sou dois espadachins.

Quando a adorável voz dele cessou, Bellis percebeu outra vez o parque à volta, a escuridão morna e o ruído dos pássaros empoleirados.

– O que há para saber sobre mineração de possibilidades – disse ele –, eu sei. Foi como fiquei sabendo da espada.

Uther Doul fomentava coisas na mente de Bellis. Em Nova Crobuzon, na época em que o cientista Isaac fora seu amante, Bellis tinha visto as obsessões dele, e aprendido certos conceitos.

As inclinações de Isaac eram caóticas e hereges. Muitos de seus projetos davam em nada. Ela o observara perseguir ideias. E, durante os meses que passaram juntos, aquela com a qual o vira mais ocupado fora a que ele chamava de energia de crise. Física teórica e taumaturgia de complexidade espantosa. Porém, o que havia entendido das explicações frenéticas e invulgares de Isaac fora a convicção dele de que, subjacente à factualidade do mundo, havia instabilidade, crise que forçava as coisas à mudança, partindo das próprias tensões entre elas.

Sempre achara que a ideia se ajustava a seus instintos. Obtinha sombrio conforto da noção de que as coisas, mesmo em seus estados presentes, estavam sempre em crise, sempre compelidas a se tornarem seus opostos.

Na mineração de possibilidades que Uther Doul acabara de descrever, Bellis via uma subversão radical da teoria de crise. Crise, Isaac dissera-lhe certa vez, manifestava-se na tendência do real de se tornar aquilo que não era. Se fosse permitida a coexistência entre o que *era* e o que *não era,* a própria tensão – a crise no âmago da existência – teria de se dissipar. Onde se encontraria energia de crise no caso de o real tornar-se o que não era, quando o que não era sempre estivera ali, junto do que era?

Aquilo não passava de uma realidade vaga e pluralista. A noção desagradava intensamente a Bellis. Chegava a sentir uma bizarra lealdade residual em relação a Isaac, que a obrigava a condenar o que tinha ouvido.

– Logo que cheguei aqui – continuou Doul –, estava muito cansado. Cansado de tomar decisões. Queria ser *leal.* Queria ser assalariado. Havia aprendido, buscado e encontrado tudo o que sempre quis. Possuía minha espada, e conhecimento. Já tinha visto o mundo... queria descansar. Ser vassalo, soldado pago. Os Amantes, porém, ao verem minha espada, e os livros que trouxe comigo, ficaram... fascinados. Principalmente a Amante. Fascinados com o que eu podia lhes contar. Com o que aprendi. Em poucos lugares de Bas-Lag – disse ele – restam máquinas de possibilidade. Há diferentes tipos, que fazem coisas diferentes. Estudei todos. Você já viu uma delas: a quiçarpa, o instrumento musical em meu quarto. Era usada para tocar possibilidades. Se o éter fosse rico em potencialidade, os virtuoses do passado, ao tocarem, traziam à existência fatos e trizes específicos, escolhiam determinados resultados. Bastante inútil hoje em dia, é claro. Velha e quebrada. De qualquer modo, não estamos num veio de possibilidade. Esta espada, vê-se somente um aspecto dela. O guerreiro que a empunhou, e os indivíduos que matou, milênios atrás, não a reconheceriam como a arma que carrego. Quando os Espectrais governaram, utilizaram possibilidade em arquitetura, medicina, política, artes cênicas, e em todas as esferas. Sonatas Possíveis, notas-fantasmas desexistindo num piscar de olhos, em ecos acima e à volta da partitura-fato, mudando a cada execução. Estive nas ruínas de uma Torre Possível...

Meneou devagar a cabeça.

– É uma visão que não se esquece. Empregaram a ciência nas lutas, esportes e guerras. Há passagens na Covertiana que descrevem um embate entre Lutadores Possíveis, mutável profusão de membros, cada movimento dardejava, dentro e fora da realidade a todo momento, triz terçando triz terçando fato terçando triz outra vez. Mas tudo isso, a técnica da mineração, foi produto da chegada dos Espectrais – a detonação de sua aterrissagem. Através do rasgo que deixaram os veios de possibilidade puderam ser explorados. Aquele ferimento – disse ele, olhos cintilando na direção de Bellis, então para longe e de volta –, aquela cicatriz, deixada pelos Espectrais... é onde está o veio. Se as histórias não mentem, encontra-se na parte mais longínqua do mundo, no fim do Oceano Vazio. Nenhum navio jamais cruzou tal oceano. As águas lá... militam contra naus. E quem desejaria ir até lá? Se existir, fica a milhares de milhas de distância. E há histórias sobre o que vive na Terra Fraturada: coisas terríveis, uma ecologia apavorante. Luminofungos. Panicaninos. Borboletas de apetites profanos. Mesmo que *pudéssemos* – disse com intensa franqueza –, não quero tentar alcançar a Terra Fraturada.

Encarava Bellis e, oculto pelas soberbas modulações de sua voz, ela identificou um sentimento acovardado. Engoliu em seco e tentou se concentrar. *Ora, isso é importante*, disse a si mesma, *escute, compreenda. Não sei por quê, mas ele revela algo, quer que eu fique sabendo –*

Então –

Ah, deuses, deuses do céu não pode ser, o que ele disse... mas não, ele não... por certo, por certo eu entendi mal?

É isso que ele quer dizer?

Sua expressão estava séria, e percebeu que o encarava, e ele a ela, ambos mudos no escuro, olhos fixos um no outro.

Certamente, ela pensou atordoada, *que embarcação poderia cruzar o oceano e chegar à Terra Fraturada? Quem* desejaria *chegar lá? A Terra não vale o esforço. É distante e perigosa demais, até para isso. Até para* isso. *Mas o que ele acabou de me dizer, o que eles disseram, como foi mesmo...?*

"Provocamos uma cicatriz nesse mundo, o ferimos, deixamos nossa marca em sua terra remota... E por milhares de léguas de mar."

Há algo no mar. Nada que nos faça mal, não como em terra. Não há monstros lá, luminofungos ou borboletas que ameacem o minerador – o minerador de possibilidade. E o que há no mar encontra-se muito mais próximo – a Terra Fraturada ficaria no extremo do mundo, mas os esboços dos Espectrais dizem que a cicatriz no mar se estende por incontáveis milhas. Rumo ao centro do mundo. Rumo a nós. Mais perto.

Nenhuma nau jamais cruzou o Oceano Vazio... acredito nisso. Conheço as histórias de ventos e correntes que afastam intrusos. Nenhum navio poderia atravessar aquele oceano.

Mas o que conseguiria impedir um avanc?

Por que ele me contou isso?

É para onde vamos, Uther? Cruzar o mar? Cruzar o Oceano Vazio até os vestígios daquele ferimento, daquela fratura? Não apenas a terra foi partida, o mar também. Então é para onde vamos? Minerar possibilidades no que restou da... laceração cósmica, Uther?

Foi isso que o Brucolaco quis dizer, não foi, Uther? Foi disso que falou naquela vez.

Por que você contou para mim*? O que fiz? O que você está fazendo? Por que quer que eu saiba?*

O avanc pode levar-nos para ver o que aconteceu com o ferimento no mar. Por isso foi invocado. Por isso Tintinábulo foi contratado, e a Sorgo *foi roubada para fornecer combustível. Por isso fomos à ilha e trouxemos Aum, e por isso você, Doul, tem trabalhado num projeto secreto, por causa de sua espada, sua especialidade nessa ciência. É a isso que tudo conduz. É o motivo de conjurar o avanc. Pode cruzar águas que Armada jamais penetraria sem ele.*

Pode cruzar o oceano.

Pode nos levar à Cicatriz.

CAPÍTULO 35

– Como você me encontrou, caralho? – Silas Fennec estava visivelmente perturbado.

– Você fala como se eu fosse uma donzela indefesa – sussurrou Bellis. – Você acha que é invisível? Acha que sou incapaz?

Dissimulava: rastreara Fennec por sorte, acima de tudo. Passara dias de ouvidos atentos a notícias de Simon Fench. Desde sua conversa com Doul, havia redobrado esforços.

Por fim, não foi ela quem o encontrou, mas Carrianne. Em resposta aos constantes pedidos de ajuda feitos por Bellis, tinha-lhe contado, com sua alegria matreira de costume, que tivera notícias de que o misterioso senhor Fench fora visto no Pashakan. Era um bar construído nas cobertas inferiores do *Yevgeny,* uma chalupa de trinta metros em Tu-E-Teu.

Bellis não tinha se aventurado muito nos domínios do Rei Friedrich desde sua visita ao gladiacirco. Seguiu o caminho, até as barulhentas ruelas, com apreensão oculta.

Passara pelas ruas do *Entendimento Súbito,* veleiro de muitos mastros que formava parte dos limites das Docas Espinhouriço, e ligava os distritos de Queda Seca e Tu-E-Teu. A enorme nau era uma das poucas em Armada que não se achava sob controle de um governante ou de outro. A maior porção de sua estrutura ficava em Queda Seca. Porém, à medida que se avançava ao seu castelo de proa, responsabilidade e controle dividiam-se incertamente com Tu-E-Teu. As ruas tornavam-se mais ruidosas e descuidadas.

Bellis caminhara desviando-se do lixo, onde os macacos selvagens querelavam contra cães e gatos. Pelas ruas desmazeladas até o território indisputável de Tu-E-Teu.

Era o mais negligenciado distrito de Armada. Prédios de madeira, na maioria, muitos deles apodrecidos, ou descorados de sal e água. Não que a área fosse pobre;

havia abundantes riquezas em ouro, prata e azeviche visíveis às janelas de algumas casas, em vívidas sedas e veludos que trajavam alguns habitantes, na qualidade das mercadorias disponíveis. Porém, num lugar onde tudo estava à venda, certas mercadorias – tais como a conservação de arquitetura e ruas – não eram compras atraentes.

Favelas, fábricas e opulência maltrapilha oscilavam preguiçosas, lado a lado. Afinal, Bellis atravessou o *Deusinho de Sal*, nau capitânia de Friedrich, até as entranhas rangentes, fedorentas e iluminadas por fracas tochas do *Yevgeny*, onde estava o Pashakan.

Em sua terceira visita, encontrou Silas. Bellis enfureceu-se com a rude surpresa que ele demonstrou ao avistá-la.

– Queira me escutar – sibilou para ele. – *Sei aonde vamos*.

Ele ergueu de súbito a cabeça e a olhou nos olhos. Bellis riu de imediato, sem nenhuma alegria.

– Você tem *déjà-vu*, Silas? – perguntou. – Falastrão sabe que tenho. Compreenda que não aprecio esta relação. Ao que parece, descubro-me fazendo isso com regularidade perturbadora. Dizendo-lhe que *sei de um segredo*, e revelando a você para que passe adiante, elabore planos, faça *alguma coisa* com ele. Isso *não* me deixa contente. Esta é a última vez, entendeu? – Falou com absoluta convicção. Não importava o que acontecesse, jamais pactuaria com Silas Fennec daquele modo novamente. Já não havia nada, menos que nada, entre eles.

– Quer eu goste ou não – prosseguiu –, tenho pouca escolha. Preciso de sua ajuda. A única maneira de fazer qualquer coisa quanto a isso é... espalhar a notícia, fazer com que mais pessoas fiquem sabendo. E, embora ninguém ouça Bellis Vinhofrio, parece que uma crescente minoria está preparada para ouvir o agitador Simon Fench.

– Para onde vamos, Bellis? – perguntou Fennec.

Bellis contou-lhe.

– Pergunto-me por que você confraterniza com aquele lunático do caralho, Uther Doul. Ele *sabe* que você sabe? – Fennec parecia aturdido.

– Acho que sim – disse ela –, é difícil ter certeza. Foi como se... é obvio que ele não deveria me contar. Mas talvez estivesse tão... cativado que não conseguiu resistir. Por isso, ao invés de confessar tudo, o que seria desleal, revelou-me apenas o suficiente. Sempre achei que ele acompanhava os Amantes, Aum e os cientistas às reuniões secretas por ser seu guarda-costas. Mas não era isso, ele é especialista na coisa, mineração de possibilidade. Sabe tudo do assunto, porque teve de pesquisar sobre a espada. É nisso que estão trabalhando. Os Amantes querem chegar à Cicatriz, querem extrair possibilidades, Silas.

Sua voz permanecia controlada, mas não se sentia do mesmo modo.

– Como o Império Espectral, entende?

– Por isso o avanc – exalou ele, e Bellis assentiu.

– Exato. É apenas um meio para um fim. Os Amantes devem ter ficado... extáticos quando viram a espada, logo que Doul chegou à cidade. Ouviram suas histórias da Terra Fraturada, da Cicatriz, todos os segredos que ele conhece. Na época, não passava de sonho. Mas então pensaram em Tintinábulo e sua equipe, que podiam ser persuadidos. O avanc era a derradeira grande caça, afinal de contas.

Olhou pela janelinha o mar que espumava lento à medida que o avanc progredia.

– E os Amantes já sabiam das correntes. Armada havia tentado antes capturar o avanc. Fazia muito tempo, e eles não davam uma pinoia para a tradição. Porém, desde que Doul chegou, tudo ficou diferente. Antes dele, conjurar o avanc seria... um ato estúpido, grandioso e inútil. Mas agora? Todos sabem que nenhuma nau pode cruzar o Oceano Vazio. Mas que força em Bas-Lag poderia impedir o puto do *avanc*? De repente, surgiu um modo de chegar à tal Cicatriz sobre a qual Doul lhes contara, a coisa que os Espectrais tinham deixado para trás.

A dimensão do projeto era estarrecedora. A noção de todas as dificuldades, e gastos, e terríveis esforços a que os Amantes tinham chegado para obter o avanc, a percepção de que tudo aquilo fora apenas a primeira parte de seu plano, eram incríveis.

– Tudo isso – suspirou Silas, e Bellis assentiu

– Tudo – disse ela. – A sonda, o *Terpsichoria*, Johannes, a ilha dos anófeles, as correntes, os fúlmens, a porra do avanc... tudo. Tudo por causa disso.

– Pleno poder – balbuciou Silas como se as palavras fossem obscenas. – Supus que o avanc servisse para pirataria. Foi o que insinuaram, que ele os tornaria ladrões mais eficientes, pelo amor de Falastrão! Pelos menos isso fazia algum sentido. Mas agora... – Parecia incrédulo. – Nota-se que foram forçados, os Amantes. Caralho! Nenhum pirata que se preze tentaria uma idiotice assim.

– São perigosos – disse Bellis claramente. – São fanáticos. Não sei se conseguirão cruzar o Oceano Vazio. Mas cuspe de deus! Também não quero descobrir. Eu... os escutei, Silas, enquanto estavam a sós. – Ele lançou um olhar penetrante, mas não perguntou como. – Sei como são. Não posso permitir que essa gente, visionários, deuses nos valham, me arraste ao outro lado do mundo, até um lugar que pode não existir e, caso exista, é o mais letal de Bas-Lag. Viajamos cada vez mais para longe de Nova Crobuzon. E ainda não desisti de voltar para lá.

Bellis notou que tremia. Ao pensar na crescente distância que a separava de seu lar. E se Uther e os outros estivessem certos? Se sobrevivessem à travessia?

Multidão de possibilidades. A ideia dava-lhe calafrios. Achava-a ameaçadora por completo, existencialmente perniciosa. Sentia-se ofendida e assustada, em meio à falta de definições.

É uma cacimba na savana, pensou, incerta, *onde os fortes e predadores, e os fracos, bebem juntos em trégua, a gazela, o gnu, o mafadet e o leão. Todas as possibilidades alinhadas em puta harmonia, e o vencedor, o forte, o* fato, *o real, deixando que vivam os fracassados, deixando que todos vivam. Pacifista e patético.*

– Por isso não dizem nada – disse ela –, sabem que o povo não irá aceitar.

– Têm medo – murmurou Silas.

– Os Amantes são fortes – disse Bellis –, mas não conseguem enfrentar todos os outros distritos. E, mais importante, não podem enfrentar seu próprio povo.

– Revolta – exclamou Silas, e Bellis sorriu sem humor.

– *Motim* – disse ela. – Temem um motim. Por causa disso precisamos de Simon Fench.

Silas assentiu devagar. E instaurou-se um longo silêncio.

– Fench tem de espalhar a notícia – disse ele por fim. – Panfletos, rumores, e tudo mais. É o que faz melhor, e posso me assegurar de que o faça.

– Sinto muito, Bellis – disse Silas quando ela se levantou para ir embora. – Não tenho sido um grande amigo. Ando... as coisas andam frenéticas, e difíceis. Fui grosseiro quando vi você, e sinto muito.

Bellis sentiu aversão ao observá-lo, e também, paradoxalmente, os últimos e fracos estertores do que já fora afeição. Retalhos de memória.

– Silas – disse, com um sorriso frio. – Não devemos nada um ao outro. E não somos amigos. Mas nos interessa o fracasso dos Amantes. Não posso impedi-los, e talvez você possa, por pouco. Espero que tente e que me diga o que está acontecendo, somente isso. Essa é toda a comunicação que teremos. Não quero que me procure como *amigo*.

Silas Fennec permaneceu no Pashakan por muito tempo depois de Bellis partir. Leu alguns panfletos e jornais retintos, assistindo ao céu escurecer. Agora os dias estavam visivelmente mais longos, e ele pensou no verão em Nova Crobuzon.

Aguardou ali por muito tempo; quem estivesse determinado a encontrá-lo era dirigido ao Pashakan. Porém, leu e bebeu sozinho. Uma mulher vestida de farrapos olhou curiosa para as costas dele. Foi toda a atenção que lhe prestaram.

Pelas rotas e ruelas tortuosas de Tu-E-Teu, Silas voltou para casa, no oleoso encouraçado *Canseira*. Ficava numa área tranquila da cidade. Próximo dali assomava um grande e velho navio-fábrica, o manicômio de Armada.

Aguardou em casa, um dos genéricos prédios de concreto construídos junto à chaminé do *Canseira*, sob a sombra direta do manicômio. Ouviu baterem na porta às onze horas: seu contato chegara. Pela primeira vez em vários dias, havia algo sério e importante sobre que falar. Fennec foi atender a porta devagar, e seu passo, expressão e comportamento mudaram ligeiramente.

Ao abrir a porta, já havia se tornado Simon Fench.

Esperando à soleira estava um enorme e idoso homem-cacto, espiando nervoso em torno de si.

– Hedrigall – disse Fennec baixo, em voz que não era bem a sua. – Esperava por você. Temos de conversar.

Dentro da eriçada e sombria arquitetura do lunavio *Uroc*, reuniam-se os vampirs.

O Brucolaco havia ordenado um conclave de seus tenentes abmortos, seu grupo. Enquanto a luz se alterava, de pálido crepúsculo para noite, eles se assentaram no lunavio, tão leves e mudos quanto folhas.

Todos os cidadãos de Queda Seca sabiam que os vampirs mantinham vigilância perene. Não usavam uniformes, suas identidades eram desconhecidas.

O bacilo que causava hemofagia fotofóbica – a cepa vampir – era caprichoso, fraco, transmitido apenas pela saliva e rápido em desnaturar-se e sucumbir. Somente se a presa do vampir não morresse, e se a mordida fosse direta, boca contra pele de modo que o cuspe do abmorto entrasse no que restara do sangue das vítimas, havia pequena chance de os sobreviventes acabarem infectados. E, se sobrevivessem à febre e ao delírio, acordariam certa noite, mortos e renovados, abmortos, tomados de fome violenta. Corpos reconstruídos, várias vezes mais fortes e rápidos. Imortais, capazes de resistir à maioria dos ferimentos. E incapazes de suportar o sol.

Todos os membros do grupo de Queda Seca foram escolhidos a dedo pelo Brucolaco. O hemotributo era decantado antes de ser bebido, para evitar infecção acidental. Aqueles de quem o Brucolaco bebia diretamente eram seus mais confiáveis servidores, seus partidários mais próximos, a quem concedia a honra de uma provável abmorte. (Houvera traições ocasionais, é claro, no passado. Seus escolhidos tinham se voltado contra ele, embriagados de poder. Houvera infecções não autorizadas e atentados contra sua abvida. O Brucolaco havia esmagado toda oposição, com tristeza e sem esforço.)

Agora seus tenentes o cercavam, no grande salão do *Uroc*. Dezenas deles, livres da necessidade de disfarces, permitindo que as línguas serpentinas se desenrolassem luxuriosas, provando com deleite o ar. Homens, mulheres e jovens andróginos.

À frente, quase ao lado do Brucolaco, encontrava-se a mulher esfarrapada que vigiara Fennec no Pashakan. Todos os vampirs tinham os olhos, que enxergavam no escuro, arregalados e fixos no mestre.

Após extenso silêncio, o Brucolaco falou. Voz muito baixa. Se os ali reunidos fossem humanos, não o escutariam.

– Irmãos – disse ele. – Sabem por que estamos aqui. Já disse a todos para onde vamos. Para onde os Amantes querem nos obrigar a ir. Nossa oposição a seus planos é bem conhecida. Porém, somos minoria, desconfiam de nós, não poderíamos mobilizar a cidade sob nossa liderança. Não se considera nossa opinião, estamos de mãos amarradas.

– No entanto, as coisas podem mudar. Os Amantes apostam em ímpeto, de maneira que, quando seu objetivo se tornar claro, será tarde demais para qualquer objeção. Nessa altura, esperam os Amantes, o povo terá se tornado, de boa vontade, refém das intenções deles. – O Brucolaco mostrou um sorriso zombeteiro, e lambeu o ar com a comprida língua.

– *Agora*, ao que parece, a verdade está prestes a emergir. Entreouviu-se, hoje à noite, uma conversa fascinante. *Simon Fench* sabe para onde vamos. – Inclinou a cabeça em reconhecimento à mulher maltrapilha. – A rameira crobuzonense de Doul, quem diria, descobriu o que está acontecendo, e contou ao senhor Fench, ou Fennec, ou seja lá o nome que prefira. Sabemos onde ele mora, não?

A mulher assentiu.

– Fench planeja distribuir um de seus panfletos incendiários. Tentaríamos intervir em seu favor, se pudéssemos. Mas ele é um agente individual e, se ficasse sabendo que o identificamos, nos rejeitaria e desapareceria. Não queremos correr o risco de interferir em seus esforços. Esperemos – enfatizou o Brucolaco – que seja capaz de fazer isso rapidamente, e que cause uma crise para Aquabelone. Afinal de contas, ainda não alcançamos o Oceano Vazio.

– Porém – fez a palavra soar dura e fria, para arrebatamento de seus tenentes.

– Porém, devemos estar preparados para o caso de Fench fracassar. Irmãos... – Investigou com língua o ar, enquanto prosseguia com seu sussurro gutural. – Irmãos, essa não é uma luta que possamos perder. Esperemos que Fench tenha sucesso. Caso contrário, devemos estar prontos para levar outro plano adiante.

– Tomarei esta porra de cidade à força, se for preciso.

Seu grupo de abmortos sibilou e murmurou aprovação.

CAPÍTULO 36

Para o norte, lenta e inexorável, rebocada em curso, dias tornando-se semanas. A cidade aguardava. Ninguém sabia o que aconteceria, mas não havia modo de aquele passo constante continuar sem incidentes. Armada tornava-se tensa.

Bellis esperou por notícias do panfleto de Fench. Foi paciente. Imaginava-o no bojo da cidade, no porão de algum navio, coletando informações e controlando informantes.

Em algumas noites, impelida por enojada fascinação, e chocada com ela mesma, Bellis foi sozinha às cobertas inferiores do *Grande Oriental,* e meteu-se na salinha abaixo do quarto dos amantes. Escutou uma nova tensão no ávido e resfolegante diálogo amoroso.

– Logo – Bellis ouviu um dos Amantes sibilar. E... – Bota logo nessa porra – a resposta veio gemida.

Havia diferenças entre os gritinhos de ambos, que Bellis agora podia discernir. A Amante parecia mais entregue, mais intensa. Soava impaciente, faminta por decisões, sussurrava *logo* com maior frequência, estava mais engajada no projeto. O Amante engajava-se a ela. Murmurava e sabujava no rastro de suas palavras.

O tempo se estendia. Bellis ficava cada vez mais frustrada com Uther Doul.

Em rota para o norte, a cidade ultrapassava rápida as tempestades e o calor, e entrava numa zona mais temperada, morna e arejada como o verão de Nova Crobuzon.

Cinco dias após Silas e Bellis terem se encontrado no Pashakan, houve uma comoção acima do horizonte de Armada, no dirigível *Arrogância.*

Enquanto Bellis se encontrava, acompanhada de Uther Doul, no *Grande Oriental,* contemplando dali os limites do Parque Croom, Hedrigall estava de serviço no convés, trabalhando com outros, perto das grandes cordas que atrelavam o *Arrogância* ao navio.

– Entrega de mensagem – berrou o cactáceo, e as equipes liberaram rapidamente a área em torno da corda. Uma sacola lastreada despencou, aterrissando com estrondo sobre um acolchoamento de trapos.

– Os gestos de Hedrigall ao abrir a sacola foram rotineiros, e Bellis começou a olhar para outro lado. Porém, quando o homem-cacto desdobrou a mensagem que vinha ali dentro, sua postura modificou-se de modo tão violento que os olhos dela saltaram de volta à cena. Hedrigall correu na direção de Bellis e Doul em velocidade tão espantosa que, por um segundo, ela achou que os atacaria. Enrijeceu enquanto via o enorme corpo musculoso pisotear as tábuas do convés.

Hedrigall estendeu com seu braço firme a mensagem da sentinela.

– Navios de guerra – disse a Doul. – Encouraçados. Flotilha de Nova Crobuzon. Trinta e cinco milhas ao longe. Entrantes. Estarão aqui em duas horas. – Interrompeu-se, e seus lábios verdes moveram-se silenciosos, até que falasse, em tom de absoluta incredulidade.

– Estamos sob ataque.

No início, as pessoas ficaram atônitas, descrentes das ordens recebidas. Enormes grupos de homens e mulheres reuniram-se em todos os distritos, em todas as naus capitânias, manuseando armas, vestindo couraças, irritados e confusos.

– Não faz sentido, Doul, senhor – argumentou uma mulher no *Grande Oriental*. – São quase *quatro mil milhas* até Nova Crobuzon. Por que viriam tão longe? E por que os nauscopistas não viram nada? Teriam percebido ontem. Mesmo assim, de que jeito os crobuzonenses nos encontraram...?

Doul a interrompeu, berrando alto o suficiente para silenciar de choque todos que o ouviram.

– Não perguntamos como! – bradou. – Não perguntamos por quê. Foda-se o porquê. Haverá tempo para isso após a matança. Pois agora temos tempo apenas para lutar como cães, como tubarões em frenesi. Lutamos ou a cidade morre.

Doul calou quaisquer dúvidas. O povo encruou seus rostos e preparou-se para guerra. E, em cada mente, a pergunta *Como nos encontraram?* foi lembrada e deixada de lado, para mais tarde.

Os cinco navios de guerra da cidade deram uma guinada, desviando-se um punhado de milhas para oeste, formando uma muralha curva entre Armada e a força que se aproximava.

À volta deles, e em meio, bufavam os encouraçados menores da cidade, naus atarracadas recobertas de bronze cinzento, sem escotilhas, ouriçadas de canhões curtos. A eles se juntaram os navios piratas que tinham estado aportados. As tripulações rilharam os dentes e tentaram não contemplar sua bravura suicida – estavam armados e blindados para derrotar navios mercantes, não canhoneiras navais. Sabiam que poucos deles voltariam para casa.

Não houve divisão entre distritos. Tripulações leais a diferentes governantes se posicionaram, equiparam e armaram lado a lado.

As sentinelas do *Arrogância* lançavam outras mensagens, à medida que viam com maior clareza os navios crobuzonenses. Uther Doul as lia para os Amantes.

– Devem estar aqui por causa da porra da sonda – disse ele, de maneira que apenas os dois ouvissem. – Seja o que for, estão mais bem armados. Temos mais navios, porém metade dos nossos é flibusteira. Eles têm sete navios de guerra, e muitos mais batedores que nós. Creio que enviaram quase a metade de sua frota.

Tanner Sack e os peixomens de Solameno; John Filho da Puta; lagostins; os sombrios submersíveis. As tropas submarinas de Armada aguardavam, enquanto as grandes correntes se afastavam vagarosas. Armada prosseguia, e o passo do avanc foi reduzido a um rastejo, para que as tropas pudessem reocupar a cidade após a batalha.

Ali perto, um pequeno grupo de lagostins amontoava-se em estreita comunhão sobre uma de suas balsas submersas. Conciliábulo de feiticeiros, invocando suas bestas.

Quando Tanner havia enfrentado o *dinichthys*, jogara-se sem pensar na água. Não teve tempo de contemplar seu medo. Porém, ainda faltava quase uma hora para que as belonaves de seu antigo lar chegassem para destruir seu novo. O propósito e a inteligência que dirigiam suas hélices eram muito mais aterradores que a maldade imbecil nos olhos do placodermo.

Os minutos foram lentos. Tanner pensou em Shekel, em casa, onde ele havia ordenado que ficasse. Esperando com Angevine: ambos agora armados, sem dúvida, pela capatazia que ficara para trás. *Mas ele ainda não fez dezesseis*, pensou Tanner, desesperado. Queria muito estar lá com eles, com Shekel e sua mulher. Sopesou seu imenso arpão e pensou na luta que se aproximava. De repente, mijou-se de medo. A urina o aqueceu por um momento, e dissipou-se na corrente.

Em todo o lugar, por toda Armada e nos navios desatracados que se preparavam para defendê-la, havia armas. Os arsenais e armarias da cidade foram destrancados, e tecnologias bélicas de milhares de anos e centenas de culturas foram exumadas e polidas. Canhões, arpões e pederneiras; espadas, balestras, arcos longos e arcosserras; e armas mais esotéricas: caixas-agudas, baans, tilapresas.

Ao longo da cidade, dirigíveis de todos os tamanhos ascendiam lentos acima dos telhados e cordames, como porções de arquitetura fugitiva. Sobre o horizonte, a oeste, era possível ver a fumaça dos motores crobuzonenses.

Aconteceu uma tremenda azáfama no convés do *Grande Oriental* quando todos os oficiais, capitães e governantes dos distritos acotovelaram-se para ouvir Uther

Doul, o soldado, dar-lhes ordens. Bellis estava imóvel ali perto, ignorada por todos à volta, e escutava.

– Eles têm mais canhoneiras que nós – disse, conciso –, mas olhem em torno. – Apontou para o aglomerado de vapores e rebocadores que até recentemente passavam seus dias puxando Armada através do oceano, e que agora a circundavam em liberdade sem rumo. – Pelos deuses, diga às tripulações daquelas naus que as *transformem* em canhoneiras.

– Já foi enviado um aviso para o Brucolaco e para seus oficiais: serão informados assim que despertarem. Mande alguns barcos ou aeronaves velozes até os limites de Queda Seca, para aguardá-los. Não sabemos das forças crobuzonenses embaixo d'água – continuou Doul. – Subaquáticos, vocês terão de decidir quando atacar. Mas eles não têm aeronaves. Aquele negócio é nossa única vantagem real. – Indicou o *Tridente*, atado à cauda do *Grande Oriental*. Carregavam-no de pólvora e gordas bombas. – Ataquem primeiro e ligeiro. Não economizem munição. E, escutem: concentrem-se nos navios de guerra. Os encouraçados e batedores causarão estrago, mas teremos condições de aguentar seu poder de fogo. Os navios de guerra... podem afundar a cidade. – Uma torrente de pavor passou pelo convés. – São eles que carregam as reservas de combustível: a frota crobuzonense depende deles para retornar.

Com um salto aturdido, Bellis percebeu o que acontecia. Sua mente soltou-se como engrenagem quebrada, ignorando o restante do discurso de Doul e girando sem parar no mesmo padrão de pensamento. *Um navio de* casa *um navio de* casa...

Com avidez súbita e desesperada, ela mirou a tênue sombra de fumaça no oeste. *Como vou alcançá-los?*, pensou incrédula, exultante e tonta.

Os navios crobuzonenses afinal se aproximaram o suficiente para serem avistados. Longa fila de metal negro, cuspindo fumaça.

– Hasteiam bandeiras – disse Hedrigall, no topo da superestrutura à popa do *Grande Oriental*. Perscrutava pelo enorme telescópio fixo do navio. – Mandando mensagens enquanto vão chegando perto, bem onde querem. Vejam: o nome da nau capitânia e... – Hesitou. – Querem *discutir termos*?

Doul vestira-se para a guerra. Sua armadura cinzenta estava recamada de correias e coldres, onde se viam pistolas – em cada quadril, cada ombro, cada coxa, no centro do peito. Em volta do corpo, cabos de punhais e facas de arremesso projetavam-se das bainhas. Bellis notou que ele estava equipado como no dia em que abordara o *Terpsichoria*.

Já não se importava, não estava interessada. Retornou o olhar aos navios crobuzonenses, em agonias de expectativa.

Doul tomou o telescópio.

– "Capitão Princip Cecasan do *Caminhante Matutino*, marinha de Nova Crobuzon" – leu devagar, e meneou a cabeça ao inspecionar as bandeiras. – "Solicita discussão de termos quanto ao refém crobuzonense."

Por um momento atordoado, Bellis pensou que se referiam a ela. Porém, mesmo enquanto seu rosto se expandia de enlevo perplexo, percebeu o absurdo da ideia (*e algo no fundo da mente esperou para informá-la de outra explicação*). Voltou-se e olhou para os rostos de Uther Doul, Hedrigall e os Amantes, e para os capitães reunidos.

Estremeceu ao vê-los. Nenhum deles havia reagido à oferta de diálogo do *Caminhante Matutino* com algo mais que severo desprezo.

Diante do sentimento coletivo, do antagonismo absoluto, da certeza de que aqueles diante dela viam Nova Crobuzon como uma potência em que não se podia confiar, a ser combatida e destruída, a alegria de Bellis se foi. Lembrou-se do que havia lido sobre as Guerras Piratas, e o ataque de Nova Crobuzon a Suroch. Lembrou de súbito as conversas com Johannes e Tanner Sack. Lembrou a ira de Tanner ao imaginar sua captura por navios crobuzonenses.

Bellis lembrou sua própria fuga aterrorizada de Nova Crobuzon. *Atravessei o mar porque temia por minha vida*, pensou. *Via milícia por toda parte. Tinha medo dos agentes do governo. Agentes como os marinheiros desses navios.*

Não eram apenas os piratas, rivais marítimos de Nova Crobuzon, e os Refeitos que tinham razões para temer as naus que se avizinhavam, Bellis percebeu. Toda a sua certeza a abandonou. Ela também deveria temer.

– Têm armas suficientes para arrasar uma cidade – disse Doul aos capitães reunidos – e dizem que querem *barganhar*?

Não foi necessário convencer ninguém do grupo. Ouviam em silêncio.

– Eles nos destruirão, se tiverem a menor chance. E conseguiram nos *achar*, deuses sabem como, a meio mundo de distância. Se não os derrotarmos agora, poderão *retornar* tantas vezes quanto quiserem. – Meneou a cabeça e falou devagar uma última frase, sob vivas mais tensos que incitadores. – Afundem todos eles.

Os comandantes saíram, levados às suas naus por aerocoches. Os governantes que lutariam já se encontravam em seus navios ou dirigíveis, aqueles muito doentes ou acovardados tinham sido devolvidos às suas naus capitânias na cidade. Somente Doul, Bellis e os Amantes permaneceram na plataforma elevada. E Bellis foi ignorada.

Os Amantes combateriam em frentes distintas: ele no navio de guerra *Porto de Cho,* ela na aeronave *Nanter.* Despediam-se, por ora, um do outro. Beijaram-se com línguas profundas e murmúrios de êxtase que Bellis reconhecia de sua bisbilhotice. Sussurravam entre eles, garantindo que estariam juntos muito em breve, e Bellis observou que não havia nada comovente na despedida, nada trágico. Não se beijaram como se fosse sua única chance, porém famintos e lascivos, ávidos por mais.

Não sentiam medo, ou arrependimento, ao que parecia: desejavam separar-se, para que pudessem se reunir outra vez.

Ela os observou com a fascinação repugnada de sempre. Suas cicatrizes contorciam-se como pequenas serpentes enquanto seus rostos se colavam.

Os navios crobuzonenses estavam a menos de dez milhas.

– Alguns passarão, Uther – disse a Amante, voltando-se a ele. – Podemos suportar a perda de navios, aeróstatos, submersíveis, cidadãos. Mas não podemos perder a cidade, e precisamos que fique aqui para protegê-la. Nosso... último bastião.

– E, Doul – disse ela por fim –, não suportaremos perdê-lo. Precisamos de você, Doul. Você sabe o que fazer. Quando chegarmos à Cicatriz.

Bellis não sabia se a Amante esquecera sua presença, para falar tão abertamente, ou se já não se importava.

O último dirigível havia partido, levando os Amantes para suas posições. Retraiu-se o freio do avanc, e a cidade desacelerou. Doul e Bellis ficaram sós. Abaixo deles, homens e mulheres armavam-se sobre o amplo convés do *Grande Oriental.*

Doul não olhou para Bellis, tampouco lhe falou. Perscrutava para além da *Sorgo.* Menos de cinco milhas separavam agora a marinha de Armada da cunha de narizes achatados dos encouraçados crobuzonenses. A distância se reduzia.

Enfim, Doul voltou-se para ela. Tinha o maxilar cerrado, e os olhos um pouco arregalados. Estendeu uma pederneira a Bellis, que esperou ser mandada aos porões, ou advertida a ficar fora do caminho. Ele não deu nenhuma dessas ordens. Permaneceram juntos e assistiram à aproximação dos encouraçados.

O homem beija a estátua, e passeia invisível atrás de Bellis e Uther Doul.

O coração bate-lhe rápido. Está equipado e pronto. Carrega tudo o que possui em suas mãos e bolsos. O homem se vê desapontado, mas não surpreso, de que Armada não tenha concordado em parlamentar. Esse *modo será mais vagaroso, embora, talvez, ele admite, não mais sangrento, no fim das contas.*

Tão perto, tão perto. Quase pode pisar no convés do Caminhante Matutino. *Apenas quase. Faltam ainda algumas milhas.* Mandarão um barco para mim, *pensa, e prepara-se para recebê-los.* Disse-lhes onde estaria.

Uther Doul agora fala com Bellis, indicando a turba lá embaixo. Despede-se dela, deixa-a para trás sobre o telhado saliente. Desce para ficar com suas tropas, e ela o observa, empunha a arma, e mantém os olhos nele.

O homem sabe que as naus próximas, de seus compatriotas, não terão qualquer problema para encontrá-lo. Suas descrições foram claras. É impossível não reconhecer o Grande Oriental.

Separadas por três milhas de mar, as duas marinhas deparam uma com a outra. Os armadenses em multidão de naus híbridas, de todas as cores, formatos, velas e fumaça enfunando-se acima de incontáveis conveses. No lado oposto, o *Caminhante Matutino* e seus gigantescos navios-irmãos abeiram-se em formação, matizes cinzentos e de madeira-negra, empolados com canhões de grosso calibre.

Um enxame de dirigíveis aproximou-se dos navios crobuzonenses: guerrotores, batedores e aerocoches pesados de rifles e barris de pólvora negra. O ar estava calmo, e fizeram rápido progresso. Na vanguarda da desigual força aérea estava o *Tridente,* cercado de naves menores e de aeronautas individuais seguros por arneses, balançando sob seus balões menores.

Os capitães de Armada sabiam ter os armamentos mais fracos. Seus navios encontravam-se a mais de duas milhas do inimigo quando a frota de Nova Crobuzon começou a disparar.

Estrondo e fogo explodiram sobre o mar. Uma orla de detonações e ondas ferventes precipitou-se, muito à frente do *Caminhante Matutino*, como carga de cavalaria. Os canhões armadenses foram escorvados e carregados, mas continuavam em silêncio. As tripulações não podiam fazer nada a não ser forçar suas embarcações a ultrapassarem a ofensiva, de modo a trazer os inimigos para dentro de seu alcance mais curto. Havia quase um quilômetro de artilharia a ser atravessado antes que pudessem retaliar, e singraram rumo à batalha unilateral com implacável bravura e andamento alterado.

Metal a metal se encontram, pólvora negra acende, óleo arde e carne crispa e queima.

Sob a água, Tanner abala-se violentamente, atordoado por ondas de pressão. Sangra, em borbotões, por suas guelras.

Acima dele, os navios de Armada são sombras na água incendida. Suas formações se desfazem em caos. Alguns deles derivam confusos e (*ah, Falastrão*) se partem (*Falastrão nos valha*) em dois ou em três, afundando, crescendo à medida que descem rumo a Tanner, lentos como o cair da noite, tão lentos que parecem ilusão. Porém, em torno dele os peixomens debandam (*ahnãocuspededeusputamerda*) e placas de metal quebradas precipitam-se iguais a cometas com caudas de graxa óleo terra estilhaço sangue.

A queda das naus partidas uiva ao lado dele vomitando bolhas e corpos e desaparece no escuro.

Observada das aeronaves, a carnificina é muda e distante: pequenos estouros e sopros, e o brilho encrostado de negro do óleo incendiado, e navios que estão lá e já não estão. A frota de Armada avança como matilha de cães cegos e estúpidos através da ofensiva impiedosa, diminuindo enquanto prossegue, até que, por fim, seus canhões alcancem a frota crobuzonense.

Vista ao longo de dezenas de metros no ar, a guerra é um diorama. Parece uma reprodução. Imagem irreal.

Não é possível ouvir os gritos por causa das explosões.

Sangue mana nos costados das naus de Armada. Metal trinca e arrebenta, e os navios de súbito tornam-se serrilhados, letais a seus próprios marinheiros. As canhoneiras armadenses disparam, e os projéteis viajam em ígneos arcos de parábola até os inimigos. Mas as dezenas de metros foram impiedosas, e metade da frota armadense afundou.

O mar converteu-se em charneiro. A água está poluída de cadáveres. Movem-se com as correntes e ondulações, em dança macabra. Emitem nuvens de sangue como tintas de lula. O oceano os transforma: entranhas abanam como corais; fatias de pele rasgada tornam-se nadadeiras. Perfuradas por pontas de ossos.

Tanner está vagaroso e sente frio. Ao ascender, passa por uma mulher que ainda se move, fraca demais para nadar à superfície, porém não morta por completo. Volta-se para ela com horror silencioso e a puxa para cima, mas seus movimentos tornam-se o estertor de nervos mortos antes de ela atingir o ar. Enquanto a solta, Tanner observa que, até onde consegue enxergar, há mais homens e mulheres se afogando, e que não pode ajudá-los, que estão fracos demais para sobreviver. Vê por toda parte seus horríveis e desesperados espasmos, e de súbito sente-se apartado, consciente não de mulheres e homens, khepris, cactáceos, escarazelos e hotchis, mas apenas de incontáveis movimentos, irracionais e repetitivos, lentas espirais descendentes, como se assistisse a insetos morrerem devagar dentro de um barril de água de chuva.

Atinge a superfície durante um momento de calma, quietude fortuita em meio ao massacre, em meio ao que costumava ser a frota de Armada. À sua volta naus se partem com ruídos hediondos. Debatem-se, vomitando fumaça e fogo, sibilando ao adernar na água fria, sugando com elas suas tripulações.

Tanner entra em conflito. Não consegue pensar em palavras. Projéteis começam outra vez a golpear a água em torno dele, fazendo dela um caldo sangrento de metal e morte.

O ar faísca. Setas elictrotaumatúrgicas irrompem das naus crobuzonenses; arbaletas arremessam tonéis de forte ácido. Mas agora, mesmo esbatidos, os remanescentes da frota armadense revidam.

Disparam projéteis do tamanho de pessoas, que arrebentam sobre os cruzadores de Nova Crobuzon e se abrem em flores espinhosas de metal. Belonaves de madeira entram em alcance, manobrando entre os inimigos, e seus canhões soam, amassando placas de blindagem, atravessando chaminés e rompendo amarras de canhões.

O *Tridente* e sua flotilha aérea alcançaram o céu sobre a frota crobuzonense. Começam um esporádico dilúvio de mísseis: bombas de pólvora negra, sacos de couro cheios de óleo que rebentam ao cair, chovendo fogo aderente: facas e dardos lastreados. Aeronautas fazem pontaria nos capitães e artilheiros inimigos. O calor das explosões sacode os dirigíveis, e os arranca do curso.

Os navios de Armada continuam se aproximando. Dão fogo e chegam mais perto, explodem, viram de quilha e incendeiam-se, e ainda assim chegam mais perto, suas tripulações os lançam obstinadamente na direção dos cruzadores.

Eleva-se um aglomerado de corpos.

Taumaturgos crobuzonenses, canalizando pujança de baterias e seus próprios corpos, animaram revoadas de golens: desajeitadas construções de cabos, couro e argila, deselegantes e rudimentares, garras como armações de guarda-chuva e límpidos olhos de vidro. As feias asas batem frenéticas ao decolarem. São tão fortes quanto macacos, irracionais e tenazes.

Agarram os tornozelos dos aeronautas de Armada e lanham seus corpos, cortando-lhes a carne e estourando seus balões, derrubando-os ensanguentados sobre os conveses abaixo.

Golens ascendem como fumaça da frota crobuzonense, e chocam-se contra as cabines de controle e janelas das aeronaves de Armada, cegando-as, estilhaçando as vidraças, rasgando o tecido das bolsas de ar. Muitos deles despencam, corpos destroçados por tiros, espadas e gravidade, desfazendo-se em seus componentes inanimados durante a queda; mas dezenas ainda voam, molestando a força aérea armadense.

O ar acima da batalha parece tão espesso quanto o mar. Está viscoso e lerdo com as descargas de canhões, lança-chamas e catapultas; com dirigíveis, que ao afundar sangram gás; com golens caçadores, espirros de sangue e jorros de fuligem.

Há uma terrível lentidão, um cuidado solene por trás de cada movimento. Todos os cortes, golpes esmagadores, balas inseridas em olhos ou ossos, golfadas chamejantes e naus que explodem parecem planejados.

O que é uma falsidade sórdida.

Na penumbra, Tanner pode divisar os ventres dos barcos inimigos e, à volta deles, centenas de silhuetas: embarcações espirais e muito velozes, submersíveis individuais dentro das conchas de náutilos gigantes. Os submarinos de Armada dispersam os pequenos barcos e se chocam contra os flancos metálicos dos cruzadores, empinam-se como baleias.

Tanner se vê de repente em mar aberto, entre os dardejantes peixomens de Sclameno, que o acolheram em suas fileiras. Havia estendido seus longos tentáculos e agarrado a concha quitinosa de um pequeno submarino náutilo. Olha pela escotilha de vidro e vê o homem lá dentro olhar de volta, chocado. Tanner pensa ter enlouquecido diante da visão do rosto selvagem e lamentoso, rosto de Nova Crobuzon. Move os lábios imprecando em silencioso ragamina, aponta-lhe o arbalete, e dispara.

O arpão arrebenta o vidro e penetra no rosto do marinheiro crobuzonense, a fisga reforçada dilacera sua mandíbula e a base de seu crânio, pregando-o na parte traseira de sua diminuta embarcação. Tanner Sack encara o homem que acabou de matar, mas que não, ainda não morreu, cuja boca se retorce de agonia e terror enquanto o mar regurgita-se em seu submersível rachado e o afoga.

Tanner impele-se para trás, tremendo violentamente, observando o homem morrer e o náutilo se encher de água e começar a girar em direção ao fundo.

Mortos e mutilados espalham-se por todos os navios e pelo mar, como se fossem pedaços de papel queimado e dissipado aleatoriamente pelo vento.

Tanner Sack caça homens.

Em torno dele, naus afundam. Está cercado de moribundos, vindos de seu antigo lar. Sangram e gritam bolhas. Estão imersos demais para alcançar a superfície. Nenhum deles irá respirar outra vez.

Tanner vomita de repente, a golfada força sua garganta a abrir-se e sai ondulando para longe. Sente-se nauseado, despregado do tempo, bêbado ou sonhando, como se aquilo não fosse real, porém já memória, enquanto acontecia.

(Abaixo dele passam bizarras formas escuras que pensa serem seus aliados peixomens. Logo percebe que não são.

Vão-se, e a Tanner faltam o tempo e o luxo de se perguntar o que eram.)

A luta prossegue em sobressaltos espasmódicos. Um navio de relojoaria de Biblioburgo é fendido ao meio e derrama engrenagens, imensas molas retraídas e corpos arruinados de khepris. O mar em torno das naus de Jhour ondeia viscoso com a seiva de cactáceos massacrados. Onde escarazelos foram destroçados por bombas, os jatos de seu sangue endureceram ao espirrar, e tornaram-se estilhaços de crostas. Hotchis estão esmagados entre cascos de naus.

As bestas invocadas pelos bruxos lagostins de Armada enfiam seus chuços nos navios crobuzonenses, adernando-os e fazendo com que as tripulações caiam na água, para serem arrebatadas por repentinas mandíbulas cortantes. Porém, são muitas para controlar, e tornam-se um risco para seus próprios mestres bruxos.

Na fumaça cerrada, projéteis armadenses encontravam conveses armadenses, e balas e dardos de Nova Crobuzon entravam na carne de suas próprias tropas.

Em momentos diferentes durante a batalha, homens e mulheres olharam para cima e viram o céu, o sol, através de nuvens vermelhas, películas de seu próprio sangue, e de outros. Alguns jazeram onde haviam tombado, morrendo, sabendo que o sol seria a última luz que veriam.

O sol está baixo. Falta uma hora, talvez, para o crepúsculo.

Dois dos grandes vapores encouraçados de Armada estão destruídos. Outro sofreu graves danos, seus canhões de popa retorcidos como membros paralíticos. Dezenas de navios piratas e barcos-caças menores afundaram.

Entre os cruzadores de Nova Crobuzon, apenas o *Beijo de Darioch* está arruinado. Outros estão lacerados, mas permanecem no combate.

A frota crobuzonense está vencendo. Uma cunha de seus batedores, encouraçados e submersíveis perfurou as fileiras de Armada, e ruma até a cidade, algumas milhas à frente. Bellis assiste à aproximação deles pelo imenso telescópio no *Grande Oriental*.

O *Grande Oriental* é o reduto, o coração da cidade.

– Resistiremos – grita Uther Doul a todos em volta, e aos atiradores nos cordames.

Ninguém sugerira nada diferente. Ninguém sugerira que esporeassem o avanc e escapassem.

Os navios crobuzonenses suportam a barragem de fogo dos canhões na *Sorgo* (e *Bellis nota que não disparam, não arriscam danificar a sonda*). Estão próximos o suficiente para que se possa ver suas estruturas: pontes, torreões, balaustradas e canhões; e tripulações que se preparam, verificam armas, gesticulam e entram em formação. O cheiro de cordite se espalha sobre o convés e os olhos de Bellis lacrimejam. Começou o fogo de armas ligeiras.

Trata-se de uma investida organizada. Os invasores não desembarcam fortuitamente na extensão da proa da cidade: mantêm formação em ponta de flecha, a todo vapor, diretamente para dentro da baía de embarcações à volta da *Sorgo*. Em rota deliberada até o *Grande Oriental*.

Bellis afasta-se da amurada. O convés abaixo dela fervilha de armadenses prontos para lutar. Percebe que está confinada à plataforma por uma enchente de corpos armados; que é tarde demais para correr.

Parte dela quer bradar saudações – desesperadas boas-vindas – quando chegam os crobuzonenses. Mas sabe que não têm nenhum interesse em levá-la para casa, que lhes é irrelevante ela viver ou morrer. Domina-lhe uma incerteza desesperada, pois já não sabe qual lado quer que vença a batalha.

Ao afastar-se, Bellis sente que esbarra em algo, que percebe uma perturbação no ar, ouve alguém recuar a passo rápido. Dá rápida meia-volta para ver quem é, empurrada pelo pânico, mas não há ninguém. Está só acima do conflito.

Olha para baixo, para os homens e mulheres armados e agitados, e acaba por avistar Uther Doul. Ele está perfeitamente imóvel.

A marinha crobuzonense aborda a cidade, disparando pederneiras. No ponto em que as duas forças se encontram, acontece o mais selvagem derramamento de sangue. Os cactos armadenses estão na vanguarda, e os crobuzonenses se deparam com uma fileira de corpos maciços e espinhosos. Os cactáceos cortam homens ao meio com vastos golpes de cutelos de guerra.

No entanto, também há pessoas-cacto no lado de Nova Crobuzon; disparando, de arcosserras, chakris giratórios lastreados, que se cravam como machados nos músculos e ossos vegetais dos outros cactáceos, amputando membros e partindo crânios fibrosos; e há taumaturgos nas naus invasoras, que dão as mãos e emitem relâmpagos de negra e refulgente antiluz sobre a massa de Armada.

Os crobuzonenses obrigam os adversários à retirada.

Em torno da base da plataforma atarracada onde está Bellis, agora se vê a marinha de Nova Crobuzon. Ela se petrifica. Parte dela quer correr até eles, mas aguarda. Não sabe qual será o desfecho. Não sabe o que fará.

Mais uma vez, há alguém na plataforma com ela. A sensação vem e vai.

Com monótona e sangrenta inexorabilidade, as tropas de Nova Crobuzon progridem sobre o convés do *Grande Oriental.*

Homens uniformizados aproximam-se de Uther Doul, à proa, a estibordo e a bombordo. Ele aguarda. Armadenses tombam à sua volta, forçados a recuar, derrubados por balas de pederneiras e por uma enxurrada de lâminas.

Bellis continua observando Uther Doul, até que, súbita e finalmente, cercado pela veloz infiltração de inimigos, por pistolas, rifles e sabres recurvos, ele se move.

Brada, longo uivo selvagem, porém musical, que toma a forma de seu próprio nome.

– *Doul* – grita ele, repetindo, alongando o nome como um chamado de caçador. – *Dooooouuuuul*!

E obtém resposta. Armadenses no convés repetem o chamado enquanto lutam, e o nome ecoa pelo navio. E, quando os crobuzonenses tentam cercá-lo, acuá-lo com armas, Uther Doul enfim ataca.

De súbito, empunha uma pistola em cada mão, sacadas dos coldres na cintura. Apontadas e disparadas em direções bastante diversas, cada uma destrói o rosto de um homem. Rodopia e arremessa para longe de si as armas descarregadas (*os homens em torno parecem imobilizados*) que giram no ar a grande velocidade e atingem o peito de um e a garganta de outro, e Doul já tem nas mãos mais duas pistolas, e as dispara ao mesmo tempo (*somente agora as primeiras duas vítimas terminam de cair*), projetando mais dois homens em feias cambalhotas, um morto e outro moribundo. Dá meia-volta e as armas tornam-se mísseis outra vez, e seu impacto deixa um homem inconsciente.

Cada movimento de Doul é perfeito, impecável e retilíneo. Não há excessos ou curvas.

Os soldados em volta dele começam a gritar, mas são empurrados adiante pela força de seus companheiros na retaguarda. Andam vagarosos na direção de Doul, que está no ar, joelhos dobrados sob si mesmo, girando em meio a uma saraivada de projéteis. Dispara com novas armas e as arremessa nos rostos de mais inimigos, então permite que seus pés toquem o chão. Tem na mão a última pistola, e a aponta para rostos temerosos, um após outro. Dá fogo, salta e a joga de lado. Chuta com pernas dobradas, um golpe de botinarte, quebrando o nariz de um homem-cacto e o lançando sobre seus companheiros crobuzonenses.

Bellis assiste, respirando com dificuldade, imóvel. Em todos os outros lugares, a luta é horrenda, acidental, caótica e estúpida. Está perplexa porque Doul a torna bela.

Ele para por um instante, e a tropas crobuzonenses reagrupam-se para cercá-lo. Vê-se encurralado. De repente, sua lâmina cintila como osso polido.

A primeira investida é precisa, estocada rápida demais para se ver, que se enfia numa garganta e sai outra vez, provocando um jato de seiva, afogando um cactáceo no fluido de sua própria vida. Uther Doul então se encontra estreitamente cercado, e brada seu nome outra vez, destemido. Muda de postura e leva a mão ao quadril, liberando as molas retraídas do motor, ligando a Espada Possível.

Ouve-se um estalo, parecido com estática, e um zumbido no ar. Bellis não consegue ver-lhe com clareza o braço direito. Parece tremeluzir, vibrar. Despega-se do tempo.

Doul gira (*dança*) para enfrentar a multidão de atacantes. Seu braço esquerdo lapeia para trás, com graça frouxa, símia. Com rapidez chocante, ergue seu braço-arma.

A espada floresce.

Fecunda, transbordante, vertente de ecos. Doul possui mil braços direitos, cortando em mil direções. Põe-se em ação e, como árvore de incrível complexidade, seus braços-armas espalham-se no ar, sólidos e espectrais.

Alguns mal se veem, alguns são bastante obscuros. Todos se movem com a velocidade de Doul, todos empunham a lâmina. Justapõem-se e penetram uns nos outros, ferroam onde pousam. Ele corta da direita para a esquerda e da esquerda para a direita, para cima e para baixo, assesta, bloqueia e talha selvagemente, tudo simultâneo. Cem lâminas defendem cada ataque dos inimigos, outras, incontáveis e brutais, retaliam.

Os homens diante dele são retalhados e lacerados, palimpsestos de ferimentos monstruosos. Doul ataca, sangue e gritos irrompem à sua volta em jorros inacreditáveis. Os marinheiros de Nova Crobuzon estão paralisados. Por um instante, assistem às quedas sangrentas de seus companheiros. E Uther Doul ainda se move.

Brada seu nome, gira, salta e dobra o corpo em saltos mortais acima deles, chutando e rodopiando, sem parar. Tudo diante dele sofre a investida da Espada Possível. Está cercado, envolvido, oculto por triz-espadas, sua armadura cinzenta semivisível atrás da muralha translúcida de seus próprios ataques. É espírito, deus da vingança, afiado vento homicida. Passa pelos homens que abordaram o navio e deixa atrás de si uma névoa de sangue, deixando-os para morrerem, pernas, braços e outras partes de corpos quicando sobre o convés. Sua armadura tinge-se de vermelho.

Bellis vê o rosto dele por um instante. Está desfigurado por um esgar bárbaro.

Os crobuzonenses morrem em grandes números, e disparam suas armas como crianças.

Com um só golpe e incontáveis ferimentos, Doul estripa uma taumaturga que tenta impedi-lo, e a pujança da mulher faz o sangue dela ferver e se dissipar; derruba um gigantesco homem-cacto cujo escudo defende muitas centenas dos ataques de Doul, mas não consegue protegê-lo de todos; e assassina um marujo lançador de fogo: seu tanque de gás pirótico se abre, estoura e incendeia ao mesmo tempo que seu rosto se parte. Inúmeros cortes a cada investida.

– Deuses – Bellis murmura para si, ensurdecida. – Falastrão nos *proteja*... – Está assombrada.

Não fazia meio minuto que Uther Doul ligara a Espada Possível.

Quando a desliga, torna-se súbita e absolutamente imóvel. Volta-se para os marinheiros inimigos ainda vivos, e seu rosto está calmo. A fria e quieta solidez de seu braço direito é chocante. Ele lembra um monstro, um fantasma sanguinário. Respira fundo, úmido, escorregadio, encharcado do sangue de outros homens.

Uther Doul brada o próprio nome, ofegante, selvagem, triunfante.

Invisível à sombra de Bellis, o homem afasta dos lábios a estátua.

Sente-se aterrorizado. Chocado por completo. Eu não sabia, *pensa frenético,* não sabia que poderia ser assim...

O homem assistira à abordagem de seus libertadores, e os vira romper devagar as fileiras de seus opositores, invadindo e conquistando o Grande Oriental, *o coração de Armada... agora os via debilitados, sangrentos e destruídos em segundos, nas mãos de Uther Doul.*

Olha desesperado para as fragatas espremidas entre a Sorgo *e a cidade, enfia a língua na estátua mais uma vez, e sente em si o poder de seu cuspe. Considera saltar rapidamente sobre os costados da superestrutura, para além dos cadáveres lá embaixo, até os navios de Nova Crobuzon.*

– Sou eu! – poderia clamar. – Estou aqui! Sou o motivo de terem vindo! Vamos, vamos fugir! Cair fora daqui!

Doul não poderá enfrentar todos eles, *pensa o homem, com coragem renovada, e observa a figura escarlate de Uther Doul lá embaixo.* Mesmo com a maldita espada, há muitos marujos, os navios de Armada estão sendo eliminados e, em algum momento, mais tropas crobuzonenses chegarão, e poderemos partir. *O homem se volta e olha para onde os cruzadores castigam os remanescentes da frota de Armada.*

Porém, enquanto se prepara outra vez para ir embora, vê algo.

A legião de rebocadores e vapores que cercava Armada como um halo, que a havia rebocado durante décadas, e que agora fora substituída pelo avanc, começa a abandonar a órbita da cidade, e a rumar até a frota crobuzonense.

Tripulações frenéticas haviam-na reequipado com canhões, e a abarrotado de pólvora negra e explosivos, arpões, baterias flogísticas e estrepes, chumbados, soldados, parafusados e rebitados em lugares provisórios. Nenhuma das naus é bélica: nenhuma é páreo para um encouraçado. Porém, há muitas.

Enquanto se aproximam, uma salva desfechada pelo Caminhante Matutino *destrói uma delas com estrondo desdenhoso. Porém há muitas, muitas mais atrás daquela.*

Invisível, o rosto do homem desanima e paralisa. Não pensei... *gagueja baixo para si mesmo.* Não pensei nestas.

Revelara tudo a seu governo – havia alertado sobre os nauscopistas, para que os meteorromantes crobuzonenses pudessem ocultar a aproximação da frota; sobre as aeronaves, de maneira que se preparassem os golens; e sobre quantos navios teriam de enfrentar. Calcularam-se as forças de Nova Crobuzon para derrotar Armada com base nas pesquisas e informações desse homem. Mas ele deixara de enumerar as naus ineficazes e alquebradas pelos anos, rebocadores e vapores, traineiras e cargueiros. Não as imaginara desenfreadas e recheadas de explosivos. Não as concebera singrando o mar, no caminho de encouraçados e cruzadores, como agora. Disparando seus canhões patéticos, iguais a crianças briguentas: não havia imaginado as tripulações que agora as abandonavam a poucos metros de distância, lançando-se das popas fumegantes para dentro de balsas e botes salva-vidas, assistindo às embarcações esvaziadas colidirem contra os flancos dos navios crobuzonenses, rompendo centímetros de blindagem, incendiando e explodindo.

Avista-se uma mancha de cores sujas a oeste, e o sol está muito baixo. As tripulações dos dois dirigíveis que aguardam ao lado do *Uroc* de Queda Seca estão impacientes.

O Brucolaco e seu grupo de vampirs despertarão em breve, prontos para o combate.

Mas algo se modifica no mar à popa da cidade. Os marinheiros de Nova Crobuzon fitam com perplexidade horrorizada, os armadenses observam com feroz esperança.

Os rebocadores e vapores continuam sulcando a água em direção à frota invasora, até que, sozinhos ou em duplas, colidam. Forçando-se no rumo dos navios de batalha, motores superaquecidos, lemes travados, aceleradores encastoados na última posição, a todo vapor. Vários são arrancados da superfície por detonações, antes que possam alcançar seus alvos. Chafarizes de metal e carne. Porém, há muitos.

Quando atingem os altos costados de cruzadores, as proas dos rebocadores e traineiras vazios se amarrotam e ressaltam. À medida que se comprimem, seus motores aquecidos ao rubro irrompem, e óleo, pólvora ou dinamite, fixados ali, se acendem. Com terríveis chamas oleosas, tremendos jatos de fumaça e estouros retardados que dissipam parte da energia sob a forma de ruído inútil, com trios de descargas menores em vez de uma detonação sólida, os navios explodem.

Tais torpedos, por imperfeitos que sejam, começam a esburacar os cruzadores de Nova Crobuzon.

Muito atrás deles, a esbatida força armadense começa a se reagrupar. As naus crobuzonenses são retardadas, e vagarosamente demolidas, pela investida de embarcações sacrificadas. As naus de batalha armadenses convocam sua frota, e passam a disparar sobre os inimigos estagnados.

O mar se enche de botes salva-vidas, escapados das naus abandonadas que estremecem rumo aos cruzadores; as tripulações remam frenéticas, esforçando-se para evitar outros navios armadenses que se aproximam. Algumas fracassam: são esmagadas e afundam; outras são engolidas pelas imensas ondas sangrentas, ou apanhadas no calor de cargas de profundidade, ou arrebentadas por balas de canhões. Porém, muitas escapam ao mar aberto, de volta a Armada, assistindo aos seus pequenos e feios rebocadores se chocarem contra os invasores e explodir.

Os ataques inesperados paralisaram os crobuzonenses. Ridícula e esbanjadora linha de defesa, navio após navio imolando-se, derretendo os costados de ferro de seus alvos.

Os cruzadores são barrados.

O *Caminhante Matutino* afunda.

Ouvem-se vivas, bramidos crescentes de triunfo perplexo. Vêm da popa de Armada, onde os cidadãos conseguem ver o que acontece a apenas um punhado de milhas mar afora. O fragor é repetido por aqueles que ouvem o grito de triunfo e o imitam; e por aqueles atrás deles, e ainda mais atrás. Varre a cidade. Dentro de um minuto, homens e mulheres nos recantos distantes de Queda Seca, Arenqueiro e Ponta do Relógio, no outro lado de Armada, berram aprovação extática, sem saber bem o que aprovam.

As tropas crobuzonenses fitam, em horror total. Uma grande rachadura estende-se pelo costado do *Caminhante Matutino*. Mais barquinhos chocam-se contra ele e explodem, mesmo enquanto começa a adernar, mesmo enquanto sua silhueta magistral começa a se retorcer; e seu grande comprimento passa a se angular, como se deliberadamente. Frenéticas pessoinhas jogam-se pelas amuradas. E as explosões continuam, até que sua popa se erga súbita do mar e, com terrível estalo de rompimento, se quebre ao meio, cuspindo homens, metal e carvão – toneladas e toneladas de carvão – no oceano.

As tripulações de Nova Crobuzon veem desaparecer sua única chance de voltar para casa. O armadenses gritam aprovação mais uma vez, e a forma gigantesca rola sobre o mar, corpulenta e lamentosa, ressentindo-se de cada momento, e arrota fogo ao ser arrastada às profundezas.

A nau capitânia de Nova Crobuzon se foi.

Frenéticos, seus irmãos cruzadores começam a disparar salvas, cedo demais, na própria Armada, encapelando o oceano e fazendo a cidade saltar como se em meio a uma tempestade. Mas alguns dos encouraçados menores agora estão ao alcance, e seus pesados projéteis estilhaçam mastros e rasgam a trama da cidade.

Uma bomba submerge o Mercado de Palhinverno, destruindo um círculo de barcos feirantes. Dois projéteis descrevem no céu arcos impressionantes e abrem um buraco no costado do *Pinchermarn*, lançando na água centenas de livros flamejantes. Navios são afundados, as pontes que os atrelam em todos os lados se desfazem.

Angevine e Shekel confortam um ao outro, escondidos dos invasores que restaram. O rosto de Shekel sangra profusamente.

No entanto, por mais terríveis que sejam os ataques, apenas os cruzadores podem destruir a cidade, e estão fora de alcance. Estão sendo assediados, contidos, danificados pela investida de rebocadores repletos de pólvora. As naus armadenses continuam chegando. Depois de uma quinta explosão sacudir-lhe a proa, o *Flagelo de Suroch* começa a ceder, rachar, adernar, desmoronar sobre a água.

Encouraçados e batedores o circundam, solícitos e inúteis, zangões em torno da rainha moribunda. Sob nova investida dos sobreviventes da frota de Armada, mas, acima de tudo, sob os ataques inesperados e suicidas de todos os vapores reequipados, os cruzadores de Nova Crobuzon são destruídos, um a um.

Do convés elevado acima do Grande Oriental, *o homem grita de horror inaudito.*

Nervoso, beija a estátua com fervoroso frenesi, e se prepara para saltar, dobrar um pouco o espaço, e aterrissar na fragata lá embaixo, que ronca e começa a partir. Detém-se, porém, fustigado por repentino entendimento.

Vê os últimos dois cruzadores estremecerem sob ataques, e dispararem brutais canhões sobre seus algozes. E, conquanto as retaliações custem várias naus de Armada, as feias explosões que sacodem os flancos dos cruzadores continuam, até que afundem os navios crobuzonenses.

As reservas de carvão dos invasores foram afundadas. O homem observa, atordoado. Não há motivo agora para abandonar o navio, ou nadar até uma das naus de sua cidade. Mesmo que os armadenses não destruam todos os navios, mesmo que escapem um ou dois dos encouraçados mais velozes, lá é o meio do Oceano Bravio, águas inexploradas, mais de duas mil milhas distantes da terra mais próxima, duas vezes isso de Nova Crobuzon. Atravessadas algumas centenas de milhas, as caldeiras esfriarão, e as naus crobuzonenses estarão em águas paradas.

Não têm velas. Apodrecerão e morrerão.

Não há esperança.

O resgate fracassou. O homem ainda se encontra aprisionado.

Olha para baixo e percebe, com choque apático, que voltara a sintonizar-se com o espaço de Bellis. Caso ela se voltasse agora, conseguiria vê-lo. Leva outra vez a estátua à boca, abatido, e desaparece.

Caiu a noite, e afinal decolaram os dirigíveis de Queda Seca, transportando suas tripulações homicidas. Voaram baixo, velozes sobre os últimos resíduos do combate. Os passageiros vampirs estavam prontos, e suas compridas línguas açoitavam o ar noturno. Queriam lançar-se a qualquer embate.

Chegaram tarde demais. A batalha havia terminado.

As aeronaves vagaram sem propósito sobre a água maculada de carvão e metal retorcido, ácido e óleo. Aqui e ali, o resíduo cintilante de leite de pedra, e seiva, e milhares de litros de sangue.

CAPÍTULO 37

No início, a cidade enlevou-se de júbilo exausto, espécie de euforia andrajosa e ferida.

Não durou muito. Nos dias seguintes, Bellis teve aguda percepção do silêncio; Armada entrara em quietude sem fim. Começou após a batalha, quando morreram os brados de triunfo, e a escala da devastação tornou-se clara.

Bellis não dormira na noite seguinte à carnificina. Saiu cambaleando ao nascer do dia, com milhares de outros cidadãos, para caminhar, tonta, pela cidade. A paisagem que conhecia estava fraturada de maneiras novas e estranhas. Navios em que havia comprado papel, ou bebido chá, ou que percorrera, sem pensar, uma centena de vezes, já não existiam.

O Parque Croom permaneceu intocado. O *Cromolito*, o *Tolpandy*, o próprio *Grande Oriental*, continuavam bastante inteiros.

Muitas vezes, nos dias que se seguiram, Bellis dobrou esquinas em algum labirinto de ruelas, cruzou pontes de madeira, ou chegou a praças bem iluminadas, e viu pessoas a chorar, pranteando os mortos. Algumas fitavam uma porção ou outra dos danos à sua cidade – um buraco vazio e espumante onde costumava ficar o navio em que tinham morado, uma pilha de destroços que fora um mercado, uma igreja esmagada por mastros caídos.

Não era nada justo, pensava Bellis nervosa, que tão poucos de seus próprios redutos tivessem sido afetados. Que equidade havia naquilo? Afinal de contas, ela nem mesmo se importava.

Enorme quantidade de armadenses havia morrido. Vários membros do Conselho de Larcão e a Rainha Braginod de Jhour estavam entre eles. O Conselho elegeu substitutos, e a tutela de Jhour passou de modo tranquilo ao irmão de Braginod, Dynich. Ninguém se interessou demais. Armada deixara milhares de cadáveres no mar.

Pessoas fitavam a *Sorgo*, e murmuravam que ela não valia a pena.

Bellis errava em meio à paisagem brutalizada da cidade, como se sonhasse. Até mesmo onde não aterrissaram projéteis, as tensões causadas pelo mar revolto tinham destruído arquitetura. Arcos foram despedaçados, suas pedras angulares agora jaziam no leito do oceano. Houve incêndios; ruas estreitas desmoronaram, fileiras de casas pareciam apoiar-se umas nas outras, movendo-se, tocando-se, telhados rachados soçobrando. A cidade parecia estremecer com um gênero de danos que seria impossível em terra.

Enquanto vagava, Bellis ouvia centenas de histórias: relatos exagerados de heroísmo e tétricas descrições de ferimentos. Começou a cavar informações específicas, com prudência. Movida por curiosidade que não entendia (sentindo-se naqueles momentos como autômato, agindo sem o próprio consentimento), perguntou o que acontecera aos outros passageiros do *Terpsichoria*.

Contavam-se histórias conflitantes sobre as Cardomiums. Bellis teve notícias dos tripulantes ainda presos, indignos da confiança em seu compromisso com Armada, não tendo conseguido fazer as pazes com o recrutamento forçado. Disseram a ela que ouve um portentoso tumulto nos navios-prisões na proa de Aquabelone quando o bombardeio começou, e que os prisioneiros tinham clamado e clamado pela ajuda de seus compatriotas.

Os destacamentos de abordagem, é claro, jamais chegaram perto, e os gritos ficaram sem resposta.

Irmã Meriope havia morrido. Bellis sentiu-se chocada, de horrível maneira abstrata, como se visse uma cor inédita. Em meio ao caos, contaram-lhe, vários prisioneiros tinham escapado do manicômio, entre eles Meriope. A freira enormemente grávida conseguira chegar à popa da cidade, onde havia corrido em direção ao destacamento de abordagem crobuzonense, gritando extáticas boas-vindas. Foi alvejada. Impossível dizer a qual lado pertenciam as armas que a mataram.

Histórias assim Bellis ouviu repetidas vezes – forçados que, em face do que lhes parecia uma súbita chance de voltar para casa, haviam tentado, em desespero, trocar de lado durante a batalha e morrido. Vários do *Terpsichoria* tinham morrido de tal modo, ao que parecia. E, mesmo que os números fossem exagerados, e os detalhes ornamentados para se tornarem fábulas de advertência contra deslealdade, Bellis teve certeza de que muitos haviam morrido da forma descrita.

Era óbvio para Bellis – nenhuma grande revelação – que sua segurança estaria muito, muito longe de garantida, caso tivesse buscado refúgio com as tropas de Nova Crobuzon. Decidira havia muito que seu retorno à cidade teria de acontecer por conta própria. Sabia que seu governo pouco se importaria com a sobrevivência dela. Fugira dele, afinal de contas, e por bons motivos.

Durante a batalha, Bellis sentira-se paralisada, entorpecida, sem desejar a vitória de um lado ou de outro. Havia assistido, como espectadora casual de um embate entre lutadores profissionais. Agora que Armada havia triunfado, ela não sentia alívio ou felicidade, tampouco desespero.

Após a destruição dos cruzadores, os outros navios de Nova Crobuzon haviam escapado para noroeste. Fugiram em pânico, aterrorizados demais para se renderem, para implorar clemência aos armadenses. Zarparam, fingindo que havia alguma esperança, que chegariam a um porto qualquer. Era conhecimento comum que suas tripulações morreriam.

Três encouraçados crobuzonenses, e uma fragata, foram capturados. Tornaram-se, de instantâneo, os navios mais avançados de Armada, porém eram compensações insuficientes pelas dezenas de naus que a cidade perdera. Boa parte de sua frota, dois submersíveis, e metade dos vapores reequipados de última hora, foram sacrificados para destruir os cruzadores. O *Tridente* e dezenas de aeronaves menores estavam destruídos. O gigantesco guerrotor havia sucumbido sob o peso dos golens, que o atacaram como um exército de ratos. Caiu até o alcance da artilharia, que lhe arrancou a pele e partiu o esqueleto.

Armadenses levaram muitas horas para retornar à cidade, remando jangadas salva-vidas, nadando, agarrando-se a destroços. Os taumaturgos e engenheiros na base do *Grande Oriental* mantiveram lento o avanc por mais de um dia. Seguira adiante, estúpido, despreocupado com o caos homicida acima dele.

Inevitavelmente, alguns dos que alcançaram cidade eram soldados crobuzonenses. Talvez uns poucos intrépidos tivessem roubado trajes de cadáveres armadenses, e simplesmente se içado a bordo de uma nova vida... de marinheiros, todos falavam sal pelo menos aceitável. Porém, a maioria estava traumatizada demais para tal calculismo e, durante horas depois da batalha, marujos crobuzonenses apareceram nos conveses de Armada, vestindo uniformes esfarrapados e encharcados, desesperados de medo. Temiam afogamento mais que temiam a vingança de Armada.

Naqueles dias arruinados logo após a guerra, sob céus de fumaça negra e vermelha, os aterrorizados marinheiros crobuzonenses causaram uma crise política. É claro que, tomados de ira causada pelas perdas, os armadenses puniram seus desmazelados cativos. Foram espancados e açoitados – alguns até a morte – enquanto seus torturadores bradavam os nomes de amigos mortos. Mas, por fim, cansaço, desprezo e torpor caíram sobre todos, e os crobuzonenses foram levados à prisão no *Grande Oriental*. Afinal de contas, a história de Armada fora construída pela assimilação de forasteiros e inimigos – depois de cada batalha, sempre que um navio fosse capturado.

Aquele tinha sido um conjunto de circunstâncias mais violento, mais terrível que qualquer um no passado da cidade, mas não havia dúvidas quanto ao que fazer com inimigos capturados. Como acontecera com a tripulação do *Terpsichoria*, todos os que pudessem ser convencidos seriam transformados em armadenses.

No entanto, agora, os Amantes ordenavam o contrário.

Haviam retornado do combate enfurecidos e elíctricos, exultantes, escarificados com novas marcas aleatórias, que não se combinavam como as outras (algo que corrigiriam nas noites por vir). Todo o distrito e a cidade ficaram chocados ao vazarem notícias de que os Amantes pretendiam banir os crobuzonenses.

Em reunião geral convocada apressadamente, no convés do *Grande Oriental*, a Amante expôs seus argumentos. Denunciou de maneira violenta os crobuzonenses, lembrando aos cidadãos que aquela corja havia massacrado suas famílias, bombardeado a cidade, destruído metade da frota. Agora, havia muitas vezes mais forçados a bordo do que Aquabelone, em qualquer outro distrito, já tivesse acolhido de uma só vez. Com recursos exíguos, Armada vulnerável, guerra declarada por Nova Crobuzon, como poderiam absorver tantos inimigos?

Porém, muitos dos que agora eram armadenses haviam sido inimigos um dia. Durante toda a existência da cidade, já fora credo dos cidadãos que, uma vez cessada a disputa, não haveria ressentimento contra a infantaria a serviço do oponente. Deveriam ser bem recebidos, esperava-se que transformados, e tornados cidadãos. Armada era isso, em resumo – colônia de perdidos, renegados, desertores, derrotados.

Os marujos de Nova Crobuzon enregelavam-se em suas prisões, inconscientes da controvérsia que os cercava.

Não seria assassinato, afirmava a Amante. Os prisioneiros seriam postos a bordo de um navio, com provisões, e lhes seria apontado o rumo de Bered Kai Nev. Não era impossível que chegassem lá.

Era um argumento ruim.

Ela mudou de tática e argumentou furiosa que, com o avanc, a cidade deveria prosseguir, que tinha o poder de ir a lugares com os quais Armada jamais sonhara, fazer coisas nunca imaginadas e, que desperdiçar recursos assoando os narizes de mil recém-chegados choramingões – assassinos – seria idiotice.

Apesar das feridas ainda recentes e sangrentas, apesar da memória ainda dolorosa da guerra, o ânimo da multidão voltava-se contra a Amante. Não estavam convencidos. Os outros governantes contiveram as línguas, observando.

Bellis entendeu. Não que os ali reunidos tivessem qualquer amor, qualquer especial compaixão ou misericórdia pelos cativos. A oposição não se devia aos soldados feridos e sangrentos, enfurnados nos porões e sofrendo agonia e penúria. Os armadenses não se preocupavam com os prisioneiros, mas com a própria cidade. *Esta é Armada*, era o que diziam. *Assim se fazem as coisas, aqui. Mude-se isso, e como saberemos quem somos? Como saberemos continuar sendo?*

A Amante não poderia derrotar séculos de tradição com um único discurso – tradição erigida em nome da sobrevivência da cidade. Ela estava sozinha no palco, e perdia a questão. Com súbita incerteza trêmula, Bellis perguntou-se onde estava o Amante, se ele concordava.

Percebendo a insatisfação, aqueles entre a multidão favoráveis à liderança dos Amantes começaram a gritar ofertas espontâneas de apoio, clamar vingança contra os capturados. Porém, mais vozes se elevaram em oposição, e os silenciaram.

Algo havia mudado, decisivamente. De repente ficou óbvio que aquela assembleia não permitiria a morte dos crobuzonenses, mesmo da maneira vagarosa, disfarçada de clemência, que a Amante havia sugerido. Era óbvio que o longo processo de recrutamento, às vezes fácil, às vezes cruel, teria de começar, e que vários meses de esforços seriam despendidos com os homens e poucas mulheres confinados aos porões e, ainda, que muitos deles acabariam por reconciliar-se a suas novas vidas. Alguns continuariam presos, outros não; somente então, no final das contas, após longas tentativas de persuasão, poderiam ser, talvez, executados.

– Qualé a pressa, porra? – berrou alguém. – E pra que cu de mundo estão nos levando, hein?

A Amante agora desistia, rápida e carismática; dando de ombros com exagerada humildade, cedeu, anunciou a rescisão de sua ordem. Obteve vivas esfarrapados da plateia ainda ansiosa por perdoar a má sugestão feita num momento de raiva. Não respondeu à pergunta do atrevido.

Bellis lembrou-se mais tarde daquele momento, e o entendeu como fulcro. *Aquele foi o instante*, diria a si mesma nas semanas seguintes, *em que tudo mudou.*

Naus muito danificadas, que não podiam navegar, agora se engatavam à cidade, e eram rebocadas pelo incansável avanc, que nadava em ritmo constante, sem repentinas acelerações ou caprichos, a menos de cinco milhas por hora.

Norte.

Os dias passaram-se repletos de cultos em honra aos mortos, homenagens, homilias e preces. A reconstrução começou. Guindastes pendulavam. A cidade apressava-se com discretas equipes de edificação, reformando prédios danificados, restaurando o que podiam e modificando o restante. Durante as noites, os bares e covis de bêbados ficavam cheios, mas quietos. Armada não foi agradável durante aqueles péssimos dias. Ainda sangrava, não havia cicatrizado.

O povo passou a fazer perguntas. Delicados, com muita cautela, tentearam os ferimentos em suas mentes, lugares sensíveis que a guerra havia deixado e, quando o fizeram, surgiram terríveis incertezas.

Por que vieram?, pessoas diziam a elas mesmas e às outras (com meneios de cabeça e olhos baixos). *E como nos encontraram, a meio mundo de distância*?

Será que virão outra vez?

O vagaroso e florescente espírito de raiva e contestação levantava problemas mais amplos que a própria guerra. Cada pergunta trazia outra.

O que fizemos para lhes atrair a atenção?

O que estamos fazendo?

Para onde vamos?

O torpor de Bellis começou a esvair-se. Não vira ninguém desde a batalha. Uther Doul passava bem sem ela; não havia encontrado Carrianne ou Johannes. Exceto para colher rumores que proliferavam como ervas daninhas, Bellis mal falara durante dias.

No segundo dia depois da luta, ela começou a pensar. Algo nela despertou, e viu a cidade avariada com a primeira emoção que sentia em algum tempo – horror frio. Percebeu com curiosidade que estava chocada.

Ao erguer os olhos na direção do sol, sentiu os abalos de emoções, incertezas e terríveis certezas que vinha acumulando.

– Ah, deuses – disse em voz baixa. – Ah, deuses.

Compreendeu que sabia tantas coisas. Muito lhe estava claro agora, muito do que era terrível. Relutou em enfrentá-lo, ainda não era o momento de pensar naquilo. Trazia dentro de si entendimento e conhecimento, mas fugia deles como se de um agressor.

Naquele dia, Bellis comeu, bebeu e caminhou como se nada houvesse mudado, suas ações tão hesitantes e espasmódicas quanto as dos outros traumatizados à volta. Em momentos inesperados, retraía-se, piscava, sibilava e rilhava os dentes, à medida que o conhecimento se agitava dentro dela. Via-se grávida dele, um bebê gordo e maligno que Bellis ignorava desesperadamente.

Parte dela sabia que não era capaz de sufocá-lo, mas tentava ganhar tempo, nunca proferindo, nunca pensando em palavras, sempre obstruindo o entendimento que carregava, com uma sensação furiosa e apavorada de *agora não, agora não...*

Diante da janela mal-acabada, assistiu ao pôr do sol, e leu e releu sua carta, tentando reunir coragem para escrever algo da batalha, sem saber o que fazer. Às dez horas, ouviu batidas peremptórias, abriu a porta e deparou-se com Tanner Sack.

Ele estava parado sobre a pequena plataforma que se projetava da chaminé, em frente à porta de Bellis, no topo da escadaria. Havia sido ferido na luta; seu rosto estava cortado e infeccionado, seu olho esquerdo fechado de inchaço. Tinha ataduras no peito, e os feios tentáculos que brotavam dali enfaixados junto ao corpo. Empunhava uma pistola, apontada para o rosto de Bellis. Sua mão não tremia.

Ela encarou a arma, olhou para a escuridão vazia dentro do cano. O gordo e odioso entendimento que vinha nutrindo irrompeu dela, incontrolável. Soube a verdade, e soube por que Tanner Sack estava pronto para matá-la. Exausta, soube que, se ele puxasse o gatilho, se ela ouvisse o disparo, naquele átimo de segundo antes de a bala arrebentar seus miolos, não o culparia.

CAPÍTULO 38

– Sua megera assassina do caralho.

Bellis segurou-se no encosto de sua cadeira, arfando de dor, piscando para clarear a visão. Tanner Sack a havia golpeado uma vez, um forte tapa com o dorso da mão que a jogara contra a parede. O ataque parecia ter removido dele a raiva física, e lhe deixado forças apenas para falar, e ódio. Mantinha a arma apontada para a cabeça dela.

– Eu não sabia – disse Bellis. – Juro por Falastrão que *não sabia.* – Sentia pouco medo. Sentia mais vergonha e confusão densas, que lhe arrastavam a fala.

– Sua traiçoeira de merda – disse Tanner, sem levantar a voz –, sua sanguessuga da porra, megera, vaca, vá se foder, sua...

– Eu não sabia – repetiu ela. A arma não vacilava.

Tanner praguejou contra ela outra vez, uma lenta fiada de invectivas, e não foi interrompido. Bellis deixou que falasse até cansar. Insultou-a por muito tempo, e de repente mudou de abordagem, falando em tom quase normal.

– Todo mundo morto. Todo aquele sangue. Eu tava embaixo das ondas. Você sabia? Tava *nadando* – sussurrou-lhe as palavras. – Tava nadando no sangue, puta merda. Matando sujeitos que nem eu. Garotos estúpidos de Nova Crobuzon, que podiam ser meus camaradas. E se me pegassem de novo, se a coisa tivesse acabado como queriam, se fizessem do jeito deles, se tomassem a porra da cidade, aí a matança não tinha parado. Eu tava agora indo pras colônias. Escravo Refeito.

– Meu guri – disse ele, com calma repentina. – Shekel. Você conhece o Shekel, né? – Fixou os olhos nela. – Ele ajudou você umas vezes. Ele e a mulher dele, Angevine, acabaram no meio da luta, Ange se vira sozinha, mas e o Shekel? Arranjou um rifle pra ele, rapaz estúpido. Uma bala pegou na amurada embaixo dele, e os cavacos abriram a cara do menino. Ficou um troço horrível. Ele vai ficar marcado pra sempre, pra sempre. E tô aqui, pensando que, se aquele marinheiro tivesse movido a arma um centímetro, a porra dum *centímetro*, e Shekel tava morto. *Morto.*

Bellis não conseguia se isolar da voz desesperada.

– Como todos os outros que morreram – a voz de Tanner soava enfadonha. – E quem matou eles, todos os tripulantes mortos? Quem matou? Você tinha que pedir ajuda, né? Pensou no que ia acontecer? Pensou? Se importou? Agora se importa? – As palavras a martelaram, e mesmo enquanto meneava a cabeça, *Não foi assim*, sentia profunda vergonha. – Você matou eles, sua traidora filha da puta.

– Você... e eu.

Manteve firme a arma, mas seu rosto se contorceu.

– Eu – disse ele. – Por que você *me* meteu nisso? – Seus olhos estavam injetados. – Você quase matou meu garoto.

Bellis fechou os olhos para se livrar das próprias lágrimas.

– Tanner – disse ela, com voz gutural. – Tanner – repetiu devagar, levantando as mãos num gesto de impotência. – Juro a você, juro a você, *juro*... eu não sabia.

Ela supôs que Tanner abrigava algum vestígio de dúvida, alguma incerteza, ou simplesmente a teria lançado pelos ares. Falou com ele por muito tempo, tropeçando nas palavras, tentando encontrar maneiras de expressar o que soava impossível, falso por completo, até para ela.

Durante o tempo em que falou, a arma jamais se desviou de seu rosto. Ao contar-lhe o que tinha descoberto, Bellis parava de quando em quando, à medida que ela mesma assimilava a verdade.

A janela estava visível por sobre o ombro de Tanner Sack, e ela olhava para a rua por ali. Era muito mais fácil que encará-lo. Sempre que lhe vislumbrava o rosto, enrubescia. O ultraje da traição e, acima de tudo, a vergonha, a fustigavam.

– Eu acreditava no que lhe contei – disse a ele e, ao lembrar-se do massacre, crispou o rosto, tão fortemente que sentiu dor. – Ele mentiu para mim também.

– Não sei como encontraram Armada, caralho – ela disse, um pouco mais tarde, ainda sob o escárnio e a lívida descrença no rosto de Tanner. Não sei como funciona, não sei como fizeram, não sei que informação ou maquinário ele roubou para possibilitar a coisa toda. Havia algo... ele deve ter escondido algo, deve ter dado a eles alguma coisa de que precisavam para nos rastrear, naquela mensagem...

– A que *você* me deu – disse Tanner. Bellis hesitou, e então assentiu.

– A que ele me deu e eu dei a você.

– Fui persuadida – disse ela. – Por Falastrão, Tanner, por que você acha que eu estava no *Terpsichoria*? Eu era uma exilada, porra. – Ele ficou em silêncio diante daquilo.

– Estava fugindo – prosseguiu Bellis –, *fugindo*. E, com os diabos, não gosto daqui, não é meu lugar... mas eu estava fugindo, não mandaria chamar aqueles desgraçados, não confiaria neles. Estava foragida porque temia por minha vida. – Ele a encarou, curioso. – E, de qualquer forma... – Hesitou dizer mais, temendo soar bajuladora, embora quisesse lhe contar a verdade.

– De qualquer forma... – continuou, mantendo a voz calma. – Eu nunca faria aquilo. Não o faria... a você, a nenhum de vocês. Não sou uma magistrada filha da puta, Tanner. Não desejaria esse tipo de justiça a ninguém.

Ele a fitou, seu rosto parecia feito de pedra.

O que causou sua decisão, ela percebeu mais tarde, o que o levou a acreditar nela, não havia sido sua tristeza e sua vergonha. Tanner não confiava nelas, e Bellis não o culpava. Convenceu-se de que ela dizia a verdade, de que fora ludibriada como ele, ao ver-lhe a raiva.

Por longos, desolados e mudos instantes, Bellis sentiu-se tremer, e seus punhos cerraram-se lívidos e duros.

– Seu filho da puta – ela se ouviu dizer, e meneou a cabeça.

Tanner pôde perceber que Bellis não falava com ele. Ela pensava em Silas Fennec.

– Ele contou-me mentira – cuspiu de repente para Tanner, surpreendendo a si mesma. – Mentira após *mentira*... para me usar.

Ele me usou, pensou ela, *como usou todos os outros. Assisti a seu trabalho, soube o que ele fazia, como usava pessoas, mas...*

Mas não pensei que fazia o mesmo comigo.

– Ele humilhou você – disse Tanner. – Você pensou que era especial, né? – zombou. – Pensou que podia ajudar ele? Que estavam juntos?

Ela o encarou, pálida de raiva e de repulsa em relação a si mesma, por Silas tê-la enganado como se fosse uma idiota inocente, como um dos marionetes dele, como qualquer uma. *Eu, mais que os pobres tolos leitores dos panfletos de Simon Fench; eu mais que cada miserável fodido que lhe serve como contato*. Enojava-lhe o desprezo, a facilidade, com que ele havia mentido.

– Seu merda – resmungou. – Vou destruí-lo, seu puto.

Tanner sorriu zombeteiro outra vez, e ela soube que soava patética.

– Você acha que ele disse alguma verdade? – perguntou Tanner Sack.

Sentavam-se juntos, desconfortáveis e incertos. Tanner ainda segurava a arma, agora frouxamente. Não se tinham se tornado coconspiradores. Ele olhava para ela com aversão e raiva. Ainda que acreditasse que Bellis não pretendera prejudicar Armada, não a considerava uma companheira. Ela continuava sendo quem o persuadira a ser garoto de recados. Ela o tinha envolvido na carnificina.

Bellis meneou a cabeça com vagaroso despeito.

– Eu acredito que Nova Crobuzon está sob ataque? – perguntou ela, com asco. – Acredito que a mais poderosa cidade-estado do mundo esteja ameaçada por peixes malignos? Que dois mil anos de história estejam a ponto de acabar, e que apenas eu possa defender meu lar? *Não*, Tanner Sack, não acredito. Acredito que ele quisesse enviar a mensagem, e nada mais. Acredito que caí como um pato na conversa do manipulador filho da puta. Como todo mundo cai. – *Ele é assassino, espião, agente*, pensou. *É exatamente de quem estive fugindo. Mesmo assim, solitária e crédula como uma tola fodida e mal paga, acreditei nele.*

Por que viriam resgatá-lo?, pensou de repente. *Por que atravessariam quatro mil milhas por causa de um único homem? Não vieram por ele, e não acho que vieram pela* Sorgo.

– Há mais nisso tudo... – ela disse devagar, e tentou formar pensamentos. – Há mais nisso do que podemos ver.

Não viriam tão longe ou arriscariam tanto apenas por ele. Não importa o quanto ele seja bom agente. Ele tem algo, percebeu. *Tem algo que querem.*

– Então, o que a gente vai fazer?

Clareava. Os pássaros da cidade cantavam. A cabeça de Bellis doía; estava terrivelmente cansada.

Ignorou a pergunta de Tanner por um instante. Ao olhar pela janela, viu o céu empalidecer, e as silhuetas de cordames e arquitetura engastadas em negro. Tudo muito quieto. Pôde ver as ondas contra os costados da cidade, discernir a tênue passagem de Armada para o norte. O ar estava fresco.

Bellis desejava mais um momento naquele agora, mais um segundo suspenso durante o qual pudesse respirar, antes de falar e responder a Tanner, pôr em ação uma desajeitada e claustrofóbica jogada final.

Sabia a resposta para a pergunta, mas não queria dá-la. Não olhou para ele. Soube que perguntaria outra vez. Silas Fennec continuava livre na cidade, testemunha do fracasso de seu resgate, e havia só uma coisa a fazer. Ela sabia que Tanner sabia, que a estava testando, que havia apenas uma resposta possível à pergunta dele, e que, se ela deixasse de responder, ele ainda poderia matá-la.

– O que a gente vai fazer? – perguntou ele, e Bellis o encarou, cansada.

– Você sabe – ela riu sem prazer –, temos de contar a verdade. Temos de contar a Uther Doul.

CAPÍTULO 39

Aqui navegamos, próximos da orla setentrional do Oceano Bravio e apenas a, o quê, mil, duas mil milhas a oeste, noroeste, fica o Mar Sagaz. E, aninhada nos meandros da costa, nas praias de um continente inexplorado, fica a colônia de Nova Esperium.

É essa a pequena, clara e brilhante cidade da qual vi imagens? Vi os heliótipos de suas torres, silos de grãos, das florestas que a cercam, dos singulares animais e arredores: enquadrados e posados, sépia, coloridos à mão. Há uma nova chance para todos em Nova Esperium. Até mesmo os Refeitos, os relegados à servidão, os trabalhadores braçais, podem adquirir liberdade.

(Não que isso seja verdade.)

Imaginei-me nas encostas das montanhas que vi nas figuras (desbotadas pela distância, fora de foco), olhando para o assentamento lá embaixo. Aprendendo o idioma dos nativos, catando ossos de antigos livros que pudéssemos encontrar nas ruínas.

São dez milhas de Nova Crobuzon ao estuário, aos limites da Baía de Ferro.

Sempre me vejo lá, em minhas memórias, além da cidade, postada entre terra e mar.

Perdi minhas estações. Parti quando o outono se tornava inverno, e foi minha última clara noção de tempo. Desde então, o calor, o frescor e o frio, e o calor novamente têm sido para mim caóticos, malcomportados, aleatórios.

Talvez seja outono em Nova Esperium.

Em Nova Crobuzon, é primavera.

Tenho conhecimento que não posso utilizar, numa jornada que não posso controlar, cujos objetivos não compartilho nem entendo, e sinto saudades de um lar do qual fugi, e de um lugar que jamais vi.

Há pássaros além destas paredes, cantando uns para os outros, violentos e estúpidos, lutando contra o vento e eu, de olhos fechados, posso fingir observá-los, posso fingir estar a bordo de qualquer navio, em qualquer lugar do mundo.

Porém, abro os olhos (devo abri-los) e ainda me vejo aqui, mais uma vez nesta câmara do Senado, ao lado de Tanner Sack, e trago a cabeça baixa, e estou acorrentada.

A alguns metros de Bellis e Tanner, Uther Doul concluía seu pronunciamento aos governantes da cidade: os Amantes, Dynich, o novo Conselho de Larcão, e todos os outros. Era noite. O Brucolaco também se encontrava presente. Era o único governante que não fora afetado pela guerra – todos os outros portavam cicatrizes ou expressões arrasadas. Escutavam Uther Doul. De quando em quando, lançavam olhares aos prisioneiros.

Bellis os observava enquanto a observavam, e via a ira nos olhos de todos. Tanner Sack não conseguia erguer a cabeça. Estava embrulhado muito firmemente em desgraça e vergonha.

– Chegamos a um acordo – disse Uther Doul. – Devemos agir rápido. Podemos presumir que é verdade o que nos contaram. Devemos prender Silas Fennec, de imediato. E também podemos presumir que, caso ele ainda não tenha concluído que o caçamos, concluirá em breve.

– Mas como ele conseguiu, caralho? – gritou o Rei Friedrich. – Quero dizer, entendo a porra do *pacote*, a porra da mensagem… – Olhou furioso para Bellis e Tanner. – Mas como Fennec conseguiu o puto magneto? A fábrica de bússolas, puta que me pariu… é vigiada com mais rigor que a porra do meu tesouro. Como ele entrou lá?

– Isso ainda não sabemos – disse Uther Doul –, e será uma das primeiras perguntas que faremos a ele. Tanto quanto possível, temos de manter secreto esse assunto. Já que Simon Fench, Fennec… não é desprovido de simpatizantes… – continuou Doul. Os Amantes não trocaram olhares. – Não podemos nos arriscar a… enfurecer os cidadãos. Devemos agir agora. Alguém sabe como podemos começar?

Dynich tossiu e levantou o braço.

– Ouvi rumores – começou hesitante – de que Fench opera em certos botequins…

– Rei, deixe que eu fale – interrompeu o Brucolaco com sua voz arranhada. Todos olharam para ele, surpresos. O vampir demonstrava hesitação incomum. Suspirou e desenrolou a língua dardejante, e prosseguiu.

– Não é segredo que o distrito de Queda Seca abriga sérias divergências em relação aos governantes de Aquabelone no que tange à conjuração do avanc, e à trajetória da cidade… ainda não revelada – acrescentou, com breve lampejo de ira. – No entanto – seus olhos castanhos percorreram o salão, em desafio –, espero não ouvir alegações de que o Brucolaco, ou qualquer membro de meus colaboradores, é menos que absolutamente fiel à cidade. É motivo de profunda consternação para nós não termos sido capazes de lutar por Armada na guerra recente.

– Sei – continuou rápido – que meus cidadãos lutaram. Tivemos nossa cota de mortos – porém não eu e os meus. E lamentamos por isso. Temos uma dívida para com os senhores.

– Sei onde está Silas Fennec.

Houve um rápido coro ofegante.

– Como sabe? – perguntou a Amante. – Há *quanto tempo* sabe?

– Não muito – disse o Brucolaco. Encarou a mulher, mas sem aparentar orgulho. – Descobrimos onde Simon Fench repousa a cabeça e imprime suas obras. Mas os senhores sabem… – disse com súbito fervor. – *Sabem* que não fazíamos ideia de seus planos. Jamais permitiríamos que aquilo acontecesse.

A inferência foi óbvia. O Brucolaco permitira que "Simon Fench" espalhasse sua influência, imprimisse literatura dissidente e suscitasse rumores nocivos, desde que a vítima daquelas atividades fosse Aquabelone e não toda a cidade. Não soubera da frota crobuzonense que Fennec havia chamado. Como Tanner e Bellis, acabara por se envolver nos fatos.

Bellis observava, zombando em silêncio do pretenso ultraje dos Amantes. *Parece que nunca fizeram o mesmo, ou pior*, pensou. *Até parece que não é assim que vocês desgraçados agem uns contra os outros.*

– Estou ciente – sibilou o Brucolaco – de como isso se afigura. E desejo a queda do miserável tanto quanto os senhores. Por isso, será meu prazer, bem como meu dever, capturá-lo.

– *Você* não porá as mãos nele – disse Uther Doul. – Eu o farei, meus homens e eu.

O Brucolaco voltou para Uther Doul olhos que se amarelavam.

– Possuo certas vantagens – disse devagar –, e essa missão é importante para mim.

– Não é assim que obterá absolvição, Entemorto – disse Doul, friamente. – Você decidiu permitir-lhe que jogasse seus jogos com impunidade, e esse é o resultado. Ora, diga-nos onde ele está, e sua interferência termina aqui.

Houve vários instantes de silêncio.

– Onde está ele? – berrou a Amante de súbito. – Onde se esconde?

– Essa é outra razão pela qual faz sentido que meus correligionários venham a caçá-lo – respondeu o Brucolaco. – Ele está num lugar no qual muitos de seus soldados se recusariam a entrar. Silas Fennec está no bairro assombrado.

Doul não se intimidou. Encarou o vampir:

– Você não porá as mãos nele – disse mais uma vez. – *Eu* não tenho medo.

Bellis ouvia envergonhada, sentindo ódio de combustão lenta por Silas Fennec. *Seu puto*, pensou com satisfação indômita. *Quero ver que mentiras contará para escapar disto.*

Ainda que ele pudesse ser sua melhor chance de fugir, Bellis não poderia permitir que o porco filho da puta mentisse para ela e a usasse. Aquilo não ficaria sem retribuição, não importava o preço. Preferia arriscar a sorte em Armada, ou na Cicatriz.

Você deveria ter me contado, Silas, pensou, bufando de raiva. *Eu queria, quero, escapar também. Se você dissesse a verdade, se fosse franco e honesto, se não tivesse me usado, eu poderia tê-lo ajudado*, pensou. *Poderíamos ter feito tudo juntos.*

Mas sabia que não era verdade.

Por desesperada que estivesse para fugir, não o teria ajudado se soubesse de seus planos. Não seria cúmplice.

Com horrível autodesprezo, Bellis percebeu que Silas a julgara bem. Seu ofício era saber o que poderia contar a quem, até onde iriam as pessoas em torno dele, e como mentir-lhes de acordo. Tinha de julgar o que revelava a cada um de seus peões.

Estivera certo sobre ela.

Bellis lembrou-se da ira de Uther Doul, quando ela e Tanner o encontraram.

Ele os havia observado enquanto se explicavam, seu rosto cada vez mais sério e frio, seus olhos mais escuros, à medida que falavam. Alvoroçados, Bellis e Tanner alternavam-se na tentativa de explicar-lhe que não haviam sabido de nada, que ambos tinham sido usados.

Tanner balbuciou e Doul manteve-se impassível, esperando que terminasse, e, então, puniu-o com silêncio, sem nada dizer. Então se voltara para Bellis, a fim de ouvir-lhe as explicações. Ele a irritara; permaneceu imperturbável quando ela lhe contou que conhecia Silas Fennec, *Simon Fench*. Doul não parecera surpreso de modo algum. Continuou quieto, aguardando mais informações. Porém, quando Bellis contou-lhe o que havia feito, o que tinha entregado a mando de Fennec, ele explodiu de ira repentina.

– Não – gritou. – Ele fez *o quê*?

E, quando ela murmurou algo, alguma garantia envergonhada e tartamuda de que não fazia ideia, de que não havia nem sequer *sonhado*, que não poderia *saber*, ele a encarou com muita severidade, com uma expressão de frio desprezo e crueldade que Bellis jamais vira nele, e que a cortou até as entranhas.

– Você tem certeza? – perguntou Doul, de modo apavorante. – É isso mesmo? Nenhuma ideia? Nem a mínima?

Havia-lhe plantado na mente o verme da dúvida, que começou a empanturrar-se, sem piedade, do remorso e da infelicidade de Bellis.

Será que eu nunca soube? Nunca duvidei?

Os governantes discutiam a respeito da geografia do bairro assombrado de Armada, sobre os ghuls e o bicho-pálido, sobre como armariam sua emboscada.

Bellis falou alto e os interrompeu.

– Senado – disse. Ficaram em silêncio.

Doul a olhou de cima a baixo, sem clemência alguma. Ela não se acovardou.

– Há outra coisa que deve ser lembrada – disse. – Não creio que Nova Crobuzon atravessasse tantos milhares de milhas somente por *amor*. Não arriscariam tantos navios, tantos esforços, nem mesmo pela *Sorgo*, e por certo não o fariam para resgatar um só homem. Silas Fennec tem algo que querem. Não sei o que é, e... juro aos senhores que lhes contaria se soubesse. Creio que... uma das coisas que ele me contou e que acredito ser verdade foi que passou algum tempo em Alta Cromlech e, em tempos mais recentes, em Os Gengris. Vi suas anotações e acredito nisso. Contou-me que os grendelos o haviam caçado. E talvez isso também seja verdade. Quem sabe por causa de algo que roubou: algo pelo qual Nova Crobuzon se arriscaria a cruzar o mundo, quando descobrisse estar em posse dele. Talvez tenham vindo por isso. Os senhores todos concordam que ele fez coisas que não deveria ser capaz de fazer, roubou coisas... invadiu lugares inexpugnáveis. Bem, é possível que qualquer objeto que Silas Fennec tenha, algo que roubou, algo que os crobuzonenses vieram buscar, esteja por trás de tudo isso. Então, suponho que... lembrem-se, quando saírem a sua procura, de que ele pode estar usando algo... e sejam cuidadosos.

Assim que ela terminou, instaurou-se um silêncio longo e inflexível.

– Ela está certa – alguém disse.

– E ela? – perguntou um jovem belicoso do Conselho de Larcão. – Os senhores acreditam... *nós* acreditamos neles? Que não sabiam de *nada*? Que apenas queriam salvar a própria cidade?

– *Aqui* é minha cidade – gritou Tanner Sack, de repente, causando silêncio perplexo.

Uther Doul olhou para Tanner, que baixou a cabeça novamente, devagar.

– Lidaremos com eles mais tarde – disse Doul. – Por ora, ficarão encarcerados, até que apanhemos Silas Fennec. Depois, podemos interrogá-lo, e decidir.

Foi o próprio Uther Doul quem escoltou Tanner e Bellis às celas.

Levou-os do salão de reuniões até o labirinto de túneis que permeava o *Grande Oriental*. Caminharam por corredores revestidos de madeira-negra, passando por antigos heliótipos que retratavam marujos de Nova Crobuzon. Desceram por túneis iluminados a gás. Quando afinal pararam, ouviam-se estranhos ruídos metálicos encaixando-se e de motores laboriosos.

Doul empurrou Tanner (*com delicadeza*) porta adentro, e Bellis entreviu ali um alojamento modesto: um catre, mesa e escrivaninha, uma janela. Doul afastou-se de Bellis e seguiu caminhando. Julgou, corretamente, que ela o seguiria: mesmo naquela situação, rumo ao aprisionamento.

Dentro da cela, a escuridão além da janela não era a noite nublada. Encontravam-se abaixo do calado, e a escotilha abria-se para o mar negro. Ela se voltou e segurou a porta, impedindo Doul de fechá-la.

– Doul – disse, encontrando-lhe resoluta o olhar. – Tanner Sack... é a maior vítima disto. Ele não faria nada para ameaçar a cidade. Está no inferno, está arrasado. Se vocês tiverem de punir alguém... – Tomou fôlego, trêmula. – Estou tentando dizer que, se vocês estiverem interessados em justiça, pelo menos *não* o punam. Não importa o que mais decidirem. Ele é o armadense mais leal, o mais leal servidor de Aquabelone que conheço.

– Ora, senhorita Vinhofrio – ele disse afinal, com voz comedida: mais suave, mais bela que nunca. – Pelos deuses. Que demonstração de bravura, autossacrifício. Reivindicar para si a maior parcela da culpa, ser altruísta a ponto de implorar misericórdia para outro. Caso eu suspeitasse de motivos e manipulações vis, de que a senhorita tivesse, de maneira deliberada, cínica ou negligente, trazido guerra à minha cidade, se considerasse tratá-la com severidade por suas ações, creio que agora devesse repensar, à luz disto, sua clara e... abnegada... nobreza.

Bellis levantara a cabeça bruscamente quando ele começou a falar, porém seus olhos se arregalaram enquanto ele prosseguia. A voz comedida tornou-se amarga ao zombar dela.

Ela enrubesceu, abatida por completo. Envergonhada e solitária outra vez.

– Ah – Bellis exalou. Não conseguia falar.

Uther Doul virou a chave e a deixou só para observar os peixes que enxameavam estúpidos à volta de qualquer luz escapada da janela.

Não havia nada parecido com silêncio em Armada. Nas horas mais quietas da mais longa noite, sem que se avistasse alma viva, a cidade continuava cheia de ruídos.

O vento e a água brincavam com ela incessantemente. Armada cavalgava as ondulações, compactava e esparramava sua substância, e de novo se contraía. Os cordames sussurravam. Naus se chocavam, hora após hora, como ossos, como alguém de infinita e estúpida paciência batendo à porta de uma casa vazia.

A cidade aproximava-se do verdadeiro silêncio em seu bairro vazio e mal-assombrado. As batidas, atritos e gorgolejos do oceano pareciam mais ocos ali. Porém, naquele lugar havia outros barulhos, mais obscuros, que apavoravam a quem os ouvisse, e mantinham longe os intrusos.

Vagarosos estalidos, como pilhas de gravetos em queda, o baque ritmado de algo mecânico perfurando madeira. Um suave canto, como o de uma flauta desafinada.

O bairro assombrado repousava entre seus bizarros sons, apodrecia e inchava fracamente com os anos passados na água, e continuava seu demorado colapso. Ninguém sabia o que se ocultava ali, nos navios empolados pela idade.

O *Palavral* era a maior nau do bairro assombrado. Navio ancião com mais de cento e vinte metros de comprimento, entalhado em madeira ocre, que fora tingida de cores intensas, agora dizimadas por tempo, sal e ar. Estava coberto com os destroços de cinco mastros, e com uma profusão de gruas, estais e vergas. Aduelas e traves jaziam pelo convés formando hachuras. Perdiam as formas, decompunham-se, comidas pelos vermes, convertendo-se em nada.

Era quase meia-noite. Ruídos vinham dos distritos de Queda Seca e Tu-E-Teu: bebedeiras e tudo o que as acompanhava; barulhos mecânicos de reconstrução nos canteiros de obras criados pela guerra. Ainda havia pontes que ligavam os distritos ao Bairro Assombrado, velhas e desusadas. Construídas em algum momento do passado, tenazes, recusando-se a virar poeira.

Saído de uma pequena e grosseira barca nos limites de Tu-E-Teu, um homem rastejou sobre a água até as naus degradadas adiante. Caminhou sem medo por uma paisagem de navios decompostos: míldio e ferrugem corrosivos como queimaduras de frio. Apenas as estrelas iluminavam a passagem, mas ele conhecia bem sua rota.

À proa de uma traineira de ferro, grandes guindastes se viam partidos, e esparramavam suas entranhas metálicas como se tivessem sido estripados. O homem caminhou com cuidado em meio à carniça graxenta, e chegou ao *Palavral.* O longo convés empinava-se diante dele, adernado um pouco fora de nível.

(Estava seguro sob a superfície pela vasta corrente, instalada havia muito, que mantinha o avanc no lugar.)

O homem desceu pela escuridão até o âmago da nau assombrada. Não fez silêncio. Sabia que, caso o vissem, pensariam que fosse um fantasma.

Andou por corredores mal iluminados, cujos contornos estavam destacados por taumaturgia ou bolor fosforescente.

O homem diminuiu o passo, e olhou à sua volta, rosto crispado de séria preocupação, dedos apertados sobre a estátua em sua mão. Quando alcançou uma escadaria descendente tornada viscosa pelos anos deteve-se, e descansou no corrimão o braço livre. Prendeu o fôlego, e virou devagar a cabeça, perscrutando cada recanto escuro, e ouvindo.

Algo sussurrava.

Era um som que o homem jamais ouvira antes, até mesmo naqueles conveses infestados de aparições.

O homem deu meia-volta. Fitou o negror de piche ao final do passadiço, como se fosse um embate de vontades, como se tentasse intimidar a escuridão. Afinal venceu, e ela entregou o que vinha escondendo.

– Silas.

Um homem emergiu da escuridão.

De imediato, Silas Fennec ergueu a estátua que trazia e enfiou-lhe a língua no fundo da goela. A silhueta o perseguiu, atravessando a distância no escuro, empunhando uma espada.

De súbito, surgiram outras. Rostos severos saíram de furnas na madeira, por toda parte, e investiram contra ele em velocidade chocante. Acercaram-se dele com armas e pistolas estendidas.

– *Peguem-no vivo*! – berrou Doul, enquanto Silas Fennec sentia o tremor obtido da língua lasciva do ícone de pedra, e pujança retumbava dentro dele.

Deu um passo, para dentro de dimensões que não teria visto ou conseguido percorrer no instante anterior. Fennec torceu-se enquanto o primeiro soldado de Aquabelone passava estupidamente abaixo dele. Então abriu a boca e arfou ao sentir o espasmo nas vísceras. Com esturro vomitou um raio de bile negro-esverdeada e brilhante, cusparada de plasma carregado de taumaturgia, que não era bem líquido viscoso ou energia, e que atingiu, maciça, o rosto do atacante.

Silas Fennec passeava rápido ao longo de pontos de vista, saindo do corredor, ascendendo pelo barco. O homem em quem cuspira gritava fraco, cravava as unhas no rosto, e morria.

A capatazia estava em toda parte, emergindo de portas e agarrando-lhe as roupas. Saltavam de espaços fechados como ratos, cães ou vermes, ou deuses sabiam o quê, tentando alcançá-lo e brandindo lâminas. Eram velozes, escolhidos por suas habilidades e coragem: praga, infestação, em todos os lugares à volta dele, invasão que o assediava, encurralava, caçava.

Falastrão e o caralho, estão por toda parte, pensou Fennec, e outra vez pressionou ávido a boca contra a estatueta. Planos e ângulos dobraram-se à sua volta, refazendo-lhe a trajetória e os rastros. Retorceu-se e lançou-se escadarias acima, sentindo-se afogado, procurando ar. Estava furioso.

O destacamento de Aquabelone tentava apanhá-lo, agarrava o que conseguia. *Vão se ferrar comigo*, ele pensou, e sentiu um afloramento de energia. *Posso fazer mais que somente correr, seus putos*. Voltou-se rosnando, cuspiu, escarrou e vomitou nos atacantes, expelindo o nefasto coágulo que nele se acumulava com o beijo da estátua. Enrolou a língua e regurgitou jatos gosmentos da coisa sobre os rostos em volta.

A saliva corroía o espaço comum, era uma espécie de ácido dimensional, e os capatazes gritavam de terrível dor alienígena à medida que seus olhos, ossos, e carnes dobravam-se sobre si mesmos e escapavam da corporeidade, dissolvidos, dissipados, arrancados em direções impossíveis. Jaziam feridos, emitindo gritos borbulhantes. Silas, ao passar, olhava para eles sem misericórdia, vendo faces despeladas de realidade, sangrando viscoso nada, que estalava e fervia, perfurações vácuas em cabeças e peitos. Os homens se esvaíam para dentro do desespaço, lacuna asfixiante difundindo-se como gangrena a partir das beiradas de seus ferimentos, de maneira que sua carne se tornava difícil de perceber, vaga e irrelevante. E, de súbito, não mais existia.

Os atacantes debatiam-se, e gritavam se ainda tivessem bocas.

Fennec continuava correndo, seu coração martelava. Corria, beijava e curvava o espaço com passos intricados, desdobrando os planos à sua volta.

Uther Doul o seguia inexorável, com tal tenacidade que, embora confinado ao espaço normal, permanecia no encalço de Fennec.

Doul foi implacável.

Fennec irrompeu dos escuros recantos do *Palavral*, chocou-se contra o ar e parou estático por um momento, sentindo a língua sangrar pela dentada de mármore da estátua.

Fodam-se todos vocês, pensou, feroz, e seu medo partiu. Mergulhou a língua no fundo da estátua, sentiu o poder coruscá-lo, sentiu-se aceso dele, como uma estrela negra. Rodopiou e correu leve por uma franja de cordame rasgado, para cima, à sombra dos cabos. Curvou a realidade e nela se atrelou. Deslizou ao longo da dobra que criara – para cima, para além do navio decrépito.

Um aguerrido contingente de capatazes surgiu da gaiuta abaixo, e posicionou-se no convés com velocidade perita. Uther Doul veio com eles, e olhou Fennec diretamente nos olhos.

– Fennec – disse, e ergueu a espada.

Silas Fennec olhou para ele de cima, sorriu sua fúria e respondeu em voz que reverberava errada, soava próxima dos ouvidos, como sussurro ameaçador.

– Uther Doul.

Fennec se encontrava pousado cinco metros acima do convés, tendo à volta um halo de éter distorcido. A realidade oscilava em torno dele. Pendia indefinido, seus contornos ondulavam de um estado para outro. Movia-se com graça marinha, vagarosa e predatória, era um borrão ora visível, ora invisível. Sangue escorria-lhe da boca e da língua rasgada. Girou no ar como um lúcio, suspenso pelo poder do beijo da estátua, fitando os homens lá embaixo.

Que ergueram suas armas. Fennec tremeluziu e as balas passaram por onde ele havia estado, através da atmosfera eriçada, e crepitaram ao desaparecer. Abriu a boca e jorros de corrosivo cuspe-vômito voaram dele como estilhaços de granada.

Explodiram pelo convés e sobre os rostos dos atacantes, e ouviu-se uma percussão de gritos. Os homens debandaram em pânico.

Fennec encarou Doul o tempo todo.

Doul saltou para fora da trajetória do cuspe, com brutal economia e expressão tensa, sem tirar os olhos de Fennec. Fennec cintilou e encontrou-se mais abaixo, fantasma sobre o convés cantarolando de prazer e espalhando um laivo de baba cáustica. Cuspia sempre que um homem chegasse perto, e eles recuavam, ou morriam. Tentava atingir Uther Doul.

– *Venha me pegar* – sussurrou Fennec, embriagado de coragem. Tinha a garganta em carne viva com o insólito cuspe, porém sentia-se como se pudesse fazer qualquer coisa, queimar um buraco no universo. Sentia-se invencível. Doul recuou diante da figura eriçada e pujante, saltando, movendo-se com ira lacônica, rilhando os dentes ao ouvir a voz de Fennec que ainda murmurava próxima de seu ouvido. – *Venha...*

Então, atravessando a luz, a escuridão e o peso da madeira, as bofetadas da água que soavam como pequenos punhos, as luzes de Armada a poucos metros dali, uma voz se ouviu atrás de Fennec.

– *Siiiiilasssss.*

Como o bote de uma serpente monstruosa.

Com o coração na garganta, Fennec voltou-se e viu, em meio ao espaço agitado, o Brucolaco: bestial, radiante, ódio engastado em ossos. Saltando da escuridão, a vasta língua desenrolada. Lançando-se contra ele.

Fennec gritou e tentou mais uma vez beijar sua abominação, mas o Brucolaco o alcançou e o golpeou, o braço estendido e os dedos em riste, lancetando a garganta de Fennec.

A investida atirou Fennec ao convés, em supino, lutando para respirar. O Brucolaco caiu com ele, olhos em chamas. Ainda assim, Fennec tentou trazer o bibelô ao rosto e, com uma espécie de desdenhosa facilidade, o Brucolaco tomou-lhe a mão livre e a aprisionou sem esforço. Levantou o pé (*com velocidade afrontosa*) e o deixou cair sobre o punho direito de Fennec, pisoteando selvagemente, esmagando e triturando sua mão sobre o convés.

Fennec gritou em agudo e cômico *vibrato*, enquanto seus dedos arruinados se contorciam. A estátua saiu quicando sobre as tábuas.

Ele jazeu sobre os fragmentos e berrou. Sangue derramava-se de sua boca e nariz, e do punho destroçado. Fennec urrava de agonia e terror, e batia as pernas, impotente, tentando escapar. Estava corpóreo outra vez, alquebrada e pateticamente presente. Uther Doul apareceu, e inclinou-se sobre ele.

Enquanto Fennec se debatia, sua camisa rasgou-se e desnudou-lhe o peito.

Estava sarapintado, pegajoso, e desbotado em grandes faixas de verde-sujo e branco. Brilhava doentio como carne morta. Aqui e ali havia rebordos desiguais, projeções semelhantes a bigodes de bagre, a nadadeiras.

Doul e o Brucolaco estudaram as alterações.

– Olhe para você... – murmurou Doul.

– Então isso é a causa de tudo? – sibilou o vampir, indicando a estátua que Doul segurava.

Fennec continuava com seus uivos ranhosos. O boneco de pedra encarava Doul, inescrutável, piscava-lhe o olho límpido e frio. Abraçava a si mesmo com os membros incertos, entalhados em pedra gelada, ora verde-cinza, ora negros. Fazia caretas com a boca redonda e pavorosa, mostrando os dentes. Doul tocou a aba de pele dobrada às costas da estátua.

– Essa coisa é pujante – disse o Brucolaco a Fennec, que tremia, entrando em choque. – Quantos armadenses matou?

– Tragam-no – disse Doul aos homens que ainda estavam em pé. Avançaram, e detiveram-se nervosos ao ver que o Brucolaco não se movia.

Havia interferido apesar das ordens de Doul, e talvez lhe tivesse salvado a vida, mas Doul negava-lhe agradecimentos contritos. Apenas encarou friamente o Brucolaco, até que vampir se afastasse, derrotado.

– Ele é *nosso* – sussurrou Doul ao Brucolaco, sopesando a estatueta.

Por todo o convés, capatazes morriam em agonia incompreensível. Seus companheiros carregaram Fennec sem um traço de piedade, rudes, ignorando os berros dele.

Os cidadãos dos limites exteriores de Queda Seca e Tu-E-Teu estremeciam ao ouvir os barulhos vindos do bairro assombrado, e faziam gestos de proteção.

– Nunca ouvi nada assim antes – era o que falavam baixo, ou palavras semelhantes, enquanto os gritos reverberavam tênues pela noite. – Isso não é um ghul ou um manjaléu ... É algo novo, que não deveria estar aqui.

Sabiam que era um homem.

CAPÍTULO 40

Uther Doul estava sentado na cama, na cela de Bellis. O quarto ainda tinha muito espaço, apesar de se empilharem nas superfícies, agora, os poucos apetrechos que ele trouxera: seus livros, algumas roupas.

Observava Bellis enquanto ela analisava a estátua dos grendelos, que tinha nas mãos. Bellis correu os dedos sobre ela com cautela e curiosidade, sentindo a complexidade dos entalhes. Fitou o rosto torcido, a boca.

– Tenha cuidado – Doul aconselhou quando a viu passar a unha sobre um dos dentes. – É perigosa.

– Isto... é a causa de tudo? – perguntou Bellis.

Doul assentiu.

– Silas a trazia com ele. Usou-a para matar vários homens. Dobrava o espaço com ela, executava taumaturgia como nunca vi. Decerto foi como entrou na fábrica de bússolas.

Bellis assentiu. Entendia que Doul se referia aos meios pelos quais Fennec permitira a Nova Crobuzon encontrar Armada. Um engenho secreto, algum mecanismo.

– Agora estamos seguros, ao que parece – continuou Doul. – O magneto por certo estava a bordo do *Caminhante Matutino.*

Provavelmente, pensou Bellis. Um aparelho que rastreava Armada. *É melhor você torcer para que a coisa não esteja esquecida em um dos encouraçados, à deriva sob o sol e todo amarrotado, agora fedendo a tripulação morta. Onde talvez seja encontrada, algum dia.* Virou a estátua outra vez, estudando-a mais de perto.

– Pelo que sabemos... – continuou Doul, devagar. – Pelo que obtivemos de Fennec, a estátua não é o principal. Assim como o desígnio da arma não é a arma, mas a bala. Isso é igual: não é a própria estátua que tem pujança. Ela é apenas condutora. Isto – disse – é a fonte do poder.

Fez cócegas na tira de pele, dura e fina, embutida no dorso da estátua.

– Esta é a barbatana de algum ancestral, um sacerdote-assassino, taumaturgo ou *magus*. Alojada em pedra que imita sua forma original. É uma relíquia dos grendelos – disse Doul –, os restos mortais de algum... santo. É isto que tresanda poder.

– Foi o que Fennec nos contou – disse ele, e Bellis imaginou as técnicas que teriam usado para obrigá-lo a responder.

– Isto está por trás de tudo – disse Bellis, e Doul assentiu.

– Fez coisas espantosas. Permitiu a Fennec fazer coisas espantosas. Mesmo assim, acho que ele havia apenas começado a entendê-la. Creio que Nova Crobuzon tem motivos para acreditar que isso... esse destroço encantado, carrega muito mais poder que Fennec jamais aprendeu a utilizar. – Olhou Bellis nos olhos. – Não acredito que Nova Crobuzon viesse tão longe, com tanto esforço, por nada menos que as forças mais poderosas. – Bellis observou com reverência o objeto em suas mãos.

– O que temos aqui – disse Doul, em voz baixa – é algo extraordinário. Encontramos algo magnífico. Deuses sabem o que nos possibilitará fazer.

Isso é a causa de tudo, pensou ela. *É o que Fennec roubou. Chegou a me* contar *que roubara algo de Os Gengris. Por isso informou a Nova Crobuzon que a tinha; é claro que não tentou entregar-lhes. Jamais viriam procurá-lo se a tivesse simplesmente* dado *a eles. Balançou-a diante deles, no outro lado do mundo, e disse "Salvem-me e isso será seu", e os fez vir.*

Foi por isso que Nova Crobuzon atravessou o mundo e desencadeou uma guerra. Essa coisa pôs tudo em marcha. Por causa dela (sem saber), levei Armada à ilha dos mosquitos. Para mandar um alerta mentiroso a Nova Crobuzon, dei o avanc a Armada, em vez de jogar no mar a porra do livro de Aum.

Isso é o que todos têm procurado.

Essa barbatana mágica.

Bellis não sabia o que se modificara. Doul parecia tê-la perdoado. Mudara seus modos cruéis. Ir até lá, mostrar-lhe o que tinham encontrado, falar com ela como antes. Sentia-se nervosa, insegura quanto a ele.

– O que vocês farão com isso? – perguntou.

Doul embrulhava a estatueta num pano molhado. Meneou a cabeça.

– Não temos tempo de examiná-la de modo apropriado, não agora. Ainda não. Há coisas demais a serem feitas, muitas continuam se desdobrando. Estivemos... distraídos. Isso surgiu na hora errada. – Falava sem inflexões, mas ela teve a sensação, enquanto hesitava, de que ele deixara de dizer alguma coisa.

– E, de qualquer maneira, a estátua fez coisas a Fennec. Mudanças.

– Que nem mesmo ele entende ou, se entende, não quer revelar. Ninguém sabe que tipos de força os grendelos podem explorar. Não conseguimos reverter o que aconteceu com Fennec, e não sabemos de todos os efeitos. Ninguém se dispõe a ser o novo amante da estátua.

– Por isso, iremos guardá-la em lugar seguro. Até que terminemos o projeto, alcancemos nosso objetivo e tenhamos tempo e especialistas para estudar a coisa. Manteremos em segredo tudo o que aconteceu, para o caso de que alguém tenha descoberto o que Fennec trouxe a bordo. Creio que a esconderemos onde ninguém pense em procurar, ou ouse. Um lugar onde todos saibam que há um ou dois tesouros enfeitiçados, onde os riscos para os invasores sejam... severos demais.

Enquanto dizia isso, Uther Doul acariciou, por um instante distraído, o cabo da Espada Possível. Bellis viu, e soube onde seria mantida a barbatana mágica.

– E onde – disse ela devagar – está Fennec?

Doul a encarou.

– Sob controle – disse e indicou com a cabeça o corredor lá fora. – Detido.

Houve um silêncio, que se prolongou.

– O que está fazendo aqui? – perguntou Bellis por fim, em voz baixa. – Há quanto tempo você acredita em mim? – Analisou Doul, exausta de confusão. *Desde que coloquei os pés nesta cidade do caralho*, pensou com repentina clareza, *tenho estado com os nervos por um fio, a todo instante. Estou cansada.*

– Sempre acreditei em você – disse ele, sem expressão. – Nunca pensei que tivesse convocado Nova Crobuzon propositalmente. Embora eu saiba... sempre soube... que você não morre de amores por este lugar. Quando me procurou antes, esperei ouvir algo diferente. Prestando atenção a Fennec, ouvindo-o falar e tentar ficar em silêncio, buscando envolvê-la, admitindo a verdade... a cada minuto ele diz coisas diferentes. Porém, a verdade é óbvia: você foi tola – disse Doul sem emoção. – Acreditou nele. Pensou que estivesse fazendo o quê? *Salvando sua cidade.* Não queria nos destruir, tentava salvar sua terra natal, para que um dia pudesse retornar a uma cidade sã e salva. Não tentou nos destruir, apenas foi tola.

Bellis estava séria, seu rosto ardia.

Doul a observava.

– Você foi dominada pela situação, não foi? – perguntou ele. – Pela ideia de... conectar-se a seu lar. O fato de realizar alguma coisa. Foi o suficiente, não foi? Você... salvando a cidade.

Doul falou em suave tom fastidioso. Bellis abaixou a cabeça e olhou para as próprias mãos.

– Aposto – continuou ele – que se, por um instante, chegou a pensar no que ele lhe contou... aposto que se sentiu inquieta.

Disse aquilo quase com bondade. O verme da dúvida ressurgiu, contorcendo-se dentro da cabeça de Bellis.

– Não havia nada dele – disse Doul – no *Palavral*. Seu beliche, no porão, encontrava-se seco e limpo. As paredes estavam cobertas de anotações, penduradas em todos os lugares. Diagramas que apontavam quem era homem ou mulher de quem, quem era dono de quê, ou de quem. Impressionante como os diabos. Sabia tudo de que precisava. Havia se... enxertado na política da cidade. Sempre escondido. Diferentes pontos de encontro para diferentes informantes, e outros nomes. Simon French e Silas Fennec eram somente dois entre muitos. Mas nada dele. É como um boneco vazio. As anotações em todos os lugares, como cartazes, uma pequena prensa manual, nanquim e graxa. Roupas dentro de um baú, caderno de notas na sacola, tudo o que possuía. Patético.

Doul encontrou o olhar de Bellis.

– O quarto poderia ser examinado por horas, e ainda não se teria ideia de como era Silas Fennec. Ele não passa de pele oca recheada de conspirações.

Mas agora foi silenciado, pensou Bellis, *e continuamos rumo ao norte. Os Amantes venceram. Seus problemas acabaram, não é, Uther?*

Ela o encarou, e tentou restabelecer algo entre eles, que havia perdido.

– O que você estava escrevendo quando eu cheguei? – perguntou Doul, e Bellis sobressaltou-se. Ele indicou o bolso onde ela enfiara a carta.

Sempre trazia consigo as muitas e grossas páginas que pesavam cada vez mais. Ninguém pensou em confiscá-las. Não havia modo de a carta ajudá-la a escapar.

Fazia algum tempo que lhe acrescentara algumas linhas. Houve épocas em que a escrevia tão regularmente quanto escreveria um diário, e semanas de pausa. Naquela pequena e inexpressiva cela de prisão, cujas janelas davam para nada que não fosse escuridão aquática, retornara a ela, procurando assentar os pensamentos. Porém, vira-se quase incapaz de escrever.

– Desde que a vi pela primeira vez – disse Doul –, você a carrega. Até mesmo no dirigível. – Bellis arregalou os olhos. – O que é? O que você está escrevendo?

O que dissesse ou fizesse ali, Bellis percebeu, com uma espécie de pânico frio, ecoaria por muito tempo. As coisas aguardavam por onde se encaixarem. Sentia-se como se prendesse a respiração.

Bellis sacou do bolso o papel, e leu o que havia escrito.

Pó-feira, dia 9 de Chet, 1780/ Dia 6 de Brincadi de Carne.

Olá, novamente.

– É uma carta – disse ela.

– Para quem? – perguntou Doul. Não se inclinou para espiar o papel. Em vez disso, olhou Bellis nos olhos.

Ela suspirou e folheou as muitas páginas da carta, encontrando seu início e erguendo-a diante dele, para que pudesse ler a primeira palavra.

Querido, dizia a carta, e então se via uma lacuna. O espaço de uma palavra.

– Não sei – disse ela.

– Não que seja para ninguém – continuou. – Seria triste e patético escrever uma carta para ninguém. E também não é para alguém morto, ou algo assim tão... triste. É o oposto de tudo isso, o oposto. Não é fechada assim: abre-se, é uma porta, poderia ser para qualquer um.

Ouviu a si mesma, percebeu como soava, e horrorizou-se.

– Quando parti – disse ela com mais calma –, passei muitas semanas e meses atemorizada. Pessoas que eu conhecia estavam desaparecendo. Sabia que me caçavam. Você nunca esteve em Nova Crobuzon, não é, Uther? – Olhou para ele. – Apesar de todas as suas habilidades e façanhas, você nunca esteve lá. Não tem ideia. Você faz alguma ideia? Há um tipo especial, único, de medo quando a milícia começa a cercá-lo.

– A quem alcançaram? Quem aprisionaram, torturaram, corromperam, aterrorizaram, ameaçaram, compraram? Em quem você pode confiar?

– É difícil como os diabos estar por conta própria. Quando comecei – disse ela, hesitante –, achei que provavelmente escrevia para minha irmã. Não somos íntimas, mas às vezes anseio por conversar com ela. Mesmo assim, há coisas que eu jamais lhe diria. E preciso dizê-las, então pensei que pudesse endereçar esta carta a um de meus amigos.

Bellis pensou em Mariel, Ignus e Téa. Em Coxa Grossa, a violoncelista cactácea, única entre os amigos de Isaac com que continuara a se relacionar. Pensou em outros. *A carta poderia ser para qualquer um de vocês,* pensou, e soube que não era verdade. Havia excluído a maioria deles, naqueles meses temerosos antes de sua fuga. E, mesmo antes, não fora íntima de muitos. *Será que eu escreveria para qualquer um de vocês?,* perguntou-se de repente.

– Não importa com quem se fale – disse – ou a quem se escreva, há coisas que não se diz, que se censura. Quanto mais eu escrevia... *escrevo,* mais preciso dizer, mais preciso ser muito, muito franca. Por isso escrevo tudo e não *tenho* de encerrar nada. Posso deixar isso para o final. Posso esperar e decidir para quem será a carta, depois de dizer tudo o que tenho a dizer.

Não mencionou o fato de que jamais entregaria sua carta, que a continuaria escrevendo em Armada até o dia de sua morte.

Não há nada de estranho nisso, Bellis quis dizer. *Faz sentido.* Sentia-se ferozmente protetora. *Não acredite que há um vazio no outro lado,* lançou a Doul o pensamento ardente. *Não é assim, de* modo algum.

– Você deve escrever com cuidado – disse Doul –, apenas sobre você mesma. Sem piadas a compartilhar. Deve ser uma carta fria.

Sim, pensou Bellis, olhando para ele. *Suponho que sim.*

– Vocês exilados – disse ele – e sua mania de escrever. Silas Fennec é igual. Olhe para dentro da cela, e o verá tentando rabiscar em seu caderno, com a mão esquerda.

– Vocês não o tiraram dele? – perguntou Bellis, imaginando o que teria acontecido com a mão direita de Fennec, e suspeitando de que já sabia. Uther Doul olhou ostensivamente o quarto à sua volta: todas as roupas, cadernos, a carta.

– Você já viu como tratamos os prisioneiros – disse ele devagar, e Bellis recordou-se de que era prisioneira, assim como Tanner Sack, como Fennec.

– Por que você não contou aos Amantes – disse Doul de súbito – quando Fennec lhe disse que Nova Crobuzon estava em perigo? Por que não tentou enviar a mensagem desse jeito?

– Não dariam a mínima – ela disse. – Talvez ficassem contentes: um rival a menos no mar. E pense nas cismas que teriam de ser resolvidas. Não fariam nada.

Estava certa, e percebeu que ele concordava. No entanto, o verme rastejava dentro dela outra vez.

– Veja a carta – disse de repente. – Prova que eu não sabia de nada.

Por muito tempo, ele não respondeu.

– Você foi julgada – Doul disse afinal. Bellis sentiu o sangue gelar no estômago. Suas mãos tremeram e engoliu em seco várias vezes, até comprimir os lábios.

– O Senado – continuou ele – reuniu-se após interrogarmos Fennec. É crença de todos que você e Sack não tomaram parte intencional em atrair Nova Crobuzon até aqui. Sua história foi aceita. Não precisa mostrar-me sua carta.

Bellis assentiu, e seu coração acelerou.

– Vocês se entregaram – disse ele em tom apático. – Revelaram o que sabiam. Conheço vocês. Tenho vigiado ambos. Com todo o cuidado.

Ela assentiu mais uma vez.

– Acreditaram em vocês. Isso é tudo. Você está livre para ir, se quiser. – Deteve-se, então, por um mínimo segundo. Mais tarde, Bellis lembraria aquela pausa, e não conseguiria perdoá-lo. – Vocês podem escolher suas sentenças.

Bellis desviou o olhar, alisou a carta e respirou fundo por alguns instantes. Depois, olhou novamente para ele.

– Sentença? – perguntou. – Você disse que acreditava em mim...

– Acredito – disse ele. – Fui o principal motivo de acreditarem em *vocês*. – Não falou aquilo à espera de gratidão. – Por isso suas sentenças prospectivas são como são. Por isso não estão mortos, como estará Silas Fennec assim que obtivermos dele o que precisamos. Porém, vocês sabiam que não sairiam impunes. Desde quando intenção determina julgamento? Não interessa o que pensavam fazer, ou o que se convenceram de que faziam, são responsáveis por desencadear uma guerra que matou milhares do *meu povo*.

Sua voz enrijeceu.

– Devem se considerar afortunados – prosseguiu –, pois queremos manter em segredo os detalhes de tudo isso. Se os cidadãos ficassem sabendo do que fizeram, vocês estariam, com toda a certeza, mortos. O sigilo nos permite certo grau de leniência. Devem se dar por contentes de que fui sua testemunha de caráter. Esforcei-me bastante para vê-los soltos. – Sua bela voz a apavorava.

– Diga-me – Bellis ouviu-se perguntar, e Doul encontrou-lhe o olhar enquanto respondia.

– Estou aqui na condição de representante do Senado, para ver Tanner Sack e Bellis Vinhofrio – disse com clareza. – Para sentenciar ambos. Dez anos aqui, sozinhos. Ou tempo já cumprido, mais chibatadas. A escolha é sua.

Doul foi embora logo depois, deixando Bellis muito solitária.

Fennec a traíra. Não haveria panfletos de Simon Fench. Ninguém a escutaria. A cidade não voltaria atrás.

Doul nem mesmo pedira para ver a carta. Não a confiscou, não quis lê-la por sobre o ombro dela enquanto a segurava, não demonstrou qualquer interesse.

Você não entende o que acabei de lhe dizer?, pensou. *Sabe que revelações há na carta. Isso não é a variedade normal de comunicação: todos os segredos pessoais, detalhes, pistas e referências, que têm significado apenas para duas pessoas. Isso é singular; minha comunicação clara, minha própria voz clara, tudo o que fiz e vi em Armada.*

Não quer lê-la, Doul?

Doul foi embora assim que Bellis escolheu sua punição, sem um único vislumbre do espesso maço de papel que ela ainda tinha nas mãos. Todas as provas foram abandonadas sem que alguém as lesse, e continuaram a languescer dentro dela. Inexprimidas.

Bellis folheou as páginas da primeira à última, recontando o que acontecera a ela na cidade. Tentou se acalmar. Tinha de abordar algo muito importante. Seus planos caíam por terra. Com Fennec preso, ninguém poderia divulgar as informações que possuía, ninguém impediria o projeto insano dos Amantes, de atravessar o Oceano Oculto. E Bellis devia voltar sua mente para aquilo, pensar num modo de divulgar a verdade.

Mas não pôde se concentrar em nada, somente no que Doul dissera.

Sua mão tremia. Rilhou de raiva os dentes, correu as mãos entre os cabelos penteados para trás e exalou, porém não conseguiu deixar de tremer. Teve de pressionar firme a caneta sobre o papel, de modo que o tremor não lhe tornasse ilegíveis as palavras. Rabiscou uma rápida frase única, parou de súbito e a fitou, e não escreveu mais. Leu o que havia escrito, repetidas vezes.

Amanhã serei açoitada.

INTERLÚDIO IX – O BRUCOLACO

Agora nesta mais profunda sarjeta da noite onde momentos jazem imóveis como coisas assustadas e nós que existimos a esta hora estamos livres saio a caminhar.

Minha cidade se move. Seus contornos se alteram.

Pináculos convergem e se separam outra vez e cordas retraem-se como músculos e suportam a tensão do horizonte de Armada que se parte se cura se parte.

Animais selvagens vivos nas sombras aquietam seus gemidos, farejam meu cheiro morto e seguem adiante (os de quatro pernas e os de duas) rápidos e acovardados por entre os dentes fortuitos da paisagem de navios, ao longo de trincheiras de tijolos e madeira sobre conveses reformados. Cadáveres de naus agregados. Estais, braçolas, trinquetes, serviolas, gavietes engastados em arquitetura salgada de eras.

Atrás de cada porta, um arcabouço marítimo, múmia, sacrifício como servo assassinado nas fundações do templo. Esta é uma cidade de fantasmas. Todos os bairros são assombrados. Vivemos iguais a vermes de sepultura em nossos navios mortos.

Flores murchas e ervas daninhas se estendem sob a pobre luz de lampiões nos veios das paredes, nos sulcos de concreto e tábuas. A vida é tenaz, e isso sabemos nós que já morremos.

Rastros de poeira, aparas de osso e tijolo, passando por feridas ásperas de cirurgia bélica: fuligem e escombros, pontuação de terra arrasada no tedioso monólogo da cidade. Tinta, velhice, todo o lixo do acaso urbano marca a ferro gordos edifícios de apartamentos (em conveses de proa) e cortiços (à sombra de gurupés). Vasos de plantas e lemes parecidos com tatuagens pobres, deformações deliberadas. Marcas infinitas, esculturas acidentais e propositais (cinza temperado com sinais de vida e preferência, toldos arrumados do jeito certo, fitas que adornam o gado adormecido).

Onde há vidro está quebrado e rachado, intricado de sombras. Janelas acesas contornadas de escuridão. Austero brilho frio.

Mariposas e pássaros noturnos, coisas que se movem ao luar, emitem pequenos sons. Os passos que se ouvem se dissolvem e perdem a forma rapidamente. É como se houvesse neblina, porém não há. Nós que caminhamos hoje à noite viemos de lugar nenhum e retornamos velozes para lá.

Passando por fábricas teatros igrejas, sobre pontes que rangem como vértebras. Armada cavalga as ondas muda e flutuante como cadáver tingido de oxidação.

Por entre as tábuas de bailéus se vê o mar. Vejo a mim mesmo (sombrio e dúbio) e através de mim a água negra. Escuridão tão profunda (todavia, há luzes quêmicas aleatórias, como vaga-lumes) que é comunicação alienígena. Tem sua própria gramática. Alheio ao que vejo, olho os peixes de criatório circulando autistas em gaiolas, os peixomens, as quilhas dutos fissuras incrustadas, os espaços, as correntes engessadas de moluscos e manchadas de algas e a grande silhueta invisível que nos sustém, idiota e fútil.

A história à minha volta é amorfa e opressiva, pesadelo ao qual darei sentido.

Um ritmo se torna sensível (projeta-se de um lugar encoberto), empresta forma a esta noite, devolve-lhe o tempo, e os relógios exalam os fôlegos que traziam presos.

Vou até meu lunavio atravessando telhados. Para além de tábuas e lousas retorcidas e seus híbridos em meio a uma floresta baixa e enluarada, de tubos de caldeira pináculos caixas-d'água, em distritos que não o meu. Não governo aqui, não há hemotributo, faz um dia que me alimentei e custaria pouco deslizar por esse cano de drenagem até o chão como as gotas de cálcio que lhe formam as barbas. Muito pouco encontrar um caminhante noturno recheado de sangue e depois me desvencilhar da carcaça dele ou dela, mas tais dias ficaram no passado, agora sou burocrata não predador, e assim é muito melhor.

Falta muito para amanhecer, mas algo passou. Movemo-nos na direção da manhã. Meu tempo acabou.

Estou sobre traineiras e barcos-casas, e já não estou (flanando fugaz, como se fugisse), ao longo de Arenqueiro e seus chalés e indústrias (ao meu gordo navio). Queda Seca onde ruas sulcadas são quietas e amortecidas de poeira.

De onde vem? Varrida a toda hora pela neurótica brisa marinha, quando se deposita a poeira?

Em algumas luzes (devaneios não menos verdadeiros por sê-lo) a vejo alta como neve caída e teias de aranha a obstruir minha passagem até em casa. Sozinho me afogo e sufoco nela, no exaustor ressecado do tempo.

Sei quando as coisas se inquietam. Conheço os ritmos da cidade. Algo novo está aqui.

Há rastros no convés branco de luar do Uroc. Mãos que desconheço tocaram esse cordame.

Espero pelo recém-chegado.

Vejamos.

O que é você?

Em meus corredores, rumo ao meu alojamento, deixou seus vestígios. Uma, duas gotas de água salgada. Nódoas de muco. Verniz lascado e ferro. O que é você?

Mal se esconde de mim. Dá-me boas-vindas ao lar.

E, ora veja, aqui na soleira, deixou sangue para mim.

Espargido como açúcar.

Posso ouvi-lo atrás de minha porta.

Meu quarto cheira a estuário. Coágulos de rio, sangue e tripas de peixe. Você vibra para mim, forasteiro, sacode em convocação os ossos que veste. Não abri nenhuma comporta para que a lua iluminasse meu quarto de dormir, porém luz é para os vivos. Estes que observam são olhos de vampir.

Sejam bem-vindos.

Três de vocês me aguardam, formando um horrível painel: reclinado sobre a cama e à frente da janela, e agora perto de mim, fechando a porta, guiando-me respeitoso para dentro de meu lar.

Olhem para vocês.

Olhe para vocês tremeluzindo diante de mim grandes caudas de salamandra dobradas em camadas sobre o chão, crânios obtusos e hidrodinâmicos como peixes--víbora, dentes que se projetam como punhados de pregos, olhos negros e grandes como poços de piche, pele úmida distendida sobre ossos e músculos como seiva em madeira enodoada. Olhe para você, em pé dentro de meu quarto.

E você, reclinado sobre minhas cobertas como um modelo de nu, rindo-me sem querer com seu rosto písceo, seu pescoço todo envolvido de amuletos e ossos, acenando cortês. De quem é o rosto que traz na mão?

De quem é a cabeça que você removeu, para me trazer sangue? De que mulher? Uma guarda que o descobriu? Desaparecida na carnificina da Guerra de Nova Crobuzon, afogada ou cortada ao meio, foi você quem lhe partiu o pescoço para ganhar esse troféu disforme? Os rebordos estão esfarrapados o suficiente, sangrenta e fibrosa laceração.

A mulher de cabelos castanhos me encara desde sua mão.

Olhem para vocês!

Você larga a carne morta e se levanta, como nada que eu já tenha visto.

– Seigneur Brucolaco – você me diz com voz mais fria que a minha. – Temos de conversar.

Não me importo, falarei com vocês. Sei quem são. E acredito que os estivesse esperando.

Enquanto se desdobram as horas no rumo da manhã, ah, que conspirações, ah, que segredos revelamos.

Você chegou tarde, coisario. Aquaomem. Chegou tarde do Mar da Garra Fria, vasculhando estas correntes salgadas em busca do que lhe foi roubado. Nada que me diz com suas mandíbulas tingidas de sangue fica claro. A coisario que é cintila na direção do que pretende dizer e remexe um sedimento de palavras, um eflúvio que nubla sua intenção. Mas eu já lidei com videntes, poetas e Tecelões, e posso captar o que você insinua.

Vocês caçaram ao sabor das correntes. Aderiram parasíticos aos ventres das naus de nossos atacantes e depois flutuaram livres na sordidez da batalha e colheram corpos de mortos e moribundos, fartamente.

Então, o que devo entender? Escondidos, vocês os utilizaram. Mantiveram alguns vivos, deram-lhes ar e os interrogaram (até mesmo depois de mortos, posso supor?). Aprenderam com eles (aterrorizados, à beira da morte, balbuciaram tudo a vocês, imóveis na água, aprisionados sob seus próprios lares).

Apenas alguns dias aqui e vocês como os mais sutis espiões aprenderam quase tudo sobre esse lugar.

Foi por isso (o que disse, por favor?). Por isso vieram a mim.

Alguém roubou algo de suas torres, a um mundo de distância, algo precioso e único que teriam de recuperar. Escapou-lhes por centenas de milhas, ao longo de continentes inteiros até este lugar, minha cidade. E levaram muito, muito tempo, mas aquele alguém foi um miserável tolo ao pensar que o deixariam fugir.

Vocês o rastrearam. Encontraram-lhe o lar.

Porém, houve tumultos nas cobertas acima enquanto esperavam e se preparavam e faziam perguntas a quem conseguissem sequestrar dos conveses de Armada. Por mais astuciosos, predatórios e destemidos que vocês fossem, havia muitos na superfície, e não teriam como esquadrinhar a cidade toda. Um passo para fora do mar e se tornariam visíveis, e caçados.

Não acharam seu alvo. Ele havia desaparecido. E não entregaria o objeto que vieram buscar, não de vontade própria, não sem terror. E, se porventura pedissem ajuda àqueles que governam a cidade e eles não tomassem seu partido, vocês teriam jogado todas as suas fichas, e não poderiam enfrentá-los caso se voltassem contra vocês que são poucos. Não podem declarar guerra. Não podem procurar pelo homem que lhes fugiu.

Não sem ajuda.

Por que vieram a mim?

Fundícola, por que veio a mim?

Você vem até aqui mata meus cidadãos e enfrenta o Brucolaco, petulante como um chantagista. Como sabe que não o destruirei?

Entendo.

Ah, você é ótimo, um espião prodigioso. Estou assombrado diante de você e do que descobriu em poucos dias e noites. Permita-me que, neste momento, eu lhe faça reverência.

Há algo de que ainda não saiba? Que não entenda?

Veio a mim porque sabe que estou furioso.

Sabe o que os Amantes conjuraram. Talvez saiba para onde vamos.

Sabe que não aceito isso. E que sou a única força que se opõe a eles.

Talvez saiba que cogito um motim.

Ouviu meu nome, repetidas vezes? Estou certo de que foi isso. Sabe que sou a pessoa mais poderosa daqui, que anseio por algo, que estou furioso, que desejo as coisas diferentes do que são.

Sabe que posso ser comprado.

Qual é sua proposta, homem do gancho?

Há ações que somente vocês podem realizar. Que pesem na balança. Que criem novas circunstâncias. Mudem forças, forcem mudanças. Criem fatos.

Talvez essa jornada, essa peregrinação idiota, possa ser impedida.

Ah, sim, se vocês pudessem fazê-lo. Pudessem interromper nosso progresso.

Apenas vocês podem me ajudar, é o que dizem de suas maneiras intricadas. Apenas vocês podem parar essa jornada insana. O que, então, devo fazer?

Até mesmo eu, quem sabe, não conseguiria lutar contra os bandos e mais bandos de guardas que patrulham seus motores, suas esporas de leite de pedra. Não sei o que se deve fazer. Mas existe outro modo, algo mais, alguma força, que nos desacelere, e pare. É possível deter a besta.

Se vocês o fizerem.

Em troca? (Perceberam? Vocês me dizem, com estranho orgulho que rebrilha como escamas, que sabem tudo sobre o sistema de barganhas pelo qual vivemos.)

Em troca? Ajudarei a encontrar aquele escondido que lhes escapou.

Talvez não saibam o que é rir. Por certo não sabem por que ri tanto e tão demoradamente.

Não há como saberem.

A quem segurei e sangrei. O objeto que o vi empunhar. Não há como saberem que, leal à Armada e sem alternativa, coloquei de lado minha ira contra os Amantes e deixei que o levassem, envergonhado como eu estava, envolvido na chacina que ele nos trouxe. Não é um ladrão ordinário, esse criminoso de guerra, e o aprisionaram no limbo até que possamos julgá-lo da maneira certa. Quando cessar nossa viagem lunática.

Vocês chegaram apenas um pouco atrasados.

Não tarde demais. O que foi feito ainda se pode desfazer.

Sei onde o prenderam.

Não há como saberem, mas o que me oferecem lhes custaria a vida, em outra ocasião. Não têm como saber que esta noite é diferente, que estou cansado da perigosa idiotice à qual minha cidade está sendo conduzida. Que, se um motim for necessário para nos trazer de volta, então farei o que for preciso para iniciá-lo.

Esta não é uma época comum, fundícolas. Vieram a mim em tempo de guerra.

Precisam de uma cortina? Um engodo enquanto procuram? Algo para atrair atenção?

Tenho a coisa certa.

Quietos. Deixem-me dizer como será. O que farão, o que farei. Vou ajudá-los a encontrar o homem, e isso é o que farão por mim. E digo-lhes onde está seu alvo.

Planejemos, agora?

Não parem.

Devemos terminar isso. Veem, ali? Temos os minutos de que precisamos para terminar.

O céu ainda não clareou.

PARTE 7

A SENTINELA

CAPÍTULO 41

Armada viajava para o norte através do ar parado e de frentes temperadas tão imóveis que o clima parecia esperar por algo. Enquanto tal expectativa se transmitia aos cidadãos, Bellis jazia com uma febre suarenta.

Durante dois dias, não conseguiu esboçar nenhum pensamento. À medida que ardia a temperaturas severas o suficiente para preocupar suas enfermeiras, apavorava-se com visões delirantes que lhe provocavam crises de gritos das quais nunca se lembrava. O avanc rebocava em ritmo constante, não rápido, porém mais rápido que a cidade jamais viajara. Os formatos das ondas se alteravam com a corrente.

(Tanner Sack é mais vigoroso que Bellis. Foi libertado aos cuidados de Shekel, que chora de preocupação por ele, o agarra e o abraça, com bramidos de infelicidade e alívio ao ver o passo claudicante de Tanner. O homem grita quando as mãos de Shekel apertam-lhe as costas laceradas, e as duas vozes se misturam, até que Shekel conduza Tanner para onde Angevine os espera.

– O que fizeram com você? – geme Shekel, sem parar. – Por quê? – E Tanner o silencia e gagueja que houve razões e que não se falará mais do assunto, que tudo já acabou.

Aqueles são dias memoráveis. Tomam-se grandes decisões. Acontecem reuniões em massa para discutir a guerra e a história da cidade, o avanc, o clima e o futuro.

Bellis não sabe de nada.)

Dias depois, Bellis Vinhofrio sentou-se na cama, quase sem febre. Comeu e bebeu sem auxílio, derramando bastante das mãos que tremiam violentamente. Sempre que se mexia, mordia-se para não urrar de dor. Não sabia que os guardas no corredor já estavam bem acostumados aos gritos dela.

Levantou-se dois dias depois, moveu-se lenta e hesitante como alguém terrivelmente envelhecido. Atou frouxos os cabelos e vestiu-se com uma camisa longa e reta.

A porta não estava trancada. Não era mais prisioneira. Já fazia uma semana.

Havia guardas no corredor, na profunda coberta-prisão do *Grande Oriental*, e ela chamou um deles para perto, e tentou encontrar-lhe o olhar.

– Agora vou para casa – disse, e quis chorar quando ouviu a própria voz.

Para choque de Bellis, foi Uther Doul quem a acompanhou até em casa.

O *Cromolito* ficava apenas dois navios a bombordo do *Grande Oriental*, mas Doul a levou de aerocoche. Bellis sentou-se afastada dele na carlinga, horrorizada por sentir que o medo que tivera dele – desaparecido ao longo de meses e substituído por outros sentimentos – agora retornava. Ele a estudava sem piedade visível.

Ele não a havia sentenciado, estava claro. Porém, sempre que seus pensamentos retornavam à demorada, sangrenta, facínora e torturante hora na semana passada, com imagens instantâneas de dor e de seus próprios gritos, via Uther Doul como ele era, agente de Armada, da potência que o transformara naquilo. O homem que manuseara a chibata era irrelevante.

Quando ela entrou em seus aposentos, Doul a seguiu, carregando suas posses. Bellis o ignorou e, caminhando devagar, encontrou um espelho.

Parecia que a violência infligida às suas costas havia se espalhado e devastado o rosto. Viu-se esvaída de sangue. As rugas e pés de galinha, que a vinham marcando lentamente há mais de dez anos, haviam se tornado fendas semelhantes aos ferimentos sulcados nos rostos dos Amantes. Bellis tocou as bochechas e os olhos, horrorizada.

Um de seus dentes estava rachado, e pedaços caíram quando ela o puxou. Havia enfiado os dentes na mordaça de madeira que tinham lhe dado.

Moveu-se, e o tecido roçou-lhe as cascas das feridas nas costas dilaceradas. Sibilou de dor.

Doul encontrava-se atrás dela, sua presença era uma imperfeição no vidro do espelho. Bellis queria que fosse embora, mas não suportava dirigir-se a ele. Mancou pelo quarto sobre pernas febris. Sentia a gaze colada nas costas, nos lugares onde os ferimentos haviam exsudado.

Após aquilo, a dor nas costas tornou-se desagradável e constante, mas não variou muito. Bellis a tratou como ruído branco, ignorando-a até que se convertesse numa sensação indiferente. Parou à soleira da porta e olhou em torno, para as aeronaves e pássaros, sentiu a brisa leve que se batia contra as paredes de Armada. Havia indústria, homens e mulheres trabalhando furiosamente, como desde o primeiro dia, quando ela puxara as cortinas da chaminé do *Cromolito* e vira sua nova cidade.

Algo novo surgia, ela percebeu devagar. O ar estava diferente, o modo como a cidade cavalgava as correntes... o próprio oceano. Os navios que circundavam Armada não mais vagavam em rotas individuais, de horizonte a horizonte: a multidão de naus (ainda marcada pela guerra) via-se em estreita formação atrás da cidade, como se temesse perdê-la.

O mar tinha algo diferente.

Ela se voltou e encarou Doul.

– Você está livre – disse ele, não sem gentileza – e é dispensável. Já faz tempo que Krüach Aum não precisa de seu auxílio. Você tem de se curar. Pelo bem da cidade, quaisquer informações sobre seu papel acidental na guerra foram suprimidas. Tenho certeza de que seu emprego na biblioteca...

– O que aconteceu? – perguntou Bellis, com o grasnado lamentoso que o espancamento e a doença lhe haviam deixado. – Algo diferente sobre... tudo. O que aconteceu?

– Dois dias atrás – disse Doul –, na medida em que se possa ser exato, passamos por algo. Todos podem senti-lo. A frota... – apontou às naus além da cidade – sofre dificuldades, estranhas correntes. Os motores ficaram instáveis.

– Saímos do Oceano Bravio – disse, e a fitou impassível. – Estamos nas cercanias de um novo mar. Esse... – um rápido gesto de braço abrangeu a água, de horizonte a horizonte – é o Oceano Oculto.

Tão longe de casa, pensou Bellis, surpreendida pela própria fúria. *Levam-nos cada vez mais longe. Conseguiram o que queriam*. Ouviu por dentro uma sineta, como acúfeno. *Tudo o que fizemos – certo e errado – não significou nada. Trouxeram-nos para cá com facilidade, para esse pedaço de oceano fodido e desgraçado que nenhum navio consegue atravessar. Aqui vamos, e meu lar se foi.*

Até mesmo pensar nos Amantes a aterrorizava: seus gorjeios de amor, seus votos conjugais doentios, intermináveis e afiados. Encontrava-se sob o poder deles. Aqui era aonde queriam chegar. Bellis havia tentado impedi-los, e falhara.

– Trouxeram-nos aqui, não é? – disse a Uther, fria e destemida outra vez, de súbito. Indicou à frente com o queixo. – E sei o que acontece agora. Adiante, rumo à Cicatriz.

Se ele se surpreendeu, escondeu bem. Encontrou-lhe o olhar, sem qualquer expressão

Então Fennec foi lento demais com seus panfletos e rumores, ela pensou. *Não significa que tudo acabou, que devamos aceitar isso.*

Quando Shekel abriu a porta para Bellis, observou-a por um longo e silencioso instante, confuso ao extremo.

Reconheceu-a, mas teve a repentina convicção de estar enganado. Parecia-lhe que a empalidecida senhora cujos cabelos escuros e secos esfiapavam-se em torno da cabeça como capim velho, cuja expressão sugeria anos de dor, não poderia ser Vinhofrio, deveria ser uma mendiga esfarrapada, de rosto semelhante.

– Shekel – disse Bellis, com uma voz que o garoto não acreditou ser a dela –, você tem de me deixar entrar. Preciso falar com Tanner Sack.

Mudo e chocado, deixou-a passar, e ela tossiu e penetrou nas sombras do quarto.

Tanner Sack virou-se na cama, murmurando com língua espessa, olhos remelentos. Então saltou, derrubando lençóis. Apontou para Bellis.

– Caralho! Tira ela daqui, Shekel – berrou –, *tira* essa filha da puta daqui...

– Escute-me! – disse Bellis, gutural e urgente. – Por favor...

– Não me adiantou porra nenhuma escutar você, sua vadia! – Tanner estremecia de fúria. Atrás de Bellis ouviu-se um ruído de motor. Angevine rodava na direção deles.

– Você tem de me ouvir – engrolou Bellis, tentando gritar. – Você tem amigos, sujeito, pode espalhar notícias... – Interrompeu-se e se contorceu de dor quando Angevine pôs a mão em suas costas. – Você sabe para onde vamos? – conseguiu dizer. – Sabe por que estamos neste mar, onde nada se move do jeito certo?

Viu Tanner Sack olhar para Shekel e depois para Angevine. Viu os três trocarem olhares de perplexidade vazia.

– Escutem – gritou Bellis, enquanto Angevine a empurrava porta afora, ao som de um último refrão dos impropérios de Tanner.

Durante o tempo que levara para lentamente atravessar as pontes da cidade até a biblioteca, sangue havia permeado as ataduras e sua camisa estava manchada. Encontrou o setor bombardeado do *Pinchermarn*, onde bibliotecários recuperavam os volumes que pudessem, em meio aos destroços.

– Bellis! – Carrianne ficou atordoada ao vê-la. Bellis começava a delirar outra vez.

– Agora você tem de me ouvir – murmurou Bellis.

E se encontraram de novo lá fora, e Carrianne a envolveu num braço protetor. As costas de Bellis doíam pavorosamente, e tinha o rosto crispado ao dizer a Carrianne... – Johannes. Tearfly. Carrianne, você tem de me ajudar a achar *Johannes Tearfly*...

Carrianne assentiu.

– Já sei, Bellis. Você acaba de me dizer.

Estiveram num quarto que Bellis não reconheceu, e depois em outro, tão cansada agora que se sentia débil. Então ambas pairaram sobre a cidade, no ar escuro, luzes de Armada apagando-se em complexa sincronia. Bellis ouviu muitas vezes a própria voz, embora lhe soasse bastante estranha.

Sentiu dor fria e extática, olhou para cima e estava na própria cama, em seus aposentos no topo da chaminé, e ocorreu-lhe (mais salto de imaginação que memória) que Carrianne removera as ataduras de suas costas e as esfregava com unguento. Bellis fechou os olhos. Podia ouvir algo, o mesmo som, fraco e repetido.

– Deuses. Deuses. Deuses. Deuses.

Era a voz de Carrianne. Bellis virou a cabeça para um lado e viu com olhos turvos o rosto da amiga olhando-a de cima, crispado, mordendo os lábios enquanto aplicava o creme.

Qual é o problema?, Bellis tentou dizer, pensando por um instante que sua amiga estivesse ferida. Porém, notou que o problema estava claro, e não conseguiu deixar de chorar um pouco por si mesma.

Quando abriu os olhos novamente, Carrianne e Johannes estavam ali, bebendo chá, conversando tímidos, sentados ao lado da cama.

Era noite. A cabeça de Bellis havia serenado.

Johannes sobressaltou-se ao vê-la se mexer.

– Bellis, Bellis – disse Carrianne com gentileza. – Pelos deuses, garota... o que você fez?

Carrianne estava horrorizada. Bellis sentia-se profundamente grata por seus cuidados, mas não podia explicar-lhe os ferimentos.

– Ela não quer falar do assunto – disse Johannes, nervoso. Sua preocupação parecia genuína, porém apreensiva. – Quero dizer, veja você... ela se opôs aos... tem sorte de ainda estar aqui.

– Com os diabos, Bellis – disse Carrianne, furiosa –, quem se importa com *eles*? Que se fodam! – Com um aceno de braço, abrangeu todas as autoridades. – Diga-nos, por que a pegaram?

Bellis só pôde sorrir. *Ele está certo, apesar de tudo*, pensou, erguendo para Johannes os olhos turvos. *Por pusilânime covarde que ele seja, e por magnífica corajosa e leal que você seja, Carrianne (deuses sabem por quê), ele está certo. Você não deve se intrometer. Goste ou não, não permitirei que o faça. Devo isso a você.*

– Encontrou Johannes, então – Bellis conseguiu dizer.

– A perseverança de Carrianne foi formidável – disse Johannes. – Conseguiu mandar-me um recado.

Bellis endireitou-se um pouco sobre a cama, e crispou o rosto contra as dores de sua pele rasgada.

– Preciso falar com você – disse ela, com voz mais forte. Meneou devagar a cabeça. – Estive... na última semana... estive sozinha. E... e tudo tem mudado à nossa volta. Você deve ter percebido. Mas sei o que é, sei o que está acontecendo.

Fechou os olhos e calou-se por vários instantes.

– Sabem onde estamos? – perguntou afinal. – Sabem em que mares ingressamos?

Carrianne e Johannes trocaram olhares, e depois olharam para ela.

– O Oceano Oculto – disse Carrianne, com cautela. Bellis conseguiu dar um fraco sorriso.

– Exato – disse. *Diabos os carreguem a todos*, pensou. *Não preciso de Fennec, o filho da puta traiçoeiro. Eu mesma vou providenciar tudo.* – E sabem para onde rumamos? – Calou-se outra vez e, em meio ao silêncio, Johannes falou.

– Para a Cicatriz – disse, e as palavras de Bellis lhe morreram na garganta. Encarou Johannes, viu-o observá-la preocupado e confuso, e olhar para Carrianne, que assentiu.

– Para a... Cicatriz – Bellis ouviu-se dizer, hesitante e estúpida. Nenhuma revelação, somente um eco absurdo.

Haviam-na subjugado. Haviam vencido. Não sobrara nada dela. Coisa alguma.

Quando Johannes partiu, Bellis e Carrianne ficaram conversando até tarde. Carrianne contou-lhe tudo.

Que semana, Bellis não parava de pensar, com absurda subestimação. *Que semana para se perder.*

Os Amantes tinham anunciado.

Não seria possível esconder dos pilotos, capitães e nauscopistas de Armada que a água e o ar estavam mudando. Não havia como disfarçar as repentinas correntes de través, os caudais que fluíam abaixo da superfície, contra as ondas. Bússolas começavam a rodopiar maníacas, perdendo o norte durante minutos de cada vez. Os ventos eram imprevisíveis por completo. A distância até o horizonte variava. A frota de Armada entrava em apuros.

O avanc, é claro, encontrava-se bastante despreocupado com aquelas forças. Sulcava nas profundezas seu curso inalterável, com a cidade em seu rastro.

Ouvira-se uma pletora de rumores, mas havia na cidade tantos marinheiros experientes e estudiosos que não seria possível esconder a verdade. O avanc, conduzido pelos pilotos de Aquabelone, rebocava Armada para dentro do Oceano Oculto. As histórias sobre aqueles mares, ao que parecia, eram todas verdadeiras.

Então, quatro dias antes, no dia 6 de Cãdi do Quarto Carne, os Amantes haviam convocado uma série de reuniões em massa, em Aquabelone e nos distritos aliados.

– Fala bem pra caralho, o Amante – disse Carrianne. – Ouvi seu discurso em Biblioburgo. "Quando cheguei aqui, eu não era nada", ele disse, "e comecei a fazer-me, o que foi concluído por minha Amante, que fez a mim e a ela própria, e *fez essa cidade*", a voz toda trêmula, "e não trouxemos *poder* a Armada?" E o pessoal adorou. Porque, você sabe, ele fez isso mesmo. Estes anos têm sido bons, ótimas colheitas e butins. E a *Sorgo*... você ainda não estava por aqui, não é? Não estava aqui quando roubaram a sonda. – Carrianne sorriu e meneou a cabeça com admiração.

– Fez de nós uma potência, não há como negar. E a porra do avanc...

– Pensei que você fosse leal a Queda Seca – disse Bellis, e Carrianne assentiu firme.

– E sou, mas o que digo é... acho que talvez o Brucolaco esteja... errado sobre os planos deles. Quero dizer... tudo se encaixa perfeitamente.

Existe uma fonte de poder nas fronteiras do mundo, dissera o Amante às multidões. Um lugar assombroso: um rasgo através do qual grandes ondas de pujança fustigavam a realidade. Um homem em Armada tem a prova, disse o Amante, e sabe como extrair esse poder, que durante muitos anos não pôde ser alcançado.

Há uma besta, o Amante tinha lhes contado: algo formidável, um animal que penetrava Bas-Lag de tempos em tempos, e depois escapava outra vez. E Armada havia convocado certas pessoas famosas que poderiam aprender a capturar aquele animal.

A mulher que me fez, trovejara o Amante, apontando para a Amante, percebeu que o segundo fato permitiria realizar o primeiro.

Na extremidade longínqua do Oceano Oculto (dissera o Amante) encontra-se a origem de tal poder. Porém, nenhum navio cruzara o Oceano Oculto, era o que diziam. Amigos... (tinha aberto os braços em triunfo, e Carrianne o imitou para Bellis), o avanc não é nenhum navio.

Assim, Bellis percebeu, o Amante admitira a verdade que ele e os seus haviam escondido dos cidadãos durante anos, os planos que já tinham em andamento quando contrataram Tintinábulo, surrupiaram a *Sorgo*, viajaram à ilha dos anófeles, conjuraram o avanc. Admitira a verdade daqueles planos, e o fizera de tal maneira que não fora apedrejado por causa de suas manipulações e mentiras, mas enlevado por aplausos.

Podemos cruzar o Oceano Oculto, havia bradado, sob ovação. *Podemos explorar a Cicatriz.*

– Foi quando soubemos o nome – disse Carrianne.

– Mas é tão incerto – disse Bellis, e Carrianne assentiu.

– É claro.

– Os navios, a frota... – e Carrianne assentiu outra vez.

– Alguns já estão atrelados à cidade. E, quando os outros não puderem nos seguir, não haverá problema. Nossos navios sempre navegaram solitários durante meses de cada vez, e sempre acharam o caminho de volta. Os que nos seguem agora sabem o que está acontecendo, e os que estão longe, bem, nada disso é novidade. A cidade sempre teve suas próprias rotas. Não vamos desaparecer no Oceano Oculto, Bellis, não estamos aqui para ficar... queremos encontrar a Cicatriz, e partir de novo.

– Mas que porra de lugar é *esse*? – perguntou Bellis fracamente. – Não temos ideia do que há ali, que tipos de poder, que criaturas, que inimigos...

Carrianne franziu o cenho e sacudiu a cabeça.

– Isso tudo é verdade – disse. – Entendo. – E deu de ombros – Você é contra a ideia. Tudo bem, não é a única. Uma nau parte daqui a dois dias. Creio que de volta ao Oceano Bravio, tripulada por detratores. Vão aguardar o retorno da cidade. No entanto... – Sua voz esgotou-se. Ambos perceberam que Bellis não estaria entre os autorizados a sair de Armada. – A maioria de nós – prosseguiu com franqueza – acha que vale a pena.

– Nem um pouco – disse mais tarde Carrianne em voz baixa. – Confio no Brucolaco, e sei que ele tem motivos para se opor aos planos. Mas acho que está enganado. Estou animada, Bellis – disse. – Por que não tentar algo assim? Isso poderia ser... poderia ser a época mais sensacional, o melhor momento de nossa história. Temos de tentar.

Bellis sentiu algo que não reconheceu no início. Não era depressão, infelicidade ou cinismo, porém desesperança. A sensação da morte de todos os planos, todas as opções.

Fui derrotada, pensou, sem melodrama, nem mesmo raiva.

Carrianne não era uma idiota de cérebro lavado, parva e seduzida por retórica. Havia ouvido os argumentos – ainda que parciais e facciosos, como sem dúvida tinham sido. Deve ter percebido que a incursão vinha sendo planejada havia muito e que, portanto, ela e os demais haviam sido enganados.

Mesmo assim, considerando tudo aquilo, decidira que o plano dos Amantes era bom. Que valia o esforço.

Isso foi um truque sujo, pensou Bellis aos Amantes. *Golpe abaixo da cintura. Não o vi chegar.*

Mentiras, esquemas, suborno, violência, tudo isso eu esperava, pensou. *Mas jamais imaginei que se pudesse apenas argumentar, e vencer.*

O panfleto natimorto de Fench atravessou-lhe os pensamentos, e ela moveu os ombros, afetando uma risada morta. *A Verdade!*, imaginou. *Aquabelone arrasta Armada para A CICATRIZ!*

A verdade.

Vocês venceram, pensou, e abandonou a esperança. *Ficarei aqui até morrer. Envelhecerei aqui, velha rabugenta aprisionada num barco, e coçarei as cicatrizes em minhas costas (e santos deuses, que coceira), resmungarei e me queixarei. Ou talvez morra com o restante de vocês, e com meus governantes, em algum estúpido e terrível acidente no Oceano Oculto.*

De qualquer forma, pertenço a vocês, goste ou não. Vocês venceram.

Levam-me com vocês. Levam-me para a Cicatriz.

CAPÍTULO 42

Onde, por muitíssimo tempo, houvera uma sombra, o céu se via claro.

O *Arrogância* havia desaparecido.

Um segmento de corda jazia sobre o convés, onde a aeronave estivera atrelada ao *Grande Oriental*. Havia sido cortado, e o aeróstato flutuara livre.

– Hedrigall – Bellis ouvia em torno dela. Estava entre a multidão que se havia reunido, boquiaberta diante da lacuna no céu. A capatazia fez breves tentativas de afastar os espectadores, mas desistiu em face de seu número.

Bellis agora conseguia se mexer mais livremente. Ainda se retraía devido à pressão nas costas, mas o sangramento cessara. Algumas das crostas menores começavam a descascar ao longo das beiradas. Ela se inquietava um pouco na orla da multidão.

– Hedrigall, e estava sozinho – todos diziam.

À medida que Armada deslizava mais para dentro do Oceano Oculto, suas naus tinham maior dificuldade em acompanhá-la. Formavam uma fila atrás da cidade, como patinhos ansiosos, e muitas daquelas atreladas aos limites dela desligaram os motores e deixaram-se conduzir pelo avanc.

No segundo dia após a discussão chocante e reveladora com Carrianne, os navios e submersíveis remanescentes na órbita de Armada haviam retornado. Já não conseguiam enfrentar o Oceano Oculto. Reuniram-se em comboio nervoso, batendo-se contra os ares turbulentos, e então rumaram para o sul. Permaneceram juntos para se manterem protegidos e se arrastarem mutuamente de volta às águas mais seguras e compreensíveis do Oceano Bravio, onde aguardariam.

A cidade voltaria para eles dentro de um mês, ou dois, no máximo.

E depois? Se Armada não retornasse? Bem, deveriam considerar-se livres. Tal derrogação foi anunciada como expediente secundário, e suas consequências não foram discutidas.

De sua janela, Bellis tinha assistido à retirada das naus. Outras ficaram, agarradas como lapas aos flancos da cidade, ou nas docas Basílio e Espinhouriço. Rodopiavam apreensivas, cercadas de embarcações que formavam atracadouros e cais, mas encurraladas. Demoraram demais e não puderam zarpar. Agora oscilavam inúteis e aguardavam, amarradas como se para carga ou descarga.

Os armadenses jamais haviam visto sua cidade sem a auréola de navios. Apinharam-lhe as margens para fitar o mar vazio. A vacuidade os tinha dominado. Porém, até mesmo aqueles acres de água desocupada não eram tão perturbadores quanto a aeronave desaparecida.

Ninguém viu nada, ninguém ouviu qualquer ruído. O *Arrogância* esgueirou-se em segredo. Perda atordoante para Aquabelone.

Como foi possível?, perguntava-se o povo. O dirigível estava paralisado, e a absoluta lealdade de Hedrigall era bem conhecida.

– Ele tinha umas dúvidas – disse Tanner a Shekel e Angevine. – Contou pra mim. Era *leal* de verdade, mas nunca achou que esse negócio do avanc era bom pra cidade. Acho que com essa tal Cicatriz era ainda pior, mas ninguém dava bola pra ele.

Tanner ficou horrorizado e magoado com a fuga de Hedrigall. Mas expressava seus pensamentos em voz alta, esforçando-se por ver as coisas como as via seu enigmático amigo. *Deve ter se sentido preso*, pensou Tanner. *Todos os anos em que viveu aqui, de repente ver o lugar fazendo as coisas dum jeito diferente. Dreer Samher não era a casa dele, e se achou que aqui também não era mais... já pensou como deve ter mexido com a cabeça dele?*

Imaginou Hedrigall consertando os motores do *Arrogância* nas horas vagas em que ficava sozinho a bordo. Todos sabiam que Hedrigall era um recluso, e que passava na aeronave muito mais tempo que o necessário. Havia endireitado as aletas do *Arrogância*? Testado os pistões que não se moviam havia décadas?

Quanto tempo você planejou isso, Hedrigall?, pensou Tanner Sack.

Não poderia ter discutido? Estava tão determinado? Achava que não valia a pena lutar por sua cidade? Duvidava de que aquela ainda fosse sua cidade?

Onde você anda, sujeito?

Tanner imaginou o enorme e desajeitado aeróstato, rumo ao sul, Hedrigall sozinho ao leme.

Aposto que ele tá chorando.

Foi uma espécie de suicídio. Hedrigall não poderia ter amealhado em lugar algum combustível suficiente para alcançar terra firme. Se encontrasse a frota que aguardava Armada, exigiriam saber o que havia acontecido e por que ele deixara a cidade. Assim, teria de evitá-la.

Os ventos o levariam ao mar aberto. As bolsas de gás eram muito fortes; poderiam mantê-lo flutuando durante anos. *Quanta comida você juntou, sujeito?*, Tanner perguntou-se.

Uma imagem veio-lhe à mente, do *Arrogância* à deriva por anos, cem ou cento e cinquenta metros acima da superfície, e o corpo de Hedrigall apodrecendo lento na cabina do capitão. Sepulcro fustigado pelo vento.

Ou talvez conseguisse sobreviver. Talvez pudesse desenrolar, desde as portas de carga do *Arrogância*, uma linha de pesca absurdamente longa. Tanner a imaginou despencando pelo ar como uma grande mola que se desdobrasse, até que anzol e isca atingissem a água. Por escolha, os cactáceos eram vegetarianos, mas poderiam viver de peixe ou carne, se fossem obrigados.

Ali Hedrigall sentaria, à beira da porta, pernas balançando como as de uma criança, içando peixes. Corpos elásticos debatendo-se na jornada ascendente, afogados pelo ar e mortos haveria muito quando o alcançassem. Conseguiria viver por anos, soprado mundo afora. Deslizando nas correntes de ar periféricas que circundavam o Oceano Bravio, ficando velho e recalcitrante com sua dieta imutável. Pele enrugada e espinhos grisalhos. Só, enlouquecendo aos poucos. Falando com as pinturas e heliótipos nas paredes do *Arrogância.*

Até que um dia o acaso o empurrasse para fora daquele imenso cinturão de vento, e sua nave rodopiasse até o ar livre e fosse carregada para o sul, para o norte, para deuses sabem onde, até que um dia, talvez, avistasse terra.

À deriva acima de montanhas. Lançando âncora, enlaçando uma árvore e descendo. Tocando novamente o chão.

Caralho, Hedrigall. É um plano tão ruim procurar a Cicatriz?

Tanner supunha que Hedrigall fosse um traidor. Havia fugido, roubado a gávea de Armada e mentido para seus governantes e amigos. Fora covarde demais para argumentar. Era um renegado, e Tanner sabia que, sendo leal a Aquabelone, deveria condená-lo, mas não conseguia.

Boa sorte, companheiro, pensou após alguns instantes, erguendo a mão hesitante e assentindo. *Não tem como não te desejar sorte.*

Os paladinos de Aquabelone sentiram a ausência de Hedrigall como reprimenda.

Sabia-se que fora leal, e deixou no rastro de sua fuga mais discussões perturbadoras, mais incertezas e condenações do plano dos Amantes do que houvera até então.

Quilômetros nas profundezas, o avanc continuava sua jornada. Tornara-se apenas um pouco mais lento ao entrar em novas águas.

Tanner Sack nadava e banhava no mar suas costas laceradas. Naqueles dias, havia poucos mergulhadores no fundo e poucos nadadores na superfície. Tinham fugido de medo, apavorados de que pudessem ser arrastados por alguma corrente imprevisível, carregados para uma zona mortal do Oceano Oculto.

Tanner não via nada de errado. Ele, os peixomens e John Filho da Puta adejavam de um lugar a outro, em meio às enormes cadeias que se inclinavam até o fundo.

Nadavam rápidos, cautelosos de que a cidade não os deixasse para trás. Porém, parecia não haver novas ameaças no mar. O caos pertencia a uma escala mais ampla – aquela dos intrusos inorgânicos, como navios e submersíveis. Até mesmo as serpentes marinhas não tinham sido capazes de continuar puxando seus agora indisciplinados navios-carruagens, e haviam nadado de volta, junto com a frota, para longe do Oceano Oculto.

Tudo estava pacífico por ora, com menos coisas e pessoas para distrair Tanner. Boa parte das atividades de Armada havia cessado.

Obviamente, os fazendeiros ainda tratavam de seus campos e rebanhos, acima e abaixo da superfície, e os colhiam sempre que possível. Ainda havia mil pequenos serviços de reparo e manutenção. Os mecanismos internos da cidade prosseguiam como era inevitável: padeiros, prestamistas, cozinheiros, apotecários, expunham seus cartazes e recebiam dinheiro. No entanto, Armada era uma cidade voltada para fora, para a pirataria e para o comércio externo. As indústrias em torno das docas, as cargas e descargas, contabilidades, reformas e provisões agora se encontravam estagnadas.

Portanto, Tanner não mergulhava todos os dias para consertar rachaduras, quebras, avarias ou qualquer coisa do gênero. Nadava por causa de si mesmo e de suas costas, e sentia a água salgada trazer-lhe a pele de volta à vida.

– Entre, Shekel – disse.

Percebia a tensão que se espalhava por Armada, a incerteza, como se Hedrigall houvesse derramado veneno antes de partir. Queria oferecer a Shekel um lugar onde a tensão se dissipasse.

Existiam motivos para o medo crescente do povo. Tanner ouvira estranhos rumores. Já por três vezes lhe tinham contado que algum homem ou mulher, engenheiro ou capataz de Aquabelone, desaparecera. Suas casas e pertences intocados (um prato de comida ainda por terminar, dizia uma das histórias). Alguns afirmavam que tais pessoas também haviam fugido, outros que tinham sido ceifadas pelos espíritos do Oceano Oculto.

Quando estava embaixo da água, a sensação de Tanner de que as coisas davam errado, que eram perigosas ou incertas, dissipava-se com as correntes. Ofereceu a Shekel o mesmo alívio. Persuadiu o garoto a nadar com ele. As piscinas entre as naus de Armada estavam quase vazias. Shekel sentia-se empolgado por ser um dos poucos valentes a entrar nelas. As grandes fasquias dos navios moviam-se plácidas acima e em torno deles: não seriam deixados para trás. Shekel esforçou-se com seu patinhar agressivo e feio. Tanner tentou mostrar-lhe melhores braçadas e pernadas, e percebeu que não conhecia nenhuma adequada a quem respirasse ar.

Shekel deslizara sobre os olhos pesados óculos de natação, e imergia a cabeça por tanto tempo quanto a vedação imperfeita não deixasse entrar água. Ele e Tanner observavam os cardumes, espécies que nunca tinham visto. Cores e barbatanas intricadas, intensas e bizarras como as dos peixes tropicais, ali em mares mais temperados. Semelhantes a peixes-escorpiões e quimeras, formas recamadas de apêndices delgados, olhos que brilhavam com matizes implausíveis.

Sempre que Tanner e Shekel içavam-se outra vez, encontravam Angevine à espera com uma garrafa de cerveja ou aguardente. E, mesmo que Tanner e ela ainda se falassem com alguma cautela, e percebessem que sempre seria daquele modo, o que compartilhavam em Shekel, e a maneira como haviam aprendido a compartilhar, concedia-lhes uma ligação respeitosa.

É quase que nem uma família, pensava Tanner.

Não foi difícil para Bellis achar Uther Doul outra vez. Teve apenas de aguardar no convés do *Grande Oriental*, sabendo que ele acabaria por aparecer. Estava tensa de ressentimento e indignada com a própria mágoa. Não conseguia crer no modo como ele a descartara.

Ao vê-la se aproximar, Doul a encarou, mas não com o desprezo que ela temia. Não com hostilidade, interesse, ou qualquer tipo de vínculo ou reconhecimento. Somente a encarou.

Ela se empertigou. Havia atado os cabelos para trás outra vez, e sabia que a aparência de dor perplexa começava a abandonar-lhe o rosto. Ainda se movia rígida, porém, após duas semanas desde seu açoitamento, tinha se recuperado bastante.

Não cumprimentou Doul.

– Quero ver Silas Fennec – foi tudo o que disse.

Doul refletiu por um segundo, e inclinou a cabeça.

– Tudo bem.

E, embora aquilo fosse o que ela queria, Bellis sentiu ódio por ele, pois sabia que ele autorizava aquilo porque agora não havia nada, em absoluto, que ela pudesse dizer ou fazer a Silas para impedir Armada. Agora que já não representava ameaça. Agora que havia jogado todas as suas cartas.

Bellis tornara-se insignificante, portanto não havia mal em fazer-lhe algumas vontades.

A barbatana mágica havia sido tirada dele, mas era claro que Aquabelone ainda temia Silas Fennec. O corredor onde ficava sua cela estava apinhado de guardas. Todas as portas poderiam ser seladas firmemente: ficavam abaixo da linha da água.

Um homem e uma mulher estavam sentados à porta de Fennec, remexendo em mecanismos arcanos. Bellis sentiu contra a pele a carga estática de taumaturgia.

Ali dentro, o quarto era amplo, perfurado por algumas escotilhas através das quais se viam redemoinhos escuros. Metade do quarto era seccionada por barras de ferro e, para além delas, numa pequena alcova, recolhido e distante das janelas e da entrada, Silas Fennec sentava-se num banco de madeira, a observar Bellis.

Ela assimilou o que via diante de si. Foi capturada num veloz caleidoscópio de imagens dele (seus momentos juntos: amigáveis, frios, sexuais, sub-reptícios). Sua boca crispou-se ao vê-lo, e veio-lhe um gosto azedo.

Estava magro, e vestia roupas sujas. Encontrou o olhar de Bellis. Ela percebeu, com choque repentino, que havia uma atadura bastante apertada em torno do punho direito de Silas, e que a mão dele se fora. Ele a viu notar o ferimento, e seu rosto crispou-se antes que pudesse controlá-lo.

Fennec suspirou, e a olhou nos olhos.

– O que você está fazendo aqui? – perguntou. Falava com hostilidade mortiça.

Bellis não respondeu. Examinou a cela. Viu uma pilha desmazelada de roupas, papel, carvão, o gordo caderno de notas. Estudou as barras que os separavam. Nelas se enrolavam cabos que passavam sob a porta e para dentro do quarto. Fennec a observou enquanto ela traçava com os olhos a rota dos cabos até a fonte.

– Estão conectados à máquina lá fora. – disse ele. Soava cansado. – É um depressor. Sinta o cheiro no ar. Pode-se até mesmo ouvi-lo. Aniquila taumaturgons. Não é possível lançar o menor feitiçozinho aqui dentro. – Fungou e sorriu sem humor. – Para o caso de eu ter algum plano secreto. Já lhes disse que conheço apenas dois ou três encantamentos miúdos, e nenhum deles pode me tirar daqui, de qualquer maneira, porém… adivinhe só, não acreditam em mim.

Bellis entreviu pele bizarra sob a camisa dele. Parecia necrótica, sarapintada de marcas anfíbias. Pulsava, e Fennec abotoou a camisa.

Boquiaberta, ela deu-lhe as costas e começou a andar.

– Não – disse Fennec, de súbito. Soou quase gentil.

– Não o quê, caralho? – retrucou Bellis, contente por sua voz soar fria.

Silas lançou-lhe um olhar cúmplice, exasperante.

– Não faça isso – disse. – Não venha até aqui, não me pergunte nada, não faça isso. Por que está aqui, Bellis? Não veio para me repreender, não é seu feitio. Nem pode vangloriar-se. Fui pego, e daí? Porra, pegaram você também. Como vão as costas?

Aquilo a atordoou tanto que, por um instante, não conseguiu respirar. Piscou rápido, para trazê-lo de volta ao foco. Ele a observava sem trair na expressão maior crueldade ou malícia, e sua voz não se alterou.

– Não tenho nada a lhe dizer, Bellis. Não conseguirá nada com isso. Não será uma catarse, e você não se sentirá melhor depois que for embora. *Sim*, você entende? Sim, menti para você, usei-a. Fiz o mesmo com um bocado de outras pessoas. Fiz sem pensar duas vezes. E faria de novo. Queria voltar para casa. Se você estivesse lá, e fosse fácil, eu teria a teria levado comigo, mas se não estivesse, não levaria. Bellis… – Inclinou-se no banco e massageou seu punho-coto. – Bellis, você não tem coisa alguma com que me confrontar. – Meneou lentamente a cabeça, sem qualquer vergonha.

Bellis tremia de ódio. Fennec estivera certo em esconder dela a verdade sobre o que fazia. Ela jamais o ajudaria se soubesse, por mais desesperada que estivesse para voltar a Nova Crobuzon.

– Não há nada especial em você, Bellis: é uma dentre muitas. Não a tratei de modo diferente do que trato outros. Não a considerei pior ou melhor. A única diferença entre você e todos os outros é que você está *aqui* agora. E pensa que há algum *propósito* em estar aqui. Que tinha de... o quê? Resolver as *coisas* pessoalmente? – Silas Fennec, Procurador de Nova Crobuzon, meneou a cabeça com pena.

– Não há *coisas*, Bellis. Vá embora. – Deitou-se e passou a fitar o teto. – Vá embora. Eu queria voltar para casa e você foi útil. Sabe o que fiz, e sabe por quê. Não há mistério, não há satisfações a tomar.

– Vá embora.

Bellis permaneceu ali por mais alguns segundos, mas conseguiu sair antes de falar outra vez. Dissera apenas quatro palavras. Sentia o estômago revoltar-se com um forte sentimento que ela não conseguia nomear.

– *Não irão matá-lo*, pensou, lúgubre. *Ou puni-lo. Nem mesmo foi açoitado. É muito valioso, muito assustador. Acham que ele pode ensinar-lhes coisas, que podem extrair-lhe informações. Talvez possam.*

Ao ir embora, só pôde perceber que ele estivera certo sobre uma coisa.

Ela não se sentia nem um pouco melhor.

Bellis surpreendeu-se ao descobrir que Johannes permanecia em sua vida. Houvera uma época em que ele parecera repelido por ela, despreocupado em vê-la novamente.

Ainda o achava um poltrão. Mesmo que sua própria lealdade a Nova Crobuzon fosse algo estranho e nada sistemático, não deixava de considerar Johannes uma espécie de vira-casaca. A rapidez de sua adaptação a Armada a enojava.

Mas agora havia nele algo queixoso. Sua renovada ânsia por ser amigo de Bellis era um pouco patética. E, embora ela passasse tanto tempo quanto podia com Carrianne, cujo afeto e irreverência eram prazeres genuínos, e, embora Carrianne não gostasse muito de Johannes, havia momentos em que Bellis o deixava ficar mais um pouco. Apiedava-se dele.

Após todo o seu trabalho e a captura, aprisionamento e encilhamento do avanc, após a partida de Tintinábulo e de sua equipe, agora que Krüach Aum trabalhava com Uther Doul e os taumaturgos dos Amantes, trazido ao novo círculo interno para descobrir os segredos da mineração de possibilidades, a tarefa de Johannes estava cumprida. Ele havia percebido, supunha Bellis, que deveria contemplar ainda muitos anos de cativeiro na cidade.

Johannes ainda trabalhava com o grupo de supervisão do avanc: planejavam-lhe a velocidade, estimavam a biomassa e os fluxos taumatúrgicos nas áreas determinadas.

Porém, metade daquilo era emprego de fachada, mera ocupação. Sempre que se embriagava, queixava-se de ter sido usado e jogado fora. Bellis e Carrianne zombavam dele por detrás de suas costas pinguças.

Johannes dava voz a incertezas cautelosas sobre a trajetória da cidade, sua presença no Oceano Oculto. Encontrar qualquer sinal de discordância, de oposição à jornada dos Amantes, era grata surpresa para Bellis. Uma das razões pelas quais tolerava a presença dele.

Ele era covarde demais para admiti-lo, mas desejava, como Bellis, que Armada retornasse. E, à medida que passavam os dias e a cidade avançava cada vez mais para dentro do Oceano Oculto, Bellis descobria (com abruptas pontadas de esperança) que ela e Johannes não estavam sós.

A deserção de Hedrigall foi um trauma sem cura.

Armada singrava mares que não obedeciam a leis compreensíveis por qualquer oceanomante. O que poderia parecer aventura, ou decreto divino, a cidadãos ainda abrasados pelo triunfo na guerra e pela retórica dos maiores líderes da história de Aquabelone. Porém, o leal e confiável Hedrigall fugira, e aquilo emprestava uma coloração terrível à jornada da cidade.

O *Arrogância* foi substituído rapidamente. Agora, outra aeronave pairava sobre o *Grande Oriental*, vigiando os horizontes. Mas não era tão grande nem flutuava tão alto. Não tinha o alcance de visão do *Arrogância*, e as metáforas que se engendravam a partir de tal fato perturbavam homens e mulheres, leais em outros aspectos.

– O que ele pressentiu? – murmuravam. – O que Hedrigall pressentiu?

O movimento da cidade era sua própria dinâmica. Não havia vozes importantes que argumentassem pelo retorno. Até mesmo os outros líderes que reprovavam os planos dos Amantes haviam cedido, ou expressavam suas críticas apenas a portas fechadas. Porém, o fantasma dissidente de Hedrigall espreitava nos distritos, e o triunfo e a empolgação com os quais se iniciara a viagem haviam acabado.

Tanner e Shekel inventavam nomes para as criaturas que viam embaixo da água: corre-corres, moscas dançarinas e cabeças-amarelas.

Assistiam aos naturalistas de Armada seguirem os interessantes e novos animais, capturando alguns em redes, mantendo distância dos grandes cabeças-amarelas de faces obtusas, tirando heliótipos com desajeitadas câmeras à prova d'água e tochas fosfóricas.

Cardumes dos animais chispavam entre dutos e cascos que se projetavam ao fundo como raízes. Misturavam-se a peixes mais reconhecíveis – havia badejos e peixes de isca até mesmo no Oceano Oculto – comendo ou sendo comidos.

Tanner Sack mergulhava e importunava com os tentáculos alguns espécimes do tamanho de um punho. Na superfície, Shekel observava-lhe as cicatrizes.

Mais e mais longe, adentro daquele mar.

Ouviam-se ruídos estranhos à noite, clamores do cio de animais desconhecidos que soavam como touros. Em alguns dias, ninguém nadava, nem mesmo o mais vigoroso e inquisitivo mergulhador, até os peixomens escondiam-se em suas pequenas tocas nos cascos da cidade. Aquelas eram águas perigosas. Armada passava sobre as imprevisíveis margens de marés-ferventes, próxima dos campos de caça dos piasa, redemoinhos vivos que cercavam ávidos a cidade, porém mantinham distância.

Na escuridão sem luar, luzes pulsavam sob a superfície, semelhantes à bioluminescência de coisas bênticas, ampliada centenas de vezes. Havia momentos em que as nuvens acima do mar escondido se moviam muito mais rápidas do que o vento. Um dia, quando o ar esteve seco como elictricidade, silhuetas surgiram a estibordo da cidade, parecidas com ilhas diminutas. Eram balsas de algas desconhecidas, coágulos de favas-do-mar mutantes, que se afastaram subitamente da cidade, impelidos por forças motrizes próprias.

Por toda a cidade, em todos os distritos, em favelas desmanteladas e nas mais elegantes mansões, havia tensão, expectativa neurótica. As pessoas não dormiam bem. Bellis empalideceu quando aquilo começou, lembrando-se da praga de pesadelos que assolara Nova Crobuzon, e que terminara por trazê-la a Armada. *De um cenário de noites arruinadas para outro*, pensou, após muitas horas infelizes e insones.

Durante alguns daqueles momentos sombrios, Bellis ia até o Grande Oriental, para observar a viagem da cidade por mares misteriosos que mal se alteravam. Fitava as desapiedadas milhas de oceano até que, intimidada pela amplidão, escapava aos corredores do grande navio, movida por uma compulsão que não entendia.

Serpeava no labirinto de passagens vazias, até a zona abandonada do vapor, e ao cubículo que Doul lhe havia mostrado. Lá empoleirava-se, desconfortável e perturbada, a bisbilhotar as fodas e conversas de alcova dos Amantes.

O hábito a revoltava, mas não conseguia se livrar da sensação de poder clandestino que obtinha dele. *Minha pequena rebelião, minha pequena fuga – alguém escuta, e vocês não sabem*, pensava, e ouvia os Amantes murmurarem babosos um para o outro e se atracarem com devoção que continuava a aterrorizá-la.

Nunca deixavam escapar revelações. Nunca falavam de nada importante. Apenas rolavam na cama e murmuravam sua ligação fetichista. A Amante soava mais e mais febril a cada noite, sua voz ficava mais dura, e o Amante rebaixava-se, ávido por dissolver-se nela.

Não quero estar aqui, pensava Bellis, fervorosa e repetidamente. Acabou por dizê-lo em voz alta certa noite, para Carrianne, sabendo que sua amiga não concordaria.

– Não quero estar aqui – Bellis esvaziou de um gole sua taça de vinho. – Agora há pesadelos, e depois vêm fugas. Já vi isso antes. E não estamos rumando para qualquer lugar que preste... então, o que poderá acontecer? Ou morreremos... ou os Amantes terão controle do mais... terrível, terrível poder. Você confia neles de verdade, Carrianne? – Exigiu uma resposta, bêbada. – No filho da puta retalhado e em sua mulher psicopata? Você confia neles com um poder assim? Não quero estar aqui.

– Sei, Bellis – disse Carrianne, escolhendo as palavras. – Mas quero ver o que está lá. É algo sensacional, você entende? Não me importa que os Amantes se apoderem de... seja lá o que for. E não, não confio neles de verdade. Mas veja bem... desde que Hedrigall azulou, creio que haja muita gente que começa a concordar com você.

E Bellis assentiu de repentina surpresa, e ergueu sua taça. Carrianne retribuiu o brinde, sardônica.

Ela está certa, pensou Bellis, de súbito. *Com todos os diabos, está certa pra caralho. Algo está mudando.*

O avanc tornava-se mais lento.

Mais ou menos dez dias depois de Armada haver entrado no Oceano Oculto, o povo começara a notar.

Os primeiros foram John Filho da Puta, os peixomens e os lagostins, Tanner Sack e os poucos terrestres que ainda mergulhavam. Tornara-se mais fácil acompanhar Armada. Ao fim de algumas horas de imersão, flutuando abaixo do ventre encoberto de cracas da cidade, seus músculos ardiam menos do que teriam esperado. Já não viajavam tão longe, ou tão rápido.

Não demorou a que os cidadãos respiradores de ar notassem. Sem terra firme, em mares crípticos, não era tão fácil mapear as distâncias que a cidade percorria. Porém, havia métodos.

Algo acontecia ao ser quilométrico oculto nas profundezas. Algo mudara. O avanc tornava-se mais lento.

No início, esperava-se que fosse uma alteração temporária, que o passo do avanc acelerasse outra vez. Mas os dias prosseguiam, e a besta andava lenta.

Com prazer e triunfo, Johannes encontrou-se novamente favorecido. Sua antiga equipe foi reunida pelos Amantes, para compreender o que acontecia.

Bellis surpreendeu-se ao descobrir que ele ainda falava com ela e Carrianne sobre seu trabalho, agora que havia retornado ao círculo interno.

– Não existe na cidade quem não tenha notado – contou-lhes certa noite, exausto e abismado. – Os Amantes esperam que resolvamos o problema. – Meneou a cabeça. – A coisa é insondável até para Aum. O mecanismo de leite de pedra ainda controla o avanc, ele continua em marcha... apenas mais lento.

– Algo no Oceano Oculto? – sugeriu Bellis.

Johannes mordeu o lábio.

– Não faz sentido. O que em Bas-Lag poderia emperrar um *avanc*?

– Deve estar doente – disse Carrianne, e Johannes assentiu.

– Também acho – concordou devagar. – Krüach está convicto de que possamos consertar o que esteja errado. Mas não tenho certeza de que saibamos o suficiente para curar o avanc.

O ar acima do Oceano Oculto de repente tornara-se ressecado e quente. As plantações da cidade estavam quebradiças.

Todos os distritos recolheram-se neles mesmos, e a ridícula fachada de normalidade com que Armada vinha se cobrindo começou a ruir. Pouco trabalho era realizado. Os cidadãos-piratas aguardavam imóveis em seus lares, sob o céu punitivo. A cidade encontrava-se insolada e dúbia. Náufraga. Jacente como bote salva-vidas, quase imóvel.

Seu rastro ficava mais tênue a cada dia, à medida que o avanc se arrastava.

Espalhou-se um pânico de combustão lenta. Reuniões foram convocadas. Pela primeira vez, não foram organizadas pelos governantes, mas por comitês populares que operavam em todos os distritos. E, se no início eram compostos quase totalmente de homens e mulheres de Larcão e Queda Seca, as minorias de Jhour, Biblioburgo e Aquabelone não paravam de crescer. Discutiam o que estava acontecendo, urgentes, procurando respostas que ninguém fora capaz de lhes dar.

Uma imagem de pesadelo repetia-se nas mentes do povo. Armada, à deriva, sem força motriz, nas águas estéreis do Oceano Oculto. Ou atrelada a um avanc estacionário, âncora de peso inimaginável.

A velocidade de Armada continuava a diminuir.

(Muito mais tarde, quando a matança havia terminado, Bellis percebeu que o dia em que a condição do avanc se tornou chocantemente clara, o dia em que tantos morreram foi, em termos crobuzonenses, o primeiro de melueiro – peixe-feira. O fato a fez tossir com uma desolada aproximação de riso.)

No meio da manhã, as impurezas apareceram no mar.

No começo, aqueles que as viram pensaram que fossem mais acúmulos de algas semissencientes, porém logo se tornou óbvio que eram outra coisa. Eram mais leves, e mais baixas em relação à superfície – vastos trechos de cor, liquescentes nas beiradas.

As nódoas surgiram milhas ao longe, na trajetória da cidade. Diante de sua aproximação gradual, a notícia se espalhou, e multidões se reuniram no Jardim das Esculturas de Arenqueiro, na proa de Armada, para observar o que se avizinhava.

Era uma massa de líquido viscoso, espesso e denso como lama. As ondas, ao atingirem suas bordas externas, reduziam-se a feias tremulações que rastejavam fracas na superfície da substância, e então eram engolidas.

A coisa tinha a cor pálida, branco-amarelada, de vermes cavernícolas.

Bellis engoliu em seco, sentindo-se nauseada de ansiedade. Porém, quando o vento mudou, percebeu muito de súbito que não era ansiedade. Era fedor.

Uma frente de mau cheiro rolava sobre a cidade. Os cidadãos empalideciam e regurgitavam. Bellis e Carrianne cambalearam e trocaram olhares. Branquearam, mas conseguiram não vomitar, apesar do coro de engulhos à volta delas. A massa branca e balouçante fedia à pior e mais séptica decomposição, a carne esvaída de sangue, pútrida.

– Falastrão nos *acuda*! – arfou Bellis. Lá em cima, as aves carniceiras de Armada davam voltas, empolgadas espirais semelhantes a nuvens vivas na direção da matéria repelente. Quando chegavam perto, descreviam arcos repentinos e voltavam, como se aquele grau de putrefação desafiasse até mesmo a elas.

A cidade atingiu os limites exteriores da substância tresandante – à frente havia grandes faixas dela, massas oscilantes e purulentas.

A maioria dos que se haviam reunido a fim de ver aquilo correra de volta a suas casas, para queimar incenso. Bellis e Carrianne ficaram para observar Johannes e seus colegas na orla do parque. Trazendo nos rostos trapos embebidos em perfume, os investigadores de Aquabelone debruçaram-se sobre a amurada e colheram a substância com auxílio de um balde amarrado a uma corda. Içaram-na e começaram a examiná-la.

Retraíram-se violentamente.

Quando Johannes viu Bellis e Carrianne, correu até elas, e arrancou do rosto o pano perfumado. Estava pálido e trêmulo, a pele luzidia de suor.

– É pus – disse, e apontou para o mar com um dedo vacilante. – É um enorme derramamento de pus.

CAPÍTULO 43

O avanc está doente.

Na tentativa de continuar seu movimento irracional sob o comando do leite de pedra, ele se torna mais e mais lento. Está... o quê? Sangrando, ferido? Febril? Esfolado pela realidade alienígena em torno dele? Mudo, estúpido ou obediente demais para sentir ou demonstrar dor, suas lesões não se curam. Desprendem carne necrosada em coágulos supurados, que flutuam livres e sobem como óleo à superfície, expandindo à medida que diminui a pressão esmagadora, envolvendo e sufocando peixes e algas, até que atravessem as ondas sob a forma de arrotos mucosos, pernicioso fermentado de infecção e criaturas mortas.

Em algum lugar, quatro ou cinco mil quilômetros ao fundo do Oceano Oculto, o avanc está doente.

Algumas milhas para além das repulsivas esplanadas de pus, o avanc parou.

Desesperadamente, sinais do motor de leite de pedra foram aumentados, enviados repetidas vezes, mas não houve resposta. O avanc se imobilizara por completo.

Pairava estático, a quilômetros de profundidade. Não podia, ou não queria, prosseguir.

E, quando fora feito tudo o que sabiam os protetores e médicos do avanc, e nada tinha acontecido, quando todos os diferentes comprimentos de onda haviam sido tentados para persuadir a imensa criatura a retomar sua marcha, e ela não tinha respondido, restara apenas uma opção. Não se poderia permitir que a cidade se desfizesse em imobilidade.

O avanc estava doente, e nenhum dos eruditos sabia por quê. Teriam de examiná-lo, de muito perto.

O batiscafo de Aquabelone oscilava como pêndulo desajeitado, preso a um guindaste no *Bambinho*, navio-fábrica que ficava à proa do *Grande Oriental*. O submersível era uma esfera atarracada, coberta de tubos e rebites, apêndices fortuitos no metal reforçado. O motor projetava-se em sua traseira, parecendo anquinhas. Vidraças com um palmo de espessura compunham quatro escotilhas e uma lâmpada quêmica.

Engenheiros e equipes de trabalho, apressados, revisavam e reequipavam a nau de águas profundas.

A tripulação do batiscafo *Cnetóforo* preparava-se no convés do *Bambinho*, vestindo macacões e folheando seus livros e tratados: uma piloto escarazela, Chion, rosto franzido pelos resquícios de cortes rituais; Krüach Aum (e Bellis, assistindo, meneou a cabeça ao vê-lo, seu antigo pupilo, dilatando de nervosismo a estreita boca-esfíncter); na vanguarda, parecendo animado, orgulhoso e aterrorizado em idênticas proporções, Johannes Tearfly.

Ele não teve escolha a não ser acompanhar a expedição – apenas Krüach Aum entendia melhor que ele do avanc, e era imperativo que a criatura fosse tratada com toda a especialidade possível. Bellis sabia que Johannes teria ido, mesmo sem a coerção dos Amantes.

– Mergulharemos – explicara a Bellis mais cedo, encarando-a com a mesma expressão que trazia agora enquanto se equipava no convés do *Bambinho*. – Daremos uma espiada. Temos de curá-lo. – E, se aparentava choque, não aparentava menos empolgação.

Sendo cientista, encontrava-se fascinado. Bellis viu nele medo, mas não agouro. Lembrou-se de quando ele explicara sua cicatriz, a mordida do sardula. Podia ser um completo medroso, mas sua covardia era apenas social. Ela nunca o vira amedrontar-se dos riscos que suas pesquisas acarretavam. Agora, não relutava diante daquela missão horrível.

– Bem – dissera ela, cautelosa –, vejo você daqui a algumas horas, suponho. – E Johannes via-se tão animado que a voz comedida de Bellis, a cuidadosa neutralidade de tom que minava o sentido de suas palavras e punha ênfase no apuro em que ele se encontrava, lhe escapou. Assentiu ingênuo e pousou-lhe a mão no ombro, gesto acanhado, e se foi.

Os preparativos tomaram muito tempo. Não apareceram grandes multidões para vê-los partir. O ar sobrecarregado da cidade manteve distante o povo – não que fizessem pouco caso, mas sentiam-se exauridos, sugados.

Johannes olhou para cima, para os poucos espectadores, e acenou. Depois, entrou na cabine do *Cnetóforo*.

Bellis viu fechar-se firmemente a gaiuta da lotada embarcação. Viu o batiscafo ser içado acima da água, sacolejando de modo nauseante, e lembrou-se do mesmo movimento no dia em que mergulhara até Cidade Salkrikaltor. Um imenso cabrestante no *Bambinho* começou a revolver, desenrolando um cabo emborrachado e reforçado, e o submersível de águas profundas foi descendo.

Atingiu as águas do Oceano Oculto com esguicho abafado e afundou em movimento contínuo. Levaria três horas até que o batiscafo chegasse ao avanc. Bellis assistiu às ondulações deixadas pelo submersível que desaparecia, até sentir alguém atrás de si. Deu meia-volta e se deparou com Uther Doul.

Contraiu os lábios e aguardou. Ele a estudou com calma e não disse nada por vários instantes.

– Está preocupada com seu amigo – disse ele. – O *Grande Oriental* fica interditado durante emergências, mas, se você quiser, pode esperar lá pelo retorno dele.

Doul a conduziu até uma pequena sala na popa do *Grande Oriental*, cuja escotilha dava para o *Bambinho*. Deixou-a sem dizer palavra, fechando a porta atrás de si. Mas o quarto era mais confortável e mais bem mobiliado que o dela e, cinco minutos após ter chegado, um dos camareiros de Aquabelone trouxe-lhe chá, voluntariamente.

Bebeu enquanto observava a água. Sentia-se perplexa e desconfiada. Não entendia por que Doul lhe fazia aquela gentileza.

No início, o interior da diminuta cabine esférica do Cnetóforo estava aquecido apenas pelo respirar de três corpos amontoados. Esmagavam uns aos outros, desconfortáveis, manobrando entre braços e pernas, de maneira a perscrutar através das pequenas escotilhas.

A luz decaiu com impressionante rapidez e Johannes investigou, fascinado e nervoso, a diminuição de visibilidade. Desciam próximos de uma das grandes correntes que atrelavam o avanc, ultrapassando, um após outro, imensos elos psoriásicos de moluscos e gerações de algas. Peixes mansos, de olhos bovinos, observavam as luzes do batiscafo, espiando a descida dos intrusos, dando voltas entre dutos de ar, esquivando-se temerosos das bolhas que a embarcação exalava.

À medida que declinava a luz marinha, a corrente se tornava sinistra. Hastes negras que se precipitavam quase a prumo, trançando-se em padrões que de súbito pareciam obscuros e nefastos, elos tão sugestivos quanto hieróglifos.

No limiar da escuridão absoluta, o mar aparentava total imobilidade, livre dos caudais do Oceano Oculto. A tripulação não falava. A cabine agora se via negra. Havia lanternas e lâmpadas quêmicas a bordo, mas não se podia arriscar exauri-las durante a descida – precisavam enxergar somente ao atingir o fundo. Portanto se sentavam, apinhados, em meio à mais profunda escuridão que qualquer um deles já experimentara.

Havia apenas a brisa das respirações e uma tênue percussão quando moviam seus membros contraídos e chocavam-se uns contra os outros, ou contra o metal. O sussurro do ar bombeado. O motor estava desligado – a gravidade fazia descer a embarcação.

Johannes escutava o próprio fôlego, e aquele dos outros tripulantes, e percebeu que se sincronizavam de modo inconsciente. Em consequência, após cada exalação fazia-se uma pausa, um instante, uma fração de segundo, durante a qual ele poderia fingir que estava sozinho.

Agora se encontravam muito abaixo do alcance do sol. Aqueciam o mar. Calor vazava das caldeiras até a cabine, e atravessava a pele metálica do batiscafo, chegando à água que o devorava com avidez.

O tempo não conseguiria sobreviver àquele calor negro e ininterrupto, aos monótonos sussurros de ar, couro rangente e pele agitada. Foi rompido e sangrou. Seus momentos não se sucediam, nasciam mortos. *Estou fora do tempo*, pensou Johannes.

Por um chocante segundo sentiu a claustrofobia subir-lhe como fel, mas se conteve e fechou os olhos (sem obter conforto da escuridão que encontrou ali, não mais ou menos profunda do que aquela que afastara), engoliu em seco e a derrotou. Johannes estendeu a mão e tocou o vidro da escotilha. Ficou chocado com a superfície fria e úmida de condensação – a água lá fora era como gelo.

Após minutos incontáveis, a escuridão exterior foi interrompida momentaneamente, e a tripulação ofegou ao sentir o tempo retornar como choque eliíctrico. Uma lâmpada viva passava por eles, coisa tentacular que invertia o próprio corpo em ondas peristálticas, envolvendo-se em suas entranhas luminescentes e dardejando para longe, extinguindo seu brilho austero.

Chion acendeu a lâmpada dianteira do batiscafo, que crepitou e luziu, lançando um cone de iluminação fosfórica cujas bordas eles podiam ver, tão claras quanto mármore. Não havia nada visível na área iluminada, a não ser um caldo de diminutos detritos, partículas que pareciam subir em espiral à medida que o *Cnetóforo* imergia. Não havia nada para ver, nenhum leito de oceano, nenhuma vida, nada. O esmagador vazio que tinham alumbrado os deprimia mais profundamente que a escuridão. Continuaram descendo às escuras.

A carapaça de ferro começou a ranger sob pressão. A cada dez segundos, ouvia-se mais um rangido abalador, como se a pressão aumentasse em zonas súbitas e específicas.

Quanto mais desciam, mais fortes ficavam os estalos percussivos até que, de repente, Johannes percebeu que não era apenas a embarcação, o metal à volta que tremia, porém o mar – todo o mar, as toneladas de água por todos os lados – vibrava, debatia-se em choques simpáticos, ecoando batidas estrondosas que vinham de baixo.

O coração do avanc.

Quando quilômetros de cabo já haviam sido estirados pelo imenso cabrestante no *Bambinho*, uma trava de segurança encadeou-se e interrompeu a descida, o *Cnetóforo* sacolejou, esbofeteado pelo trovejante pulsar arterial em torno deles. Podiam sentir o coração do avanc, sólido, através do metal.

Chion acendeu uma lanterna. Os três batinautas encararam-se, rostos sépia e úmidos de suor. Pareciam grotescos, afogados em sombras. A cada batida cardíaca que estremecia o batiscafo, um tique de medo e assombro passava por todos eles. A escuridão tremulava por toda a cabine fechada, sobre medidores e painéis.

Chion começou a operar alavancas e inserir cartões na máquina analítica que ficava a seu lado. Houve um momento aterrador, durante o qual nada aconteceu, e então a esfera começou a vibrar com o ruído de seus motores.

– Deve estar algumas dezenas de metros abaixo de nós – disse Chion. – Vamos devagar.

Com um lamento crepitante, o *Cnetóforo* inclinou-se e impeliu na direção do avanc.

A lâmpada reviveu com um clarão. O gélido facho lancetou a incessante luz marinha. Johannes estudou a água, a suspensão de partículas, e a viu sacudir-se com o coração do avanc. Sua boca ressecou ao pensar nos milhares de toneladas de mar, ansiosos por esmagá-los.

Algo se tornou perceptível abaixo deles, como um fantasma. Johannes enregelou-se. Desceram rumo a uma zona ampla e plana, onde a escuridão era mais leve, um campo acidentado e pedregoso que se insinuava à visão. Tênue por completo no início, cresceu em solidez, seus contornos aleatórios e denteados deslizaram para o alcance da luz fosfórica. Musgoso e rochoso, estendia-se por todos os lados, sarapintado de manchas, massas de líquen do oceano mais profundo. Abrigava vida animal de profundidades abissais. Johannes viu o ligeiro esvoaçar de mixinas, cegas e semelhantes a enguias, *echiuras* achatados, trilobitas gordos e pálidos.

– Estamos no lugar errado – disse Chion, densamente. – Descemos ao leito do oceano. – Porém, ao dizer a última palavra, sua voz minguou e tornou-se um balbucio trêmulo quando ela percebeu seu erro. Johannes assentiu com uma espécie de triunfo e assombro, como um homem na presença de seu deus.

O coração do avanc bateu outra vez, e uma enorme crista rachou o panorama e o modificou de súbito, erguendo-se mais de cinco metros, lançando espirais de pó e gosma. A espessa crista irrompeu ao longo da planície nodosa, percorrendo até onde a lâmpada do *Cnetóforo* podia penetrar, separando-se em duas ou três, traçando caminhos no platô.

Era uma veia.

Cheia de sangue, pulsante, protuberante, afundando aos poucos outra vez.

A posição do submersível era perfeita. Encontravam-se acima das costas do avanc.

Até mesmo Krüach Aum, sempre impassível, parecia atordoado. Aproximaram-se uns dos outros e murmuraram, em busca de conforto.

A paisagem lá embaixo era toda animal.

O *Cnetóforo* prosseguiu devagar, menos de dez metros acima da superfície do avanc, sobre uma baixada entre duas veias. Johannes perscrutou o cenário abaixo, em meio à água densa. Estava hipnotizado pelas cores da besta. Teria esperado um branco anêmico, mas o couro malhado da coisa apresentava milhares de matizes estriados, agrupados em volutas tão distintas quanto impressões digitais: cinza-ardósia, vermelho, ocre.

Em alguns pontos, a pele do avanc era cravejada de relevos que pareciam rochas ou ossos – prolongamentos que se elevavam à volta do *Cnetóforo* como árvores petrificadas. Chion manobrava o submersível entre eles, com cuidado.

Passaram sobre orifícios. Impurezas franzidas na carne do avanc que se dilatavam de modo súbito e fortuito, abrindo enormes fossos de bordas lisas, túneis pulsantes que iam até o interior da carcaça, revestidos de alvéolos maiores que uma pessoa.

O *Cnetóforo* derivava como poeira sobre a pele.

– O que, em nome dos deuses, estamos fazendo? – sussurrou Johannes.

Krüach Aum desenhava rápidos esboços, tomava notas, enquanto Johannes fitava a coisa que havia ajudado a conjurar.

– Temos apenas algumas horas de luz – disse Chion, ansiosa.

O submersível angulou-se para cima, sobre um pequeno bosque de cerdas do tamanho de pináculos, e desceu novamente entre duas projeções – talvez rebordos de cicatrizes, guelras ou nadadeiras. A paisagem dermatológica alçava-se e tremulava com movimento subcutâneo. Seus contornos se alteravam lentos, a planície baixava de acordo com a distância, transformando-se em declive.

– Estamos chegando ao flanco – disse Johannes.

Muito repentinamente o cório abaixo deles converteu-se em despenhadeiro, caloso penhasco dérmico que se prolongava até a densa escuridão. Johannes ouviu a própria respiração vir-lhe entrecortada à medida que o dorso do avanc descaía e o *Cnetóforo* descia-lhe pelo flanco. Luz brincava sobre estratos de células e vida parasítica que, de repente, punham-se próximas deles, um precipício orgânico.

A geografia de seu paciente os apequenava.

Rugas começaram a aparecer, dezenas de imensos vincos que pareciam bordas de placas tectônicas, onde a pele do avanc corria sobre si mesma em dobras semelhantes a lajes, curvando-se na direção do que poderia ser uma anca, barbatana ou cauda.

– Creio... – disse Johannes, indicando aos outros – que chegamos a um membro.

A água debatia-se e imobilizava-se, sem cessar. As corrugações da pele tornavam-se mais estreitas. Ali, a cada batida do coração do avanc, surgiam amplas redes de imensas veias, tão intricadas quanto vidro estilhaçado, ressaltando os contornos de músculos iguais a montanhas. Caranguejos esquivavam-se da luz, para dentro de suas tocas na pele do avanc.

Havia impurezas na água. A lâmpada captou uma massa oscilante de líquido opaco, como tinta.

– O que é aquilo? – sussurrou Johannes, e Krüach Aum escreveu-lhe.

Sangue.

O coração bateu outra vez, e a água encheu-se da matéria escura. Dissipou-se rápida, desdobrada em todas as direções. A luz da lâmpada atravessou os tentáculos de sangue e vislumbrou algo a distância. Uma superfície firme e regular.

Os batinautas ficaram boquiabertos. Era o gigantesco rebordo de ferro dos arreios de Armada. Encrostado com fragmentos de lapas, mortas pela pressão havia muito, e com a vida rude nativa daquelas profundezas. Uma curva, um fecho, em torno do corpo do avanc.

– Deuses – sussurrou Chion –, talvez sejamos nós. Talvez sejam apenas as fivelas, os bridões, que o estão esfolando.

O *Cnetóforo* balançou nas correntes de sangue deslocado, de volta ao dorso do avanc. O sangue elevava-se acima das colinas em sua pele.

– Olhem ali! – gritou Johannes, de repente. – Ali!

Cinco metros abaixo deles, a pele do avanc estava em carne viva, e sangrava. Parecia uma escavação: larga trincheira irregular de dez metros de profundidade e muitos de comprimento, curvando-se para dentro da escuridão. Suas paredes internas eram um caos desmoronado, células estraçalhadas, maculadas com os resíduos do pus oleoso. Mesmo enquanto eles observavam, coágulos do semilíquido se desprendiam e começavam a ascender, farrapos de matéria estendiam-se e tremulavam ao lado deles.

Na parte mais profunda do talho, na base dele, o fósforo iluminou vermelho-carne.

– Falastrão – murmurou Johannes –, não é surpresa que esteja lento.

Krüach Aum rabiscava enlouquecido, e segurou seus papéis diante da lanterna. *É nada*, leu Johannes. *Pense em tamanho avanc. Deve ser mais.*

– Vejam – sibilou Chion –, as beiradas do corte... não coincidem com o bridão. Não foi o metal que causou isso. – Os dois silenciaram ao ouvi-la. – Há algo que deixamos de notar.

A epiderme lacerada do avanc elevava-se em ambos os lados do batiscafo, enquanto desciam à trincheira.

Semelhantes a exploradores de algum rio perdido, percorreram o ferimento até a nascente.

O V de carne partida desaparecia diante deles em acentuada perspectiva, mas a escuridão o engolia muito antes de qualquer ponto de fuga. A cada batida do coração, uma vaga de sangue irrompia em torno deles, cegando-os por vários momentos antes de evanescer.

Abaixo, e nos dois lados, viam-se pequenos movimentos, à medida que animais carniceiros beliscavam as partes expostas.

O submersível moveu-se vagaroso à sombra da ravina de carne. E todos dentro da pequena bolha de metal pensaram, mas não disseram: *o que fez isso?*

Manobravam pelo traçado da fenda, por curvas extremas que surgiam à frente deles na pele arruinada. O *Cnetóforo* contorcia-se na água.

– Vocês viram algo se mover?

O rosto de Chion estava lívido.

– Ali! Ali! Viram?

Silêncio. Sangue circulando. Silêncio.

Johannes tentou ver o que Chion via.

A cavidade alarga-se. Estão à beira de um profundo fosso cuja base é de sangue e pus. Estende-se por metros ocos de um lado a outro. É o ferimento do avanc.

Alguma coisa se move. Johannes a vê e grita em alarme. Os outros respondem.

Atividade no sangue lá embaixo.

– Ah, santos deuses – ele sussurra. Sua voz morre e se torna pensamento. *Ah, deuses.* Algo inevitável e muito ruim sobrevém.

O *Cnetóforo* estremece e causa mais gritos. Algo o fustiga.

Parte da mente de Johannes encontra-se paralisada, e pensa, *Temos de achá-lo e curá-lo, achar o que está errado e curá-lo, cortar o que está podre, curá-lo.* Porém, acima disso, e o sufocando, há o choque de medo que assoma enquanto entram no fosso, no âmago da enfermidade.

(*Está comigo desde que as ondas se fecharam acima de minha cabeça.*)

O sangue podre lá embaixo pulsa ao sabor de estranhas marés. O submersível estremece outra vez, ao ser golpeado por alguma coisa maciça e invisível. Chion começa a se lamuriar.

Virando a cabeça devagar, em meio ao tempo que congelou de repente, Johannes observa as mãos da escarazela agarrarem os controles, vagarosas e desajeitadas como cotos, dando marcha à ré, esforçando-se para afastar a nau que, porém, é atingida novamente e rodopia incerta.

Johannes ouve a si próprio berrando histérico para Chion *tire-nos daqui, tire-nos daqui.*

Algo lá fora bate na escotilha do *Cnetóforo.*

Johannes clama, fitando aterrorizado a planície de sangue.

Uma colheita de trevas, um silvado de flores negras brotou da planície sob o clarão oscilante da lâmpada, botões que se lançam para cima rumo ao sol frio e falso, nas pontas de caules espessos, musculosos e venosos, que não são caules, mas braços, e aquelas não são flores, porém mãos, garras retorcidas. Braços predadores se abrem e agora se erguem peitos e cabeças e corpos, disparados ao alto desde a mancha de sangue onde estiveram roendo e cuspindo veneno.

Como espíritos emergindo das sepulturas, corpos ascendem dissipando sangue com suas caudas, observando os recém-chegados com olhos colossais para dentro dos quais Johannes fita com assombro e horror. Rostos fixados em risos involuntários que zombam dele, retalhos de carne flutuando livres de dentes maiores que seus dedos.

Nadam com a graça de enguias rumo à embarcação, que rola sob o peso deles, que é sustentada por suas mãos estendidas, cujas escotilhas adernam e viram para cima de súbito, lançando os três ali dentro um contra o outro onde ficam deitados a gritar sob a luz moribunda das lanternas e a olhar os rostos às janelas e as mãos que as arranham.

Johannes sente a boca arreganhar-se, mas não consegue ouvir nada. Seus braços se chocam contra os outros corpos da tripulação, que por sua aterrorizada vez o espancam, e ele não sente nada.

Luz derrama-se do *Cnetóforo* e é devorada pelo abismo. Johannes assiste às criaturas empurrarem as escotilhas, e uma sanha de pensamentos se arroja através dele. *Elas são a doença*, pensa sem parar, histérico. *Elas são a doença.*

A doença apinha-se em torno do submersível. Estoura a lâmpada de fósforo que se extingue com um jato de bolhas, e agora tudo o que ilumina seus rostos esgazeados é o fraco amarelo da lanterna interior.

Johannes encara, desde a cabine, um par de olhos lá fora, seis mil quilômetros nas profundezas do mar. Por uma fração de segundo vê clara, vívida e absolutamente como deve parecer àqueles olhos, sua própria face ensanguentada pelas quedas sucessivas, brutal em seus traços sob a luz da lanterna, sua expressão paralisada, atônita.

Vê trincarem as escotilhas esbatidas. Vê as rachaduras rastejarem como coisas frenéticas sobre e em torno umas das outras, desenhando trilhas, crivando o vidro até que se parta e o submersível estremeça. Arrasta-se para longe da janela destruída, como se mais um punhado de centímetros pudesse salvá-lo.

Enquanto o *Cnetóforo* executa seus últimos paroxismos, enquanto as criaturas maculadas de sangue e o mar lá fora rodopiam de faminta expectativa, as lanternas se rendem e, em meio a calor, caos e três vozes, três corpos acotovelados, Johannes está absolutamente só.

CAPÍTULO 44

O sol se fora, mas a água continuava morna. E muito parada. Abaixo da superfície, a constelação de globos luminosos dos lagostins delineava o ventre de Armada.

Tanner e Shekel nadavam entre o *Bambinho* e o *Dober*, a baleia ossificada, num canal com doze metros de largura. Estavam abrigados contra os sons da cidade, cujos resquícios apenas flutuavam até eles, bamboleando como focas.

– Não vamos chegar muito perto – avisou Tanner. – Pode ser perigoso. A gente não sai deste lado do navio.

Shekel queria mergulhar todos os poucos metros que ousava, e ver através dos óculos a linha que ia até o batiscafo. Sempre ficava transfixado quando Tanner descrevia as correntes, que eram invisíveis para ele, exceto como tênues silhuetas escuras, mesmo que encontrasse coragem e nadasse sob os navios mais baixos da cidade. Queria ver o tal cabo que se estendia do ar até a escuridão. Queria deparar-se com a dimensão daquilo.

– Duvido que você vá ver – avisou Tanner, observando as braçadas entusiasmadas e ineficientes de Shekel –, mas vamos tentar chegar perto, tudo bem?

O mar o lambia. Expandiu-se ali, desenrolou seus membros extras. Imergiu na água que escurecia rápida e sentiu-se emoldurado pelas frias luzes dos lagostins.

Tanner respirou água, e nadou alguns metros abaixo de Shekel, observando o progresso do garoto. Pensou sentir algo que vibrava no mar. Tinha se tornado sensível aos pequenos tremores do oceano. *Deve ser o cabo*, pensou, *ainda baixando o submersível. Deve ser isso*. Quase cem metros abaixo deles, as corpulentas pernas de treliça da *Sorgo* elevavam-se na água. O sol havia se posto atrás da sonda, e o metal entrançado de suas escoras e grua parecia suturas negras sobre o céu.

– Não vamos chegar perto demais – avisou Tanner mais uma vez, porém Shekel não prestava atenção.

– Veja! – crocitou, e indicou a Tanner, perdendo impulso e afundando de repente. Voltou rindo à superfície, e apontou outra vez para a extremidade distante do *Bambinho.* Podiam ver o espesso cabo, teso e rígido, descendo mar adentro.

– Fora daí, Shekel – avisou Tanner. – Nem um pouco mais perto.

O cabo penetrava a água como agulha.

– Shekel – falou Tanner, com firmeza, e o garoto voltou-se, cuspindo água. – Já chega. Vamos ver o que dá enquanto ainda tem um pouquinho de luz.

Tanner alcançou Shekel e afundou abaixo dele, olhando para cima enquanto o garoto punha os óculos de natação, enchia os pulmões de ar e se projetava para o fundo, segurando a mão de Tanner.

Os contornos da cidade erguiam-se ameaçadores como nuvens de borrasca. Tanner contava em silêncio, calculando que Shekel aguentaria vinte segundos sem ar. Perscrutou o ocaso perene do Oceano Oculto, ainda vigiando a haste do cabo.

Quando deu uma guinada para cima e empurrou o garoto em direção ao ar, Shekel sorria.

– Caralho! É brilhante, Tanner – disse, e tossiu ao engolir água salgada. – Vamos outra vez!

Tanner o levou mais para o fundo. Os segundos passavam lentos, e Shekel não aparentava desconforto.

Encontravam-se a três metros de profundidade, próximos do aclive encrostado do *Bambinho*. Um bordão de luar jogou-se no oceano, e Shekel apontou. A mais ou menos quinze metros, o cabo do batiscafo ficara visível por um momento.

Tanner assentiu, mas voltou a cabeça para o negror coagulado abaixo do navio-fábrica. Ouvira um ruído.

Tá na hora de subir, pensou, e virou-se para Shekel. Tocou o garoto, apontou para cima, e estendeu as mãos. Shekel sorriu, separando os lábios e mostrando os dentes, mesmo enquanto o ar escapava de sua boca.

Viu-se um súbito jato de água borbulhante, e algo sinuoso e muito veloz disparou para dentro e para fora da vista de Tanner. Apareceu e desapareceu em rápida sucessão, como peixe vindo alimentar-se. Tanner piscou, atordoado. Shekel ainda o encarava, e sua expressão foi se perturbando. O garoto franziu o cenho e abriu a boca como se falasse. Com barulhenta regurgitação, soltou todo o ar em seus pulmões.

Tanner sentiu um espasmo de choque e estendeu os braços. Viu algo seguir as bolhas que irrompiam de Shekel e lançar-se obscuramente para o alto. Por um instante, Tanner pensou que fosse vômito, mas era sangue.

Ainda com expressão confusa, Shekel começou a afundar. Tanner agarrou-se a ele, puxando-o com os tentáculos, patinando até a superfície, a mente cheia de estilhaços de som e de sangue expelido ferozmente, não apenas da boca de Shekel, mas também do enorme ferimento em suas costas.

A superfície parecia tão distante.

Somente uma palavra ressoava na mente de Tanner. *Não não não* não não *não* não *não* no *não não* não.

Berrava aquilo sem emitir som, as ventosas de seus braços pólipos coladas à pele de Shekel, empurrando-o freneticamente na direção do ar. Formas indistintas dardejavam em volta de Tanner, para fora e para dentro de sombras, maléficas e predadoras como barracudas, dobrando-se e oscilando para todos os lados, com facilidade píscea que o fazia sentir-se desajeitado e pesado, esforçando-se por carregar o garoto, fugindo do mar. Era intruso, perturbado e tentando escapar, intimidado por verdadeiras coisas marinhas. Seu corpo Refeito tornou-se de repente uma piada terrível, enquanto gritava e debatia-se sob seu fardo, lutando contra o mar que agora se tornava antagônico.

Gritava quando irrompeu na superfície. O rosto de Shekel surgiu diante dele, retorcido, vazando pela boca água salgada e sangue, emitindo leves ruídos.

– *Socorro!* – berrou Tanner Sack. – *Socorro!* – Mas ninguém o escutou. Prendeu suas ridículas ventosas ao costado do *Bambinho*, e tentou arrastar-se para fora da água.

– *Socorro*!

– Tem algo errado! *Tem algo errado!*

Durante horas, os trabalhadores no convés do *Bambinho* haviam cuidado das grandes bombas a vapor que enviavam ar para o *Cnetóforo*, e tinham ficado de prontidão para içá-lo de volta. Um a um, haviam entrado numa espécie de torpor. Não perceberam nada até que a mulher-cacto que lubrificava o cabo de segurança começasse a exclamar.

– *Tem algo errado, porra!* – berrou, e todos vieram correndo, em pânico.

Viram o cabo, e seus corações martelaram. O grande cabrestante – cuja trela se encontrava quase toda estendida – tremia com violência, sacolejando contra o convés, fazendo vibrarem os parafusos que o prendiam. O cabo começou a zunir, passando veloz como chicotada para além da trava.

– *Icem* o batiscafo – gritou alguém, e as tripulações acorreram à enorme cábrea. Ouviu-se um estalido e o barulho de engrenagens soltas. Pistões esmurraram uns aos outros como boxeadores, e os dentes da máquina morderam firmes e tentaram girar, mas o cabo revidou. Estava tão retesado quanto uma corda de harpa.

– Tirem eles de *lá* – alguém gritou inutilmente. Então, com odioso lamento, o gigantesco guincho entortou para trás sobre a base, de maneira brutal. O motor fumava e bufava, e se queixava infantilmente à medida que suas entranhas passavam a rodopiar livres. Seu complexo de catracas e volantes converteu-se em borrão, girando tão veloz que se via turvo como aparição.

– Está solto! – relatou a mulher-cacto, causando vivas histéricos. – Já vem subindo.

Porém, o batiscafo não fora projetado para ascender tão rápido.

A roda da cábrea azafamou-se em pressa ridícula, içando o cabo com velocidade estonteante. As engrenagens exalaram o fedor seco de metal ardente, e aqueceram-se até ficarem vermelhas enquanto zumbiam.

Foram necessárias três horas para enviar o *Cnetóforo* ao fundo. O disco de cabo rebobinado agora aumentava tão célere que era possível vê-lo crescer, e todos souberam que não demoraria mais de um minuto para que se enrolasse por completo.

– Está subindo rápido demais! Saiam do caminho!

Uma névoa de água salgada ebuliu no ponto em que o grosso e tenso cabo foi arrancado do mar. Fendeu a água. Onde se encostava à amurada do *Bambinho*, abriu um profundo sulco no metal, uivando em meio a uma chuvarada de faíscas.

Engenheiros e estivadores despacharam-se para fugir do maquinário que lutava como um homem aterrorizado, aferrado aos parafusos que lhe restavam.

Tanner Sack içou-se até o convés do *Bambinho*, arrastando com ele a encharcada figura de Shekel, que já começava a esfriar.

– *Socorro*! – gritou outra vez. Outra vez ninguém ouviu uma palavra.

(Nos limites de Queda Seca, o Brucolaco debruçava-se sobre a amurada do *Croc*, observando o mar atentamente. Uma cabeça redonda e cheia de dentes emergiu diante dele, emoldurada por ondulações, assentiu uma vez e desapareceu. O Brucolaco voltou-se para seus tenentes, atrás dele no convés.

– Chegou a hora – disse.)

Deixando atrás de si um suntuoso penacho de água, a ponta do cabo prorrompeu do mar. Descreveu um arco sobre o cabrestante giratório. Tinha a extremidade esfarrapada onde havia se rompido e libertado o submersível.

Os trabalhadores do *Bambinho* observaram, horrorizados.

A ponta desfiada do cabo golpeou o convés com ruído cataclísmico, deixando uma longa faixa de madeira estilhaçada e cavacos de metal. A roda continuou girando, e a ponta do cabo lapeou em torno dela e vergastou o navio por vezes sem conta.

– Desliguem isso! – berrou o supervisor, mas ninguém o escutou por causa do açoitamento, e ninguém pôde se aproximar. O motor manteve girando a grande roda, flagelando o *Bambinho*, até que a caldeira explodisse.

Quando explodiu, e borrifou o navio-fábrica com detritos candentes, houve um instante de imobilidade e choque. Então o *Bambinho* adernou outra vez, sob chamas e explosões internas.

Alarmes soaram por toda a cidade.

Capatazia e cactáceos armados, de Aquabelone e Jhour, tomavam posições nas naus em volta do *Bambinho*, que cintilava e estourava à medida que se expandia a grande fogueira em seu convés. As tripulações escapavam frenéticas, sobre as pontes de cordas, até o interior da cidade. O *Bambinho* era imenso, e um fluxo constante de homens e mulheres surgiu das entranhas do navio, correndo em meio à fumaça para longe de suas ruínas.

Engastada em negro contra as chamas, pôde-se ver uma silhueta cambaleando vagarosa em trajetória incerta até uma ponte. Curvava-se sob um fardo que pendia e respingava. Sua boca estava bem aberta, mas não se escutava o que dizia.

– Todos sabem o que fazer? – sussurrou o Brucolaco, lacônico. – Vão.

Rápido demais para que o olhar acompanhasse com facilidade, um enxame de figuras espalhou-se a partir do *Uroc*.

Correram como símios, balançando com velocidade tranquila sobre telhados e cordames, em absoluto silêncio. A obscura guarnição dividiu-se em forças menores.

– Solameno e Larcão não irão ajudar ou estorvar – o Brucolaco havia-lhes dito. – Dynich é jovem e nervoso. Vai esperar para ver em que direção o vento sopra. Arenqueiro é o único outro distrito com que temos de nos preocupar. E há um modo rápido de tirá-lo do jogo.

Um pequeno grupo de vampirs seguiu seu insólito caminho até Arenqueiro, até o *Therianthropus* e o Salão do Açafate, até a corte do General. A força principal trotou e saltou à popa, alongando os braços e pernas, febril e animada, rumo a Aquabelone.

Atrás dela, a passo enérgico, mas sem se apressar nem se esconder, vinha o Brucolaco.

Havia algo no *Bambinho.* Os homens e mulheres que tinham escapado e se lançado aos navios circundantes arfavam para recuperar o fôlego e berravam alertas.

Algo rompera o casco do navio, nas cobertas mais baixas, e abrira um túnel através do metal. Enquanto o cabrestante girava e vergastava o convés com o cabo amputado do *Cnetóforo,* coisas haviam emergido dos porões escondidos e atacado os que estavam na ponte, nas caldeiras e nas salas de máquinas, e destruído o navio.

Coisas difíceis de descrever – foram mencionados dentes rilhadores, parecidos com lápides afiadas, e vastos olhos cadavéricos.

O convés do *Grande Oriental* encontrava-se quase vazio, atravessado apenas ocasionalmente por algum servo ou burocrata atarefado. A capatazia vigiava os locais de entrada, onde pontes ascendiam ao convés – não permitiria que o caos se espalhasse até a nau capitânia. As multidões se aproximaram da violência tanto quanto puderam, sobre telhados, sacadas e blocos de apartamentos, apinhando as naus que cercavam o *Bambinho.* Afluíram como ondas. Aeróstatos chegaram perto das correntes de ar que se elevavam, sopradas pelo incêndio.

Abandonada na sala à popa do *Grande Oriental,* Bellis assistiu horrorizada à crise tomar forma.

Johannes se foi, pensou, fitando o que sobrara do cabrestante destroçado.

Ele se fora – e ela não encontrava palavras para definir o próprio sentimento de perda, bizarro, chocante e mudo.

Viu lá embaixo as traineiras vizinhas do *Bambinho*. Os conveses estavam repletos de feridos, homens e mulheres aterrorizados, carregados para longe do fogo.

Num deles, Bellis viu Uther Doul. Ele berrava ordens, não desperdiçava movimentos, seus olhos dardejavam sem parar.

O incêndio no *Bambinho* começava a acalmar-se, embora os armadenses não conseguissem apagá-lo.

Bellis segurou-se no parapeito da janela. Pôde ver as sombras que passeavam pelas janelas do navio-fábrica. Pôde ver coisas lá dentro.

Piratas armados chegavam de todas as partes da cidade. Tomavam posições, verificavam armas, e agrupavam-se ao lado das pontes que levavam ao *Bambinho*.

Algo se arrojou da ponte suja de fumaça do navio-fábrica: um jato de perturbação, que curvou o ar lançar-se. Atingiu o mastro de madeira de uma escuna, logo adiante do *Bambinho*.

Partículas agitadas enroscaram-se no mastro e o saturaram. Ao que Bellis emitiu um som atônito. O mastro *derretia* como cera. O grande pilar de madeira curvava-se como cobra, sua substância deslizava sobre si mesma, espumava, desmanchava-se em baba, expectorava-se para dentro e para fora da existência, deixando no ar uma efervescência, realidade vesicular atrás da qual Bellis entreviu completo vácuo. Dobras de madeira desnaturada escorriam como resíduos tóxicos sobre o convés abarrotado.

Uther Doul apontava com a espada, ordenando a um grupo de cactáceos que trouxessem suas arcosserras e as direcionassem para as janelas do *Bambinho*, quando um coro de gritos se elevou *afastando-se* do navio-fábrica, fora da vista de Bellis. Ela viu mudar o foco de atenção dos homens e mulheres abaixo, notou a expressão de horror e de perplexidade que se transmitia entre eles como um vírus.

Algo se aproximava da proa da cidade, rumando diretamente para os piratas reunidos, algo que Bellis ainda não conseguia ver. Viu os grupos armados se dividirem. Alguns se voltaram para enfrentar a nova ameaça, o terror estampado neles. Bellis correu para fora da sala e subiu ao convés, para assistir.

O *Grande Oriental* era todo confusão. Patrulhas nervosas ainda guardavam as pontes, incertas de suas ordens, observando desesperadas a tempestade de flechas e canhões que assaltava o *Bambinho*. Piratas saíam do *Grande Oriental* para juntar-se aos camaradas.

Bellis correu até a beira do convés, além da ponte, oculta pela escuridão do bloco elevado. Encontrava-se na altura dos telhados de Armada. Tentou divisar o que acontecia na cidade.

Artilharia abatia-se sobre o *Bambinho*, e sobre qualquer coisa que ele contivesse. O inimigo invisível desfechou mais de seus bizarros e letais golpes taumatúrgicos, como fogos de artifício, dissolvendo a matéria das naus circundantes e atacando os armadenses. No entanto, além dos navios vizinhos, Bellis pôde ver uma segunda frente, indistinta, espalhando-se pela cidade. Viu ataques caóticos e indisciplinados, ouviu o *staccato* irregular de armas de fogo.

Os novos atacantes aproximavam-se do estreito amontoado de barcos lá embaixo, onde a maior parte da capatazia de Aquabelone estivera aguardando para retomar o *Bambinho*. Bellis pôde ver, de súbito, quem havia lançado o segundo ataque a partir do interior da cidade. As forças de Aquabelone viam-se encurraladas e sitiadas pelos vampirs de Queda Seca.

Bellis perscrutou à sua volta, com a mão sobre a boca, respirando com dificuldade. Não entendia o que presenciava – trégua rompida, talvez vingança? Motim, pelas mãos do Brucolaco.

Não conseguia fixar os olhos nos vampirs. Moviam-se como pesadelos, congregavam-se e pulverizavam-se, retornavam à formação. Corriam em velocidade bestial.

Pousavam com graça terrível em becos sem saída, onde apenas cinco ou seis guerreiros armados os podiam atacar de cada vez, e os eliminavam com aterrorizante ferocidade, perfurando gargantas com unhas duras como ossos, brutalizando os inimigos com seus dentes predadores até que seus queixos se tingissem de vermelho. Salivavam e rosnavam, sedentos de sangue, e sumiam, saltando sobre corpos caídos até outro bloco de concreto, ponte, torre de canhões ou ruína. Sibilando como lagartos, desapareciam de vista.

Bellis não sabia determinar quantos eram. Para onde olhasse, parecia haver combates, mas conseguia enxergar com clareza apenas as tropas de Aquabelone.

Uther Doul, ela percebeu, voltara sua atenção para os vampirs. Viu-o empurrar pessoas para fora do caminho e acorrer de volta ao convés do *Grande Oriental*, para observar de cima as zonas de batalha. Deu meia-volta e bradou ordens, direcionou reforços às várias frentes. Então se lançou rumo à popa de um velho trimarã de guerra, ao lado do *Grande Oriental*, emporcalhado de casas de tijolos, onde, atrás de um matagal de trapos estendidos para secar, Bellis vislumbrou um embate brutal.

Aconteceu apenas a cinquenta metros de onde se encontrava, e ela ainda conseguia ver Doul. Viu-o deslizar sobre o acentuado declive de uma ponte e tocar a Espada Possível, que, enquanto ele corria, tremeluziu e converteu-se em mil espadas-fantasmas. Observou-o desaparecer, como se engolido, atrás de um lençol enfunado. O lençol drapejava e estalava ao vento e, para além dele, ouviu-se uma série de ruídos súbitos.

No branco imaculado da peça surgiu, vinda de trás, uma faixa vermelha.

O lençol adejou um par de vezes, como se ferido, e então se rasgou quando um corpo em queda de morte agarrou-se a ele e o tingiu com mais sangue, torcendo-o em mortalha improvisada e revelando a cena além: Doul em pé, entre uma multidão de feridos que aplaudia e chutava o cadáver enfaixado do vampir.

Seu triunfo foi breve. Energia taumatúrgica foi expelida como gordura fervente, desde o *Bambinho*. Madeira e metal à volta dos homens e mulheres começaram a vergar e escorrer. Uther Doul apontou com a espada que gotejava rubra, ordenando a retirada dos exaustos combatentes.

O vampir que deixaram para trás não foi o único a tombar. Bellis não conseguiu ver a maior parte da batalha – seu panorama era interrompido por ruas pavimentadas, canteiros de obras, guindastes e alamedas de árvores raquíticas, mas pensou ter visto, aqui e ali, outros vampirs sucumbirem. Eram terrivelmente velozes e fortes, e deixaram uma trilha de corpos perfurados, ensanguentados e mortos. Porém, seu número era muitíssimo inferior.

Utilizavam como aliados as sombras e a arquitetura, mas não podiam evitar todo o dilúvio de projéteis e espadas que os seguia. E, embora aqueles ferimentos pudessem não matá-los como matariam homens e mulheres comuns, os machucavam e retardavam. Era inevitável que houvesse lugares em que um bando de piratas apavorados cercava uma das figuras agachadas e rosnadoras e arrancava-lhe a cabeça dos ombros, ou a brutalizava tão impiedosamente que destruía ossos e entranhas, anulando até mesmo a capacidade de regeneração sobrenatural dos vampirs.

Sozinhos, os vampirs terminariam derrotados, mas grande parte da força de Aquabelone encontrava-se empenhada contra o inimigo invisível a bordo do *Bambinho*.

Barcos pequenos e baixos zarparam, medindo não mais que doze metros e equipados com canhões e lança-chamas. Singraram a pequena baía, rumo ao navio-fábrica, para cercá-lo, dar cobertura a seus flancos expostos.

Porém, do mar à volta do *Bambinho*, silhuetas emergiam.

O mar estava iluminado pelos clarões de incêndios e artilharia e, através de alguns metros de água salgada, Bellis distinguiu os contornos das coisas lá embaixo. Corpos inchados que bamboleavam como sacos de carne podre; olhinhos suínos e malignos; nadadeiras curtas e degeneradas. Sulcando-lhes de um lado a outro, havia bocas cravejadas de dentes irregulares, cartilagens translúcidas com dois palmos de comprimento.

Subiam fugazes à superfície. *O que, em nome de Falastrão, são esses bichos?*, pensou Bellis, tonta. *Como o Brucolaco consegue controlá-los? O que ele fez*? Os homens que delas se aproximavam disparavam salvas de projéteis, e as criaturas desapareciam novamente.

Porém, quando os barquinhos se aproximaram, e os marujos a bordo se inclinaram para fazer pontaria outra vez, houve um rápido espasmo orgânico e caíram ao mar, atordoados e chocados. Em meio a influxos de água e rápidas cintilações de dentes, foram puxados para o fundo.

Armada rasgava-se ao meio. Bellis viu o brilho de chamas onde Queda Seca se encontrava com Aquabelone, e ouviu disparos de canhões. Uma turba de humanos se aproximava, e aconteciam lutas fugidias entre ela e os marinheiros de Aquabelone. Agora, já não se tratava apenas da cidade contra os vampirs – à medida que se espalhavam notícias da rebelião, aqueles que se opunham ao plano dos Amantes saíam para lutar. Hotchis abalroavam humanos com seus espinhos; cactáceos arremessavam seus grandes corpos uns contra os outros em sórdido combate.

Não havia estrutura naquela guerra A cidade ardia. Dirigíveis abalavam-se no céu em pânico desajeitado. Acima de tudo elevava-se o *Grande Oriental.* Seu metal escuro ainda estava vazio e silencioso, ainda deserto.

Bellis deu-se conta, morosamente, de quanto era bizarra a situação. Fitou o trirreme abaixo dela. A ponte de corda que o ligava ao *Grande Oriental* fora cortada, assim como outra, mais adiante.

Encostou-se com cuidado na parede, avançou centímetro a centímetro e espiou, entre as mais negras sombras, o convés principal. Três figuras indistintas moviam-se com rapidez vampiresca, investindo contra as correntes e nós que fixavam as pontes ao navio. Partiram uma e a deixaram cair no mar, sua outra extremidade batendo-se contra o flanco do navio ao qual estava amarrada. Então, voejaram até outra e repetiram o processo.

O estômago de Bellis saltou. Os vampirs a isolavam, a confinavam ao navio junto com eles. Comprimiu-se contra a parede e não conseguiu se mover, como se presa por uma camada de gelo.

Numa velha traineira, sob beirais mofados, Uther Doul atravessava com sua lâmina o rosto de um homem. Deu as costas à coisa fendida e clamorosa que havia produzido e levantou a voz acima dos ruídos de violência.

– *Onde* – berrou – está o puto do Brucolaco?

Ao falar, encontrava-se de frente para o *Grande Oriental.* Deteve-se por um segundo diante das próprias palavras e olhou, de baixo, a amurada do vapor, na direção do convés invisível e dos quilômetros de corredores, onde havia deixado os Amantes em reunião de emergência com seus assessores científicos, e seus olhos se arregalaram.

– Com os diabos! – gritou, e saiu correndo.

Bellis ouviu uma voz.

Surgiu muito próxima dela, na quina da parede onde se encontrava paralisada, junto às portas da seção elevada. Ela prendeu o fôlego, seu coração gelado de medo.

– Vocês entendem? – ouviu. A voz era lacônica, ríspida e gutural. O Brucolaco. – Ele está em algum lugar *naquela* seção... não sei onde, exatamente, mas não tenho dúvidas de que consigam encontrá-lo.

– *Entendemos.* – Bellis fechou os olhos ao ouvir a medonha segunda voz. As palavras sussurradas soavam como ecos fortuitos em esgoto corrente. – *Vamos encontrá-lo* – continuou –, *tomar de volta o que foi roubado, e partiremos, e o avanc estará livre outra vez.*

– Bem, então serei rápido – disse o Brucolaco. – Ainda tenho de matar duas pessoas.

Passos recuaram. Bellis arriscou abrir os olhos e mover a cabeça muito ligeiramente, e viu o Brucolaco espreitar calmo e veloz rumo à seção elevada da superestrutura abaixo, onde ficavam as salas de reuniões do *Grande Oriental*.

Bellis ouviu a porta se abrir, bem a seu lado, e sons rápidos e molhados passando pelo umbral quando os invasores entraram.

Compreensão e espanto atingiram-na tão fortemente que cambaleou. Soube, trespassada por entendimento súbito, o que eram aqueles recém-chegados, e o que – quem – procuravam.

Tão longe...?, pensou, tonta. *Tão longe*? Mas não teve dúvidas.

Prendendo o fôlego para que sua aterrorizada hiperventilação não a traísse, Bellis olhou pelo canto da parede. Não se via ninguém.

Tentou, em desespero, pensar no que fazer. Ouviu um barulho de arrasto e uma série de gritos terríveis vindos das naus abaixo. Não pôde evitar um choro abafado ao ver o que havia feito a taumaturgia dos intrusos, o que agora acontecia aos homens e mulheres de Armada. Meneou a cabeça e gemeu, estupefata com a visão de sangue e de corpos desfigurados.

Outra irrupção de energia cruzou o ar, desde o *Bambinho*, e ira vívida assentou-se, muito de repente, nas entranhas de Bellis, fazendo-a estremecer. Seu medo permanecia, mas a raiva que surgia era muito mais forte.

Estava direcionada a Silas Fennec.

Seu filho da puta do caralho!, pensou. *Seu porco egoísta estúpido! Veja o que fez! Veja o que trouxe para cá*! Ela assistiu à carnificina, sem sujar de sangue as próprias mãos.

Tenho de impedir isso.

E, então, soube como.

Soube o que fora roubado, e soube onde encontrá-lo.

Enquanto os vampirs lutavam por romper as cordas, entranhadas pelo tempo, da última ponte do *Grande Oriental*, uma figura de espada na mão arremessou-se sobre as tábuas acima. Os vampirs recuaram surpresos, e tentaram sacar as armas.

Uther Doul chegou ao convés. A vampir mais próxima dele ergueu uma pistola e apontou-lhe, dardejando a língua e rosnando, presas estendidas como as de uma serpente. Doul a decapitou, com uma espécie de desprezo.

Os dois companheiros dela viram o tamborilar de seus calcanhares sobre a madeira. Doul voltou-se para eles sem hesitação. Fugiram.

– *Onde* – berrou Uther Doul, atrás deles – *está o Brucolaco*?

Clamando a cada investida, Bellis golpeava a tranca com o castiçal que havia apanhado, brandindo-o com toda força. Apoiou-o na rachadura e puxou. A madeira lascou e rachou, mas a porta era espessa e bem construída. Passaram-se muitos e barulhentos minutos até que a tranca cedesse. Bellis bradou de triunfo quando a porta se abriu de um golpe, sangrando lascas.

Escancarou os armários de Doul e remexeu sob a cama dele, chutando tábuas do piso, procurando pela estátua. Não estava na estante de armas, ou próxima do instrumento esquisito que ele dissera ser um artefato Espectral. Minutos se passaram e a mantiveram em agonia, imaginando o massacre que continuava lá fora.

Bellis encontrou a estátua de repente, embrulhada num pano, no fundo de um cilindro em que Doul guardava flechas e dardos. Com súbito medo reverente, aconchegou o pesado objeto enquanto se apressava pelos corredores vazios do Grande Oriental, definindo sua rota, lembrando-se de onde estivera aprisionada, procurando pela ala segura do velho navio, parecendo-se bastante com alguém que segurasse um bebê.

Os Amantes estavam numa sala de reuniões, em companhia de todos os assessores que tinham conseguido encontrar. Ainda não se passara uma hora desde o início da luta.

O Amante vociferava inutilmente para os assustados cientistas, dizendo-lhes que Aum e Tearfly estavam *mortos*, que havia algo *fazendo a cidade em pedaços*, que eles tinham de saber o que *era*, e *combatê-lo*. A porta abriu-se de impulso, então. A tranca fora desintegrada.

Em meio ao espantado silêncio, todos na sala voltaram-se para ver o Brucolaco.

Ele parou à porta, respirando com dificuldade, mandíbulas bem abertas e dentes sinistros. Provou o ar com a língua de serpente e lançou seu olhar amarelo sobre os ali reunidos. Fez um gesto amplo e rápido com os braços, abrangendo todos na sala, com exceção dos Amantes.

– Saiam – sussurrou.

O êxodo levou apenas alguns segundos, e os Amantes e o Brucolaco foram deixados a sós.

Assistiram ao vampir espreitar na direção deles. Não tiveram medo, mas cautela.

– Isso acaba – sussurrou ele – agora.

Sem dizer nada, os Amantes afastaram-se lentos um do outro, tornando-se dois alvos. Ambos haviam sacado pistolas, em silêncio. O Brucolaco assegurou-se de que não pudessem passar por ele até a porta.

– Não desejo governar – disse, em tom carregado do que parecia genuíno desespero –, mas isso termina agora. Isso não é um plano, é uma insanidade do caralho. Não permitirei que destruam a cidade. – Arreganhou os lábios, agachou-se para saltar. Os Amantes apontaram-lhe as armas, sabendo que seriam inúteis. Tocaram um ligeiro olhar, mas retornaram rápidos ao Brucolaco, que estava pronto para eliminá-los.

– *Para trás.*

Era Uther Doul. Parado à porta, a espada branca como osso cintilando em sua mão.

O Brucolaco não se voltou. Seu olhar não abandonou os Amantes.

– Sei de uma coisa sobre você, Uther Doul. Pelo menos uma. Armada é seu lar, e precisa dela. E sei que, apesar de suas asneiras pomposas sobre *lealdade* – sua voz tornou-se muito severa por um instante –, a cidade é a única coisa que não poderá trair. E você sabe que *eles* irão destruí-la.

Esperou, como se por uma resposta.

– Para trás – foi tudo o que Doul disse.

– Se a porra da Cicatriz *existir* – sussurrou o Brucolaco, ainda sem se voltar –, se eles nos levarem para lá, e, se por algum milagre dos putos deuses sobrevivermos, ainda assim nos destruirão. Não somos uma força expedicionária, não estamos numa porra de *missão*. Esta é uma cidade, Uther. Vivemos, compramos, roubamos, trocamos. Somos um *porto*. Nossa razão de ser não é *aventura*.

Voltou-se e encarou Uther Doul com olhos cáusticos.

– Você sabe disso. Por isso veio para cá. Com os diabos, Uther. Porque estava cansado de *aventuras*. Usemos alguma racionalidade... Não precisamos do monstro, não precisamos arrastar nossos rabos mundo afora, nunca precisamos. A questão não é que algum escroto tenha construído, há séculos, aquelas correntes; a questão é que foram deixadas *vazias*. E, se sobrevivermos a essa loucura, enquanto estivermos atrelados ao filho da puta do avanc, esses dois continuarão a nos foder, nos levarão em outra viagem, e mais outra, até que estejamos todos mortos. Essa não é nossa lógica, Doul, não é assim que Armada funciona. Não foi por isso que viemos para cá. Não deixarei que eles destruam tudo o que temos.

– Brucolaco – disse Doul –, a decisão não é sua.

Devagar, os olhos do vampir arregalaram-se, e linhas cruéis se formaram em seu rosto.

– Deuses... Você sabe que estou certo, Uther, não sabe? Caralho! Posso ver em você. O que pensa que está fazendo? – sibilou. – O que planeja?

– Entemorto – Doul falou com suavidade –, para trás, *agora*.

– Você acha mesmo, Entevivo Doul? – o Brucolaco sussurrou. Sua voz estava áspera devido à ira reprimida. Longos fios de saliva pendiam de seus dentes alongados. Os ossos das mãos estalaram quando cerrou os punhos. – Você acha mesmo? Você é um ótimo soldado, Entevivo Doul. Já o vi lutar. Já lutei *a seu lado*... Mas tenho mais de três séculos de idade, Doul. Você elimina alguns de meus tenentes e acha que pode enfrentar *a mim*? Deixei mortos ao longo do caminho até esta cidade antes de você nascer. Conquistei meu distrito com guerra e fogo. Massacrei coisas que nenhum entevivo jamais viu. Sou o Brucolaco, e sua espada não irá salvá-lo. Acha que pode me *enfrentar*?

Os corredores do *Grande Oriental* se encontravam vazios por completo. Bellis serpeou pelas passagens e desceu por escadarias até a prisão. Seus passos retornavam-lhe sob a forma de ecos.

Até mesmo o vestíbulo em que Fennec estava preso mostrava-se deserto. Os guardas haviam sido convocados para defender Aquabelone, como todos os outros. Aquela fora a barganha, Bellis entendeu de repente, o trato. Aqueles corredores vazios foram o que o Brucolaco entregou aos invasores.

Apenas os dois taumaturgos no lado de fora da cela de Fennec haviam permanecido, e estavam mortos. Sangue ainda escorria pelo chão quando Bellis se aproximou dos cadáveres. O homem estivera tentando algum feitiço, e pequenos arcos de energia crepitavam e se dissipavam, como estática, de seus dedos cujos nervos sofriam espasmos de morte. A mulher estava próxima dele, braços e pernas abertos, rasgada.

Bellis agia de forma desastrada em razão do medo que se elevou dentro dela, como vômito. Demorou-se diante da cela, parada sobre o sangue, a mão pousada para abrir a porta, impedida pelo terror. Lutou contra si mesma, totalmente insegura do que fazer.

Apenas jogue a coisa ali dentro, disse uma parte dela, *deixe à porta, apenas* corra, *saia daqui*. No mesmo segundo, ouviu-se um grito dentro da sala, de pânico medonho, transbordante de terror. Bellis o ecoou, escancarou a porta e entrou.

– *Está aqui!* – berrou, rasgando o pano que envolvia a odiosa estátua e a segurando como se fosse uma oferenda. – *Parem, ela está comigo, peguem-na, podem pegá-la e partir!*

No lado distante do quarto, separado dela pelas barras, Silas Fennec rastejava para trás, gritando outra vez, encolhendo-se em direção a um canto da cela. Nem mesmo olhou para Bellis. Bracejava como criança, fitando com terror estupefato aqueles que tinham vindo buscá-lo.

Com horrível lentidão, virando a cabeça em meio ao ar denso, Bellis seguiu a linha de visão de Silas e, com um espasmo de choque frio que a fez cambalear, viu os grendelos.

Havia três. Encaravam-na.

Mandíbulas prognatas, dentes abaulados fixos em caretas incongruentes, olhos enormes, negros e sem pálpebras. Os braços e peitos eram humanoides, músculos rígidos e protuberantes, pele retesada, verde-cinza e negra, brilhante de muco. E, estreitando-se à cintura, os corpos dos grendelos alongavam-se como os de imensas enguias, caudas achatadas várias vezes mais longas que seus torsos.

Os grendelos nadavam no ar. Adejavam, enviando rápidas curvas sinuosas ao longo das caudas estendidas, oscilando liquidamente. Moviam os braços em danças aleatórias, semelhantes a mergulhadores que tentassem controlar a flutuação, crispando e relaxando as garras membranosas.

Permaneciam em quietude absoluta. Mesmo com seus rostos repelentes voltados para ela, Bellis estava seduzida pelos movimentos lânguidos, constantes e silenciosos. Seus corpos pairavam à altura dela e as caudas tremulavam no ar, suspendendo-os acima do chão.

Um deles trazia o pescoço adornado com uma quantidade de colares, de pedra e osso. Estava rajado de sangue humano.

Ah, deuses, ah, Falastrão, olhem para vocês, pensou Bellis numa espécie de entoação frenética. *Olhem para vocês, vieram de longe pra caralho...*

Os grendelos aguardavam.

– Aqui... – disse Bellis, esganiçada de medo. Estendeu-lhes a estatueta, segurando-a com cuidado, temerosa de que lhe escapasse das mãos que tremiam descontroladamente. – Aqui está, para vocês – sussurrou –, eu a trouxe. Podem ir, agora. Podem ir.

Frios e mudos como peixes abissais, os grendelos apenas a observaram, batendo as caudas.

– Por favor, tomem – ela disse. – Por favor, eu trouxe o que foi roubado de vocês. Tomem... e podem partir. De volta para Os Gengris. – *Deixem-nos em paz,* implorou em pensamento. *Deixem-nos.* A estátua pesava-lhe nas mãos estendidas.

Com rápido lampejo de cauda, o grendelo dos colares nadou através do ar, para perto dela, o suficiente para tocá-la. Bellis retraiu-se violentamente quando Silas gritou-lhe: *Bellis, fuja*!

O grendelo torceu a cabeça e a olhou, inquisitivo. O sangue que o manchava corria em todas as direções sobre sua pele, contra a gravidade. Com um lânguido bocejo, abriu a bocarra.

Bellis retraiu-se outra vez, e deixou escapar um grito.

Porém, de dentro da garganta da criatura, veio uma tosse profunda e arfante. Gotículas do sangue em seus dentes respingaram a estátua que Bellis segurava. Outra tosse, e mais outra, em ritmo cuidadoso: *ru... ru... ru.*

O grendelo ria.

Horrível e incompetente paródia de riso humano.

O grendelo a encarou, sem pestanejar, enquanto ela baixava as mãos frementes. Bateu os dentes com ruído pétreo, e abriu de novo a boca. Mantendo-a assim, sua garganta flexionou-se com a precisão de lábios humanos, e falou.

– *Você pensa isso?* – sussurrou a voz, sem nuance ou entonação. – *Você mulher pensa que isso foi roubado? Por isso, você mulher pensa que atravessamos um mundo? Nós irmãos percorremos desde o frio escuro do lago, desde as torres de pábulo e dos tonéis, do palácio das algas, de Os Gengris. Rastreamos esse lugar por dois quatro oito muitas mil milhas. Cansados e famintos e muito furiosos. Muitos meses. Nós irmãos paramos e esperamos sob seu lugar, e caçamos, e por fim ouvimos palavras, sempre procurando por esse homem. Esse salteador, ladrão. Por isso?*

O grendelo passou a balançar-se para a frente e para trás diante de Bellis, observando-a, ainda apontando para o bibelô.

– *Por isso você pensa que viemos? A coisa de pedra? Nossa barbatana mágica? Como primitivos, você pensa, nos rebaixamos a deuses esculpidos em rocha? A sortilégios dentro de quinquilharias?*

O grendelo investiu. Bellis arfou e retraiu as mãos, largando a estátua como se fervesse. A criatura a pegou antes que começasse a cair. Sopesou a figura de pedra, e a ergueu à altura do rosto. Acariciou-lhe a face com a filigrana de pele.

– *Há essência aqui, mas ainda assim, por isso?* – A garganta resfolegou. – *Pensa que somos crianças, nós irmãos, para cruzarmos o mundo em busca de um brinquedo pujante?*

Com amplo, exagerado e vagaroso gesto, o grendelo descreveu com o braço um grande arco, fazendo girar o bibelô pelo ar em lance dramático e petulante, e o soltando. Por certo, voou muito rápido, mas Bellis pode vê-lo rodopiar na direção das barras. Seus braços encolhidos em torno da cauda enrolada, esculpidos de maneira primorosa e desagradável, sua boca asquerosa franzida e pronta, seu único olho cintilando para ela com frio humor.

O bibelô atingiu o ferro com um ruído maciço, e se quebrou.

Espalharam-se fragmentos, e frias gotas de algo semelhante a óleo.

Bellis ficou atordoada. Viu as partículas assentarem-se, e sentiu que algo no éter ressoava e se apagava.

No meio do piso, cercada por poeira de rocha e resíduo gelatinoso, via-se uma tira de carne. A barbatana mágica, parecendo um filé encarquilhado e podre.

Os grendelos a ignoraram e adejaram as caudas. Aproximaram-se de Silas Fennec, atrás das grades.

– *Encontramos o que nos foi roubado* – sussurrou um deles. Ao que se moveu com estranha violência, debatendo-se como se o ar lhe resistisse e, levantando os braços, entortou as barras como se fossem algas, separando-as de modo que pareceram a ponto de partir-se em caules fibrosos. Porém reagiram, escorreram, se tornaram sólidas e eretas mais uma vez, após o grendelo tê-las atravessado.

Pairou bastante imóvel sobre Silas Fennec, que se contorceu sob sua sombra.

Bellis não conseguia assistir à degradação de Fennec, vê-lo desnudado daquela maneira. Jamais imaginara que ele pudesse demonstrar tanto medo.

– *Temos o que foi tomado* – murmurou o líder. Ergueu os dedos afiados como facas, e apunhalou. Bellis abriu os olhos outra vez, quando não ouviu gritos ou ruídos molhados, e viu que a criatura remexera nos trapos jogados ao chão como peles descascadas, e deles havia extraído o caderno de Fennec.

Bellis recordava-se bem: encadernado em negro e espesso, inchado de papéis anexos. Lembrou-se das resmas de anotações nebulosas, heliótipos e esboços grosseiros, rabiscos, perguntas e lembretes.

O grendelo folheou devagar as páginas. De quando em quando se virava e levava uma página para junto das barras, mostrando a Bellis o que para ela nada dizia.

– *Tonéis de salpa. Fazendas de armas. O castelo. Nossa anatomia. Um índice toponímico da segunda cidade. E veja aqui* – disse, com triunfo opaco –, *mapas costeiros. As montanhas entre o oceano e o Mar da Garra Fria. Nossas posições. Onde se localizam as fissuras, onde as rochas são mais fracas.* – Algo se agitou na mente de Bellis: estágios iniciais de compreensão.

– *Você teria dito aos seus mestres onde melhor poderiam escavar, salteador?* – perguntou o líder. Agarrado ao coto de seu braço, Fennec tentou afastar-se ainda mais.

Bellis podia ver a página que o grendelo abrira. Já a havia visto, em seu quarto e no Parque Croom, meses antes. Esboços rudimentares que representavam máquinas, linhas de força em vermelho e estrias de formações rochosas, hachuradas em nanquim. As posições secretas de Os Gengris no Mar da Garra Fria; os antemuros e defesas; as armadilhas.

Entendimento fluía por Bellis como água fria. Lembrou-se das conversas que tivera com Silas, logo quando se tornaram íntimos. Lembrou-se das histórias, dos contos extraordinários das viagens dele. Lembrou-se do que ele dissera.

Se você conseguir atravessar as Garras Frias, alcançar as ilhas e as praias longínquas, se puder caminhar por quilômetros e quilômetros de geografia torturante, até Hinter e as Minas dos Rompejoões, até os famintos parceiros comerciais e as intocadas vastidões de recursos, então estará feita. Porém, a maioria não consegue, porque a rota é terrível; porque não se pode chegar pelo sul, porque Os Gengris dominam a ponta meridional do Mar da Garra Fria, e não deixam forasteiros passarem.

Mas, e se fosse possível *chegar até lá pelo sul,* Bellis pensou, *em linha reta? Não em alguma caravana claudicante e toda fodida, derrubando como esporos, pelas montanhas e campinas, mercadorias, máquinas e homens, mas de navio. Se fosse possível navegar desde Nova Crobuzon, atravessando com segurança Os Gengris, direto para o norte?*

– Bons deuses – ela murmurou, e encarou Fennec. – Um canal. Estão planejando um canal.

Fazia muito sentido. A saliência rochosa entre a água doce do Mar da Garra Fria e a salgada do Oceano Bravio tinha apenas cinquenta ou sessenta quilômetros de largura em algumas áreas, e era enrugada de vales. Bellis imaginava o trabalho. Um projeto prodigioso, era verdade, mas que recompensava.

Navios rumam para o norte, zarpando da Baía de Ferro. Circundam a acidentada linha costeira de Mato de Luboque e das Bezheks, e dali para o mar aberto para evitar as ruínas e resíduos de Torque perto de Suroch, ao longo dos estreitos entre as Ilhas Piratas e o continente; depois, uma semana de viagem ao norte de Nova Crobuzon, assomam a bombordo, a oeste, os pináculos de sílex que resguardam o Mar da Garra Fria.

Porém, não mais impenetráveis. Abertos.

Uma larga vala sulcada na base de um vale fluvial. Navios e vapores altos passariam morosos entre saliências de rochas e paisagens de seixos.

E haveria eclusas. Imensas eclusas que segmentariam o canal, ergueriam em estágios a água salobra, gigantescas portas de madeira e cuidadosa engenharia, trazendo os navios para mais perto das Garras Frias, passo a pesado passo. Ascenderiam os estratos do canal, enquanto as cracas marinhas agarradas aos seus cascos enfraqueceriam e morreriam por falta de sal.

Até que… o quê?

Saíssem.

Os monólitos de rocha se abririam diante das naus e o canal sangraria até as águas profundas do mar de água doce: o Mar da Garra Fria.

Talvez os papéis de Silas, suas pesquisas, tenham previsto uma passagem que emergisse ao norte de Os Gengris e de suas fronteiras mais amplas. Talvez os mercadores, industriais e soldados de Nova Crobuzon pudessem ignorar os grendelos, navegar alegremente por ali em busca dos proventos mais adiante, deixando as criaturas furiosas, patéticas e ignoradas em seu cantinho ao sul.

No entanto, aquilo não parecia suficiente. O caderno de Fennec continha muitos detalhes, coletados de maneira assídua e secreta, das estratégias, armas e planos dos grendelos. Talvez qualquer incursão de Nova Crobuzon exigisse guerra, e Silas tivesse coletado as informações para assegurar-se de que seus pagadores a venceriam.

Uma constelação de lugares que até então eram pouco mais que mitos iria se abrir para Nova Crobuzon. Comércio, colônias, e tudo mais que aqueles fatores acarretavam. Bellis recordou-se das histórias que ouvira sobre Nova Esperium, as riquezas e a brutalidade.

Não importava o que acontecesse, terminaria o monopólio de terror dos grendelos no Mar da Garra Fria. O canal de Nova Crobuzon criaria uma economia dominante de livre mercado – cujo controle somente Nova Crobuzon poderia conquistar.

Bellis meneou a cabeça, atônita. Não se tratara de uma façanha romântica, dramática. O roubo de Fennec fora planejado cuidadosamente, análise de custos e dificuldades conduzida por um especialista. Assim, era possível entender muito melhor os grendelos. Não eram os monstrengos vingativos das histórias que ela lera para Shekel, perseguindo um símbolo. Seus motivos eram claros. Protegiam a fonte de todo o seu poder, de seus interesses e de sua existência.

– A estátua era apenas uma bugiganga, não é? – perguntou Bellis e, por um instante, Silas encontrou-lhe o olhar, apesar do medo que sentia. – Somente um prêmio para você? Não foi por ela que Nova Crobuzon o enviou, e também não foi o motivo dos grendelos. Você esteve fazendo um *estudo de viabilidade*...

Poderia tê-lo enviado à cidade. Poderia ter escondido seus papéis na mensagem que entregara a Bellis, que lhe serviria de correio, como uma idiota. Mas então, ficava claro, seus mestres não teriam vindo resgatá-lo. Portanto, havia retido a pesquisa, sabendo de seu valor, sabendo que, por causa daqueles rabiscos, Nova Crobuzon enviaria sua marinha para o outro lado do mundo.

Mas haviam fracassado em recuperá-lo, ou suas preciosas anotações. Já não haveria canal, pensou Bellis, observando os grendelos. Não mais.

Fennec tagarelava. Por um momento, Bellis pensou que ele estivesse emitindo sons fortuitos, em absoluto desespero. Logo percebeu que ele falava uma versão humana e atenuada do idioma dos grendelos. Encostou-se à parede para ganhar forças e prosseguiu, em pânico controlado. Bellis supôs que ele implorasse por sua vida.

Mas os grendelos tinham o que queriam, e ele não tinha mais nada para lhes oferecer.

A figura que esvoaçava diante dele na cela levantou as garras. Falou alto e devagar em sua própria língua, e Silas Fennec deixou escapar um grito.

Bellis sentiu o ar tremer, perturbado, quando os outros dois grendelos começaram a torcer seus corpos, enviando oscilações desde os ombros até as barrigas lertas e ao longo das compridas caudas. Aproximaram-se da cela com aquela mesma brusquidão marinha. Seu líder gesticulou brutais encantamentos e o metal tornou-se flácido mais uma vez, até que eles pudessem se espremer por entre as barras.

Fennec berrava mais alto enquanto os três grendelos o cercavam.

Com uma horrível sensação de náusea, Bellis esteve certa de que o veria massacrado, e ouviu-se dar voz a um fraco protesto. *Já chega*, pensou.

Porém os grendelos estenderam os braços e o alcançaram. Ele gritava e esmurrava, mas eles o colheram do chão sem dificuldade, com dedos intricados e cruéis. Ligando-se em massa indistinta, as três criaturas de águas profundas o aprisionaram num emaranhado de membros, e começaram a subir.

Encontravam-se suspensos acima do chão. Os berros de Fennec emudeciam. Seus pés não tocavam o piso. Foi carregado para o outro canto da pequena cela, enfaixado em braços e espessas caudas de enguia.

O mago grendelo segurou forte o caderno, numa das mãos, e estendeu a outra, soltando, por um instante, os companheiros e o prisioneiro. Gesticulou na direção da maior escotilha na parede da estreita prisão. Bellis ouviu chocalharem maleficamente os ossos que ele trazia em torno do pescoço.

Como líquido, como se alguém atirasse uma pedra na superfície de um lago tranquilo, o vidro da escotilha oscilou, e Bellis percebeu, ao ver a vidraça fraturar-se, o que fazia o grendelo. Ela se arrebatou da própria dormência, do torpor de repulsa, choque e medo, e escorregou em sangue ao correr até a porta.

Ouviu Fennec clamar uma vez e, depois, ruídos molhados, de exalação e encadeamento. O mago fechava a imensa boca sobre Fennec, lacerando seu rosto com os dentes afiados, mas expirando ar para dentro dele, enquanto o vidro enfeitiçado se rompia como bolha e o mar invadia a sala.

Dentro de segundos, a cela inundou-se, e a torrente não diminuía. Bellis tinha os dedos dormentes ao empurrar a tramela da porta, e a água continuava a pressionar a escotilha. Conseguiu levantar a trave e voltou-se, por meio segundo, sob o umbral. A saia molhada a estorvava, água fria sangrava caudalosa a caminho do corredor e gelava-lhe os pés.

Os grendelos flutuavam serenos em meio ao jorro de oceano. As mãos de Fennec projetavam-se da massa coagular formada por eles, crispando-se e relaxando. Enquanto o nível da água aumentava a seus pés, com atordoante rapidez o triunvirato grendelo ascendeu no ar, em estrito conjunto, impossivelmente estrito, até que, com espasmos de caudas em perfeita sincronia, expeliram-se escotilha afora, levando Fennec embora e carregando aquilo que lhes fora roubado – informações, segredos – para dentro do mar.

Quando Bellis se voltou para girar o volante da escotilha e selar o aposento avariado, o corredor em torno dela borbotava de água que se movia para a frente e para trás em fina camada, ilustrando o balanço do *Grande Oriental*.

Bellis recostou-se na parede e sentou-se, suas coxas e seu traseiro espadanaram. Não sentiu nada ao ser acometida por uma onda de tremores. Não chorou, mas, enquanto a adrenalina se dissipava em seu corpo, deixou escapar os gritos mais cruciantes e brutais, sem qualquer controle, até que vomitasse, incapaz de conter o medo que se acumulara nela.

Permaneceu assim por muito tempo.

Em algum lugar da noite lá fora, no frio e na escuridão de águas profundas, estava Silas Fennec. Arrebatado para longe. Para ser interrogado ou punido de maneiras impensáveis. Vivo.

Bellis levou muito tempo para retraçar seus passos, para cima e para fora das caves prisões do *Grande Oriental*. Prosseguiu teimosa, sua longa saia encharcada de sal criava um atrito em sua pele. Obstinou-se em não pensar nada. Nunca sentira tanto cansaço e tanto frio.

Quando afinal emergiu para o ar noturno, abaixo do velho cordame que balançava gentil e dos enormes mastros de ferro, sentiu pálida surpresa ao ver que tudo continuava quieto como antes, que tudo ainda estava ali.

Encontrava-se sozinha. Ainda se ouviam os barulhos de gritos e armas de fogo, mas agora lhe soavam muito distantes.

Respirando com dificuldade e caminhando lenta, Bellis procurou a amurada do navio e encostou a cabeça no corrimão, empurrando a face contra ele, fechando os olhos. Quando os abriu, percebeu que olhava para o *Bambinho*. Os contornos do gordo navio entraram aos poucos em foco. Os incêndios tinham se extinguido. Não havia jatos de bizarra energia emitidos por detrás dos costados. Não havia monstruosidades abissais guardando o navio como um fosso de castelo. Havia homens e mulheres no convés, agindo sem presa, mas com exaustão e desânimo.

Viu as ondas se reclinarem contra os flancos da cidade e, com uma sensibilidade que crescera dentro dela sem que percebesse, Bellis deu-se conta de que Armada voltara a se mover.

Muito devagar, até agora não mais rápida que quando fora arrastada por uma multidão de rebocadores, porém levada adiante outra vez. O avanc se movia, aliviava-se a dor de seus ferimentos.

Os grendelos partiram.

(*e Silas está vivo*)

Seguindo em frente, agarrada ao corrimão, Bellis rumou para a ampla proa do *Grande Oriental* e, ao circundar um bloco de cabines baixas, ouviu ruídos. Havia pessoas ali perto.

Perscrutou para além de Aquabelone, Queda Seca, Jhour e Biblioburgo. Os sons da luta se amainavam. Ela já não ouvia o deslocamento massivo das turbas, o constante tambor de disparos. Apenas alguns gritos rotos e ataques isolados.

A guerra morria. O motim terminara.

Não ouviu clamores de revolta ou estabilidade, nada em torno dela dava indícios de qual lado havia vencido. No entanto, ao circundar a última parede e testemunhar a cena no convés de proa do *Grande Oriental*, por alguma razão não sentiu nenhuma surpresa.

Nas beiradas do convés, viam-se homens e mulheres de todas as raças, rostos lúgubres, lanhados e sangrentos. Carregavam armas desembainhadas.

Diante deles, uma pilha de corpos. Muitos destroçados, peitos abertos, queimados, rasgados ou esvaziados. A maioria fora decapitada; cabeças jaziam aleatórias no terreno da chacina, boquiabertas, exibindo presas e línguas de serpente.

Os vampirs. Dezenas deles. Derrotados. Executados e eliminados. Sobrepujados quando a maré virou, quando seus misteriosos aliados desapareceram e os pequenos tumultos espontâneos que os auxiliavam esvaíram-se em confusão. Sem o apoio de seu próprio distrito, sem o movimento de revolta, aquela se tornara uma aventura malfadada. Por fim, os guerreiros de Aquabelone haviam perdido o medo, e o terrorismo não pôde vencer em face do verdadeiro terror.

Bellis ouviu uma fraca agitação acima dela. Erguendo os olhos para o principal dos mastros do *Grande Oriental*, arregalou-os em choque. E pensou: *Ah... então foi por isso que tudo terminou.*

Foi então que o grupo de Queda Seca perdeu. Depois disso, não poderiam vencer. Com esse pendão macabro balançando ali, o medo que haviam espalhado provavelmente se dissipara como um eco.

Três metros acima, amarrado cruciforme a uma trave, calcanhares e mãos firmemente envolvidos em grandes meadas de corda, rosnando patético, língua pendente como a de um animal morto, dentes e lábios maculados com o próprio sangue, estava o Brucolaco.

CAPÍTULO 45

Quando o dia raiou, o Brucolaco encontrou forças para gritar.

O sol o descorava. Fechou os olhos e sacudiu a cabeça, inutilmente, tentando evitar a luz. Sua pele começou a empolar, como se derramassem sobre ela uma substância quêmica corrosiva. O rosto pálido de morte avermelhou, ferveu, supurou-se sob a luz diurna.

Debateu-se em horrendas convulsões, semelhante a uma criatura marinha dada à praia. A força escapou-lhe e ele emitiu frágeis soluços de dor.

Forte como era o vampir, talvez o sol demorasse a matá-lo; mas o incapacitava e, acima de tudo, causava-lhe dor implacável. Duas horas após o alvorecer tornara-se aturdido demais para fazer qualquer som. Saliva e peçonha pingavam dele, desnaturando-se.

Raios de sol escaldavam também as carnes de seus tenentes massacrados. À medida que se arrastava o dia, as dezenas de cadáveres rígidos se convertiam em massas bolhosas e deformadas. Ao anoitecer, foram varridos e derrubados no mar.

A escuridão envolveu o Brucolaco como bálsamo. A dor começou a abandoná-lo muito devagar, e ele abriu com estalido os olhos colados de pus e remelas. Seu corpo começou a reparar-se, mas a devastação da luz fora severa, e somente por volta da meia-noite reuniu forças para falar.

Ignoraram seu crocitar arruinado. Não foi tratado; não foi alimentado. Câibras e dores ossificavam seus braços e pernas. Durante toda a noite, implorou por ajuda ou piedade, tentou lançar ameaças, mas suas palavras se desfizeram em desesperados uivos animais, até que as horas houvessem passado morosas e ele visse a escuridão se diluir a leste.

Apenas começara a se curar. Ainda tinha os ferimentos em carne viva quando o sol os alcançou e os tenteou com dedos sádicos enquanto, como engrenagem em alguma máquina desapiedada, o dia completava mais um ciclo.

A limpeza começou serenamente. Equipes entraram no *Bambinho*, que esfriava, e avaliaram os danos, tentando determinar o quanto poderia ser aproveitado.

Cabines e corredores inteiros foram remodelados pelo calor, seus limites tornaram-se fluidos. Havia muitos cadáveres: alguns intactos, outros em diferentes estados de desordem.

Por toda parte, em Aquabelone, e nas fronteiras dos distritos vizinhos, o conflito se fazia manifesto sob a forma de vidro quebrado, buracos de bala e manchas de sangue nas sarjetas da cidade. Os destroços restantes foram colhidos e enviados às forjas e fábricas, para serem desmontados ou refundidos.

Legalistas de Aquabelone patrulhavam as ruas, e os distritos de Solameno e Larcão permaneciam silenciosos. Seus líderes não quiseram saber da revolta, e haviam aguardado imóveis, medindo forças com cuidado, prontos a unir-se contra um Aquabelone vencido. Porém, os vampirs saíram perdendo. Agora os governantes se mantinham discretos, intimidados pelos Amantes. Quiescentes.

O General de Arenqueiro estava morto, assassinado por vampirs que o haviam feito refém, agindo em pânico ao saberem da captura de seu governante. Foram mortos por sua vez, pelo que os escarazelos pagaram caro. As paredes do Salão do Açafate ficaram desfiguradas por imensas esculturas reticuladas em vermelho--escuro, onde o sangue de escarazelos havia borrifado.

Ninguém sabia com exatidão quantos vampirs compunham o grupo do Brucolaco, ou quantos tinham morrido. Sem dúvida, alguns haviam sobrevivido. Derrotados, deviam ter passado à clandestinidade, se tornado novos cidadãos ordinários. Invasores de ruínas, hóspedes de pulgueiros. Invisíveis.

Teriam de tomar cuidado ao se alimentarem. Deveriam ser comedidos, seletivos e bastante brutais – não poderiam deixar viva nenhuma vítima. Porque, quando fossem encontrados – e seriam, juravam implacáveis as tripulações de Aquabelone –, seriam eliminados.

Ninguém mais os temia.

Naquele meio-tempo, o arquitraidor, o Brucolaco em pessoa, encontrava-se estendido na cruz de metal, morrendo aos poucos de queimaduras e inanição.

O avanc havia retomado seu progresso estúpido e corpulento. Porém, continuava lerdo, e seu passo não era tão firme. Nadava, arrastava a cidade, acelerava e desacelerava, e nunca atingia sua velocidade anterior.

À medida que passavam horas e dias, os navegadores iam se convencendo de que os ferimentos da criatura, sofridos em circunstâncias misteriosas conhecidas somente por um punhado de armadenses, não saravam. O avanc ainda sangrava, e estava fraco.

Não se exerceu vingança contra os cidadãos de Queda Seca, cuja inocência foi declarada laconicamente pelos Amantes. Não partilhavam da culpa de seu líder. Concedeu-se até mesmo anistia àqueles que se rebelaram. Tratava-se de uma época caótica, sentenciaram os Amantes, ninguém sabia o que estava acontecendo, havia confusão. Era o momento de unir a cidade, apontar culpados não seria oportuno.

Ainda assim, as patrulhas da capatazia de Aquabelone e de cidadãos voluntários continuaram mais numerosas e bem armadas em Queda Seca. Os quedassecanos as viam com ressentimento, observando por trás de portas, ocultando hematomas e cortes sofridos naquela noite, desconfiados da misericórdia dos Amantes.

Semelhantes à fumaça dos incêndios da rebelião, coisas se espalharam sobre a cidade naquela noite, e permaneceram: incerteza traumática, rancor. E passaram a tocar até mesmo aqueles que lutaram bravamente para repelir o Brucolaco.

Sangue, violência e medo. Tudo indicava que eram os legados do plano dos Amantes. Após séculos de paz, Armada fora à guerra duas vezes em menos de trinta dias – uma delas civil. As complexidades da diplomacia armadense caíram sob o fervor dos Amantes, as redes de obrigações e interesses romperam-se e dividiram a cidade.

Os Amantes subordinavam tudo à sua procura abstrata pelos poderes da Cicatriz. Era uma profanação da venalidade mercantil de Armada: aquele tipo de intrepidez, de viagem, era guiado por uma lógica alheia, mais antiga. Os cidadãos de Armada eram piratas e, à medida que crescia seu entendimento do projeto dos Amantes, crescia também sua alienação. Os Amantes não propunham roubo ou usura, tampouco uma tática de sobrevivência. Aquilo era muito diferente.

Enquanto Armada estava no ápice, enquanto seu poder crescia, e realizava façanhas incríveis uma após a outra, os Amantes haviam enlevado a população com zelo e retórica.

O roubo da *Sorgo* fora o maior feito militar da história recente da cidade, e todos viram que lhe conferia poder, que seus navios e máquinas estavam mais bem abastecidos. Quando se havia conjurado o avanc, os Amantes falaram das antigas correntes, do cumprimento da missão secreta e histórica de Armada, da rápida navegação de porto a porto que então se tornava possível, da célere obtenção de butins em escala mundial.

Agora, no entanto, tudo se mostrava falso. O verdadeiro propósito era a vaga procura da Cicatriz. E, apesar de milhares de armadenses ainda se empolgarem com tal aventura, outros milhares já não se importavam, e um número crescente se sentia ludibriado.

Com o avanc tão fraco – todos percebiam –, até mesmo o propósito real de tudo aquilo, a busca da Cicatriz, poderia dar em nada. Se o avanc ficasse cada vez mais lento, quem saberia o que estava para acontecer?

No rescaldo do motim do Brucolaco, e das mortes e confianças violadas que decorreram dele, o moral em Armada estava baixo, e piorava. As leais patrulhas de Aquabelone sentiam aumentar a hostilidade, a raiva sem contornos – até mesmo no próprio distrito.

Centenas de armadenses haviam morrido. Rasgados, mordidos, paralisados e drenados pelos vampirs, surpreendidos em meio a fogos cruzados, esmagados por arquitetura derrubada, queimados em incêndios, espancados até a morte. Números muito inferiores aos da batalha contra Nova Crobuzon, porém o trauma daquelas mortes era muitíssimo maior. Tratava-se de uma guerra civil, pessoas assassinadas por seus compatriotas. O povo quedava-se perplexo e arrasado.

Houve quem vislumbrasse os grendelos e percebesse que de maneira nenhuma o Brucolaco poderia ter impedido o avanc, ou torcido a realidade com as detonações taumatúrgicas. Porém, em toda Armada, somente meia dúzia de pessoas sabia a verdade do acordo firmado. Quase sempre o povo fazia referências vagas e breves a bizarras magias vampirs, e não insistia no assunto.

Os grendelos haviam chegado e partido, e, entre os poucos que os viram, quase ninguém soube o que eram. Sua presença continuou inexplicável e toldada pela guerra civil.

Centenas de armadenses mortos, pelas mãos de sua própria gente.

Krüach Aum estava morto. Bellis não lamentou por ele – o anófeles a inquietara com sua calma sociopata e seu cérebro de máquina diferencial –, mas teve uma sensação de *pathos* diante de seu assassinato.

Foragido de uma ilha-prisão agrilhoada pela própria história. Dali para a cidade mais estranha de Bas-Lag, usado de modo tão insensível quanto fora antes pelas autoridades do Kettai, morto ao investigar a criatura que ajudara a invocar. Que vida bizarra e esquálida.

Johannes Tearfly estava morto. Bellis surpreendeu-se de quanto se sentira afetada. Tomada de tristeza e de luto verdadeiros. Lembrava-se dele com um nó na garganta. A maneira como morreu foi impensável – devia ter sido tão atemorizante, tão escura e fria, tão distante, tão claustrofóbica nas profundezas do mundo. Recordava-se de seus preparativos para mergulhar, nada menos que empolgado e fascinado. Comportara-se de modo impressionante, para um covarde.

Shekel estava morto.

O que a arrasava.

No dia seguinte ao motim, quando suas pernas tinham recuperado força suficiente para caminhar, Bellis vagara fortuita e muda pelos campos de batalha.

Nada houve que a impedisse de mancar em meio às cenas de guerra, passando por cadáveres, sujando de sangue os sapatos.

Numa das traineiras vizinhas ao destruído *Bambinho*, à sombra de um armazém de madeira que assomava sobre sangrentas pedras de calçada, Bellis encontrou Tanner Sack. Viu o homem dobrado sobre si mesmo, encostado a uma parede. A seu lado estava Angevine, a mulher Refeita. Lágrimas sulcavam a imundície em seu rosto.

Bellis percebeu naquele momento, mas não conseguiu deixar de correr, com as mãos sobre a boca, retraindo-se ao ver a dor de Tanner Sack. Como desconfiara, a coisa no colo de Tanner era o cadáver de Shekel. Eviscerado. O rosto parecia estupefato, atônito com o próprio estado.

Teve de revisitar as memórias que tinha do garoto. Odiou fazê-lo. Odiou a tristeza. Odiou a infelicidade, a *perplexidade* que sentia quando pensava na morte dele. Bellis gostava muito de Shekel.

Odiou a culpa, mais que tudo. Estava imersa nela. Tinha usado Shekel. Sem más intenções, estava claro, porém o usara, apesar de tudo. Percebia, de odiosa maneira rudimentar, que, não fossem as coisas que ela havia feito, o garoto continuaria vivo. Se não lhe tivesse o livro, se tivesse simplesmente jogado fora aquela merda.

Aum estava morto, Johannes estava morto, Shekel estava morto.

(*Silas Fennec está vivo.*)

Muito mais tarde, Bellis encontrou Carrianne errando atordoada pelas ruas em torno de sua casa. Passara a noite escondida, a portas fechadas, e emergiu para se descobrir cidadã de um não distrito.

Não podia acreditar que o Brucolaco tentara dar um golpe, nem que havia sido capturado. Via-se confusa como criança, assistindo a eventos que não entendia.

Bellis não podia contar-lhe nada sobre o que ela mesma fizera e vira no porão do *Grande Oriental*. Contou apenas que Shekel havia morrido.

Foram juntas ouvir o pronunciamento dos Amantes.

Dois dias depois do motim, os governantes de Aquabelone convocaram um encontro público sobe o convés do *Grande Oriental*. No início, Carrianne disse que não iria. Ficara sabendo do que tinham feito ao Brucolaco, e disse que não queria vê-lo daquele modo. Era uma violência que o vampir não merecia. Não importava o que tivesse feito, ela insistia, não merecia aquilo.

Mas, afinal, não foi difícil para Bellis persuadi-la. Carrianne tinha de ir – tinha de ouvir. Os Amantes sabiam o que estava sendo posto em jogo, sabiam o que acontecia com sua cidade. A reunião seria uma tentativa de recuperar o controle.

O convés de proa se encontrava lotado: homens e mulheres agrupavam-se em fileiras, esbatidos e feridos, todos fatigados e sisudos, à espera.

Acima de todos eles, o Brucolaco murmurava e gemia fracamente sob o sol. Sua pele estava coberta de queimaduras e rajada como mapa.

Quando Carrianne o viu, deixou escapar um grito de tristeza e repulsa. Desviou o olhar e disse a Bellis que iria embora. Porém, após um minuto, olhou de relance o vampir, mais uma vez. Não conseguia levar a sério a noção de que a figura emaciada e purulenta que salivava e batia os frouxos maxilares era o Brucolaco. Não sentia nada além de pena ao ver a carcaça lamentosa.

Os Amantes subiram até uma plataforma, com Uther Doul ao seu lado, e se dirigiram à multidão. Pareciam conturbados e terrivelmente exaustos. Os cidadãos reunidos os encaravam com estranho espírito de respeito e desafio simultâneos.

Então, diziam com seus olhares. *Digam-nos. Convençam-nos mais uma vez. Expliquem-nos por que vale a pena.*

E fizeram um trabalho impressionante. Bellis escutou e viu os ânimos arrefecerem.

Os Amantes foram astutos. Não começaram com espalhafato nem com afirmações de poder e valentia de que haviam rechaçado a ameaça dos traidores.

– Muitos dentre os mortos – principiou o Amante –, muitos daqueles que *nossos guerreiros mataram*... eram leais. Eram boas pessoas, fazendo o que tinham certeza de ser o melhor para nossa cidade. – Desse modo, respeitoso e consciente da tragédia, continuou.

Falaram em turnos, implorando aos presentes que não perdessem a coragem diante daquilo.

– Estamos muito próximos – disse a Amante, e sua voz traiu um laivo de empolgação. – Muito próximos de poderes antes inimagináveis. Muito próximos de obter verdadeira grandeza para Armada, um dínamo impulsionado por probabilidade, capaz de qualquer coisa... coisas contraditórias ao mesmo tempo. Motim não é a resposta – falou ela. – Se esse projeto não for de todos nós, não poderá seguir adiante. *Vocês nos trouxeram tão longe*, disse à multidão. *Isso é uma realização sua, e é magnífica.*

Aquele não era um momento de divisão, disseram os Amantes, e unidade significava unidade de propósito, e o propósito daquele momento era encontrar a Cicatriz.

Haveria recompensas. Seria fantástico e incrivelmente proveitoso.

A retórica fortalecia-se à medida que avançava o discurso sobreposto. Após o tributo aos mortos, apelaram à multidão que pensasse em seus filhos. Com sagacidade, com promessas do potencial de Armada e de suas vidas, depois que minerassem possibilidades na Cicatriz.

Foi um bom discurso, sensível e sincero. A fascinação dos Amantes pela Cicatriz era contagiosa. E, quando o pronunciamento terminou, o respeito da multidão foi discreto, porém visível e honesto. O moral havia se elevado, ainda que muito pouco. Os Amantes obtiveram uma prorrogação. O debate ainda não se esgotara.

Tudo o que têm de fazer é deixar que os antagonistas falem, pensou Bellis. *Não estamos tão longe da Cicatriz, agora. Se estiverem certos, se ela existir, deveremos chegar lá em breve.*

Um pouco atrás dos Amantes, Uther Doul encontrou o olhar de Bellis. Ela percebeu, pela primeira vez, o que havia feito na noite do motim, o que havia arriscado. Entrara no quarto dele e roubara um artefato alienígena, e depois o entregara aos saqueadores. Porém, estava cansada de ter medo, de tal maneira que agora não conseguia senti-lo.

Quando o discurso terminou e a multidão se desfez, Doul atravessou o convés e parou diante de Bellis, sem dar sinal de rancor ou amizade.

– O que aconteceu? – perguntou com suavidade. – Você esteve em meu quarto. Você a pegou. Achei estilhaços no piso da cela. A barbatana jazia ali, apodrecendo. Queimei-a. Não era o que queriam, afinal de contas?

Bellis sacudiu a cabeça.

– Vieram – disse –, mas não por causa daquilo. Pensei que fosse, e foi porque... lamento por sua porta. Estava tentando me livrar deles. Disseram que partiriam assim que tivessem o que lhes haviam roubado. Mas não queriam a estátua. Foram eles que... Fennec...

Doul assentiu.

– Ele está vivo – sussurrou ela, imaginando se aquilo ainda era verdade.

Doul arregalou os olhos por um instante.

Bellis aguardou. Perguntou-se, nervosa e cansada, o que ele faria. Havia tantas coisas pelas quais poderia castigá-la. Havia privado a cidade da estatueta grendela, em troca de nada. Sem necessidade. Ou se via nele um traço da antiga intimidade?

Mas seus modos não aparentaram nada além de indiferença e resignação, e Bellis não se surpreendeu quando ele afinal lhe deu as costas e caminhou de volta para o outro lado do convés. Sentiu-se esvaziada ao observá-lo. *O que os Amantes acham disso?*, imaginou. Não conseguia ver os Amantes desistindo da barbatana mágica sem alguma medida de raiva. *Será que não se importam?*

Será que sabem?, pensou de repente. *E, se sabem que a levaram, será que sabem que fui eu que a entreguei?*

Naquela noite, deparou-se com Tanner Sack à porta. Ficou embasbacada.

Parado no umbral, encarando-a com olhos tão injetados, pele tão cinzenta, que parecia um viciado. Observou-a com repulsa durante vários e silenciosos instantes, e então empurrou-lhe uma folha de papel.

– Pegue isso aí – disse. Eram retalhos escritos e reescritos, nos quais ela reconheceu a caligrafia entusiasmada de Shekel. Listas de palavras que o garoto havia encontrado, que havia visto e desejado lembrar, para referência, para procurar nos livros de história que pilhava.

– Você ensinou o guri a ler – disse Tanner – e ele adorava. – Mantinha o olhar fixo nela, sem expressão. – Achei que você queria ficar com uns desses, pra lembrar dele.

Bellis estava chocada e envergonhada. Seu feitio não era aquele. Ia absolutamente contra seus instintos acumular lembranças piegas e mórbidas de pessoas mortas. Nem mesmo quando seu pai e mãe tinham morrido, e por certo não agora, diante da morte do menino que mal conhecera, apesar do tanto que lamentava sua perda.

Quase recusou os papéis. Quase inventou alguma lorota sobre não merecê-los (*como se fosse preciso merecer esses papéis esfarrapados*). Porém, duas coisas a impediram.

Uma foi culpa. *Não fuja disso, sua covarde,* pensou. Não se permitiria escapar da situação. Seu gosto pessoal no que se referia à morte, disse a si mesma, não era a questão – seria muito conveniente usá-lo como desculpa para rejeitar aquelas evidências. E, além da culpa, havia seu respeito por Tanner Sack.

Ele ficou ali, estendendo a Bellis as coisas que decerto eram preciosas para ele, oferecendo-as a alguém que lhe causara tanta dor. E não porque partilhavam um espúrio luto comunal. Oferecia-lhe os papéis porque era um bom homem, e imaginava que ela também sentisse a perda de Shekel.

Envergonhada, pegou-os e assentiu demonstrando gratidão a Tanner.

– Mais uma coisa – disse ele. – A gente vai enterrar ele amanhã. – Sua voz hesitou apenas por um instante, ao dizer *enterrar*. – No Parque Croom.

E acrescentou:

– Shekel não era... um animal marinho, de coração – disse, com cuidado. – Era um garoto da *cidade* mais que tudo, e acho que tem umas tradições que eu pensava que abandonei... quero saber onde ele tá. Quando me disseram que eu não podia fazer assim, disse pra eles tentarem me impedir.

– Tanner Sack – disse Bellis quando ele deu meia-volta para ir embora. – Por que o Parque Croom?

– Uma vez você contou pra ele sobre o parque. Ele foi ver e adorou. Acho que se lembrava de Matorrude.

Bellis chorou após Tanner partir, não se conteve. Jurou furiosa a si mesma que aquela seria a última vez.

O rito foi breve, desajeitado e pungente. Um híbrido de teologias. Solicitou-se com humildade aos deuses de Nova Crobuzon e de Armada que guardassem a alma de Shekel.

Ninguém tinha certeza de que deuses, se algum, Shekel havia respeitado.

Bellis trouxe flores, roubadas de canteiros coloridos em outra parte do parque.

A cidade se arrastava a és-nordeste, em gradual desaceleração, de acordo com o passo do avanc. Ninguém sabia determinar a gravidade de seus ferimentos. Não arriscariam enviar até lá outra tripulação.

Nos dias seguintes à guerra, sobretudo após o funeral de Shekel, Bellis não conseguia se concentrar. Passava muito tempo com Carrianne, que se encontrava tão vexada quanto ela, e se recusava até mesmo a discutir a trajetória da cidade. Era difícil prestar atenção à jornada, e impossível imaginar o que aconteceria quando chegassem.

Se os eruditos de Aquabelone estivessem certos. Armada já estava próxima. Duas semanas, talvez uma, diziam os rumores. Mais uns poucos dias até que Armada alcançasse o ferimento naquele mar vazio. Então, motores secretos e ciências arcanas seriam liberados, e todas as possibilidades que enxameavam as orlas da Cicatriz seriam mineradas.

O ar se adensava de expectativa e medo.

Quando Bellis abria os olhos, pela manhã, algumas vezes sentia o éter crepitar, como se forças que ela não entendia a atravessassem. Estranhos boatos se espalhavam.

Primeiro foram os jogadores, os trapaceiros do carteado nas madrugadas de Tu-E-Teu. Ouviam-se histórias sobre mãos inteiras modificando-se no instante em que as cartas eram recolhidas da mesa. Os trajes coloridos dos naipes tremeluziam como caleidoscópios, vislumbrados por uma fração de segundo, e assentavam-se em configuração específica, *após* serem dadas as cartas.

Havia histórias de espíritos intrujões. Gnormes ou mavorcinhos, esvoaçando despercebidos pela cidade, mexendo em coisas. Objetos eram descobertos a centímetros de distância dos lugares em que tinham sido largados – em lugares onde poderiam ter sido depositados, mas não haviam sido. Coisas que se deixavam cair quebravam-se e não se quebravam, e talvez não se tivessem derrubado, mas continuado na posição original.

A Cicatriz, pensava Bellis com apagada admiração. *Está sangrando.*

O mar e o céu tornaram-se perigosos, muito de súbito. Nuvens de chuva apareciam, trovejavam e de repente sumiam outra vez, deixando por pouco de atingir a cidade, tangenciando-a. O avanc arrastava Armada através de zonas violentas, em que as ondas se tornavam inchadas e tumultuosas dentro de uma área bastante circunscrita. Águas calmas eram vistas em ambos os lados.

Tanner deixara de nadar, apenas se banhava todos os dias. Tinha medo de imergir por muito tempo. Os ruídos e luzes embaixo da água eram agora tão fortes que até mesmo aqueles na cidade acima podiam vê-los e ouvi-los – dejetos de coisas invisíveis.

Às vezes coágulos de algas semissencientes passavam por Armada, e outras vezes surgiam formas diferentes nas ondas, que se moviam e não eram passíveis de serem identificadas com facilidade. Pareciam, a um tempo, orgânicas, acidentais e fabricadas.

O Brucolaco continuava a se debater, e não morria. O convés abaixo dele estava manchado de suas exalações.

Caminhando pelos conveses e corredores do *Grande Oriental*, Bellis ouvia, acima do tranquilo ruído da cidade, música tênue e críptica. Difícil de rastrear, evanescia ao longo de frequências, audível em momentos e locais fortuitos. Ela apurava os ouvidos e captava fragmentos da melodia. Era feia e insólita: teia de meios-tons e acordes menores, ritmos mutáveis. Canção fúnebre sobreposta de cordas tangidas. Na segunda noite em que a ouviu, teve certeza de que vinha do quarto de Uther Doul.

As coisas à deriva, as estranhas correntes marinhas e os eventos em Armada tornavam-se mais frequentes à medida que o avanc perseverava em seu curso. Quando, na quinta manhã após o motim, algo oscilante foi avistado a duas milhas da cidade, ninguém se surpreendeu. Porém, quando os telescópios foram apontados para lá, iniciou-se uma estrepitosa cacofonia de entusiasmo. As sentinelas do *Grande Oriental* clamaram pela atenção do povo e correram doidas de quarto a quarto, procurando os Amantes.

A notícia varreu a cidade com rapidez espantosa em todos os distritos, e um tropel de cidadãos congregou na popa de Jhour. Um pequeno aeróstato partiu, acima das correntes traiçoeiras, em direção à nódoa que rodopiava cada vez mais próxima da cidade. A multidão a fitava, compartilhando telescópios e tagarelando incrédula ao ver-lhe cada vez mais claros os contornos.

Agarrado a uma balsa ruinosa de madeira e lona ocre, olhos exaustos fixos em seu lar, vinha Hedrigall o cactáceo, o renegado.

– Tragam-no para cá! O que aconteceu! Caralho! Aonde você *foi*, Hed? Onde *esteve*? Tragam-no para cá, com todos os diabos!

Tão logo ficou óbvio que a aeronave que fora buscá-lo retornava ao *Grande Oriental*, houve protestos irados. Grupos de pessoas tentaram correr desde quaisquer naus em que estivessem, pelas ruas obstruídas, para interceptar o dirigível. Turbas colidiam entre si desordenadas.

Bellis assistia à janela, e seu coração martelava de maus presságios. Juntou-se à correria até a nau capitânia, impelida por motivos que não entendia bem. Alcançou o convés de proa do vapor antes que a aeronave tivesse descido o suficiente para alguém desembarcar. Um bando de legalistas aguardava, cercando Uther Doul e os Amantes.

Ela se reuniu à multidão crescente, que se acotovelava e empurrava a capatazia, tentando ver o homem que retornava.

– Hedrigall! – berravam. – Que porra aconteceu?

Houve um bramido quando o homem cacto desembarcou, emagrecido e exausto, mas ele foi rapidamente cercado por homens armados. O pequeno grupo começou a se aproximar dos umbrais que levavam às cobertas inferiores, tendo na vanguarda Uther Doul e os Amantes.

– *Diga-nos!* – Os gritos eram insistentes e se tornavam ameaçadores. – Ele é um de nós, tragam-no de volta. – Os guardas ficaram nervosos e sacaram pederneiras ao ver que os armadenses os encurralavam. Bellis viu Tanner Sack e Angevine à frente da multidão.

Avistava-se a cabeça de Hedrigall, curvada e queimada de sol, espinhos murchos e partidos. O cactáceo olhou em volta, para os cidadãos reunidos, que o fitavam e tentavam alcançá-lo, solícitos, chamando seu nome. Ele jogou a cabeça para trás e uivou.

– *Como vocês estão aqui? Estão mortos. Vi todos vocês morrerem...*

Houve um silêncio de choque, e depois uma cacofonia. A turba começou outra vez a forçar passagem. A capatazia a empurrou de volta. As massas tornavam-se caladas e perigosas.

Bellis observou Uther Doul pôr de lado os Amantes e sussurrar-lhes com rispidez, indicando a porta. O Amante assentiu, e avançou com os braços estendidos.

– Armadenses – gritou –, pelo amor dos deuses, *esperem*. – Sua voz traía fúria verdadeira. Atrás dele, Hedrigall berrou outra vez, como se febril: *Estão mortos, vocês todos estão mortos*. E foi espremido contra a porta por capatazes que sibilaram de dor quando os espinhos lhes perfuraram as peles. – Nenhum de nós sabe o que aconteceu aqui – disse o Amante. – Mas *olhem* para ele, está arrasado, doente. Será levado ao nosso próprio alojamento, longe de tudo, para que descanse e se recupere.

Queimando de desgosto, andou para trás, até onde Hedrigall esparramava-se nos braços dos capatazes. Uther Doul varreu a multidão com olhar severo e rápido.

– Não tá certo – gritou alguém de repente, empurrando outros para fora do caminho. Era Tanner Sack. – Hed! – chamou. – Ele é meu camarada, e só Falastrão sabe o que vocês vão fazer com ele.

Ouviram-se brados de aprovação em torno dele, mas o ímpeto da multidão minguava e, embora soassem alguns impropérios, ninguém tentou seguir e interceptar Hedrigall ou os Amantes. Havia incerteza demais.

Bellis percebeu que Uther Doul a encontrara na multidão e a observava com cuidado.

– Não tá *certo* – bramou Tanner. Veias saltaram-lhe de raiva quando assistiu ao grupo entrar pelas portas e os guardas se posicionarem na retaguarda. Uther Doul ainda não desviava os olhos. Bellis não pôde deixar de encontrá-los, desconfortável sob o peso deles. – Ele é meu *camarada* – disse Tanner. – Tenho *direito*, tenho *direito de ouvir o que ele tem pra dizer...*

Enquanto ele falava, naquele instante, algo extraordinário aconteceu.

Bellis ainda enfrentava o olhar implacável de Uther Doul, e Tanner continuava reivindicando o direito de ouvir Hedrigall, quando os olhos de Doul arregalaram-se muito, com intensidade quase sexual. Bellis observou, atordoada, a cabeça dele se inclinar por meio centímetro, como se em convite, ou concordância.

Ainda a encarava, mesmo após seu grupo entrar nos corredores. Andava de costas para juntar-se aos outros, chamando a atenção de Bellis. Ergueu diminutamente as sobrancelhas, sugestivo, ao desaparecer.

Ah, meus deuses.

Bellis sentiu-se esmurrada no plexo solar.

Uma imensa onda de revelação abateu-se sobre ela: uma apreciação tonta, uma insinuação das camadas sobre camadas sobre *camadas* de manipulação entre as quais fora capturada, paralisada, manobrada e explorada, utilizada, respaldada e traída.

Ainda não entendia praticamente nada do que acontecia em torno dela, o que se fazia, o que se planejara e o que era contingente. Porém, algumas coisas ela ficara sabendo, de maneira súbita e humilhante.

Seu próprio lugar. Tantos fatores, tantos planos, tanto esforço se despendera para trazê-la àquele lugar e àquele instante, para que ouvisse as palavras que acabara de ouvir. Tudo se encaixava ali, naquele momento, estruturava-se e tornava-se claro.

Ainda que tomada de estupor, assombro e humilhação, e apesar de sua fúria, apesar de sentir-se como marionete obrigada a dançar uma dança circunscrita e infame nas mãos de outros, Bellis abaixou a cabeça e se preparou, sabendo que tinha mais um trabalho a fazer, para realizar uma mudança que desejava, sabendo que o faria, e sabendo que não se rebaixaria à vingança.

– Tanner – disse-lhe, enquanto ele rosnava e praguejava, argumentava furioso, vociferava contra a maioria, contra aqueles que diziam que exagerava, que os Amantes sabiam o que estavam fazendo.

Ele se deteve e a encarou com irado desconcerto. Bellis acenou-lhe.

– Tanner – disse, somente para os ouvidos dele. – Concordo com você, Tanner – sussurrou. – Acho que você tem todo o direito de ouvir o que Hedrigall possa dizer, lá embaixo, nos aposentos dos Amantes.

– Venha comigo.

Não foi difícil encontrar o caminho entre os corredores vazios do *Grande Oriental*. Os guardas leais encontravam-se posicionados em setores por onde alguém poderia chegar à cabine dos Amantes, nas cobertas inferiores da nau. Mas apenas naqueles setores, e não era para lá que rumavam Tanner e Bellis.

Ela o guiou por outras passagens que havia memorizado bem durante as semanas em que se permitira o que agora só podia chamar de sua perversão.

Passaram por despensas, motores e arsenais. Caminhando rápidos, porém expostos, sem parecerem invasores. Bellis levou Tanner cada vez mais para baixo, até uma zona fracamente iluminada.

Sem saber, conduzia Tanner próximo dos caminhos que terminavam nos motores de leite de pedra, que trepidavam, zuniam e faiscavam, impulsionando o avanc.

Por fim, numa passagem escura e estreita, onde as paredes eram despojadas de velhos papéis de parede, heliótipos e gravuras, mas recobertas de encanamento trançado, tão intricado quanto veias, Bellis voltou-se para Tanner e acenou-lhe para que entrasse. Ficou em pé no ambiente protegido e apertado, olhou para o homem e pediu silêncio com um dedo sobre os lábios.

Ficaram imóveis ali por algum tempo. Tanner olhava em torno, o teto que Bellis fitava, a própria Bellis.

Quando afinal ouviram o ruído de uma porta que se abria e fechava, aquilo lhes veio tão alto e perfeito aos ouvidos que Tanner enrijeceu com violência. Bellis nunca vira o quarto acima, mas conhecia bem os ecos. Sabia onde ficavam, ali, cadeiras, mesa e cama. Seguiu com o olhar os quatro conjuntos de passos que ouvia – leves; pesados; mais pesados; maciços e lentos – como se conseguisse enxergar através do teto-piso a Amante, o Amante, Doul e Hedrigall.

Tanner seguiu-lhe o exemplo, e arregalou os olhos. Ambos podiam rastrear os corpos acima – um à porta, dois perto da cama, e agora se acomodando em poltronas, e o quarto, o grande, passeando para frente e para trás em direção à parede distante, trancando as pernas como faziam os cactáceos sempre que exaustos ou adormecidos, seu peso castigando as tábuas.

– Então – disse Uther Doul –, podiam ouvi-lo com impressionante clareza. – Conte-nos, Hedrigall – soava ríspido. – Conte-nos por que fugiu. E como veio parar aqui outra vez.

– Ah, *deuses* – disse Hedrigall, esgotado e abatido, com uma voz que mal parecia a sua.

Tanner meneou a cabeça demonstrando espanto.

– Deuses, caros deuses, por favor não comecem com isso outra vez. – Soava como se fosse chorar. – Não entendo vocês. Nunca fugi de Armada em toda a minha vida. Nunca fugiria. Quem são *vocês*? – gritou de repente. – O *que* são vocês? Estou no *inferno*? *Vi* vocês morrerem...

– O que aconteceu com ele? – murmurou Tanner, chocado.

– Você está falando uma besteirada do caralho, Hedrigall, seu traidor de merda – exclamou o Amante. – Olhe para mim, seu cachorro. Você ficou apavorado, não é? Tão amedrontado que consertou o *Arrogância* e caiu no mundo. Ora, aonde você foi e como voltou para cá?

– Nunca traí Armada – berrou Hedrigall – e nunca trairia. Pelo amor de Croom, olhem para mim... discutindo com um morto. Como você pode estar aqui? Quem é você? Vi todos vocês morrerem. – Soava louco de pesar ou choque.

– Quando, Hedrigall? – era a voz de Doul, afiada e perigosa. – E onde? Onde morremos?

Hedrigall sussurrou uma resposta, e algo em sua voz fez Bellis estremecer, embora a esperasse. Assentiu ao ouvi-la.

– Na Cicatriz.

Quando se acalmaram, Uther Doul e os Amantes confabularam em voz baixa, afastando-se do homem-cacto.

– ... louco... – disse a Amante; mal se escutava. – Louco ou... estranho...

– Temos de saber. – A voz de Doul. – Se não está louco está mentindo, e é perigoso.

– Não faz sentido – disse o Amante, furioso. – Mente para quem? Por quê?

– Ou está mentindo ou... – disse a Amante.

Tanner e Bellis não sabiam se ela havia dito algo mais, ou se suas palavras tinham se esgotado.

– Como isso aconteceu?

– Fazia um mês, mais de um mês, que estávamos no Oceano Oculto.

Vários minutos passaram. Hedrigall estivera em silêncio por muito tempo, enquanto os Amantes debatiam o que fazer, sussurrando tão baixo que Bellis e Tanner não os escutavam. Quando o cactáceo falou, súbito e inesperado, sua voz ouviu-se baixa e inalterável, rudimentar como se ele estivesse dopado.

Os Amantes e Uther Doul aguardaram.

Hedrigall falou como se soubesse que deveria.

Falou longamente, e não foi interrompido. Falou com graça antinatural, com a eloquência treinada de um fabulista, mas havia no tom cuidadoso e monótono uma hesitação, um trauma subjacente que causava medo ao ser entreouvido.

Hedrigall tropeçava nas palavras, detinha-se de súbito, esporádico, tomava fôlegos trépidos, mas falou durante muito tempo, e sua audiência – dentro do quarto e lá embaixo – permaneceu silenciosa e atenta, por completo.

– Fazia mais de um mês que estávamos no Oceano Oculto.

CAPÍTULO 46

"– Fazia mais de um mês que estávamos no Oceano Oculto, e o mar era caos. Não conseguíamos traçar uma rota, não conseguíamos manter o norte nas bússolas, não conseguíamos navegar. Todos os dias eu vigiava, a partir do *Arrogância*, em busca de um sinal da Cicatriz, da Terra Fraturada, de qualquer coisa. E não havia nada.

– E vocês nos fizeram continuar.

– Insistiram, nos conflagraram. Disseram a nós o que faríamos ao chegar à Cicatriz. Que poderes ela daria a vocês, a nós, e o que seríamos capazes de fazer. Disseram que o poder seria de todos.

– Havia discórdia, não posso mentir. À medida que a cidade prosseguia, o povo se tornava cada vez mais… temeroso. E começaram a sussurrar que talvez o Brucolaco estivesse certo em se amotinar. Que talvez o modo como Armada se encontrava antes não fosse tão ruim.

– Eles os procuraram… nós os procuramos, e pedimos para retornar. Dissemos que estávamos contentes com a situação anterior. Que não precisávamos daquilo, que muito já dera errado, que tínhamos medo de que o pior ainda estivesse por vir. Alguns de nós tínhamos sonhos terríveis. A cidade estava… tensa demais. Como um gato, pelos eriçados e elíctricos.

– Pedimos que nos levassem de volta. Antes que fosse tarde demais. Tínhamos medo.

– Não sei como fizeram, mas vocês conseguiram nos manter, durante o tempo necessário e não mais, conseguiram nos manter… eu não diria felizes, não diria dispostos. Nos mantiveram obedientes, e aguardamos, e deixamos que nos levassem mais longe, mesmo apavorados como estávamos.

"– Se houvesse demorado outra semana, acho que não teríamos aguentado. Acho que teríamos voltado, e vocês todos não teriam *morrido*.

– Mas não foi assim, foi? Já era tarde demais.

– Às seis da manhã do dia 9 de Brincadi de Carne, da cabine do *Arrogância* avistei algo quarenta milhas à frente, na linha do horizonte. Uma perturbação no ar, muito tênue, muito apavorante. E havia outra coisa.

O horizonte estava próximo demais.

Uma hora, e cinco milhas mais tarde, eu soube com certeza que chegávamos perto de algo. O horizonte ainda estava próximo demais, e ainda se aproximava.

– Mandei avisos ao convés. E vi as pessoas se preparando. Olhei para baixo e vi a multidão de navios toda amontoada, todas as cores, os formatos diferentes. Vi as tripulações ajustando os guindastes nos limites da cidade, acionando motores e deuses sabem o que mais. Aprontando todas as ciências disponíveis. Pequenos aeróstatos circulando de um lado a outro da cidade. Bem abaixo de mim.

– Eu vigiava a faixa em que o mar e o céu se encontram. Por muito tempo não acreditei, pensava que tinha me enganado e que a qualquer momento eu veria direito, entenderia, mas não foi assim. No fim das contas, não pude negar o que via.

– O horizonte se encontrava a meras vinte milhas. E pude vê-la com clareza. Cortando a face do mar. A Cicatriz.

– Foi como ver um deus.

"– O que vocês nos descreveram não dizia quase nada.

– Um grande ferimento na realidade, aberto pelos Espectrais, vocês disseram, denso de filões daquilo que pudera ser, todos os modos possíveis. Grande ferimento na realidade, disseram, e pensei que falavam... como poesia.

– Quando os Espectrais desceram no continente, a força da aterrissagem abriu o mundo bem ao meio, riscou uma fissura ao longo de Bas-Lag. Uma cisão. Um recorte desde a orla do mundo, estendido por mais de duas mil milhas, fragmentando o continente.

– Aquilo era a Cicatriz. Aquela rachadura. Transbordando de maneiras como as coisas não eram e não são, mas poderiam ser.

– Faltavam umas poucas milhas para chegarmos lá.

– Era uma ravina no mar.

"– Era acidentada, adernava em nossa direção enquanto nos aproximávamos, e fazia o horizonte parecer inclinado. E por ser irregular, não guilhotinada, porém *rachada*, projetando-se um pouquinho para um lado ou outro, dobrando-se em serrilhas sobre ela mesma, aqui e ali, havia lugares atrás dos quais eu podia ver as laterais da cisão. Eram abruptas.

– O oceano estava inchado, uma intensa corrente rumava para o norte, apesar do vento que corria para o sul. Todas as ondas se quebravam para além da cidade, e a carregavam. Onde atingiam os limites da Cicatriz havia uma muralha, uma muralha bem definida. A água formava um ângulo reto e se precipitava para baixo, vertical e bem cortada, lisa como vidro. Água volúvel e escura, se comprimindo e aferrando contra nada. Então...

– Ar livre.

– Precipício.

– E longe, muito longe dali, dezenas de milhas, mais do que cem, visível por pouco no outro lado do golfo vazio, havia uma face idêntica. Enevoada pela distância. O outro lado da rachadura.

– Entre os dois, o vazio que eu ainda podia sentir, e que vomitava todas as espécies de pujança. Vertendo daquela puta lesão. A Cicatriz.

"– Mal posso imaginar como a coisa se via da cidade. Decerto podiam vê-la. Houve pânico? Vocês ficaram animados?"

Por motivos óbvios, os Amantes não responderam.

"– Eu sabia qual era o plano. Ao avistar a Cicatriz, pararíamos a umas cinco milhas de distância. Dali decolaria um aeróstato, para verificar a possibilidade de cruzar de uma vez o pequeno intervalo. A sentinela era eu. A qualquer sinal de perigo e eu dispararia os sinalizadores, penduraria as bandeiras e chamaria de volta o dirigível.

– Não sei que perigos vocês acharam que iríamos encontrar. Não faziam a mínima ideia. Não creio que soubessem o que era a Cicatriz. O que pensaram que aconteceria? Que o lugar estaria infestado de Feras Possíveis? Patrulhas de coisas que poderiam ter evoluído, mas não o tinham feito?

– Não houve nada disso.

– A dimensão da coisa. A dimensão daquela porra. Era humilhante.

– A cidade não ficou mais."

Fez silêncio, então, por vários segundos. Ele dissera a última frase com a mesma monotonia hipnótica que vinha usando o tempo todo, e o coração de Bellis bateu algumas vezes antes que ela percebesse o significado daquilo.

O dito coração teve um espasmo e passou a lhe martelar o peito.

– Não ficou mais lenta – disse Hedrigall. – O avanc não desacelerou de modo algum. Começou a correr.

– Dez milhas de distância, depois cinco, depois quatro, e a cidade não parava, e não desacelerava.

– O mundo se encurtou... o horizonte estava a algumas centenas de metros, e ficava mais próximo, e Armada acelerava.

– Foi quando entrei em pânico – não havia emoção na voz de Hedrigall, como se o mar a tivesse esvaziado. – Comecei a disparar os sinalizadores, tentando avisá-los daquilo que já deveriam saber.

– Provavelmente... provavelmente houve pânico geral. Não sei, não consegui ver. Talvez vocês estivessem todos hipnotizados, esgazeados e estúpidos. Mas aposto que não. Aposto que houve pânico quando o fim do mundo assomou. E vocês ignoraram os sinalizadores que explodiam em seus ouvidos.

– Três milhas, duas.

– Fiquei imóvel durante muito tempo. Paralisado.

– O vento meridional soprava forte, e o *Arrogância* baixava, se retraía para longe da Cicatriz, como se tivesse medo, tanto medo quanto eu tinha. Aquilo me despertou.

"– Quem sabe o que aconteceu? Talvez vocês tenham sabido, antes de morrerem. Eu não estava lá.

– Talvez tenha sido o avanc. Talvez, após semanas de obediência, ele tenha enfim se livrado dos impulsos com que o alimentavam. Talvez um aguilhão que deveria estar plantado no cérebro dele tenha caído, e a fera acordou, confusa e prisioneira, e se debateu para se libertar, desembestou em fuga.

– Talvez os motores de leite de pedra tenham falhado. Talvez uma possibilidade tenha se derramado da Cicatriz, a *possibilidade* de que os motores não funcionassem. Deuses sabem o que aconteceu.

– Quando olhei para baixo, vi frotas de barquinhos sendo abaixados pelos costados da cidade, e pequenas tripulações frenéticas puxando remos e içando velas para escapar. Porém, o mar resistiu a elas, e vi que as velas se enfunavam em todas as direções. Os salva-vidas, iates, pequenos esquifes, começaram a rodopiar naquelas águas e a circundar a cidade, ultrapassando Armada pelo norte, ao mesmo tempo que lutavam para navegar na rota contrária. Mas as correntes e ondas os puxavam, como se famintas.

– Apenas minutos depois o primeiro deles atingiu a Cicatriz. Assisti àquele botezinho girar rumo à beirada, e vi manchas, que deveriam ser as pessoas a bordo dele, pularem ao mar. Logo, a popa do barco se levantou de repente, caiu pela borda e sumiu. Para dentro do vazio aéreo.

– Havia uma trilha deles, barquinhos sarapintando o mar entre a cidade e a Cicatriz, deslizando para o norte na direção dela. E dirigíveis também. Uma revoada deles, tentando permanecer no ar. Homens e mulheres faziam peso ao tentar embarcar, agarrados a cordas. Superlotadas, as aeronaves se içavam acima da cidade e despencavam ao mar, onde a corrente as levava girando como baleias mortas, arremessando as tripulações para todos os lados, até a Cicatriz.

"– Armada rodopiava, devagar. O horizonte saltava e se angulava de acordo com o movimento destrogiro da cidade sobre a água.

– Estávamos a meia milha então, e minha mente gelou, e de repente soube o que fazer. Corri à cabine do *Arrogância* e olhei pelas escotilhas. Apanhei minha a cosserra e me apoiei na beira das portas de carga. Disparei contra a corda que me atrelava.

– Era grossa como uma coxa, atada ao aeróstato a dez metros dali, balançando como jiboia. Eu tinha seis chakris. Três deles errei de longe, muito longe. O quarto acertou, mas não se cravou direito, cortou metade da espessura da corda. O quinto também passou longe, e eu só tinha mais uma chance.

– Porém, mesmo que a pontaria me parecesse boa, e eu tivesse as mãos firmes, errei.

– E soube que estava morto. Larguei a arcosserra, meus dedos todos roliços e estúpidos, e me agarrei às barras na beirada da gaiuta. Pude apenas assistir. Sentia o vento me flagelar, entrando pelas portas, e vi a corda se desfiando lenta demais para me salvar.

"– Telhados, telhas, torres, aerocoches, bandeiras, macacos frenéticos de medo que não podiam entender, cidadãos correndo estúpidos de um lado a outro, como se houvesse algum lugar seguro.

– Assisti a tudo pelo telescópio. Imaginei como seria no fundo do mar, como estavam agindo os peixomens e John Filho da Puta. Talvez estivessem vivos, quem sabia? Talvez pudessem nadar para a liberdade. Talvez abandonassem a cidade enquanto ela encontrava o fim.

"– A *Sorgo*, o Parque Croom, o *Grande Oriental* e eu fomos os primeiros a atingir a beirada.

– O vento mudou por um instante, e o *Arrogância* derivou sobre o penhasco de água, dando a ver o abismo.

– O tempo ficou vagaroso quando o *Arrogância* passou acima da Cicatriz. Punhados de segundos que duraram muito.

"– Ultrapassei a orla do mar e olhei para baixo, entre meus joelhos que balançavam, para os limites da água. Eram vertiginosos.

– O sol se inclinava e atravessava a superfície do mar, filtrado e refletido pelas ondas, e passava outra vez pela face vertical. Pude ver peixes maiores que eu investigando a beirada, onde ela encontrava o ar, trinta metros abaixo da superfície banhada de luz. Talvez houvesse uma ecologia inteira nos limites da Cicatriz. Até duas, três milhas de profundidade, onde a pressão é implacável, a água ali recebia os raios do sol.

– A mera face da água, cores e redemoinhos movendo-se em estratos, estendida quilômetros a prumo. Senti-me derrotado pela perspectiva.

– Depois, lama. Pude vê-la, uma faixa prensada e espessa de lama, negra no fundo do mar. E rocha. Rocha que se aprofundava por tantos quilômetros que tornava insignificante a camada de água. Rocha vermelha, cinzenta e negra, em grandes partições e encostas lisas. E, muitos quilômetros ao fundo, um brilho que ardia e circulava, mostrando-se incerto através do ar. Magma. Rios de pedra derretida, marés geotérmicas.

– E depois? Embaixo daquilo?

– O vazio."

A voz de Hedrigall saiu-lhe oca e aterrorizada.

"– Devo tê-lo visto durante apenas alguns segundos – disse –, mas lembro de cada camada, como areia colorida numa garrafa. Derrotava os olhos. Grande demais para se ver.

– Armada se deteve, postada pela duração de segundos à beira daquele abismo, e o avanc tomou seu impulso final.

– No início, vi através da água. Vi quilômetros ao fundo, um pouco acima do escuro leito do mar. Vi uma silhueta surgir nas profundezas, semivisível, e de súbito mais próxima. Contornos mais nítidos à medida que se impelia para diante. Até que, com estrondo cataclísmico, começou a emergir. Impulsionar-se pelo penhasco de água salgada.

– Um quilômetro e meio de carne.

– A cabeça rompeu a superfície, a água se estilhaçava e fragmentava em torno, cataratas com milhares de metros de altura estrondavam e bifurcavam, gotas de água do tamanho de casas, girando e desintegrando, caindo no vácuo, na Cicatriz.

– Vi a primeira das correntes, colossal, irrompendo da água em rasgo reto de cinco quilômetros, separando o mar entre o avanc e a cidade acima. Outras correntes atravessaram depois dela, e a parede-mar ficou marcada de sulcos verticais paralelos, como um ferimento de garra.

– O corpo do avanc continuou a subir, indescritível, nadadeiras e espinhas, cílios e, quando se alçou ao ar, foi tomado pela gravidade e começou a se precipitar. As correntes apertaram a cidade, e os limites de Armada chegaram à beirada e foram puxados para diante, para além.

– O avanc lançou um bramido que explodiu todo o vidro em torno de mim.

– Vi os cascos submarinos sobre os quais repousava a *Sorgo* despontarem em direção à face plana do abismo aquático e a romperem. À volta deles, dezenas de metros para cada lado, as popas de Aquabelone, Solameno e Larcão atingiram o final do mar, e se projetaram, estremeceram e caíram.

"– Há tantos navios em Armada.

– Vapores alcançaram a beirada, de bojo, e rolaram por sobre ela, morosos, terríveis, casas e torres descamando deles como migalhas, chuva de alvenaria e corpos, centenas de corpos, arremessados a espernear e a se retorcer pelo ar e para baixo, muitos quilômetros abaixo. Para além das camadas internas do mundo.

– Eu nem ao menos rezava. Não quis. Podia apenas assistir.

– Pontes e amarras se soltaram. Traineiras se partiam ao cair. Barcas e botes salva--vidas, e rebocadores, e navios de guerra. Estilhaçados. Arrebentando, explodindo, incendiados pelas caldeiras que rodopiavam e cuspiam carvões em brasa. Navios de duzentos metros de comprimento e séculos de idade davam piruetas ao caírem.

– Agora a popa do *Grande Oriental* passava sobre a beirada da Cicatriz, se projetando no ar.

– Armada se derramou pelo lábio do oceano, e se desfez numa constelação aleatória e precipitosa de partes, mortos e vivos caindo em meio a uma avalanche de tijolos e mastros. Nada ouvi além da água estilhaçada e dos gritos do avanc.

– Trinta metros do *Grande Oriental* agora se projetavam sobre o vazio e, à sua volta, navios muito menores vertiam para dentro da ravina. E de repente traiu seu peso, e ouvi um estalo como os ossos de um deus que se quebrassem, e o terço posterior do navio, ao qual eu estava atrelado, se partiu e dobrou, me arrastando com ele. Eu me agarrei a uma trave, e fui descendo, para dentro da Cicatriz.

– Vocês imaginam como irão morrer, não é? Com bravura, aos gritos, distraídos, ou o quê? Bem, encontrei minha morte pasmado, boquiaberto como um imbecil do caralho, puxado para baixo pelo traseiro de um navio a vapor.

– A orla de água se elevava enquanto eu despencava sobre o lábio da Cicatriz, abaixo da superfície do mar.

"– Por um segundo pude ver através da água as quilhas das naus *acima* de mim, observá-las singrar até a própria destruição. Eu ia ao fundo, e os restos do Grande Oriental, e de todos os outros navios da cidade, se abatiam sobre mim.

– Uma ou duas vezes, durante momentos, vi dirigíveis. Pequenos coches, homens vestindo arreios, que haviam conseguido saltar dos conveses quando seus navios começaram a cair e foram pegos na turbulência ao tentar manobrar os balões rumo o céu. Foram esmagados e mortos, um após o outro. Colhidos no ar por cascos ou fragmentos de edifícios.

– O *Arrogância* acelerava para baixo. Fechei os olhos e tentei morrer.

– Então, cinco quilômetros ao fundo, o avanc se moveu.

– Devia estar agonizante, seu corpo estourando e sangrando no ar, debatendo-se e dobrando à medida que saía da muralha de água. Agora meio quilômetro de seu dorso havia passado para dentro da Cicatriz. Talvez se contorcesse de dor. Impeliu-se muito rápido, irrompendo mar afora, para dentro da Cicatriz, para baixo.

– Gritei outra vez quando aquele volume do caralho emergiu, e seu ímpeto o fez tombar mais rápido do que faria a gravidade. O avanc guinou e as correntes se retesaram de súbito e rebocaram o resto da cidade para além da borda. A proa do *Grande Oriental* tomou um solavanco, e o *Arrogância* foi puxado tão de repente que a corda desfiada que o segurava arrebentou.

"– Arrebentou.

– Meus olhos estalaram quando o dirigível foi arremessado aos céus, ultrapassando a cidade cadente, acima e afora da sombra daquela muralha de oceano, atingido por uma salva de metal e farpas de madeira. Para fora da Cicatriz, rumo ao alto.

– Rosnando, abandou a fissura e derivou para cima. Eu tinha os braços trancados, me segurando firme. Eu iria sobreviver.

– Lá embaixo, o restante de Armada deslizou para dentro da Cicatriz. O Mercado de Palhinverno foi uma chuva de pequenas embarcações. O *Uroc*, o *Therianthropus*, o manicômio, os velhos barcos corroídos do bairro assombrado, transformaram-se em nada. Empinaram-se entre esguichos e caíram pela borda, até que superfície do Oceano Oculto restasse imperturbada.

– Quando me ergui, olhei direto para a Cicatriz e vi uma interferência, uma nuvem como de poeira, enquanto Armada caía. Lá embaixo o avanc, girando em queda, enrolando-se em trinta quilômetros de correntes, debatendo-se patético, tentando nadar para fora do fosso sem fim. Até mesmo ele pareceu pequeno e mirrado.

– Afinal eu caí de costas, exausto e atordoado por estar vivo. Quando olhei para baixo outra vez, não vi mais nada."

A voz de Hedrigall esvaneceu. Falou mais uma vez após vários segundos de quietude.

"– Subi mais alto do que jamais subira. Alto o suficiente para ver a Cicatriz como realmente é. Uma rachadura, e só. Uma rachadura no mundo.

– Não sei se outros aeronautas escaparam. Mas eu havia subido quase dois quilômetros, e não vi nada.

– O vento naquela altura soprava muito forte, me tangeu ao sul durante horas. Carregou-me para longe de lá. Para fora daquela porção de mar homicida, onde todas as correntes levavam à Cicatriz. O *Arrogância* vazava. Furado e queimado por destroços. Eu começava a descer.

– Recortei um pouco do couro do dirigível, o atei à madeira tirada da cabina. Fiz para mim uma jangada, sabendo o que estava por vir. Esperei junto às portas de carga, até que estivesse roçando a superfície do mar. Arremessei a jangada e saltei atrás dela.

– E *então*, finalmente, apenas então, encolhido em minha pequena jangada, me permiti recordar o que havia visto.

"– Fiquei sozinho com as memórias por dois dias. Pensei que iria morrer.

– Por um momento, pensei que, se conseguisse sobreviver por tempo suficiente, as correntes me apanhariam e me empurrariam para o Oceano Bravio, onde aguardavam nossos outros navios. Mas não sou tolo. Sabia que não tinha qualquer chance.

– E então... isso."

Pela primeira vez naquela extraordinária história, Hedrigall soou como se fosse perder o controle outra vez.

– O que é isso? O que é *isso*? – A histeria em sua voz ficava mais ruidosa. – Pensei que iria morrer. Pensei que vocês fossem um sonho de moribundo. *Vi vocês morrerem*... – sussurrou. – Vi vocês morrerem. O que são vocês? Que cidade é esta? O que está acontecendo comigo?

Hedrigall tornou-se perigoso outra vez. Gritava, febril e aterrorizado. Os Amantes tentaram acalmá-lo, mas levou algum tempo para que sua sanha diminuísse e ele caísse em sono estupefato.

Fez-se longo silêncio, uma quietude demorada, e Bellis sentiu-se retornar ao próprio corpo à medida que o encanto da história de Hedrigall fugia devagar. Sua pele estava eléctrica, eriçada de tensão. O assombro da narrativa a embriagava.

– *O que* – sussurrou o Amante com frieza e voz carregada – aconteceu?

– É a Cicatriz – murmurou Tanner a Bellis –, sei que é. Perto assim da Cicatriz, ela tá *vazando*. E esse Hed ali... – Deteve-se e meneou a cabeça, seu rosto abatido e pálido de espanto. Bellis soube o que ele diria.

– Não é o Hedrigall de verdade – disse Tanner –, não o *factual*, não... não o daqui. O nosso Hedrigall fugiu. Esse Hedrigall vazou... de outra possibilidade. É de uma em que continuamos no caminho, e viajamos aquele tantinho mais rápido, e chegamos mais cedo na Cicatriz. Ele é o que aconteceu... o que *vai* acontecer.

– Ah, São Falastrão, São Falastrão e a puta que me pariu.

Na coberta de cima, os Amantes e Uther Doul discutiam. Alguém – Bellis não escutou quem – tinha dito a mesma coisa que Tanner. A Amante reagia violentamente.

– Besteira! – cuspiu. – *Besteirada* do caralho! Não é assim que funciona, isso não acontece. Em meio ao oceano inteiro, você acha que o encontraríamos *por acaso*, mesmo que ele *tivesse* vazado? Isso é uma armadilha, porra! Esse é Hedrigall mesmo, o *nosso* Hedrigall, e *nunca partiu*. Isso é uma armadilha, para nos fazer retornar. Ele *não é* um eflúvio da Cicatriz.

Estava furiosa. Não deixava ninguém falar. Esbravejava contra Uther Doul e até mesmo contra o Amante, para surpresa de Bellis; ele lhe pedida que se acalmasse, que *pensasse* por um momento... Tão próxima de seu objetivo, a Amante sentia-se ameaçada, e estrondava.

– Digo o que faremos – disse ela. – Essa história é pura bosta, e esse mentiroso filho da puta vai ficar trancado até que tiremos dele a verdade. Diremos que ele está se recuperando, aguardaremos e descobriremos o que realmente aconteceu. Não podemos aceitar essa *merda* que ele nos aplicou.

– Ela tá *louca*? – sibilou Tanner Sack para Bellis – Do que ela tá falando?

– Está claro que a intenção disto é criar pânico – prosseguiu a Amante. – É um plano para arruinar tudo. Esse puto está conchavado com deuses sabem quem, e não podemos permitir que vençam. Uther, leve o sujeito embora. Instrua os guardas. E os escolha bem, somente aqueles de sua confiança. Instrua os guardas sobre as mentiras que ele possa berrar.

– Isso termina aqui – disse ela, severa. – Não permitiremos que essa putaria sediciosa tenha sucesso. Não pode ir adiante. Enterramos a história, aqui e agora, e continuamos. Concordam?

Talvez o Amante e Uther Doul tenham assentido. Bellis não escutou nada.

Diante das últimas palavras, voltara-se para Tanner. Observava-a ouvir sua governante, a quem se havia dedicado de maneira absoluta, a quem se declarara totalmente leal, anunciar planos de enganar todos na cidade. De manter secreto tudo o que o homem-cacto contara. De prosseguir até a Cicatriz.

Bellis viu uma sombra fria, morta e assustadora cair sobre o rosto de Tanner enquanto ele ouvia. Seu maxilar se contraiu, e Bellis soube que ele pensava em Shekel.

Será que recordava ter dito e pensado que aquilo – o que acontecera com eles, serem descobertos – fora uma bênção? Bellis não sabia. Mas algo habitava agora a expressão de Tanner, e ele a encarou com olhos mortíferos.

– *Ela* – Tanner sussurrou a Bellis – não vai enterrar *nada*.

CAPÍTULO 47

Tanner Sack era conhecido. Lutara contra o placodermo para salvar um homem que morria. Havia se Refeito numa espécie de peixomem, para melhor viver em Armada. Perdera seu garoto.

Tanner era conhecido, e respeitado.

Prestava-se atenção a Tanner. Acreditava-se nele.

Bellis não conseguia dizer nada a ninguém. Sua boca estava dura e fria como pedra. Tinha de contar com outros para espalhar a notícia.

Todos conheciam Tanner Sack.

Se Bellis tentasse contar o que ouvira naquele cubículo desagradável, se tentasse revelar os segredos de que sabia, não acreditariam nela. Não lhe dariam a mínima. Mas ela havia levado mais alguém para sua sala secreta, de modo que ele pudesse falar por ela, contar a história.

Não podia deixar de assentir a si mesma. Sorrindo sem calor. *Deuses, foi um bom trabalho*, pensou, inclinando a cabeça em reconhecimento ao fato consumado. Sentia-se envolvida em meadas de causa, efeito, esforço e interação. Sentia as peças se encaixarem. Era uma delas, naquele lugar e naquela época, tendo feito o que fizera.

Ah, foi um bom trabalho.

Começou quase tão logo ela e Tanner deixaram as cobertas inferiores.

Piscou e olhou em torno de si, para as bandeiras e roupas estendidas, pontes e torres, todas ainda fortes e cingidas por argamassa. Sentia-se assombrada pelas imagens da história de Hedrigall. Vira a cidade estremecendo e caindo, tão claramente que era um genuíno alívio emergir e vê-la toda sólida.

Tanner começou. Os Amantes ainda se encontravam lá embaixo. Ainda organizavam, tentavam esconder Hedrigall. Enquanto se ocultavam do ar livre e conspiravam, Tanner começou.

Antes de tudo, procurou as pessoas que conhecia bem. Falava com rapidez e ardor. Uma das primeiras foi Angevine, e ele a introduziu com cautela no grupo de trabalhadores das docas com quem falava no momento, e que não a conhecia.

A paixão dele era verdadeira, de todo singela. Não pregava sermões.

Bellis o observou andar entre a multidão que ainda se açodava sobre o convés do *Grande Oriental*, discutindo em tom irado sobre o que tinham visto, sobre o que Hedrigall tinha visto – como e por que o cactáceo retornara. Havia grande número de piratas no convés do velho e enorme navio, e Tanner falou a todos.

Tremia de fúria. Bellis o seguiu por uma rota irregular e discreta. Viu-lhe o fervor e se impressionou com ele. Viu reações atordoadas transmitirem-se como doenças entre as massas. Viu descrença transformar-se rapidamente em crença e raiva temerosa, e depois em convicção.

Tanner insistia (e Bellis escutava) em que todos tivessem o direito de saber a verdade, e algo incerto se mexia dentro dela.

Não sabia qual era a verdade; não tinha certeza de em que acreditava. Não tinha certeza do que havia por trás da extraordinária história de Hedrigall. Várias possibilidades apresentavam-se. Mas nada importava. Recusava-se, por ora, a pensar naquilo. Havia sido levada àquela posição, e faria o necessário para dar fim ao caso.

Bellis viu aqueles a quem Tanner contara contar a outros, que contaram a mais outros até que, muito rápido, tornou-se impossível retraçar a história. Movia-se com ímpeto próprio. Pouco tempo depois, a maioria dos que relatavam uma versão truncada de como Hedrigall fugira da Cicatriz já não sabia dizer como soubera dela.

Os Amantes tinham contado grande parte da verdade sobre a Cicatriz, tal como a entendiam, de forma acessível ao povo. Poucos em Armada não sabiam que de lá fluíam possibilidades, e que aquilo era fonte de seu poder. Muitos haviam visto funcionar a espada de Uther Doul: conheciam o que fazia a mineração de possibilidades. E lá, tão longe no Oceano Oculto, tão perto da própria Cicatriz, com seu vazamento e possibilidades que jorravam dela como plasma, não era difícil crer que Hedrigall (*aquele* Hedrigall, esbravejando nas cobertas inferiores do vapor) dizia a verdade.

E, embora seu Hedrigall tivesse fugido semanas atrás, e talvez se encontrasse a milhares de milhas, à deriva sobre o oceano, naufragado, sobrevivendo como ermitão em alguma terra estrangeira, ou afogado, os armadenses aceitavam que o cactáceo resgatado fosse um triz-homem. Refugiado de uma terrível Bas-Lag onde Armada se perdera.

– Dois dias atrás – Bellis ouviu uma mulher dizer com assombro pavoroso. – Todos nós, mortos faz dois dias.

Era um alerta. Impossível alguém deixar de ouvi-lo.

À medida que o sol cruzava até a zona mais baixa do céu, a história estendia as mãos e tocava todos os distritos. Sua presença enfartava a atmosfera.

Hedrigall estava escondido, e os Amantes cometeram o erro estúpido de continuar nos porões, tentando conceber planos. Acima de suas cabeças, Tanner os denunciava e corria de navio a navio, semeando a notícia.

Sobre o *Grande Oriental*, Bellis aguardava, recordando a história de Hedrigall – de tal forma que a narrativa lhe enchia a mente, e ela via outra vez o terrível colapso. Não tentava avaliar o que o homem-cacto havia dito. Fora uma história assombrosa, contada com assombro. Aquilo era tudo o que importava.

Assistia às idas e vindas dos armadenses em torno dela, que discutiam e se reuniam às escuras. Cogitavam-se planos, ela percebia; havia agitação. Algo estava pronto a se cumprir.

O tempo corria veloz. O sol estava baixo. Por todo Aquabelone, fechavam-se oficinas, e os trabalhadores se reuniam em massa, convergindo para o *Grande Oriental*.

Às seis horas, os Amantes emergiram. Alguma noção do que acontecia tinha se infiltrado até eles, uma percepção incipiente de que seu distrito e sua cidade passavam por uma crise.

Vieram à luz, seguidos por Uther Doul e trazendo expressões duras e nervosas. Bellis os viu pestanejar de choque diante das fileiras de cidadãos que os observavam. Dezenas, posicionados como um exército maltrapilho: hotchis e cactáceos entre os humanos, e até mesmo os llorgiss de Aquabelone.

Acima deles, estremecendo enquanto seus nervos morriam sob a luz, estava o Brucolaco. E, na vanguarda, queixo erguido, a encarar os Amantes, via-se Tanner Sack.

Os Amantes fitaram seus homens e mulheres, e Bellis esteve certa de vê-los se retrair. Lançou-lhes um olhar rápido, e então os ignorou, fixando-se para além deles, em seu mercenário. Uther Doul não lhe encontrou os olhos.

– Falamos com Hedrigall – disse a Amante, e sua voz não demonstrava nenhuma ansiedade.

Para surpresa de todos, Tanner Sack a interrompeu.

– Nos poupem – disse. Em torno dele, pessoas trocaram olhares, sustentadas pela força de sua voz.

Os Amantes o encararam, olhos somente um pouco mais abertos, rostos inescrutáveis.

– Basta de mentiras – disse Tanner. – A gente sabe a verdade. Sabe onde Hedrigall, esse talvez-Hedrigall, esse que vocês aprisionaram e esconderam da gente, esteve. De onde ele *vem*.

Avançou, e a massa avançou atrás dele, arrastando firme os pés, determinada.

– Jaddock – berrou Tanner –, Corscall, Guddrunn, vocês aí, vão achar Hedrigall. Ele tá lá embaixo em algum lugar. Tragam ele pra cá. – O grupo de cactáceos caminhou nervoso na direção dos Amantes e Uther Doul, e da porta atrás deles.

– *Parem*! – gritou a Amante. Os cactáceos estacaram e olharam para Tanner, que avançou, e como ele a multidão. Encorajados, os cactáceos prosseguiram.

– Doul... – disse a Amante, com perigo na voz. Todos pararam, de instantâneo.

Uther Doul deu um passo à frente, interpondo-se entre os Amantes e o povo que se aproximava.

Após um segundo, Tanner veio encontrá-lo.

– Todos nós, Doul? – perguntou, alto o suficiente para que todos escutassem. – Vai enfrentar todo mundo? Acha que consegue? Porque a gente vai trazer Hedrigall aqui pra cima, e, se você ameaçar eles – indicou os cactáceos –, o resto da gente tá junto, e você vai ameaçar todos. Você acha que consegue dar conta de todos? Puta merda, talvez você consiga, talvez consiga, mas se foder com todo mundo... e daí? Seus chefes vão governar quem?

Atrás dele, havia centenas de armadenses que assentiam enquanto falava. Alguns gritavam em aprovação.

Uther Doul olhou para as massas atrás de Tanner, e para o homem outra vez. Então traiu fraqueza, seu comando esmoreceu. Hesitou e voltou-se, em busca de seus chefes, de esclarecimento. Deu de ombros diminutamente, e inclinou a cabeça em interrogação: *Ele está certo, o que querem que eu faça, querem que mate a todos...?*

Quando ele se voltou daquela forma, quando mostrou dúvida, Tanner venceu. Acenou outra vez, e o os cactáceos passaram por Doul e pelos Amantes, para dentro do corredor, decididos a encontrar Hedrigall, apreensivos, mas não temerosos, sabendo que estariam seguros.

Os Amantes nem mesmo olharam para eles. Encaravam Tanner Sack.

– O que mais vocês querem? – perguntou Tanner, severo. – Já mostraram pra vocês o que vai acontecer com a gente, mas esse negócio fodeu os seus miolos. Tão envolvidos nessa porra a ponto de ignorar *isso*? Ainda querem continuar.

– E iam esconder da gente, *mentir* pra nós, deixar que a gente se jogasse pela beirada, mudos e estúpidos que nem o avanc? Já *basta*. Isso acaba aqui. Não vamos mais longe. Vamos voltar.

– Diabos! – A Amante brandiu o punho para Tanner e encontrou-lhe o olhar. Cuspiu no convés diante dele. – Seu covarde do caralho! Seu *tolo*! Você acha mesmo que a história é verdadeira? *Pense*, com todos os diabos. Você acha que a Cicatriz é assim? E pensa que em meio ao oceano, em meio *a toda a porra do Oceano Oculto*, nós o achamos por puro acaso? Pensa que é uma puta *coincidência* que após nosso Hedrigall fugir tenhamos encontrado *outro*, de algum outro lugar, cheio de histórias para nos bestificar de medo?

– *É o mesmo homem!* Isso é o que ele vinha planejando o tempo todo. Você não entende, porra? Pensamos que ele tinha fugido, mas não. Para onde ele iria? Libertou o *Arrogância* e se escondeu em algum lugar. E agora, que estamos tão próximos do local mais fantástico de nosso mundo, ele surge para nos amedrontar. Por quê? Porque é um covarde, como você, como todos vocês. Sempre foi seu plano. Não teve nem mesmo a coragem de fugir envergonhado. Esperou para levar todos vocês com ele.

Alguns titubearam diante daquilo. Mesmo ferventes de raiva, os argumentos da Amante exerciam impacto.

Mas Tanner não concedeu coisa alguma.

– Vocês iam esconder de nós – disse ele. – Iam mentir. A gente veio até aqui com vocês e iam mentir pra nós. Porque tão cegos de uma ganância da porra e não podiam arriscar que a gente se rebelasse. Não sabem nada da Cicatriz – bradou. – *Nada*. Não me falem de coincidência, não me falem de inacreditável. Quem sabe não é *assim* que funciona? Vocês não sabem. Todo mundo sabe é que um dos melhores homens de Aquabelone tá enfiado naquela porra de cadeia lá embaixo, avisando que se a gente for pra Cicatriz vamos morrer. Eu acredito nele. Isso acaba aqui. *A gente* diz o que acontece agora. O controle é nosso. Vamos dar a volta e ir pra casa. As ordens de vocês foram... *revogadas pra caralho*. Não conseguem prender ou matar todo mundo.

Ouviu-se um fragor diante daquilo, uma exaltação geral, e pessoas começaram a entoar, aqui e ali, *Sack Sack Sack*.

Bellis não prestou atenção. Algo extraordinário acontecia, quase inaudível sob a ruidosa aprovação que a cercava.

Atrás de Uther Doul, o Amante estivera observando e escutando, com incerteza nos olhos. Estendeu o braço, tocou a Amante e a fez voltar-se para ele. Disse-lhe algo em voz baixa e urgente, algo inaudível. Ela reagiu com incredulidade e fúria.

Os Amantes discutiam.

Silêncio abateu-se sobre a multidão quando perceberam o que estava acontecendo. Bellis prendeu o fôlego. A situação a chocava profundamente. O fato de sussurrarem um para o outro, rostos vermelhos, cicatrizes empalidecidas de raiva, vozes sibiladas, resmungos lacônicos ficando mais barulhentos até gritarem, ignorando as pessoas à volta, que os encaravam com estúpida perplexidade.

– ... está certo – Bellis ouviu o Amante berrar. – Ele está certo, não sabemos.

– Não sabemos *o quê?* – retribuiu a Amante na mesma altura. Seu rosto parecia ultrajado e terrível. – Não sabemos *o quê*?

Nos ares, uma pequena revoada dos intimidados pássaros da cidade lançou-se pelo céu e pousou rápida, em algum lugar fora de vista. Armada rangia. O silêncio alongava-se. Tanner Sack e seus amotinados encontravam-se estáticos. Assistiam ao conflito dos Amantes desdobrar-se, com assombro mais adequado a um evento geológico.

Enquanto Bellis observava os últimos pássaros, seu olhar encontrou a figura arruinada do Brucolaco, e parou ali, embora o vampir lhe causasse repulsa. As convulsões dele amainavam-se, seu corpo relaxava. Ele abriu os olhos, muito brancos e cegos, queimados pela luz do dia, e virou devagar a cabeça.

O Brucolaco escutava. Bellis tinha certeza.

Os Amantes ignoravam tudo o que não fosse eles mesmos. Uther Doul se pôs à parte, silencioso, como se para oferecer aos ali reunidos uma melhor visão da cena.

Não se ouvia qualquer outro ruído.

– Não sabemos – disse o Amante outra vez. Bellis sentiu como se um arco de forte elictricidade faiscasse entre os olhos de ambos os Amantes. – Não sabemos o que há adiante. Talvez estejamos certos. Podemos ter certeza? Podemos arriscar?

– Ah... – respondeu a Amante. A voz veio-lhe em suspiro belicoso. Encarou seu amante com terrível desapontamento e perda. – Ah, maldição – respirava pesadamente –, deuses o fodam e o apodreçam até a morte.

Mai uma vez houve quietude, e choque palpável. Os Amantes encaravam-se.

– Não podemos forçá-los – disse o Amante, afinal. Sua voz tremia violenta. – Não podemos governar sem concórdia. Isso não é uma guerra. Não se pode ordenar a Doul que lute contra *eles*.

– Não dê as costas a isso – disse a Amante com voz instável. – Não me dê as costas. Depois do que fizemos. Depois que fiz você. Depois que nos fizemos um ao outro. Não me negue...

O Amante olhou para os rostos em torno deles. Foi tomado de pânico visível. Estendeu as mãos.

– Vamos para dentro.

A Amante estava rígida e suas cicatrizes brilhavam. Estava tensa de autocontrole. Meneou a cabeça para ele, esbravejando entre dentes.

– Quem somos nós para nos preocuparmos com quem ouve? O que é isso, caralho? O que aconteceu a você? Tornou-se tão estúpido quanto esses idiotas? Você acha que a lorota absurda que aquele filho da puta nos contou soa verdadeira, não é? Acredita nele?

– Ainda sou *você*? – gritou de volta o Amante. – E você ainda é *eu*? Ou não? É a única pergunta aqui!

Ele perdia alguma coisa. Algo lhe escapava. Bellis viu nele o vínculo tão importante quanto um cordão umbilical atenuar-se e murchar, ressecar e romper. Debatendo-se, esbravejando, aterrorizado muito de repente, sozinho pela primeira vez em muitos anos, ele tentou falar mais.

– Não podemos fazer isso. Não podemos. Você porá *tudo* a perder...

A Amante o encarou. Rosto obstinado e frio.

– Achei que você valesse mais que isso – disse ela, devagar. – Pensei que havia preenchido minha alma.

– E preencheu, preencheu, de verdade – disse o Amante, tão frenético e baboso que Bellis desviou o olhar, envergonhada.

Trouxeram Hedrigall para o convés superior, carregado sobre os ombros dos cactáceos que tinham ido buscá-lo. Foi recebido com uma onda de júbilo acolhedor. Todos gritaram-lhe perguntas as quais evitou ou não soube responder. O povo cançou, bradou e exclamou seu nome, enquanto ele os observava, embriagado do que parecia terror confuso. Cactáceos, despreocupados com seus espinhos, o agarraram e jogaram em cima dos ombros, onde ele balançou, mal equilibrado, e olhou em volta, atônito.

– Meia-volta! – berrou Tanner Sack. – A cidade vai *voltar*. Chamem o Amante! Chamem alguém que sabe como. Mandem tripular os guinchos-arreios. Vamos mandar um sinal pra porra do avanc, tamos voltando. – Entusiasmada, a turba olhou em volta à procura dos Amantes, exigindo que eles dissessem como se fazia. Os Amantes haviam sumido.

No acotovelamento que cercava o homem-cacto, em meio àquele carnaval, a Amante se voltara bruscamente e correra de volta para sua cabine, seguida de perto pelo Amante.

Observando-os com cautela, no encalço deles a pouca distância, preparada para tomar uma rota diferente, para uma tentativa final de entender o que fizera e o que fora feito com ela, vinha Bellis Vinhofrio.

Ao entrar na passagem, ouviu outro diálogo.

– Eu comando aqui – ouviu o Amante dizer, com voz densa e cuidadosa. – Comando este lugar, *nós* o comandamos, é o que fazemos, é o que *somos*, porra... Não faça isso. Porá tudo a perder para nós.

A Amante virou-se para ele, e Bellis de repente ficou em plena vista. A Amante a vislumbrou por apenas um segundo, e desviou seu rosto escarificado, indiferente. Não dava um logro por quem ouvisse.

– Você... – disse ela, tocando o rosto do Amante. Sacudiu a cabeça e, quando falou outra vez foi com grande tristeza e resolução. – Você está certo. Já não comandamos. Nunca foi a razão de eu estar aqui.

– Não pedirei que venha comigo. – Por um segundo, sua voz quase lhe faltou. – Você se furtou de mim.

Voltou-se e, enquanto o Amante implorava-lhe, apelando para ser ouvido, para que escutasse a voz da razão, para que entendesse, ela afastou-se.

Bellis ouvira o bastante. Ficou sozinha por muito tempo entre os velhos heliótipos desnudados de significado, antes de voltar para as celebrações lá fora, onde Tanner tentava dar ordens, tentava fazer a cidade retornar.

Bandos desordenados, desajeitados no que faziam, rodavam as manivelas que puxavam os arreios do avanc. Devagar, ao longo de milhas, o avanc virou o focinho em muda obediência, e o rastro imenso da cidade descreveu um arco. Armada dava meia-volta.

Foi uma longa curva, muito ampla, que não se completou até o entardecer. E, enquanto a cidade virava de costas sobre o mar inexpressivo, os piratas-burocratas de Aquabelone corriam frenéticos pelo distrito, procurando descobrir quem agora tinha o controle.

A verdade os aterrorizou: naquelas horas anárquicas ninguém dava ordens, não havia cadeia de comando, ordem, hierarquia, nada a não ser uma democracia esmolambada e contingente, organizada às pressas pelos armadenses, conforme a necessidade. Os burocratas não conseguiam aceitar aquilo, e viam líderes em Tanner e Hedrigall. Mas ambos eram participantes, não mais: um entusiasmado, outro parecendo atônito, carregado sobre ombros como um mascote.

É assim que termina?

Bellis está perdida de excitação. Agora é noite e ela corre, junto a uma turba de cidadãos sorridentes, ao longo dos limites de Jhour, para assistir às tripulações desembarcarem dos barcos-guinchos, e percebe que também sorri. Não sabe quando começou.

Já terminou?

É assim que termina?

A autoridade que mantinha Aquabelone sob controle, e se ampliava para exercer sua vontade em toda Armada, se fora. Fora tão forte e poderosa por tanto tempo, e agora se havia derretido com rapidez e tranquilidade que deixavam Bellis atordoada. *Para onde foram todos eles?*, pergunta-se. Os governantes desapareceram, e seu tegumento de lei e controle, sua capatazia e seus oficiais, desapareceram com eles.

Os governantes dos outros distritos permaneceram sabiamente mudos e escondidos. Seria de pouca valia tentar controlar aquele momento, a ira e a exaltação do povo. Não foram estúpidos a ponto de tentar. Aguardam.

Todos os medos, ressentimentos e incertezas, tudo o que se insurgira nos cidadãos durante semanas e meses, os resíduos de todas as vezes em que tiveram dúvidas e nada disseram: isso é o que impulsiona o movimento. O motim. A história extraordinária e improvável de Hedrigall os libertou, deu-lhes as certezas de que precisavam.

Retornam à cidade.

Não há saques que Bellis possa ver, não há violência, incêndios, ou disparos. Trata-se de um único problema. Trata-se de não morrerem, de escaparem vivos do mar pavoroso. O avanc ainda está ferido, mas progride. Bellis pode ver as estrelas, e sabe que a criatura está voltando para o Oceano Bravio.

Era o que ela queria. Cada milha que a separava de Nova Crobuzon era uma derrota. Havia tentado de tudo para fazer a porra da cidade retornar, levá-la de volta o seu lar e agora, de maneira totalmente súbita e inesperada, obtivera sucesso.

Como isso aconteceu?, pensa, querendo sentir-se triunfante ou orgulhosa, não uma espectadora feliz e perplexa.

Sabe por que se encontra perturbada. Abriga dúvidas e ressentimentos. Lembra-se do que viu nos olhos de Doul. *Usada outra vez*, pensa, chocada e suspeitosa. *Usada outra vez.*

É uma complexa cadeia de manipulações, o que foi feito a ela. Agora não há como desfazê-la. Agora não é o momento.

Sinalizadores, guias dos pilotos para os barcos-guinchos, foram disparados em vulgar espetáculo. Foi desafio e celebração – não precisamos mais disso, diziam os amotinados.

Ainda havia homens e mulheres nas ruas, comemorando frenéticos, quando o céu se iluminou a leste.

Bellis estava no *Grande Oriental*, próxima da entrada dos corredores onde ficavam os aposentos dos Amantes. Vinha esperando fazia algum tempo. Recordava-se do que dissera a Amante – "Não pedirei que venha comigo". Algo terminava, e Bellis queria testemunhá-lo.

Outros se encontravam no convés, na maior parte cansados e bêbados, cantando e observando o mar, mas silenciaram quando a Amante surgiu no convés com Uther Doul ao seu lado. Houve um instante, um péssimo instante, em que os espectadores se lembraram da ira que sentiam. Algo poderia ter acontecido, então, mas tudo passou rápido.

A Amante carregava mochilas de formatos estranhos. Não olhava para ninguém, apenas para Doul. Bellis viu que uma das mochilas continha a quiçarpa, o bizarro instrumento do mercenário.

– Isso é tudo? – perguntou a Amante, e Doul assentiu.

– Tudo o que colecionei – disse –, exceto minha espada. O rosto da mulher estava sério. Calmo e severo.

– O barco está pronto? – perguntou ela, e ele assentiu.

Caminharam juntos, imperturbados, observados por todos os piratas, a bombordo do *Grande Oriental*, e às ruas que serpenteavam sobre um estreito amontoado de naus, até as Docas Basílio ao longe.

Bellis mantinha os olhos no umbral atrás dele. Esperava que o Amante surgisse ali para chamar de volta sua amada, ou correr e dizer-lhe que também iria, que nada poderia separá-los, mas ele não o fez.

Ambos jamais tinham sido o outro. Jamais tinham estado fazendo a mesma coisa. Talvez apenas o acaso os tivesse feito viajar juntos até aquele momento.

Junto à amurada do *Grande Oriental*, a Amante parou Uther Doul e voltou-se para olhar o navio pela última vez. O sol ainda não nascera, mas o céu estava claro, e Bellis viu o rosto da Amante iluminar-se.

Ao longo dele, sulcado no lado direito, do alto da testa até o maxilar, se via um novo ferimento. Cintilava com uma fina camada de unguento que parecia verniz. Era profundo e vermelho-escuro, e atravessava várias das outras cicatrizes mais antigas, como se as colocasse de lado.

Bellis nunca ouviu qualquer história sobre aquela última jornada, o que a espantava. Durante todos os dias e semanas seguintes, enquanto todos falavam sobre a noite do motim, ela não ouviu nem uma vez algo sobre a Amante e Uther Doul a caminhar tranquilos em meio a uma cidade cansada e embriagada de sua rebelião.

No entanto, podia imaginar. Via o progresso vagaroso deles, a Amante triste e pensativa, olhando em torno, memorizando os detalhes da cidade que havia ajudado a governar por tanto tempo. Sopesando sua mochila, sentindo o peso dos livros de ciência arcana, dos tratados sobre mineração de possibilidade, das máquinas que Uther lhe dera.

Doul a seu lado, a mão pronta sobre a espada, para protegê-la em seus últimos minutos em Armada. Teria sido necessária? Ele precisou interferir? Bellis não ouviu nenhuma história sobre ele ter abatido armadenses.

E a Amante estava mesmo sozinha?

Parecia difícil acreditar que, após tantos anos de sua presença, ela não encontrasse ninguém disposto a segui-la. Sua lógica narrativa não era o mercantilismo brutal que movia Armada. Porém, seria alheia a todos os cidadãos? Não poderia controlar um navio, ainda que pequeno, por conta própria. Bellis achava mais fácil imaginar que, ao caminhar pela cidade, a Amante atrairia certos homens e mulheres para fora de seus esconderijos, que eles perceberiam a passagem dela, e a seguiriam. Alienados de suas vizinhanças, impelidos por outras motivações, um grupo saído para derivar em seu rastro e no de Uther Doul, acompanhando seu passo, levando com eles suas bagagens e prontos para deixar a cidade.

Românticos, contadores de histórias, desajustados, suicidas e loucos. Bellis os imaginava como seguidores da Amante.

Somente podia conceber que houvesse uma pequena tripulação deles no instante em que ela emergiu de sob os beirais e cruzou os armazéns desertos das docas. Imaginava que deveriam juntar-se à Amante sobre o convés do navio aprestado, alimentando os motores, levantando âncoras, despedindo-se.

Mas Bellis não sabia. Talvez a Amante tivesse partido só.

Tudo o que soube foi que, após quase uma hora, com o sol baixo emitindo luz densa, uma vela passou incólume pela estreita boca das Docas Basílio, até o mar aberto. Não era grande. Seu convés vinha equipado de pequenos cabrestantes e gruas, todos os tipos de motores e caldeiras, cujos propósitos Bellis desconhecia. Parecia limpa e bem equipada.

Bellis não viu com clareza. Observava sobre os contornos irregulares dos telhados de Armada, todos os planos e aclives, vermelhos, cinzentos, ardósia, concreto, ferro. Apenas conseguia definir o progresso do barco por trás do oleoso sol matinal, para além das outras embarcações cuidadosamente atreladas no ancoradouro, passando pela lacuna no corpo-nau da cidade. Viu a fumaça que cuspia, à medida que as fortes e estranhas correntes do Oceano Oculto a carregavam.

Um pouco distante de Bellis, o Amante assistia à partida.

Seus olhos estavam muito vermelhos de lágrimas, como se cheios de areia. E suas faces, evidentemente, traziam apenas as antigas cicatrizes.

O barco acelerou. Singrava com velocidade metódica que Bellis jamais vira no Oceano Oculto. Sem alarde, sem salvas de tiros ou fogos de artifício, rumava para o norte, em linha reta para longe da cidade, deslizando sobre o rastro de Armada e navegando rumo ao horizonte, rumo à Cicatriz.

Muito mais tarde, após a nau ter desaparecido de vista, Uther Doul retornou sozinho ao *Grande Oriental*.

Parou sob o mastro no qual fora crucificado o Brucolaco. O vampir agora começava sua débil gritaria matutina, atingido pela luz do sol.

– Desçam-no dali – disse Uther Doul com autoridade, a um grupo de homens e mulheres que se encontrava próximo. Eles o fitaram surpresos, mas não questionaram sua ordem. – Desçam-no dali e o levem para casa.

Naquela manhã extraordinária, enquanto a cidade tateava em busca de novas leis, e ninguém sabia o que era permissível, normal, aceitável ou certo, o misericordioso comando de Uther Doul foi obedecido.

Não mais a Amante, pensou Bellis de súbito. Perscrutou a orla do horizonte, onde a pequena embarcação desaparecera. Pensou no conflito entre os Amantes, no novo ferimento, a cicatriz recém-nascida que percorria a face da Amante, que a recriava e separava. *Você não é mais a Amante.*

Bellis tentou reconceber a Amante, lá longe, no leme de seu navio, navegando rumo ao lugar mais extraordinário do mundo. Tentou repensá-la, ser objetiva, assinalar crédito ou culpa para as devidas partes, e pensar sobre a mulher que pilotava a nau perdida na direção da beirada do mundo, liberta de planos e desejos que não os dela própria.

No entanto, Bellis pensava nela como a *Amante Amante Amante*, ainda que tentasse não pensar.

Não sabia o nome da mulher.

CODA

TANNER SACK

Tá uma loucura dos diabos isso aqui. Você nunca ia acreditar no que eu tô fazendo.

Não vamos mais pra Cicatriz. Vamos pras águas lá atrás, de onde a gente veio. Vamos voltar pra como as coisas eram antes.

Estranho. Eu falo assim, mas não conheci Armada quando ainda não cobiçava o Oceano Oculto. Nem você. Tudo o que aconteceu foi arrumado pra gente chegar lá. Nunca vivi aqui quando era só um porto pirata.

Nem você.

Tenho passado tempo com Angevine. Minto se disser que somos melhores amigos. A gente é meio tímido, dá pra dizer. Mas a gente se vê, e fala de você quase sempre.

Mentiram pra nós, e a gente disse chega, e eles tavam arriscando nossos pescoços, com os diabos, e a gente fez eles voltarem.

Não me conformo de você ter partido.

Não vivo mais aqui. Vivo em lugar nenhum. Este lugar te matou.

Não sei o que eram as coisas naquela água. Sei que o que a gente enfrentou na água naquela noite não era vampir nenhum. Ninguém fala delas. Ninguém sabe o que eram. Só que ajudaram no motim.

John Filho da Puta viu elas. Vejo isso nos olhinhos de porco dele. Mas ele não fala nada.

Fui eu que fiz a cidade voltar. As coisas, as coisas que levaram você, os vampir que lutaram junto com elas, fracassaram.

Eu fiz o trabalho por eles. Fiz a gente voltar.

Não sei se isso é engraçado, só sei que não quero mais viver aqui, e não posso ir embora.

Agora eu sou uma coisa do mar. É uma piada ruim. Eu e você, a gente sabe como é uma coisa do mar de verdade, como se move, como é rápida. Não que nem eu, batendo nadadeiras roubadas, pesadas e destrambelhadas, suando gosma, Refeito.

E tô apavorado agora. Entro no mar e suo frio. Agora cada bodião parece pra mim uma daquelas coisas que levaram você.

Mas eu não posso viver no ar agora. Não tenho mais essa escolha.

O que vou fazer? Não posso voltar pra Nova Crobuzon, e mesmo se eu voltasse ia apodrecer sem água salgada.

Me obrigo a nadar. Vai ficar fácil de novo. Vou dar um jeito.

Eles não podem me segurar. Posso ir embora. Quem sabe a gente vá pra perto da costa um dia desses, e aí eu vou me mandar. Aí eu vou morar sozinho nos baixios, para ver a rocha embaixo de mim, onde as árvores e os seixos se encontram. Eu consigo viver lá sozinho. Já não aguento mais isso aqui, saiba você.

Não tenho nada, nadinha.

Eles dizem pra mim que com o tempo, com o tempo, eu não vou me sentir tão mal. Não quero que o tempo me cure. Tem um motivo pra eu ser assim.

Quero que o tempo me deixe feio e caloso com a tua perda, quero que me marque. Não quero suavizar a memória de você.

Não consigo dizer adeus.

Pó-feira, dia 2 de Tátis de 1780. Armada.

O avanc está lento outra vez. A última.

Ainda está ferido pelos ataques dos grendelos. O que tenham feito a ele não se curou, não cicatrizou, permanece em carne viva e incômodo. De quando em quando, passamos por mais manchas de seu pus.

Seu coração, creio, está parando.

Todos sabemos que o avanc está morrendo.

Talvez esteja procurando por seu lar. Talvez esteja tentando achar o caminho de volta para o universo de trevas oceânicas de onde o pescamos. Sempre mais doente, seu sangue adensa, coagula e apodrece, suas imensas nadadeiras batem lentas.

Não importa. Estamos muito próximos da orla do Oceano Oculto. Logo emergiremos – a qualquer dia, talvez dentro de horas –, e lá nos espera a frota armadense. O avanc sobreviverá até então.

No entanto, aproxima-se o dia em que a cidade fará sua parada final.

Ficaremos à deriva, atrelados a uma âncora orgânica, milhões de toneladas de cadáver apodrecendo no leito do abismo.

Cinco correntes, cinco elos a romper. Para cada elo, dois cortes. Cada elo com muitos metros de espessura, reforçados taumaturgicamente. Levará algum tempo, mas afinal os quilômetros de metal cairão livres.

Que catástrofe será para os habitantes do fundo – como ira divina. Toneladas de metal cadente, acelerando ao longo de sete, oito mil quilômetros, enfim atingindo o lodo no fundo do mar, penetrando até a rocha abaixo. Aterrissando sobre o cadáver do pobre avanc, talvez fazendo com que estoure, quilômetros de intestinos poluindo a lama escura.

É possível que, no tempo certo, evoluam ecossistemas inteiros em torno daquela riqueza sem precedentes.

Nós teremos partido.

Teremos alcançado a frota, que se prenderá mais uma vez, e Armada será como já foi. Haverá menos naus para rebocá-la, é claro, após o massacre da Guerra Crobuzonense, mas a cidade terá se livrado de incontáveis toneladas de correntes. O equilíbrio será mantido.

Armada será como já foi.

De volta através do Oceano Bravio, de volta às mais abastadas rotas marítimas, de volta aos portos e mercadores. Os piratas armadenses que vinham esperando havia meses, rastreando a cidade com estranhos aparelhos, irão achá-la outra vez. Voltaremos pela rota do Mar dos Cavalheiros, da Hebdômada, de Gnurr Kett, do Canal do Basilisco.

De volta a Nova Crobuzon.

Faz um mês que partiu a mulher cujo nome não sei. As coisas mudaram.

Não demorou muito para que os amotinados desistissem do controle. Não tinham programa ou partido. Foram apenas um grupo díspar que cansara de mentiras, que não queria morrer. Tomaram o poder com um golpe anárquico e momentâneo, e o entregaram com facilidade.

Depois de alguns dias, o Amante emergiu novamente. Saiu do *Grande Oriental* e deu ordens. O povo ficou satisfeito em cumpri-las. Ninguém tinha ressentimentos contra ele.

Está perdido, porém. Todos sabem. Seus olhos não mantêm o foco, suas ordens são vagas. Uther Doul sussurra-lhe cauteloso, e ele assente e emite algum comando significativo. Palavras de Doul pela boca do Amante.

Doul não permitirá que isso continue. É mercenário, trabalha por dinheiro, vende lealdade. Se tiver de tomar o controle, não creio que deseje ser tão crasso. Se já governa, é em segredo, em nome da liberdade que lhe confere a subordinação remunerada. Isso aprendi, se mais nada.

Não sei o que aconteceu com ele, para escapar dessa maneira do poder assumido.

Jamais conheci alguém tão complicado ou, suspeito eu, mais trágico. Sua própria história semeou as ideias que nos trouxeram até aqui, tão longe daquilo que ele veio procurar em Armada. É difícil apontar o que nele foi intenção, e o que foi reação. Não acredito que isso o satisfaça: que olhe para sua posição, e a do Amante, assinta e diga, "Isso é o que eu queria".

Ou passa a vida no controle de tudo, ou em pânico. Ou planejou tudo com previdência estonteante, ou nos move a todos, desesperado, de crise em crise, sem saber o que deseja, sem demonstrar nada em sua expressão.

O Amante fixa seu olhar morto no horizonte. Embora no final a mulher fosse desprezada e temida por ser mentirosa, nunca foi patética, como agora se tornou seu antigo amado. Suspeito de que ele não sobreviverá. Talvez um dia descubra que Doul já não se encontra a seu lado. Sobretudo agora que o Brucolaco controla Queda Seca novamente.

Poucos na verdade viram os grendelos, e ainda menos falam deles. Somente eu não consigo esquecê-los.

Vi o Brucolaco à noite. Caminha livre.

Está desfigurado pelo sol, e sempre estará. Submisso. Carrianne fala dele com uma espécie de afeição austera. Seus cidadãos acorreram-lhe, e a maioria dos outros não demorou a perdoá-lo, até mesmo aqueles que perderam entes queridos na noite de sua rebelião. Afinal, liderou seu grupo contra Aquabelone porque achava que a cidade deveria retornar. Estava certo, e isso se está fazendo agora.

Não há guerra entre Queda Seca e Aquabelone. Carrianne conta-me que Uther Doul visita o Brucolaco à noite, no *Uroc*.

Passo boa parte de meus dias com Carrianne. Não menciona seu anterior apoio ao plano dos Amantes. Durante quase quinze dias, mal falou qualquer coisa. Talvez estivesse envergonhada por se ver ao lado da mulher que sempre esteve disposta a mentir, a levar-nos a nossas mortes.

Essa é a história oficial, ao que parece. Acreditamos no que contou o Hedrigall regressado. É nisso que o povo acredita, por isso a cidade retorna.

Tanner Sack e eu... nos encontramos de vez em quando. Ele começou a trabalhar novamente, sob a cidade. Nunca fala da ocasião em que o levei ao quartinho e incitei uma rebelião.

Será que fiz isso?

Eu causei o motim? Essa cidade outra vez no rumo do sul, das águas pelas quais passamos antes, dos lugares que significam algo para mim. Fui eu que fiz isso?

E quer dizer que venci?

Talvez tenha chegado em segurança, a mulher, se ancorado na orla do mar, baixado ao abismo seu equipamento e extraído todas as energias de que precisava. Talvez agora seja potente como uma deusa.

Talvez tenha caído lá dentro.

Talvez não exista nada em que se possa cair.

Hedrigall está doente, assim nos contam, delirante devido a sua provação, em algum lugar nas entranhas do *Grande Oriental*. Quando ouço isso, penso que não nos dizem a verdade.

A mulher estava certa. Em que tipo de coincidência estúpida e idiota teríamos de acreditar, em que cadeia de improbabilidade, para pensar que nosso Hedrigall parte e, num triz-mundo, outro fica, e perde-se, e é reencontrado por nós em meio à totalidade do oceano. Esconderam-nos a verdade.

Lembro-me do olhar que Doul me lançou.

Procurou por mim e me encontrou, no *Grande Oriental*, e disse-me com seus olhos que viesse, escutasse e desse cabo daquilo. Revelou muito com aquele olhar, e deixou muito inexplicado. Isso ficou claro. O que ele fez. Seus jogos e manipulações.

Imagino seu encontro com Hedrigall, o leal cactáceo apavorado e chocado com o plano dos Amantes. Doul fazendo sugestões. Escondendo Hedrigall em algum lugar tranquilo e abandonado. Deslizando em silêncio como somente ele poderia, libertando o *Arrogância*; trazendo Hedrigall à luz outra vez, mais tarde, para aterrorizar o populacho com histórias de cânions no mar. De maneira que Doul não precisasse dizer coisa alguma. Seguro em sua lealdade.

Ou talvez tenha sido Fennec quem sugeriu a Hedrigall que se escondesse: um plano para o caso de o resgate crobuzonense fracassar em nos trazer a águas domésticas.

Mas vi o olhar de Doul. Se tudo foi obra de Fennec, então Doul sabia, e o ajudou a concretizá-la.

Penso em todas as ocasiões em que Doul contou-me coisas, deu-me indícios de para onde iríamos e o que faríamos. Sabendo que eu conhecia Silas Fennec, Simon Fench, sabendo que lhe daria as notícias. Furioso apenas quando espalhei a sedição *errada*.

Passando tempo comigo, trazendo-me para perto. Cheguei perto. E fui usada como veículo.

Sinto-me tonta com o que ele sabia, e observava. Queria poder determinar quando começou; se fui usada por muitos, muitos meses, ou somente nos dias finais. Não sei o quanto do que Doul faz é estratégia, e o quanto é sequela. Por certo, ele sempre soube muito mais do que imaginei.

Resta-me a incerteza do quanto fui usada.

Há outra possibilidade. Que me perturba.

Ouvi repetidamente, de várias pessoas, várias vezes, que esse Hedrigall não é bem o mesmo nosso. Seus modos são diferentes, sua voz mais hesitante. Seu rosto, dizem, é mais – ou talvez menos – marcado. É um refugiado de outro mundo. O povo acredita nisso.

É possível. É possível que nos tenha contado a verdade.

Porém, mesmo assim, não poderia ser apenas sorte. Vi Doul: aguardava esse Hedrigall, e a mim. Portanto não pode ser fortuito o surgimento desse Hedrigall. Há outra explicação.

Talvez fosse obra de Doul. Ouvi música. Talvez fosse Doul tocando possibilidades, executando um concerto de probabilidades e improbabilidades.

Será que tocou sua quiçarpa à noite, enquanto nos aproximávamos da Cicatriz, enquanto os mundos possíveis ao nosso redor se tornavam mais intrusivos? Teria encontrado o mundo em que Hedrigall sobrevivera, colhido de lá o cactáceo, e o trazido até aqui para que fosse achado.

Um encadeamento tão tênue: que eu estivesse lá com alguém em quem se poderia acreditar, que Doul me encontrasse com um olhar. Tantas chances: Doul deve ser o sujeito mais sortudo de Bas-Lag. Ou planejou o implanejável. Preparou-me para aquele momento.

Será que podia tocar possibilidades como um virtuose, assegurando-se de que aquela que ocorreria me incluísse ao lado de Tanner, observando e escutando no momento em que Hedrigall chegasse, pronta?

E se a Bellis-de-fato não estivesse lá naquela hora? Teria ele trazido outra? Ter-me-ia trazido? Uma que estivesse no momento e no lugar certos para seus planos?

Sou uma triz-Bellis?

E, caso seja, o que aconteceu à outra? À factual?

Ele a matou? Seu corpo flutua roído e podre em algum lugar? Sou uma substituta? Trazida à existência para ocupar o espaço de uma morta – para estar onde Doul queria que ela estivesse?

Tudo isso para que retornássemos à cidade e não seguíssemos adiante. Foi o único modo? Sei que faria tudo isso para que as coisas acontecessem como queria, sem que ele parecesse ter interferido.

Nunca terei certeza do que aconteceu. Da medida exata de como e quanto, em meio ao caos, ao sangue e ao combate, fui usada.

De que fui usada não me restam dúvidas.

Doul já não se interessa por mim.

Todo o tempo em que estivemos juntos, ele jogava comigo, fazia de mim sua agente para o retorno da cidade, de modo que ele não precisasse fazer nada. O leal mercenário, transformando outra vez este lugar em mera cidade pirata.

Agora que fiz tudo o que se esperava de mim, sou menos do que nada para ele.

É estranho descobrir-me uma peça de jogo. Estou humilhada diante dele, mas sou velha demais para que a traição me magoe.

Ainda assim, já por duas vezes tentei vê-lo, entender o que fez. Duas vezes bati em sua porta e ele a abriu, e encarou-me em silêncio como se eu fosse uma estranha. Ambas as vezes, palavras azedaram em minha boca.

Não há "coisas", lembrei-me de Silas Fennec repreendendo-me.

Esse é talvez o melhor conselho.

Agora mesmo, há um pequeno punhado de possibilidades que explicam o que aconteceu. Todas podem ser verdadeiras. E, se Doul afirmasse inocência quanto a cada uma delas, eu teria menos com que entender, menos do que tenho agora. Teria de contemplar a possibilidade de que não tenha existido plano, de que não haja nada ser explicado.

Por correria tal risco? Por que boa razão eu desistiria da pouca compreensão que tenho?

Tanner Sack veio aos meus aposentos. Angevine o aguardou lá embaixo no convés do *Cromolito*. Suas esteiras não conseguiam vencer a escadaria.

Tenho certeza de que confortam um ao outro. Mas o que ouvi entre eles foi incerto e cauteloso, e penso que acabarão por se afastar. Luto compartilhado, eu suspeito, não será o bastante.

Tanner trouxe-me um heliótipo que encontrara: de Shekel no lado de fora da biblioteca, sorrindo e segurando dois livros. Tanner decidiu que tudo o que se refere a Shekel e a livros é meu. Estou envergonhada. Não sei como fazê-lo parar.

Depois de ele ter saído, olhei para o retalho sépia que me deu. Não era uma cópia boa. Vagas sugestões de arquitetura e biologia, tisnadas como cicatrizes. Ferindo e curando o papel em nova configuração. Cicatrizes são memórias.

Carrego nas costas minhas memórias de Armada.

Removi as bandagens faz algumas semanas, e com espelhos angulares vi o que Aquabelone escreveu em mim. Mensagem de feiura impressionante, em alfabeto brutal.

Contornos elevam-se em meu dorso, linhas horizontais estendidas, grosseiramente paralelas, onde o chicote atingiu. Parecem emergir de um lado de minhas costas, sulcar a pele e descer pelo outro.

Como suturas. Costuram o passado a mim.

Olho para elas maravilhada, como se não tivessem nada a ver comigo. Armada costurou-se firme em minhas costas, e sei que a levarei comigo por toda parte.

Tantas verdades me foram escondidas. Essa jornada violenta e inútil esteve ensopada de sangue. Sinto-me densa e nauseada dele. E isso é tudo: contingente e brutal, sem significado. Não há nada a se aprender aqui. Não há esquecimento extático. Não há redenção no mar.

Sobre as costas, trago Armada comigo ao meu lar.

Lar.

Na segunda vez que Doul encontrou-me à sua porta, deve ter visto algo em meu rosto. Assentiu uma vez e falou.

Disse:

– Já chega. Iremos levá-la de volta.

De volta.

Fiquei atordoada. Baixei a cabeça, assenti e agradeci.

Concedeu-me aquilo. Não por qualquer remanescente do que antes ele fingira haver entre nós.

Foi minha recompensa. Minha paga.

Pelos serviços que prestei. Já que ele me usou.

Doul passou mensagens a Fennec através de mim, para que Fennec as desse à cidade. Mas Fennec cometeu erros, e os Amantes foram mais espertos que todos nós, ao dizerem a verdade. Assim, Doul encontrou outras utilidades para mim.

E agora me levará para casa. Não por afeto ou por justiça. Oferece-me uma indenização.

Aceitarei.

Ele não é estúpido. Sabe que nada que eu possa fazer em Nova Crobuzon afetará ou ameaçará Armada. Não me ouviriam acaso eu tentasse alertar o Parlamento, e por que eu tentaria, renegada que sou?

Em algum momento haverá um navio encarregado de pilhar no Canal do Basilisco. E eu estarei a bordo dele. Serei levada num barquinho, talvez, despejada naquele feio porto de Qé Banssa, que avistei do convés do *Terpsichoria*. Lá aguardarei um navio de Nova Crobuzon, em rota até a Baía de Ferro, até o Grande Piche, até a cidade.

Uther Doul não me negará isso. Não lhe custa nada.

Faz muitos meses desde que zarpamos da Baía de Ferro. Quando nos arrastarmos até lá outra vez, muito mais de um ano terá passado. Tomarei outro nome.

O *Terpsichoria* se perdeu. Já não há motivos para a cidade perseguir Bellis Vinhofrio. E, mesmo que algum suíno intrometido de Nova Crobuzon venha a se lembrar, me reconhecer e informar a outro filho da puta uniformizado, já não suporto mais fugir. E não posso crer que isso aconteça. Essa parte de minha vida terminou. Esse é um novo tempo.

Após tudo o que aconteceu, após meus esforços frenéticos e infrutíferos para escapar, descubro que, muito involuntariamente, fiz o que era necessário para voltar ao meu lar, carregando Armada suturada à minha carne.

Vejo-me surpresa de escrever-lhe novamente esta carta. Uma vez que contei a Uther Doul a verdade sobre ela, pensei que se fechara para mim.

Ouvindo-me admitir aquilo, me senti como uma criança abandonada. Haveria algo mais patético que estes retalhos de papel que eu tanto desejava enviar, sem ao menos decidir a quem?

Deixei-os de lado, então.

Mas este é um novo capítulo, a cidade volta no tempo, pronta para começar novamente sua simples pirataria nas ricas praias vizinhas de meu lar. Tudo mudou, e me encontro trêmula, animada, matando tempo, ansiosa por terminar esta carta.

Ela não me envergonha. Inaugura-me.

Esta é uma Carta Possível. Até o último segundo, quando eu escrever seu nome ao lado da palavra "Caro", todos aqueles meses e páginas atrás, esta será um Carta Possível, grávida de potencial. Sou poderosa neste instante. Pronta para minerar possibilidades, tornar uma delas fato.

Não venho sendo sua melhor amiga, e preciso que perdoe por isso. Penso em meus amigos de Nova Crobuzon, e pergunto-me qual deles você será.

E, se eu quiser que esta carta seja uma recordação, algo com que dizer *adeus* ao invés de *olá novamente,* então você será Carrianne. Você é a minha cara amiga, se assim for, e o fato de que não a conhecia quando comecei a escrever-lhe esta carta não significa nada. Esta é uma Carta Possível, afinal.

Seja você quem for, não tenho sido sua melhor amiga, e lamento por isso.

Agora nos aproximamos da frota alinhada logo no limite das águas do Oceano Oculto, como falange de guardas ansiosos. E escrevo-lhe esta carta para contar tudo o que me aconteceu. Ao contar-lhe, começo a entender que fui manipulada, usada a cada passo do caminho, que, mesmo quando não fui tradutora, transmiti mensagens de outros. Vejo-me indiferente a tal conhecimento.

Não é que não me importe. Não é que não esteja furiosa por ter sido usada ou, deuses e Falastrão me valham, pelos momentos horríveis e brutais que outros me usaram para criar.

Porém, mesmo quando falei por outros (consciente ou não), fiz as coisas por mim mesma. Estive presente em tudo isso, meu próprio fato. Ademais, sentada aqui, a dez mil milhas de Nova Crobuzon, no outro lado de mares estrangeiros, sei que nos dirigimos, lentos, para casa. E, embora tristeza e culpa estejam suturadas a mim de modo indelével, com minhas cicatrizes, duas coisas ficam claras.

A primeira é que tudo mudou. Não posso mais ser usada. Aqueles dias acabaram. Sei demais. O que faço agora, faço por mim. E sinto, apesar do que aconteceu, que *agora,* somente *nestes dias,* começa *minha* jornada. Sinto que isso – até mesmo tudo isso – foi um prólogo.

A outra é que toda minha ansiedade por enviar esta carta, a alguém – a você – para fazer uma pequena marca sobre Nova Crobuzon, toda a avidez neurótica esvaneceu. O desespero que senti, em Pichefoz e Salkrikaltor, por remeter isto, por decidir no último instante onde você estaria e enviar-lhe a carta, de modo a ser notada, e todo aquele medo frenético se foram.

Converteram-se em nada. Já não são necessários.

Estou voltando para casa. Colherei muito mais para lhe contar na viagem de volta, que será longa, porém *terá fim*. Não preciso enviar esta carta. Seja você quem for, quem eu decidir, meu caro amigo ou amiga, irei dá-la a você.

Entregarei em mãos.

SOBRE O AUTOR

China Miéville é um autor best-seller. Formado em antropologia social pela Universidade de Cambridge, com mestrado e doutorado em filosofia do direito pela London School of Economics, foi eleito em 2015 fellow da Royal Society of Literature e, em 2018, recebeu a bolsa Guggenheim para ficção.

Um dos nomes mais importantes da literatura *new weird*, seu trabalho ganhou vários prêmios, incluindo o Arthur C. Clarke, o World Fantasy, o Hugo e o British Science Fiction, além de ter sido selecionado para o Folio Prize e o Edge Hill Short Story Prize.

É um dos editores fundadores da revista *Salvage*. Dele, a Boitempo também publicou *A cidade e a cidade* (2014, adaptado para minissérie produzida pela BBC), *Estação Perdido* (2016) e *Outubro: história da Revolução Russa* (2017).

Die Lage
der
arbeitenden Klasse
in
England.

Nach eigner Anschauung und authentischen Quellen
von
Friedrich Engels.

Leipzig.
Druck und Verlag von Otto Wigand.
1845.

Capa da primeira edição alemã de *A situação da classe trabalhadora na Inglaterra*, 1845.

Publicado em 2025, 180 anos após a publicação de *A situação da classe trabalhadora na Inglaterra*, este livro foi composto em Minion Pro, corpo 10,5/12,7, e impresso em papel Ivory Slim 65g/m² pela Ipsis Gráfica, para a Boitempo, com tiragem de 2 mil exemplares.